# NOAH

# NOAH 노아

제바스티안 피체크 지음
한효정 옮김

단숨

산드라에게

차례

예수 탄생 무렵 이 행성에는 3억 명이 살고 있었다.

지금은 70억 명이다.

매 1분마다 156명의 인구가 증가하고 있다.

# 1단계

깨어 있는 자들은 하나의 공통된 세계를 가진다.
그러나 잠 속에서 모든 사람은 그 공통된 세계로부터 등을 돌리고
자신만의 세계에 의지한다.

— 헤라클레이토스

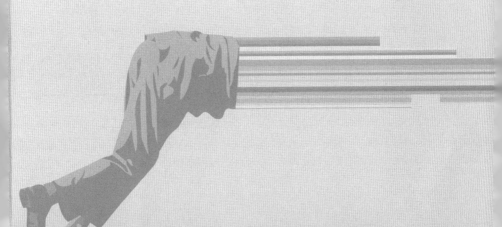

# 제1장

앨리샤는 이상하리만치 조용한 느낌에 잠에서 깼다. 보통 때는 불규칙적으로 칭얼거리는 아기의 울음소리에 놀라 잠에서 깨어나곤 했지만, 오늘은 달랐다. 오늘 밤에 아기는 쥐 죽은 듯 그녀의 품속에 안겨 있었다.

"노엘?"

그녀가 낮은 목소리로 소곤거리며 아들의 조그마한 머리를 쓰다듬었다. 새벽 1시가 되기 직전이라 필리핀의 루팡 팡가코(Lupang Pangako)에는 전기가 들어오지 않는다. 주민들에게 '종착역'이라고 불리는 이곳은 메트로 마닐라의 케손시티(Quezon City)에 있는 가장 큰 빈민촌이었다. 그러나 설령 불을 켤 수 있었더라도, 앨리샤는 불을 켜지 않았을 것이다.

제이는 잠들어 있었고, 정말 다행이었다. 그녀는 일곱 살짜리 아들을 깨우고 싶지 않았다. 만약 깨게 되면, 아들은 어제 종일토록 먹은 게 하나도 없다는 걸 생각해낼 것이다.

"다 됐어, 제이."

그녀는 밤늦게까지 보채는 아들의 질문에 되는대로 대답하며 끓기 시작하는 물을 휘젓고 있었다.

"파야타스(Payatas)에서 힘든 하루를 보냈잖니. 누워서 좀 쉬고 있으렴. 스프가 다 끓으면 엄마가 깨워줄게."

제이는 아버지 크리스토퍼와 꼭 닮은 진지한 표정으로 고개를 끄덕였다. 붉게 충혈된 그의 눈은 필리핀에서 제일 큰 쓰레기장의 연기를 버티기에는 너무 약했다. '썩은 고기나 뜯어 먹고 사는 독수리'처럼 수만 명의 사람들은 쓰레기 더미에서 일하는데, 절반은 제이와 같은 어린아이들이다. 1200만 명이 거주하는 메트로에서 새로운 쓰레기차가 도착하면, 그 즉시 '100'이라는 구호를 외치며 일하기 시작한다. '100'은 구리선 1킬로그램 무게의 가격인 100페소를 말한다. 금속은 플라스틱에 비해 훨씬 더 많은 돈을 받을 수 있다. 그래서 제이는 값싼 고무를 귀중한 금속으로부터 떼어내기 위해 하루에 열 시간씩 자동차 타이어와 전선을 태웠다.

다행히 제이는 말을 잘 듣는 아이다. 어제저녁, 모래로 속을 채워 한쪽 구석에 만들어놓은 자루 위에 몸을 누이기 전에, 제이는 아궁이 위에 있는 냄비 속을 들여다보지 않았다. 그렇지 않았다면 앨리샤는 왜 냄비 속에 맹물과 조약돌만 들어 있는지 설명해야만 했을 것이다.

'내 새끼는 굶주림으로 배를 움켜쥐고 있는데, 난 돌멩이나 요리하고 있어.'

앨리샤는 아직도 울 기력이 있다는 사실에 스스로도 놀랐다. 겉으로 보기에 그녀는 젖을 물리기조차 힘들어 보였다.

"노엘?"

그녀는 갓난아이의 입술 사이로 새끼손가락을 넣어봤지만 소용없었다. 태어난 지 6일 된 아이는 처음에는 입에 닿는 것이라면 모조리 빨아댔었다. 하지만 오늘은 그러기는커녕 그 작은 주먹을 단 한 번도 움켜쥐지 않았다.

2년 전, 그녀가 처음 이 어두운 세계로 발을 들여놓았던 후부터 줄곧, 거꾸로 뒤집어져 생명력을 잃어가는 벌집에 살고 있는 것 같았다. 쓰레기 매립장 주변에 빼곡히 모여 사는 수만 명의 영혼들이 루팡 팡가코에 녹아들어 살아 있는 하나의 유기체가 되었다. 스스로 몸을 휘감으며 점점 더 커지는 뱀처럼 슬레이트 집들은 인간-표류물들로 점점 몸집을 불려갔고, 주위는 쓰레기와 배설물이 부패하면서 발생한 악취로 덮여 있었다.

그 뱀은 때때로 허물을 벗기도 했다. 폭풍과 집중호우는 줄지어 늘어서 있는 집을 모조리 무너뜨렸고, 비닐봉지 같은 보잘것없는 가재도구들도 함께 휩쓸어버렸다. 많은 사람들이 그 집들을 허물어버리려 했다. 사람을 돈으로 매수해 집에 불을 지르기도 했고, 실수를 가장해 가족들이 잠들어 있는 집을 불도저로 밀어버리기도 했다.

그러나 앨리샤는 상황이 더 나쁠 수도 있었다는 것을 안다. 슬럼의 중심부에 있는 그녀의 움막은 그래도 큰 편이다. 여섯 명이 지내기에 충분한 4제곱미터 크기이며 튼튼한 골판지 상자가 벽으로 세워져 있다. 반년 전 남편 크리스토퍼가 죽고, 그녀의 두 남자 형제가 도시의 한 공사장에서 숙박하게 되면서 공간이 충분해졌다. 그래서 제이는 그녀처럼 앉아서 잠을 청할 필요가 없었다. 그녀는 나무 칸막이에 기대어 바싹 말라붙은 젖가슴에 아기를 꼭 껴안은 채 눈을 감으려고 노력했다. 그리고 두어 시간 동안 TV에서 보았던 더 나은 삶에 대한 꿈으로 빠져들었다. 꿈속에서 그녀는 바닥에 몸을 눕힐 수도 있고 다리를 쭉 뻗을 수도 있었다. 그러나 곧 쥐에 대한 두려움이 떠올랐다. 바로 지난주, 그녀의 가장 친한 친구의 딸이 쥐에게 엄지발가락을 물렸는데, 상처로 인해 10주 된 여자

아기는 결국 죽었다.

'신이 너 또한 데려가려는 걸까, 노엘? 그게 신의 계획일까?'

앨리샤는 꿈에서 깼다. 그녀의 아기는 아직 죽지 않았다. 여전히 쌕쌕거리는 숨소리는 마치 노인의 것처럼 떨리고 있었다. 숨 쉴 때마다 손으로 아기의 배를 지그시 눌러보니, 배는 반응도 없이 단단하게 굳어져 있는 것 같았다. 슬레이트 틈 사이로 비치는 창백한 달빛 아래 보이는 아기의 커다란 눈은 마치 피아노 건반처럼 까맣고 반짝거렸다.

가끔 그들을 살피러 오는 가톨릭 수녀 실바니아는 가난이 스물두 살의 얼굴을 노인처럼 변하게 만들었다고 말했지만, 그녀가 잘못 생각한 것이다. 앨리샤를 그렇게 만든 것은 수치심이었다.

그녀는 돌멩이를 요리하고 있는 자신이 부끄러웠다. 제이가 지난 이틀간 악착같이 일해서 모아둔 200페소를 탈탈 털어 세뇨르 라모스에게 한꺼번에 건넸기 때문이다. 마카티(Makati City)에서 온 상인인 그는 물을 비싸게 팔기 위해 빈민가를 통과하는 호스를 하나 깔고는, 부자들에게 받는 것보다 훨씬 더 많은 돈을 여기서 갈취했다. 그리고 자신은 몇 킬로미터 떨어지지 않은 곳에 있는, 수미터 높이의 가시철조망 울타리 안에 냉방 시설을 갖춘 빌라의 수영장에서 헤엄치고 있었다.

앨리샤는 내일 아침 또다시 아들을 쓰레기 처리장으로 보내야 하는 게 부끄러웠다. 아들은 그곳에서 지저분한 속바지 하나만 입고 맨발로 쓰레기 더미를 쑤시고 다녔고, 구름처럼 몰려다니는 파리 떼 속에서 누군가 반쯤 먹다 버린 요구르트라도 발견하면 바로 그 자리에서 병을 핥으며 행복해했다.

또 앨리샤는 모유가 한 방울도 나오지 않는 자신이 제대로 된 여자가 아닌 것 같아 부끄러웠다. 그녀의 젖가슴은 바닥을 드러낸 샘처럼 말라 있었고, 필리핀 북동부에 있는 그녀 아버지의 척박한 경작지처럼 고갈되어 있었다.

"노엘에겐 의사가 필요해요."

너무나 골똘히 생각에 잠겨 있던 그녀는 아들의 목소리에 기면(嗜眠) 상태에서 깨어났다.

"제이, 일어났니?"

그녀가 조용히 말했다. 그녀의 아들이 어둠 속에 일어나 앉아 있었다.

"엄마가 우는 소리를 들었어요."

"미안하구나."

"제 걱정은 하지 마세요. 차라리 동생을 이곳에서 데리고 나가요."

이제 겨우 일곱 살이지만, 제이는 그의 아버지처럼 단호하게 말했다. 크리스토퍼는 그 애에게 많은 것을 물려주었다. 슬퍼 보이는 눈, 진지한 눈빛, 커다란 손, 뛰어난 계산능력(제이는 수학을 좋아했고 암산에 있어서는 최고였다), 그리고 당연히 가난하게 살아야 하는 운명까지.

"그럴 능력이 없단다."

앨리샤가 기운 빠진 목소리로 말했다. 제이가 기지개를 켜며 자리에서 일어났다.

"제가 공짜로 진찰해줄 사람을 한 명 알아요."

"인생에 공짜란 없어."

"그는 의사인데 아이들을 돌봐주러 쓰레기 처리장으로 왔어요."

앨리샤는 초에 불을 붙이며 제이의 말을 곱씹었다. 제이는 그 아이들이 되고 싶은 걸까? 그녀처럼 쓰레기 더미 주변에 사는 게 아니라 그 '안'에 살고 있는 300명의 그 어린아이들의 일부가 되고 싶나? 그들은 스포츠 선수나 비행기 조종사 혹은 제이처럼 수학 선생님이 되는 꿈을 꾸었다. 그리고 럭비 못지않은 중노동을 한 후에 숨을 헐떡이며 서로의 꿈을 털어놓았다. 하지만 그들은 약에 중독되어 있었다.

앨리샤가 가장 두려워하는 건 어느 날 아들이 더 이상 집으로 돌아오지 않는 게 아니라, 아들이 바로 그 쓰레기 더미에 자리 잡는 것이었다.

"하인츠는 상냥한 사람이에요."

"이름이 그게 뭐니?"

"독일인이에요. 우리한테 잘해줘요."

"흠."

그 일이 있은 후 그녀는 인간의 선량함 따위는 잊었다. 크리스토퍼가 경찰의 단속 중 총에 맞아 죽었는데, 경찰은 남편의 유류품을 넘겨주는 조건으로 앨리샤에게 잠자리를 요구했었다.

"앨리샤! 제이!"

움막 문 대신 드리워져 있던 샤워 커튼이 갑자기 한쪽으로 젖혀지면서 촛불이 꺼졌다. 남자가 그녀의 눈에 손전등을 비추고 있었기 때문에 얼굴은 볼 수 없었지만, 특유의 쉰 목소리 덕에 앨리샤는 그가 사촌임을 바로 알아차렸다.

"말론? 무슨 일로 여기까지 온 거야?"

"서둘러."

젊은 필리핀 남자가 숨을 헐떡이며 말했다.

"빨리. 우린 여기서 벗어나야 해."

말론은 쓰레기 산에서 일하지 않았다. 젊은 청년들 중 가장 기민한 배달책으로, 슬럼 지역의 악덕업주인 에드윈을 위해 마약과 다른 물건들을 넘기는 일을 했다.

"왜 그래? 무슨 일이야?"

본능적으로 앨리샤는 아기를 가슴으로 더 꼭 껴안았다.

"이 소리가 들리지도 않아?"

말론이 손전등으로 천장 쪽을 비췄다.

"들려, 그래서?"

헬리콥터가 점점 더 가까이 다가오고 있었다. 특별할 것이 없었다. 헬기의 탐조등 불빛은 매일 밤 손가락처럼 뻗어나와 슬럼가의 지붕들을 더듬으며 훑고 지나갔다. 프로펠러 소리는 거대한 뱀의 맥박처럼 들렸다.

"그들이 여길 폐쇄하려고 해."

"뭐?"

앨리샤와 제이가 입을 맞춘 것처럼 동시에 물었다.

"진입로를. 지금."

"도대체 무슨 얘기야?"

"진입로 전체가 봉쇄될 거야. 다리도, 쓰레기 처리장도 외부로부터 차단될 거야. 30분 후엔 그 누구도 이곳에서 나갈 수 없게 될 거야."

말론이 경고했다. 아랫입술에 세 개의 선을 문신한 채 열여섯 살이라는 어린 나이에 살인청부업도 마다하지 않는 남자가 이런 걱정스러운 목소리를 내는 건 흔한 일은 아니다.

"그럼 우리가 뭘 해야 하는데요?"

제이가 물었다. 제이는 말론을 존경해서 그의 행동을 따라했는데, 그의 걸음걸이와 억양까지 흉내 냈다.

"시간이 없어."

"안 돼, 기다려."

앨리샤는 그녀를 밀치며 지나가는 제이의 손목을 붙잡았다.

"지금 무슨 일이 일어나고 있는지 말해주기 전에는 어디에도 가지 않을 거야."

말론은 깊은 한숨을 내쉬었고, 머리를 모두 밀어버린 그의 모습에 지친 기색이 스쳤다.

"자세한 건 나도 몰라. 하지만 군대가 진입하고 있어. 보건 당국이 시킨 일이래."

"군대가? 뭘 하려고?"

"새로운 질병 때문이래. 라디오를 들어서 알 거야, 그치? 그들은 전염병이 우리한테서 퍼져 나갈까 봐 두려워해."

앨리샤는 고개를 끄덕였다. 그녀도 우물가에서 우연히 사람들의 대화를 엿들은 적이 있다. 그녀는 그러려니 했고, 더 이상 그런 소문들에 신경 쓰지 않았다. 마약, 폭력, 질병, 기아…… 이곳에서 죽을 수 있는 무수한 가능성이 있는데, 무엇 때문에 하나를 더 추가해서 걱정하겠는가.

"그들이 우리를 이 격리 구역 안에 꼼짝 못 하게 가둬둘 거라고 생각하는 거야?"

그녀가 물었다.

"이 지역 전부를?"

"아니야."

말론이 고개를 가로저었다.

그녀의 머리 위에서 헬리콥터 소리가 점점 더 크게 들렸다.

"내 생각엔 그들이 우릴 죽이려는 것 같아."

# 제2장

같은 시각,
직선거리로 9876킬로미터 떨어진 곳

'그녀를 도와야 해.'

자신의 이름조차 기억나지 않는 그였지만 이것 하나는 분명했다. 소녀를 지켜주어야 한다. 놈들의 자동차로 그녀가 올라타는 것을 막아야 한다. 만약 그러지 않으면 뭔가 끔찍한 일이 일어날지도 모른다.

왜 그런 확신을 갖게 된 건지 그 자신도 잘 알지 못했다. 그리고 아마 바로 알아내지도 못했을 것이다. 그가 이 순간 엄청난 에너지를 쏟으며 집중하고 있던 반면, 그의 옆에 서 있는 남자는 그를 계속 설득하고 있었기 때문이다.

"이봐, 키 큰 양반. 자네가 수다쟁이가 아니라는 건 나도 알아. 그래도 다시 한 번 말해두지만, 절대 누구하고도 이야기하지 마. 듣고 있어? 아무에게도, 단 한 마디도 하면 안 돼. 질문을 받으면 자네 대신 내가 대답할게. 혹시 피할 수 없는 상황이 되거나 다른 방법이 전혀 없으면, 당신은 네덜란드에서 온 노아이고, 여행 중이라고 해. 우스꽝스러운 자네 억양 때문에 모두가 그렇게 믿을 거야, 알겠어?"

그는 잠자코 고개를 끄덕였다.

그가 지난 몇 주 동안 대화보다는 생각에 집중하는 데 시간을 보냈던 것에 반해, 오스카는 마치 빨리 말하기 대회에서 우승이라도 노리는 사람처럼 쉬지 않고 계속해서 지껄여댔다. 오스카는 차가운 공기 중에 자욱한 입김을 구름처럼 만들어냈다.

2월, 베를린의 겨울은 혹독했다. 부서지는 소리가 날 정도로 풍속계가 돌아가고, 바람은 자신의 행로를 방해하는 모든 것을 베어버렸다. 옷도, 피부도 그리고 영혼까지도. 겨울은 신분의 높낮이에도 별다른 차이가 없었다. 그루네발트에 사는 과부의 모피 자락이 날리거나, 리히텐베르크를 돌고 있는 집배원의 얼굴에 눈비가 내리치거나, 혹은 바로 지금처럼 프랭클린 거리의 노숙자 수용소 앞에 끝도 없이 길게 늘어선 사람들이 앞뒤로 바싹 붙어 서 있게 하거나.

"10분 내로 시작될 거야."

오스카는 짧고 두툼한 팔로 노아를 툭 치며 회색 콘크리트 건물의 입구를 가리켰다. 건물 입구 앞에는 포도송이처럼 주렁주렁 매달린 대기자들이 몰려 있었다.

"우린 눈에 띄게 행동하면 안 돼. 그러면 좋지 않은 일이 생길 거야. 혹시 단속을 당하게 되면 절대로 눈을 마주치지 마. 고개를 빳빳이 들며 거만하게 굴지도 말고. 자네가 얼마나 강한지 모두가 보게 되면, 그들은 자네 행동을 위협처럼 받아들일 거야. 그리고 무조건 내가 앞에 나서도록 내버려둬. 알겠지? 수용소에서는 알코올, 마약, 담배, 무기는 금지야. 혹시 몸에 무기를 지니고 있는 건 아니겠지?"

오늘 아침 일찍 재활용 병을 찾아 뒤적거리던 노아는 쓰레기 속에서 총 한 자루를 발견했다. 오스카가 의심의 눈초리로 노아를 쳐다보았다. 그는 신장 차이를 조금이라도 줄여보려고 발끝으로 섰지만, 그래도 딱 노아의 가슴께밖에는 닿지 않았다.

"좋아, 그럼 준비가 됐군. 난 말이야, 자네가 이곳에서 추려져서 나가게 되는 걸 원치 않아. 오늘은 2월 14일이야. 14 그리고 2, 이 두 숫자를 더하면 16이 돼. 각각의 자릿수를 더하면 7이 나와. 7! 그러니까 우린 오늘 절대 은신처로 돌아갈 수 없다는 이야기야, 알아들어?"

'아니, 전혀 못 알아듣겠어요.'

노아는 괴상한 노숙자 친구가 하루 종일 대체 무슨 이야기를 하는 건지 거의 대부분 이해하지 못했다. 아니, 정확히 4주 전쯤 의식이 돌아왔을 때부터 인생 전체를 잘 이해하지 못하고 있었다. 노아는 오스카가 자신의 '은신처'라고 부르는 땅속 깊은 곳에 살고 있었는데, 그곳은 폐쇄된 지하철 갱도 옆에 있는 질식할 것 같은 칸막이 방이었다.

"그들이 오늘 전압 재는 일을 할 거야. 내가 이야기한 적 있지."

오스카는 마치 말귀를 전혀 알아듣지 못하는 바보와 대화를 나누는 것처럼 눈을 부릅뜬 채 노아를 쳐다보았다. 오렌지색 털모자, 동그란 얼굴, 모르몬교도식 수염 그리고 산처럼 솟은 거대한 배 때문에 오스카는 마치 스머프처럼 보였다. 노아는 지하철역 화장실 거울에 비친 자신의 얼굴을 알아본 적은 없었다. 머리를 자르고 수염을 다듬는다면 그의 기억에 날개를 달아줄지도 모르지만, 그럴 것 같지 않았다. 그는 슬픈 눈과 휜 코, 각진 얼굴을 가진 낯선 남자의 상처 많은 몸속에 갇혀 있었다.

"우리 은신처는 빌헬름 황제 기념 교회 동쪽 측랑(側廊) 바로 아래에 있어."

오스카는 그의 앞뒤로 서 있는 다른 노숙자들이 자신의 이야기를 우연이라도 엿들을 수 없도록 이제는 아예 소곤거리며 말했다.

"지리학적으로 살펴보면, 그곳은 빌머스도르프 구역 안에 있고 우편

번호는 10789번이야. 이것의 자릿수 합이 얼마인지는 생각할 필요도 없을 거야. 25야. 그리고 25의 자릿수 합은? 맞아, 7이지."

오스카는 신경이 예민해져 빠르게 눈을 깜박이며 그에게 신호를 보냈다.

"자네, 1993년에 새로운 우편번호가 도입된 이유가 단지 우편물을 더 빨리 배송하기 위한 거라고 생각하는 거야? 사실 그건 하나의 코드야. 투입 계획이지. 그들은 감시 방법과 시간을 조직화하려는 거야. 우편번호의 자릿수 합이 맞아떨어지는 날에는 우린 잠수를 타야 해. 이제 우리가 오늘 저 안으로 들어가는 게 왜 그렇게 중요한지 알겠어?"

'아니요. 난 하나도 이해 못 하겠어요. 내가 알겠는 건, 당신도 어쩌면 나처럼 미쳐 있다는 것뿐입니다.'

노아는 다시 소녀가 있는 쪽으로 몸을 돌렸다. 그녀는 2미터 떨어진 뒤쪽 행렬 속에 서 있었다. 처음 그 어린 소녀가 눈에 띄었던 것은 머리 때문이었다. 더 정확하게는, 턱없이 부족해 보이는 그녀의 머리숱 때문이었다. 머리 부위는 머리카락보다 피부가 더 많이 보여, 마치 소름 끼치도록 섬뜩한 약물 부작용에 시달리는 것 같았다. 그녀의 나이는 많이 봐야 열일곱 살이나 되었을까 싶었지만, 안 좋은 피부와 앞니 빠진 치아 상태를 바로 코앞에서 보니 확실히 단정 짓기 어려울 것 같았다. 게다가 자기 나이조차 알지 못하는, 삼십대쯤 되어 보이는 남자에게는 더욱 그랬다.

노아는 어린 소녀를 발견한 후부터 눈에 띄지 않게 자주 그녀를 관찰했다. 그리고 한 시간 반이 지난 지금은 그 자신보다 그녀를 더 잘 안다는 생각이 들었다. 노아 자신이 어디로부터 왔는지는 모르지만, 그녀가 거리에서 이미 오랫동안 살아왔다는 것은 의심할 필요가 없었다. 오스카는 아마도 그녀를 '아편 눈빛'을 가진 아이라고 말했을 것이다. 그녀의 눈은 뿌연 안개로 뒤덮인 듯 텅 비어 있었다. 이곳 추운 야외에서 노숙자 수용소 문이 열리기만을 손꼽아 기다리고 있는 많은 사람들의 눈과 다르지 않았다.

"저 여자 알아요?"

노아가 동행자의 말을 중간에 끊었다. 그는 한창 정찰 부대와 지리학적인 조직화에 대해 떠들고 있었다.

"저 여자?"

오스카는 노아의 말에 어리둥절해하며 눈을 껌뻑거렸다.

"저기, 저 여자애요."

노아가 그들 바로 뒤 입에 담배를 문 임산부 너머를 가리켰다.

근방에서 아이가 울기 시작했고, 점점 더 많은 남자들이 으르렁거리며 소리를 질러 댔다. 아마도 그들은 함께 구걸해 얻어낸 술병을 두고 마지막 한 모금을 마시기 위해 싸우는 것처럼 보였다.

"누구를 말하는 거야?"

"대각선 오른쪽으로요. 저기 머리카락이 특이한 여자애 말이에요. 배낭을 가슴에 꼭 껴안고 있잖아요."

그녀 옆에는 젊고 말랐으며 머리카락이 어깨까지 내려온, 존 레논 안경을 코에 걸친 남자가 서 있었다. 노아는 그가 몇 분 전 '냉동차'라고 쓰여진 은색 소형 버스에서 내리는 모습을 유심히 관찰했다. 처음에는 그 버스가 머물 곳을 찾는 노숙자들을 데려온 거라고 생각했다. 버림받은 영혼들은 급격하게 늘어나 새로운 무리가 되었고 저녁마다 가톨릭 교회의 사회복지 기구인 카리타스(Caritas)의 건물 앞에 몰려 있었다. 하지만 운전자는 혼자 차에서 내려 뭔가 찾으려는 듯 이곳저곳을 둘러보았다. 그는 우물쭈물하면서 행렬을 천천히 훑고 지나가다가 마침내 소녀를 발견했던 것이다.

"패트릭스야."

오스카가 설명했다.

노아가 고개를 끄덕였다. 오스카가 그녀를 아는 것에 대해 놀라지는 않았다. 그는 4년이 넘는 긴 시간 동안 부랑자 무리에서 살면서도, 그들 대부분이 발을 들이는 운명적인 물물교환, 즉 지적 능력을 혈중 알코올과 맞바꾸는 일에 저항하며 잘 살아왔기 때문이다.

오스카는 다른 사람들처럼 남루한 차림이었다. 피에로처럼 보이게 하는 큰 부츠에 오물로 얼룩진 바지와 실밥이 다 풀려나간 노르웨이 스웨터를 입었고, 기름때에 찌든 파일럿 점퍼를 걸쳤는데, 아무리 노력해도 배 위로 지퍼를 올릴 수가 없었다. 만약 몸에 걸친 옷이 스스로 선택한 거라면, 오히려 노아가 더 나은 취향을 가졌다고 말할 수 있었다. 오스카가 선로 옆에서 반쯤 죽어 있었던 노아를 처음 발견했을 때, 노아는 비싸고 따뜻한 옷에 파묻혀 있었다. 그는 지금 고무 재질에 안감이 덧대어진 부츠와 양옆으로 큰 호주머니가 달린 검정 청바지 그리고 불투명한 검은색 광택이 흐르는 모자 달린 스키점퍼를 입고 있었는데, 점퍼는 엉덩이 부분에서 끈을 졸라매도록 되어 있다. 노아는 모두 합해 1.5킬로그램이나 되는 무게의 옷을 입고 돌아다니고 있었다. 내의와 두꺼운 보온양말은 계산에 넣지 않았다.

"패트릭스?"

노아가 물었다.

"그녀의 별명이야. 패트리치아와 파텍스(Pattex)* 접착제를 합친 말이지."

오스카는 양손으로 주머니 모양을 만들어 접착제를 흡입하는 시늉을 했다.

"담뱃갑에 그녀 사진을 찍어 넣으면, 아무도 담배를 안 피울걸."

노아도 그 말에 동의했다. 아마도 그녀는 지금 환각 상태일지도 모른다. 그녀의 흐리멍덩한 눈빛이 그렇게 말해주는 듯했고, 그래서 북극에서 몰아치는 돌풍에도 전혀 끄떡하지 않는 것 같았다. 그녀는 그 자리에 전혀 없는 사람처럼, 마치 다른 세계로 사라져버린 듯 보였다. 노아는 그녀가 자신의 방광이 15분 전 비워졌다는 사실을 전혀 모른다고 확신할 수 있었다. 그녀 다리 사이로 보이는 짙은 얼룩이 이를 증명해주고 있었다.

그런 그녀를 안경 낀 남자가 믿을 수 없게도 한마디 말로 사로잡았다. 그가 그녀에게 무슨 말을 하는지 들을 수 없었지만, 한 가지는 분명해 보였다. 그는 흔들리는 십대 소녀를 차에 태우려는 것이다.

'냉동차에 타려는 거야.'

노아는 어떤 희생을 치르더라도 그것을 막아야 했다. 비록 그가 왜 지금 이 순간 그렇게 해야 하는지 아무에게도 설명할 수 없지만 말이다.

"이봐, 자네 미쳤어?"

오스카는 그가 줄에서 이탈하는 걸 막기 위해 점퍼 소매를 잡아당겼다.

"지금 이 자리를 포기하면, 내일 아마 길바닥에 얼어붙어 있는 너를 누군가 제설 삽으로 깨끗이 긁어낼 거야."

그들 뒤에는 어마어마한 무리가 서 있었다. 시에서 추정한 만 천여 명의 노숙자 중 대다수가 오늘 저녁 프랭클린 거리에서 살길을 모색해야만 한다. 연중 가장 추운 밤인 오늘 같은 날에는 그리 놀라운 일이 아니다.

"그녀를 도와줘야만 해요."

---

* 건설용 강력 접착제를 생산하는 독일의 대표적인 기업.

노아가 설명했다.

"도와? 한 마디도 하지 말고 절대 눈에도 띄지 말라고 했는데 어느 부분에서 이해하지 못한 거야?"

오스카는 화가 나 언짢은 목소리로 말하며 그의 어깨 너머를 신경질적으로 쳐다보았다.

그가 노아의 관자놀이를 손가락으로 톡톡 쳤다.

"내버려둬, 키 큰 양반. 이미 저 사람이 그녀를 돌봐주고 있잖아."

'그래요, 하지만 그는 가짜예요.'

원래라면 노아는 안도의 한숨을 내쉬어야 했다. 영하의 날씨가 두 자릿수까지 떨어진 날이 계속되었고, 73개의 야간숙소 침대는 뜨거운 전자레인지 속 눈덩이보다 더 빨리 사라질 것이다. 소녀는 얼어붙은 조깅 바지가 허벅지에 달라붙기 전에 급히 따뜻한 곳으로 피신해야 했다. 그리고 그때 사회복지사가 마치 부름받은 듯 나타났지만, 어딘지 어색한 느낌이 들었다.

그때 줄이 줄어들기 시작했다.

"좋아, 이제 시작됐어."

오스카가 말했다.

"줄에서 밀려나지 않도록 해, 노아."

'노아.'

여전히 그 이름에 익숙해지지 않았지만 그는 어떤 식으로든 불려야 했다. '노아(Noah)'라는 알파벳 네 글자가 그의 오른쪽 손바닥에 굵은 펜촉으로 그은 듯한 글씨로 문신처럼 새겨져 있었다.

그가 깨어났던 지옥의 한 모퉁이처럼 그 이름은 그에게 낯설었다. 신분증도 돈도 주머니에 없었고, 기억도 고통의 바다에 빠뜨리고 없었다.

처음 노아가 정신이 들었을 때, 마음씨 좋게 생긴 오스카의 얼굴이 그를 이리저리 쳐다보고 있었고, 감각이 안 느껴질 정도로 뜨거운 이마 위에 차가운 천 조각 한 장이 놓여 있었다. 어깨는 타는 듯한 견디기 힘든 통증이 일었는데, 마치 누군가가 그의 뼛조각에다가 못을 박아 넣고 있는 것 같았다.

하마터면 죽을 뻔했다고 그의 목숨을 구해준 남자가 3주 후 마지막으로 붕대를 갈아주며 말했었다. 총알은 왼쪽 어깨를 깨끗하게 관통했다. 주요 힘줄과 신경이 하나도 다치지 않은 것은 기적이었고, 이 기적 덕분에 노아는 죽지 않게 되었다.

"자넨 끔찍한 일을 당했어."

오스카가 그에게 말했다.

"하지만 그게 자네 목숨을 앗아가지는 못했지. 기억만 빼앗아갔을 뿐."

물론 노아는 오스카에게 영원히 고마워해야만 했다. 이 아래, 벽 하나만으로 지하철 터널과 분리되어 있는 칸막이 방에서 오스카는 노아가 다시 건강해질 수 있도록 보살펴주었다. 하지만 노아가 정신이 돌아왔을 때의 상황만을 따져본다면, 오스카의 간호가 그리 성공적인 것은 아니었다. 어디에서 왔는지, 가족은 누구인지, 무슨 사연으로 이렇게 삶이 단번에 꺾이게 되었는지 모른다면, 산다는 게 어떤 의미가 있을까? 아무 기억도 없는, 오로지 본능에 조종되는 삶. 그 본능은 노아 자신이 이 도시뿐만 아니라 그 어느 땅에도 속해 있지 않다고 말하고 있었다.

그리고 지금 그 본능은 패트릭스를 데려가는 남자가 사회복지사는 아니라고 말하고 있다.

"금방 돌아올게요."

노아가 중얼거리며 오스카의 팔을 뿌리쳤다. 오스카는 미친 듯이 화를

내며 가지 못하도록 막아섰지만, 행렬에서 이탈해 노아를 따라가려고
하지는 않았다.

"당장 돌아오도록 해!"

오스카가 그의 뒤통수에 대고 언짢은 목소리로 낮게 소리쳤다. 하지만
노아는 그 소리에 응답하지 않았다.

# 제3장


"이봐요! 이봐, 거기 당신."

노아는 몇 미터도 가지 못하고 완전히 기진맥진했고, 발걸음을 내디딜 때마다 어깨에 통증을 느꼈다. 그는 마치 맹인을 안내하듯 패트릭스의 손을 잡고 차가 있는 곳으로 이끌고 있는 남자에게 여러 번 계속해서 고함쳤다. 그리고 마침내 그 남자가 몸을 돌렸다.

"날 부른 거요?"

"그렇소. 거기 멈춰요!"

"뭐요?"

머리카락이 어깨까지 내려온 마른 사내가 눈썹을 치켜올렸다.

여자애는 그의 옆에서 마치 진열장 앞에 세워놓은 마네킹처럼 멍하니 쳐다보고 있었다. 손은 앞으로 돌려 멘 배낭을 움츠리듯 꼭 껴안고 있었다.

"그녀를 어떻게 할 작정이오?"

노아가 물었다.

남자의 입가에 거만한 웃음이 떠올랐다.

"그게 당신과 무슨 상관이 있는지 모르겠지만, 청소년 복지관 중 한 곳으로 데려갈 거요. 성인 수용소보다는 그곳이 그녀가 머무르기에 훨씬 더 나을 거요."

그는 여자애 머리를 부드럽게 쓰다듬으며 입가를 실룩거렸다. 노아의 뒤에서 오스카의 외침이 들려왔다. 노아의 마음을 움직여보려는 시도였지만, 노아는 그의 외침을 무시했다.

"당신이 아동복지국에서 일한다는 말입니까?"

노아는 그에게 물었다.

"그렇소."

"면허증 가지고 있소?"

"잘 들어요, 예수 선생. 내가 가지고 있지 않은 게 있다면, 그건 시간이오. 그러니까 내 일을 할 수 있도록 날 내버려두시오. 보시다시피, 이 아이는 가능한 한 빨리 이 추위로부터 피신시켜야 하오."

"빌린 차를 가지고 말입니까?"

입에서 무심코 튀어나온 말이다. 스스로 논리적으로 말을 정리하려던 것을 알아차리기도 전에, 노아는 그렇게 말해버린 것이다. 그다음 말을 할 때도 똑같은 현상이 일어났다. 스스로 자신의 말을 귀 기울여 듣고 있는 묘한 기분을 느꼈다.

남자는 다시 도로 쪽으로 몸을 돌리려고 했지만, 노아의 질문을 듣고는 멈췄다.

"그게 어떻다는 말이오?"

"당신 버스는 깨끗이 세차되어 있소. 차는 쾰른 등록번호*를 달고 있는

---

* 독일의 차량등록번호에는 맨 앞에 그 자동차가 소속되어 있는 지역 이름의 약자를 딴 알파벳이 표기되어 있다. 예를 들어 쾰른(Köln)은 'K', 베를린(Berlin)은 'B' 약자가 사용된다.

데, 여기는 베를린 관할이니 그 자체만으로도 이미 이상한 일이지. 그리고 그다음에 따라 나오는 글자 조합인 'TX'는 택시나 렌터카에서만 사용되는 것이오. 당신은 대문자 'D'가 적힌 스티커를 자동차 뒤에 붙이고 있는데, 그건 유럽카(Europcar)*에서 흔히 볼 수 있는 거요. 그 외에도 이유는 많지만, 결국 당신이 사칭하고 있다는 걸 알 수 있소."

남자의 입은 열려 있었지만 꿀 먹은 벙어리가 되어 서 있었다. 노아 자신도 그만큼이나 깜짝 놀랐다.

'내가 어떻게 이 모든 것을 알고 있는 거지?'

머릿속이 지식으로 가득 차 있는 것은 이미 안다. 온갖 나라의 수도 이름뿐 아니라, 체온은 머리에서부터 잃는다는 사실도(그래서 그는 점퍼에 달린 모자에 감사하고 있다). 그리고 그가 몸소 입증했던 것처럼, 인간이 2리터까지 피를 흘릴 수 있다는 걸 알고 있었다. 하지만 다른 건 다 알면서도 자신의 전화번호는 결코 떠올릴 수가 없었다.

그가 퀴즈쇼에 출연했더라면, 우승이라도 했을 것이다. 은신처에서 오스카가 흑백 TV로 퀴즈쇼를 보는 때는 노아가 자신의 신원에 대해 묻지 않는 유일한 시간이기도 했다.

'500유로짜리 질문을 시작하겠습니다. 누가 당신을 쐈습니까?'

'전혀 모르겠습니다. 제가 방청객에게 물어봐도 되겠습니까?'

"소녀의 몸값으로 얼마를 받습니까?"

노아가 물었다. 자신이 어떻게 그런 추측을 하게 되었는지 해명할 수 없다. 마치 자동항법장치처럼 뇌가 일하고 있다. 비록 그가 조종석에 앉아 있었지만, 조종레버는 완전히 혼자서 움직이고 있었다.

---

* 유럽의 대표적인 렌트카 회사.

"뭐라고?"

"당신에게 이 일을 준 사람들 말이오. 추측컨대, 그들은 사업체를 운영하는 자들이겠지. 매니저라고 불리는 돈 많은 작자들은 길거리에서 떠도는 폐물들을 건지길 기대하고 있을 거요. 그들에게서 얼마를 받고 있소? 희생자 한 명당 받는 거요, 아니면 하룻밤에 얼마씩 받는 거요?"

"당신 완전히 돌았군."

남자가 말하는 사이 마치 불길에 손이 닿은 듯 갑자기 여자아이의 손을 뿌리쳤다.

"그런 쓰레기 같은 말을 듣고 있을 이유가 없지. 그것도 당신 같은 비렁뱅이한테."

그는 노아에게서 눈을 떼지 않은 채 한 걸음 뒤로 물러섰다. 자칭 아동복지국 직원은 힘 있게 말했지만 목소리가 떨렸다. 남자가 점퍼 속으로 손을 집어넣었을 때, 노아는 그가 총을 꺼내는 것은 아닐까 잠시 의심했다. 하지만 다음 순간 바로 그런 상황이 되지 않을 것이란 걸 확실히 알아차렸다. 과거 몇 주일보다 지금 이 30초 동안 노아는 자신에 대해 더 많은 것을 새로 알게 되었고, 그래서 두려워졌다.

'아마도 난 영혼의 저 깊은 밑바닥까지 보아왔던 인간이었던 게 분명해.'

그가 악과 마주치는 일이 생기면, 즉시 알아차렸다. 악 또한 그를 알아보았다. 이따금 그들이 교차로에서 마주치게 되면, 지금처럼 악은 꽁무니를 빼며 물러섰다.

남자는 점퍼 안에서 자동차 열쇠를 꺼내 뒤돌아보지 않고 바쁜 걸음으로 멀어졌다.

"패트리치아?"

노아가 조심스럽게 그녀를 다독였다. 아무런 반응이 없었다. 어린 소녀는 자신을 둘러싸고 어떤 일이 일어났었는지 전혀 파악하지 못하고 있었다.

"내가 하는 말 들리니?"

그는 반쯤 감겨 있는 그녀의 눈앞에 손가락을 튕겨 소리를 내보았다. 그녀의 눈은 깜박이지 않았다.

"이봐, 노아. 우리 차례야!"

오스카가 저만치 떨어진 곳에서 그를 불렀다. 노아가 뒤돌아보니, 동행자가 노숙자 수용소 입구 바로 코앞에 서 있었다. 그는 벌써 문 안쪽으로 들어서서 노아를 향해 팔을 흔들어댔다.

"이젠 시간이 없어, 서둘러!"

노아는 소녀에게 손을 내밀어 잡았고, 소녀는 아무 저항 없이 그가 이끄는 대로 따랐다. 그녀는 마치 최면에 걸린 사람처럼 움직였기 때문에 카리타스 건물까지 가는 데 한참 걸렸다.

"대체 뭔 바람이 분 거야?"

노아는 사람들의 야유를 무시한 채 패트릭스를 데리고 앞줄로 갔고, 오스카를 발견하자 인사를 건넸다. 오스카는 고함을 치며 화내지 않기 위해 자신을 꾹꾹 누르고 있었다.

건물 여직원이 아무 말 없이 그들 세 명을 안으로 데려온 후 문을 닫아버렸다. 젊은 여자는 청바지에, 목둘레가 둥근 스웨터와 가죽점퍼를 입고 있었으며 한 올의 머리카락도 빠짐없이 매끈하게 당겨 묶은 헤어스타일을 하고 있었다.

일행이 서 있는 곳은 임대주택의 입구 같은 큰 대기실이었는데, 계단 하나가 위층까지 연결되어 있었다. 그들을 둘러싼 갑작스러운 온기에 노아의 눈에서 눈물이 쏟아졌고, 붕대 아래 총상 부위는 불쾌해질 정도로 간지럽기 시작했다.

"까딱 잘못했으면 자네 탓에 일을 망칠 뻔했어."

오스카가 언짢은 음성으로 목소리를 낮추어 말했다.

"침대가 딱 세 개 남았어."

'어쨌든 딱 맞아떨어졌네.'

노아가 그렇게 생각하는 동안, 여직원이 그들을 위층의 안내 테이블로 데려갔다. 거기엔 형광등 불빛에 비친 '접수'라고 쓰인 표지판이 매달려 있었고, 키가 큰 여자 한 명이 그들을 기다리고 있었다. 그녀는 마치 지금 당장이라도 수술을 시작하려는 사람처럼 하얀 의사 가운에 마스크를 쓰고 양손에는 라텍스 장갑을 끼고 있었다.

"안녕하세요, 오스카."

그녀가 말했다. 목소리는 지쳐 있었지만 불친절하게 들리지는 않았다. 짧은 회색 머리 때문에 처음에는 조금 인간미 없는 사람처럼 보이기도 했지만, 그녀의 미소는 그런 인상을 곧 바꾸어놓았다.

"오랜만이네요. 그런데 누굴 데리고 온 거예요?"

"패트릭스요, 그러니까 패트리치아를 말하는 겁니다. 시모나 부인도 알고 계시죠. 그리고 노아는 아부스(Avus)의 휴게소에서 만났어요. 그는 네덜란드에서 히치하이킹으로 여기까지 왔대요."

오스카는 노아의 다치지 않은 쪽 어깨를 두드리려고 팔을 쭉 뻗었다.

"이 사람은 말수가 적고 우리나라 말을 거의 못 하는 것 같아요."

"이해해요."

이름이나 성 중 하나는 분명 '시모나'인 부인이 엄지손가락으로 그녀 뒤에 있는 복도를 가리켰다. 복도는 테이블 옆을 지나 건물의 다른 구역으로 통해 있는데, 사람들이 바삐 움직이는 떠들썩한 소리가 가까이서 들렸다.

"이곳 일이 어떻게 흘러가는지 잘 알죠, 오스카. 우선 검진부터 받아요. 마닐라 독감 때문에 좀 더 까다로울 거예요. 개인적으로는 정부가 수백만 유로를 불필요하게 낭비하게 되는 거라고 생각해요. 그래도 의무적으로 이 입마개를 쓰고 있어야 해요. 그러니까 제발 너무 심하다고 생각하지 말아줘요."

오스카는 어깨를 으쓱거렸고, 노아는 고개를 끄덕였다. 그는 어제 본 뉴스를 떠올렸다. 세계적으로 전염병이 퍼져 나가고 있었다. 독감과 비슷한 증상으로 시작하는데, 치료가 불가능해 사망에 이를 수도 있었다. 로베르트-코흐 연구소의 전문가들은 수주 이내로 만 명에 이르는 희생자가 나올 것으로 추정했으며, 열이 있는 사람은 곧바로 의사와 상담하도록 권고했다.

"검진을 받은 후에는, 샤워도 하고 깨끗한 옷으로 갈아입을 수 있어요. 오늘 기부금이 들어왔거든요. 스파게티도 준비되어 있어요. 하지만 그게 남자분들한테만 해당되어서 걱정이네요. 패트리치아는 들어가지 못해요."

"뭐라고요?"

노아는 반문하는 자신의 목소리를 귀로 듣고서, 한 마디도 하지 말라는 오스카의 경고를 새까맣게 잊은 게 당황스러웠다.

"어린애를 다시 이 추위에 내보내겠다는 말입니까?"

설령 시모나가 뜻밖에 튀어나온 그의 독일어를 수상하게 여길지언정 노아는 말을 계속했다.

"서류에 적힌 대로 하는 거예요. 충분한 침대만 있다면, 아무도 내쫓지 않아요. 하지만 패트리치아도 여기에 머무르는 걸 원치 않을 거예요."

"오직 서류에 적힌 대로 한다고요?"

노아는 그녀의 말을 되받아치며 자신이 분노로 바짝 긴장한 것을 느낄 수 있었다.

"이 소녀를 보세요. 더 이상 스스로 결정을 내릴 수 있는 상황이 아닙니다."

"아아, 그래요?"

시모나는 테이블 앞으로 걸어 나왔다. 그제야 노아는 오스카처럼 그녀도 엉덩이에 몇 파운드의 살을 더 달고 있다는 걸 알아차렸다. 그녀는 엄청 빠른 걸음으로 패트리치아에게 걸어가 그녀의 배낭을 잡으려고 했다. 그러자 그동안 모든 일에 무관심했던 소녀가 갑자기 확 달라졌다.

"보이나요?"

시모나가 물었다. 하지만 그녀가 가방의 지퍼를 열려고 시도하자마자, 패트리치아는 악을 쓰며 울었다.

'저 안에 대체 뭘 가지고 있는 거지?'

궁금증이 일자마자 노아는 답을 들었다.

"동물은 반입금지예요."

시모나는 건물 이용수칙이 걸려 있는 쪽으로 고개를 돌렸다. 질병 확산 방지를 위한 지시 사항이 투명하게 코팅되어 안내실 콘크리트 기둥의 벽보 아래 붙어 있었다. 그사이 시모나는 패트리치아의 손가락을 풀어 가방을 열었다. 소녀는 마약으로 인해 힘을 쓸 수 없었던 것이다.

노아는 믿을 수 없다는 듯 가방 속에 있는 황토 빛 작은 털 뭉치를 쳐다봤다. 강아지의 머리 크기는 겨우 복숭아만 했다.

"제가 소개해도 될까요? 토토예요. 이미 어제도 이 녀석을 몰래 데리고 들어오려고 했죠. 그때만 해도 오늘처럼 이렇게 마약에 취한 상태는 아니었어요."

"눈에 띄지 말라고 그렇게 강조했던 내 말은 귓등으로도 안 들었군."

오스카가 노아의 귀에 대고 소곤거렸다. 하지만 그의 말은 계속해서 악을 쓰며 울어대는 패트리치아의 울음소리에 묻혔다. 시모나가 다시금 토토를 위해 공기 구멍만큼만 배낭을 열어준 후에야 비로소 잠잠해졌다.

"알겠습니다. 동물에 관해서는 이해합니다. 위생을 위해서······"

"맞아요."

시모나가 테이블 뒤로 돌아가며 그의 말을 끊었다. 그사이 복도에 있던 카리타스의 두 남자 직원과 젊은 여자 실습생 하나가 이 소란에 놀라 다가오고 있었다.

"하지만 예외도 있지 않습니까?"

"유감스럽지만, 그렇게는 안 돼요. 더구나 요즘처럼 전염병 때문에 보건 당국이 두세 배로 우리를 감시하는 동안에는요."

"이런, 비극이로군. 하지만 우리가 할 수 있는 일은 아무것도 없어."

오스카가 말하며 두 손을 맞잡았다. 노아가 예상한 것처럼, 그는 안내 테이블을 지나 뒤뚱거리는 걸음으로 진찰실 쪽으로 걸어가려고 했고, 이번에 그의 점퍼를 잡은 것은 노아였다.

"그렇다 해도 우리가 할 수 있는 일이 있을 겁니다."

그는 아랫입술을 떨고 있는 패트리치아를 돌아보았다. 그녀는 숨을 힘겹게 몰아쉬며 배낭을 감싼 채 팔짱을 끼고 있었다. 하지만 그녀의 눈빛은 더 이상 전처럼 비어 있지 않았다. 인생에서 아직 유일하게 의미 있는 것을 잃어버릴지도 모른다는 두려움에 그녀는 정신이 맑아졌다.

"뭘 하려는 거야?"

노아가 소녀에게 몸을 숙이고 눈을 깊숙이 바라봤을 때, 오스카가 걱정스러운 목소리로 물었다.

3분 뒤, 패트리치아는 노숙자 수용소 병원센터 침상에 따뜻한 이불을 덮고 누워 있었으며, 여의사가 그녀에게 수액주사를 놓기 위해 조심스럽게 링거 바늘을 꽂았다.

그리고 노아는 오스카와 함께 또다시 추위 속에 서 있었다.

# 제4장

"아직도 이해가 안 돼. 이건 절대 있을 수 없는 일이야."

오스카는 발을 쿵쿵거리며 걸어나갔고, 노아는 타고난 긴 다리에도 불구하고 화가 치밀어 구시렁대는 동료와 발걸음을 맞추기 위해 노력했다.

"난 자네 생명을 구했어. 지난 몇 주 동안 내가 저장해두었던 물건들과 돈 그리고 은신처까지 나눠 썼어. 그게 전부 우리가 함께 눈보라 속에서 뒈지려고 그랬던 건가?"

노숙자 수용소를 떠난 후부터 눈발이 얼음처럼 차가운 바람에 섞여 그들의 얼굴을 때렸다.

"굳이 날 따라 나올 필요는 없었어요."

노아가 대답했다. 그는 휘몰아치는 바람에 조금이라도 덜 노출되려고 잔뜩 움츠린 상태에서 얼굴을 아래로 숙이고 있었다.

"뭐? 따라 나올 필요가 없었다고?"

오스카는 연극적으로 깔깔대고 웃다가, 갑자기 몸을 돌렸다.

"나 없이 자네는 이 세계에서 10분도 살아남지 못해. 빌어먹을……"

그는 마치 창조자에게 왜 이런 시련을 주는지 물어보는 신도처럼 하늘을 향해 양손을 쭉 뻗었다.

"난 그때 저축해둔 돈을 낯선 남자를 위해 쓰기로 마음먹었어. 만약 어떤 사람이 총을 맞고 쓰러져 있다면, 이성적으로 생각했을 때 결코 좋은 일이 일어나지 않을 거란 걸 알았지만, 그래도 의약품과 반창고, 붕대를 사기로 결정한 거야. 내면의 소리에 귀 기울이지 않기로 한 거지. 난 스스로에게 물어보았지. 오스카, 너도 도망 다니던 때가 있었잖아. 어쩌면 이 사내도 너와 똑같은 문제를 가지고 있는 건 아닐까? 어쩌면 이 남자야말로 꼭 필요로 하던 파트너가 아닐까? 어쨌든 내가 앞으로 더 젊어질 일은 없을 거고, 거리 위의 삶이라는 게 그렇게 녹록하지만은 않아, 그렇지?"

오스카가 자기 이마를 쳤다.

"자네를 발견했던 날, 원래 은신처를 벗어날 생각이 전혀 없었어. 하지만 잠이 오지 않아 잠시 산책하기로 했지. 순전히 우연이었어. 폐쇄되어 있던 그 터널은 평소 내가 다니던 길목도 아니야. 그래서 난 운명이 의도적으로 우리를 이끌었다고 생각했어. 사랑하는 하느님이 내 이웃 사랑에 보답해주실 거라고 생각했지. 그런데 젠장, 내 이웃 사랑에 대한 보답으로 어떻게 해주고 계시는지 잘 보라고!"

오스카가 걸음을 멈춰 서서는 목을 뒤로 젖히고 하늘을 향해 고래고래 소리쳤다.

"하느님, 저는 당신이 오늘 밖에서 잘 수 있도록 허락해주셔서 정말 행복합니다! 제발 오늘 날씨가 더 춥도록 해주세요! 그렇게 해야 혈액순환에도 좋습니다."

보도 맞은편에서 걸어오던 양복 입은 신사가 노숙자들을 경멸에 찬 눈으로 쳐다보며 고개를 설레설레 저었다. 그런 다음 가던 길을 급히 갔다.

"굳이 날 따라 나올 필요는 없었어요."

노아가 다시 걷기 시작한 오스카와 간격을 좁혔다. 패트리치아처럼, 그는 배낭을 가슴 앞으로 메고 있었다. 토토가 자세를 바꾸자, 그 안에서 미세한 움직임이 느껴졌다. 오스카는 화가 나 입술을 꽉 깨문 채 배낭을 가리켰다.

"그 개를 데려온 건, 정말 최악의 선택이야."

"그런데요?"

노아가 되물었다. 오스카의 목소리가 할 말이 더 있는 것처럼 올라간 채 높이 머물러 있었기 때문이다.

"하지만 내가 확인한 건 하나 있어. 내가 자네를 잘못 짚은 건 아니야."

"내가 동물을 돌봐주기 때문에 착한 사람이라고 말하고 싶은 거예요?"

"농담 집어치워. 부랑자 두 명 중 하나는 그런 개새끼를 옆에 끼고 다녀."

그가 다시 걷기 시작했고, 노아는 그 말을 이해하려고 애썼다. 오스카가 그에게서 몸을 돌려 바람에 대고 말하고 있었기 때문이다.

"그게 무슨 말이에요?"

그가 되물으며 오스카를 따라잡기 위해 노력했다.

"내가 알고 있는 한, 부랑자들이 자신의 개를 모르는 사람에게 맡기는 경우는 없다는 걸 말하는 거야. 단 하룻밤도 결코."

그는 노아에게 궁금하다는 눈빛을 보내며 힐끔 쳐다보았다.

"패트리치아가 배낭을 넘겨주다니, 대체 어떻게 한 거지?"

노아가 어깨를 으쓱거렸다.

"나도 몰라요. 단지 토토를 잘 돌봐주겠다고 말했을 뿐이에요."

그들은 다리로 들어섰고 얼어붙은 강을 건넜다. 거리 표지판에 따르면 슈프레강이었다. 매번 그랬던 것처럼, 노아는 오스카가 자신을 어디로 끌고 가는지 몰랐다. 하지만 익숙한 일이었다. 그는 지난 며칠 동안 강아지처럼 터벅거리는 무거운 발걸음으로 오스카의 뒤를 따라다녔다. 처음에는 최면 상태처럼 무감각하게 돌아다녔지만, 점점 더 자학적으로 변했다. 그가 눈을 떴던 현실은 악몽처럼 비현실적이었으며, 매 순간 악몽에서 깨어나길 바랐다. 하지만 총상도, 오스카도, 먼지와 기름 냄새가 나는 지하 터널 은신처도 착각이 아니어서 점점 당혹스러웠다. 어디로 가야 하는 걸까? 누구와 이야기해야 하는 걸까? 정말 도망치던 중이었을까? 오스카가 입이 닳도록 설명했던 것처럼, 정말 악한 세력들에게 쫓기고 있던 건 아닐까? 관리당국이나 병원에 간다면, 스스로 생명의 위협을 자초하는 꼴이 되는 걸까? 아니면 그 위험이라는 것이, 이상한 뇌구조를 가진 희한한 남자의 음모론인 걸까? 그의 줄거리는 완벽하게 짜여 있었다. 노아는 자기 자신만큼이나 오스카에 대해서도 아는 바가 없었다. 과거에 그가 의사였던 것은 분명해 보였다. 그렇지 않다면 어떻게 그가 의료 지식에 대해 그렇게 잘 알고 있겠는가?

"앞으로 어떻게 할지 심각하게 고민해야 할 거야."

오스카가 자신의 속마음을 털어놓았던 것은, 몸에 열이 충분히 내려서 노아가 2주일 동안 누워 있었던 캠핑용 침상에 똑바로 몸을 앉힐 수 있게 됐을 때였다. 사실 노아는 경찰에게 찾아가길 원했다. 누군가 자신을 걱정하며 찾는 사람이 있을지도 모르고, 실종 신고가 접수되어 있을지도 모를 일이었다. 하지만 오스카가 그 말을 듣자, 깜짝 놀라며 눈을 부릅떴다.

"만약 나라면, 그렇게 하지 않을 거야."

"왜요?"

"키 큰 양반, 누군가 자네를 살해하려고 했어. 나는 킬러 후보군에서 제외시킬 수 있는, 유일하게 자네가 믿을 수 있는 사람이야. 안 그랬다면 자네를 이렇게 다시 건강해지도록 돌봐주지도 않았겠지. 내 말은, 누구든 킬러일 수 있고, 지금 이 순간에도 그 킬러가 자네 뒤에 있을 수 있다는 생각을 해야 한다는 거야. 그리고 그건 아마 빙산의 일각일 뿐일 거야. 자네 머리는 전혀 손상이 없어. 자네가 기억을 잃어버린 건, 추측해보건대, 분명 정신적인 트라우마일 거야. 자네 뇌가 끔찍한 뭔가를 무의식적으로 몰아내는 거지. 정말 끔찍한 어떤 일을 말이야. 그리고 그게 저기 밖에서 자네를 기다리고 있어. 여기 숨어 있는 동안은 안전이 보장된다는 말이기도 하지."

노아는 잠시 넋을 잃고 은신처 안을 이리저리 둘러보았다. 그때까지 그는 단 한 번도 이곳을 떠난 적이 없었으며, 심지어 생리적인 욕구도 이곳에서 해결했다. 오스카는 환자용 변기와 재활용 플라스틱 물통으로 만든 깔때기를 이용했다.

"그 말은 내가 당신과 함께 영원히 이 지하에서 살아야 한다는 이야기인가요?"

'창문도 없는 이 잡동사니 창고에서?'

당시 노아는 자신이 지하 창고가 아니라 베를린 땅에서 10미터 아래, 폐쇄된 지하철 터널 끝 판잣집에 있다는 것을 몰랐다. 반복적으로 들리는 덜커덩거리는 소리가 선로를 달리는 지하철이 내는 소음이라는 것도 알아차리지 못했다. 오로지 다른 수수께끼를 푸는 데 너무나 열중해 있었기 때문이다. 게다가 은신처는 실제로 노아에게 안전하다는 느낌을 주었고, 그 자신도 이곳에 대해서 아무런 의문도 품지 않았다.

오스카는 은신처를 안락하게 꾸미려고 노력했다. 콘크리트 벽면에는 직접 제작한 선반들이 있었는데, 엄청나게 많은 책의 무게 때문에 휘어져 있었다. 두 장의 벽돌 받침대 위에는 가죽 트렁크를 올려 만든 책상도 있었고, 옆으로는 세면대도 있었다. 전기도 들어왔다.

물은 벽의 수도관 한 곳으로부터 직접 받아 사용했고, 전기는 지붕 아래 굵은 밧줄 모양으로 길게 늘어선 선로의 배선을 통해 공급받았다. 전체적으로 은신처는 취미생활을 즐기는 방으로 개조된 차고를 연상시켰다. 바닥에는 서로 다른 색상의 카펫 조각들이 널려 있었으며, 벽에는 나사못으로 고정시켜둔 휴대용 TV가 걸려 있었다. (오스카의 설명에 따르면, 2년 전 베를린 지하철이 휴대전화 수신을 위한 무선망을 강화시킨 이후부터 비로소 작동했다고 한다.) 또 어린이 방에서나 볼 법한 맥주 상자를 모아 만든 작지만 깨끗한 침대도 있었고, 바로 옆에는 분젠 버너로 요리를 할 수 있도록 만든 임시 부엌도 있었다.

모든 가구와 일상 용품은 대형 쓰레기를 모아두는 곳에서 골라와 수리한 후 깨끗이 청소한 것들이었다. 다만 세면대 아래, 환풍기 돌아가는 소리가 끊임없이 들리는 미니 냉장고만은 새것처럼 보였다.

"당연히 이곳에 영원히 있으라는 말은 아니야."

오스카가 말했다. 그러고는 보잘것없지만 희한하게도 마음을 편안하게 해주는 그의 은신처를 빠르게 훑어보았다.

유일하게 이 숙소에서 노아를 괴롭히는 것은 열기였다. 숙소 밑 거대한 파이프 안으로 뜨거운 공기가 드나들어서 바닥은 온돌바닥 같았다.

"기억을 되찾을 때까지만 여기 있도록 해."

오스카가 제안했다.

"자네를 기다리고 있는 지옥에 대해 제대로 알아보아야 거기로 갈지 말지 정할 거 아니야. 그렇지 않아? 그리고 시간 말고 자네가 잃어버릴

게 뭐가 더 있어? 만약 나아지지 않으면, 그때 위험을 무릅쓰고 경찰을 찾아가도 늦지 않아."

생각은 달랐지만, 노아는 당시 그 의견에 따랐다. 그는 스스로 뭔가 계획을 세우기에는 너무나 기진맥진한 상태였다. 당분간은 오스카의 의견에 따르고 그의 충고를 받아들이기로 했지만, 이는 스스로 길을 갈 수 있는 힘을 모을 때까지만 유효했다. 그 길이 그를 어디로 이끌지는 몰랐지만.

그런 이야기들이 오고간 지 2주일이 지난 오늘, 노아는 이별의 순간이 멀지 않았다는 것을 느꼈다. 늦어도 내일이면 그들은 서로 다른 길을 걷게 되리라. 이 순간 그는 결심을 굳혔다.

"그 애가 자네한테 그냥 토토를 넘겼다는 거야?"

오스카가 또 한 번 물었다. 그러는 동안 그들은 다리를 건넜고, 보도는 염화칼슘이 뿌려져 더는 빙판 상태가 아니었다.

"예."

"봐봐, 바로 그래서 내가 자네를 받아들인 거야. 난 자네가 누군지는 몰라. 하지만 자네가 어떤 종류의 인간인지는 알고 있어."

"그래서요?"

'난 뭐지?'

오스카가 이번에는 신발 끈을 묶기 위해 다시 멈췄다. 오른쪽 발을 공원 벤치 위에 올리고는 장갑을 벗었다. 그의 뭉툭한 손가락이 얼음처럼 차가운 공기에 마비되어갔다.

"노아, 자네는 뭔가 특별해. 그래, 맞아. 지금 이 상황이 동성애자가 유혹하는 거 아니냐고 말하고 싶다면, 입 닥치도록 해. 이건 진심이야."

오스카는 신발 끈 묶는 것을 멈추지 않은 채 그를 올려다봤다.

"자네는 올림픽 출전 직전의 수영 선수처럼 잘 단련된 몸을 가지고 있어. 자네 손은 결코 힘들게 일해본 적이 없어 보이지만, 몸 곳곳은 상처투성이야. 은신처에서 자네가 잠자리를 정리할 때면, 마치 명령을 수행하는 데 익숙한 군인처럼 질서정연한 동작을 보여주지. 하지만 자네 눈에는 뭔가 말할 수 없이 슬픈 우울함이 보여. 그리고 울부짖는 것처럼 느껴져. 날 믿어. 난 정말 자네한테 아무 짓도 안 해. 자, 봐봐. 그래서 패트릭스도 자네 눈이 외치는 소리를 듣고 받아들일 수밖에 없었던 거야."

오스카는 몸을 일으키고는 장갑을 다시 꼈다.

"그리고 틀림없이 나도 자네 눈을 외면하지 못했을 거야."

SUV 차량 한 대가 엄청난 속도로 도로를 지나가며 경적을 울렸다. 아직 퇴근 시간이 끝나지 않았는데도 거리는 놀라울 정도로 통행량이 적고 조용했다. 날씨가 안 좋기 때문만이 아니라 술렁대고 있는 독감 때문일 것이었다. 꼭 대문 밖으로 나가야 하는 사람이 아니라면, 모두 자신들의 벽 안에 웅크리고 있었다.

"아직 멀었어요?"

노아는 질문을 하며 예전에 오스카의 은신처가 얼마나 따뜻했었는지 떠올렸다. 작은 고드름이 수염 끝자락에 생겼다. 지나치게 달구어져 코의 점막이 바싹 마를 정도였던 은신처의 실내 온도가 그리웠다.

"어쨌거나 오늘 저녁에는 은신처로 갈 수 없어. 수의 각 자릿수 합에 문제가 있기 때문이지."

노아는 울어야 할지, 웃어야 할지 난감했다.

'기억상실증 환자와 편집증 환자의 소풍날이군.'

"어디로 가는 거예요?"

"아들론 켐핀스키로."

48

오스카가 대답했다. 노아가 아무런 반응이 없자, 그는 눈을 치켜떴다.

"내가 한 농담을 이해 못 한 거지, 그렇지?"

"호텔인가요?"

오스카가 한숨을 쉬었다.

"키 큰 양반, 왜 그들이 자네한테 총을 겨눴는지 좀 이해가 되는군. 맞아, 호텔이야. 하지만 그 호텔 침대가 너무 푹신해서 말이야. 내 허리에 문제가 있다는 거 알고 있지? 그래서 우린 그 앞에 있는 다른 건물에 체크인을 할 거야."

그가 저 멀리 떨어져 밝게 빛나는 표지판을 가리켰다. 거기에는 푸른 바탕에 흰색으로 'U'라고 쓰여 있었다.

10분 후, 그들은 광장 지하철역에 잠자리를 마련했다. 그곳은 기온이 영하 3도 아래로 떨어지면, 베를린 도시교통본부가 노숙자를 위해 열어 두는 지하철역 세 곳 중 한 곳이었다.

# 제5장

"젠장, 베를린 전체 노숙자를 위한 숙소가 겨우 지하철역 세 곳이라니."

지하철역 입구에 들어선 오스카는 밤을 보내기 위해 흰 타일 벽 앞에 가재도구를 펼치고 있는 사람들을 가리키며 욕했다. 술 취한 청년들이나 다른 폭력배들의 공격을 받지 않을 가장 인기 좋은 구석 자리는 이미 다 찬 지 오래였다. 아예 처음부터 수용소에 가지 않았거나, 알코올이나 마약 혹은 또 다른 이유로 입소를 거절당한 사람들이 대부분이었다. 그들은 종이 상자나 비닐봉지를 이리저리 접어 바닥에 깔았고, 그것도 없으면 맨바닥에 드러누웠다. 술 한 병, 우유 한 팩을 서로 돌려 마시며 잠시라도 눈을 붙이기 위해 애쓰고 있었다.

잠시 여기저기를 살핀 후, 노아와 오스카는 보도 쪽 통로 길목에서 갈라지는 곳의 빈자리에 얼른 자리를 잡았다. 입구에서 어느 정도 떨어져 있는 곳으로, 문 닫은 신문가판대와 스낵코너 사이 반원을 그리며 오목하게 들어간 벽감(壁龕) 부분이었다.

"자네가 오늘 저녁 동물보호소를 차릴 줄 알았더라면, 처음부터 곧장 여기로 와서 좀 더 나은 자리를 차지했을 텐데."

오스카는 바닥에 신문지를 깔고 있는 동안 계속 구시렁댔다. 마침 낮 동안 매점 주인이 팔아치우지 못한 헌 신문지들이 가게 옆에 쌓여 있었다.

"이 자리가 뭐가 그리 나쁘다는 건가요?"

오스카가 구시렁대며 욕하는 것을 멈추지 않자 노아가 물었다. 그들은 나란히 누웠고 오스카는 벽 쪽으로 자리 잡았다. 그곳은 기분 좋을 만큼 따뜻했으며, 오목하게 들어간 부분은 그들을 외부로부터 차단해주었다. 게다가 에스컬레이터 소음이나 술주정뱅이들이 연달아 질러대는 괴성이 저 앞쪽만큼 그렇게 크게 들리지 않았다. 다만 그들 머리 위에 있는 눈부신 네온사인 불빛 때문에 잠들기가 쉽지 않았다.

"여긴 감시카메라가 없어."

오스카가 대답했다.

"그래서요?"

노아가 의문스러운 얼굴로 그를 쳐다보았다.

"누군가 행패를 부려도 아무도 볼 수 없지."

그는 강한 힘으로 부서진 듯 보이는 맞은편 벽면의 카드전화기를 가리켰다. 쓰레기통 옆에 있는 카드전화기의 수화기는 아래로 떨어져 대롱대롱 매달려 있었다.

"그리고 누가 자네 가죽을 벗기려고 해도 아무도 도와주지 않을 거야. 혹은 누가 불을 붙이거나."

"불을 붙인다고요?"

토토의 상태를 확인하기 위해 배낭을 막 열던 노아는 순간 몸이 굳었다. 오스카가 짧고 강하게 혀를 찼다.

"왜냐고 묻지 마. 어떤 이유에서인지 요즈음 그게 유행이야. 잠들어 있는 노숙자에게 기름을 끼얹는 게……"

오스카가 엄지손가락으로 라이터 켜는 시늉을 했다. 그러고 나서 털모자를 벗어 가로로 한 번 접었다. 베개로 사용하려는 것이었다.

"그래서 오늘 이 자리가 비어 있는 거야. 여긴 자정부터 불이 꺼지고, 법의 울타리에서 완전히 벗어나지. 그래서 대부분의 사람들이 두려워하는 거고. 그렇다 해도 저 아래 플랫폼에서 노숙하는 것보다는 여기가 나아."

"왜요?"

"오늘은 토요일이야. 주말엔 항상 정신 나간 아이들이 많아. 특히나 괜찮은 집 출신 아이들이 행패를 부리지. 이번 달만 하더라도 노숙자들 중 두 명이 담력 테스트용으로 선로 위로 던져졌어. 슬픈 소식은 그들이 살아남았다는 거야."

오스카가 자신의 다리를 가리키며 손으로 톱질하는 시늉을 했다.

"정말이지 마음이 놓이네요."

노아가 혼잣말하고는 배낭을 열어 조심스럽게 토토를 꺼냈다. 개는 눈을 꼭 감은 채 온몸을 떨고 있었다. 소변 냄새가 심한 그들의 잠자리와는 다르게, 강아지는 새로 목욕한 깨끗한 향기가 났다. 그리고 다행히 배낭 안에 오줌을 싸지 않았다.

"이봐, 꼬맹이."

노아는 실뭉치처럼 털이 엉켜 있는 갈색 잡종견을 양손으로 받쳐 들었다. 편안한 기분과 따뜻함이 전해오는 털 아래로 이쑤시개처럼 가늘고 여린 갈비뼈가 그대로 만져졌다. 개의 코를 만지려고 하자, 토토가 그의 손가락을 핥으려고 했다.

"목이 마른 거야."

오스카가 누구나 알 만한 사실을 말했다.

노아는 패트리치아 배낭을 뒤적거렸다. 두루마리 화장지와 개의 보금자리로 사용되었을 낡은 천 쪼가리 아래로 유리 재떨이와 '강아지 우유'라고 적힌 플라스틱 병을 발견했다. 더 휘적거리자 분명 개 사료가 들어 있음직한 작은 투명 봉지가 손에 닿았다.

'자기 자신은 포기했어도 최소한 강아지만은 보살펴주려고 했구나, 패트리치아.'

약간의 침을 신문지에 묻혀 재떨이 안쪽을 닦아낸 후, 노아는 조심스럽게 우유 몇 모금을 그 위로 부었다. 토토를 그 앞에 내려놓았는데도 뭔든 핥아보겠다는 의지를 보이지 않았다. 노아가 새끼손가락에 우유를 적셔 주둥이에 몇 방울 떨어뜨리자, 그제야 토토는 혀를 내밀었고, 한쪽 눈까지 살짝 떴다.

"어미한테서 너무 일찍 떨어진 거야."

대형 사이즈로 발간된 금요신문을 펼쳐 덮고 있던 오스카가 말했다.

"분명 폴란드 시장이나 뭐 그런 곳에서 왔겠지. 예방접종도 안 했을 거고, 그래서 기생충을 달고 다니는 거야. 내가 알 게 뭐야."

마치 아무리 원해도 흘러가는 방향은 바꿀 수 없다고 말하는 것처럼, 그는 한숨을 내쉬었다.

"번갈아가며 자는 게 좋아."

오스카가 이야기 주제를 바꾸었다. 그리고 신문지를 이불 삼아 덮고 있는 그의 몸을 벽 쪽으로 돌리며 누가 먼저 깨어 있어야 할지에 대해서는 한 마디도 하지 않고 곧바로 잠을 청했다.

"그리고 말이야, 날 깨우는 일 따위는 하지 마."

오스카가 퉁명스러운 음성으로 웅얼거렸다.

"난 신체 시계가 잘 맞춰져 있으니까, 내버려둬도 두 시간 후면 혼자서 일어날 거야."

노아는 뭔가 반박하는 말을 하려고 했지만, 토토가 그의 주의를 빼앗았다. 토토는 그의 손가락을 맹렬히 빨며 우유를 더 달라고 했다.

"그래그래, 알았어."

우유를 다시 재떨이에 부어주니, 이번에는 정말 그 작은 생명체가 벌떡 일어나 입을 대고 핥기 시작했다. 어딘지 서투르긴 했지만 유리 재떨이 앞에 서서 처음에는 천천히, 그러더니 점점 더 맹렬하게 우유를 먹었다. 홀짝거리며 먹는 개를 쳐다보고 있으니 뭔가 안도감이 들었고, 어느정도 시간이 흐르자 처음으로 노아는 긴장감을 내려놓고 싶어졌다. 하필 지하철역 맨바닥에서. 얼어붙을 것 같은 바깥 온도와 프랭클린 거리에 서 있던 행렬을 떠올리고는, 그들 중 몇몇은 아직도 저 밖에 있을 거라는 생각에 노아는 몸이 떨렸다.

오스카는 자신의 과거에 대해 별로 말해주지 않았다. 단지 이 거리 생활을 본인 의지로 선택했다고만 말했다. 인간 이하의 삶을 살고 있는 이 상황을 보자면 오스카의 선택은 전혀 납득할 수 없었다.

"왜 이렇게 사는 겁니까?"

그들이 함께 있기 시작한 때부터 노아는 계속 질문했다.

"얘기하자면 길어. 이제 좀 자자."

"그 일이 혹시, 그 여자랑 상관있나요?"

"어떤 여자?"

오스카가 격앙된 듯 허스키한 목소리를 냈고 종이를 부스럭거리며 노아 쪽으로 몸을 돌렸다. 거짓말을 하다가 들킨 사람처럼 그의 귀가 빨갛게 달아올랐다.

"사진에 있는 그 여자요. 몸에 항상 지니고 다니잖아요."

노아가 동행자의 목을 손으로 가리켰다. 지금은 목선 아래 스웨터 안으로 은목걸이가 들어가 있었고, 펜던트 역시 보이지 않았다.

오스카는 뺨까지 피가 거꾸로 솟아오르는 듯했다.

"쿵쿵대며 냄새나 맡고 다니는 거야, 뭐야? 이 오지랖 넓은 녀석……"

"매일 잠들기 전 펜던트 안쪽에 키스하잖아요."

노아가 끼어들며 대꾸했다.

"그게 뭘 뜻하는지 알아차리는 데 셜록이 될 필요는 없지요."

말을 채 끝나기도 전에, 자기 이름은 기억도 못 하는 노아가 어떻게 소설 주인공 이름은 기억하고 있는지 놀라웠다. 하지만 자신이 왜 이렇게 되었는지 오스카가 알려줄 수도 없는 노릇이니, 최대한 오스카에 대해서라도 더 알아가야만 했다. 이 고집 센 수캐가 솔직하게 자신에 대해서 털어놓도록 해야 했다.

토토가 재떨이에서 머리를 들어올렸다. 막 호수에서 수영을 즐기고 나온 개처럼 몸을 털었다.

"이제 실컷 먹은 거야?"

"그래, 그게 자네한테 딱 어울려. 개새끼나 열심히 돌봐. 난 조용히 내버려두고."

오스카가 고함을 치며 벽 쪽으로 몸을 돌렸다. 이쯤에서 대화가 멈춘 것을 기뻐하고 있을 것이다.

노아는 응수하려고 했지만, 갑자기 토토가 자리에서 멀어지려 하는 바람에 개를 들어올려 목덜미를 어루만지며 배 위에 올려놓았다. 두꺼운 패딩점퍼를 입었음에도 개의 심장소리가 고스란히 전해졌다. 토토는 이제야 처음으로 그의 새 주인을 자각하고 큰 눈으로 그를 자세히 관찰했다. 놀란 것처럼 보였지만, 배에서 꾸르륵 소리를 내는 노아와는 달리,

토토는 포만감에 만족스러운 듯 보였다.

'놀랄 일도 아니지.'

그들이 마지막으로 입속에 집어넣은 건 아침 일찍 먹었던 되너 케밥이 전부였다. 공병(空瓶)을 팔아 모은 돈의 일부로 사서 나눈 것이었다. 노아는 자판기에서 뭔가를 뽑아 먹기 위해 오스카에게 1유로를 달라고 할지 고민했다. 하지만 다시 한 번 말을 붙이면 반응이 어떨지 걱정스러웠고, 따뜻한 털 뭉치를 배에서 떼어내고 싶지도 않았다. 그리고 결국 하품이 나오고 있다는 걸 자각했다.

"벌써 지쳤는지 잠이 오네. 어쩔까나?"

그가 토토에게 물었다. 그는 나중에 덮으려고 옆에 두었던 신문을 들어올렸다.

"뭘 읽어줄까?"

토토가 킁킁거리며 숨을 내쉬더니 노아의 손바닥에 머리를 댔다.

"정치에 관심 있니?"

노아가 토토에게 물었다. 그의 옆에 있던 오스카가 뭔가 불만스러운 듯한 소리를 냈다. 노아는 목소리를 낮춰 소곤거리듯 첫 머리기사를 읽어나갔다.


유럽연합 보건부 장관들이 마닐라 독감 회의를 연다. 다음 주 내로 유럽 7개국의 보건부 장관들이 브뤼셀에 모여 전염병을 어떻게 대처할지……


토토가 하품을 하며 노아의 배 위에서 마치 고양이처럼 기지개를 켰다.

"알았어, 알았어. 지루하지? 나도 이해해. 그럼 정치 말고 차라리 스포츠?"

계속해서 신문을 넘겨보았지만, 읽을 만한 것은 하나도 없었다. 기사 내용은 대부분 축구에 관한 것이었는데, 아마도 노아가 기억을 잃기 전에 좋아하던 종목은 아니었던 것 같았다.

"여기 재미있어 보이는 기사가 있어, 꼬맹아."

그새 그는 '독일과 세계'라는 표제가 달린 장까지 신문을 넘겼다.


아무도 찾으러 오지 않는 복권 당첨금


노아는 가슴 위에 엎드려 있는 개의 눈을 똑바로 쳐다보았다. 그리고 헛기침을 두어 번 한 다음 소곤대는 목소리로 계속해서 읽어나갔다.


"100만 달러가 준비되어 있습니다. 하지만 아무도 그것을 찾아가려 하지 않습니다." 일요일에 소집된 기자회견에서 뉴욕뉴스(New York News)의 편집국장이 한 말입니다. 뉴욕뉴스는 종이 지면과 인터넷 뉴스를 할애해 수주일 전에 신문사로 배달되어온 추상화 한 점의 원작자를 찾고 있습니다. 전면광고를 내고 시내에 플래카드까지 걸며 그 사람을 찾고 있습니다.

올해 초, 편집국으로 두루마리 소포 하나가 배달되었습니다. 발신자는 없었습니다. 얼핏 보기에 그 그림은 어린아이가 그린 듯했는데, '동쪽의 실개천(Der Bach des Ostens)'이라는 제목이 붙어 있었습니다. 편집국장인 케빈 루드는 최고급 코팅지로 되어 있는 이 그림을 '그냥 버리기에는 아깝다'라고 생각해서 액자로 보관하고 그의 방 옆 대기실에 걸어두도록 했는데, 그 그림은 한동안 아무런 이목도 끌지 못한 채 걸려 있었습니다. 저명한 미술평론가 매튜 스프링필즈가 우연히 그 작품을 발견하기 전까지는 말입니다. "색은 경계를 훌륭하게 넘나들고 있는데, 햇살이 눈부시게 비쳐 불분명하게 흩어지는 모습을 아름답게 표현했습니다. 저는 마크 로스코의 초기 걸작이 마치 제 눈앞에 있는 것처럼 느껴졌습니다."

스프링필즈는 이 그림을 몇몇 미술 전문가에게 선보였고 그들도 이 작품을 '색면 회화의 걸작'이라고 결론을 내렸습니다. 마이애미의 한 화랑 주인은 그림의 가치를 100만 달러로 감정했고, 그 결과……

노아는 잠시 머리를 들어 토토를 살폈다. 개가 그의 가슴 위에서 평화롭게 잠든 모습을 보고 미소를 지으며 기사 내용을 소리 내지 않고 끝까지 읽어 내려갔다.

……이름 있는 화랑과 예술중개인들은 선금으로 엄청난 금액을 제시하면서 화가가 나타나기만을 바라고 있습니다.

하지만 여전히 감감무소식입니다. 그림의 원작자는 아마 앞으로도 영원히 익명으로 남으려는 것 같습니다.

그렇게 시간이 가는 동안, 현재는 미국뿐 아니라 세계 전체가 인터넷을 통해 원작자를 찾고 있습니다. 100만 달러가 그 사람을 기다리고 있습니다. 그리고 모든 사람들이 궁금해합니다. 누가 그 그림을 그렸을까요?

대체 어떤 종류의 그림일지 호기심에 차 노아는 다음 장을 넘겼다. 반 페이지 크기의 그림이 보였다.

시선이 미처 다 닿기도 전에, 입이 말랐다. 귀에서 탁탁거리는 듯한 소리가 들렸고, 눈앞이 깜깜해졌다. 그의 내면에서는 외마디 비명 소리가 들렸다. 그는 갑자기 깊은 나락을 향해 떨어지고 있는 유령 열차에 앉아 있는 사람처럼, 머리가 쭈뼛쭈뼛 서고 온몸이 떨려왔다.

선로 위로 바퀴 굴러가는 소리가 들렸다. 달리는 바람을 얼굴로 느꼈으며, 유령의 집에서 튀어나오는 형상들처럼 그림이 그에게 달려들었다.

'방. 목소리. 어린아이 목소리.'

'가져도 될까?'

한 소년이 물었다.

'왜?'

'내 마음에 들어.'

노아는 소년의 등을 보고 있었다. 소년은 많아도 열두세 살 정도로밖에 보이지 않았으며, 여행 가방에 뭔가를 넣고 있었다. 갑자기 장면이 바뀌었다. 소년이 사라졌다. 그리고 노아가 그 방 안에 있었다. 이제 그의 눈에 보이는 것은……

'……밝은색 카펫 위에 한 남자. 벽난로 바로 앞에 있어. 움직이지 않아.'

'그리고 얼룩. 아주 붉은색이야. 그의 머리 바로 아래에……'

그의 머리를 향해 누군가가 손을 뻗고 있었다. 그를 건드려보기 위해, 아니면……

'그의 몸을 돌려보기 위해서야.'

노아의 귓속에 들려온 날카로운 비명 소리가 점점 더 희미해져갔다. 그런 후 다시 커졌다.

소리가 너무 커서 노아는 기억에 집중하는 데 어려움을 느꼈다. 기억이 저 멀리 다시 달아나려고 했다.

그는 소음의 근원을 찾으려고 비명 소리가 들리는 방향으로 머리를 돌렸다.

하지만 그가 다시 눈을 떴을 때, 토토가 짖는 소리를 들었고, 화가 난 오스카가 그의 옆에 무릎을 꿇고 앉아 있는 모습을 보았다. 그제야 노아는 원래의 의식으로 서서히 돌아왔다. 유령 열차를 타고 기억의 지하창고에서 질주하던 동안, 노아 자신이 소리를 지르며 도움을 외쳤던 것이다.

# 제6장

이날 셀린은 '장애'라는 말을 듣고서, 인생에서 영혼이 망가지는 경험을 했다.

"뭔가요?"

그녀가 두려워하며 물었다.

그녀는 몸을 들어올려 화면을 좀 더 잘 볼 수 있도록 움직였다. 말콤 박사에 따르면, 병원의 기계들은 모두 최신 기종이었다.

'그 사람, 살찐 우리 아빠같이 생겼어. 늘 엉성하게 면도를 했어. 안경알은 재떨이처럼 더러운데 어떻게 눈앞을 볼 수 있는지 궁금할 정도야.'

셀린의 친구인 자넷이 말콤 박사에 대한 인상을 묘사했다.

'하지만 그는 손이 작아. 산부인과 의사에게는 큰 장점이라고 할 수 있지. 또한 병원은 최첨단 초음파 기계도 갖추고 있는데 배 속을 빠짐없이 보여줘. 내가 말콤 박사를 추천하는 이유야.'

의사의 외모에 대해서는 자넷의 말이 옳았다. 다만 초음파 기계는 너무 과대평가한 것 같았다. 셀린은 아무리 애써도 초음파 화면을 흐릿한 달 풍경으로밖에 식별할 수 없었다.

말콤 박사가 스캔 사진을 보여주면 그녀는 고개만 끄덕였다.

"여기 작은 발이 보이십니까?"

"예, 보여요."

"그리고 여기가 머리입니다."

"아하, 그래요?"

확실히 알아볼 수 있는 게 있다면, 그것은 심장이었다. 그 외에 다른 것은 볼 필요도 없었다. 작고 희미하게 반짝이는 이 소립자 알갱이는, 그녀가 마주쳤던 예전의 그 어떤 것보다 더 생동감이 넘치는 것처럼 보였다.

팔딱거리며 뛰는 심장을 처음 보았을 때, 그녀의 상황이 그리 좋은 편은 아니었지만, 그럼에도 그녀는 행복감을 느꼈다. 남자친구와는 두 달 전부터 연락두절이었다. 뉴욕뉴스와의 계약 기간은 2주일 내로 만료될 예정이었고, 계약 연장은 불투명했다. 그래서 그녀는 자신이 임신부일 뿐만 아니라 곧 실업자가 될지도 모른다는 것을 계산해두어야만 했다. 결국 친구와 함께 살던 뉴욕 맨해튼의 그리니치 빌리지를 떠나 부모님이 계신 뉴저지로 돌아가야 했지만, 그래도 셸린 핸더슨은 행복했다. 태명이 '꼬마점'인 배 속의 생명을 위해서는 최선의 선택이었다.

셸린은 머리카락을 이마로부터 쓸어내리며 초음파 모니터를 응시했다.

'무슨 일인가요, 박사님?'

셸린은 감히 물어볼 용기가 나지 않았다.

그녀는 지금 2개월하고 5일이니까, 임신 12주에 들어서 있었다.

'이제 안정된 시기에 접어든 거 아니었어?'

그녀는 12주부터는 유산의 위험이 줄어든다고 들었다. 그래서 두려움은 없었다. 스물아홉이 많은 나이도 아니었고, 셸린의 가족은 대대로 자손이 많았기 때문이다. 셸린의 부모님 같은 경우, 어머니는 피임약을 복용했었고 아버지는 콘돔을 사용했었음에도 그녀를 임신했다.

"우리가 정말 잠자리를 같이 했었나, 그조차 확실하지 않아."

셸린의 아빠 에드는 아내 이름이 마리아인 것을 장난삼아 이런 익살스러운 농담을 했었다. 그리고 그녀의 두 언니도 2세에 관해서라면 모두 같은 길을 걸었다. 루실은 두 살배기 남자아이가 있었고, 에밀은 쌍둥이를 출산했다.

'그리고 다음 계보를 이을 차례는 나야.'

2분 전까지만 하더라도 그녀는 그렇게 확신하고 있었다. 그러나 말콤 박사가 그녀의 배 위로 초음파 장치를 이리저리 움직이며 뭔가 심상치 않은 듯한 소리를 냈고, 그 후로는 줄곧 걱정으로 일그러진 주름 잡힌 이마로 모니터를 응시했다.

성별은 이렇게 이른 시기에 구분할 수는 없었는데, 만약 가능하다고 하더라도, 그녀는 알고 싶지 않았다. 남자아이든 여자아이든, 태어나야만 그들의 세상이 펼쳐질 것이다. 물론 그들의 미래가 분홍빛만은 아닐 것이다. 아이를 혼자서 키우는 일은 그녀에게 벅찰 것이다. 여전히 셸린은 스티븐에게 화가 나 있었다. 임신 사실을 알았을 때, 스티븐은 진심으로 흐느껴 울기 시작했는데 기뻐서 그런 것은 아니었다. 셸린은 스티븐과 사기극 같은, 표면적인 관계를 유지해왔던 자신에 대해 화가 났다. 그와 그녀는 많이 달랐다. 스티븐은 큰 키에 근육질이었으며 매력적이었다. 술집에서 그녀를 끌고 가려고 했던 대부분의 다른 남자들에 비해 감정이입 능력도 탁월했다. 하지만 그런 것들이 그들 둘 사이에 어떤 화학반응이나 마술을 일으킨 적은 없었다. 어쩌면 셸린에게 스티븐은 탐구해보고 싶은 비밀이 없는 사람이었기 때문일지도 모른다. 그의 인생 경로는 모두 예정된 대로 짜여 있었다. 월스트리트 법률사무소의 주니어

파트너였다가 후에는 검사로 일했는데, 그의 얼굴에서는 예일대 출신임이 확연하게 드러났다.

입구는 원기둥으로 장식되어 있으며 온통 골프장 잔디가 깔려 있는 휘황한 별장에서 스티븐이 살게 되리라는 것은 기정사실과도 같았다. 통계대로만 된다면, 1.4명의 자녀를 가지게 될 것이다. 언젠가는 그도 아이를 갖고 싶어 하겠지만, 지금은 아니었다.

대략 3주 전부터 셀린은 익명의 발신자로부터 꽃배달을 받았는데, 그걸 보낼 만한 사람은 스티븐밖에 없었다. 하지만 그녀는 스티븐과 다시 연락해 적당한 '시기'에 대해 의논할 마음이 추호도 없었다. 그녀는 아이를 낳을 예정이었다. 다만 꽃배달은 합법적으로 낙태가 가능했던 시기가 지난 후에도 계속되었다. 그녀는 그 점을 이상하게 여겼다.

셀린은 아이가 그녀를 행복하게 해줄 거라고 믿고 있었다. 언제가 될지는 상관없었다. 그녀는 자신의 인생에 대해 완전히 새로운 관점으로 바라보게 되었다. 욕실 변기에 대고 구역질을 할 때, 그녀와 함께 살던 아드리안이 말했다.

"누가 네 피를 짜내서 팔려고 하는 게 분명해."

셀린은 의사 앞에서 헛기침을 했다.

"문제가 있나요?"

그녀는 질문을 했지만, 대답은 듣고 싶지 않았다.

말콤 박사가 셀린을 쳐다보았다. 그의 이마에서 근심 어린 주름이 사라지지 않았다. 그가 안경을 벗었다.

"방금 태아의 목덜미 투명대*를 훑어보았습니다."

---

* 태아의 목 뒷부분의 연부조직과 피부조직 사이에 체액이 차 있는 공간으로, 이 공간이 커져 있는 경우 다운증후군과 같은 태아의 염색체 이상이나 기형 위험성이 증가한다.

'목덜미 투명대?'

셀린은 수많은 육아 관련 책 가운데 한 권에서 그것에 관해 읽었다는 사실이 희미하게 기억났다. 가족들이 호의로 생각하며 그녀에게 떠안긴 것들이다. 『당신의 아기와 당신』 『이제 무엇이 변할까요』 같은 잡지들의 과월호가 책장을 다 채우고도 남을 정도로 쌓여 있었다. 하지만 아기에 관한 책들은 페이스북 친구와도 같았다. 그 수가 많아질수록 관심은 줄어들었다.

종종 그녀는 자신이 나쁜 엄마는 아닌지 자문해보았다. 자신의 몸에서 정확히 어떤 일이 일어나고 있는지 매일같이 책에서 찾아보지 않았기 때문이다.

무게나 수치 같은 것들은 그녀에게 오히려 두려움만 조장할 뿐이었다. 물론 정기검진은 규칙적으로 받았지만, '꼬마점'이 더디게 성장하거나 올바르지 않은 위치에서 자리잡고 있다면 그녀가 할 수 있는 일은 무엇일지 자문해보기도 했다. 책에서 나오는 헛구역질에 대한 조언은 별 소용이 없었다. 임신 상태에 대해서 온갖 지식을 갖추었더라도, 정작 그녀가 할 수 있는 게 있을까?

셀린은 물론 멀리하면 좋은 것들을 냉장고 문에 메모로 붙여놓았다. 그녀는 균형 잡힌 식사를 위해 노력했으며 커피와 익히지 않은 햄과 초밥은 먹지 않았다. 그녀의 위장은 거의 아무것도 소화할 수 없었으므로 단지 드물게만 식욕이 당긴다는 사실을 고려해본다면 그리 어려운 일은 아니었다.

셀린은 뉴욕의 번화가만 보더라도 인류가 수백 년 동안 지구의 인구과잉을 위해 성공적으로 활동해왔다는 걸 충분히 알 수 있었다. 임신에 관한 서적을 굳이 탐독하지 않더라도 말이다. 셀린은 엄마들이 그들의 자녀를 위해서는 어떤 게 최상인지를 직감적으로 알아차릴 수 있다고 굳게 믿었다. 하지만 오늘만은 임신백과사전을 대충 훑고 지나쳤던 그녀 자신이 원망스러웠다.

"태아 뒷목 부분에 고여 있는 액체의 양에 따라서 태아의 장애 가능성을 추정해볼 수 있습니다."

말콤 박사가 조용한 목소리로 설명했다. 하지만 셸린에겐 하나의 단어가 쩌렁쩌렁 울렸다.

'장애.'

"그래서요?"

그녀가 가쁜 숨을 몰아쉬며 말했다.

"목덜미 투명대 수치가 3.9였습니다."

"그래서, 그게 나쁜 건가요?"

"꼭 그렇다고 확신할 수는 없습니다. 2.5까지는 주목하지 않습니다만, 더 높으면 염색체 이상을 의심해볼 수 있기 때문에 원인을 찾아야 합니다."

"박사님?"

"예."

"죄송하지만, 그 쓰레기 같은 숫자들은 다 빼버리고 알아듣지도 못하는 전문용어들도 그만두시면 안 될까요?"

"예, 죄송합니다."

그가 헛기침을 했다.

"제가 살펴본 소견에 따르면, 삼염색체성일 확률이 존재합니다. 아, 죄송합니다. 하지만 전문용어를 전혀 언급하지 않을 수는 없군요. 아마 다운증후군에 대해서는 한 번쯤 들어보신 적이 있을 겁니다."

셸린은 눈물을 흘리며 고개를 아래로 떨어뜨렸다. 다운증후군 아이들에 대한 이미지가 그녀 머릿속에 떠올랐고, 그녀는 아무런 저항도 할 수 없었다. 그녀는 그 병을 가진 사람들에 대한 르포를 접한 적이 있었다. 언젠가 그녀의 신문사에서 기부금 모금 활동을 펼친 적도 있었다. 다운증후군 아이의 심장 수술을 도와주는 일이었다.

"셸린, 아직 단정하긴 일러요. 앞으로 다른 검사들도 더 해봐야 알 수 있습니다."

"어떤 검사요?"

"양수 검사가 있습니다만, 임신 14주가 넘어야 가능합니다. 그 전에는 낙태 위험이 크기 때문에 얼마 동안 더 기다려야 합니다."

"박사님이 지금 당장 하실 수 있는 일은 없나요?"

"지금 혈액을 뽑을 겁니다."

의사가 대답했다. 그리고 일련의 테스트들에 대해서도 자세히 알려주었고 숫자도 언급했으며 기준에서 벗어날 수 있는 편차에 대해서도 추가적으로 설명해주었다. 마지막으로 태아 진단학 분야에서 일하는 동료 의사의 명함도 건네주었다.

셸린은 그의 말을 주의 깊게 들었지만, 대부분 기억하지는 못했다.

그녀는 자신이 핀볼게임의 쇠구슬이 된 것 같은 느낌을 받았다. 눈으로 볼 수 없는 하나의 거대한 힘이 그녀의 운명을 가지고 장난치며 그녀를 이 구석에서 저 구석으로 사냥하듯 몰아 대는 것 같았다. 몇 주 되지 않는 간격으로 그녀 인생은 완전히 180도 뒤바뀌었다. 처음에는 그녀 안에 새로운 생명체가 자리 잡는 기적을 경험했다. 그리고 이제는 그 아기가 어쩌면 평생 돌봄이 필요한 병자가 될지도 모른다는 것이다.

기쁨과 기대에 차서 병원에 들어섰던 그녀는 이제 근심과 두려움에 휩싸인 채 병원을 나섰다.

'내 아기가 아파.'

난방기 배출구의 뜨거운 열기와 함께 맨해튼 7번가의 추위 속으로 밀려나왔을 때만 해도, 그날 더 이상의 나쁜 일은 일어날 수 없을 거라고 확신했다.

바로 그 순간 그녀의 전화가 울렸다.

# 제7장

"그러니까 이제 어떻게 할까?"

타일 벽에 부딪혀 돌아오는 오스카의 목소리가 점점 더 커지면서 지하도를 따라 지하철역 전체에 울려 퍼졌다. 그는 마치 옷을 홀딱 벗고 개사료를 전신에 바르고 있는 사람을 보듯, 노아를 쳐다보며 얼굴 앞에 손을 올리고는 자동차 와이퍼처럼 위아래로 움직였다.

"이젠 정신 줄을 아예 놓은 거야?"

'아니요. 그 반대입니다. 그 정신 줄의 일부를 방금 다시 찾은 것 같아요.'

노아는 공중전화 수화기에 귀를 바짝 더 가까이 댔다. 훼손된 상태였는데도 놀랍게도 전화기는 잘 작동했다. 오스카는 어떻게 해서든 기계쪽으로 다가오려고 했다. 아마 수화기 걸이를 내리쳐 전화 연결을 중도에 끊으려는 것 같았다. 하지만 노아는 마치 방어하는 농구선수처럼 몸으로 전화기를 가로막아 섰다.

"수화기 내려놔!"

노아는 고개를 절레절레 흔들고는 통화에 집중하려고 노력했다.

"여보세요, 거기 누구 있나요? 말씀하세요."

수화기 너머에서 한 여성의 목소리가 들렸다. 그녀는 자신을 뉴욕뉴스의 셀린 핸더슨이라고 소개했다.

"그림 때문에 전화 드렸습니다만."

노아가 겨우 들릴 만한 목소리로 말했다.

"뭐라고 말씀하셨나요? 죄송하지만, 편집국 전화를 휴대전화로 돌려놓아서 연결 상태가 좋지 않아요."

클랙슨이 울렸고, 분주한 거리로부터 들리는 소음이 전화선을 타고 흘러왔다. 베를린에서 항상 듣던 소음과는 확실히 구별되는 것이었는데 신기하게도 그에게는 친숙하게 느껴졌다.

"다시 한 번 말씀해주시겠어요?"

젊은 저널리스트가 물었다. 노아가 오해한 게 아니라면 그녀의 목소리는 근심으로 가득한 듯했다. 그녀는 지금 다른 문제로 정신없이 바빠서 전화 통화조차 나눌 시간이 없는 사람처럼 굴었다.

"저는, 그러니까……"

노아는 방금 전까지 읽고 있던 구겨진 신문을 손에 쥔 채 응시했다. 방금 전 그의 기억이 밸브를 열었고, 그의 머릿속은 거대한 파도가 밀려오듯 기억으로 넘쳐났다.

"찾고 계신 화가와 관련된 일입니다. 그 그림을 누가 그렸는지 알고 있다면 연락 바란다고 적혀 있습니다만."

그의 시선이 나열된 번호가 적혀 있는 곳으로 움직였다. 화가가 아니라 은행털이범이나 테러범을 찾는 데 필요할 것 같은 지시 사항이 적힌 짧은 글과 함께 기사 맨 마지막 부분에 숫자가 인쇄되어 있었다.

"그림의 원작자를 알고 계신다고요?"

셀린의 목소리에서 근심이 사라지고 단지 지친 음색만 남았다.

"예."

노아는 고개를 끄덕이며 눈을 감았다.

"제가 바로 그 장본인입니다."

침묵이 흘렀다. 전화 잡음 이외에 아무 소리도 들리지 않았다. 그의 옆에 있던 오스카는 믿을 수 없다는 듯 눈을 동그랗게 떴다.

"그러니까 당신은 100만 달러를 원하는 거군요."

얼마 후, 그녀가 깊은 한숨을 내쉬며 다시 말을 꺼냈다.

"아닙니다, 저는……"

'……다만 그림의 색을 보았을 뿐입니다. 퇴색된 빨강 위로 덧칠해 들어온 파랑, 그 색에서 뭔가 상기시키는 추진력 같은 것을 보았습니다. 그래서 당신이 찾고 있는 예술가와 제가 어떤 식으로든 연계되어 있다고 확신한 겁니다.'

"죄송하지만 이미 그 캠페인은 끝났어요."

"정말요? 그 그림을 제가 그렸는데……"

노아는 추가적인 설명을 이어갔다. 하지만 말하는 도중 기자라는 여자가 대화를 일단락 짓기 위해 끼어들 수 있는 시간을 주는 실수를 저질러 버렸다.

"그래요, 좋아요. 미스터 31212번째 분. 그럼 그림 뒷면에 뭐가 쓰여 있는지 말씀해주세요."

'뒷면에?'

노아는 침을 삼키며 갑자기 온몸에 기력이 빠지는 것을 느꼈다.

"무슨 이야기를 하고 계시는지 모르겠습니다."

"그렇군요. 놀랍지 않군요. 부끄러워하실 필요 없어요. 전에 전화했던

31211번째 사람도 뒷면에 대해 알지 못했거든요."

"소포의 발송처가 어디였습니까?"

노아는 마지막 질문으로 전화를 끊으려는 셀린을 잠시나마 묶어두었다.

"그건 전화하신 분이 알고 계셔야 할 것 같은데요. 배달은 우편으로 오지 않았어요. 누군가 직접 편집국 문 앞에 놓고 갔죠. 미스터…… 음, 뭐라고 부를까요, 성함이?"

노아는 한참 만에 처음으로 오스카를 보았다. 그는 노아의 손에서 신문을 낚아채 고개를 흔들며 유심히 읽고 있었다.

"모릅니다."

노아가 거의 들리지 않을 정도의 목소리로 말했다.

"뭐라고 하셨죠?"

"제 이름이 뭔지 모른다고 말씀드렸습니다."

셀린 핸더슨이 박장대소했다. 악의가 있거나 상대를 비난하기 위한 웃음은 아니었다. 그녀는 진심으로 재미있어하며 웃었다. 이제는 전화가 그녀의 일상을 중단시켜준 것에 대해 감사하는 것처럼 느껴지기까지 했다.

"이야기가 점점 재미있어지네요. 자기 이름도 모르는데, 그림을 그렸다는 건 확신한다는 말씀이세요?"

"전 그렇다고 믿습니다."

"좋아요. 다음 생애에는 당신과의 통화에 더 인내할 수 있을지도 모르겠네요. 하지만 오늘은……"

전화에서 삐삐거리는 소리가 들렸고, 통화 내용은 점점 알아듣기 힘들어졌다. 녹음된 안내원의 목소리가 다음 동전을 넣으라고 요구했지만, 노아는 그럴 처지가 아니었다.

"다른 사람들은 저를 노아라고 부릅니다."

스스로도 설명하기 힘든 갑작스러운 충동에 의해, 그는 큰 소리로 조급하게 외쳤다. 하지만 다음 순간 '삐―' 소리만 들렸고 수화기를 내려놓아야 했다.

"지금 한 말, 진심은 아닐 거야!"

오스카가 그의 옆에서 고함을 치며 신문을 든 손을 흔들어댔다.

노아는 어깨를 으쓱거리며 토토 쪽을 보았다. 강아지는 배낭 위에서 동그랗게 몸을 웅크린 채 평온하게 잠들어 있었다.

"저도 이상하게 들린다는 거 알아요. 하지만 그 색들 말이에요."

그가 신문을 다시 잡아 들고는 말을 이어갔다.

"그 색들은 마치 열쇠 같았어요. 제 머릿속 자물쇠에 정확히 맞아들어갔어요. 제가 그걸 봤을 때……"

"……그래 그게 문을 열어주었고, 뒤에서 악마라도 쫓아온다는 듯이 자넨 소리를 질러댔지. 나도 들었어. 아직도 고막이 찢어질 것 같아. 그럼 말해봐. 방금 전 우리의 하루 수입을 몽땅 날려버린 것에 대해서는 어떻게 생각해?"

오스카가 손바닥으로 전화기를 때렸고, 잠자던 토토는 그 소리에 깜짝 놀라 일어났다.

"정말 죄송……"

"7유로 90센트야. 없어져버린 거야. 사라졌어. 어리석은 짓거리 때문에 다 써버린 거야. 그 멍청한 신문사에다 대고 말이야."

오스카는 분노로 몸을 떨었다.

"어리석은 짓은 아니었어요."

"아니겠지. 당연히 아니야. 내가 알아맞혀볼까? 우린 여기서 앞으로 딱

10분만 기다리면 되는 거야. 그럼 누군가 트렁크를 들고 나타날 거야. 그리고 자네한테 100만 달러를 주겠지. 수표로 주려나 아니면 현금으로?"

오스카는 뭔가를 던지는 손동작을 하며 휙 돌아섰다.

"7유로 90센트야."

그는 덮을 신문을 집어 올리기 위해 등을 구부리며 중얼거렸다.

"이런 빌어먹을 그림 한 장 때문에 무슨 난리야. 어린애가 물감통을 엎어놓은 것처럼 보이는데, 이게 현대미술이라니, 뭔 개소리야. 이건 정신나간 놈들이 심리치료 받을 때나 그려대는 거지. 그래도 어쨌든 자네가 어디서 왔는지 정도는 알게 되었군."

"그게 무슨 말이에요?"

오스카가 노아를 올려보았다. 그는 여전히 전화기 옆에 서 있었다.

"전혀 알아차리지 못했던 거야?"

"뭘 알아차린다는 거예요?"

"자네 독일어도 나쁘진 않아. 하지만 영어로 말할 때는 마치 기관총 같았어."

"영어요?"

노아는 눈에 뭔가 들어간 것처럼 깜박거렸다.

"그래, 미국식 억양으로. 자네가 미국인이라는 데 내기를 걸겠어."

노아는 요지부동의 자세로 눈만 움직였다. 그는 주변을 스캔하듯 천장을, 바닥을, 오스카와 토토를 그리고 전화기를 바라봤다.

오스카가 말해준 후에야, 노아는 지금까지와는 다른 언어로 기자와 이야기했었다는 사실을 분명하게 떠올렸다. 그리고 단순히 이야기만 했던 것이 아니었다.

'난 그 언어로 생각까지 했어!'

"신호등처럼 그렇게 우두커니 서 있기만 할 거야? 그 쓰레기를 그린 건 자네가 아니야. 기사 내용이 자네 출신지를 떠올리게 했을 뿐이야. 내일 아침에 다시 얘기하자. 밤이 짧아. 5시가 되면 청소부들이 올 거야. 그러면……"

오스카는 시작했던 말을 미처 끝내지 못했다. 날카롭게 울리는 벨소리에 그는 깜짝 놀라 움츠렸고, 노아와 토토도 마찬가지였다. 전화벨 소리가 개 짖는 소리와 뒤섞였다.

노아는 몸을 돌려 최면에 걸린 사람처럼 벽에 고정된 공중전화를 똑바로 응시했다. 네 번 울린 후, 그가 수화기를 들었다.

여자는 더 이상 즐기는 듯한 목소리가 아니었으며 방금 전처럼 혼이 빠져 있는 사람 같지도 않았다.

"방금 뭐라고 말씀하셨나요? 당신이 뭐라고 불린다고 하셨죠?"

"노아요."

그 단어가 그의 입 밖으로 쉽게 나오지 않고 목구멍에 달라붙어 있는 것 같았다. 하지만 셀린 핸더슨에게는 별문제가 되지 않는 것처럼 보였다.

그녀는 바로 물어봤다.

"어디로 모시러 가면 될까요?"

# 제8장

셀린은 7번가 도심 방향 가장자리에 있는 57번가 지하철 입구 계단을 내려갔다. 전화를 하며 핸드백에서 교통카드를 꺼내 들었다. 그녀는 눈에 눈물이 가득 고인 것처럼 느껴져 몸이 무거웠다. 전화가 오지만 않았어도 병원 앞에서 울음을 참지 못했을 것이다.

"베를린이요?"

그녀가 물었다.

"미국 뉴저지에 있는 베를린을 말하는 건 아닌 것 같은데요?"

미국에는 독일을 떠나온 사람들이 자신의 고향 이름을 따서 세운 도시가 열두 곳이 넘었다. 뉴욕 지역에도 두 군데 있었지만 익숙지 않은 지역번호만 보더라도 그곳이 아님은 확실했다.

"독일의 베를린입니다."

'그래도 상관없어. 대서양만 건너면 돼.'

셀린은 회전문을 통해 미끄러지듯 안으로 들어가며 외투 단추를 풀었다. 뉴욕에서 지하철을 타려면 극심한 온도차를 경험해야 했다. 혹한의 추위를 벗어나 안으로 들어가면 먼지 가득하고 건조한 플랫폼이 나온

다. 그리고 열차 내부는 17도에 맞춰 난방이 되어 있었다.

"그러니까, 이름을 모르신다는 거죠?"

그녀는 에스컬레이터 쪽으로 서둘렀다. N 트레인이 막 들어오는 소리가 들렸다.

"기억을 잃었습니다."

셀린은 팔이 감전된 듯한 느낌을 받았다. 기사거리가 될 만한 스토리가 촉에 걸렸을 때, 그녀의 무의식이 보내는 신호였다.

"지금 병원에 계시나요, 아니면……?"

그녀는 추측할 수 있을 만한 곳을 입 밖에 내뱉지는 않았다.

'정신병원이나 감옥에.'

"전화로 말씀드리기에는 길어서요."

'그래요, 하지만 딱 좋은 스토리예요.'

지금 그녀는 딱 그만큼의 확신이 섰다. 2주 전만 하더라도 익명의 화가를 찾는 대대적인 캠페인을 벌였다. 뉴욕뉴스의 담당자들은 원칙적으로 그 캠페인이 홍보용이었을 뿐이며, 누가 연락해올지는 그리 중요한 문제가 아니라는 것에 동의했다. 그림의 주인이 나타나지 않았다는 사실은 이목을 끌며 흥미진진한 사건으로 발전했고, 큰 비용 없이도 엄청난 광고 효과를 누렸다. 하지만 곧이어 대서양 비행기 추락사고가 일어났고, 아시아 국가들의 테러가 횡행했으며 급기야 전 세계에서 전염병이 터진 것이다. 사람들은 이제 캠페인에 관심을 잃었다. 편집국 회의에서는 캠페인을 종결하기로 결정했다. 미치광이일지도 모르는 한 사람한테 100만 달러를 지불하지 못한다는 사실이 안타깝게 느껴지지도 않았다. 아마 제2의 마크 로스코는 아니었을 게 분명하다. 셀린도 그 그림에서 대체 뭘 발견할 수 있는 건지 궁금해했다.

그녀는 그림을 볼 때면 선과 색을 넘어선 뭔가를 찾기를 좋아했다. 빈센트 반 고흐, 살바도르 달리, 레오나르도 다 빈치, 심지어 피카소도 캔버스 위에 달랑 색 주머니만 던지지는 않았다.

하지만 그녀가 현대미술에 대해 무엇을 이해했을까?

그녀는 미술이 아니라, 독자가 단숨에 읽어 내려갈 수 있는 스토리에 대해서는 잘 알고 있었던 것이다. 그리고 그녀의 팔뚝까지 타고 올라오는 감전된 듯한 찌릿함으로 판단해보건대, 그 스토리는 은색 리본 포장을 한 채 그녀 앞에 나타난 셈이다. 그들이 몇 주일이나 찾아 헤매던 화가가 유럽의 기억상실증 환자로 드러난 것이었다.

"제 말 들리나요?"

셀린이 물었다. 맨해튼에 위치한 이곳, 지하에서도 통화가 잘 터지는지 확신할 수 없었다.

셀린은 투박한 헤드폰을 쓴 흑인 남자와 손잡이 기둥에 기댄 줄무늬 양복을 입은 나이 든 비즈니스맨 사이에서 압사할 정도로 끼여 있었다. 양복을 입은 남자는 아이패드를 통해 심각한 표정으로 통화를 하고 있었다. 지하철이 이동하자, 그 남자는 균형을 잃고 셀린에게 부딪쳤다.

"왜 제게 다시 전화했습니까?"

노아가 대답을 원했다.

"왜 노아라고 불리게 됐나요?"

셀린은 나이 든 비즈니스맨을 밀어내며 그의 질문에 응수했다.

소수의 몇 사람만이 그림 뒷면에 손글씨 이름이 적혀 있다는 걸 알고 있었다. 편집국장, 발행인, 그녀.

'그리고 당연히 그걸 적은 사람도.'

뉴욕뉴스 책임자들은 내막을 알고 있는 사람들의 범위를 가능한 한 최소화하려고 노력했다. 누군가 지인이나 친구에게 정보를 흘렸을 가능성도 배제할 수는 없었지만, 아마 그럴 일은 없었을 것이다. 그림 뒷면에 적힌 이름을 아는 것만으로는 충분하지 않았다. 결국 마지막에는 실제로 그런 그림을 그릴 만한 능력이 있다는 걸 증명해야 했다.

"제 예상대로면, 당신은 뉴욕으로 올 수 있는 여권이나 돈이 없으실 것 같네요?"

"예."

셀린은 마음속으로 선택 가능한 것들을 나열했다.

공식적으로 캠페인은 종료된 상태였다. 캠페인을 위한 핫라인이 아직까지 연결되어 있었던 건 IT 부서의 우유부단함 덕분이었다. 회사에서는 그녀와 관련된 모든 일들이 더 이상은 관심 밖이었다. 그녀 이름은 해고 명단에 올라가 있었다.

2주 전이었다면, 셀린은 유럽까지 날아갈 수 있는 개인 예산을 가지고 있었을지도 모른다. 심지어는 캠페인을 위해 사직서를 제출했을지도. 하지만 이제 그 이야기는 다 식어버린 커피나 마찬가지였고, 그녀의 상관이 그 식은 커피에 다시 뜨거운 물을 부으려고 할지는 의문스러웠다. 그리고 만약 그렇다 해도, 그녀에게 그 일을 맡긴다는 보장도 없었다.

'하지만 이 남자는 지금까지 전화했던 다른 미치광이들과는 달라. 배후에 뭔가 더 숨겨져 있는 것 같아.'

그의 목소리는 정직했다. 물론 전적으로 믿어서는 안 된다. 그녀의 전 남자친구만 봐도 그렇다. 그가 했던 모든 말들이 진실의 실험대 위에 오르기 전까지만 해도, 셀린은 그에게 무한한 신뢰와 믿음을 가졌었다.

49번가 역에 지하철이 멈췄다.

"이 번호로 앞으로도 계속 통화할 수 있나요?"

"오늘 아침 5시까지만 가능합니다. 이후에는 청소부들이 올 겁니다."

"청소부라뇨?"

"청소부들이 지하철역을 치웁니다."

"지하철역에서 밤을 보내나요?"

'그래, 딱 좋아.'

셀린은 아이와 함께 있는 여성을 위해 자리를 비켜섰다. 순간 평화롭게 잠들어 있는 갓난아기를 보자, 전화를 끊고 울고 싶어졌다. 하지만 그렇다고 무엇이 달라지겠는가. 혈액검사 결과가 나오고, 양수검사를 하는 날까지 날짜만 세며 기다려야 했다. 우울한 생각에 빠지거나 두려워하거나 혹은 희망을 품어보기도 하며 시간을 보내야 할 것이었다. 아니면 그 시간 동안 다른 쪽을 향해 관심을 돌릴 수도 있을 것이다.

"잠깐 끊지 말고 계세요."

그녀는 노아가 전화를 끊지 않도록 주의를 준 후, 그녀의 상관인 편집국장의 번호를 눌렀다. 편집국장과 나눈 통화는 평소와 마찬가지로 짧았지만, 예외적으로 한 번에 구체적인 방안까지 잡혔다. 케빈 루드는 결코 즉흥적인 결정을 내리는 적이 없었고, 그게 비용과 연관되어 있을 때는 더욱 그러하다. 그러나 그가 새로운 사건 전개를 들었을 때, 그녀 예상과는 달리, 전혀 반대하는 기색이 없었을 뿐만 아니라 즉각적으로 명료한 지시 사항들을 전달했다. 그리고 그녀가 노아에게 편집국장과의 대화 내용을 전달했다.

"지금 베를린 어디에 계시나요, 노아 씨?"

그녀는 똑같은 질문을 반복해야 했다. 기차가 또다시 정차했고, 타임스 스퀘어 역에서 나오는 환승 안내 방송으로 의사소통이 불가능했기 때문이다. 셀린은 플랫폼에서 지하철을 타려는 인파와 실랑이를 벌이며

42번가 출구 쪽으로 걸어갔다.

"오스카의 말로는, 모아비트라고 부른답니다."

"오스카가 누군가요?"

"그는…… 그러니까 제 친구입니다."

그녀는 노아가 말하는 것을 들었다. 그의 목소리는 100퍼센트 확신이 없는 것처럼 들렸다.

"그럼 그에게 물어보세요. 지금 당신이 있는 곳에서 브란덴부르크 문까지 얼마나 걸리는지요."

잠시 부스럭거리는 소리가 났고, 노아는 다시 수화기로 돌아왔음을 알렸다.

"걸어서 30분 거리라고 합니다. 어쩌면 40분이 걸릴 수도 있고요."

"좋아요, 그럼 지금 당장 그쪽으로 출발해주세요."

"대체 어디로요?"

"아들론 호텔로요. 당신을 위해 그곳에 지금 방 하나를 예약해두었어요."

# 제9장

"불명예스러운 신사 숙녀 여러분, 과대평가된 손님 여러분, 아프리카에서 기아에 허덕이는 아이들을 돕기 위한 열두 번째 자선 브런치 행사에 오신 것을 환영합니다. 전 오늘 여기 계신 손님들처럼 이 모토 역시 사기라고 말할 수밖에 없군요."

조나단 재파이어는 검은 뿔테 안경 너머로 연단을 지나 리츠 칼튼 대형 홀에 차려진 서른두 개의 꽉 찬 식탁을 내려다보았다.

카메라 플래시 때문에 그는 약간 눈이 부셨다. 그래서인지 일찍이 세계 최고 갑부였던 일흔한 살의 남자는 평소보다 얼굴을 더 찡그렸다. 그에 반해 참석한 사람들 대부분은 웃고 있었다. 최상위 계층에 속한 회원과 세계의 유명인사 들만이 입장이 허락되었으며 주요 10개국의 정치가와 경영자, 예술가, 명문가가 자리했다.

오른쪽 앞 첫째 줄에는 독일 재무장관이 그의 부인과 함께 앉아 있었으며 그 옆에는 러시아의 가장 막강한 언론사의 수장이 자리를 잡았다. 그는 지난주에 스페인 프로축구 1부 리그의 선두팀을 사들였다. 재파이어는 미국의 록스타 옆에 있는 네덜란드의 인터넷 대부호를 발견했다.

손님들은 아무도 연설자의 무례한 인사말에 놀라거나 불평하지 않았다. 프랑스의 라디오 방송국 소유주도, 일본의 선박업자도 마찬가지였다. 화를 내며 연설에 끼어들거나 자리를 뜨는 사람도 없었다. 그들은 이미 재파이어가 그럴 거라고 예상하고 있었다.

재파이어는 자신의 생각을 거리낌 없이 말했고, 사람들은 그의 그런 면을 사랑했다.

"14세기 가톨릭교회에서도 그런 사기극을 벌였습니다."

그는 연설을 이어나갔다. 늘 그랬던 것처럼, 미리 적어둔 메모도 없이 자유롭게 강연을 이끌어갔다.

"면죄부를 판매한 것입니다. 죄를 지은 사람이 주머니에 '짤랑' 소리를 내며 돈을 던져 넣으면, 그 순간 그는 무죄가 됩니다. 오늘 제 주변을 둘러보니 다들 어린 부인의 손등을 토닥거리며 거드름을 피우는 살찐 몸뚱이를 지녔군요. 제게는 여러분들이 아직도 중세 교회의 악습에서 벗어나지 못하는 것처럼 보입니다."

재파이어가 던진 말에 다들 모욕감을 느끼는 대신 폭소를 터뜨렸다.

"여러분들은 넓은 엉덩짝을 대고 앉아 은도금 칼로 커틀릿을 자르고는 씹을 때마다 각자 지옥에서 조금씩이라도 벗어날 수 있기를 바라고 있을 겁니다."

재파이어는 고개를 가로저었다. 마치 불독처럼, 그의 볼에서 턱뼈까지 아치형으로 늘어진 주름진 피부가 흔들렸다. 그는 잘생긴 남자가 아니었으며 그랬던 적도 없었다. 비틀어진 귀에는 상처의 흉터가 남아 도드라져 있었고 이빨은 비뚤었다. 그의 첫 번째 부인이 쌍둥이를 임신했을 때, 만약 아이들이 그를 닮지 않는다면 당시 신생 회사였던 그의 회사 절반을 하느님께 드리겠다고 친구들에게 맹세한 적도 있었다. 하지만 그런 일은 일어나지 않았다. 분만 중에 사망한 부인과 쌍둥이에 대한 기사는 지방 신문에서 반 단짜리 기사도 되지 않았다. 당시 재파이어는 지금처럼 중요한 인물이 아니었으며 결코 청중에게 이렇게 욕을 내뱉지도 못했다.

"신을 믿는 척하며 거짓말만 늘어놓는 위선자 여러분, 여러분은 돈을 내고 죄에서 벗어나길 원합니다. 하지만 이곳에 계신 여러분들을 위해 제가 나쁜 소식 하나를 가지고 왔습니다. 여러분들이 지불한 여섯 가지 코스 요리를 위한 1500달러는 모두 소용없는 짓입니다. 여러분의 죄는 여러분을 용서하지 않을 겁니다. 여러분은 여러분 모습 그대로 남을 겁니다. 살인자로. 그리고 모두가 언젠가 회개할 날이 올 겁니다."

7년 전, 재파이어가 공식 축하만찬에서 처음 격분했을 때, 그의 축사는 이쯤에서 마이크가 꺼져버렸다. 그의 분노 폭발 영상은 유튜브에서 2억 번의 조회수를 기록했다. 그 후로 현재 페어그린 제약 회사의 최고경영자인 그는 팬으로부터 광적인 숭배를 받고 있다. 그리고 가면무도회에서나 허용될 만한 무례한 짓을 서슴지 않고 즐기고 있다. 이 남자가 신봉자들로부터 팝스타처럼 숭배되는 이유는 그가 노벨평화상을 받게 되었을 때, "상을 받을 만한 일을 히틀러만큼도 하지 않았습니다"라고 말하며 단호히 거절했기 때문이다. 물론 그에게는 적도 있다. 엄청난 수의 적이.

언론사의 편집국장들은 가장 큰 제약 회사의 최고경영자인 재파이어가 왜 갑자기 인권 활동에 관심을 가지는지 수상쩍었다. 이 '독수리'가 전 재산의 95퍼센트를 보잘것없는 민간단체인 '월드세이버(Worldsaver)'에 기부할 거라고는 아무도 믿지 않았다. ('독수리'라는 별명은 망해가는 경쟁회사들이 파산할 때까지 그 주위를 '맴돌며' 합병하는 그의 오랜 행적으로 생긴 것이다.) 하지만 그는 정말로 기부했고, 그의 세 번째 부인이자 지금은 이혼한 티파니만이 그 사실을 안타까워했을 뿐이었다. 그녀는 2420억 달러의 절반을 생각하고 그와 결혼했을 것이고, 매달 4만 7000달러의 용돈으로 사는 것은 시궁창 같은 삶이라고 여겼을 것이다.

그렇다고 재파이어가 손해만을 본 것은 아니었다. 기부 사업은 그에게 (거절했지만) 노벨평화상을 가져다주었고, 나머지 5퍼센트만으로도 그는 충분히 지금까지처럼 사치스러운 생활을 영위할 수 있었다. 또한 월드세이버 재단이 수십 억 달러에 달하는 그의 돈을 모두 선행으로만 사용했다고 말할 수는 없었다. 하지만 언론매체에서마저 그를 인정하게 되고, 재파이어 메디칼스에서 페어그린 제약 회사로 기업체가 전환되었을 때, 빠른 속도로 분위기가 바뀌었다. 이 비영리 기업의 모든 특허약은 앞으로 세계 극빈층들에게 원가로 배포될 예정이었다.

"난 이 행성에 빚이 있어. 그래서 죽기 전에 내 잘못을 꼭 청산하고 싶어."

그가 한 친구에게 했던 말인데, 더 이상 그 친구와는 말을 섞지 않았다. 그 친구가 언론에 그 말을 흘렸기 때문이다.

"여러분들께 지금 한 젊은이를 소개하려고 합니다."

재파이어가 특유의 콧소리가 섞인 거만한 목소리로 말했다. 홀의 조명이 어두워졌다. 빔 프로젝터가 그의 등 뒤로 희미하게 푸른빛의 영상을 화면에 비췄다.

"그의 이름은 저도 모릅니다. 하지만 저는 그를 아킨이라고 부르며, 그 이름은 아프리카 말로 투사, 전사 혹은 용기 있는 남자라는 뜻을 가지고 있습니다. 그리고 아킨은 그의 이름에 걸맞는 사람입니다. 여러분들과 다르게 그는 용기 있는 남자입니다."

영상은 좀 더 또렷해졌지만 움직이는 청회색 표면 위에 작고 검은 점

밖에는 잘 보이지 않았다.

"인공위성에서 촬영한 것인데 우연히 우리 손에 들어왔습니다."

청중들은 웃었고, 그중 몇 명은 손바닥을 쳤다. 재파이어의 재단이 허가되지 않은 감시 위성을 사적으로 쏘아올리고 관리한다는 것은 이미 공공연한 비밀이었다. 월드세이버는 아프리카의 분쟁 지역을 지켜봐왔으며 인권 침해와 관련한 사항들을 세상에 알려왔다.

"제 추측으로 스무 살 정도인 아킨은 고무보트에 실려 표류 중입니다. 여러분들이 좀 더 자세히 볼 수 있길 바랍니다만, 그는 혼자가 아닙니다."

카메라 영상은 윤곽선이 좀 더 또렷해지고 있었다.

"위치를 알려드려야겠군요. 지금 지중해에 있습니다. 몰타 해변에서 약 150킬로미터 정도 떨어진 곳입니다. 시야도 좋고 파도도 없습니다. 바람도 없습니다. 햇빛도 보트 위 난민들에게 아무 문제가 되지 않습니다. 여기 선이 보이십니까?"

재파이어가 레이저빔으로 화면을 가리켰다.

"사람들의 다리입니다. 서로 겹쳐지고 이리저리 뒤섞인 채 지난 24시간 동안 1밀리미터도 움직이지 않았습니다. 고무보트에는 네 명의 승객이 더 있는 것입니다. 아마 아킨의 누이와 어머니 그리고 남자형제들일 것입니다. 그들은 모두 죽었습니다. 고무보트에 있었던 물을 담은 통과 작은 노 그리고 비축해둔 음식은 일주일 전에 태풍이 모두 앗아가버렸습니다."

재파이어는 쓰러지는 듯 양팔로 강연대를 짚으며 청중을 향해 위협적인 자세로 몸을 숙였다.

"아킨 또한 죽을 것입니다. 아닙니다, 제가 잘못 말했습니다. 그는 살해될 것입니다. 몇 시간 안으로. 여기 이 홀에 있는 여러분들에 의해서."

침묵이 흘렀다. 몇몇의 표정에서 희미한 미소가 스쳐갔다. 하지만 감히 어느 누구도 말을 꺼내지 않았다. 수저나 유리잔이 부딪치는 소리조차 더 이상 들리지 않았다.

  "아마 아프리카 청년의 목숨 따위는 여러분들께 아무 상관도 없을 겁니다. 어쩌면 여러분의 접시 위에 놓인 고기가 사실 이베리아산 최고급 돼지가 아니라 대량 사육으로 길러진 일반 돼지라고 폭로한다면, 여러분들은 훨씬 더 깜짝 놀랄 겁니다."

  그것이 농담은 아니었지만, 홀에 있던 몇몇은 그 순간을 놓치지 않고 웃음을 터뜨렸다.

  "여러분 접시를 들어올려보십시오."

  홀 전체가 소란스러워졌다. 재파이어의 바람에 따라 식기 아래 두었던 종이를 청중들이 발견하게 되자, 시끄럽게 소곤대는 소리가 쏟아져 나왔다.

  그가 간결하면서도 힘 있는 목소리로 말했다.

  "여러분들이 지금 손에 쥐고 있는 종이는 약봉지에 동봉된 것과 같은 것이며 슈퍼에서 파는 고깃덩어리에 첨가된 것과도 동일한 것입니다. 타이로신, 인산염, 올라퀸독스, 아미노시딘, 클로르술론, 클라불란산, 레바미솔, 아자페론…… 그 목록은 끝이 없습니다."

  그는 한숨을 내쉰 다음 물을 홀짝거렸다.

  "제가 만약 여기 계신 여러분들을 쇠사슬로 묶어 빛도 들어오지 않는 작은 정방형 공간에 몰아넣는다면 어떨까요. 공장의 돼지들에게 하듯이, 미쳐가는데 서로를 공격할 수는 없도록 송곳니를 모조리 뽑아버리고, 빨리 도축할 수 있도록 싸구려 유전자조작 사료와 성장호르몬으로 살을 뒤룩뒤룩 찌운다면요? 여기 홀에 계신 분들 중 상당수가 이미 그런 것 같습니다만. 어쨌든 진통제와 항생제, 정신질환치료제, 기생충약 등 각종 약이 없으면 이런 인간 대량 도축 사업모델을 꾸려나갈 수 없다는 것은 자명합니다. 물론 여러분들이 도축장으로 운반되는 도중 난동을 부릴 수 없도록 진정제도 투여해야겠지요. 그리고 저는 여러분들을 살아 있는 채로 펄펄 끓는 욕조에 쏟아부을 것입니다."

재파이어는 이의제기를 저지하려는 듯한 손동작을 취했다.

"걱정하지 마십시오. 어느 누구도 여러분의 살찐 피부를 원하지 않습니다. 저는 단지 산더미 같은 약과 주사 없이는 그 산업이 유지될 수 없다는 걸 확실히 말하고 싶었을 뿐입니다. 미국의 도축 기업에서는 수천 마리의 돼지가 죽임을 당합니다. 그것도 매 시간마다!"

그는 몇 명의 청중이 고개를 가로젓는 것을 보았다. 청중들은 더 이상 아무것도 먹지 않았다.

"수천 마리라니, 그 숫자가 의심스럽습니까? 하지만 사실입니다. 우리는 수출을 하기 위해서도 돼지를 도축하고 있습니다. 거기서 우리는 다시 아킨과 엮이게 됩니다."

재파이어는 강연대를 벗어나 연단의 중앙으로 발걸음을 옮기며 스크린 쪽으로 몸을 돌렸다.

"세계에서는 6초마다 한 어린이가 기아로 죽어가고 있습니다. 혹은 아킨처럼 목말라 죽어가고 있습니다. 그 전에 고무보트가 전복되지만 않는다면 말입니다."

영상은 아프리카 아이가 양손으로 머리를 감싸 쥐고 있는 모습을 보여주었다. 탈수현상으로 찾아온 극심한 통증 때문인 것처럼 보였다.

"하지만 여러분이 제 말을 귀 기울여 들으셨고 휴대전화로 탁자 아래에서 주식 체크를 하지 않으셨다면, 접시 위에 올려진 쓰레기 한 조각이

도대체 아킨의 운명과 무슨 관계가 있는지 의문을 품으셨을 겁니다."

많은 이들이 고개를 끄덕였다. 한 남자가 큰 소리로 한번 웃었다가 겸연쩍었는지 주위를 살폈다. 재파이어는 화난 눈으로 그를 노려보았다.

"우리는 고기 쓰레기뿐 아니라 너무 많은 다양한 쓰레기도 양산하고 있습니다. 미국에서만 하더라도 도살된 동물들로부터 39톤에 달하는 똥이 매 초마다 만들어집니다. 전 세계 인구가 항문에서 밀어내는 배설물보다 130배나 더 많은 양입니다. 축산업자들은 그런 냄새나는 과잉생산을 지속적으로 회전시킵니다. 그렇게 함으로써 돈을 받기 때문입니다. 그것도 많은 돈을요. 3500억입니다. 지난해 OECD 국가의 목축업자와 농부들은 3500억 달러에 이르는 수출보조금과 농업지원금을 받았습니다. 그 돈은 여러분의 세금입니다! 그리고 이런 값싼 고기를 수출하는데 가나의 아크라도 그 지역 중 한 곳입니다. 일단 수출이 시작되면 그 일대는 끝입니다. 1년 전만 하더라도 아킨의 아버지는 식구들을 먹여 살리기 위해 아크라에서 물건을 팔았습니다."

당연히 그 말은 가정에 불과했지만 재파이어는 청중의 관심을 붙들기 위해 이야기를 더 입체감 있게 만들어냈다.

"아킨의 아버지는 작은 닭 한 마리를 2달러에 팔았습니다. 하지만 수출보조금 덕에 유럽연합의 농부들은 고기를 덤핑으로 아프리카 배에 실을 수 있습니다. 가나에서 외국산 닭의 가격은 50센트에 불과합니다. 주민들이 누구에게서 닭을 살 것인지는 대답할 필요도 없는 문제입니다. 아킨의 아버지일까요, 아니면 외국의 수입업자일까요?"

재파이어가 다시 강연대로 걸어갔다.

"신사 숙녀 여러분, 고기에 대한 여러분의 탐욕과 무지함이 사람들을 갉아먹고 있습니다. 아킨과 같은 사람들을요. 수백만의 아이들이 굶어 죽고 있는 이 마당에, 우리는 바이오 연료를 만들기 위해 곡식을 불태웁니다. 그로 인해 곡류 가격은 점점 오르게 되고, 아프리카 사람들은 곡식을 살 수 없게 됩니다. 또 한편으로는, 여기 홀에 계신 분들이 횡령이나 상속으로 생긴 돈을 은행에 맡기면, 은행은 그 돈을 증권거래소에 투자해 치솟는 생활필수품 가격으로 시세차익을 얻습니다. 우리는 헐값으로 개발도상국의 농장주들을 파멸시켜버립니다. 자유시장경제에 오신 걸 환영합니다, 여러분."

재파이어는 이마에서 땀을 닦아냈다. 그는 이런저런 강연을 수도 없이 했지만, 그때마다 분노로 불타올랐다.

"아킨은 그 가난에 막중한 책임이 있는 유럽 대륙으로 건너오기 위해 고무보트를 탔던 것입니다. 하지만 그는 한 발짝도 더 앞으로 나아가지 못할 겁니다. 앞으로도 해마다 100억 달러의 세금이 유럽연합의 국경경비기관인 프론텍스(Frontex)에 투입되기 때문입니다. 이 군대에 대해서는 아무도 모릅니다. 유럽연방 파트너들은 절망에 빠진 난민들이 탄 호두껍데기 같은 배를 대적하려고 최첨단 장비를 장착한 쾌속정과 전투헬기 그리고 무인감시 비행정을 동원한다는 이야기를 대중에게 밝히고 싶지 않기 때문입니다."

재파이어는 안경을 벗고 손수건을 꺼내 이마에 맺힌 땀을 두드리듯 닦아냈다.

"지금 이 시각에도 적외선카메라를 장착한 프론텍스 헬리콥터가 아킨의 고무보트를 감시하는 중일 겁니다. 군인들은 지난 며칠 동안 죽어가는 네 사람을 방관했으며 도움을 주지 않도록 명령을 내렸습니다."

재파이어가 분노를 터뜨리며 안경을 다시 썼다.

"프론텍스 때문에 지난해에도 7만여 명의 난민들이 지중해와 대서양에서 익사했습니다. 그리고 시체들은 파도에 실려 가라앉았거나 일광욕이나 휴가를 즐기는 그란 카나리아 해변의 관광객들에게로 떠밀려갔습니다. 그런 일이 일어나는 동안 우리는 SUV 차량에 기름을 채우고 드라이브 스루로 차를 몰아 우리를 더 뚱뚱하고 더 병들고 더 멍청하게 만드는 햄버거에다 이빨을 쑤셔넣습니다. 햄버거로 인한 공해를 전부 계산한다면 180유로라는 비용을 지출해야 하지만, 우리는 1달러보다 많은 돈은 지불하길 원치 않습니다. 그래서 매년 새로운 대량 사육 시설과 도축 시설이 건축 허가를 받습니다. 그것은 동물뿐만 아니라 우리 인간에게도 치명적입니다."

박수가 터져 나왔고, 재파이어는 이윽고 소리 높여 고함쳤다.

"덧붙이자면, 가나 정부는 이를 막으려 했습니다. 수입되는 유럽연합의 고기들에 높은 수입관세를 매겨 국내 축산업자들이 살아남을 수 있는 기회를 주려고 했습니다. 그러나 여기 홀의 많은 멍청이들에 의해 후원되고 있는 세계무역기구인 WHO가 제재를 가하며 위협했습니다. 그리고 그 결과가 바로 아킨과 같은 사람들입니다. 그들은 너무나 절망적이었기 때문에 죽음조차 감수했던 것입니다. 가나에서는 죽을 게 분명했기 때문입니다. 여러분 같은 비곗덩어리 덕분에 말입니다. 신사 숙녀 여러분, 여러분은 모든 게 제대로 굴러간다고 믿을 겁니다. 왜냐하면 일주일에 한 번 유기농 가게에서 장도 보고 가끔은 푼돈을 기부하며 생색을 내며 자기 만족감에 빠지니까요."

재파이어가 강연대 위를 손바닥으로 쳤다.

"하지만 아닙니다. 제대로 굴러가는 것은 하나도 없습니다. 여러분이 오늘 저녁 이 자리에서 일어나 '난 당신처럼 하고 있어, 조나단. 내 수입의 95퍼센트를 기부하고 있어'라고 말한다면, 저는 여러분의 얼굴에다

침을 뱉는 대신 눈을 똑바로 마주 볼 수 있을 겁니다."

그는 마지막 물 한 모금을 마셨고 깊은 호흡을 내쉬었다. 이제 폭탄을 투하할 시간이 되었다.

"하지만 제 예상대로라면, 여러분들은 기본적으로 자신의 삶을 바꾸려 하지 않을 것입니다. 저는 마닐라 독감 백신을 여러분 마음대로 제공받을 수 있도록 내버려두지 않을 겁니다."

청중은 예상치 못한 일에 맞닥뜨린 어린애처럼 행동했다. 조용해져 주위를 둘러보았고, 몇 초가 지난 후에야 비로소 울음을 터뜨리며 소리 지르기 시작했다.

그러는 동안 위성 생방송은 어떤 병원의 집중치료실 영상을 화면에 보여주었다. 병원 영상은 지켜보는 사람들에게 공포를 불러일으키기에 적합했다. 지중해 보트 영상에 비해 훨씬 더 당혹스러움을 자아냈다. 나이를 짐작할 수 없는 남자가 피를 토하며 기침을 했다. 그의 몸은 경련으로 떨렸고, 의사들은 유리벽을 통해 그를 무기력하게 지켜보았다.

"우선 코피가 납니다. 그리고 목에 통증이 있습니다. 감기처럼 시작되는데, 전신 경련을 동반하며 빠르게 폐렴으로 옮겨갑니다. 지금까지 공식 보고에 따르면, 약 2800여 명이 마닐라 독감에 감염되었고, 그중 2000명이 사망했습니다. 여러분들이 뉴스를 계속 들어왔다면, 치료약을 개발하는 데도 몇 개월이 걸린다는 것 또한 알고 계실 겁니다. 항생제에 오염된 고기를 먹어온 우리 모두는 내성 있는 병균들을 배양해왔습니다. 하지만 여러분들, 치킨 윙은 우리에게 그만한 가치가 있었습니다. 그렇지 않았습니까?"

재파이어는 홀에 있는 사람들의 어리석음에 대해 재미있어하며 웃음을 지었다.

화면이 어두워지고, 홀의 불빛이 다시 점점 더 밝아지는 동안 재파이어는 그날의 마지막 말을 전하기 위해 다들 조용히 해주기를 부탁했다.

"제트플루 생산은 풀가동 중입니다. 신문을 보셔서 아시겠지만, 이 약은 항바이러스성 물질이 아닙니다. 즉, 마닐라 독감 바이러스의 생성과 증식을 억제해줄 뿐 아니라, 이미 신체 내에 존재하는 병원체까지도 제거하고 활동을 중지시킨다는 것입니다."

화면 속 영상은 시간이 어느 정도 경과한 후를 보여줬다. 이전 영상만하더라도 경련으로 몸을 튀틀고 있던 남자가 이제는 침대에 걸터 앉아 있었다. 병색은 여전했지만, 어쨌든 카메라를 보고 웃을 수 있을 만큼 눈에 띌 정도로 상태가 호전되어 있었다.

"늘 그랬던 것처럼, 우리는 이 활성 물질을 개발도상국에 있는 수천 개의 월드세이버 지점에 원가로 공급합니다. 그러나 브라질 상파울루의 빈민촌인 파벨라뿐 아니라 방글라데시, 마닐라, 카이로 그리고 다른 대도시의 슬럼으로부터 황당한 뉴스를 접했습니다. 검역이라는 명목하에 군대가 그곳 빈민 주거지역을 격리시키고 있다는 것입니다. 슬럼 거주민들을 약 공급에서 제외시키려는 것입니다. 부자들은 수백만 명씩 무리지은 빈민 행렬들이 도시로 들어와 약을 빼앗아갈까 봐 두려워하고 있습니다."

사람들은 불안으로 동요되기 시작했다. 사람들의 소곤거림이 홀을 가득 채웠다. 폭탄의 효력을 최대한 증폭시킬 수 있는 전제 조건이 갖추어졌다.

"이런 이유로 저는 생산 흐름을 다른 방향으로 돌리기로 결단을 내렸습니다. 몇 주 전부터 페어그린은 약을 약국과 종합병원과 개인병원으로 배분했습니다. 유럽연합과 미국에는 제트플루가 더 수월하게 공급되고 있죠. 모레 아침 8시부터 서구 세계에는 50퍼센트가 넘게 배분될 것으로 예상합니다. 하지만 인도나 동남아시아, 남아메리카 그리고 아프리카에서 일어나고 있는 파렴치한 사건을 고려해본다면, 저는 즉각 결정을 바꿔야 할 것 같습니다."

"어떻게 말입니까?"

한 남성이 격앙된 목소리로 외쳤다.

"바로 그것이 여러분께 말씀드리고 싶었던 것입니다. 저는 현재 배송 중인 트럭과 비행기의 방향을 모두 돌리도록 지시했습니다. 지금부터 제트플루 공급은 오직 개발도상국과 신흥국에만 독점적으로 허가합니다."

소곤거리는 소리가 점점 더 커졌다. 이곳저곳에서 사람들이 시끄럽게 쑥덕거리기 시작했다. 그중 몇 명은 자리에서 일어나 무어라 외쳤지만, 그 소리가 재파이어가 있는 곳까지는 도달하지 못했다.

"가능하면 배달 완료된 물품들까지 수거하고 싶었지만 그렇게 하지는 못했습니다. 여러분들은 루팡 팡가코 슬럼의 사람들처럼 코에서 피를 뿜으며 죽어가는 비참함을 느끼게 될 겁니다. 그 상황 속에서 약을 얻지 못한다면 그야말로 저의 기쁨이 될 것입니다. 여러분은 결국 돈으로 모든 걸 살 수 없다는 걸 깨닫게 되겠죠. 어쨌거나 제 약은 살 수 없습니다. 커틀릿이나 많이 사 드시지요. 어쩌면 불쌍한 돼지가 죽기 직전에 억지로 삼켜야 했던 약이 우연히도 어떤 효과를 줄지도 모르겠군요. 여러분, 맛있게 드십시오!"

이 말을 끝으로 재파이어는 강연대에서 걸어 나왔다. 그러나 '탕' 하는 폭발음이 그를 멈추게 했다. 외마디 비명 소리가 울려 퍼졌고, 그 소리는 훨씬 더 크고 날카로운 고함 속에서 빠르게 묻혔다. 의자가 넘어지고, 그릇이 식탁보와 함께 바닥으로 내동댕이쳐졌다. 누군가 도움을 요청했다.

재파이어가 눈을 찡그리며 혼란의 원인을 파악하려고 했을 때, 갑자기 누군가 그를 포박해 바닥으로 쓰러뜨렸다.

"세제트? 무슨 일이야?"

재파이어는 사선 밖으로 자신을 끌고 나온 보디가드에게 질문을 던지려고 했지만, 입에서는 단 한 마디 말도 나오지 않았다. 끈적거리는 점액질의 피만 흘러나왔다.

# 제10장

셀린은 시계와 휴대전화가 든 핸드백을 플라스틱 바구니 안에 놓았다. 그것들은 X-ray 기계에 딸린 컨베이어벨트 위에 놓인 채 금속 탐지기를 지나갔다. 뉴욕뉴스 건물의 보안 검사는 예전부터 엄격했었다. 그러나 9월 2일부터는 규제가 훨씬 더 심해졌다. 입장하려면 먼저 직원신분증을 장치에 긁어야 했고 플렉시 유리로 된 작고 투명한 방으로 들어가야 했다. 그러면 사람 몸에 공기를 물 뿌리듯 분사했는데, 그 공기를 다시 빨아들여 폭발물과 방사능 검사를 했다. 다음으로는 가방 검사와 신원 조회가 뒤따랐다.

셀린은 평상시처럼 몸에 지닌 금속류를 다 벗어놨다. 경비원인 마르타는 매뉴얼대로 휴대용 손 스캐너를 셀린 몸에 직접 갖다 댔다.

"핸더슨 양, 그 혼란 상황에 대해 들었어요?"

셀린이 팔을 높이 들어올리는 동안 그녀가 물었다. 마르타는 흑인이었는데 몹시 뚱뚱했고 목젖이 보일 만큼 입을 크게 벌리고 웃기를 좋아했다. 오늘은 평소와 달리 그녀의 표정이 어두워 보였다.

"혼란 상황이라뇨?"

"JFK가 폐쇄되었어요. 공항 전체가 검역에 들어갔대요."

"대체 왜 그런 일이?"

기계가 셸린의 벨트 근처를 지나자 마치 스타워즈의 R2-D2 로봇 같은 소리를 냈다.

"아프리카에서 온 사람이 간질을 일으켰어요."

셸린은 몇 년 전 비접촉 방식의 열화상 카메라에 대한 기사를 쓴 적이 있었다. 그것은 보이지 않는 곳에 숨겨진 채 현장에 설치되는데 적외선을 이용해 승객의 체온을 측정했다.

"그 남자는 케냐에서 왔대요. 열이 40도가 넘었다고 해요. 그래서 격리되었는데 그에게서 마닐라 독감 병원체가 발견됐다고 하네요."

마르타가 그녀에게 돌아설 것을 부탁했다.

"전부 그 소식뿐이에요."

마르타가 손 스캐너로 최신 머리기사를 전하는 입구의 비디오 벽을 가리켰다. 뉴욕뉴스는 신문뿐 아니라 다른 영역으로까지 몸집을 키워나갔다. 전국 규모의 잡지를 비롯해 비디오 호스팅 서비스, 디지털 라디오방송, 지역 TV방송이 뉴욕뉴스 그룹에 속했다. 그중 하나인 채널 17번인 NNN은 방금 헬기에서 촬영한 영상을 통해 JFK 국제공항의 폐쇄된 공항 진입로 앞에 수 킬로미터에 달하는 교통 정체 현황을 보여주었다.

셸린이 작은 발판 위에 오른발과 왼발을 바꾸어가며 올리는 동안 마르타가 검역의 속사정을 설명해주었다.

"그 남자는 케네디 공항을 경유해 여행 중이었는데 출국 대기실 근처에서 밤을 보냈대요. 거기엔 다른 사람들도 여럿 함께 있었고요. 질병통제예방센터가 공항에 머무른 사람들은 한 명도 빠짐없이 검사할 거라고 하네요. 병원균을 지니고 있을지도 모르니까요."

"세상에! 시간이 영원히 걸리겠네요."

"도를 넘은 조치인 것 같아요. 돼지독감 기억하시죠? 그때도 완전 공황 상태였잖아요. 모두가 예방접종을 받아야 한다고 했지만 아무도 의사한테는 가지 않았고요. 그래서 무슨 일이 일어났나요? 여느 때보다 사망자가 더 많지도 않았어요."

셀린은 그녀에게 작별을 고하고 서둘러 엘리베이터 쪽으로 향했다.

"아, 그리고 또 뭔가 왔어요. 꽃이요."

그녀 뒤에다 대고 마르타가 소리쳤다.

"뭐라고요?"

"당신 팬이 보냈나 봐요."

마르타가 웃으며 그녀에게 눈을 찡긋해 보였다.

# 제11장

베를린

"신사분들?"

인사말은 정중했지만, 목소리는 거북함으로 가득했다.

노아와 오스카는 상황을 잘 이용했다. 호텔 도어맨이 방금 도착한 한 가족의 택시 문을 열어주는 사이 회전문을 통해 슬그머니 안으로 들어갔다. 그러나 곧바로 그들은 방향감각을 상실했으며, 잠시 어쩔 줄 몰라 멍하니 호텔 입구에서 사방을 둘러보았다.

아들론 호텔의 로비는 저녁 만찬 손님들로 가득했고, 그들은 여기 온 목적에 따라 인사를 하고 가벼운 대화를 나누며 삼삼오오 모여 있었다. (노아는 이 무도회에 발을 들여놓은 셈이다.) 연미복을 입은 여러 명의 신사들과 긴 치마로 몸을 휘감은 부인들이 앉을 곳을 찾았다. 그들은 웃으며 어떤 몸짓을 취하거나, 유니폼을 차려입은 웨이터가 건네는 유리잔을 들고 건배를 했다. 파티용 핑거푸드와 음료수는 호텔 바가 위치한 오른쪽 공간에서 제공되었다. 호텔 프론트는 바로 맞은편, 오벨리스크로 꾸며진 분수의 왼쪽에 있을 거라고 노아는 추측했다.

"그런데, 그 핸더슨이라는 작자가 정말 아들론 호텔이라고 말했어?"

오스카는 오는 내내 몇 번씩이나 그에게 확인했다. 동물원을 가로지르는 지름길은 좁기도 했지만 어두웠다. 오는 길에 노아는 배낭에서 젖은 얼룩을 발견했다. 토토가 일을 보았고, 그들은 행군을 지속하기 위해 급한 대로 눈으로 대강 배낭을 닦아내야 했다.

"이건 함정이야."

오스카가 불길한 말을 했다.

"그 여자가 우리와 어떤 도박을 하려는 건지 모르겠지만, 느낌이 좋지 않아."

노아 역시 그사이 그의 예감에 공감했다.

그는 하얀 대리석 난간으로 된 위층을 올려다보았는데 초호화 여객선의 아트리움에 서 있는 듯한 인상을 받았다. 이상한 것은 그가 지하철 선로 아래 오스카의 은신처보다 여기가 훨씬 더 자신과 어울리지 않는다고 느꼈다는 점이었고, 이는 단지 그의 차림새 때문만은 아니었다.

"뭘 도와드릴까요?"

그들을 마중 나온 도어맨이 물었다. 쥐색 유니폼을 입고 고지식해 보이는 실린더 모자를 쓴 마른 사내는 그들에게 정말로 '도움'을 주려는 것 같지는 않았다. 고민 가득한 얼굴 표정으로 보아, 로비에 서 있는 두 명의 노숙자보다 오히려 호텔 바닥에 깔린 중국산 카펫 위의 개똥을 더 반가워할 것 같았다.

"예약했소만."

오스카가 대화를 맡았다. 그리고 그는 젊은 웨이터가 받치고 있는 쟁반 위에서 치즈 한 조각을 손가락으로 잡았다.

"예약하셨다고요?"

도어맨은 의심스러운 듯 눈썹을 치켜올렸다.

"핸더슨이라는 이름으로."

오스카는 입안에 먹을 것을 잔뜩 넣고 이야기하느라 힘들어했다.

"뉴욕뉴스의……"

"알아보도록 하죠. 신사분들이 밖에서 기다리시는 동안에요."

도어맨이 말하며 턱으로 출구를 가리켰다. 곧이어 팔을 뻗긴 했지만 그는 두 사람을 불쾌한 침입자처럼 대했다.

여태껏 한 마디도 하지 않았던 노아는 치를 떨었고, 문득 자신이 이 도어맨의 손을 단박에 낚아채 180도 비틀어 무릎을 꿇리고 싶다는 생각을 하고 있다는 것을 알아차렸다. 그러나 그의 이성이 아니라, 그의 등 뒤에서 들리는 목소리가 그런 행동을 하지 못하도록 막았다.

"모튼 박사님?"

몸집이 작은 한 남자가 수다를 떨며 모여 있는 부인들 사이에서 걸어나왔다. 그는 몸에 딱 맞는 양복을 입었고 가슴에는 빨간 포켓 스퀘어가 꽂혀 있었다. 그가 두어 걸음 떨어진 곳까지 왔을 때, 비로소 명찰을 살펴볼 수 있었다. 'H. 반덴베르크'라는 이름을 가진 남자는 이 럭셔리 호텔에서 높은 직함에 있는 사람임에 틀림없어 보였다.

"모튼 박사님, 정말 박사님 맞습니까?"

노아가 말을 꺼내기도 전에, 반덴베르크는 마치 죽었다고 믿었던 친구가 살아 돌아왔다는 듯 그의 손을 덥석 잡고는 흔들어댔다. 그는 여러 번 성형수술을 해서 얼굴에 주름을 제거한 것처럼 보였는데, 해골 위에 라텍스 장갑을 씌운 것처럼 피부 표면에 푸른 혈관들이 드러나 있었다. 그는 줄리아 로버츠보다 더 고른 치아를 보이며 미소를 지었지만, 얼굴에는 거의 주름이 잡히지 않았다.

"참으로 유감입니다. 하마터면 박사님을 전혀 알아보지 못할 뻔했습니다. 그런데 박사님도 정말 탁월한 위장을 하셨습니다."

노아가 너무 놀라 아무 말도 없이 어리둥절해 있자, 반덴베르크는 어두운 표정으로 도어맨 쪽으로 몸을 돌렸다.

"왜 이 신사분들을 바로 클럽으로 모시지 않았나?"

"……정말 죄송합니다. 제가 몰라뵈어서 그만……"

"모튼 박사님은 우리 호텔의 주요 단골손님이시네. 늘 그러셨던 것처럼 개인 전용 프론트에서 체크인을 하시지."

반덴베르크는 짙푸른 눈동자를 한 번도 깜박이지 않고 웃음을 지었다.

"이번에는 작은 짐 하나만 가지고 여행하시는군요?"

그는 손가락으로 노아의 배낭을 가리켰다. 노아는 움츠리듯 배낭을 감싸 안았다. 도어맨에게 토토를 건네주느니 차라리 그의 손을 부러뜨릴 것이다.

"그럼 저와 함께 가시는 게……"

반덴베르크는 저녁 모임에 참석한 사람들 사이로 능숙하게 길을 내며 노아와 오스카를 로비 반대쪽에 있는 엘리베이터로 안내했다.

"오늘 도착하시는 손님 목록에서 박사님 성함을 본 기억이 없습니다만."

반덴베르크는 간살맞은 목소리로 말했다. 그는 동행한 두 남자가 엄청난 악취를 풍기며 크림색 카펫 위에 시커먼 발자국을 남기고 있다는 사실에 전혀 개의치 않는 것처럼 보였다.

"우린 핸더슨이라는 이름으로 예약했소."

오스카가 설명했다. 그는 이런 상황에 대해 재미있어하는 것처럼 보였지만, 노아는 새로운 정보들을 머릿속에 기입하느라 여전히 정신이 없었다.

'내 이름이 모튼이라고? 내가 의사이거나 최소한 박사라고? 이미 이 호텔에 한 번은 방문한 적이 있었다고?'

로비가 익숙한 장소처럼 느껴진다는 것은 맞지만 그래도 노아는 기억해낼 수 있는 게 없었다. 어차피 호텔 로비라는 게 다 비슷비슷해 보이지 않은가.

"핸더슨?"

반덴베르크가 머리를 비스듬히 기울이며 엘리베이터 버튼을 눌렀다.

"맞습니다. 30분 전에 전화를 받았습니다. 하지만 뉴욕뉴스 여자분은 왜 박사님과 관련된 일이라고 말하지 않은 거죠, 모튼 박사님?"

"왜냐하면 그녀는 모릅니다. 솔직히 말하면……"

노아가 대답하려 하자, 오스카가 그의 말을 가로막고는 참견했다.

"……그 사안에 대해 솔직히 말하는 게 허락되지 않기 때문이오."

"또 비밀 연구 프로젝트 중이신가요?"

반덴베르크는 그렇게 추측했다. 그는 웃다가 못마땅해하는 오스카의 눈빛을 알아차린 후 미소를 거두었다.

"가능한 빨리 방으로 안내해주셨으면 좋겠소. 오늘 하루가 길군요."

번쩍거리는 금색 엘리베이터 문이 열렸고, 세 명의 남자가 안으로 걸어 들어갔다.

"물론입니다."

반덴베르크는 5층 버튼을 눌렀다.

"다만 박사님이 늘 사용하시던 스위트룸을 내드릴 수 있을지는 모르겠습니다."

"제 스위트룸이라고요?"

노아가 놀라서 물었다. 오스카가 그의 옆구리를 찔렀다.

"보시다시피, 오늘 큰 행사가 있습니다, 모든 박사님. 법률가분들이 개최하는 무도회입니다. 그래서 빈방이 거의 없는 상황이고, 죄송하지만 박사님이 묵으셨던 방들도 비어 있는지 알아봐야 합니다."

"제 방들이요?"

그는 놀라 소리를 냈고, 옆구리가 또 움찔했다.

"어떤 방에 묵으실 수 있는지 체크해보도록 잠깐 시간을 주십시오. 박사님과 신사분을 위해, 신사분 성함이……?"

"슈바르츠(Schwartz). 슈바르츠 교수요."

오스카가 덧붙였다.

"tz로 씁니다."*

그들은 거의 발소리를 내지 않고 클럽 층에 도착했다. 반덴베르크는 개인 전용 프론트 옆에 마련된 자리로 둘을 안내했다. VIP를 위해 별도로 만들어둔 곳임이 분명했다.

"지금 무슨 일이 벌어지고 있는 거죠?"

반덴베르크가 떠나기가 무섭게 노아가 소곤거렸다. 반덴베르크는 휴대전화를 귀에 댄 채 프론트 뒤 칸막이 방으로 사라졌다.

"이곳에 뭔가 구린내가 나. 우리가 그것에 대한 정보를 알고 있다는 걸 눈치채게 해서는 안 돼."

오스카는 감시카메라 한 대가 설치되어 있는 위쪽을 올려다보았다. 감시카메라는 엘리베이터 쪽을 향해 있었다. 오스카는 신경이 바짝 곤두서 있었다.

"그것에 대한 정보요?"

* 독일어에 동일한 발음을 가진 'schwarz(검은)'라는 단어가 있기 때문에 알파벳 철자를 덧붙여 말해주었다.

104

노아가 낮은 목소리로 되물으며 토토를 확인하기 위해 배낭을 열었다. 개는 잠들어 있었다.

"제기랄, 우리가 대체 어떤 것에 대한 정보를 알고 있다는 거예요?"

"그들이 우리를 그들의 프로그램 일부로 만들려고 하는 것이지."

"그들이요? 그들이 누군데요? 그리고 무슨 프로그램을 말하는 거예요?"

오스카가 집게손가락을 입술에 갖다 대며 그들이 앉은 안락의자 옆 보조탁자에 놓인 전화기로 손을 뻗었다. 그러고는 통화가 가능한지 수화기를 들었다 다시 내려놓았다.

"좋았어, 키 큰 양반. 지금은 자네가 냉정함을 잃지 않는 게 무엇보다 중요해. 1분 안으로 그 녀석이 다림질한 듯한 미소를 지으며 돌아와서는 속내를 털어놓을 거야. 좋은 소식이 있는데, 박사님의 스위트룸을 사용하실 수 있게 되었다고."

"난 한 마디도 이해 못 하겠어요."

"지금은 아무 질문도 하지 마. 우리가 방으로 가게 되면, 바로 모든 걸 설명해줄게."

"하지만 어떻게 안 거예요, 그런……"

반덴베르크가 칸막이 뒤에서 손뼉을 쳤을 때, 노아는 흠칫 놀라 몸을 움츠렸다. 그는 히죽히죽 웃으며 둘을 향해 다가왔다.

"제가 신사분들을 위한 좋은 소식을 가지고 왔습니다."

# 제12장

44층 편집국은 방금 전 화재 경보가 울린 것 같은 분위기가 팽배했다. 책상에는 아무도 앉아 있지 않았고, 직원들은 전부 어디론가 향할 태세로 움직였다. 아이패드나 메모장을 손에 든 직원들은 셀린을 지나쳐 커다란 회의실 안으로 서둘러 들어갔다. 사방이 플렉시 유리판으로 된 네모난 회의실은 사무실 정중앙에 위치해 있었고, 사람들로 가득 차서 이제는 더 이상 앉을 자리도 없었다.

셀린은 계획에 없던 임시 회의가 왜 열리게 된 건지 충분히 상상할 수 있었다. 매년 서너 번은 이런 날이 있었고, 편집국장인 케빈 루드는 이를 스트라이크 데이즈(Strike Days)라고 불렀다. 그런 날은 하늘에서 벼락이 떨어지고 모든 게 뒤죽박죽되어 공중을 날아다니는 것 같았는데 오늘 공항이 폐쇄된 상황과 크게 다르지 않았다. 셀린은 잠시 가방과 외투를 그녀 자리에 내려놓고 와야 할지 고민했지만, 편집국장을 보자 더 이상 시간을 지체할 수 없다고 판단했다. 편집국장은 커피가 들어 있는 일회용 컵을 양손에 하나씩 든 채 균형을 잡았다. 그 두 잔은 그의 하루 카페인 복용량으로, 커피 없이는 결코 사무실을 나서는 법이 없었다.

"잘 왔네, 셀린."

편집국장이 그녀를 불렀다. 셀린이 다가오자, 케빈은 컵 하나를 책상에 내려놓은 다음 왼손을 내밀었다. 셀린은 그에게 미소를 짓기 위해 애써 노력했다. 그녀는 2년 동안이나 그의 밑에서 일했는데 편집국장은 늘 상냥하고 기민한 태도로 그녀를 대했다. 그런데도 그녀는 그에게 정을 느낄 수 없었다. 왜 그런지는 그녀도 알 수 없었다. 어쩌면 그의 어색한 미소 때문일지도 몰랐고, 왠지 소심한 인상을 지닌 그가 허풍선이나 어울릴 법한 값비싼 스포츠카를 타고 다녀서일지도 몰랐다. 아니면 융통성 없는 기질 때문일지도. 케빈 루드는 마치 서로 어울리지 않는 가구들이 함께 놓여 있는 거실과도 같았다. 그래서 사람들은 그 안에서 오래 머무르고 싶어 하지 않았다. 그와 가까이 있으면 왠지 모를 불편함을 항상 느꼈다.

"국장님, 빨리 가셔야 할 것 같은데요?"

셀린은 이렇게 말하며 손을 놓았다. 케빈은 평소보다 악수를 더 길게 하고 있었다.

케빈은 자신의 낡은 바지 주머니에서 리모컨을 꺼내 들고는 대략 열 걸음 정도 떨어진 회의실을 향해 조준했다. 회의실 유리벽이 마치 마술처럼 어두워졌다. 전압에 따라 색깔이 변하는 신기술이었다. 눈 깜짝할 사이에 아무도 안을 들여다볼 수도, 밖을 내다볼 수도 없게 되었다.

셀린과 케빈은 이제 단둘만 회의실 밖에 서 있었다. 열린 회의실 문을 통해 흥분된 술렁임만이 흘러나올 뿐이었다.

"JFK 공항 일은 시작일 뿐이네."

그녀의 상관이 설명했고, 셀린은 뜬금없는 사전 브리핑에 어리둥절해했다. 어차피 바로 몇 초 후에 케빈은 똑같은 내용을 회의실의 팀원 모두에게 다시 한 번 설명해야 했다.

"라가디아와 뉴어크 공항 역시도 폐쇄될 거라는 소문이 있네."

"바로 출발할까요, 아니면 제가 회의에 참석하기를 바라시는 거예요?"

"어느 쪽도 아니네."

"네?"

두꺼운 겨울 외투를 입은 셀린은 땀이 나기 시작했다.

"그게 무슨 뜻이에요, 케빈?"

"자넨 노아를 계속 담당하도록 하게."

"지금 농담하시는 거예요? 뉴욕 전체가 비상 상황인데, 저보고 그림 따위에나 신경 쓰라는 말씀이에요?"

"래리의 지시야."

"래리 판햄이요? 언제부터 발행인이 취재하는 데 간섭했나요?"

"지금 토론할 시간이 없네, 셀린. 지시한 것을 하도록 하게. 책상에 앉아서 그 노숙자와 연락이 끊기지 않도록 계속 접촉해. 매시간마다 새로운 자료를 기다리고 있겠네. 그리고 여기……"

그가 그녀에게 쪽지 한 장을 건네주었는데, 전화번호 하나가 적혀 있었다. 그런 다음 그는 커피 컵을 집어 들었다.

"30분 안으로 그 전화번호로 전화해. 그때쯤이면 그 둘이 방에 도착해 있을 거야."

'그 둘이라고?'

케빈 루드는 그녀를 세워둔 채 떠나버렸다. 셀린은 어찌할 바를 몰라 혼란스러워하며 그가 떠나가는 것을 지켜보았다.

물론 노아가 좋은 이야깃거리라는 건 확실했다. 하지만 지금은 세계가 온통 전염병으로 난리다. 그녀는 어둡게 변한 회의실을 바라보다가 자리로 돌아가 털썩 피곤한 몸을 의자에 주저앉혔다.

마르타가 말했던 꽃다발이 컴퓨터 모니터를 가리고 있었다.

'대체 지금 무슨 일이 일어나고 있는 거지?'

그녀는 얇은 종이 포장지를 벗겨냈다. 흰 장미에 잠깐 코를 댄 후, 아마도 함께 배달되어 왔을 꽃병을 옆으로 밀어놓았다.

케빈에게 무슨 일이 있었던 걸까? 평소 그는 자신을 최고의 기자라고 치켜세우지 않았던가. 왜 하필이면 오늘 같은 날 인턴 한 명이 충분히 처리할 만한 일을 자신에게 던져준 것인가. 셀린은 도무지 알 길이 없었다.

다만 한 가지는 확실히 알았다. 그녀는 케빈에게 오스카에 대해 말한 적이 없었다. 그렇다면 그는 어떻게 오스카에 대해 알고 있는 걸까?

# 제13장

노아가 스위트룸에 들어섰을 때, 처음 그의 주의를 끈 것은 침실과 분리되어 있는 거실의 활활 타오르는 벽난로가 아니었다. 벽걸이 TV 화면에서 나오는 국제 공항에 발 묶인 여행객들의 모습도, 유리문 너머로 보이는 브란덴부르크 문도, 문 꼭대기에 장식된 이륜 사두 전차도 아니었다. 그것은 냄새였다.

아몬드와 난초 냄새가 그의 뇌에서 폭발을 일으켰다. 스위트룸에서 첫 숨을 들이켠 바로 그 순간부터 그의 어깨가 배낭의 무게를 느끼지 못했고 소곤거리던 오스카의 목소리도 점점 멀어져 들리지 않았다. 반덴베르크가 이 방에 대해 그 누구보다 더 잘 알고 있을 테니 금방 익숙해질 거라는 말을 하며 작별인사를 건넸을 때도, 노아는 아무런 주의를 기울이지 않았었다.

다만 노아는 통증을 느꼈다. 불타오르며 뻘겋게 달구는 듯한 통증은 그의 상체 전체로 엄습해왔다. 동시에 셀 수 없이 많은 영상이 눈사태처럼 그의 눈앞에 쏟아져 내렸고, 그로 인해 죽음에 가까운 체험을 해야 했다.

그는 쿵쿵거리는 음악 소리를 들었다. 눈이 부실 정도로 번쩍거리는 스트로브 조명의 불빛들이 어둠을 뚫고 여기저기 서 있는 사람들 사이를 빠르게 움직였으며, 사람들의 몸도 빠르게 흔들렸다.

'춤을 추고 있는 건가? 그래, 틀림없어. 그들은 춤을 추고 있어.'

그들은 마치 노아가 그렇게 시킨 것처럼, 시간을 거슬러 올라가며 춤을 추었다. 그사이 노아는 어깨의 한 부분에 무언가 응축되는 듯한 고통을 느꼈다.

'시간을 거슬러 올라가는 건가?'

정말 그랬다. 그의 머릿속 필름이 거꾸로 돌아갔다.

노아가 사람들이 춤추는 공간을 나와 엘리베이터 안으로 빨려 들어가자 승강기 문이 닫혔다. 지하 2층에서 5층으로 뛰어올랐다. 5층에서 노아는 숫자를 연이어 번호판에 입력했다.

그곳에서는 기억의 필름이 조금 천천히 돌아간 덕분에 노아는 그가 눌렀던 번호를 인식할 수 있었다.

'4266.'

그다음 무언가 자석처럼 그를 호텔 복도로 끌어당겨놓았다.

'다시 이 호텔이야. 어딘지 알 수 있어!'

그러는 사이 통증은 점점 심해졌고 이제는 그 부위가 왼쪽 어깨임이 분명해졌다. 비틀거리며 서 있던 노아는 등으로 문을 밀 듯이 기댔다. 이제 그는 어떤 방 안에서 무릎을 꿇은 채 닫힌 문에 이마를 대고 있었다. 식은땀이 그의 땀구멍으로 다시 흘러들어갔다.

귀에서는 날카로운 휘파람 소리가 나는 듯했는데, 콘서트 후에 계속되는 여음 같았다. 별안간 물체 하나가 그의 어깨 피부를 벗겨내는 듯했다. 총알이 피부를 뚫고 다시 밖으로 밀려나오는 느낌이었다. 그런 다음 총성의 메아리가 점점 커지면서 '탕' 하는 소리와 함께 끝났다. 바로 그 순간 노아의 통증도 씻은 듯 사라졌다. 총알이 박혀 있던 어깨는 상처도 없이 온전해졌다. 노아는 뒤를 돌아봤고, 이제 그가 서 있는 방이 어떻게 생겼는지 알아볼 수 있었다. 파리저 광장이 내려다보이는 아들론 호텔의 스위트룸이었다.

'언젠가 이곳에 있었던 적이 있었어.'

그가 깨진 유리벽을 보았다.

'저기를 통해 총알이 날아온 건가……'

창 주위에 유리 파편이 떨어져 있었다. 멀리 브란덴부르크 문이 보였다. 그보다 먼저 벽난로 앞에 꼼짝도 하지 않고 바닥에 쓰러져 있는 한 남자가 보였다. 카펫이 마치 유령의 손에 치워진 것처럼 말끔히 청소되어 있었다. 방금 전까지 카펫을 적셨던 피가 남자의 머리 안으로 다시 흘러들어갔다.

피가 사라지고 죽은 남자의 상처가 아무는 동안, 노아의 머릿속에 낯선 목소리가 고함쳤다.

'더 이상 막을 수가 없어.'

'더 이상 막을 수가 없어.'

그 음성이 오랫동안 울렸다. 그리고 마침내 노아가 눈을 떴다.

흐릿한 조명 빛에 익숙해지는 데 한참 시간이 걸렸다. 이곳은 방금 전까지 그를 혼란에 빠뜨렸던 기억의 한 장면에서 보았던 장소였다. 그는 몽롱한 상태로 벽난로 쪽으로 걸어갔고 쭈그려 앉아 비단처럼 부드러운 카펫을 손으로 쓸어보았다. 좀 뻣뻣한 곳이 손에 닿았다. 그 부분의 색은 좀 더 밝았는데 얼룩을 세제로 문질러 닦아낸 것처럼 보였다. 하지만 확실하지는 않았다.

'어떤 것에도 확신이 서지 않아.'

'내가 모튼 박사일까?'

'내가 이 스위트룸에서 지냈던 걸까?'

'내가 여기서 총에 맞았던 걸까?'

'그리고 내 눈앞에 죽어 있던 남자는?'

노아가 다시 일어나 스위트룸을 두리번거리던 순간, 이 모든 게 절대 우연일 리는 없다고 생각했다.

그리고 그에게 지금 사라지고 없는 것은 기억의 큰 조각만이 아니었다. 오스카 역시 감쪽같이 사라져버리고 없었다.

# 제14장

아담 알트만은 자신의 인생이 불행하다는 생각에 깊이 빠져든 채 글라이스드라이에크 지하철역의 열차에 올라탔다. 운행방향을 확인하고 복도 쪽 자리를 선택했다. 안 좋은 자리는 아니었다. 여느 때처럼 완벽하게 차려입은 그의 모습은 흡사 법률 사무소로 가는 변호사처럼 보였다. 잘 다림질된 검은 양복 바지선처럼 그의 가르마는 말끔하게 정리 정돈되었고 낙타털 코트는 보풀이 전혀 일어나지 않았으며(그가 매일같이 전기면도기로 보풀을 제거했다), 몸을 꼿꼿이 세워 외투와 양복 재킷에 쓸데없이 주름이 잡히지 않도록 각별히 주의했다. 다리를 꼬아 앉는 일도 절대 없었다. 두 발은 나란했고 손은 무릎 위에 가지런히 있었으며 시선은 아래를 향했다. 알트만은 그 자세를 정확히 유지한 채 팬코행 2호선 열차의 끝에서 둘째 칸에 타고 있었다. 그리고 곧 무서운 일이 벌어지리라고는 예상치 못했다.

그 칸에는 네 명의 승객이 더 타고 있었다. 옆에는 험상궂은 얼굴에 수염이 난, 연금생활자처럼 보이는 한 사람이 앉아 있었고 앞쪽에는 어린 여자애가 창가에 늘어선 의자들 중 한 곳에 자리잡은 채 휴대전화만 응시했다. 코르덴 바지를 입은 사람은 문에 기대서 있었으며 그 옆으로 머리가 긴 터키인이 신경을 곤두세운 채 두 명의 불량청소년에게 시선을 보내고 있었다. 불량청소년들은 싸움을 걸고 싶어 안달이 난 눈빛으로 어슬렁거리며 열차 안을 배회하고 있었다.

알트만은 주위에 무관심한 채 생각에 잠겨 있었다. 그가 잘못한 것들에 대해. 그리고 일을 그르친 이유에 대해.

'당연히 나 때문이겠지.'

사람들은 언제나 실패나 좌절의 이유를 다른 사람에게 떠넘기길 좋아한다. 그리고 완전히 혼자 저지른 일일 때는 더 심하게 불만을 토로한다.

'나처럼 말이지.'

그가 전형적인 예였다. 알트만은 일이 너무 많아서 가족과 보낼 수 있는 시간이 너무 적었다. 사업차 해외에 많이 돌아다녔지만, 정작 휴가를 떠나지는 못했다. 정원이 딸린 주택을 살 수 있는 돈은 충분히 모았지만, 그의 딸과 놀아준 기억은 별로 없다. 레아나는 이제 열다섯 살이었다.

'이런 빌어먹을.'

지난 1년 동안 60만 유로를 벌었지만, 그에게 남은 것은 무엇인가. 별 네 개의 비즈니스 호텔방의 킹사이즈 침대가 전부였다.

'항공사 마일리지가 있지. 친구는 한 명도 없고.'

아담은 손목시계를 바라봤다. 장식 없는 단조로운 모델인데 공항 면세점에서 구입한 것이었다. 하루 24시간 중 22시간이 지났는데 어느 한 명도 그의 생일을 축하해주는 사람이 없었다. 직장 동료도, 이혼한 전 부인뿐 아니라 그의 딸조차. 더군다나 그는 페이스북에 스스로 포스팅까지 했었다. 찌질하게도.

'내 생일을 축하합니다.'

그는 그 글자 뒤에 스마일 이모티콘까지 덧붙였다. 사실 그는 그런 종류의 이모티콘을 혐오했다. 그는 그의 딸이 보낸 메일을 잘 이해하지 못했다. 대부분 용돈을 달라는 내용이었다. 그는 엄지손가락 혹은 동그란 얼굴을 한 이모티콘이 붙어 있는 줄임말과 신조어와 은어를 싫어했다. 그 말들은 쓰레기 같았고 무례함 그 자체였다. 인류의 절반이 언어 능력을 잃어버려 번역을 해줘야 알아들을 수 있는 말만 구사하게 된 것이다. 더 이상 그가 받아들일 수 있는 세계가 아니었다.

알트만은 그 상황에 치를 떨었지만, 그렇다고 자기연민에 지나치게 빠지지 않도록 스스로에게 주의를 주었다. 그는 워싱턴에서 비행기로 여덟 시간이나 떨어진 곳에 있었다.

"야, 이년아."

그 소리를 듣고 알트만은 우울한 잡념에서 빠져나왔다. 시선을 올리자마자 그는 바로 상황을 파악했다.

녹색 파일럿 점퍼를 입고 삭발을 한 불량청소년이 창가 의자에 앉아 있는 소녀를 희생양으로 삼았다. 붉은색 단발머리의 여자아이를 보고 알트만은 레아나를 떠올렸다. 레아나 역시 어그 부츠에 빈티지 청바지와 오리털 점퍼를 즐겨 입었다. 다만 아랫입술에 피어싱은 하지 않았다.

"이년아, 너한테 얘기하고 있잖아."

삭발한 두 소년 중 하나가 소녀 앞에서 열차 손잡이를 쥔 채 턱걸이를 했다. 그의 양 손등에는 숫자 8이 새겨져 있었다.

'알파벳에서 여덟 번째 글자를 나타내는군.'

하일 히틀러(Heil Hitler)의 머리글자 'H'를 가리키는 것이었다.

신나치주의자라는 것을 한눈에 알아볼 수 있었다. 패거리 중에 남부 출신처럼 보이는 다른 소년은 비열한 웃음을 띠며 뒤로 빠져 있었는데,

그 웃는 표정이 그의 이중턱을 한층 더 도드라져 보이게 했다.

"네가 뭐 대단한 년이라도 돼?"

어린 소녀는 두려움에 떨지는 않았다. 소녀가 무어라고 말했지만 알트만이 알아들을 수는 없었다. 그리고 순식간에 일이 벌어졌다. '88'이 지하철 손잡이를 잡고 턱걸이하듯 몸을 들어올렸고 오른쪽 무릎으로 소녀의 얼굴을 강타했다.

같은 칸에 있던 놀란 승객들이 슬슬 시선을 피했다. 어린 소녀의 코에서 피가 쏟아져 나왔다.

"오늘이 그날인가 봐?"

'88'이 웃었다. 그사이 열차는 멘델스존 바르톨디 공원 역으로 진입했고, 그 누구도 뒤돌아보지 않았다. 모두들 밖으로 나가기만 바랐다. 알트만도 그랬다.

'소란을 일으키면 안 돼. 내가 나설 수 있는 상황이 아니야.'

알트만은 내리려던 역은 아니었지만 자리에서 일어났다. 문이 열리고 사람들이 열차 밖으로 나갔다. 막 열차에 오르려던 한 노부부가 피투성이가 된 어린 소녀를 보고는 흠칫 물러섰다.

그때 알트만은 사람들의 어깨너머로 소녀를 바라봤다. 어린 소녀는 의식을 잃고 의자에 누워 있었다. '88'이 막 그녀의 점퍼를 열어젖히고 티셔츠를 벗기려 했다. 소녀가 다시 일어나서 저항할지도 모르는 상황에 대비해 '이중턱'은 그녀의 양팔을 붙잡고 있었다.

알트만은 안내 방송을 들었다.

"문이 닫힙니다. 물러나주십시오."

그는 주저했다. 지나치게 오래. 다시 문이 닫혔다. 열차가 출발했다.

'이런 제길.'

'88'은 소녀의 바지 벨트를 풀려고 했다.

알트만이 헛기침을 했지만 열차의 덜컹거리는 소리에 파묻혔다.

"어이, 거기 자네들."

두 난봉꾼이 고개를 들고 보았다.

"뭐야, 이 좆같이 생긴 놈아."

난봉꾼들은 알트만을 쳐다봤다. '88'은 소리를 질렀고 '이중턱'은 히죽 거리며 웃었다. 알트만은 '88'의 말투가 어눌하다는 걸 알아챘다. 술을 마셨거나 마약을 했을 수도 있었다.

"부탁인데, 지금 하는 짓을 그만두는 게……"

알트만은 몸이 경직되기 시작했다. 그는 단 한 번도 말로 상대방을 제 압한 적이 없었다. 심지어 이곳은 외국이었다. 난봉꾼들은 거칠고 굵은 목소리로 떠들며 웃어댔다.

"그렇게 안 하면 어쩔 건데?"

"후회하게 될 거야."

알트만은 천장 쪽에 고정되어 있는 감시카메라를 쳐다봤다. 하지만 스 킨헤드 둘은 전혀 관심을 보이지 않았다. '이중턱'은 여전히 음탕한 눈으 로 소녀의 드러난 가슴을 보고 있었고, '88'은 칼을 꺼내 들었다.

"칼로 거시기를 쑤셔줄까?"

알트만과 두 스킨헤드는 서로 코앞에 있었다. 심지어 입 냄새를 맡 을 수도 있을 것 같았다. 알트만은 '88'의 눈빛에서 분노를 보았는 데, 이 상황을 타계할 수 있는 다른 방법이 없다고 느꼈다. 그리고 그 의 생각이 맞았다. '88'은 앞으로 튀어나와 알트만에게 칼을 휘둘 렀다.

하지만 충분히 재빠르지는 못했다.

알트만은 고양이처럼 유연한 움직임으로 칼을 피한 후, 낮은 목소리로 말했다.

"코드 13-10. 카메라를 꺼주시오."

그의 귓속에서 '딸깍' 하는 소리가 났다.

'88'은 지하철 의자에 부딪혀 바닥으로 넘어졌다. 믿을 수 없다는 표정으로 그의 파트너를 멍하니 쳐다보았다. 그런 다음 떨어뜨린 칼을 다시 쥐려 했다.

알트만은 칼을 의자 아래 구석으로 차버렸다. 귀 깊숙이 꽂혀 거의 보이지 않는 소형 무전기를 통해 여자의 목소리가 들렸다.

"카메라는 모두 꺼졌어요."

"누구랑 이야기하고 있는 거야?"

'88'이 궁금해했다. 그는 다시 벌떡 일어나 다음 공격을 위해 주먹을 쥐었다. 무슨 상황인지 갑자기 혼란스러워 그는 눈을 껌뻑거렸다. '88'은 영어를 알아듣지 못했고, 그래서 알트만이 하는 말이 어떤 뜻인지 파악하지 못했던 것이다.

알트만은 천장을 바라보았다. 붉은 LED 전구가 더 이상 반짝이지 않았다. 만족스럽게 고개를 끄덕이며 그가 말했다.

"테이프는 21분부터 25분 동안 삭제해주세요. 멘델스존 바르톨디 공원 역을 기점으로 증거가 남지 않도록 조치해주세요."

"그렇게 처리했어요."

"이봐, 늙은이. 그게 무슨 소리야?"

함께 난리를 피우던 '이중턱'이 첫마디를 던졌다. 그리고 그건 그의 마지막 말이 되었다.

알트만은 재킷 안쪽에 있는 두 자루의 총으로 결정했다.

"그리고 여자아이를 위해 의사를 보내주세요."

이 말과 함께 그는 두 소년의 머리를 쐈다. 그들은 즉사했다. 총알이 그들의 뇌를 관통해 들어갔고 그 속에서 아주 작은 조각들로 폭발했다. 이 모든 상황은 채 1분도 걸리지 않았다. 의식을 잃고 쓰러진 소녀는 무슨 일이 일어났었는지 아무것도 지각하지 못했다. 총성이 울렸을 때 소녀는 미동도 없었다.

알트만은 총을 도로 넣고 소녀의 호흡을 체크했다. 안정되고 규칙적이었다. 다만 맥박은 약간 빨랐다.

흘러내리는 피로 인해 질식할까 봐 그는 그녀의 머리를 옆으로 돌려놓았고 티셔츠를 내려 가슴을 덮어준 후 작전통제실에 상황을 보고했다.

그런 다음 비상 브레이크를 잡아당겼다.

지하철은 포츠담 광장 역으로 들어가는 입구에서 불과 몇 미터 앞에 멈춰 섰다. 아담은 비상탈출용 창문의 유리를 깨고 밖으로 기어나왔다.

'이런 개떡 같은 생일날이라니.'

"지금 이 상황에서 꼭 필요한 선택이었나요?"

귓속 여자의 목소리가 그의 신경을 곤두서게 만들었다.

"그렇소."

알트만은 짧게 대답했고 불빛을 따라 선로 옆으로 뛰기 시작했다.

플랫폼에는 사람들의 왕래가 거의 없었다. 터널을 나와 좁은 금속 계단 위로 올라올 때까지 그를 주목하는 사람은 아무도 없었다.

"당신이 작전 전체를 위험에 빠뜨리고 있어요."

"알고 있소."

그는 코트에 묻은 먼지를 손으로 털어낸 후, 큰 보폭으로 지하철 역내를 가로질러 에베르트 슈트라세 대로로 나가는 출구 쪽으로 걸었다. 그의 신발 역시 더러워진 상태였지만, 지금 당장은 어쩔 수 없었다.

'유감스럽군.'

알트만은 부다페스터 수제화에 얼룩이 지는 걸 몹시 싫어했다.

"이젠 다른 돌발 사건 없이 바로 목표물까지 가는 거죠?"

"노력해보겠소."

다시 지상으로 나왔을 때 비로소 그는 답을 주었다. 맑고 차가운 공기가 몰아쳤다. 사방이 불빛이었다. 전면이 유리인 고층빌딩에서는 이 시간에 일하는 사람이 아무도 없을 게 분명한데도, 전 층에 불이 켜져 있었다. 화려한 조명의 광고판들은 타임스 스퀘어처럼 크고 빛났지만, 사람들은 별 관심이 없었다.

보도가 얼어 있어 알트만은 걷는 속도를 약간 줄여야만 했다.

"작전 장소로부터 얼마나 떨어져 있어요?"

여자가 물었다.

알트만은 고개를 들어 먼 곳을 보며 얼음처럼 차가운 바람으로부터 눈을 보호하기 위해 손바닥을 펴 우산처럼 만들었다. 홀로코스트 메모리얼 너머로 호텔의 초록색 지붕이 보였다. 직선거리로 400미터 정도 떨어진 곳에 아들론 호텔이 있었다.

"곧 도착할 거요."

"좋아요."

여자의 목소리가 처음으로 만족스러운 듯 들렸다.

"그럼 그럭저럭 시간을 맞출 수는 있겠어요. 스위트룸 평면도와 그 둘의 사진을 다시 한 번 보내줄게요."

'둘이라고?'

"그가 혼자 있다고 생각했소만."

알트만은 니더작센주 대표사무소 부근에서 길을 건넜다.

"미리 말하지 않았었나요?"

"그런 적 없소."

작전지휘관인 여자는 이런 불상사에 익숙한 듯 한숨을 내쉬었다.

"제거 대상이 어쩌면 구원병을 요청한 건지도 몰라요. 어쨌든 지금 노아는 동행 중이에요."

# 제15장




노아가 오스카를 찾아 스위트룸 침실로 들어서자마자 전화가 울렸다. 그리고 동시에 뭔가가 낑낑거리며 울었다.

'미안해, 토토. 널 까맣게 잊고 있었구나.'

그는 가방을 열어 개를 놓아줬다. 토토는 몸을 쭉 늘이며 기지개를 펴고는 가방에서 나와 조심스럽게 발을 디뎠다. 호기심으로 코를 킁킁거리며 침대 옆 보조탁자 위 무선전화를 집어 드는 노아를 바라봤다.

반덴베르크의 전화였다. 그는 노아에게 그의 방 옆에 있는 다른 스위트룸으로 건너갈 수 있는 중간문이 열려 있다고 알려줬다.

"저희 호텔에서 큰맘 먹고 다른 방도 준비했습니다. 슈바르츠 교수님께서는 박사님과 함께 주무실 필요 없이 혼자 분리된 공간을 사용하실 수 있습니다."

노아가 욕실 옆으로 문 하나를 더 발견했다. 전화를 끊기 전 노아가 물었다.

"제가 마지막으로 여기에 언제 왔습니까?"

침묵이 흘렀다. 예상치 못한 질문이었기 때문이다.

"아…… 그건 우선 컴퓨터를 봐야 알 수 있을 것 같습니다."

"그럼 그렇게 해주십시오. 그리고 제 인적 사항에 대해 호텔 쪽에 저장된 세부 정보를 확인하고 싶습니다."

"무슨 말씀이신지?"

"제가 지불했던 신용카드사와 번호 그리고 필시 프론트에 남겨두었을 제 개인 주소 같은 것들 말입니다."

"뭔가 변경 사항이 있으신가요, 모튼 박사님? 만약 그러시다면 제가 바로 기입해드릴 수 있습니다. 잘 알고 계시는 것처럼, 박사님께서는 단골 고객이시기 때문에 체크인에 필요한 잡다한 서류에 얽매이실 필요가 전혀 없습니다. 오늘 체류도 뉴욕뉴스 측에서 부담할 것이며, 추가 객실과 같은 업그레이드 사항은 저희 호텔에서 책임질 것입니다."

반덴베르크는 최선을 다해 억지웃음을 지었다.

"무척 감사한 말씀이지만, 그래도 등록된 제 개인 신상을 하나도 빠짐없이 목록화하여 받고 싶습니다. 그게 혹시 문제가 됩니까?"

노아는 대리석으로 된 욕실을 바라봤다. 그 안은 좀 더 따뜻해 보였다. 욕실 안에도 오스카의 흔적은 없었다. 불투명한 우윳빛 유리로 분리된 화장실 공간에도, 월풀 욕조에도.

"아닙니다. 번거로울 것이 전혀 없습니다. 서류들을 모두 준비하도록 하겠습니다. 내일 아침식사 때 건네드리면 될까요?"

"오늘 안으로 필요합니다."

노아가 말하며 그제야 점퍼를 벗었다.

"그럼, 가능한 빨리 전달해드릴 수 있도록 서두르겠습니다, 모튼 박사님."

'모튼, 모튼, 모튼!'

노아는 왜 자신이 이 방에서 죽은 사람은 기억하지만, 분명 정기적으로 체크인했을 자신의 이름은 기억나지 않는지 궁금했다.

그는 비누를 놓는 크리스털 용기에 물을 약간 따라서 토토에게 가져다주었다. 하지만 개는 목이 마르지 않은 듯했고 침대에서 내려갈 방법을 찾아보려고 분주했다.

노아는 감사 인사를 전하고 수화기를 내려놓으려고 했다. 그때 반덴베르크가 다시 말했다.

"말씀드리는 걸 깜빡 잊을 뻔했습니다, 모튼 박사님. 제 부주의 탓입니다. 박사님의 물건들은 침실 옷장 속 가방에 있습니다."

"제 물건이라고요?"

노아의 시선이 단풍나무 장롱으로 옮겨갔다.

"박사님께서 지난 방문 때 서두르시는 바람에 두고 가신 물건입니다. 저희가 보내드리려고 했습니다만, 분명 박사님께서 신경 쓸 여력이 없을 거라고 판단해 저희 쪽에서 보관해두었습니다."

# 제16장

유리벽을 제외하면 편집국의 인테리어는 1990년대 어디쯤에 머물러 있었다. 쥐색 칸막이벽은 사무실을 여러 개의 작은 작업 공간으로 나누었으며 직원들은 여유 공간 없이 책상에 바짝 달라붙어서 일했다. 셀린의 자리는 사무실의 가운데쯤에 있었다. 다른 직원들은 모두 회의실에 들어가 있었다.

'난 여기서 전화 당번이나 하고 있네.'

셀린은 한쪽만 책상다리를 하고 앉았다. 그녀가 일할 때 취하고 있는 자세였다. 왼발은 접어서 의자 위로 올려놓고 그 위에 오른쪽 허벅지를 놓았다. 이런 자세로 집중하다 보면 어김없이 발이 저려왔다. 그녀는 연필 꼭대기에 달린 지우개를 씹으며 물끄러미 전화기를 쳐다보았다. 속이 메슥거렸지만, 입덧으로 인한 것은 아니었다. 입덧은 임신 10주 후부터는 거의 사라졌다.

'오스카에 대해 케빈은 어떻게 안 거지?'

그녀가 케빈과 짧게 통화하는 동안 노아의 동행인에 대해 뭔가 언급했었나? 병원에서의 일로 심하게 놀랐으므로 순간 기억상실이 일어났다는 의심도 가능했다.

그녀는 시계를 보았다. 케빈이 좀 전에 그녀에게 건네주었던 쪽지를 만지작거렸다. 편집국장은 베를린 아들론 호텔의 전화번호를 명료한 필체로 적어주었다. 그녀는 그 쪽지를 모니터 가장자리에 테이프로 고정시켜두었다. 그러고는 수화기를 들었다. 셀린은 사내 교환국에 연결되기 위해 숫자 9를 눌렀고 곧 신호음이 울렸다. 하지만 이내 수화기를 내려놓아야 했다. 그 전화기로 마침 수신음이 울렸기 때문이었다.

"뉴욕뉴스 셀린 핸더슨입니다."

"너니, 사랑하는 딸?"

"네, 저예요, 엄마. 무슨 일이에요?"

뭔가 중요한 일임이 틀림없었다. 셀린의 엄마는 상대방을 직접 보지 않은 채 대화를 나누는 걸 싫어했다. 그래서 마리아 핸더슨은 정말 필요할 때만 뉴저지 집의 전화기를 들었다.

"네 아빠 일이야."

그녀가 떨리는 목소리로 말했다.

갑자기 셀린은 목에 혹이 하나 생긴 것처럼 숨이 막혔다.

"아빠한테 무슨 일이 생긴 거예요?"

셀린의 아빠 에드는 늘 과속 운전을 했고 운전 도중 문자를 보냈다. 또한 2년 전 심근경색이 발병했는데도 의사의 충고를 전혀 따르지 않았다. 셀린이 순간 교통사고를 당하거나 거리에서 쓰러져 있는 아빠의 모습을 떠올린 건 그 때문이었다.

"잘 모르겠어."

"잘 모르겠다니, 대체 무슨 말이에요?"

그녀는 수화기에 대고 소리 지를 뻔했지만, 마리아는 거의 울다시피

했다. 그런 그녀에게 호통을 쳐 상황을 더 악화시키고 싶지 않았다.

"아빠는 삼촌 마중을 나가셨었어."

"브래드 삼촌이요?"

"그래, 브래드가 주말 동안 우리 집에 방문하기로 했었어. 아마 또 돈을 원하는 것 같은데. 그러면서 왜 기차나 버스를 타지는 않는 건지."

셀린은 눈을 감았다. 신경을 곤두세운 채 손가락으로 책상을 두드렸다. 엄마와 대화할 때는 항상 그랬다. 셀린의 엄마는 여러 가지 생각을 동시에 하며 장황하게 말했다.

"한 마디도 못 알아듣겠어요, 엄마."

"브래드는 비행기로 왔어, 얘야."

"존 에프 케네디로요?"

"그래."

그녀가 앉아 있는 사무실 의자는 1센티미터도 움직이지 않았지만, 셀린은 제자리에서 빙글빙글 돌고 있는 기분이었다.

"아빠랑 연락이 안 돼. 돌아올 시간이 훨씬 지났는데. 이젠 커피도 다 식었고. 그리고 난……"

마리아가 울기 시작했다.

셀린은 자리에서 일어나 외투를 들었다.

"알았어요, 엄마. 진정하세요. 괜찮을 거예요. 확실해요. 폭탄이 발견된 것도 아니고요. 곧 아빠와 삼촌은 집으로 돌아오실 거예요."

그 말이 마리아를 진정시키지는 못했다.

"모르겠어."

그녀의 엄마가 불안에 떨며 말했다.

"느낌이 좋지 않아. 예전에 너희 아빠가 쓰러지셨을 때도 그랬어. 기억하니?"

"아무 일 없을 거예요."

"그래, 아마 그럴 거야. 기분이 몹시 좋지 않아. 얘야, 너 혹시 이리로 올 수는 없니?"

"지금이요?"

셀린은 사무실 중앙의 원기둥에 걸린 큰 시계를 보았다.

'불가능한 일이야.'

셀린은 병원에 다녀오느라 이미 오전을 보냈고 일도 전혀 하지 못했다. 그런데 그녀의 엄마가 이런 부탁을 하는 건 정말 처음이다. 마리아는 평생 남에게 의존하지 않고 살아왔다. 딸이라고 해도 마찬가지였다. 아주 급한 상황에서만 부탁을 했는데, 지금이 바로 그때인 것처럼 셀린은 느꼈다.

'어차피 난 이 자리를 떠나야 할 처지야.'

셀린은 건너편 회의실을 보았다. 그곳에서는 정말 중요한 것들에 대해 이야기를 하고 있었다.

'노숙자와는 길 위에서라도 전화할 수 있어.'

마침내 결정을 내렸다. 그녀는 기자였다. 케빈이 어떤 일을 그녀에게 떠넘겼든, 이런 날 책상머리만 지키고 있을 수는 없었다.

"제가 알아볼 수 있는 건 전부 알아보도록 할게요. 다시 전화할게요."

셀린의 친한 친구는 공항 경찰서에서 일했으며, 예전에 함께 살던 또 다른 친구는 관제탑에서 일했다. 둘 중 한 명이라도 연락이 닿는다면, 현장에 대해 뭔가 들을 수 있을지도 몰랐다. 그게 안 되면 차라리 집으로 가 엄마를 보살피는 편이 더 나은 결정일 수도 있었다.

그녀는 핸드백을 집어 들고 엘리베이터로 걸어갔다.

엘리베이터 앞에 설치된 센서에 셀린은 직원신분증을 밀어넣었다. 센서는 뉴욕뉴스 건물 각 층마다 빠짐없이 설치되어 있었다. 놀랍게도 그녀가 로비 출입문을 통과했을 때 났던 소리와 비슷한 삐삐거리는 소리가 크게 울렸고 센서 화면에 빨간 불이 들어왔다. 카드가 차단되었다는 메시지가 떴다.

셀린은 깜짝 놀라며 화면에 뜬 내용을 읽었다.

"왜 이러는 거지?"

"신문사를 떠날 수 없다는 의미네, 셀린."

등 뒤에서 들리는 목소리에 그녀가 화들짝 놀라며 뒤를 돌아보았다.

아무런 기척도 없이 나타난 케빈이 갑자기 그녀 뒤에 모습을 드러냈고, 푸른색 유니폼을 착용한 두 명의 경비원이 그와 함께 있었다.

"하지만……"

셀린은 너무 놀란 나머지 말을 잇지 못했다.

"당신 미쳤어요? 이유야 어찌 됐든 내가 원치 않는데 날 여기에 묶어둘 수는 없어요."

케빈이 웃었다. 평소처럼 그녀에게는 그 웃음이 억지스럽고 부자연스럽게 느껴졌다.

"제발, 여기서 소란 피우지 말게. 저기 신사분들이 당신을 새 사무실로 안내할 테니 따라가도록 하게."

그는 엘리베이터 옆 비상 출구를 가리켰다.

"지금 농담하는 거예요? 난 지금 당장 집으로 가야 해요."

"나도 알고 있네. 자네 어머니께서 걱정이 많으실 거야."

케빈이 말했다. 두 남자 중 한 명이 순식간에 그녀의 팔을 뒤로 비틀었다는 사실보다 그의 말이 그녀를 훨씬 더 충격에 빠뜨렸다. 케빈이 경비원에게 날카로운 눈빛으로 신호를 보냈고, 셀린은 그게 무엇을 의미하는지 몰랐다.

"지금은 집으로 갈 수 없네."

그가 말했다.

"자네 아버지 일은 일단 기다려봐야 해."

"어떻게 그걸 알고 있는 거죠?"

셀린이 분개하며 물었다.

대답은 듣지 못했다. 대신 그녀는 어두운 계단 복도로 끌려갔다.

# 제17장

장롱 속에 있는 적갈색 여행 가방은 진짜 같지가 않았다. 들고 다니기에는 너무 무거웠는데 또 여행 가방이라고 하기에는 너무 작았다. 긁힌 자국이 많은 사슴 가죽 가방은 컴퓨터의 본체보다 약간 더 큰 정도였다.

노아는 가방을 흔들어보았다. 아무 소리도 나지 않았다. 덮개가 밖으로 튀어나와 있었으며 가방 옆 봉재선 부분은 팽팽했다. 누가 가방을 썼는지는 몰라도 한 치의 틈도 없이 가방 안 공간을 전부 활용했던 것이다.

'그런 다음 가방을 조심스럽게 다시 잠가두었군.'

가방은 다이얼 자물쇠가 채워져 있어서 안에 무엇이 있는지 알 수 없었다.

'이게 내 거라는 거지?'

노아는 가방 손잡이를 잡고 몇 걸음 이동해 침대 위에 가방을 내려놓았다. 토토는 노아와 마찬가지로 낯선 물건을 주의 깊게 관찰했다.

어떻게 자물쇠를 열 수 있을지 그는 고민했다. 그리고 그때 거실 탁자 위에 있던 과일 바구니 옆에 칼 한 자루가 놓여 있던 게 머릿속에 떠올랐다.

자물쇠에 칼을 넣어 지렛대처럼 꺾어 올리는 데 20분도 걸리지 않았다.

조심스럽게 덮개를 열었다. 우선 작은 틈으로 가방 안을 엿본 다음, 위험한 물건이 없는 걸 확인하고는 비로소 활짝 열어젖혔다.

'이건 마치 폭탄의 기폭 장치로 이어져 있는 도화선 같군.'

산처럼 많은 옷더미가 밖으로 흘러넘치듯 쏟아져 나왔다. 반듯하게 접어둔 셔츠와 스웨터, 흐트러짐 없이 신경 써서 쌓아올린 속옷들, 동그랗게 말아둔 양말과 여러 벌의 양복바지. 노아는 넥타이와 감색 점퍼 사이로 손을 더듬거렸다. 전부 깨끗이 세탁한 냄새가 났다. 물건들은 잘 다림질되어 있었으며 품질이 좋은 것 같았지만 유명 브랜드의 제품은 아니었다.

그리고 노아는 투박하게 생긴 전화기를 발견했다. 크기로 보아 지난 세기에 생산된 것처럼 보였으나, 화면과 버튼은 현대적인 느낌을 주었다. 전화기에 찍힌 'Tel.Sat.'라는 글자로 보아 위성 이동 전화 같았다.

노아는 '켜짐' 버튼을 눌렀다. 하지만 배터리가 방전된 모양인지 화면은 아무런 반응도 보이지 않았다.

그는 계속해서 가방을 뒤지다가 투명한 화장품 파우치를 꺼냈다.

치약과 칫솔, 데오드란트 그리고 애프터쉐이브와 (방에서 나던 냄새와는 달리 이 향기는 기억이 깨어나게 할 만큼 폭발적이지 않았다) 금색 펜촉의 만년필 한 자루가 들어 있었다. 손에 쥐자 익숙한 느낌이 들었다.

'이런 제기랄, 유쾌하지는 않군.'

콘센트를 찾아 위성전화를 충전시켜놓은 다음, 노아는 여행 가방을 완전히 비우기로 결심하고 토토를 아래로 내려놓았다. 그리고 침대 위에 내용물 전체를 뒤집어엎었다.

놀랍게도 가방을 또 하나 발견했다. 가죽 서류 가방이었는데 티셔츠 두 장으로 감싸여 있었다. 그 안에는 돈 한 다발과 겉보기엔 똑같은 여권 세 개가 들어 있었다.

노아는 감색 여권들 중 하나를 집어 들어 금색 각인이 된 표지 커버를 열었다. 그리고 자신에 대해 명료하게 정리되어 있을 여권의 내용을 눈으로 확인했다.

'데이비드 모튼. 미국 시민.'

내용에 따르면 그는 서른아홉 살이었고 키는 189센티미터이며 쾰른에서 태어났다.

'내가 왜 독일어를 할 수 있는지 알겠군.'

미국 여권은 6개월 된 것으로 거의 사용하지 않은 것처럼 보였다. 실제로 뒷면에 입국 도장이 한 개만 찍혀 있었는데, 그때는 1월 중순으로 그가 총상을 입기 바로 직전이었다. 그는 케냐의 몸바사로 날아갔었다.

'내 이름이 데이비드라고 하는데 잘 모르겠어. 내가 케냐에 있었다는데 그곳에 대한 기억도 없고.'

노아가 다른 여권을 꺼내 들었다. 인적 사항이 기록된 코팅면에서 '존 그린'이라는 이름을 보았을 때, 그는 그것을 거의 떨어뜨릴 뻔했다. 숨을 멈추고 또 다른 여권을 열었다. 충격은 더욱 커졌다.

데이비드 모튼, 존 그린, 사무엘 브링크만.

'세 개의 다른 여권, 세 개의 다른 이름.'

그러나 동일인물의 사진.

'내 사진.'

그는 신분증을 모두 나란히 놓고 그것들을 노려보았다.

"이게 어떻게 된 일이지? 난 누구야?"

노아는 속삭이듯 말하며 눈을 감았다. 그는 이전의 삶을 기억할 수 없는 이유가 원하지 않기 때문일지도 모른다고 처음으로 생각했다.

그는 자신이 누구인지 찾아가는 과정에서 각기 다른 정체성들과 맞닥 뜨리게 된 것이다. 왜 한 남자가 서로 다른 이름의 여권들을 가지고 있는 가. 그는 순수한 의도라고는 생각하지 않았다.

노아는 여권들을 다시 한 번 살폈다.

존 그린이라는 이름으로는 케냐에서 네덜란드로 여행했고, 거기서 사무엘 브링크만이라는 이름으로 로마행 비행기를 탔다. 그는 돈다발을 들어 지폐를 세었다. 4000유로와 1000달러 정도가 있었다.

'전화기.'

'여권.'

'돈.'

'옷.'

노아는 어쨌든 많은 정보를 얻었지만, 이전의 삶이 어땠는지는 점점 오리무중이었다.

수북이 쌓인 옷더미에서 흰 셔츠 한 장을 꺼내 가슴 앞에 대보았다. 사이즈는 딱 맞아 보였지만, 적응은 되지 않았다.

그는 뭔가 가짜라고 느꼈다.

'여기 이 가방처럼.'

'도어맨처럼.'

'반덴베르크처럼.'

그리고 스위트룸 출입문이 밖에서 소리 없이 열리자, 뒷덜미로 미풍이 와 닿았다.

# 제18장

다음 몇 초간 노아는 자신에 대해 뭔가를 깨달았다.

침입자가 방으로 들어오자 그의 신경과 몸은 신속하게 반응했다. 그러므로 어떤 추론이 가능했다. 이전에 그는 번번이 위협적인 상황에 놓였었고 그 상황에 대처하도록, 폭력적인 방식으로 제압해 상황을 종료시키도록 훈련을 받았다는 것이다.

그는 어디에 일격을 가해야 상대를 기절시키는지 잘 알고 있었다. 목동맥의 예민한 지점을. 어디에 힘을 가하면 경동맥동 반사를 유발하며, 어느 강도로 일격하면 심장박동을 정지시키는지, 혈압을 저하시켜 기절시키는지 말이다. 지금의 경우처럼.

남자는 비명을 지르며 바닥으로 쓰러졌고 눈은 뒤집혀 흰자위만 보였다.

오스카가 다시 정신이 돌아오기까지 3분 정도 걸렸다.

# 제19장

"여기가…… 무슨 일이 일어난 거야?"

노아가 의식을 잃은 오스카를 소파로 옮긴 후 미니바에서 각얼음을 가져와 수건으로 쌌다. 제정신이 돌아오자 오스카는 화를 내며 수건을 치워버렸다.

"날 죽이려고 한 거지!"

오스카가 매섭게 말했다. 몸을 똑바로 일으켜 세우려고 했지만, 통증으로 인해 일그러진 얼굴로 또다시 쓰러졌다.

"1분쯤 더 기다려야 해요."

노아가 오스카에게 말했다.

"그럼 어지럼증이 가라앉을 거예요."

노아가 물 한 컵을 건넸다.

"이런 빌어먹을 일이."

오스카는 단숨에 절반을 비운 후 욕설을 퍼부었다.

"대체 제정신이야?"

"죄송해요. 난 당신이……"

'……그러게, 오스카를 누구라고 생각했던 걸까?'

'킬러?'

'내게 총을 쏜 범인?'

노아는 자신의 어깨를 부드럽게 돌려본 후 총상 부위를 살펴봤다.

"어쩌면 내가 위험에 빠진 건지도 모른다고 생각했어요."

모호한 설명이었다. 노아는 그의 내면에 살아 움직이던 백병전 전사의 기질을 불러일으킨 자극에 대해 어떤 식으로 설명해야 할지 몰랐다. 그것을 말해도 되는지조차도. 예기치 않게 튀어나온 그의 본능적인 행위는 무의식적으로 자동 실행 되었다. 그가 착각했던 대상을 알아보기도 전에, 이미 의식을 잃은 채 오스카가 바닥에 쓰러져 있던 것이다.

"위험, 좋아. 근데 말로 경고할 수도 있었어."

오스카가 소파에 팔을 받치고 일어나보려고 시도했다. 얼굴이 창백해지며 엄청난 땀을 쏟아냈다. 그가 여러 벌의 옷을 아직까지 그대로 입고 있다는 걸 고려해본다면, 그리 놀랄 일은 아니었다.

"자넨 정말 곤경에 빠졌어, 키 큰 양반. 그래서 내가 돌아온 거야."

"대체 어디 있었어요? 그리고 여긴 어떻게 들어왔어요?"

"오호, 여기 놀라운 발명품이 있어. 카드 열쇠라고 부르더군. 우리 둘 다 하나씩 받았어."

'또 내 기억에서 사라진 게 있군. 아예 최근 일까지 기억 못 하는군.'

오스카는 노아의 생각을 읽은 것처럼 다시 말했다.

"내가 어떻게 방을 나갔는지 눈치도 못 챘군, 그렇지?"

'맞아요. 벽난로 앞에 죽어 있던 남자에 대해 몰두하고 있었어요.'

"자네, 뭔가 떠오르는 게 있지, 그렇지? 그래서 이 방에 들어서자마자 그렇게 혼이 나가 있었던 거야. 이미 여기에 왔던 적이 있는 거지, 맞지?"

'모르겠어요. 그렇게 느껴질 뿐이지.'

노아가 벽난로 앞 카펫에 시선을 고정시키자, 머릿속 영상으로 피투성이가 된 남자의 뒤통수가 스쳐지나갔다. 노아는 오스카의 물음을 피해 질문을 돌렸다.

"그런데, 왜 날 혼자 남겨둔 거예요?"

"그건 미안해. 비열한 짓이었어. 나도 알아. 하지만 여기에 더 오래 머무를 수가 없었어. 순간 난 두려움을 느껴서 어떻게 해서든 여길 나가 은신처로 돌아가려고 했어. 그건 그렇고, 122개야."

"122개라뇨, 뭐가요?"

"계단을 말하는 거야. 난 비상 출구와 계단을 정찰했어. 혹시라도 탈출로가 필요할지 모르잖아. 내 말 알아듣겠어?"

"아니요."

그 말에 오스카는 건성으로 반응했다.

"난 거의 길거리까지 나갔었어. 호텔 뒤쪽, 홀로코스트 메모리얼로 나가는 출구로. 근데 갑자기 다시 돌아가야만 한다는 생각이 들더군. 내 도움이 필요할 거라고. 나 없이 자네 혼자 그들과 대적할 수는 없을 거라고."

"그들이라뇨? 누구를 말하는 거예요?"

"스스로 한번 생각해봐. 누가 노숙자 두 명에게 하룻밤에 2500유로나 하는 스위트룸을 주겠어? 좀 전에 통화했던 그자가 누군지는 몰라도, 절대 신문사는 아니야."

"그러면요?"

"나도 알 수가 없지."

"아하, 그래요?"

노아는 화가 나기 시작했다.

"아무것도 모른다면서 그건 알 수 있는 거군요. 그럼 여기 있던 반덴베르크라는 작자는 대체 누구죠? 우리에게 왜 이러는 거죠?"

"자네 말은, 그가 스위트룸을 우리한테 왜 내줬느냐고 묻는 거야?"

"예, 그래요."

오스카가 어깨를 으쓱거렸다.

"그건 나도 모르지. 그들은 항상 그렇게 일하거든. 그건 그들 프로그램 중 한 부분이야."

"그들이 대체 누구예요? 그리고 그 프로그램은 또 뭐고요?"

오스카는 물 한 컵을 모두 마신 후 다시 힘을 주어 일어나려는 시도를 했다. 그는 살짝 비틀거리며 방을 둘러보았다.

"프로그램, 맞아. 자네를 처음 발견했을 때 왜 바로 그 생각을 못 한 거지."

오스카는 스위트룸을 가로질러 장롱 쪽으로 신발을 끌며 걸어갔다. 그러고는 문을 하나씩 열어보았다.

"가능한 일이야. 내 추측이 맞다면 그들은 이미 내가 두려워했던 것보다 훨씬 더 많이 일을 진행시킨 거야. 그리고 그들이 내게 했던 짓은 어린애 장난에 불과하지."

오스카는 미니바의 문을 열었다.

"휴우, 여기 있었군."

그는 미니어처 같은 작은 위스키 한 병을 꺼냈다.

노아는 오스카에게 다가가 손을 덥석 잡았다. 오스카는 술을 들이켜려 하고 있었다.

"마지막으로 묻는 거예요. 여기서 무슨 일이 벌어지고 있는 겁니까? 그리고 당신은 누구죠? 그들이라는 자들이 당신에게 대체 무슨 짓을 했다는 겁니까? 그리고 그게 나와 무슨 상관이 있는 거고요?"

오스카는 매서운 눈으로 노아를 쳐다봤다.

"자네가 날 믿지 않는 것쯤은 나도 알고 있어. 하지만 최소한 믿어보려는 노력은 하라고 부탁하고 싶어."

"그렇게 할게요."

"왜 내가 거리에서 사는지 여러 번 물었었지?"

노아가 고개를 끄덕였다.

"난 거리 위에 사는 게 아니라, 거리 아래 살고 있는 거야. 그리고 전적으로 내 의지에 따른 것이지. 그것만이 뇌 세탁을 피할 수 있는 유일한 방법이거든."

"뇌 세탁?"

"생각 통제, 의식 조정, 프로그램. 좋을 대로 부르도록 해."

그는 단숨에 작은 위스키 병 하나를 비웠다.

"지금은 술이 좀 필요하군."

"술에 취해서 진실을 못 알려줄 정도만 아니라면 미니바에 있는 술을 다 비워도 상관하지 않아요."

오스카가 입가를 비죽거렸다.

그는 카펫 위에 앉아 부츠 단추를 풀기 시작했는데, 그것이 노아를 당혹스럽게 했다.

"진실을 알기에는 아직 자넨 충분한 시간을 지하에서 살지 않았어."

'미치겠네, 이 사람.'

노아는 고개를 좌우로 흔들다가 창문 너머 브란덴부르크 문을 바라봤다.

'어쩌면 진실은 하나일지도 몰라. 내 동행자가 완전히 돌았다는 거.'

그사이 오스카는 부츠를 벗어던지고 뒤집어놓은 파일럿 점퍼 위에 책상다리를 하고 앉았다.

노르웨이 스웨터를 벗으려고 낑낑대며 오스카가 물었다.

"이 세상에 얼마나 많은 사람들이 굶주리고 있을까?"

"뭐라고요?"

"얼마나 많은 수가 잘 먹지 못하고 있는지 알고 있어, 노아?"

"지금 뭐하자는 거예요? 숫자 맞추기라도 하자는 거예요?"

"대강이라도 짐작해봐!"

"모르겠어요. 많을 거라고 생각해요."

노아는 심리 놀이나 즐길 기분이 아니었다. 은신처에서 노아가 깨어나 대화를 나눌 수 있는 상태가 되자, 곧바로 오스카는 말도 안 되게 빠른 속도로 전혀 중요해 보이지도 않는 질문들을 그에게 쏟아부었다.

'우리가 베를린에 있어 아니면 함부르크에 있어? 자네가 깨어났던 날 밤, 눈이 왔어 아니면 비가 왔어? 그때 내가 검은색 점퍼를 입고 있었어 아니면 빨간색 점퍼를 입고 있었어?'

당시 노아는 하나도 기억하지 못했지만, 어찌 되었든 찍어서라도 맞혀야 했고, 49퍼센트라는 정확성으로 오스카의 그 테스트를 합격했었다.

'거짓으로 기억상실을 흉내 내는 사람은 의도적으로 잘못된 대답을 많이 하거든.'

오스카는 그의 대답에 만족해하며 설명해주었다.

'그러니까 우연이라는 법칙에 따라 50퍼센트의 적중률을 보이지 않는 사람은 사기꾼인 거야. 하지만 자넨 진실을 말했어. 정말 기억하는 게 하

나도 없군.'

그리고 지금 노아는 오스카의 표정을 살피고 있었다.

"BBC에 따르면 10억 명 이상이야."

오스카는 기이한 보고서 발표를 계속하며 갑자기 벌떡 일어섰다.

"지구 위 일곱 사람 중 하나는 기아로 허덕이고 있고, 그 대부분이 아이들이지. 그들 중 약 900만 명이 매년 영양실조로 죽어가."

"물론 그건 끔찍한 일이에요. 하지만 그게 우리와 무슨 상관이 있다는 겁니까?"

"많이 있지. 자네의 반응이 그걸 증명해. 특별히 이상한 점을 발견하지 못했어? 내 말은, 자넨 기억상실증 환자이고 거의 아무것도 기억할 수 없어. 하지만 자네가 깨어난 세상이 3초마다 사람이 굶어 죽는 곳이라고 내가 토로했을 때, 자넨 조금도 놀라지 않았어."

"의도하는 게 뭔지 이해가 안 돼요."

"바로 그거야."

오스카가 얼룩이 묻은 두꺼운 체크남방과 그 안에 입은 티셔츠를 바지춤 밖으로 꺼냈다.

"TV에서 우리는 굶주림으로 인해 배가 볼록한 아이들의 영상을 접하지. 아동 성매매, 인신매매, 기후 변화 그리고 에너지 위기에 대한 글도 읽고. 월스트리트의 헤지 펀드 매니저의 수십억 달러 월급에 대해서 잘 아는 만큼, 쓰레기 사이를 누비는 아시아 거지들의 빈곤에 대해서도 인지하고 있어. 그걸 알면서도 우리는 도미니카 공화국에서 패키지 여행 휴가를 보내지. 그곳에서 몇 킬로미터도 떨어지지 않은 아이티섬에서는 사람들이 굶어 죽어가고 있는데 말이야. 우리가 왜 이렇게 무감각한지 자네는 의심한 적이 한 번도 없어?"

"우리가 어떻게 바꿔야 할지 모르기 때문이죠."

"틀렸어. 우리 의식에서 그걸 떨쳐내도록 학습했기 때문이야. 여길 봐봐."

오스카는 남방의 첫 단추를 풀다가 화재로 불타는 공장 건물 영상이 나오는 TV를 가리켰다.

페어그린 제약 회사 CEO, 조나단 재파이어 피습.

화면 하단에 빨간 테두리가 있는 자막 한 줄이 떴다. 뉴스 속보였다.

"한쪽에서는 기아로 아이들이 죽어가고, 다른 쪽에서는 전쟁과 테러가 벌어지고. 세상은 망해가고 있어. 우리 모두는 그걸 알고 있지만 신경 쓰지 않아."

오스카가 말할 때 침이 파편처럼 튀었다.

"여기도 그래. 우리 같은 부랑자가 영하 16도의 날씨에 슈퍼 입구 앞에 누워 있어도, 지나가는 사람은 본 척도 안 하고 시선을 돌리지. 자넨 왜 사람들이 무감각하고 무관심해지는 데 그렇게 능란할 수 있는지 생각해 본 적 없어?"

"우릴 도와주지 않는 거요?"

"우릴 그들의 의식 속에서 떨쳐내려는 심리적 억압에 대해 말하는 거야!"

노아는 소파에 기대어 앉아 오스카 너머에 있는 침실 쪽을 쳐다보았다. 토토는 사각팬티 하나를 물고서 기분 좋은 시간을 보내는 것 같았다.

'맞다, 가방! 다시 한 번 꼼꼼히 봐야 하는데.'

"그들은 뇌가 자신을 보호하는 메커니즘을 마음대로 조정할 수 있는 능력이 우리한테 있다고 믿기를 원해. 불행을 걸러냄으로써 정상적인 생활을 유지할 수 있도록 해주는 일종의 필터 같은 것이지."

오스카가 날카로운 소리로 웃었다.

"하지만 그건 허튼소리야. 우리 뇌는 석기시대부터 위험을 무시하는 것이 아니라 감지하도록 프로그램화되어왔어. 600년 전 아이슬란드 사람들이 땅이 점점 더 척박해진다는 걸 알아차렸을 때 뭘 했을까? 모래바닥에 머리나 처박고 있었을까? 아니야. 그들은 양을 풀어 목초지에서 풀을 뜯어 먹도록 했지. 600년 전에 말이야! 오늘날 우린 머지않아 석유가 다 바닥날 거라는 걸 알고 있지만, 어느 누구도 걱정하며 욕망을 억제하려고 하지 않아."

오스카는 이제 남방을 벗어 바닥에 놓고 청바지에 티셔츠만 걸친 차림으로 맨발로 서 있었다. 그런 모습을 럭셔리 스위트룸에서 보니 한층 더 이상하고 우스꽝스러웠다.

"알았어요. 세상은 나빠졌어요. 중요한 정보 감사드려요."

"자넨 내 말을 전혀 주의 깊게 듣지 않아, 노아. 물론 세상은 나빠졌지. 그렇지만 사람들이 그걸 의식에서 떨쳐내버린다는 거야."

"그래요. 그건 나쁜 거죠."

"아니야. 그렇지 않아. 그건 나쁜 게 아니야."

노아가 고개를 갸웃했다.

"무슨 말인지 이해가 안 되요."

"바로 그 점이야. 난 거기서 빠져나오길 바랐던 거야. 그건 나쁜 게 아니야. 중요한 건 그게 우리 인간의 유전자에 의해 결정되는 것이 아니라, 낯선 누군가에 의해 정해진다는 거야."

"누구에 의해서요?"

"몇몇 소수들에 의해서지. 그들은 이 세계가 이 모양 이 꼴로 있기를 바라는 자들이야. 그 권력자들이 우리에게 뿌리는 거야."

"뿌린다고요?"

"이 부분에서 자넨 나를 믿지 않게 될 거야."

오스카가 가슴에 손을 대자 매일 밤 잠들기 전 유심히 쳐다보곤 했던 펜던트가 티셔츠 위로 두드러져 보였다.

"내 이름은 진짜 슈바르츠야. 교수가 아니긴 해도 신경의학에 관한 주제로 박사 학위까지 받았어."

그는 말하는 동시에 바지 단추를 풀기 시작했다.

"학업을 마친 후 아내와 나는 바로 프랑크푸르트에서 작은 개인병원을 차렸어. 환자들 중 많은 수가 공항에서 일하는 직원이었는데, 그리 놀랄 일도 아니었지. 공항은 그 지역에서 가장 큰 고용주였으니까. 그리고 그들이 병원에 온 이유도 그것이었어. 그들 대부분은 활기가 없고 지친 상태였어. 업무 시간이 길지도 않았는데 말이야. 한 부부는 갑자기 한순간에 그런 상태가 되어버렸다고 말했어. 모든 일에 무관심해졌고 흥미를 잃었다고."

오스카는 신경질적으로 눈을 깜빡거렸고, 목소리가 잠겼다. 그의 마음이 동요된 것처럼 보였다.

"우린 그 현상에 대해 연구를 계속했어. 그리고 비행기에 기름을 채워 넣는 일과 관련된 업무를 하는 사람들의 증상이 유독 심하다는 걸 발견해냈어. 그리고 그 증상이 나타나기 불과 몇 주 전 항공기에 기름을 넣는 새로운 시설이 프랑크푸르트에 들어섰었어."

"그러니까 그게 그 기름 때문이라고 말하고 싶은 건가요?"

"비행기에 들어가는 항공유에 문제가 있었던 게 아니야. 그들이 그 안에 혼합해 넣는 그것에 문제가 있었던 거야."

"그런데 그게 무엇일까요?"

노아의 목소리와 표정에서 오스카의 말에 대한 의구심이 드러났다.

"그 화학물질은 공식적인 이름을 가지고 있지 않아. 그들 대부분은 그것을 '클리어(Clear)'라고 부르지. 그건 인간의 신경을 증기처럼 덮어버려. 사람들을 무관심하게 하고, 위협 앞에서 공포를 못 느끼게 만들지."

노아는 체념한 듯 소파에 몸을 맡기고는 침대 쪽을 쳐다보았다.

"그러니까 하나의 비밀스러운 힘이 있는데, 전 세계 인구를 엿먹일 화학물질을 거기다 넣고 있다는……"

"사람들을 꼼짝 못 하게 만들기 위해서야. 클리어가 바로 그거야. 다른 걸로는 설명할 수가 없어."

노아는 자리에서 일어섰다.

"그래요. 알아들었어요. 그 클리어라는 것 때문에 당신 환자들과 세상 사람들이 이렇게 되었다는 거죠?"

노아는 침실로 걸어갔다.

"날 꼭 믿으라는 소리는 아니야. 난 그걸 증명할 수 있어."

오스카가 그의 뒤에다 대고 소리쳤다.

"날씨가 좋다면."

"날씨요?"

노아가 믿기지 않는다는 듯 폭소를 터뜨리며 돌아섰다.

"그래. 화창할 때, 햇살이 빛날 때."

오스카가 스위트룸 창문을 가리켰다.

"수평선 근처에 가늘고 긴 선들을 제대로 본 적 있어? 푸른 하늘에 분필로 그은 것처럼 생겼어. 그들은 그걸 비행기가 지나가면 생기는 비행운이라고 우리가 믿었으면 싶겠지만, 아니야. 켐트레일(chemtrail)을 검색해봐. 유독물질로 오염된 그 구름을 그렇게 불러. 이제 자네도 무슨 얘기를 하는지 이해할 거야. 그들은 눈에 보이지 않는 비행기 배출가스에 클리어를 섞어 살포하고 있어. 그 돼지새끼들이 항공유에다 약을 섞는 거지."

노아는 그만두라는 손짓을 했다.

"날 못 믿겠다면 인터넷으로 찾아봐."

"그럴 계획이었어요."

'하지만 클리어를 검색하려는 게 아니라 모튼 박사, 혹은 내 다른 이름들에 대해 찾을 거예요.'

"켐트레일 지도를 제작하는 사람들이 인터넷에 있는데, 그들에 따르면 인간의 눈으로는 확인할 수 없는 먼 하늘의 비행기들이 항로를 따라 날아다니다가 사라진다는 게 밝혀졌어."

"그 화학물질을 살포하기 위해서요?"

오스카가 입을 벌려 히죽거리는 웃음을 지었다.

"이제야 말귀를 좀 알아듣는군. 왜 내가 굳이 땅 밑에 살고 있는지 이해가 되지? 그래서 그들은 내게 닿을 수 없는 거야. 단 겨울철엔 낮 동안 위로 올라가기도 돼. 11월과 3월 사이엔 그들이 가끔씩만 뿌리지. 넓게 깔린 구름층이 화학물질을 거의 다 흡수해버리기 때문이야. 이제 내가 말한 것들이 이해가 돼? 그래서 내 머릿속이 이렇게 아직 맑고 명쾌한 거야."

노아는 넋이 나간 채 그를 응시했다. 오스카는 결국 티셔츠까지 벗어던져서 벌거벗은 상체로 그의 앞에 서 있었다. 풍선처럼 부푼 배는 약 5센티미터 정도의 길고 허연 상처가 나 있었으며 마치 원숭이처럼 털로 완전히 뒤덮여 있었다.

"그 비밀스러운 권력한테 고문당했다는 증거로 상처를 보여주는 거예요?"

노아가 물었다.

오스카는 어리둥절해하며 아래를 보았고 불룩한 배를 쓰다듬었다.

"허튼소리 집어치워. 어릴 때 나무에서 떨어져 생긴 거야."

그는 바지와 팬티를 아래로 내렸다. 그리고 욕실 쪽으로 뒤뚱거리며 걸어갔다.

"지금은 욕조에 뜨거운 물을 받아 몸을 담그고 싶다는 마음뿐이야."

# 제20장

"CCTV는 장악한 거요?"

알트만은 귀에 대고 속삭이면서 엘리베이터에 올라탔다. 문이 닫히기 전, 젊은 연인 한 쌍이 서둘러 엘리베이터 안으로 들어왔다. 그들도 그와 마찬가지로 5층으로 향했다.

"아니요."

그의 귀에 꽂힌 소형 무전기를 통해 여자가 말했다.

"우리 영향력 밖이에요."

'그럴 거라 생각했어.'

그들은 그에게 퀸소(Quinso) 작전을 명령했다. Quick in. Safe Out. 목격자가 없어야 한다. 흔적도 없어야 한다. 그의 전문분야였다. 빠르게 들어가 안전하게 나와야 하는 이 작전을 성공적으로 실행하기 위해서는 아들론 호텔의 경비원들에게 들키지 않아야 한다.

"클린팀(Clean Team)은 이미 준비를 끝내고 기다리고 있어요. 활동 개시를 위한 그린라이트(Green Light)를 켜기만 하면 돼요."

'퀸소(Quinso), 클린팀(Clean Team), 그린라이트(Green Light).'

알트만은 가끔 누가 이런 바보 같은 용어를 만들어냈는지 의문이 들었다. 분명 책상머리 앞에서만 일하는 누군가의 머릿속에서 나왔을 것이다.

"내가 한 말 이해했어요?"

여자 목소리가 알트만의 대답을 요구했다.

그는 엉겨붙어 있는 젊은 연인을 흘깃 쳐다보았다. 킥킥거리며 웃을 때를 제외하고 그들은 단 한 번도 키스를 멈추지 않았다.

"혹시, 지금이 몇 시인지 아시나요?"

그가 작전통제실에 혼자가 아니라는 신호를 보내기 위해 커플에게 물었다. 젊은 남자는 여자 친구와의 포옹을 풀고 시계를 봤다.

"11시가 조금 넘었어요."

알트만이 감사 인사를 건넸지만, 로미오는 이미 줄리엣의 입술을 다시 누르고 있었다.

'그러고 있는 편이 더 나을 거야. 그래야 나중에 날 기억할 수 없겠지.'

굳이 그러고 있지 않아도 자신을 기억하기는 어려울 거란 걸 알트만은 알고 있었다. 알트만의 외향은 눈에 띄는 특징이 하나도 없었다. 보통 몸매에 보통 키. 어디에서나 볼 수 있는 흔한 타입이었다. 그는 갈색 머리에 회색 눈을 지녔으며 옷차림도 평범했다. 그가 왜 오늘 같은 임무에 배정되었는지 설명해주는 여러 이유 중 하나였다.

5층에 도착했다. 커플은 앞으로 걸어갔다. 알트만은 그들이 떠날 때까지 기다린 후 반대 방향으로 텅 빈 복도의 끝까지 걸었다.

'엘리베이터에서 마흔세 발짝.'

그는 머릿속에 기억해두었다.

문에 달린 놋쇠 문패에 '파리저 광장 스위트룸'이라고 쓰여 있었다.

"작전 장소에 도착했소."

"좋아요."

그는 바지 주머니에서 카드를 꺼내 들었는데, 그것은 재킷 안주머니에 있는 스마트폰과 선으로 연결되어 있었다. 카드키를 도어락 틈 사이로 통과시켰다. 그런 다음 작전통제실에서 설계 도면과 방 안 사진과 함께 받아두었던 여섯 자리 숫자를 눌렀다. '찰칵' 소리가 났고 문틈으로 복도의 빛이 새어 들어갔다.

"시작하겠소."

알트만이 속삭였다. 총을 꺼내 들고는 소리 없이 스위트룸으로 잠입했다.

# 제21장

따뜻한 물은 수면제와 같았다. 노아는 눈을 오래 감고 있다가 떴다. 수도꼭지를 잠그고 대리석 샤워실에서 나왔다. 몸을 씻자고 한 오스카의 제안은 호텔방에 들어온 이래 그가 했던 말 중 유일하게 이성적인 것이었다. 노아는 안쪽으로 이어진 문을 통해 두 번째 스위트룸으로 갔다. 두 방은 거의 똑같이 생겼다. 다만 거울에 비친 상처럼 좌우가 뒤바뀐 채 설계되었다.

그래서 두 욕실은 서로 머리를 맞대고 붙어 있는 것처럼 보였다. 월풀 욕조의 물소리가 바로 옆에서 지속적으로 들렸다. 아마도 오스카는 제대로 목욕을 즐기는 것 같았다. 그리고 그에 걸맞는 음악도 TV에서 흘러나오고 있었다.

'선샤인 레게군. 이런 쓸데없는 것들은 잘도 기억하는군.'

스위트룸 욕실은 무선스피커가 갖춰져 있었는데, 거실의 TV 및 전축과 연결되어 있었다. 막 칵테일 믹스 음료 광고가 나왔다. 노아는 소리를 줄이고 싶었지만 리모컨을 찾을 수 없었다. 그는 욕실 세면대 앞에 서 있었다. 선반 위에 놓인 미용 티슈를 뽑아 거울의 수증기를 닦아내며 얼굴을 자세히 들여다보았다.

그는 몹시 피곤해 보였고 주름이 깊게 패여 있었다. 피부를 만져도 감각이 잘 느껴지지 않았다. 노아는 한 걸음 뒤로 물러서 자신의 전신을 관찰했다. 여러 부위에 상처가 나 있었다. 상체에는 세 개의 상처가 보였다. 복부 쪽에 작은 상처 두 군데, 그리고 심장 바로 옆 길다란 상처 하나. 노아는 옆으로 몸을 비틀어 어깨에 붙어 있는 밴드를 떼어냈다. 집게손가락 끝으로 조심스럽게 총상 부위를 눌러보았다. 잘 아물었다. 만져도 더 이상 아프지 않았다. 다만 뻐근한 느낌은 있었지만, 노아는 그런 통증에는 익숙해져 있었다.

그는 거울 속 옆모습을 바라봤다. 갑자기 얼굴 전체가 근질거렸다. 면도를 하고 싶다는 욕구가 간절했다. 세면대 선반에서 일회용 면도기와 녹차 향 면도크림을 발견했을 때, 노아는 1초의 주저함도 없었다. 면도날이 거품을 미끄러지듯 지나가자 매끈한 피부가 드러났다. 그 느낌은 샤워했을 때보다 훨씬 더 기분을 상쾌하게 해주었다. 하지만 면도 후 드러난 각진 얼굴은 여전히 낯설었다.

그때 TV에서 흘러나온 뉴스 진행자의 목소리가 그의 행동을 멈추게 했다.

"그럼 다시 공항 상황을 보도해드리겠습니다. 현지시각으로 오늘 오후 2시 55분 JFK 국제공항이 전염병 비상경보로 인해 검역에 들어갔습니다."

그는 천장에 달린 스피커로 시선을 돌렸다. '검역'이라는 단어가 전기 충격처럼 그에게 전해졌다.

"입국심사 중이었던 다수의 승객들이 마닐라 독감 증상으로 격리 조치 되었다고 합니다."

조금 전 음악 소리는 크게 들렸던 반면, 지금 나오는 뉴스 방송 소리는 너무 작았다. 노아는 욕실을 나와 스위트룸의 TV가 있는 곳을 보았다. TV는 침대 옆 중국풍 서랍장 위에 있었다.

카메라는 지친 기색이 역력한 금발 머리 여자를 보여주었다. 그녀는 몸이 꽉 끼는 의상을 입었고 모델처럼 생겼는데, 재난 뉴스가 아니라 라이프 스타일 방송을 진행하고 있다고 해도 믿을 법했다. 노아는 셀린 핸더슨을 떠올렸다. 그녀는 아직까지 연락이 없었다. TV 속 기자는 고속도로의 가시철조망 앞에 서 있었다. 공항 활주로가 배경으로 보였는데 비행기는 한 대도 움직이지 않았다.

"수천 명의 여행객과 직원 들이 꼼짝없이 묶여 있습니다. 그사이 공항 근방 고속도로는 30킬로미터 이상 정체가 이어지고 있습니다."

헬기에서 촬영된 영상이 뉴스 중간에 나왔다.

"궁금한 점이 있으신 분들은 화면 아래의 번호로 연락주시기 바랍니다. 저희 역시 전망하기 힘든 현 상황에 대해 새로운 정보가 들어오는 즉시, 세부적인 내용과 함께 곧 다시 찾아뵙도록……"

진지한 눈빛으로 기자는 스튜디오에 마이크를 넘겼고, 그곳에 있던 동료 기자가 그녀에게 몇 가지 질문을 던졌다. 하지만 노아는 주의를 기울일 수가 없었는데, 옆방에 있던 토토가 으르렁거렸기 때문이다. 묵중한 떨림이 지속되는 그 소리는 작고 왜소한 몸집의 개가 짖는 것이라고 하기엔 너무 컸다.

노아는 갑자기 비상 상황임을 깨닫고 바로 옆에 접해 있는 침실로 들어갔다. 개가 꼬리를 내리고 머리를 낮춘 채 닫힌 욕실 문 앞에 서 있었다.

노아는 순간 좁은 욕실 문틈 사이로 들어와 침실 바닥을 비추고 있는 빛의 변화를 알아차렸다. 그늘진 빛의 명암 차이는 거의 눈에 띄지 않을 정도였다. 하지만 문 뒤에 누군가 움직이고 있는 게 분명했다.

'목욕하는 사람이 아니야. 신발을 신고 있어.'

노아는 긴장으로 인해 목이 타들어가는 것 같았고 어깨의 상처 가장자리가 죄어오는 느낌이었다. 노아의 눈은 초 단위보다 더 빠르게 사진을 찍어내는 리플렉스 카메라로 변신해 있었고, 눈앞의 영상은 그의 뇌로 전해졌다.

첫 번째 사진은 월풀 욕조를 보여주었다. 욕조는 끓어서 흘러넘치는 냄비를 연상시켰다. 하얀 거품이 솟아올랐다. 그리고 물 밖으로 올라온 쭈글쭈글 말라비틀어진 발가락이 보였다. 오스카의 몸은 물속에 완전히 잠겨 있었는데, 자유의지인 게 분명했다. 두 번째 사진을 통해 도출해낼 수 있는 결론은 이랬다. 손에 총을 든 남자는 오스카가 수면 위로 올라오기를 기다리고 있었다. 그의 머리에 총을 겨누기 위해서였다.

'당신은 대체 누구야?'

'어떻게 여기에 들어온 거야?'

'왜 사람을 죽이려는 거야?'

노아는 킬러를 저지하려고 몸을 움직였다. 노아의 출현에 놀란 남자는 원을 그리듯 빠르게 돌았다. 킬러가 들고 있는 총은 목표물을 정확하고 빠르게 겨냥했다.

'사진 번호 3. 헤클러&코흐 USP, 브라우닝 잠금 방식, 9밀리미터 탄환에 DAO 방아쇠 시스템, 소음기 폴란드 제작.'

노아가 총알을 피했다. 뇌에서 다음 행동 계획을 세웠고 한 치의 오차도 없이 몸으로 전달되었다.

'목표물과의 거리를 좁힐 것. 상대방 총을 팔꿈치로 쳐낼 것. 킬러의 귀를 박살낼 것. 동시에 무릎으로 고환을 날려버리고 오른쪽 팔꿈치로 턱

을 가격할 것.'

노아는 이 모든 계획을 전부 기계적으로 수행했다. 노아는 킬러의 주먹을 손가락으로 감싸쥐었고 팔꿈치를 위로 당겨 총구를 킬러의 목덜미에 갖다 댔다.

'플롭. 플롭.'

두 발의 총성이 있었지만, 과일 잼의 병을 딸 때보다도 소리가 작았다. 낯선 침입자는 자신의 총에 맞은 것이다.

바로 그 순간 오스카가 '푸우' 하고 물을 내뿜으며 물 밖으로 나왔고 크게 트림을 했다. 입을 다문 채 즐거운 듯 흥얼거리며 눈 주변의 비누 거품을 걷어냈다. 그러고는 노아를 발견하고 비명을 질렀다.

"미쳤어. 깜짝 놀랐잖아. 노크도 할 줄 몰라?"

"빨리 나가야 해요."

노아가 단조로운 어조로 대답했다.

"나간다고?"

오스카가 욕조에서 일어섰다.

"왜 벌거벗은 몸으로 내 욕실에 함부로…… 자네 손에 있는 게 설마 총이야? 으악, 이런 젠장."

오스카는 월풀 욕조 앞에 꼼짝도 하지 않는 남자를 발견했다.

"이 남자…… 자네가 그를……"

"서둘러요. 시간이 없어요."

노아는 욕실을 성큼성큼 걸어 나와 팬티를 입은 다음, 그 위에 짙은 색양복바지와 남방, 점퍼를 걸쳤다. 여행 가방에서 손에 잡히는 대로 골라 낸 것들이었다. 옷을 입는 동안, 킬러에게서 뺏은 총은 잠시 탁자 위에 놓았다.

"이 남자 죽었어."

오스카는 벌거벗은 채 시체를 손가락으로 가리켰다.

"정말 죽은 게 확실해."

"지금 당장 여기서 사라지지 않으면, 우리도 곧 그렇게 될 거예요."

"하지만 누가? 뭐 때문에?"

'나도 아는 게 없군요. 시간이 없어.'

노아는 총을 살펴봤다. 아직 총알이 열두 발 남아 있었다.

'다행이군.'

총은 잘 정비되어 있었다. 방금 죽은 사람이 전문 킬러라는 증거였다.

노아는 콘센트에서 충전케이블을 빼고 서류 가방, 여권, 위성전화 그리고 옷가지를 손에 잡히는 대로 여행 가방 안에 서둘러 다시 넣고는 욕실 안으로 뛰어 들어갔다.

"뭐하는 거야?"

오스카는 너무 놀란 나머지 이를 부딪치며 떨고 있었는데, 그는 정체를 알 수 없는 남자의 머리 주변으로 넓게 번지고 있는 피웅덩이 바로 옆에 서 있었다.

예상했던 것처럼 킬러는 개인물품을 몸에 하나도 지니고 있지 않았다. 호주머니도 모두 비어 있었다. 노아는 발로 밀쳐 죽은 사람을 옆으로 돌렸다. 눈에 띄는 특징이라고는 찾아볼 수 없는 개성 없는 얼굴이었고, 살인청부업자라기보다는 차라리 사무원에나 어울릴 만한 인상이었다.

노아는 킬러가 오스카를 겨냥했던 것이 아니라 자신을 목표로 삼았다는 사실을 유추해냈다. 킬러는 아마도 방이 두 개라는 것에 대해서는 전혀 몰랐던 것 같았다.

"받아요."

그는 화장실 안에 걸려 있던 하얀 목욕가운을 오스카에게 던져주었다.

"자네가 사람을 죽인 거야."

오스카는 이성을 잃고 중얼거렸다. 그는 시체에서 시선을 떼지 못했다. 어쨌거나 오스카는 목욕가운을 입은 후 욕실 밖으로 움직였다.

그사이 노아는 부츠를 신었고, 오스카에게도 어서 신발을 신으라고 말했다.

"다른 물건은 여기에 내버려둬요. 챙길 시간이 없어요."

오스카는 행동이 굼떴다. 노아는 오스카가 입고 있던 목욕가운 옷깃을 잡아 끌어당겼다. 출입문 구멍을 통해 밖을 엿보았다. 아무도 없다는 걸 확인하고 나서야 문을 열었다.

"준비됐어요?"

노아가 오스카 쪽으로 몸을 돌리며 물어봤다. 오스카는 고개를 절레절레 흔들었다.

"이런 우라질, 안 돼. 난 전혀 준비가 안 됐어."

'어쨌든 입은 다시 뚫렸군.'

노아는 침실로 서둘러 돌아가 배낭을 들고는 침대 아래를 보았다. 그의 예측대로 토토는 그 아래 숨어 있었다. 총소리가 난 후 개는 더 이상 짖지 않았지만 온몸을 떨고 있었다. 노아는 빠른 동작으로 개의 목을 낚아채 배낭에 집어넣었다. 그리고 오스카에게 빨리 떠나야 한다고 말했다.

"무슨 일이 일어났는지 정확히 알기 전에는 안 돼."

"좋아요. 마음대로 해요."

손에는 여행 가방을 들고 어깨에는 배낭을 멘 채 노아는 복도로 나갔다. 그리고 가능한 한 빨리 엘리베이터 쪽으로 걸어갔다. 손님용 엘리베이터에서 2미터 떨어진 곳에 화물용 엘리베이터가 위치해 있었다. 노아가 엘리베이터 버튼을 눌렀지만 아무 반응이 없었다.

"작동시키려면 열쇠가 필요해."

오스카가 말했다. 아마도 생각을 고쳐먹은 듯했다. 꽃게처럼 붉어진 그의 머리통이 하얀 목욕가운으로 인해 더욱 눈에 띄었다.

"아니요. 필요 없어요."

노아는 어떻게 자신이 그렇게까지 확신하고 있는지 그 이유를 알 수 없었다. 엘리베이터를 작동시킬 수 있는 번호판을 보았고 어떤 기억이 떠올랐다.

'이미 한 번 타본 적이 있어. 난 이게 우리를 어디로 데려갈지 알아.'

'호텔 지하로. 아들론 디스코텍으로.'

'번쩍이는 디스코 불빛을 받으며 사람들이 춤을 추는 곳으로.'

그는 단숨에 시간을 거슬러 올라가 기억의 저편을 보았다.

'난 탈출하기 위해 엘리베이터를 타본 적이 있어.'

'내가 총에 맞았던 직후에.'

노아는 눈을 감았고 기억 속 번호를 눈앞에 떠올려보았다.

'4266.'

"뭐하는 거야?"

노아가 번호를 눌렀다. 하지만 기억 속 장면에서 입력했던 숫자를 거꾸로 눌렀다.

'6624.'

엘리베이터 버튼에 희미하게 불이 들어왔다. 그리고 몇 층 아래에서 삐걱이는 소리가 들려왔다.

"어떻게 안 거야?"

오스카가 문 위의 알림판에서 엘리베이터가 한 층씩 올라오는 것을 확인하고는 그에게 물었다.

"몰라요."

노아가 말했다. 그는 한 발 뒤로 물러나 스위트룸 문에서 새어 나오는 불빛이 이어져 있는 복도를 주시했다. 그는 그 킬러가 누구일지 짐작할 수 없었다. 누가 그 일을 시켰는지도.

# 제22장

"상황은요?"

"어렵게 되었소."

알트만은 눈을 질끈 감았다. 노아가 그의 존재를 알아차리고 복도로 꽁무니를 뺐다. 건물 도면을 보니 노아가 도망친 곳은 지하 세탁실로 통하는 화물용 엘리베이터였다.

'모든 게 엉망이군.'

"왜 일을 제대로 끝내지 않은 거죠?"

그의 귀 안에서 들리는 여자 목소리가 대답을 듣고 싶어 했다.

"왜 내게 세 번째 남자에 대해 아무것도 말해주지 않았소?"

알트만은 총을 다시 총집에 꽂았다. 노아와 오스카가 그의 눈앞에서 스위트룸을 벗어나 도망가버리자 그는 방으로 돌아와 문을 닫았다.

"세 번째라고요?"

"내가 들어왔을 때 이미 누군가 있었소."

"누가요?"

"내가 그걸 당신한테 묻고 있는 거요."

알트만은 욕실로 걸어 들어가 엉망이 된 상황을 주시했다. 클린팀이 빠르게 움직여야 했다. 그렇지 않으며 냄새가 건물 전체로 퍼져 나갈 게 분명했다. 호텔의 환기 시설은 서로 연결되어 있는 경우가 다반사였다.

알트만은 무릎을 꿇고 휴대전화로 남자 사진을 찍어 본부로 전송했다. 그는 어렸다. 최소한 그보다는 젊었다.

'서른 살도 안 돼 보이는군.'

킬러였다. 의심할 여지가 없었다. 프로라는 점도 역시나 확실했다. 하지만 준비가 부족했던 것처럼 보였다. 정보를 잘못 제공받았거나.

경험이 풍부한 전문가라면 상대 위치를 온전히 파악하기 전에는 결코 움직이지 않아야 하는 법이다. 아마도 이 남자는 이곳의 방이 두 개라는 것과 노아에게 동행자가 있다는 것을 알지 못했던 것 같다.

"당신이 보충 인력으로 보낸 사람이었소?"

알트만은 사실을 확인하고 싶었다.

"당연히 아니죠. 그런 적 없어요."

"그럼 노아라는 자는 예상보다 훨씬 더 미움을 받고 있다는 말이군."

알트만이 몸을 일으켜 세우자 무릎 뒤로 뻐근하게 결려오는 통증을 느꼈다.

"그리고 개에 대해서도 아무 말 없지 않았소."

"대체 무슨 개를 말하는 거예요, 이런 제기랄."

귓속 여자가 욕을 하며 말했다. 그녀가 자리에서 벌떡 일어나 머리에서 헤드폰을 벗어버리는 모습이 보이는 듯했다.

알트만은 귓속 작전통제실 여자와는 아직까지 한 번도 만난 적이 없었다. 그에게 그녀의 냉담한 목소리는 중성 물질과도 같았다. 그는 그녀가 어떻게 생겼는지, 이름이 무엇인지, 어떤 옷을 즐겨 입고 어떤 음식을 즐겨 먹는지 몰랐다. 그녀와 이야기를 나눌 때면 내비게이션과 대화하는 것 같았다. 그리고 그것은 그가 작전을 수행하는 데 도움을 주었다. 평온한 상태에서 일할 수 있으려면 어느 정도 거리감이 필요했다. 하지만 지금 여자는 흥분한 상태로 돌변한 것이다. 알트만은 이제야 그녀가 인간같다고 느꼈고, 하나의 성격을 부여받은 사람으로 떠올릴 수 있게 되었다. 하지만 이러한 전개가 좋은 건지에 대해서는 의문을 가졌다.

"그렇소. 개였소."

"그래서 그 개가 일을 방해했나요?"

"내가 아니라 다른 사람을 방해했소."

'커튼 뒤에 몸을 숨긴 채 상황을 지켜본 바에 따르면 그렇소.'

"남자의 신원을 확인했나요?"

"방금 사진을 보냈소."

"좋아요."

"이제 뭘 해야 하오? 그의 몸을 뒤져야 하오 아니면 추적을 재개해야 하오?"

"왜 계속 추적하지 않은 거죠? 그사이 대상을 처리할 가능성이 없었나요?"

'아니, 여러 번 있었지. 노아가 욕실에서 나왔을 때, 그의 머리를 쏠 수도 있었고 침대 밑에서 개를 끄집어낼 때, 목덜미를 쏠 수도 있었지. 심지어 엘리베이터 앞까지 뒤따라가 잡을 수도 있었지.'

"그렇소."

알트만은 거짓말을 했다.

그에게는 자신만의 원칙이 있었다. 작전이 예측할 수 없는 상황으로 전개될 때는 모든 게 명백히 드러날 때까지 활동을 자제하고 두고 보는 것이었다. 그는 자신의 이런 행동 방식을 단 한 번도 어긴 적이 없었으며, 그게 마흔한 살인 오늘까지 여전히 현직에서 뛸 수 있는 여러 이유 중 하나라고 굳게 믿었다.

"이런 제기랄, 오늘은 되는 일이 정말 하나도 없어요."

여자는 또다시 프로답지 못한 발언을 했다.

"무슨 일이 또 있었소?"

알트만이 물었다.

"재파이어요."

"그에게 무슨 일이 일어난 거요?"

작전지휘관인 여자가 한숨을 쉬었다.

"정황으로 보아 유감스럽게도 그가 다시 살아난 것 같아요."

# 제23장

아침 햇살이 깨진 유리조각에 반사되어 어린 여자아이의 얼굴 위에 무지개를 만들었다. 아이는 쓰레기더미 가장자리에서 깨진 유리병 조각을 가지고 놀고 있었다. 샬라는 아무것도 걸치지 않은 채였고 똥딱지가 묻어 있었다. 이곳의 다른 아이들처럼 두 살배기인 이 아이도 현재 루팡 팡가코에서 만연해 있는 설사병을 앓고 있었다.

앨리샤는 잠시 가던 길을 멈추고 그 아이에게 엄마가 어디 있나 물어봐야 할지 고민했다. 비가 내리지 않는 날이면 앨리샤는 판잣집 사이 의자 같은 곳에 걸터앉아 매일 아침 한 상인이 가져오는 청바지를 바느질했다. 그 청바지는 큰 배에 실려 태평양을 건너 미국으로 가서 25달러나 되는 가격에 팔린다고 했다. 더 비싸다고도 했지만 앨리샤는 그 소문을 믿을 수 없었다. 언젠가 한 고급 저택에서 청소도우미로 일할 때 앨리샤는 온도조절 기능을 갖춘 옷장 안에서 신발 한 켤레를 보았다. 가격표에는 2000달러가 적혀 있었다. 그 물건은 남편이 곡물 가격에 투자해 2000만 달러를 번 데에 대한 기념 선물이라고 했다. 앨리샤는 웃음을 지었지만, 무슨 말인지 한 마디도 이해하지 못했다.

"빨리 와, 뭐해?"

말론의 목소리가 들리자 앨리샤는 정신이 들었다. 사촌인 말론은 앨리샤의 아들인 제이와 함께 걷다가 뒤돌아 앨리샤를 바라봤다.

그녀는 천으로 포대기를 만들어서 앞가슴에 노엘을 품고 다녔다. 그리고 그녀는 다시 호화 빌라에서의 일들을 떠올렸다. 이제 한낮의 꿈은 지나가버렸다. 흰 대리석으로 입구가 장식된 식민지풍의 대저택은 사라져버렸다. 앨리샤는 다시 발가락 사이에 낀 더러운 것들을 지각했고 썩은 쓰레기 냄새를 맡았으며 머리 위로 들리는 프로펠러 소리를 느꼈다.

"그 애랑 뭐하는 거야?"

사촌이 막 쉬를 하려는 듯 쓰레기 산 앞에 쪼그려 앉은 샬라를 가리키며 물었다.

"자기 애기나 잘 챙겨!"

말론이 그녀를 재촉했다. 슬픈 눈의 검은 머리 소녀가 멀어져갔다. 앨리샤와 말론 그리고 제이가 아이 뒤로 멀어져가는 동안, 어린 여자아이는 유리조각을 쥐고는 그들에게 손을 흔들었다.

출발하기 전 말론은 한 줌 쌀을 앨리샤에게 쥐어주었다. 어디에서 난 건지 앨리샤는 깊이 생각하려 하지 않았다. 최소한 그 쌀은 제이와 그녀의 배고픔을 일단 잠재워주었다. 그 한입거리라도 없었다면 정말 그녀와 아들이 자진해서 큰 도로를 따라 이렇게 오래 걸을 생각은 하지도 못했을 것이다.

케손시티에 속한 이 지역만 하더라도 어떻게든 빌붙어 살아가는 인구가 대략 4만 5000명으로 추정되었고, 그들 중 수백 명이 길에 나와 있었다. 그들 모두가 지금 상황을 직접 눈으로 확인하고 사건의 진상을 알고 싶어 했다. 이제 막 동이 트기 시작한 이 새벽 시간에 무슨 이유로 헬리콥터가 그들 머리 위를 돌아다니고 있는지 말이다. 헬기의 회전날개는 습하고 뜨거운 공기를 휘적거리며 쓰레기를 날아오르게 했고 2층 높이까지 쌓아올린 판잣집 지붕을 뜯어가버렸으며 코를 찌르는 악취를 얽히고설킨 좁은 골목 사이사이로 몰아댔다.

공중에서 보면, 파야타스 쓰레기 처리장은 왼쪽으로 치우친 거대한 8자 모양이었다. 앨리샤가 거주하는 빈민지역은 이 8자의 두 동그라미가 만나는 허리 부분의 분지에 형성되어 있었으며 슬레이트나 나무판자를 이용해 대충 지어올린 집들로 가득했다. 동서남북으로는 쓰레기장과 인접해 있었다.

앨리샤는 노엘과 제이 그리고 말론과 함께 서쪽으로 계속 걸어갔다. 그곳에는 다리가 하나 있었는데, 제이가 매일 아침 쓰레기 산으로 가기 위해 거쳐야 하는 곳이기도 했다. 다리는 쓰레기 처리장으로 가는 길목인 동시에 슬럼의 가장 큰 출입구였다. 아래에 악취가 나는 하수구 물이 흐르는 이 통행로에 오늘은 수많은 사람들이 가로막고 있었다. 마치 두 달 전의 상황과 비슷했는데, 당시에 사람들은 이곳에서 쓰레기장 폐쇄와 이주를 반대하는 시위를 했다. 오늘은 분위기가 전에 비해 훨씬 더 격해져 있어서 통과하는 게 불가능했다. 사람들은 하나의 벽처럼 버티고 서 있었다.

"모든 곳을 차단해버렸어."

한 젊은 남자가 소리쳤다. 그가 뒷사람에게 정보를 줬다. 구멍이 숭숭 뚫리고 다 해진, AC/DC 티셔츠를 입은 그 사람은 우는 것처럼 보였다.

"저 앞에 가시철조망 울타리를 쳐놓았어."

앨리샤는 그 모습을 보고도 믿을 수가 없었다.

"저기 탱크가 있어."

그녀는 놀라 노엘의 머리에 손을 갖다 댔다. 너무나 조막만 했다.

"탱크라고요?"

"예. 그리고 군인들이 모든 출입구에서 기관총으로 발사 준비를 완료했어요."

"하지만 난 밖으로 나가야 해요."

그녀는 그렇게 말하는 동시에 자신이 절망하는 소리를 들었다.

'내 아기는 도움이 필요해. 병원에 가야 해.'

앨리샤는 말론의 말을 듣고 곧장 따라나서지 않았던 스스로에 대해 화가 났다. 노엘에게 젖이라도 물려보려고 새벽녘까지 시간을 허비한 후에야 출발을 했던 것이다.

"다른 길이 있을 거예요."

일곱 살짜리 제이가 진지한 표정으로 말했다. 그러는 동안 옆쪽 좁은 골목에서 나온 많은 사람들이 그들을 밀쳐댔기 때문에 방향을 바꾸는 일조차 점점 쉽지 않았다. 슬럼 전체가 잠에서 깨어나고 있었으며 그와 함께 공포도 깨어나고 있었다.

"계속 서쪽으로 가보자."

말론이 결정을 내렸다. 그때 갑자기 헬기의 둔탁하고 요란한 소리가 섞여 들렸다. 앨리샤는 고개를 들었고 작은 점 하나를 발견했다. 그것은 그들 바로 위에 구름 한 점 없는 하늘에서 점점 더 커져갔다.

"저게 뭐예요?"

제이가 물었다.

점점 더 많은 사람들이 머리를 뒤로 젖히고 손바닥을 펼쳐 비스듬히 떨어지는 햇빛으로부터 눈을 가렸다. 그들은 헬리콥터를 뚫어져라 올려다보았다. 그것은 금방이라도 슬럼 주민들의 머리 위로 추락할 것처럼 보였다. 모여 있던 인파가 일제히 부산스러워졌고 앞뒤로 밀어대기 시작했다. 앨리샤는 울부짖는 소리를 들었다. 한 번의 총성이 상황을 더욱 나쁘게 몰고 갔다. 이제 사람들은 사방으로 흩어졌으며 사람이 사람을 밟고 달리기 시작했다. 배려 따위는 없었다. 앨리샤도 마찬가지였다. 그녀는 반쯤 쌓아올린 돌벽 뒤에 서 있던 자신을 지키기 위해 제이의 손을 놓칠 수밖에 없었고 그 자리에서 바닥에 웅크려 앉았다. 그러는 동안 위협적인 헬기 소리는 점점 더 커져갔다.

그리고 비가 내리는 것 같았다.

암모니아 냄새가 나는 노란색의 액체였다.

모터 소리가 다시 조용해지자, 그녀는 일어나 날아가는 헬리콥터의 모습을 지켜보았다.

"방금 뭐였어요?"

그녀는 제이가 옆에서 소리치는 것을 들었다. 제이는 가까스로 그녀 가까이 붙어 있었다. 하지만 말론은 사라지고 없었다.

"나도 모르겠구나."

앨리샤가 대답했다. 그녀는 피부에 묻은 정체불명의 얇고 끈적이는 막 같은 것을 손으로 비벼보았다.

# 제24장

택시 안은 혹독하리만큼 추웠다. 노아와 오스카가 뒷좌석에 올라탔을 때, 택시운전수는 사과의 말을 건넸다.

"두 시간이나 손님을 못 태우고 있었어요. 기름값도 비싼데 난방을 틀어놓을 수는 없어서요. 어디로 모실까요?"

남자가 백미러를 보았다.

"동물원 지하철역으로요."

노아가 대답했다. 그에게 떠오른 유일한 목적지였다. 오스카의 은신처로 가는 입구는 지하철 2호선과 9호선 사이에 있는 역의 가장 아래층인 보행자 터널에 위치해 있었다. 이 모든 사건 이후 노아는 그 장소만이라도 안전하길 바랄 뿐이었다.

'그리고 우리를 추적하지 않길 바랄 뿐이야. 그게 누군지는 몰라도.'

그는 뒤를 돌아보았다. 뒷유리창으로 아무도 보이지 않았다. 그들이 막 떠나온 아들론 호텔 뒷문의 진입로에는 사람 그림자라곤 찾아볼 수 없었다.

운전자석 앞에 운전수의 명함이 꽂혀 있었다. 남자의 이름은 헬무트

코스로브스키였다. 차에 오른 손님들의 이상한 차림새가 그를 불쾌하게 하지는 않은 것처럼 보였다. 노아는 어느 정도 눈에 덜 띄는 모습으로 바뀐 반면(그는 샤워도 했고 면도도 했으며 짙은 색 양복도 입었다), 오스카는 막 정신병원에서 뛰쳐나온 환자 같았다. 그들이 화물용 엘리베이터를 타고 아들론 호텔 지하에 있는 디스코텍을 통해 도주했을 때에는 그래도 별로 눈에 띄지 않았다. 그들이 출구로 나가는 계단에 이르렀을 때에야 비로소 혼잡함 속에서 조명이 밝아졌고 사람들이 수군거리기 시작했다. 키가 작고 배가 볼록 나온 반라의 남자가 목욕가운만 걸친 채 지나가고 있다고 상상해보면 놀라운 일도 아니었다.

"그 사내가 내 차에다 병균을 잔뜩 뿌려놓고 내렸어요."

운전수는 바로 직전에 태웠던 손님 이야기를 계속 늘어놓았다. 그가 온풍이 나오도록 난방조절기를 더 돌렸지만, 여전히 차가운 공기만 통풍구 틈 사이로 나왔다. 그들은 미국대사관을 지나가고 있었다. 노아는 그의 오른편으로 브란덴부르크 문을 보았고, 차가 커브를 도는 동안, 자리에서 미끄러지지 않도록 토토와 배낭을 꽉 잡아야 했다.

"샤리테 병원까지 가는 3분여 동안 그는 결핵 환자처럼 기침을 해댔어요. 그런 사람을 태우고 갔던 제가 바보였죠. 제 차가 병원 응급차도 아닌데 말이에요. 어제는 본부에서 독감으로 인해 어떤 걸 조심해야 할지 메일로 안내문을 보냈었거든요."

코스로브스키의 시선이 백미러 안으로 옮겨갔다. 그는 새로운 두 손님 역시 수상쩍다는 생각을 전혀 하지 않는 것처럼 보였다. 택시는 슬라이딩 도어가 달린 80년대 일본 미니밴이었고, 그들은 맨 마지막 줄에 자리를 잡고 앉아 있었다. 바로 앞좌석의 등받이가 가리고 있었기 때문에, 운전수는 제한된 시야로만 그들을 볼 수 있었다. 그래서 노아는 눈에 띄지 않게 그의 발밑에 있는 여행 가방을 열 수 있었다.

"이거 입도록 해요."

그가 작은 목소리로 이야기하며 오스카에게 팬티 한 장과 양말 한 켤레, 양복 와이셔츠 그리고 검은색 플란넬 바지를 건넸다.

택시가 '6월 17일 거리'로 들어서자 속력을 높였다. 오스카가 천천히 고개를 돌렸고 멍한 눈으로 노아를 응시했다. 그는 욕실에서 시체를 본 이후부터 아직까지 쇼크 상태에 있는 것처럼 보였다.

"자네 달라졌어."

오스카가 소곤거렸다.

노아도 그의 발언이 단지 자신의 외모에만 국한된 것이 아니라는 걸 알았다. 노아는 오스카에게 아까 일어난 일들을 설명했다. 욕실에서 죽은 자는 킬러였고 오스카가 노아로 오인당해서 거의 죽을 뻔했다는 사실을 간략한 문장으로 말했다. 그러자 오스카는 맥이 탁 풀려버렸다.

노아가 옷가지들을 보며 말했다.

"옷이 클 텐데, 그래도 지금은 어쩔 수 없네요."

도망치는 입장에서 볼 때, 둘둘 말아 올린 바지가 아무래도 목욕가운 보다는 눈에 덜 띄었다.

"동물원에서 무슨 행사라도 있나요?"

코스로브스키가 궁금해했다. 이전과 마찬가지로 그는 대답을 바라지 않은 채 그냥 자신의 이야기를 계속 이어나갔다.

"제가 보기에, 베를린은 행사가 많아도 너무 많아요. 파티에, 이벤트, 전시회 그리고 콘서트까지. 세상이 망해가고 있는데, 그들은 베를린 레스토랑 식탁 위에서 춤이나 추고 있어요."

조금 떨어진 곳에서는 날개 달린 금빛 조각상이 장식된 둥근 기둥이 조명에 비쳐 밝게 빛나고 있었다.

"모든 게 안으로부터 곪아 터지고 있어요."

코스로브스키의 마지막 발언 중 무언가가 오스카의 주의를 환기시켜 깨어나게 한 것처럼 보였다. 어쨌거나 오스카는 천천히 고개를 끄덕이는 동시에 눈빛이 변했다. 그의 정신이 좀 더 명료해졌다.

"그 남자 누구야?"

오스카가 낮은 목소리로 물었다. 소곤거리는 목소리였지만, 제대로 된 대답을 요구했다. 택시 안은 서서히 데워지고 있었다.

"욕실에 있었던 남자요?"

오스카가 고개를 끄덕였다.

"저 역시 그걸 알아보려던 중이에요."

노아가 점퍼 오른쪽 안주머니에서 위성전화를 꺼냈다. 왼쪽 주머니에는 킬러로부터 빼앗은 총을 쑤셔넣어뒀다.

택시운전수가 베를린 사람들이 병적으로 유흥을 찾아다니는 것에 대해 비판하는 동안, 노아는 전화기 '켜짐' 버튼을 눌렀고, 이번에는 화면에 불이 들어왔다. 컴퓨터그래픽으로 그려진 독수리가 은색 새장에서 자유롭게 날아올랐다. 그 독수리는 어두운 파도 위를 날고 있다가 멈췄는데, 그것은 전화기 제조사의 로고처럼 보였다.

"누구한테 전화하는 거야?"

오스카가 궁금해했다. 그리고 잠시 창문을 내다봤다. 그들은 둥근 기둥을 둘러싸고 있는 로터리를 돌았다. 오스카의 목소리는 여전히 정신없는 사람처럼 들렸지만, 노아는 어쨌든 대답했다.

"몰라요."

독수리가 사라지고, 휴대전화의 터치스크린에 선택 메뉴가 나타났다.

노아는 카드 모양으로 정렬된 아이콘을 눌렀고, 저장된 전화번호를 보여주는 목록이 열렸다.

'아무것도 없어.'

"저장된 번호가 하나도 없어요."

그가 오스카에게 상황을 설명했다.

데이터 저장 공간은 완전히 비어 있었으며, 사용 흔적을 찾아볼 수 없었다. 수신한 문자나 메일도 없었고 통화한 흔적도 없었다.

"기계가 새것인가?"

오스카가 추측했다.

"사용한 것처럼 보이는 흔적이 있는데요?"

그는 오스카가 케이스의 긁힌 홈들을 더 잘 볼 수 있도록 전화기를 비스듬히 들어 보여주었다. 노아가 머리를 좌우로 흔들었다.

"누군가 저장 내용을 송두리째 지워버렸어요."

'전화기에 있던 것들을. 그리고 내 머릿속에 있던 것들을.'

"휴대전화 수신에 문제라도 있는 거예요?"

택시운전수가 궁금해하는 듯 물었지만, 사실 그 이유를 알고 있다는 듯 미소를 지었다.

"저도 오늘 하루 종일 네트워크 과부하를 겪었어요. 밤이면 낫지 않을까 생각했죠. 하지만 역시나 마찬가지였어요. 사실 뭐, 놀랄 일은 아니죠. 책은 한 권도 읽지 않고 온종일 전화기만 만지작대니……"

노아는 더 이상 그의 이야기에 귀 기울이지 않았다. 끝날 기미가 보이지 않는 코스로브스키의 이야기들은 이미 의미 없는 주변의 잡담 소리가 되어 있었다. 노아는 전화기를 만지다가 별 기대 없이 부재중 전화 목록을 열었는데 놀랄 만한 것을 발견하게 되었다.

'스물세 통이나 되는 전화가 부재중으로?'

그것은 지난 4주 동안에 걸려왔던 것으로, 상처 입고 거의 죽기 일보 직전이었던 노아를 오스카가 지하철 터널에서 발견했던 그날 즈음에 집중되어 있었다. 시간이 지남에 따라 전화는 차츰 뜸해졌다. 마지막 시도는 이틀 전이었다. 그리고 스물세 통이나 되는 전화는 모두 같은 번호에서 걸려온 것이었다.

"같은 번호에서 걸려온 거야?"

오스카가 물었다. 그는 노아의 어깨 너머로 보고 있었다.

"맞아요."

노아는 그 번호가 누구의 것인지 전혀 알 수 없었다.

택시가 로터리 중앙에서 신호를 받고 섰고, 택시운전수는 그사이 자신의 휴대전화를 꺼냈다.

"자, 이제 배터리 충전이 다 되었군."

그가 말하며 뒤쪽으로 몸을 돌렸다. 노아는 이때를 놓치지 않고 그에게 잠깐 조용히 해달라고 부탁했다. 그리고 걸려왔던 번호로 다시 전화하기 위해 버튼을 눌렀다.

통화는 감격적인 비명 소리와 함께 시작되었다.

"데이비드? 데이비드, 정말 자네 맞는가?"

상대방 남자는 남부 억양이 강한 미국식 영어로 말했다. 크고 우렁찬 목소리였는데, 들리기에는 노아보다 나이가 많은 게 분명했다.

"저는……"

노아는 전화기를 귀에 더 바짝 갖다 댔다. 무슨 말을 해야 할지 몰랐다.

"죄송하지만, 혹시 누구십니까?"

다시 비명 소리가 들렸다.

"세상에, 자네로군, 데이비드. 하느님, 맙소사. 정말 자네야."

노아는 수화기 저편에서 뭔가 찰각거리는 소리를 들었다. 통화 상대는 수화기를 놓고 뒤쪽에 있는 누군가를 부르는 것처럼 들렸다.

"모튼이네. 맞아, 정말이야. 안전한 라인으로 그와 통화 중이네."

다시 찰각하는 소리와 부스럭거리는 소리가 났으며 나이 든 남자가 돌아왔다.

"데이비드, 대체 자네 어디 있는 건가? 우린 자네 찾는 일을 거의 포기하고 있었네."

노아는 전화기를 귀에서 떼며 화면을 보았다. 통화한 지 40초가 지나 있었다. 그는 1분을 한계로 정했다.

"유감스럽지만, 통화를 이어가기 위해서는 당신이 누구인지 밝히도록 부탁드리는 수밖에 없습니다."

"내가 누구냐고……?"

남자는 당혹감을 감추지 않았다. 그런 후 다시 그가 이야기를 이어나가게 되었을 때 그의 목소리에는 비통함과 근심이 묻어 있었다.

"제기랄, 데이비드. 그들이 자네한테 무슨 짓을 한 거야?"

'48초.'

노아는 앞을 바라보았다. 코스로브스키는 전화를 엿들으려는 자세를 취했다.

노아는 시선을 돌려 창문 밖을 응시했다.

"두 번은 말하지 않겠습니다."

그가 전화기에 대고 속삭였다.

"지금 당장 당신이 누구인지 말하지 않으면, 전화를 끊도록 하겠습니다."

"맙소사, 데이비드. 날 전혀 못 알아보는 건가? 나일세, 필. 워싱턴에 있는 자네의 오랜 친구."

미국의 수도를 언급한 것은 실제로 그에게 어떤 연상 작용을 불러일으켰다. 노아는 펜타곤, 워싱턴 기념탑, 알링턴 국립묘지, 제퍼슨 기념관 그리고 심지어는 18번가에 있던 레스토랑의 커피 향까지 떠올렸다. 하지만 필이라는 이름을 가진 친구에 대해서는 아무것도 기억할 수 없었다.

'54초.'

택시는 다시 빨간색 신호등 앞에 멈췄고, 이번에는 좀 더 번화한 사거리였다. 그들 옆으로 배달 차량이 정차했다. 사람들은 어깨를 잔뜩 움츠린 채 서둘러 길을 건너고 있었다.

"당신 누굽니까?"

노아는 마지막 질문을 시도했고, 그의 손가락은 벌써 종료 버튼 위에 가 있었다. 노아의 시선이 백미러 속의 운전수와 마주쳤다.

"신이시여! 자네 정말 모르는 건가, 그런 건가?"

짧은 침묵이 흘렀다.

'59초.'

막 신호등이 초록불로 바뀌던 찰나 전화기 너머의 그가 말했다.

"내 이름은 필립 베이워터네. 미합중국 대통령이네."

# 제25장

이미 두 해가 넘도록 셸린은 이곳에서 일했다. 그녀는 매주 몇 번씩이나 57층 복도를 지나 사내 식당을 방문했다. 직원들을 위한 커피 머신과 전자레인지 그리고 큰 냉장고 두 대가 비치되어 있었다. 하지만 여태껏 이 문은 그녀 눈에 띈 적이 없었다. 이 문을 통해 그녀는 방으로 붙잡혀 들어왔다. 문 뒤로 16제곱미터 크기의 창문 없는 창고가 있을 것이라고, 그러니까 음료수자판기 뒤에 이런 공간이 있을 거라고는 그 누구도 짐작하지 못했을 것이다.

셸린은 벌써 30분 넘게 뭐라고 불러야 할지 모를 이곳에 갇힌 채 앉아 있었다.

'방이라고 불러야 하나? 감옥이라고 불러야 하나?'

어쨌거나 그녀는 작은 독방에 있었고 어떻게 자신이 이곳에 들어오게 되었는지 납득할 수 없었다.

'내가 정말 납치된 건가? 편집국장의 청부로? 두 명의 경비원이 비상구 계단을 통해 나를 여기로 데려왔어. 그리고 57층에서 케빈이 반짝거리는 동전을 자판기 안으로 넣는 걸 지켜봤잖아?'

처음에 셸린은 케빈이 그녀의 모든 질문을(오스카와 내 아빠 일을 어떻게 안 거예요? 날 끌고 가서 어떻게 할 작정이에요? 당신 진짜 미쳤어요?) 철저히 무시해놓고 뻔뻔스럽게도 그녀 앞에서 콜라를 뽑아 먹으려고 한다고 철썩같이 믿었다. 그는 번개처럼 빠른 속도로 번호판을 눌렀고 그와 동시에 철커덕거리는 소리가 났으며 자판기가 마치 보이지 않는 거인에 의해 옮겨지듯이 미끄러져 통로를 열어주었다.

그 순간 셸린은 말문이 막혀버렸고, 두 명의 경비원이 그녀를 거칠게 방으로 밀어넣었을 때에도 더 이상 저항하지 않았다. 밀폐된 작은 방에 그녀는 혼자 있었다. 금속 의자 두 개와 천장의 조명을 제외한다면, 이 방의 유일한 가구인 장식 없는 X자 다리의 나무 식탁에 앉아서 그녀는 앞에 보이는 벽의 얇은 틈만을 뚫어져라 보고 있었다. 그 틈은 다시 제자리로 돌아간 자판기 뒤쪽의 모서리 부분이었다. 도망치는 것은 불가능하다고 그녀는 생각했다.

"괜찮니, 꼬마점아?"

그녀는 속삭이면서 배를 쓰다듬었다. 태어나지 않은 아기와 이야기 나누는 일은 습관처럼 되어버렸다. 매일 저녁 잠들기 전, 그녀는 자신의 하루 일과를, 아기가 태어난 후의 계획을, 그녀의 행복감과 기대감을 배에 대고 들려주었다. 아직 볼 수 있는 것은 아무것도 없었다. 그녀가 꽉 끼는 티셔츠를 입어도 살짝 볼록하게 튀어나와 있는 아치 모양의 곡선밖에 볼 수 없었다. 하지만 그녀는 자신이 100퍼센트 꼬마점에게 집중할 때면 어떤 반응을 느낀다고 믿었다. 아랫배 안으로 어렴풋이 간질거리며 기어다니는 어떤 것을 느낄 수 있었다. 비록 말콤 박사를 비롯해 모든 사람들이 그것은 의학적으로 아직은 불가능하다고 말했음에도 그녀는 꼬마점이 자신과 소통하고 있다고 확신할 수 있었다.

'엄마, 나도 기뻐요. 잠시 동안 여기 엄마 자궁에서 휴가를 즐길게요. 그러고 나면 길을 떠나도록 할게요.'

'엄마, 모든 게 그렇게 나쁘게 흘러가지만은 않을 거예요. 저는 건강해요. 그리고 엄마가 두려워해야 할 것은 아무것도 없어요.'

그러나 지금 그녀가 배에 대고 귀를 기울였을 때, 어떤 당김이나 간질거리는 느낌 혹은 생명의 신호 같은 것은 느낄 수 없었다. 두려움 때문인지도 몰랐다. 두려움은 그녀의 가슴을 짓눌러 압박해왔고 호흡을 힘들게 했다. 서늘한 방 안 공기에도 불구하고 그녀는 식은땀을 흘렸다.

그리고 그 두려움은 철커덕 소리와 함께 한 번도 본 적 없는 인물이 악마 같은 미소를 지으며 방으로 들어오자, 더 심해졌다.

# 제26장

노아는 전화를 중간에 끊어버렸다.

"뭐야?"

오스카가 무슨 일인지 알고 싶어 했다. 그는 지난 몇 분을 팬티와 바지에 자신을 재빨리 쑤셔넣는 데 사용했다. 목욕가운은 발아래 그가 벗어놓은 부츠 위에 놓여 있었다. 벌거벗은 상체를 최대한 돌릴 수 있을 만큼 옆으로 돌려서는 하늘색 와이셔츠 소매에 오른팔을 넣어보려 하고 있었다.

"누구랑 통화한 거야?"

노아가 운전수 쪽을 보았다. 그는 한 무리의 젊은이들로 인해 속도를 줄여야 했다. 그들의 손에는 맥주병이 들려 있었고, 유난스럽게 천천히 거리를 가로질러 어슬렁거리며 돌아다녔다.

"그가 말하길, 자신이 대통령이라고 하네요."

노아가 소곤거렸다.

"대통령이라고, 어디에?"

코스로브스키가 화가 나 클랙슨을 울렸다.

"미국이요."

"베이워터?"

오스카가 행동을 멈췄다.

노아가 고개를 끄덕였다. 그도 잘 알고 있는 이름이었다. 하지만 그 이름이 그의 기억을 일깨워주지는 못했다. 다른 것은 몰라도 그의 개인적인 기억은 전혀 불러오지 못했다. 일흔세 살의 텍사스 남자의 모습이 눈앞에 떠올랐다. 그는 사냥꾼 복장으로 등산하는 자신의 모습을 좋아해 사진에 자주 찍히도록 했다. 굽이 높은 신발을 신었는데, 작은 키를 보완하기 위해서였다는 것도 노아는 알고 있었다. 또한 쿠바 시가에 대해 특별히 애착을 가지고 있었는데 그가 피웠던 시가값만 해도 플로리다 예비선거 비용과 거의 맞먹을 정도였다. 다르게 표현하자면, 노아는 신문을 통해 대통령에 대한 정보를 접할 수 있는 만큼만 그를 알았다. 하지만 세계에서 가장 강력한 힘을 지닌 그와 말을 트고 지내며 자신의 휴대전화에 그의 개인 번호를 저장해둘 만큼 그를 잘 알지 못했다.

"자네가 필립 베이워터와 이야기했다고?"

오스카의 눈이 커졌다. 그의 얼굴은 흥분으로 인해 한층 더 넓죽해졌다.

"모르겠어요."

노아가 말하려고 했을 때, 그의 손에서 휴대전화가 울렸다.

"히터 소리가 너무 크나요?"

노아가 세 번째 울리는 전화벨 소리에도 여전히 반응하지 않자, 운전수가 물어왔고 히터를 한 단계 아래로 낮추었다.

'똑같은 지역번호에, 똑같은 전화번호야.'

노아는 코스로브스키에게 괜찮다는 신호를 보낸 다음, 초록색 통화 버튼을 눌렀다.

자칭 대통령이라고 했던 남자가 곧바로 본론으로 들어갔다.

"어디 있는지 말해보게. 그럼 내가 자네를 안전한 곳으로 데려오도록 하겠네, 데이비드."

"제가 왜 그런 일을 해야 합니까?"

"왜냐하면 내가 보호할 수 있으니까. 자네는 기억을 잃어버린 게 틀림 없네, 친구. 하지만 날 믿게. 만약 자네가 지금 어떤 상황에 처해 있는지 스스로 알게 된다면, 오직 나만이 자네를 꺼내올 수 있다는 게 분명해질 걸세."

"제가 미국 대통령의 도움이 필요하다고요?"

"그렇다네."

"무슨 이유로요?"

"자네 안전이 보장되자마자 내가 모든 걸 설명할 걸세. 내게 말해보게, 지금 어디에 있나?"

"우선은 당신이 정말 대통령인지 증명해주셔야 합니다."

"전화로 어떻게……"

나이 든 남자는 잠시 주저했고, 곧 그에게 어떤 생각이 떠오른 것처럼 보였다.

"TV를 켜보도록 하게, 데이비드."

노아가 앞에 있는 운전수를 힐끗 쳐다보았다. 운전수는 지나치게 자주 백미러를 보았다. 지금 그의 관심은 전화 통화보다는 튀어나온 배 위로 와이셔츠 단추를 잠그려 하는 오스카의 모습에 쏠려 있었다.

"없어요."

그들은 다시 신호등 앞에 멈춰야 했다. 택시는 중앙분리대로 나뉜 큰 가로수 길 위에 있었다. 조금 떨어진 곳에 꼭대기가 파손된 큰 교회 탑 하나가 마치 바닥에서 튀어나온 구멍 난 이빨처럼 솟아 있었다. 그들이 처음으로 지하에서 밖으로 나왔을 때, 오스카가 설명해준 적이 있었던 카이저 빌헬름 기념 교회였다.

오이로파센터로 들어가는 입구는 그들이 지금까지 지나왔던 거리들에 비해 확실히 더 붐볐다. 전자제품 매장 입구 유리문으로 휠체어를 탄 사람이 인파를 뚫고 들어가려 하자 더 정체되기 시작했다.

"잠깐만요."

노아는 휴대전화 마이크를 손바닥으로 가린 다음, 앞으로 몸을 숙여 운전수에게 물었다.

"가게가 아직 문을 열었나요?"

코스로브스키가 오이로파센터 방향을 가리키며 코를 찡그렸다. 그리고 마치 떫은 감을 씹은 듯한 표정으로 말을 뱉었다.

"자정에 쇼핑이라니. 유럽은 파멸의 길을 가고 있고 우리 모두가 빚을 지고 있는데, 상점 영업 시간만 늘었어요. 위기도 보통 위기가 아니에요."

초록 불이었다. 코스로브스키가 출발하려고 했지만, 노아는 차를 길가에 세워달라고 부탁했다.

"여기에 내리는 게 좋겠습니다."

"무슨 일이 생긴 건가?"

전화 너머 남자가 물어왔다.

노아는 화면을 보았고 오래전에 1분이 지나간 걸 알아차렸다. 그는 나이 든 남자의 말에 아무 코멘트도 달지 않고 전화를 끊었다. 그런 다음 운전수에게 20유로짜리 지폐를 주었다. 여행 가방에서 꺼낸 나머지 돈 다발을 점퍼 안쪽 주머니에 쑤셔넣고는 배낭과 여행 가방을 들고 차에서 내렸다.

코스로브스키는 3유로 팁에 감사 인사를 했고 오스카까지 내린 다음 경적을 울리며 이별을 고했다.

"벌써 또 무슨 일이 생긴 거야?"

방금 차에서 내린 오스카가 물었다. 그는 뭔가 다급히 처리해야 할 일이 있다는 걸 노아에게 말하려 했다. 서두르는 바람에 부츠 끈을 다시 묶을 기회가 없었기 때문이다. 어쨌거나 여러 번 접어 입은 바지는 아래로 흘러내려가지는 않았다. 오스카는 벨트 대용으로 목욕가운 허리끈을 사용했다.

"뭐라고 설명이라도 해줘야 하는 거 아니야?"

그가 노아를 뒤따라오며 소리쳤다.

얼어버릴 것 같은 혹독한 추위는 그 전에 그들이 따뜻한 노숙자 수용소를 떠나야 했을 때에 비하면 훨씬 견딜 만했다. 택시 안이 추웠어서 효과를 본 것이다. 비록 지금 그들은 확실히 더 얇은 옷을 입고 있음에도 추위를 덜 느꼈다.

"이봐, 대체 어딜 가려는 거야?"

전자제품 매장으로 들어가는 유리문 앞으로 좁은 길이 뚫렸고, 노아는 빠른 걸음으로 입구를 통과했다.

노아는 동행자에게 여행 가방을 쥐어주며, 질문에 답하기 위해 에스컬레이터 근처의 표지판을 가리켰다.

"4층으로요. TV가 있는 곳으로 갈 거예요."

오스카가 믿을 수 없다는 듯 소리 내어 웃었다.

"그래, 좋아. 안 될 것 없지. 전자제품 매장에서 TV와 함께 저녁을 보내는 것보다 더 나은 건 없을 거야."

그는 노아에게 빈정거리듯이 말하고는 목소리를 내리깔았다.

"호텔 총격전 이후 정말 아름다운 마무리야. 그래 뭐 재미있는 거라도 나오나?"

"몰라요."

노아가 다시 움직이기 시작했다.

"곧 알게 될 거예요."

"내가 맞혀볼까, 미국 대통령이라도 나오나?"

그들은 에스컬레이터에 도착했다. 노아가 첫 계단에 발을 올려놓았을 때, 배낭 안에서 토토가 움직이는 것처럼 느껴졌다. 그는 균형감각을 잃어버릴 정도로 자기 내부에서 끓어오르는 이런 감정이 언젠가 다시 제자리를 찾을 수 있을지 의구심이 들었다.

'오스카가 맞았어. 나도 똑같이 서서히 미쳐가는 사람처럼 행동하고 있어.'

목표 지점에 도달하는 데 2분도 채 걸리지 않았다. 그들은 다양한 크기에 셀 수 없이 많은 TV가 줄지어 있는 진열대 앞에 멈춰 섰다. 그 모습을 보고 노아는 적잖게 당황했다. 왠지 낯선 느낌이 들었고 그 자신이 지켜보는 사람이 아니라 감시당하는 사람처럼 느껴졌다. 왜냐하면 모든 화면이 다 똑같이 만화영화를 보여주었고, 그로 인해 노아의 뇌는 어떤 TV에 집중해야 할지 결정을 내릴 수 없었기 때문이다.

그는 다시 휴대전화를 손에 쥐었다. 노아는 재발신 버튼을 눌렀다. 신호가 한 번 울리기도 전에 나이 든 남자가 전화를 받았다.

"무슨 일이었나?"

"TV가 준비되었습니다."

남자는 안도의 한숨을 내쉬었다.

"알았네. 난 자네한테 무슨 일이라도…… 어쨌든 좋네, 그럼 NNN을 틀어보게."

노아는 NNN이 어쩌면 독일 기계에는 프로그램되어 있지 않을지도 모른다는 말이 목구멍까지 나왔지만, 다행히 실수로라도 입 밖에 내지는 않았다.

"보고 있나?"

"잠깐만요."

노아는 이것저것 따질 겨를도 없이 여러 TV들 중 한 대 앞으로 걸어갔고 50인치 검은색 TV 테두리에 있는 뚜껑을 열었다. 화살키를 눌러 채널을 돌렸다. 만화영화가 사라졌다. 그는 계속해서 눌렀다.

"저기요, 거기서 뭐하는 겁니까?"

갑자기 뒤에서 목소리가 들렸고, 그 순간 그는 오스카가 더 이상 옆에 있지 않다는 사실도 알아차렸다.

'대체 또 어디 간 거야?'

노아는 통화를 잠시 미뤘다. 그리고 그에게 주의를 주고 있는 검정색과 빨간색 조합의 조끼를 입은 젊은 판매원을 자세히 뜯어보았다. 그는 스무 살이 넘어 보이지 않았고 듬성듬성 얼굴에 수염이 자라 있었는데 뾰루지를 가려주지는 못했다. 그는 귀걸이와 반지를 여러 군데에 하고 있었는데, 반지를 낀 손으로 리모콘을 들고는 노아의 가슴을 위협적으로 겨냥했다.

"기계는 매장 직원들만 다룰 수 있습니다."

노아는 사과의 뜻을 전했다. 시간을 버리지 않기 위해 점퍼 주머니에서 돈다발을 꺼내 들고는 집게손가락으로 TV의 가격표를 건드렸다. 999유로라고 쓰여진 가격표는 진열대 위에 고정된 투명 플라스틱 틀 안에 들어 있었다.

"NNN이 나오도록 해주면 이걸 사도록 하죠."

돈은 제대로 쓸모가 있었다. 젊은이는 재빨리 미소를 띠우고 민첩하게 행동했다.

"저희 제품은 위성수신기가 있습니다. 이보다 더 가벼운 것은 없습니다."

그는 들고 있던 리모컨을 조준했다. 그 리모콘은 진열대의 모든 TV를 동시에 조정할 수 있는 기능이 있었고, 그는 숫자 세 자리를 입력했다. 그때 전화가 다시 울리기 시작했다.

"하지만 당연히 화질은 HD채널에 비하면 그렇게 선명하지는 못합니다."

모든 TV 화면에서 뉴스 방송을 볼 수 있게 되었을 때, 판매원은 덧붙였다.

노아는 오스카를 찾아 다시 한 번 주위를 둘러본 다음, 걸려오는 전화를 받았다.

"NNN을 볼 수 있습니다."

그가 전화한 사람에게 그 사실을 전했다.

"좋네."

약간 지지직거리는 TV 화면은 짙은 색 양복을 입고 통통하게 살이 올라 둥글게 생긴 키 큰 남자를 보여주었다. 그의 둥근 턱선 아래로 밝은 색 넥타이가 단정하게 매어져 있었다. 반쯤 벗겨진 대머리는 얼굴 앞에 맞춰놓은 카메라 조명에 반사되어 반짝거렸다. 그는 파란 배경 앞에 놓인 연설대 앞에 서 있었다. 그의 등 뒤로는 백악관 모습의 큰 타원이 있었으며, 좌우로는 성조기가 둘러쳐져 있었다.

"내 대변인이네. 도널드 맥킨리야."

전화상의 나이 든 남자가 추가 설명을 덧붙였다. 노아는 화면에 그의 이름이 뜨는 것을 보았다. 그 아래로 참고 사항도 있었다.

백악관 기자회견. 매일 업데이트 중.

"그가 곧 오른쪽 귀를 만질 거네."

카메라가 다른 것으로 바뀌었다. 한 카메라는 대변인의 어깨 위 각도 뒤쪽에서 촬영 중이었다. 줄지어 늘어선 의자에 자리 잡은 기자들이 영상 안으로 들어왔다. 스무 개가 넘는 화면에 질문을 위해 높이 쳐든 손들이 한꺼번에 나타났다.

"소리 들을 수 있나?"

노아는 남자의 질문을 판매원에게 그대로 전달했다. 그는 고객의 행동에 대해 의아해하면서도, 그만한 가치가 있다고 생각해 아무 말도 하지 않았다. 그는 리모컨으로 소리를 높였고, 이제 재잘거리던 말소리를 이해할 수 있게 되었다.

"이제 소리가 납니다."

노아는 통화 상대한테 그것을 확인해주었다.

"좋아. 잘 듣게, 데이비드. 도널드가 귓속에 있는 무전기에 손을 댄 다음, 지금 내가 하는 말을 똑같이 따라할 걸세."

"그런데 그 말이라는 게?"

화면에 나타난 맥킨리는 마치 행동을 멈춘 것처럼 보였지만 곧 다시 움직였다. 그런 다음 실제로 그가 귀를 만졌다.

노아의 맥박이 빠르게 뛰기 시작했다.

전화 너머 나이 든 남자의 목소리는 이제 훨씬 조용해졌는데, 왜냐하면 그가 더 이상 직접 수화기에 대고 말하지 않아서였다.

"맥킨리? 내 말 잘 듣게. 대통령이네. 지금 내가 하는 말을 단어 한 자도 빠짐없이 그 즉시 따라하도록 하게. 신사숙녀 여러분, 방금 제가 들은 바로는……"

노아는 앞에 놓인 화면을 뚫어져라 쳐다보았다. 맥킨리가 신경을 곤두세운 채 눈을 깜박거렸다.

"신사숙녀 여러분, 방금 제가 들은 바로는……"

대변인은 잠시 말을 끊고 기다리고 있었으며, 자칭 대통령이라고 한 사람의 목소리가 다시 문장을 채워갔다.

"……전염병이 새로운 국면을 맞이하여……"

"……전염병이 새로운 국면을 맞이하여……"

맥킨리는 대통령이 언급한 직전 문장을 그대로 따라했다.

"……죄송하지만, 기자회견을 이쯤에서 중단해야 할 것 같습니다. 여러분의 양해를 부탁드립니다."

자리에 있던 기자들이 놀라서 쑥덕거리는 소리가 퍼져 나갔다.

"고객님, 마음에 드십니까?"

판매원이 그의 의향을 알고 싶어 했다. 하지만 노아가 갑자기 TV 진열대로부터 등을 돌리고 서버리자, 판매원은 적잖게 당황해했다.

'아니, 전혀 마음에 들지 않아.'

"만족하나?"

전화상의 남자도 똑같은 것을 물어왔다.

'아니, 조금도 마음에 들지 않아.'

"설득력 있었습니다."

노아가 말했다. 판매원은 점점 더 의문에 찬 표정을 지었다. 그의 고객이 낯선 언어로 전화를 하고 있었기 때문이다. 그는 다시 한 번 판매와 관련된 대화를 시도했다.

"제가 특별히 3퍼센트 현금 할인도 해드릴 수 있는데……"

'설득력 있어. 그렇지만……'

'뭔가가 잘못됐어.'

노아는 다시 판매원 쪽으로 몸을 돌렸고 옆에 있는 컴퓨터 매장을 바라보았다. 손에 여행 가방을 든 오스카가 진열대 뒤에서 노트북을 가지고 걸어 나오는 것이 눈에 띄었다. 그는 다시 신경이 예민해져 귀를 만지작거리고 있는 판매원을 보았다. 노아는 전화기를 다시 들어올렸다.

"어떻게 그의 반응을 알았습니까?"

"뭐라고요?"

판매원이 놀라며 눈살을 찌푸렸다.

'저 남자 뭔가 정상이 아닌 게 맞지?' 하는 의구심이 그의 얼굴에서 드러났다.

"그가 귀를 만질 거라는 걸 어떻게 알았습니까?"

노아가 전화 너머 남자에게 물었다.

"도날드의 습관이지."

"그에게 당신이 첫 단어를 전달하기도 전이지 않습니까?"

침묵이 흘렀다. 한 가지 생각만 한다고 하기에는 지나치게 긴 시간이었다.

"내 말 좀 들어보게, 데이비드."

나이 든 남자는 다시 말을 이었다.

"자네가 조심스러워하는 것은 나도 이해하네만……"

"그가 다시 돌아오도록 해보십시오."

"그게 무슨 말인가?"

"대통령이라면 그 정도는 애들 장난 아닙니까? 맥킨리를 다시 카메라 앞으로 걸어 나오도록 시켜보십시오. 그리고 방금 보여준 게 녹화방송이 아니라는 걸 제게 증명해보십시오."

나이 든 남자가 한숨을 쉰 다음 명확한 답을 주었다. 그가 전화를 끊었다.

"물건을 배달해드릴까요. 아니면 지금 바로 가지고 가시겠습니까?"

젊은 직원이 과감히 시도해보았지만, 그것이 끝이었다. 그는 이맛살을 찌푸리며 노아의 관자놀이를 가리켰다.

"이봐요, 당신 거기에 뭔가……"

노아는 손을 올렸고, 자신의 집게손가락에 빨간 불빛이 움직이는 것을 보았다. 그는 바로 자세를 낮추었다. 하지만 판매원은 총알이 피하지 못했다. 그의 몸은 산산조각 났다.

# 제27장

그들은 두 명이거나, 심지어 세 명일 수도 있었다. 노아는 각기 다른 각도에서 날아오는 총알 소리를 들었다고 생각했다.

'헤클러&코흐 MK23. 레이저 조준기 장착. 글록 자동소총 한 대.'

또 다른 정보들에 대해서는 처리하지 못했다.

노아는 자신이 있는 자리에서 판매원을 쏜 공격자들이 남자인지 여자인지, 키가 큰지 작은지, 늙었는지 젊었는지 식별할 수 없었다.

첫 번째 총알은 판매원의 뒤통수를 통과한 다음 다시 이마로 나와 TV에 꽂혔다. 두 번째 그리고 세 번째 총성은 DVD가 줄지어 진열된 선반에 굵직한 구멍을 냈으며, 노아는 그 뒤에서 숨을 헐떡이고 있었다. 이어서 고함 소리가 들려왔다. 최소한 열댓 명의 남녀가 패닉 상태에 빠져 출구 쪽으로 피신하려 했다.

그러나 갑작스러운 폭력 사태에 팔다리가 마비되어 무기력 상태에 빠진 사람도 있었다. 노아 옆에 있던 부인은 여전히 통로를 벗어나지 못했다. 그녀는 몸을 잔뜩 움츠린 채 빨간 쇼핑 바구니를 쥐고서는 전신을 떨며 앉아 있었다. 입술도 바르르 떨고 있었지만 입 밖으로는 외마디 비명도 내지 못했다. 놀란 토끼 눈을 하고 TV 진열대 벽 앞에 쓰러져 있는 판매원만 응시하고 있었다.

"자세를 낮춰요."

노아가 그녀에게 속삭였다. 바로 그때 또 다른 총알이 진열대를 뚫고 지나갔다. TV 안테나가 들어 있는 상자 몇 개가 바닥으로 떨어졌다. 엄청난 파괴력이었다.

'덤덤탄이야.'

노아는 그 부인의 점퍼 옷깃을 붙들고는 거세게 바닥으로 잡아당겼으며 매끈하게 처리된 바닥 타일 표면 위로 머리를 눌렀다. 충격으로 부인이 패닉 상태에 빠진 걸 알아차리고는 포복자세를 유지하며 그녀와 함께 통로 끝까지 기어갔다. 그쪽은 매장의 끝이었으므로 노아는 갇힌 꼴이 되었다. 다른 한편으로 양쪽을 동시에 방어하지 않아도 되었다.

노아는 왼쪽에 있는 진열장 안에 배낭을 넣고는 점퍼에서 총을 꺼내 들었다. TV 진열대가 늘어선 쪽으로 총을 겨눈 채 킬러가 모퉁이에서 튀어나올 것에 대비했다.

그들이 진열대를 넘어서 공격해올 수도 있었다.

'내가 먼저 선제공격해야 할지도 몰라.'

그는 자신이 어떤 선택을 해야 할지 고민했다. 총성이 그쳤다. 비명 소리가 멀어졌다. 사람들은 위험 지역으로부터 도망쳤고, 출구가 있는 아래층에서 울부짖는 소리가 났다. 층 전체가 한순간 쥐 죽은 듯이 조용해졌다. 반면 노아의 옆에 있던 부인이 갑자기 딸꾹질을 했고, 그 소리는 훨씬 크게 들렸다. 노아는 그녀 머리 뒤로 팔을 감아 입을 막았다.

'시간이 흐르면 범인에게 불리해지기 마련이야.'

친숙한 목소리가 그의 귓속에서 울렸다. 누가 한 말인지 기억나지는 않지만 숨은 뜻은 파악할 수 있었다. 킬러에게는 이제 시간이 별로 없다. 경찰이 곧 도착할 것이므로 서둘러야 했다. 마지막이 될 치명적인 공격이 곧 이어질 것이었다. 몇 걸음 떨어지지 않은 거리에서 장전되는 소리가 들렸다.

'바로 옆 통로야.'

노아는 주변을 샅샅이 훑어보았다. 모든 시나리오를 고려해 그가 무엇을 할 수 있을지 고민했다.

'두 명이 동시에 공격해올 거야. 한 명은 진열대 위를 뛰어넘어서, 다른 한 명은 진열대 모퉁이를 돌아서.'

최선의 방책은 유인작전이라는 판단이 섰다.

노아는 한쪽 손으로 총을 쥐었고 다른 손으로는 부인의 입을 막고 있었다. 그의 맥박은 규칙적으로 뛰었고 두 눈은 반 박자 빠르게 깜박거렸다. 전에 아들론 호텔 욕실에서 그랬던 것처럼 그는 눈으로 주변을 찍고 있었다.

죽은 판매원

주방용품 매장 안내판

선반 고리에 걸린 케이블

쇼핑 바구니

바닥에 떨어져 있는 안테나 상자들

TV 화면의 NNN 뉴스

총알에 뚫린 TV

노아는 네 번째 사진을 다시 한 번 그의 눈앞으로 불러왔다.

'쇼핑 바구니?'

그는 뒤집어진 채 놓여 있는 빨간색 플라스틱 바구니를 바라보았다. 부인이 담아두었던 물건들이 밖으로 떨어져 있었다. 배터리 한 묶음, 손전등, DVD 두 개, USB 메모리스틱, 작은 라디오 알람시계 그리고 신발 상자 같은 게 여전히 바구니 안에 놓여 있었다. 흰색 상자 겉면에 'Wassermaxx(바서맥스)'라는 파란색 글자가 써져 있었다.

'저거야.'

노아는 머릿속에 계획이 섰다. 그는 가정용 탄산수 제조기인 바서맥스가 든 상자를 움켜쥔 채 진열대 벽 근처에 떨어져 부서진 TV의 파편을 바라보았다. 그 위에 두 사람의 윤곽이 비쳐 보였다. 한 명은 손가락을 하나씩 접으며 카운트다운을 하고 있었다. 그가 두 번째 손가락을 접었을 때 노아는 바서맥스를 TV 진열대 앞으로 던졌고 바닥에 납작하게 엎드려 귀를 막았다.

예상대로 킬러는 바로 반응을 보이며 총을 쏴댔다. 그 즉시 총알은 이산화탄소로 가득 채워진 바서맥스를 뚫고 들어갔다. 귀청이 떨어져나갈 정도로 엄청난 폭발음이 들렸다.

노아는 틈을 주지 않았다. 그 순간 진열장을 뛰어넘어 몽롱한 상태에 있던 킬러의 머리에 총알을 날렸다. 그는 미처 총을 겨누어보지도 못하고 당했다. 그리고 다음 킬러를 제거하려 했지만 불필요한 일이 되어버렸다. 폭발한 금속 조각이 유산탄이 되어 킬러의 목에 깊숙이 박힌 것이다.

노아는 바닥에 쓰러져 있는 킬러를 바라보았다. 전신을 떨었다. 흡사 악몽으로 괴로워하며 잠을 자는 사람처럼 보였지만 이미 죽은 상태였다. 그는 전문 킬러답게 사람들 눈에 띄지 않는 작업복을 걸치고 있었다. 노아는 주머니를 뒤졌다. 아무것도 없다는 사실에 놀라지는 않았다.

'킬러는 흔적을 남기지 않는 법이지.'

그의 머릿속에서 또 늙은 아버지의 목소리 같은 게 들려왔다. 매장의 유리문을 통해 경찰차의 사이렌 소리가 들렸다. 그 소리는 머릿속 이명과 뒤섞였다.

"어떤 악마 같은 놈이 널 보낸 거야?"

노아는 죽은 사람에게 물었다. 그는 킬러의 손에서 총을 빼내기 위해 손가락을 폈고, 그때 문신이 눈에 띄었다.

'Room 17.'

당혹스럽게도 그것은 노아 자신의 손바닥에 있는 문신과 비슷한 자리에 있었다. 다만 더 정교할 뿐이었다. 노아는 다른 킬러의 손도 확인했다.

'Room 17.'

똑같은 문신이었다. 하지만 기억이 되살아나지는 않았다.

거리에서 사이렌 소리가 점점 더 커지며 다시 그를 재촉했다. 노아는 통로에 있는 부인에게 서둘러 돌아가 곧 경찰이 올 거라고 전했다. 그녀는 입을 벌린 채 울며 그를 쳐다보기만 했다. 노아는 배낭을 집어 들고 중앙 복도를 지나 비상 출구 쪽으로 뛰어갔다. 계단을 통해 경찰 특공대가 올라오는 발소리가 들렸다.

노아는 위층으로 올라갔다. 담배꽁초가 수북이 쌓인 곳을 지나 어떤 문 앞에 섰다. 지워진 그래피티의 흔적이 있었다. 노아는 문을 열었다. 그곳은 직원을 위한 흡연 공간이었다. 찌든 담배 냄새가 그의 코에 끈적하게 달라붙는 듯했다.

흡연 공간은 장식이 전혀 없는 시멘트 방이었으며, 거기에 놓여져 있는 것이라고는 사람 엉덩이 높이의 스탠드 재떨이가 유일했다. 노아는 불을 켜는 스위치를 찾을 수 없었다. 외부에 설치되어 있는 듯했지만, 입구에 있는 푸른 형광 빛의 비상구 표시등만으로도 충분히 안을 식별할 수 있었다. 그곳을 나와 두리번거리자 출구가 보였다. 전자제품 매장과 오이로파센터의 쇼핑몰은 통로로 연결되어 있었다.

쇼핑몰로 빠져나온 노아는 포도송이처럼 엉겨붙어 있는 사람들 무리 속에 자연스럽게 끼어들 수 있었으며, 할인 물품을 구매하려는 사람들 속에 섞여 떠밀려갔다.

그는 카이저 빌헬름 기념 교회 쪽 출구를 이용해 오이로파센터를 나왔다. 그 앞으로 아무 소음 없이 돌아가는 푸른 등이 설치된 여러 대의 경찰 특공대 차들이 소리 없는 불꽃놀이를 연출했다. 구경꾼들로 인해 현장 검문이 제대로 이루어지지 못했다. 노아는 경찰견을 피해 옆으로 돌아 공처럼 생긴 형상물을 쌓아올려둔 분수를 지나가고 있었다. 그때 그를 부르는 소리가 들렸다.

마지막 순간 그가 오스카를 알아보지 못했더라면 거의 무기를 꺼내 들 뻔했다. 오스카는 분수 옆으로 어스름하게 그늘진 공간인 공중 화장실 입구 표지판 아래 서 있었다.

"여기야. 이쪽으로 따라와."

오스카는 이렇게 재촉하며 뒤돌아서서는 눈 깜짝할 사이에 사라져버렸다.

노아는 오스카를 찾아보았다. 그의 등이 저 멀리서 보였다. 노아는 화장실로 가는 계단을 계속 내려가며 오스카의 뒤를 쫓았다. 소변과 세제 냄새가 섞여 코를 찌르는 공간에 다다랐다. 남자 화장실 안 소변기 셋 중 둘은 검은 봉지가 씌워져 있는 걸로 보아 고장 나 있는 듯했다. 다른 변기는 한 노인이 사용하고 있었다.

"빨리 서두르도록 해."

오스카가 숨을 헐떡이며 가장 안쪽의 칸막이 칸으로 걸어갔다. 노인이 화장실을 나갈 때까지 기다린 후 그 칸막이를 열어젖혔다.

"나 좀 도와줘."

그가 노아에게 말하며 금속판을 가리켰다. 그것은 변기 바로 앞바닥을 50센티미터 정도 넓이로 덮고 있었다.

"이게 뭐예요?"

"우리 비상 출구야."

오스카는 금속판을 몇 센티미터 정도 위로 끌어올렸다. 작업화를 신은 그의 오른발을 그 아래로 밀어넣을 수 있을 만큼 충분한 틈이 벌어졌다.

노아는 한쪽에 서서 등을 굽히고 좀 더 힘을 실어 판을 위로 끌어올렸다. 소금기 섞인 물에서 나는 악취가 화장실 구석구석까지 퍼져갔다.

"고마워."

오스카가 이마에 흐르는 땀을 닦은 채 검은 구멍을 가리켰다.

"남쪽 선로로 갈 때는 보통 손전등을 밝히며 가지만 오늘은 별수 없으니 바로 가야 할 것 같아."

그는 노아에게 칸막이 칸을 안에서 잠그도록 부탁했다. 그리고 여행 가방을 들어 구멍 안으로 던져 넣었다. 둔탁하게 물 튀는 소리가 들렸다. 오스카의 몸은 썩은 냄새가 진동하는 구멍 속으로 빠져들어갔다. 그와 거의 동시에 노아는 사람들의 목소리를 들었다. 남자 몇 명이 화장실로 들어온 것이다.

'바로 내려가야 해.'

그는 머릿속으로 중얼거렸고, 배낭이 잘 닫혀 있는지 확인해봤다. 그리고 천이 조금 찢어져 있는 걸 발견했다.

'빗맞은 총알 자국인가?'

목소리가 점점 커졌고, 칸막이 화장실 문 한 곳을 여는 소리가 났다.

그 사람들이 경찰일 거라는 생각은 들지 않았으나 확인해볼 시간이 그에게는 없었다. 마찬가지로 배낭 속에 있는 토토가 왜 한참 전부터 움직이지 않는지 확인해볼 틈도 없었다.

# 제28장

　방으로 들어온 여자를 처음 본 순간 셀린은 고등학교 시절 가장 친한 친구였던 앰버가 떠올랐다. 앰버는 너무나 매력적이었기 때문에 옆에 있으면 어떤 기분이 들었는데, 셀린은 그것을 '콤플렉스 자신감'이라고 불렀다. 이를테면 앰버 옆에 있을 때는 자신이 못생기고 무가치한 것처럼 느껴졌지만 그와 동시에 이런 콤플렉스는 사랑받는 치어리더인 앰버를 가장 친한 친구로 두었다는 자부심 또한 불러일으켰던 것이다.

　"누구시죠?"

　자판기가 원위치로 돌아왔다. 검은 머리의 여자는 잠금장치가 걸릴 때까지 기다렸다가 또각거리는 하이힐 굽 소리를 내며 가까이 다가왔다. 그녀는 탁자에 앉아 셀린을 찬찬히 뜯어보았는데, 마치 가판대에 놓인 물건을 구경하는 듯했다.

　"여기서 무슨 일이 일어나고 있는 거죠?"

　여자는 이 질문에도 대답하지 않았다. 앰버는 (친구에게는 부당한 처사일지 모르지만 일단 셀린은 마음속에서 지금 앞에 있는 여자를 그렇게 부르고 있었다) 허리선이 잘록하게 들어간 트렌치코트를 벗어 의자 등받이에 던졌다. 그런 다음 아마도 무의식적인 습관인 것 같았지만, 맨 위의 블라우스 단추가 제대로 채워져 있는지 검사하듯 만지작거렸다. 그녀는 진주 목걸이를 하고 있었는데 은 혹은 백금으로 된 펜던트가 달려 있었다. 셀린은 숫자 17이 새겨져 있다는 걸 알아볼 수 있었다.

앰버가 머리카락을 뒤로 쓸어넘겼을 때 꽃향기가 나는 향수 냄새가 방 안을 채웠다.

"지금 당신에게 말하고 있잖아요."

셀린이 덧붙였다. 그녀는 키 차이를 가늠해보기 위해서라도 일어나보고 싶은 생각이 굴뚝같았다. 낯선 여자는 셀린보다 최소한 5센티미터는 더 클 것 같았다. 그래서 여자는 앉아서도 셀린을 내려다볼 수 있었다.

마침내 여자가 첫마디를 꺼냈다.

"내가 시키는 대로 하세요. 그럼 당신에게 아무런 해도 가지 않을 거예요."

인사말도 없었다. 형식적인 미사여구도 없었다. 이렇게 된 게 유감스럽다는 말 따위도 하지 않았다.

셀린은 신경이 곤두서 복부 쪽을 쓰다듬었고 다시 한 번 첫 질문을 반복했다.

"누구시죠?"

"그건 중요하지 않아요."

여자는 공장에서 찍어낸 듯한 미소를 지었다.

"어쨌든 제게 뭘 바란다면, 잘못 찾아온 거예요."

셀린은 평소 자신보다 훨씬 더 냉정하게 보이려고 노력했다.

"제가 잘 찾아온 게 맞는 것 같은데요. 당신은 셀린이고 마리아와 에드 핸더슨의 딸이며, 현재 당신의 아버지는 JFK 공항 2번 터미널의 도착 대기실에서 발이 묶여 있지 않아요?"

"내 전화를 엿들었군요!"

셀린이 분노로 숨을 몰아쉬며 말했다. 케빈과 여자가 어떻게 그렇게 많은 것을 알고 있는지 달리 설명할 길이 없었다.

"맞아요."

여자는 아무런 거리낌 없이 시인했다. 그리고 셀린의 눈을 똑바로 쳐다봤다.

"그리고 우린 당신 우편물도 열어봐요. 직장에 있는 것뿐만 아니라 당신 아파트로 오는 것까지."

셀린은 스스로의 표정이 제어 능력을 벗어나는 걸 막을 수 없었다.

"하지만…… 대체 왜 그런 짓을 하는 거죠?"

"왜 우리가 비밀리에 한 달에 한 번 당신 머리카락을 가져가고 거의 일주일에 한 번 정도는 소변검사를 하느냐는 말씀이지요?"

"내 소변을요?"

셀린은 믿을 수 없다는 듯 웃음을 터뜨렸다.

"우린 사내 직원들에 대한 정보를 알길 원해요. 이 건물 화장실은 하나의 폐쇄된 시스템으로 되어 있어요. 우리 실험실은 바로 그 아래 지하실에 있고요."

"지금 그 말 농담이죠?"

앰버의 얼굴에서 인위적인 미소가 사라졌다.

"만약 그렇다면 제가 유머에 관해 아주 특이한 기호를 가졌다고밖에 말할 수 없네요. 이런 것들이 농담이 될 수 있다고 생각하시나요?"

여자는 셀린에게서 눈을 떼지 않고 재킷 안주머니에서 둘둘 말아놓은 A4 크기의 종이 한 장을 꺼내 탁자 위에 펼쳐놓았다. 그것이 다시 말리지 않도록 여자는 모서리를 잡고 있어야 했다.

셀린은 종이 왼쪽에 '건강 체크리스트: 셀린 핸더슨'이라고 쓰여진 제목을 읽었다. 그 아래로 그녀의 생일, 주소, 사회보장번호 그리고 인사기록카드번호가 있었다.

여자는 집게손가락을 움직여 종이 중간쯤 두 번에 걸쳐 밑줄 그어진 곳으로 셀린의 시선을 이끌었다. 가장 최근에 등록된 날짜는 12월 13일이었다.

셀린은 피가 거꾸로 솟았다. 여자의 눈을 똑바로 쳐다보았지만, 그녀의 눈 색깔은 너무나 짙어 홍채와 동공을 구분할 수 없을 정도로 하나로 녹아들어 있었다.

"이 시기부터 우리 체크업 팀이 위생봉투 안에서 당신의 탐폰을 더 이상 발견하지 못했어요. 임신을 축하해요."

셀린은 여자가 제정신이 아니라는 듯한 제스처를 하며 자신의 관자놀이를 손가락으로 톡톡 쳤다.

"당신들이 확인한 게 맞다면, 굳이 그 비밀을 내게 이야기할 필요는 없을 것 같은데요."

다음 순간 그녀는 무서운 생각 하나가 떠올랐다.

'그들이 내 입을 영원히 막으려는 게 아니라면, 뭐 때문에 그런 사실까지 내게 말하는 걸까?'

"전 이제 나가고 싶어요."

셀린은 그렇게 말하며 벌떡 일어났다.

여자는 셀린에게 다시 앉으라는 신호를 보냈다.

"왜죠? 대체 내게 원하는 게 뭐예요?"

셀린은 음료수 자판기의 뒷면을 보았고, 갑자기 각얼음 하나를 그대로 삼켜버린 듯한 기분이 들었다. 몸속으로 차가운 기운이 퍼져 나갔다.

"내가 당신들한테 뭘 했다고 이러는 거예요?"

"아무것도. 전혀 아무것도 안 했죠. 하지만 당신이 곧 해줘야 할 일이 있어요."

"무슨 일이요?"

"다시 앉도록 해요."

이 낯선 여자를 힘으로 제압해 열쇠를 빼앗아야 할지 셀린은 고민했다. 하지만 그녀는 누군가와 몸싸움을 해본 경험이 전혀 없었다. 그래서 결국 여자의 명령에 따라 행동했다.

앰버는 다시 가방 안에 손을 집어넣었고 또 다른 종이 한 장을 꺼내 셀린 앞에 놓았다. 방금 전 것과는 확연히 다른 종이였다. 여자는 그것을 셀린에게 건넸다.

"이 번호로 전화하도록 하세요."

"이게 누군가요?"

"당신의 친구, 노아예요."

셀린은 그 종이를 쥐었다.

'베를린 지역번호가 아니야.'

케빈이 전에 주었던 전화번호와 전혀 다른 것이었다.

"이건 호텔 번호가 아닌데요."

"그의 위성전화 번호예요."

"위성전화 번호라고요?"

셀린은 깜짝 놀라 눈이 휘둥그레졌다.

"언제부터 대체 이런 것을?"

"저도 정확히 언제부터라고 확실히 말해줄 수 없네요. 하지만 제 생각으로는 최소한 두 달 전부터 아니면 더 오래됐을 수도 있어요."

"잠시만요…… 그러면 노아가 어디에 있는지 알고 있었다는 말이에요? 처음부터 알고 있었던 거예요? 언제든지 그에게 연락할 수 있었던 거예요?"

앰버는 질문마다 고개를 끄덕였다.

"이론적으로는 그래요."

"하지만 그렇다면……"

셀린은 믿을 수 없다는 듯 고개를 가로저었다.

"그렇다면 그 모든 게 대규모 사기극이었다는 말이에요? 화가를 찾았던 게 처음부터 속임수에 지나지 않았다는 거예요?"

앰버는 입의 각도를 비틀며 웃음을 지어 보이려고 했다.

"한마디로 대답하기 어려워요. 우린 그림을 그린 남자를 알고 있었지만, 유감스럽게도 위성전화를 소유한 그 사람이 지난 몇 주 동안 전화를 전혀 사용하지 않았어요. 화가를 찾는다는 캠페인은 노아를 은신처로부터 불러내기 위해 연출했던 것이죠."

'그랬던 거야. 난 이미 눈치채고 있었어. 이 정도 규모일지는 몰랐지만 뭔가 꿍꿍이가 숨어 있을 거라는 건 알았어.'

"그럼 전화기가 작동되는지 어떻게 알았어요?"

셀린이 혼란스러워하며 물었다.

"우리도 몰랐어요. 노아를 어디서 찾아야 할지조차 몰랐어요. 다만 우리로서는 이런 캠페인이라도 벌여서 서방세계 구석구석까지 전하는 것이 최우선이라고 확신했죠. 기억상실증에도 불구하고, 노아가 자신의 소식을, 그것도 베를린으로부터 알린 것은 엄청난 행운이라고 말할 수 있어요."

"하느님 맙소사."

셀린은 너무 놀란 나머지 손을 입에 갖다 댔다.

"그가 간첩인 건가요? 그럼 제가 잠자는 테러리스트를 깨워 활동하도록 만드는 데 기여했다는…… 뭐 그런 말인가요?"

앰버가 고개를 가로저었다. 셀린은 다시 그녀의 향수 냄새를 맡을 수 있었다.

"핸더슨 양, 전 항상 진실을 추구하려고 하죠. 하지만 제가 아는 사실을 모두 알려드린다면, 엄청난 충격으로 아무 일도 못 하게 될 거예요. 그러면 당신도 내게 아무 가치가 없을 것이고. 하지만 한 가지는 분명히 밝힐 수 있어요. 만약 우리가 앞으로 몇 시간 안에 노아에게 그 일에서 손을 떼도록 하지 못한다면 테러 공격 따위는 당신이 걱정해야 할 마지막 순번이라는 거예요."

"손을 떼도록 한다고요? 제가 그에게 뭐라고 말해야 하나요?"

"진실을요."

앰버에게 연극 톤의 과장된 행동이나 표정은 전혀 찾아볼 수 없었다. 책상 위에 무기를 올려놓은 것도 아니었고 주사기를 꺼내 든 것도 아니었다. 여자는 웃지 않았으며 셀린을 바라보는 눈빛이 차가운 것도 아니었다. 셀린은 여자가 하는 말이 모두 진심이라는 걸 느꼈다.

'뭔가 지나치게 진지해.'

"만약 그가 앞으로도 계속 우리로부터 숨는다면, 내가 당신을 죽일 거라고 그에게 말하도록 해요."

# 제29장

토토는 살아 있었다. 그러나 상태가 좋지는 않았다. 총에 맞은 것은 아니었지만 그 작은 동물은 생기를 잃어가고 있는 것처럼 느껴졌다. 그들은 지금 오스카의 은신처에 있었다.

"이건 좋지 않아. 정말 좋지 않아."

오스카는 비닐봉지에서 청바지와 노르웨이 스웨터를 꺼냈다.

지하에서 노아는 그 어느 때보다 더위를 심하게 느꼈고 디젤과 고무 타는 냄새에 힘겨워했다. 어쩌면 그 이유는 그의 생존 의지가 되살아나 감각도 예민해지면서 나타난 결과일지도 몰랐다.

'유감스럽게도 내 기억은 전혀 달라진 게 없어.'

"좋지 않아. 전혀 좋지 않아."

그들이 베를린의 지하 세계로 내려온 후부터 오스카는 쉴 새 없이 중얼거렸다. 하지만 그 중얼거림은 호텔 스위트룸의 킬러와도 TV 매장의 총격전과도, 숨만 겨우 붙어 있는 토토와도 아무 관계가 없었다. 노아가 어떤 사실을 알아차린 것은 그들이 어두운 갱도를 지나 먼지 가득한 터널과 선로를 따라간 후 마침내 그들의 대피소가 있는 금속 문 앞에 다시 섰을 때였다.

"너무 서둘러 돌아왔어."

오스카가 대피소 안으로 들어서면서 말했다.

"전압 측정이 아직 끝나지 않았어. 좋지 않아. 아주 좋지 않아. 수의 합이 7이야. 우린 오늘 여기가 아니라 다른 곳에 있어야 했어."

두꺼운 벽 너머로 지하철 한 대가 지나가며 개수통에 세워둔 커피포트 안의 수저들이 달그락거리는 듯한 소리를 냈다.

노아는 허리를 숙인 채 오스카의 맥주 상자 침대 위에 토토를 내려놓았다. 사실 아픈 강아지 말고도 다른 문제가 있다는 걸 노아도 눈치채고 있었다. 하지만 강아지를 돌보니 그의 마음이 진정되는 것 같았다. 아마 토토의 몸 상태는 해결 가능한 문제처럼 눈앞에 있는 데 반해, 그가 처한 상황은 전혀 파악할 수 없었기 때문일지도 몰랐다. 얼마나 더 쫓겨 다녀야 할지 예측할 수 없었다. 이 낯선 도시에서.

"이거 받아."

오스카가 노아를 부르며 비닐봉지 하나를 던졌다.

"어미로부터 너무 일찍 떨어져서 그런 거라고 했잖아. 링거주사가 도움이 될 수도 있어."

노아가 고개를 가로저었다.

"동물을 혈관주사에 의존하며 살도록 하는 게 정말 잘하는 짓인지 모르겠어요."

"자네가 과학자라도 되는 거야?"

오스카는 놀랄 정도로 깨끗이 세탁된 옷을 입고는 침대 쪽으로 뒤뚱거리며 걸어갔다. 그리고 숙련되고 민첩한 손놀림으로 토토에게 링거주사를 꽂았다.

"대체 어디에 있었던 거예요?"

노아가 물으며 개를 쓰다듬었다. 바늘을 꽂을 때에도 토토는 아무 반응을 하지 않았다.

"뭐라고?"

"좀 전에 가게에서요. 갑자기 어디로 사라져버렸잖아요."

'호텔에서도 그랬던 것처럼요.'

"아하, 그거 말이야. 무슨 말인가 했네."

오스카가 자리에서 일어나 의자를 끌어왔다. 링거를 의자 등받이에 고정시킨 다음, 벗은 양복바지를 바닥에서 주워 올려 주머니를 뒤적거렸다.

"이거 봐봐."

그가 노아에게 구겨진 종이 한 장을 건넸다.

"그곳 컴퓨터 매장에 공짜로 인터넷이 가능한 컴퓨터가 한 대 있었어. 거기서 구글 검색으로 자네를 찾아봤어."

'데이비드 모튼. 미국 과학자.'

노아는 이름을 쳐 넣은 검색창 아래로 우표 크기만 한 여러 장의 사진들이 일렬로 배열되어 있는 것을 보았다. 대부분 동일인의 사진이었다.

"이건 나예요."

그는 믿을 수 없다는 듯 말했다. 오스카가 고개를 끄덕이며 또 다른 종이 한 장을 읽어 내려갔다.

"위키백과에 따르면 자네는 데이비드 모튼 박사이고 서른아홉 살, 미국 출신 생물리학자이자 분자생물학자, 나노생물학자이기도 해. 터프츠 대학에서 물리학을 공부했고, 프린스턴에서 액체 상태로 변형이 가능한 마이크로칩에 대한 논문으로 박사 학위를 받았어. 전염병 전문가로 인정받고 있으며 앨버트 래스커 기초의학상을 비롯한 수많은 상을 받았는

네, 특히 페스트와 헤르페스 병원체에 대한 연구로 받은 거야."

'그런 것들은 내게 아무것도 말해주지 않아. 난 그 남자의 인생에 대해 하나도 기억나지 않아.'

"그 밖에 알아낸 게 또 있어요?"

노아가 물었다.

"자네에 대해서? 공적인 내용 말고는 인터넷상에서는 거의 발견할 수 없었어. 자네가 실종되었다거나 하는 뉴스보도도 없었고, 개인 신상에 대한 것도 전혀."

"다른 이름도 찾아봤나요?"

'존 그린. 사무엘 브링크만.'

"아니. 하지만 여기 이 미인은 찾아냈지."

오스카가 미소를 지으며, 20대 후반의 매력적인 외모를 가진 젊은 여자의 사진을 건넸다. 금발 머리에 약간 갈색이 가미되었으며 얼굴은 계란형으로 부드러운 곡선 형태였다. 가지런한 이를 드러내며 활짝 웃고 있었다. 입사지원서용으로 연출된 사진임에도 그녀의 타고난 아름다움이 오롯이 드러났다.

"이 여자가 셀린 핸더슨, 바로 그 기자야. 그녀는 뉴욕뉴스에서 정말 일하고 있고 인터넷에 엄청난 양의 자취를 남겼어. 페이스북 포스트, 유튜브 비디오, 블로그, 신문기사들. 대충 급조할 수 있는 것들은 아니야."

'내 인생처럼 말이죠.'

노아는 생각에 잠긴 채 다른 쪽으로 고개를 돌렸다.

'벽난로 앞에 죽어가던 남자도, 총상도, 아들론 호텔에서 도망 나간 것도 기억이 나. 종종 내 머릿속에서 충고를 아끼지 않는 한 늙은 남자의 목소리도 들려. 하지만 유감스럽게도 그는 진짜 내 이름이 뭔지는 말해

주지 않아. 내가 정말 누구인지.'

오스카가 던진 질문이 노아를 혼자만의 생각에서 깨어나게 했다.

"중이염 알지? 그게 박테리아가 원인일까 아니면 바이러스가 원인일까?"

노아는 자신의 동행자가 어떤 의도로 질문했는지 곧바로 파악했다. 그쪽 학계의 대가라면 이런 질문들에 대해서는 자다가도 대답할 수 있어야 했다. 하지만 노아는 확신이 서지 않았다.

"중이염을 치료하려고 항생제를 먹지 않나요? 그럼 박테리아 감염이겠죠."

"삐—"

오스카가 퀴즈쇼에서 잘못된 답안이 나올 때 울리는 버저 소리를 흉내냈다.

"바이러스와 박테리아 모두. 이것 참."

그는 생각에 잠겨 코를 만지작거렸다.

"앨버트 래스커 상까지 받았다고 하는 사람이 모를 질문은 아닌데."

노아도 그의 말에 시인하듯 고개를 끄덕였다.

"저 스스로도 제가 생물학자처럼 느껴지지는 않네요. 제 안의 모든 것이 소리쳐요. 나는 모튼 박사가 아니라고요."

"내 생각엔 자네는 모튼 박사가 맞아."

노아는 갑자기 자신에 대해서 화가 치밀어 올랐다.

"저는 사람을 맨손으로도 죽이는 법을 알아요, 오스카. 그리고 아무런 죄책감도 느끼지 않죠. 총만 봐도 어떤 모델인지 알죠. 하지만 현미경은 전혀 몰라요. 이런 모습이 생물학자에게 어울린다고 생각해요?"

"아니. 하지만 내 짐작으로는 자넨 모튼 박사가 맞을 거야. 그리고 또

사네는 그가 아닐 거야."

노아는 그의 괴짜 동행자가 마침내 이성을 잃었구나 하는 표정을 지으며 멍하니 쳐다봤다. 오스카는 서둘러 부연 설명을 했다.

"그건 자네의 신분 위장용이야. 날조된 이력서라는 냄새가 풍겨."

노아는 생각을 정리하기 위해 머리를 뒤로 젖히고 천장을 응시했다. 오스카의 말은 미친 소리처럼 들렸지만 의미심장했다.

'만약 내가 정말 허위로 꾸며낸 이야기 속에 살았던 거라면, 이제 가장 중요한 질문은······'

"뭐 때문에?"

오스카가 노아의 생각에 덧붙여 말했다.

"무슨 목적으로 자네가 가상 신분을 준비한 걸까?"

잠시 그들은 말없이 서로를 응시했다. 곧 오스카가 맨발로 카펫 조각들이 깔린 바닥을 지나 개수대가 있는 곳으로 걸어갔다. 그는 수도꼭지를 틀어 물이 흐르도록 내버려두었다. 약간 녹이 섞인 첫 물을 흘려보내고는 물 한 컵을 받았다.

"그 남자들은 누구였을까?"

그가 노아에게 등을 보인 채 물었다.

"누가 자네를 죽이려고 하는 거지?"

오스카가 돌아서서는 쉬지 않고 물을 들이켰다.

"모르겠어요."

노아는 죽은 사람의 손에서 발견했던 특이한 문신에 대해 이야기해주었다.

"Room 17이라고?"

"그래요."

오스카는 신경이 날카로워진 것처럼 보였다. 그가 컵을 다시 개수대에 내려놓았다.

"신문기사 아직도 가지고 있어?"

"어떤 기사요?"

"그거 있잖아. 그림의 화가를 찾는다고 했던 기사. 미국 전화번호가 있어서 자네가 전화도 걸었잖아."

노아는 점퍼의 지퍼를 열어 주머니 전부를 더듬어봤다. 한참을 찾다가 발견했다. 오스카가 노아의 손에서 종이를 재빠르게 빼앗아 들었다. 그는 100만 유로의 가치가 있다고 하는 그림을 훑어보았다. 노아는 자신이 예전 삶에서 그 그림을 알고 있었다고 확신했었다.

그때 오스카가 날카로운 음성으로 소리쳤다.

"데어 바흐 데스 오스텐스(Der Bach des Ostens)."*

"뭐라고요?"

"이걸 잘 봐!"

오스카가 신문의 한쪽 면을 들고 집게손가락으로 문장 중간쯤 되는 곳을 툭툭 쳤다.

"작품 이름. 여기 흰색 위에 검은색이 있잖아. 왜 내가 그걸 보지 못했던 거지?"

그는 벽에 고정된 나무 합판 쪽으로 쿵쿵거리며 걸어갔다. 선반은 셀 수 없을 정도로 많은 책들의 하중을 견디다 못해 아래로 휘어져 있었다. 겉으로 보기에 오스카는 꽂힌 책들 중 몇 권을 꺼내 책표지만 훑은 후 대충 바닥에 던져버리는 것 같았다.

* 'Der Bach des Ostens'를 독일어로 소리 나는 대로 읽은 것이다. '동쪽의 실개천'이라는 뜻이다.

"난 알아차렸어."

잠시 후 그가 노아에게 검은색 양장본 한 권을 들어 보였다.

"뭘 알아차렸다는 거예요?"

오스카가 책을 펼쳤다. 떨리는 손으로 책장을 넘기자 먼지가 회오리처럼 일어났다.

"이봐요, 오스카. 지금 당신한테 말하고 있잖아요. 대체 뭘 알았다는 거예요?"

노아가 물었다. 그의 목소리가 좀 더 예민하게 변해 있었다. 그는 차라리 오스카의 어깨를 잡아 흔들고 싶은 마음이 굴뚝같았다. 마침내 오스카는 노아에게 대답을 해주었다.

"자네를 뒤쫓아 다니는 자들이 누군지 이제 나는 알아."

# 제30장

"좋아요, 그럼 빨리 말해봐요. 누가 내 뒤를 밟고 있는 거죠?"

노아가 물었다. 물론 그는 오스카가 선반에서 꺼낸 검은 책 안에 자신을 쫓는 사람의 이름이 적혀 있을 거라고는 상상해볼 수 없었다.

"빌더베르크(Bilderberg)에 대해 들어본 적 있나, 키 큰 양반?"

"아니요."

"놀랄 일도 아니지. 저 위에 너무 오래 머물렀던 사람이라면……"

오스카가 은신처의 천장을 가리켰다.

"자넨 이미 너무 많은 클리어를 들이마신 거야. 아무것도 아는 게 없어."

그는 링거가 걸려 있는 의자에 앉았고 책을 다시 덮었다. 그리고 머리털로 덥수룩하게 뒤덮인 뒷덜미를 긁어댔다.

"좋아, 내 말 잘 들어."

오스카가 흥분해서 말했다.

"내가 지금 자네에게 해주는 이야기는 이미 공공연한 비밀이야. 책이나 영화 심지어 신문기사에도 나와. 물론 인터넷 사이트는 말할 것도 없고. 하지만 어느 누구도 그것에 주목하지 않아."

'늘리어 때문이겠죠.'

노아가 계속해서 토토의 따뜻한 털을 손으로 쓰다듬자 오스카는 눈썹을 치켜들며 자신의 말에 좀 더 주의를 기울이라는 신호를 보냈다. 그렇지만 그 비밀스러운 어조의 장광설은 결국 음모론으로 점철될 게 분명했다.

"상상해봐. 자네가 다시 미국에 있고 가족들과 함께 멋진 주말을 보내려고 해. 단골 호텔인 버지니아주, 샹티이, 웨스트필드 메리어트 호텔에서."

'가족? 내가 가족이라는 걸 가지고 있을까? 어쩌면 결혼은 했을까? 아이가 있을까? 누군가 날 기다리고 있을까?'

노아는 다시 오스카의 말에 집중하려고 노력했다.

"때는 5월이니 예약이 이미 끝났다는 사실에 자네는 별로 놀라지 않아. 네 번의 결혼식이 있다고 했지. 그래서 자네는 그 옆에 있는 호텔로 예약을 하지. 하지만 늘 묵곤 했던 메리어트 호텔에 있는 바를 정말 좋아해서 하루는 그곳에 방문을 해."

오스카의 뺨에 붉은 반점이 나타났다.

"한번 상상해보자고. 기적적으로 자네는 아무 방해 없이 바 앞까지 들어갈 수 있게 된 거야. 거기서 자네가 미국 중앙은행장이 미국 국방부장관, 도이치은행 회장과 함께 허물없이 소모임을 갖는 걸 목격한다면 뭐라고 말할 텐가?"

"다음 날 신문을 사야겠다고 할 것 같은데요."

"하지만 자네가 사 본 신문에는 우리 시대에 가장 힘 있는 인사들의 만남에 대한 기사는 단 한 줄도 없을 거야. 월스트리트 저널, 르 피가로, 워싱턴 포스트 등의 편집국장들이 그 자리에 있었지만. 물론 결혼식은 아

218

니었지."

"결혼식이 아니라면?"

"빌더베르크 회의 때문이야."

"한 번도 들어본 적이 없어요."

"1954년부터 매년 개최되고 있지."

오스카가 일어나며 앞머리를 뒤로 쓸어 올렸다.

"비밀리에 개최되는 이 모임은 보통 사흘에 걸쳐 진행되는데 격벽이 쳐져 완전히 차단된 호텔들에서 열리지. 참가자 명단을 보면 세계에서 가장 힘 있는 정치인과 경제인, 저널리스트를 순위표로 정리해놓은 것 같아. 게다가 귀족, 군인, 과학자 중 가장 명망 있는 이름들도 끼어 있지. 데이비드 록펠러, 요제프 아커만, 도널드 럼즈펠드, 토니 블레어, 마거릿 대처, 헬무트 콜, 빌 게이츠. 그들 모두가 이미 한 번은 참석했어. 앙겔라 메르켈, 빌 클린턴, 헨리 키신저도 마찬가지고. 이 인사들 중 한 사람이라도 호텔 로비에 예고 없이 모습을 내비친다면 보통은 한 무리의 파파라치들이 그 뒤를 쫓아다닐 거야. 하지만 빌더베르크 회의 때는 평균 130명의 유명 인사들이 떼거지로 한자리에 있어도 이 모임은 단 한 줄의 뉴스로도 거론된 적이 없어."

다시 지하철 한 대가 은신처 벽을 울렸고, 이번엔 그들의 발아래에 있는 터널로 지나가는 것처럼 느껴졌다.

"그 자리에 참석한 저널리스트는 회의 내용을 단 한 마디도 외부에 발설하지 않을 거라고 서약을 해야 해. 운 좋게 소수의 용기 있는 자들이 그걸 지키지 않았지. 그렇지 않았더라면 우린 그곳에 참석한 권력자들이 비공개로 무슨 이야기를 나누었는지 전혀 알 수가 없었을 거야."

"그래서 그게 뭐에 관한 것인가요?"

노아는 오스카가 이제야말로 본론으로 들어가려 한다는 희망에 차서 물었다.

"자네는 날 믿지 않아, 키 큰 양반. 하지만 내가 이야기한 내용 모두 다시 확인할 수 있어. 내 머릿속에서 상상해낸 것이 아니야. 심지어 메리어트에서 네 번의 결혼식이 있다고 한 것조차 내가 지어낸 게 아니야. 실제로 그건 그들이 내세운 핑곗거리였어. 그곳에서 50번째 빌더베르크 회의가 거행되었고, 늘 그랬듯 중요한 의제가 거론되었지."

"그 의제라는 게 뭘까요?"

"신세계 질서."

"오, 이런."

노아는 욕이 튀어나오지 않도록 입술을 꽉 깨물었다.

'자릿수의 합. 켐트레일. 거물들의 비밀 회동. 다음엔 뭐가 나올까?'

"17페이지를 찾아보도록 해."

오스카가 선반에서 꺼낸 책을 노아에게 건넸다.

'빌더베르크. 비밀의 권력 중심지.'

"2002년 5월 30일부터 6월 2일까지 웨스트필드 메리어트 호텔에서 회의가 개최되었어. 의제는 이라크의 상황. 회의 직후 빈 라덴은 한동안 공공의 적 1호로 간주되었고, 사담 후세인은 서방에서 가장 위험한 인물로 대두되었지. 그들은 존재하지도 않는 독가스 시설에 대한 거짓 증거들을 들이대며 1년 후에는 전쟁까지 벌였지."

"그러니까 그런 것들이 전부 빌더베르크 회의에서 결정됐다는 거예요?"

노아가 검은 양장본 책을 펼치지도 않은 채 물었다.

"늘 이런 종류의 단편적인 이야기만 흘러나오니, 난들 그 전모를 어떻게 알겠어? 하지만 대규모 안전 대비책과 편집증에 가까운 비밀 유지 지침들만 봐도 거기서 어린이 돕기 프로젝트에 관한 표결이나 하고 있지는 않을 거라는 걸 말해주잖아. 2011년 이탈리아 유럽연합 의원 한 사람이 초대장도 없이 세인트 모리츠의 럭셔리 호텔인 수베르타 하우스의 중앙 입구를 통과하려고 했지. 그는 결국 경비원에게 얻어맞아 코피가 터졌어. 하지만 언론에서 이 사건을 다뤘을까? 전혀."

분노에 찬 오스카는 팔을 휘둘러대며 이야기를 이어나갔다.

"매년, 투표로 선출된 적도 없는 집단이 비밀스러운 회담을 열어서 전 세계의 정치와 경제 문제의 중요한 결정을 내리는 거야. 브뤼셀에서 열렸던 마흔여덟 번째 빌더베르크 모임만 봐도 그래. 도미니크 스트로스 칸, 조지 소로스, 베아트릭스 여왕, 장 클로드 트리셰 그리고 요르요스 파판드레우가 티센크루프, 피아트, 제록스, 골드만 삭스, 쉘, 도이치 은행, 노키아 및 노바티스의 대표들과 한 방에 있었어. 그 밖에도 당시 디자이트의 편집부 부국장이었던 마티아스 나스도 있었지. 그런데 그에게는 '그 회담'이 주간지 표지 기사로 가치가 없었던 걸까? 이미 열세 번 초대받았던 저널리스트가 그 모임에 대해 한마디 말도 언급하지 않았다니! 그는 서로 합의된 재갈을 입에 물고 있는 거야."

노아는 오스카가 거침없이 이야기를 쏟아내는 동안 잠깐 쉴 틈을 얻기 위해 방금 전 오스카가 흥분해 바닥에 떨어뜨렸던 신문 한쪽 면을 가리켰다.

"그러니까 이 신문기사와 Room 17이 무슨 관계가 있다는 거죠?"

'그리고 나와는?'

"신문기사, 아 맞아."

오스카가 허리를 굽혀 신문을 집어 들었다. 그림의 주인을 찾는 그 기사가 위협적인 상황에 휘말리게 된 출발점이었다. 노아가 뉴욕뉴스의 여기자와 통화한 이후, 그들은 줄곧 킬러들로부터 도주하는 중이었다.

'하지만 왜 그들은 이 그림의 주인을 살해하려는 걸까?'

오스카가 계속 열거하는 내용들은 노아가 이 질문에 대한 답을 찾을 수 있는 어떤 힌트도 주지 못했다.

"빌더베르크 참석자들은 그들의 조직 이름을 1954년 최초 비밀회의가 개최됐던 호텔명을 따서 불렀지. 당시 네덜란드의 베른하르트 왕자가 권력자들 중 가장 힘 있는 사람들을 오스테르베크(Oosterbeek) 근처에 위치한 그의 사유 영지였던 빌더베르크 호텔로 초대했어. 이것들은 모두 기정사실이야. 그리고 소문으로만 전해지지."

"오스카, 제발……"

노아는 허황된 세계 음모론을 뒷받침할 증거에 대한 또 다른 이야기를 저지하려고 했지만, 그의 시도는 헛된 것이었다.

"이미 첫 모임부터 하나의 독립된 권력만이 전 세계에서 일어나는 문제를 해결할 수 있다는 데 그들의 의견이 모였지."

"어떤 문제요?"

"인간."

오스카는 의미심장함을 부여하기라도 하듯 그의 말이 한동안 허공을 맴돌도록 시간차를 두었다.

"이론은 아주 단순해. 기아, 전쟁, 기후변화, 가난, 에너지 위기, 이 모든 재난을 제공하는 원인은 바로 인간이야. 인간들이 너무 많아. 많아도 너무 많아."

노아의 귀에서 고음의 날카로운 소리가 들리기 시작했다. 우연일 수도 있었지만, 오스카가 방금 한 말이 기억과 관련해 청각적인 징후를 나타나게 했을지도 몰랐다.

"이집트의 피라미드가 건축될 당시만 해도 3억 명이 지구에 살고 있었어. 오늘날 그 수가 70억이야. 그리고 2.6초마다 한 명씩 더 늘어나고 있어. 고기와 곡식을 필요로 하고 휘발유를 써야 하고 물을 마셔야 해. 하지만 우리가 가진 석유 매장량은 이미 앞으로 몇 년 안에 바닥이 날 거고, 이미 10억이나 되는 사람들이 깨끗한 식수 공급으로부터 배제되어 있어. 만약 모든 사람들이 이렇게 낭비하는 삶을 지속한다면, 두 개의 지구가 더 필요할 거야. 바다에서 우리는 빈 그물만 끌어올리고 있고, 원시림은 개간되고 있으며 평야는 화학비료로 황폐화되고 있지. 인구 수가 90억 명을 돌파하는 15년 뒤에는 어떻게 될까? 그 두 배가 되는 60년 뒤에는?"

노아는 아무 말도 하지 않았다. 고막에서 나오는 듯한 날카로운 고음이 점점 더 커져갔다.

"빌더베르크 놈들의 분석이 전적으로 잘못된 것만은 아니야."

오스카가 강의를 계속 이어나갔다.

"인간들은 우리 행성의 가장 큰 골칫거리야. 그런데 그런 인간들에게 민주적으로 자신의 운명을 표결하도록 둔다는 것 자체가 하나의 모순이지. 그것은 마치 사형수에게 스스로 사형을 결정하도록 하는 것과 다를 바 없어."

차라리 노아는 손가락을 귀에 꽂고 진폭이 커져가는 사인파(sign wave)가 밖으로부터 오는 것은 아닌지 검사해보고 싶었다.

"그래서 그 빌더베르크가 정확히 뭘 계획하고 있다는 거죠?"

'그리고 대체 그게 나와 무슨 상관이 있는 거죠?'

"나도 몰라. 하지만 70년대 말 빌더베르크 참석자들 가운데 과격한 집단이 파생되어 갈라져 나왔는데, 그들의 관점에서 볼 때 인구과잉 문제를 해설하기 위한 빌더베르크의 접근 방식이 충분히 급진적이지 못했던 거야. 완전히 미치광이들이었지. 하지만 원하는 일에 대해서는 조금의 주저함도 없었지. 그들은 오늘날 공식적으로 더 이상 빌더베르크와 아무런 관계도 없어. 하지만 그들의 가장 오래된 멤버들은 1954년 빌더베르크 호텔에서 함께 묵었던 방 번호를 따서 조직 이름을 불렀지."

"Room 17이라고요?"

"바로 그거야. 그리고 화가를 찾는다는 그림의 이름을 다시 한 번 봐."

"데어 바흐 데스 오스텐스(Der Bach des Ostens), 이걸 말하는 거예요?"

"그게 바로 내가 원하던 답이야."

노아가 침을 삼켰다. 그의 귀에서 뭔가가 딱 부러지는 소리가 났다. 그리고 날카로운 고음도 사라졌다. 그 대신 모든 것이 중첩되어서 들렸다. 그것도 거의 동시다발적으로.

'데어 바흐 데스 오스텐스(Der Bach des Ostens)······ 오스트바흐(Ostbach)······'

머릿속 늙은 남자의 목소리뿐만 아니라 오스카의 목소리도 흥분해 있었다.

"오스트바흐(Ostbach). 네덜란드어로 오스테르베크(Oosterbeek). 첫 번째 호텔인 빌더베르크가 위치한 곳이야."

"이게 뭘 의미하는 거지?"

노아가 혼자서 중얼거렸다.

오스카가 어깨를 움찔거렸다.

"정말 자네가 그들에게 시비를 건 거라면, 이제 진흙 구덩이에 빠진 거야."

# 제31장


네 번째 시도였다. 셀린은 전화 연결이 불가능하다고 말하는 안내 음성을 듣고는 전화기를 꺼버렸다.

"전화기가 꺼져 있어요."

그녀가 말했다. 그리고 휴대전화를 앰버에게 다시 돌려주려고 했다. 그러나 비밀투성이의 그 낯선 여자는 거부했다.

"제발 날 나가게 해줘요."

셀린은 목이 타들어갔다. 마실 게 필요했다. 아기를 위한 엽산도 아직 먹지 못했고, 화장실을 다녀온 지도 한참이 지났다. 더 이상은 방광이 견디지 못할 것이었다.

"2분 후 다시 시도해봐요."

앰버가 무심한 말투로 말했다.

셀린은 무기력하게 앓는 듯한 목소리로 말했다.

"무의미한 짓이에요. 그 사람 휴대전화는 위치 추적이 안 되나요?"

"기술적으로 그 전화기의 위치를 추적하는 건 가능해요. 노아의 체류 장소를 알아내는 게 문제가 아니에요. 그건 나도 알아요. 현재 그는 폐쇄된 지하철 터널 어딘가에 숨어 있어요. 베를린 지표면에서 20미터 정도 아래로 들어간 곳이죠."

"그럼 대체 내가 왜 필요한 거죠?"

셀린은 화가 나 앞에 있는 탁자 위로 휴대전화를 던졌다. 전화기는 평평한 판 위에서 회전하기 시작했다.

앰버는 그 모습을 지켜보다가 셀린에게 부드럽게 말했다.

"방금 전에 우린 노아를 속여 함정에 빠뜨리려고 했어요. 다른 사람도 아닌 당신네 신문 발행인이 그 일을 맡아 했고, 그와 가까운 친구로 사칭해 그가 포기하도록 설득하려 했죠. 하지만 노아는 눈속임 같은 거짓말을 단번에 간파했고 그를 붙잡아 보호하려던 내 부하들을 모두 없애버렸어요."

앰버가 한숨을 내쉬었다.

"난 더 이상 내 요원들을 잃고 싶지 않아요. 그리고 무엇보다 시간을 허비하고 싶지 않아요. 그는 항복해야만 해요."

"왜요?"

"그에게 정보가 있는데 그건 우리에게 절대적으로 중요해요."

"그 정보란 게 어떤 건가요?"

앰버의 입가에 조롱 섞인 웃음이 지나갔다.

"노아를 추격하면서 오늘만 세 명이 죽었어요. 내가 찾는 게 뭔지 정말 알고 싶은 게 확실해요?"

셀린이 침을 삼켰다.

"그런데 왜 하필 제가 그 사람을 설득해야 하는 거죠? 그는 저에 대해 아는 게 하나도 없어요."

"하지만 난 그를 알죠. 그의 능력을 알고 있는 동시에, 그의 아킬레스

건도 알고 있어요. 노아는 본능적으로 선과 악을 구별할 수 있어요. 그의 내면에 잠재된 보호본능을 불러일으키도록 해봐요. 그럼 당신은 이 상황에서 살아남을 수 있는 기회를 얻게 될 거예요."

셀린은 여자가 아무 예고도 없이 손을 덥석 잡자, 두려움에 떨며 몸을 움츠렸다.

"쉬쉬, 걱정하지 말아요. 당신이 날 참기 힘들어하는 거 이해해요. 나도 당신을 특별히 좋아하지는 않아요."

여자가 미소를 지었고, 셀린은 여자의 모든 게 싫었다. 여자의 희고 고른 치아, 높은 이마, 깊숙이 들어간 큰 눈에 길게 뻗은 얼굴 그리고 튀어나온 광대뼈. 분명 남자들은 그것을 예쁘다고 생각하겠지만, 여자는 개미를 연상시켰다. 여자의 잘 다듬은 손톱도 싫었다. 향수도 싫었고, 특히 호의적이면서도 허스키한 목소리로 이런 이야기를 늘어놓는 것도 진저리가 났다. 그러나 무엇보다도 여자의 거만하면서도 솔직한 태도가 싫었다.

"나는 당신을 시골산 신선 달걀 정도로 여기고 있어요, 셀린. 그 달걀은 대도시에서 경력을 쌓길 원했지만 배 안의 아기와 함께 결국은 어딘가에 좌초되어 살아가겠죠. 당신은 날 경멸하고 있어요. 내가 마치 백만장자를 붙잡으려는 러시아 유학생처럼 차려입었기 때문이죠. 그리고 당신은 처음 보는 순간부터 내가 성공으로 나아가는 길에 도움이 되는 남자라면 누구와도 잠자리를 할 거라고 생각하고 있어요. 반면 당신은 아직도 대단한 사랑을 꿈꾸고 있죠. 당신과 당신이 사랑하는 사람이 아이와 함께 부모님 집에서 추수감사절 칠면조를 썰고 있는 그런 모습을요. 우리 둘은 절대 친구가 될 수 없을 거예요."

앰버는 손목시계를 힐끗 보았다. 그사이 셀린은 자신도 모르게 타들어가는 복을 움켜잡았다.

"노아에게 전화하도록 해요. 다른 사람들이 먼저 찾기 전에 그가 제 발로 우리에게 오도록 설득해요."

"다른 사람들이라뇨?"

"이제 세 시간밖에 남지 않았어요. 그 후에는 뿜어져 나오는 가스를 마셔야 할 거예요, 셸린. 만약 내가 당신이라면, 일분일초도 질문으로 낭비하지 않을 거예요. 어차피 당신도 그 질문들에 대해 답변을 들으리라고 기대한 건 아니잖아요."

앰버가 긴 속눈썹을 깜박거리며 턱으로 탁자 위에 있는 전화기를 가리켰다. 셸린은 여자의 거들먹거리는 태도가 증오스러웠지만, 별수 없이 휴대전화 쪽으로 손을 향할 수밖에 없었다.

# 제32장

짧게 세 번, 길게 한 번 들려온 전화벨이 그들 둘을 놀라게 했다.

"그냥 켜뒀던 거야?"

오스카가 물었다. 목소리에는 그들의 위치가 발각될 수도 있으리라는 걱정이 묻어났다.

"아니요."

노아는 점퍼에서 위성전화를 꺼냈다.

"전화기는 꺼뒀어요."

어쩌면 그것만으로는 충분한 조치가 되지 않았을지도 모른다. 노아가 전화기를 손에 넣게 된 경위를 생각해본다면 결코 우연이 아니었던 게 명백했다. 휴대전화, 여행 가방, 신분증, 현금 등 그 모든 게 누군가 그에게 떠넘긴 것이었다. 분명 미지의 배후 조종자가 휴대전화 소프트웨어에 바이러스를 심어놓아 켜진 상태임에도 꺼져 있는 것으로 착각하게끔 조치했을 거라고 충분히 의심할 수 있었다.

'혹은 나라면 여행 가방이나 신분증, 심지어 지폐에까지 도청 장치를 심어놓았을 거야.'

노아는 스스로에게 화가 났다. 지금까지 평온함 속에서 다음 행로에 대해 깊이 생각해볼 기회는 없었지만, 그래도 하나는 맞았다. 아들론 호텔에서 떠맡게 된 이 물건들로부터 당장 벗어나야 한다는 것이었다.

"껐어?"

오스카가 똑같은 질문을 되풀이했다.

"예."

"그럼 대체 왜 울린 거야?"

"휴대전화에 저장해둔 일정 때문에 울린 거예요."

전화기의 알람모드는 휴대전화가 꺼진 상태에서도 작동되는 것이 확실해 보였다. 월간 달력이 화면의 윗부분 절반을 채웠고, 그 아래로 짧은 텍스트가 기재되어 있었다.

일. 2.15. HBF 출발. ICE 예약코드 QRXI……

"출발이라고?"

오스카가 그의 말을 가로막고 참견했다.

"예."

"중앙역(HBF)에서?"

오스카가 계속해서 물었다.

"인터시티 익스프레스(ICE)로?"

"알파벳 약자로만 쓰여 있긴 하지만 일단 그런 것 같아요."

"시간은 몇 시야? 어디로 가는 거야?"

"모르겠어요. 나머지를 읽으려면 다시 로그인을 해야 해요."

"미쳤어?"

오스카가 반대했다. 하지만 그때 노아가 켜짐 버튼을 누르는 걸 보았다.

"당장 끄지 못해. 지금 바로 총알받이가 되고 싶은 거야?"

"아무 일도 일어나지 않을 거예요."

"어디서 그런 확신이 나오는 거야?"

"그들이 그걸 원했더라면, 이미 오래전에 여기 있었을 테니까요."

오스카의 눈이 커졌다. 그러고는 손으로 자신의 이마를 쳤다.

"그래, 맞아. 자네 말이 옳아. 만약 빌더베르크 극단주의자들이 배후에 있는 거라면 그들은 이미 모든 걸 소유하고 있어. 이 세상의 그 어떤 사조직도 그들처럼 자본과 권력 그리고 기술력을 가지고 있지 않으니까."

"난 빌더베르크도, Room 17도 잘 몰라요. 내가 아는 건 나를 죽이려고 했던 남자들이 잠겨 있는 문을 따고 우리 호텔 방으로 잠입하는 데 성공했다는 사실이에요. 그들이 본부의 팀에 소속되어 있고 공공장소에서 총격전을 벌이는 걸 전혀 꺼려하지 않으며 근접전에 전문가라는 거예요. 불법 정밀 무기들을 다량으로 소지하고 있으며, 게다가 차를 타고 이동하는 대상을 몰래 추적할 수 있는 능력도 있어요. 즉, 우리의 상대가 허접한 용병부대가 아니라 경험이 많고 최첨단 장비로 무장한 전문가들이 분명하다는 거예요. 그리고 충분한 군사 기술력을 보유하고 있다는 건 의심할 여지도 없어요. 예를 들어 전화기 전원 상태와 상관없이 위치 추적이 가능할 정도로."

"Room 17."

노아가 확신에 차 고개를 끄덕였다.

"내가 그럴 거라고 말했잖아."

노아는 그의 말에 아무런 코멘트도 달지 않았다. 노아는 목숨을 구해

이 미시광이와 함께 있는 시간이 길어질수록 오스카가 재배하는 음모론이라는 잡초들 속에서 진실의 싹 또한 함께 자라난다는 인상을 느꼈다. 물론 비밀스럽고 비민주적인 슈퍼 권력자들의 모임 이야기는 처음에는 확실히 허무맹랑한 것으로만 들렸다. 하지만 죽은 자들의 손바닥에 있었던 'Room 17'이라는 분신에 대한 궁금증을 해소시켜줄 어떤 다른 설명이 있을까? 신문기사에 있었던 '바흐 데스 오스텐스'는 또 어떻고? 그리고 그 그림이 노아의 머릿속에 갑자기 어떤 폭풍을 일으킨 것도 의문이었다. 이에 대한 해답을 알게 되면 다른 것들도 다 파악할 수 있게 될 것이다.

"그래서? 그게 어디로 가는 거야?"

노아가 달력을 열고 있는 동안 오스카가 그의 어깨 너머로 전화기를 보았다.

"흐음."

"뭐가 흐음이야?"

오스카가 그를 흉내 내며 말했다.

"여기엔 일곱 자리 예약 코드만 적혀 있어요. 그리고 ICE 기차 번호는 646이고요. 그렇지만 출발시간도 없고 목적지도 없고……"

오스카가 가쁜 숨을 몰아쉬었다.

"철도청 고객센터에 전화하는 수밖에 없군."

하지만 노아는 그 말에 이의를 제기하려고 했다. 아마 단서를 찾아 헤매는 동안 누군가 그를 유인해 가차 없이 파멸로 이끌려고 할 것이다. 바로 그때, 미처 노아가 그 말을 입 밖으로 내뱉기도 전에, 전화벨이 시끄럽게 울렸다.

"누구야?"

오스카는 두려움에 가득 찬 눈으로 노아의 손에 있는 위성전화를 응시했다. 이번은 스케줄 알람이 아니라 누군가로부터 온 전화였기 때문이었다.

# 제33장

전화기에서 신호음이 울리자 셀린은 너무 놀란 나머지 다시 끊을 뻔했다. 노아가 딱딱하고 굳은 음성으로 응답했을 때, 그녀가 먼저 인사말을 꺼낼 수 있기만을 바랐다. 신경이 곤두선 채 셀린은 맞은편의 여자를 쳐다보았다. 그리고 땀에 젖은 손가락으로 블라우스 옷깃을 만지작거리며 통화를 어떻게 시작해야 할지 안절부절못했다.

그때 노아가 말했다.

"누굽니까?"

셀린의 시선이 앰버 쪽으로 쏠렸고, 여자는 격려라도 보내는 듯 고개를 끄덕였다.

"저는…… 그러니까 우리는 이미 오늘 통화한 적이 있어요."

"제가 알고 싶은 건 당신이 정말 누군가 하는 겁니다."

"사실이에요. 제 이름은 셀린 핸더슨이고 뉴욕뉴스에서 기자로 일하고 있어요."

"왜 나를 아들론 호텔로 유인한 겁니까?"

노아가 총알처럼 거침없이 질문을 쏟아냈다.

"당신에게 위협을 가할 거라고는 생각하지 못했어요."

처음으로 셀린은 그의 질문에 추가 설명을 덧붙이려 했다.

"저도 지금 당신을 설득하지 못하면 절 죽이겠다고 협박하는 여자와 마주 앉아 있어요."

'너무 일찍 터뜨린 건가?'

셀린은 혀를 깨물었다. 시작한 지 몇 초도 지나지 않아 통화가 벌써 새로운 국면으로 접어들었다. 반대편에 앉아 있는 협박녀가 전화를 끊어버릴지도 몰랐다.

"설득한다고요? 뭘 말입니까?"

노아가 물었다.

"당신 스스로 멈추도록."

셀린은 그들의 대화가 상황에 맞지 않게 아이들의 대화처럼 느껴졌다. 마치 학교 휴식시간에 운동장에서 했던 경찰과 도둑 놀이 같았다.

"여보세요?"

그녀가 두려움에 찬 목소리로 물었다. 아무것도 들리지 않았다.

"여보세요? 아직 거기 있는 거예요?"

"나를 넘겨야 할 어떤 이유라도 있는 겁니까?"

노아가 다시 전화로 돌아왔다.

"이유 같은 건 없어요."

이어서 또 한 번의 침묵이 흘렀고, 셀린은 눈을 감았다.

그녀는 노아가 전화를 끊을 것인지, 아니면 계속 정보를 캐낼 것인지를 놓고 갈등하고 있음을 직감했다.

그녀도 앰버가 거짓말을 한 건지 아닌지 알지 못했다. 목 안의 텁텁함과 약간의 호흡곤란이 긴장으로 인한 것인지 아니면 실제로 환기가 되찌 않아서 그런 션스 분명치 않았다. 그러나 곧 있을 몇 초 동안이 그녀의 미래를 결정할 거라는 사실은 확실했다. 어떻게든 결판이 날 것이었다. 그래서 노아가 전화를 끊지 않기로 결정했을 때, 안도의 한숨을 내쉬었다.

"좋아요, 셀린. 지금부터 제 질문에 번개처럼 빠른 속도로 대답하도록 해요. 주저하지 말고. 알겠어요?"

"모르겠어요. 제가……"

그녀가 다시 입술을 깨물었다. 셀린은 자신이 뭔가 틀린 말을 할지도 모른다는 걸 알았다.

"그럼 전화를 끊도록 할까요?"

"안 돼요. 제발 그러지 마세요."

"좋아요. 그럼 시작하도록 하죠. 당신 앞에 앉은 여자의 머리색은?"

셀린은 빠르게 앰버에게 시선을 돌렸는데 여자는 이 상황을 즐기는 것 같았다.

"검은색."

"깁니까, 짧습니까?"

"길다고 할 수 있어요."

"당신에게 어떤 무기를 들이대고 있습니까?"

"아무것도."

"그럼 어떻게 당신을 죽이겠다는 겁니까?"

셀린은 순간 말이 막혔고, 그제야 이 질문 공세에 무슨 의도가 깔려 있는지 파악했다. 그녀는 거짓말 탐지기의 대상이었던 것이다. 대답 시간을 지체할수록 거짓말을 준비하고 있다는 인상이 짙어질 것이다. 그래서 그녀는 서둘러 말했다.

"전 밀실 안에 있어요."

'이제 그는 전화를 끊어버리겠지.'

"어떻게 그 안으로 들어갔습니까?"

노아가 궁금해했다.

"음료 자판기를 통해 들어왔어요."

'이런 제기랄, 이젠 정말 그가 전화를 끊을 거야.'

"어떻게 말입니까?"

셸린은 그에게 자신이 끌려온 과정을 설명하긴 했지만, 긴장한 나머지 상대방을 제대로 납득시킬 수 있는지 스스로도 의문스러웠다. 앰버는 이제 확실히 즐거운 듯 입을 히죽거리며 목걸이를 만지작거렸다. 목걸이 장식에 새겨진 17이라는 숫자가 셸린의 눈에 잠시 들어왔지만, 그것에 대한 생각으로 낭비할 시간이 없었다.

"오늘 먹은 음식이 뭡니까?"

"비스킷 하나 먹었어요."

"그 밖에 다른 것은?"

"없어요."

"뉴욕은 지금 이른 저녁일 텐데 거짓말이군요. 그럼 전화 끊겠습니다."

셸린은 탁자 위에 놓인 전화를 응시하며 양손으로 배를 눌렀다.

"아침에는 아무것도 넘길 수가 없어요."

"어디 아픕니까?"

"그 반대예요. 전 임신 중이에요."

"어떤 약을 먹고 있습니까?"

"엽산이요."

"임신 몇 개월입니까?"

"3개월이에요."

"남자애 혹은 여자애?"

"아직은 몰라요."

세 번째 침묵이 흘렀다. 그러나 이번에는 그녀도 덜 위협적인 느낌이 들었다. 이미 한 단계의 목표 지점에는 도달한 것 같았다.

'내가 시험에 합격한 건가?'

실제로 노아가 하는 말의 리듬과 질문은 어딘지 안정된 듯한 느낌을 주었다.

"남편 성함은?"

"미혼이에요."

"아빠는?"

"스티븐 딜론. 변호사예요."

"그도 위협을 받고 있나요?"

"아니요. 그러니까 그게……"

그녀는 앰버가 사실무근이라고 대답하라며 고개를 젓는 것을 보고 덧붙였다.

"제 생각에는 아닌 것 같아요. 우린 더 이상 연락하지 않아요."

노아는 그 뒤로도 몇 번 더 질문들을 했고 대부분 그녀 사생활에 대한 것들이었다. 마지막 질문이 끝나고 나서야 셀린은 비로소 테스트를 잘 치러냈다는 기분이 들었다.

"당신을 위협하고 있는 여자를 생각하면 떠오르는 첫 단어가 뭡니까?"

"쌍년."

셀린은 대답을 하며 앰버 얼굴을 똑바로 쳐다봤다. 일순간 여자의 얼굴 표정이 굳었다.

"그녀를 바꿔줘요!"

노아가 요청했다.

# 제34장

6000킬로미터가 넘는 거리를 사이에 두고 통화를 이어나갔다.

"안녕, 노아."

유쾌하고 감각적이며 풍부한 성량을 가진 목소리가 들렸다. 그녀는 전화기로부터 약간의 거리를 두고 말하고 있었는데, 아마 둘 사이에 있는 탁자에 전화기를 올려둔 것 같았다.

"당신과 이야기하게 되어서 반가워요."

여자가 운을 뗐다. 요구한 것을 받아내지 못하면 이 일과 아무 관련도 없는 여기자를 희생시키겠다고 자기 입으로 떠벌리던 사람이었다. 노아를 불안하게 한 것은 그녀의 거리낌 없는 행동이 아니라 협박녀인 그녀가 오히려 심리 전술로 자신을 시험해보았다는 사실이었다. 바로 전 셀린과 그가 나누었던 대화의 결과만 보더라도, 그녀가 자기 전술이 성공하리라는 믿음이 얼마나 굳건한지 짐작할 수 있었다. 그리고 어쩌면 노아보다 그 여자가 자신에 대해 더 많은 걸 알고 있을지도 몰랐다. 그녀는 거짓말을 알아차리는 노아의 능력뿐 아니라 약점 또한 명확히 알고 있었다. 실제로 임신부의 정직한 대답을 들으며 노아는 협박자의 요구를 무시할 수는 없다고 느꼈기 때문이다.

"누굽니까? 내게 원하는 게 뭡니까?"

노아가 물었다.

"난 퀴즈가 적힌 카드의 뒷면이라고 할 수 있어요. 바로 답이죠. 난 당신이 처한 곤경에 대해 설명해줄 수 있어요. 그래서 당신을 만나고 싶어 하는 거예요."

'그렇겠지. 그럴 가능성도 있어.'

노아는 자리에서 일어나 천장의 회색 배관에 시선을 고정시켰다. 그것은 오스카가 실내로 물을 공급하기 위해 연결해둔 것이었다.

"내 말 잘 들으시오. 난 지난 몇 시간 동안 나 자신에 대해 많은 걸 배웠습니다. 그 밖에도 생각이 건전한 사람들을 구별해낼 줄 아는 안목도 가지게 되었습니다."

"알고 있어요."

"내 앞에 악이 있으면 보입니다. 누군가 날 속이려고 하면 들립니다. 그래서 난 셀린이 위협당하고 있다는 것도, 당신이 지금 잘못된 카드로 게임을 하고 있다는 것도 알 수 있습니다."

"어떤 측면에서요?"

"당신은 내가 어떤 결정을 내린다 해도 그녀와 나를 살려두지 않을 겁니다."

"참나, 당신이 그렇게 생각한다면 할 수 없네요."

협박하는 여자가 지루하다는 듯 한숨을 내쉬었다.

"몇 분도 지나지 않아 우리는 이렇게 서먹해졌네요. 그렇다면 더 이상 할 얘기는 남아 있지 않을 것 같아요."

"정말 쿨한 부인이 날 불안하게 만들려고 하는군요."

아니요. 당신보다 유리한 위치에 있는 부인인 제가 바라는 건, 또 다른 사람들이 더 이상 죽임을 당하지 않는 것뿐이에요. 더러운 것보다는 깨끗한 해결책을 선호하니까요. 그러니 원하는 대로 선택하도록 해요. 혼자서 군대놀이를 조금 더 계속할 것인지 아니면 그만 끝내고 항복할 것인지요."

노아가 낄낄거리며 웃었고, 오스카는 당황한 눈빛으로 그를 보았다.

"정말 진심으로 내가 내 발로 호랑이 굴에 들어갈 거라 믿습니까? 그것도 내가 무슨 일과 관련되어 있는 건지도 모르고?"

"나도 당신에게 진실을 숨김없이 말하고 싶어요, 노아. 당신의 진짜 이름이 뭔지도 알려주고 싶어요. 하지만 유감스럽게도 그래선 안 돼요."

"왜입니까?"

"그럼 당신이 아주 어리석은 짓을 하게 될 테니까요."

"그걸 어떻게 압니까?"

기차가 은신처의 바닥 전체를 흔들었다. 노아는 진동이 뼛속까지 전해지는 느낌을 받았다.

"질문 하나만 할게요, 노아. 만약 내가 당신 눈에 6센티미터짜리 벌레가 살고 있으며, 그게 결막에 둥지를 틀고 있다고 말한다면, 가장 먼저 어떤 행동을 취할 것 같아요?"

"거울을 볼 겁니다."

"그것 보세요. 대부분 사람들의 반응은 미리 예견할 수 있어요. 만약 당신 질문에 모두 답하게 된다면, 그 즉시 보일 당신의 반응이 우리 모두에게 치명적인 결과를 초래할 거예요."

"내게 최소한의 것이라도 알려주시오. 그렇지 않으면 난 이곳에서 꼼짝도 안 할 거고 결국 당신이 날 데리러 와야 할 겁니다."

한숨을 내쉬는 소리가 들렸다. 그리고 마침내 여자가 말했다. 노아는 여자의 목소리에서 미세한 웃음기를 느꼈다.

"당신은 매우 강력한 조직의 뭔가를 가지고 있어요."

"빌더베르크 조직을 말하는 겁니까?"

여자가 웃음을 터뜨린 반면 오스카의 표정은 딱딱하게 굳었다.

"저는 이미 힌트를 말했어요, 노아. 이제 당신이 결정을 내려야 할 차례예요."

노아가 고개를 끄덕이며 전화기를 귀에서 뗐다. 통화를 끊지 않은 채 달력을 열었다. 그런 다음 통화를 계속했다.

"지금 인터넷에 들어갈 수 있습니까?"

"예."

노아는 그녀에게 전자 달력에 기재된 ICE 기차번호를 불러주었다.

"뭘 알고 싶은 거예요?"

"오늘 베를린 중앙역을 출발하는 기차입니다. 어디로 가는지, 몇 시에 출발하는지 알려주시오."

얼마간 시간이 흘렀다. 마침내 전화 맞은편에 있는 여자가 정보를 주었다. 그녀가 목적지를 불러주었을 때, 그는 전혀 당황해하지 않았다.

"시간은 얼마나 걸립니까?"

마지막으로 그가 궁금해했다.

"거의 여섯 시간 반 정도 걸려요."

"그렇다면 제가 제안하도록 하죠. 서둘러야 할 겁니다. 우리가 그곳에 도착하는 시간에 맞춰 기차역 중앙 홀의 여자 화장실에서 당신을 만나도록 하죠."

노아는 곁 눈으로 오스카가 팔을 번쩍 들며 이의를 제기하는 모습을 보았다.

"그건 너무 위험해요."

여자가 말했다.

"위험한 건 시종일관 마찬가지였습니다."

여자가 비웃는 듯한 웃음을 웃었다.

"당신 혹시, 내가 당신을 죽이려 했는데 실패해서 아직까지 살아남아 있는 거라 믿는 거예요?"

'아닙니다.'

그 생각을 노아는 이미 하고 있었다. 왜 킬러는 눈앞에서 월풀 욕조 안에 잠수하고 있던 오스카를 바로 쏘지 않았던 걸까? 그들은 노아를 죽일 것이었다. 그것은 분명했다. 하지만 그 전에 노아와 이야기하려고 했다. 혹은 그 자신조차 기억하지 못하는 정보를 모두 다 털어놓을 때까지 그를 고문하려고 했다는 편이 더 신빙성이 있었다.

"다른 사람들이 문제라는 말이에요. 기차 안에서 여섯 시간 반은 혼자 힘으로 감당하기에는 너무 긴 시간이에요."

여자가 말했다.

'다른 사람들?'

"누구에 대해 이야기하는 겁니까?"

노아가 물었다.

"질문은 이제 끝이에요. 다음 정보는 내 앞에 당신이 모습을 드러낸 후에야 비로소 얻게 될 거예요."

"좋습니다. 그럼 가도록 하죠."

노아는 마음의 결정을 내렸다.

"셀린을 데려오길 바랍니다. 당신이 여기자를 동행하지 않고 암스테르담에 모습을 드러낸다면, 살아남지 못하는 사람은 바로 당신이 될 겁니다."

# 제35장

"이런 망할!"

아담 알트만은 욕을 퍼부으며 손에 있는 콜라 캔에 시선을 고정시켰다.

'믿을 수가 없군.'

그는 눈 감고도 한 손으로 총을 해체하고 다시 조립하며 총알을 채워 넣을 수 있었다. 포커를 할 때도 카드를 단번에 모두 소매 안으로 사라지게 할 수 있었다. 하지만 포장재들과는 늘 씨름을 해야 했다. CD의 투명 비닐을 벗겨내기 위해 온갖 노력을 했으며, 지금처럼 캔 음료수를 딸 때도 고리를 늘 뜯어내버렸다.

'이걸 어떻게 한담?'

그는 정원 안뜰 가장자리에 놓인 의자에 앉아 콜라 캔을 옆에 세워두었다. 차라리 총을 꺼내 쏘아대고 싶었지만, 총은 입구에서 모두 반납해야 했다. 아무도 무기를 소지한 채로는 파리저 광장 2번가 출입문을 통과할 수 없었다. 알트만은 벌거벗은 느낌이 들었다.

"여기에 뭐 하러 온 거예요?"

알트만은 자리에서 일어나 주위를 둘러보았다. 여자의 목소리는 방금 귓속에서 들렸지만, 덧댄 건물들이 보기 흉하게 모여 있는 복합 건축물의 석회석 외벽 뒤 어딘가에 틀림없이 그녀가 머물고 있다는 것을 알트만은 알았다.

"어디 숨어 있소?"

그가 물었다. 그리고 안뜰을 향해 있는 몇 개 되지 않는 사무실 창문 가운데 아직 불빛이 켜져 있거나 의심스러운 움직임이 포착되는지 살펴보았다.

아무런 낌새도 없었다. 그림자가 생긴 곳도 없었다. 방 사이를 스쳐지나가는 청소부조차 없었다. 이곳에서 생명의 징후라고는 그가 유일했으며, 그것은 단지 그의 뜨거운 호흡이 차가운 밤공기를 만나 생기는 입김의 형태로만 확인될 뿐이었다.

"이봐요. 마침 여기 아래에는 사람도 없고 조용하오."

그는 몇 걸음 떨어지지 않는 곳에 있는 높이 12미터짜리 토템 폴(totem pole)을 가리켰다. 이 예술 작품은 미국과 인디언 문화의 특별한 관계를 상기시키기 위해 제작된 것이 분명해 보였지만, 멍청하게도 대사관의 소수 직원들 이외에는 볼 수 없는 곳에 세워져 있었다. 방문객들은 미국 대사관 부지에 들어올 일도 별로 없었을 뿐 아니라 여러 채의 부속 건물들로 둘러싸인 건물 전체는 최고 수준의 보안을 유지하고 있었기 때문이다.

"왜 모습을 드러내지 않는 거요?"

그가 뒷목을 잡았다. 뒷목은 추위가 가장 먼저 이빨을 들이대는 신체 부위였다.

"우리 둘 다 자기만의 원칙이 있잖아요, 아담."

목소리가 대답했다.

"당신이 임무 중 우발적인 사신을 좋아하시 않듯이 나노 요원들과 개인적인 접촉을 피하는 것뿐이에요."

"그렇지만 당신은 이 만남에 동의했소."

"그건 당신이 원했기 때문이죠."

"난 당신을 눈으로 확인하고 싶었을 뿐이오."

"거짓말 말아요. 당신은 작전이 이런 식으로 돌아간 것에 화가 났고, 그것에 대해 나와 방해받지 않고 이야기하고 싶었던 거예요. 대사관 안마당은 도청으로부터 안전해서 담소를 나누기에 적합한 곳이고 또 아들론 호텔에서도 가까운 장소죠."

알트만이 고개를 끄덕였다. 여자가 그에게 대사관에서 만나자고 제안해왔을 때, 그는 베를린 사령부를 조사해봐야겠다고 생각했다. 하지만 어쩌면 그는 작전 사령부라는 게 이곳이 아닌 다른 도시에 있을지도 모른다고 짐작한 적도 있었다.

"자, 아담. 시간이 별로 없어요. 원하는 게 뭐예요?"

"정보요."

"당신은 지금까지 작전을 진행하면서 이유 같은 걸 상관하지는 않았잖아요."

맞는 말이었다. 알트만은 단 한 번도 이유나 목적에 대해 캐물은 적이 없었다. 그를 고용한 사람은 누군가를 죽이길 원했고, 분명 그에 대한 정당한 사유가 있을 거라고 판단했다. 그리고 그는 체계적인 조직을 믿었다.

"왜 갑자기 그게 궁금해진 거죠, 아담?"

'아담, 아담, 아담……'

그는 속으로 그녀를 흉내 냈다.

'갑자기 왜 그녀가 이렇게 친한 척 행동하는 거지?'

알트만은 서서히 화가 치밀어 올랐다. 그 자신은 그녀 이름을 들어본 적도 없었지만, 그녀는 그의 모든 인사기록카드에 접근할 수 있었다.

"호기심이 발동한 것이 아니라 다만 화가 났을 뿐이오."

그가 말했다.

"만약 누군가 내게 베이비시터로 일해달라고 지시할 때, 최소한 놀이 방에서 투견을 발견하고 싶지는 않을 뿐이오."

"그게 무슨 의미예요?"

"당신은 노아가 괴벽스러운 과학자라고만 이야기해줬소. 하지만 그 정도 전투 실력이라면, 그 박사님은 아마 상당수의 학생들을 죽여봤었 을 게요."

"뭘 바라는 거예요? 그의 이력서라도 원하는 건가요?"

"최소한 우리 작전의 이유라도 내게 설명해주시오."

"그게 왜 갑자기 중요하게 된 거죠?"

알트만은 그녀에게 진실을 말할 수도 있었다. 이제까지 단 한 번도 그 렇게 완벽하게 사람을 죽이는 킬러는 본 적이 없었다고. 그렇게 빠르고 기술적으로. 그렇게…… 예술적으로. 그에게 그 외에 다른 단어는 떠오 르지 않았다. 시스티나 성당 안에서 다빈치를 쏴 죽일 수는 없지 않겠느 냐고 그녀에게 설명할 수도 있었지만, 아마도 그녀는 그런 비유를 제대 로 이해할 수 없을 것이다. 그래서 그는 다른 말로 둘러댔다.

"말해줄 생각이 없다면, 이제 다른 사람을 찾아봐야 할 거요."

그는 대화하는 동안 미국 대사관 안뜰을 이리저리 돌아다녔다. 그리고 나무 한 그루 앞에 섰다. 떡갈나무 혹은 단풍나무 같았다. 알트만은 참새 나 비둘기를 제외하고는 식물이나 새 이름을 정확히 구분지어 부를 줄 몰랐다. 그 사실이 치밀한 성격의 소유자인 그에게는 님보드는 수치심을 불러일으키기도 했다. 그는 이 작전이 끝나는 대로 나무와 관련된 시민문화센터 강좌라도 한번 들어봐야겠다고 생각했다.

"왜 말이 없소?"

잎이 다 떨어진 나무의 꼭대기로 시선을 향한 채 그는 말했다. 여자의 목소리가 한숨을 쉬었다. 아담은 여자가 망설이고 있다는 걸 느낄 수 있었다. 마침내 그녀는 정보의 일부를 그에게 말하기로 결정했다.

"노아는 비디오를 하나 가지고 있어요. 그것이 공개라도 되는 날에는, 그 영향이 상상을 초월해 끔찍한 사태를 낳을 거예요. 미국뿐 아니라 전 세계를 혼란에 빠뜨릴 거예요."

"비디오에 뭐가 담겨 있소?"

알트만이 물었다. 그리고 대답은 그녀의 반문으로 돌아왔다.

"전염병에 대해 들어봤어요?"

그는 부드러운 조명 불빛이 비추는 정원의 돌길을 따라 어슬렁거렸다. 그사이 지난주 질병통제예방센터에서 요원들에게 보낸 메일을 머릿속으로 요약했다.

"마닐라 독감 혹은 미국 국적의 관광객이었던 루크 베르트랑의 이름을 따서 베르트랑 독감으로 불리고 있다고 들었소. 베르트랑이 필리핀을 여행하던 중 감염이 되었다고. 그가 갔던 필리핀의 슬럼 중 한 곳인 이슬라 푸팅 바토의 바다에서 건져 올린 죽은 돼지를 요리해 먹었다고 하더군. 물론 베르트랑은 한 입도 먹지 않았다며 부정했지만."

짝짝짝, 여자는 목소리로 박수를 보냈다.

"보내준 정보를 정말 제대로 파악하고 있었네요, 아담. 그렇다면 전염병의 최초 확산 경로에 대해서도 들어서 알겠군요."

"물론이오."

질병통제예방센터의 메일에는 베르트랑이 슈퍼 전파자라고 쓰여 있었다. 즉 전염병 확산에 원인이 된 인물이었다. 그는 슬럼을 다녀온 후 마닐라에 있는 별 네 개짜리 호텔 한 곳에서 숙박을 했고, 그곳에서 심한 코피 증세로 의사에게 진찰을 받았다. 감염 초기 단계에서 눈으로 확인할 수 있는 전형적인 첫 번째 증상이었다. 호텔 로비에서만 그는 일곱 명을 감염시켰는데, 호주에서 온 한 가족을 포함해 일본 비즈니스맨 한 명 그리고 세 명의 러시아인이 그들이었다. 극심한 호흡 곤란과 발열에도 베르트랑은 집으로 돌아가기 위해 로스앤젤레스로 향했고 중간에 프랑크푸르트와 애틀랜타를 경유했으며, 그로 인해 전 세계의 교통연결점에서 수천 명의 사람들과 접촉할 수밖에 없었다.

"이미 4주 전부터 세계보건기구 기준 최고단계인 전염병 경보 6단계가 선포된 상태예요."

그의 귓속 여자가 말했다.

"공식적으로 집계된 것만도 2000명이 넘는 사람들이 죽은 것으로 확인되었고 전 대륙에 걸쳐 널리 퍼져 있어요. 그리고 기하급수적으로 증가하고 있는 추세고요."

"통계가 정확한 거요?"

알트만이 물었다. 그사이 그는 돌 받침대 위에 놓인 물체가 뭔지 알아냈다. 그것은 예술 작품이 아니라 경고성 기념물이었다. 월드 트레이드 센터의 조각난 강철 대들보 중 한 부분이었다. 알트만은 토템 폴을 다시 쳐다보며 거의 사라지다시피 한 원주민들을 생각했다. 그리고 자꾸만 죽음을 떠올리게 되는 것이 자기 탓은 아닌지 스스로에게 물었다. 그가 마주 볼 수 있는 것이라곤 인적조차 없는 미국 대사관 안마당이 전부였다.

"사실 대부분의 언론매체에서도 그 통계를 믿지 않고 있어요. 시민들이 혼란에 빠지는 것을 막기 위해 사망자 수를 일부러 줄여서 발표한 것이라고요."

이야기하는 도중에 알트만은 순간 뭔가를 깨달았고, 눈이 커졌다.

"그러면 노아가 가진 게 전염병의 진짜 규모를 만천하에 알릴 비디오라는 거요?"

그가 여자에게 물었다.

여자는 잠깐 주저했으나 마침내 겨우 동의한다는 말투로 꿍얼거리며 대답했다.

"그렇다고 말할 수도 있겠네요."

알트만은 돌연 검은 가죽장갑을 벗고 9·11 사태로 죽은 사람들의 명복을 비는 비문을 손끝으로 만져보고 싶다는 강한 욕구를 느꼈다. 그러나 작전지휘관인 여자가 그에게 서두를 것을 경고했다.

"더는 지체할 시간이 없어요, 아담. 이미 현재 상황만으로도 통제 범위를 벗어났어요. 뉴욕 공항이 폐쇄된 후부터 관계 당국들은 대륙을 오가는 모든 항로를 차단할지 고민 중이에요. 애틀랜타를 비롯해 시카고, 뉴욕, 로스앤젤레스, 덴버 그리고 마이애미의 열두 개 병원들은 이미 격리 조치에 들어갔어요. 아직 출입이 가능한 다른 병원들도 모두 예외 없이 어수선하고요. 미국 밖도 마찬가지로 비상 상황이에요. 폴란드, 헝가리 그리고 스페인은 독감약이 거의 바닥났고, 아시아 일부 지역은 학교가 휴교 상태예요. 독일만이 이 히스테리 같은 상황에서 벗어나 있죠. 아직까지는."

"알아들었소."

알트만이 다시 장갑을 꼈다. 오한이 느껴졌다. 그의 목덜미가 바위처럼 굳어졌다. 만약 빠른 시간 내에 온기가 있는 곳으로 가지 않으면, 두통이 그를 덮쳐올 게 확실했다.

"실패로 돌아간 재파이어 암살 기도 사건에 대해 당신도 들었죠. 유감이에요. 그 미친 양반이 치료약을 개발도상국들에게만 주겠다고 선포했기 때문이에요. 사람들은 이제 약을 구할 수 없을 거라는 두려움 때문에 약국이나 병원으로 달려갈 거예요. 그래서 대통령은 국가적인 차원에서 야간통행금지령까지 고려 중이에요. 지금도 벌써 품귀 현상이 빚어지고 있어요. 집단 폭동 바로 직전까지 와 있는 거예요. 더 이상 상세한 내용은 발설이 금지되어 있지만, 만약 비디오가 인터넷에 퍼지기라도 한다면 이 모든 게 더 드라마틱하게 악화될 것은 불을 보듯 뻔한 일이죠. 그렇게 되면 내전과 다를 바 없는 상황까지 가게 될 거예요. 그것도 전 세계적으로요. 곰곰이 생각해보세요. 시민들의 공포가 외국인에 대한 혐오로 폭발하고 있어요. 아시아인들은 거리에서 집단 구타를 당하고 있고요. 전염병의 진짜 규모가 어떤지 모르는 상태에서도 이미 이런 일들이 일어나고 있어요. 대체 무슨 일이 더 일어나겠어요, 만약……"

알트만은 건물의 창문들을 다시 한 번 빠르게 훑어보았다. 어떤 이유에선지 모르겠지만, 여자가 그를 지켜보고 있다는 느낌이 들었다.

"국가 기관들이 붕괴될 수도 있어요. 의료 인력들과 의약품의 공급이 불가능할지도 몰라요. 그렇게 되면 전염병은 한층 더 속도를 내서 번져 나갈 거예요. 지금까지의 상황보다 훨씬 더 빠르게요."

"사망자는 어느 정도로 예상하고 있소?"

알트만은 사실을 알고 싶었다. 그리고 출구 쪽으로 길을 나섰다.

"만약 우리가 그 치명적인 바이러스를 초기에 진압할 수 없게 된다면 말인가요?"

"그렇소."

"3.5요."

"3억 5000명을 말하는 거요?"

"35억이요."

알트만은 공기를 들이마시고는 잠시 유리문 앞에 멈춰 섰다. 유리문을 통과하면 아트리움이 대사관 출입구까지 곧장 이어져 있었다.

"세계 인구의 절반?"

그는 뒤돌아 이름이 정확히 뭔지 모르는 그 나무를 보았다. 경고라도 하듯 거대한 손가락을 하늘로 곧추세우고 있는 토템 폴을 보았다. 그리고 수천 명의 무고한 생명들이 살해당한 기억을 고스란히 간직한 9·11 추모비를 보았다.

"왜 노아를 제거하는 일이 그렇게까지 중요한지 이제 이해가 되나요? 사람들이 진실을 알게 되면 걷잡을 수 없는 카오스 상태에 빠질 텐데, 그러면 전염병을 박멸하기가 점점 더 어려워질 거예요."

그의 귓속 목소리가 이어서 말했다.

"이 일은 서둘러야만 해요. 너무 늦기 전에요. 그리고 그가 비디오를 어디에 숨겨두었는지 다시 기억해내기 전에요."

\* \* \*

알트만이 활처럼 휜 아트리움 유리벽을 통과해 브란덴부르크 문 쪽으로 걸어가 택시를 잡는 모습을 지켜본 다음에야 비로소 그녀는 엘리베이터를 향해 걸어갔다. 두 층 아래에 위치한 대사관 지하실이 윙윙거리는 소음을 내며 그녀를 맞이했다.

그녀가 창고 가까이 다가갈수록 윙윙거리던 소리가 톱질하듯 날카로운 소리로 점점 더 변해갔다. 그녀는 잠시 가만히 있다가 소리가 잦아들자 문을 두드렸다. 그리고 안으로 들어갔다.

"어떻게 됐소?"

회백색 머리의 나이 든 남자가 과로로 지친 눈을 하고는 그녀에게 인사말을 건넸다.

그는 검은 양복바지에 푸른 와이셔츠만 입은 채 흰색 운동화를 신고 있었다. 캠핑용 탁자 위에는 서류철이 가득했고 그 뒤로 2미터 높이의 금속 선반이 있었다.

"걱정 말고 하던 일이나 계속해요."

그녀가 대답하며 서류철을 가리켰다.

남자는 고개를 끄덕이며 책상 위 서류철을 들고는 앞에서부터 스무 장을 찢었다.

"그가 믿었소?"

"일단은 그런 것 같아요. 하지만 오래가진 못할 거예요. 그런 장난을 치기엔 알트만은 영리한 사람이죠."

그녀는 말하면서 그가 찢은 페이지들을 문서 분쇄기에 밀어넣는 모습을 지켜봤다.

그녀는 속으로 한숨을 내쉬었다.

'증거를 없애는 데 족히 몇 년은 걸리겠군.'

현재 펜타곤과 백악관 그리고 이곳 대사관을 포함해서 소속 직원들은 노아의 서류를 분쇄하느라 초과 근무 중이었다. 미국뿐 아니라 이 프로젝트를 알고 있는 국가들의 기관도 상황은 마찬가지였다.

"그를 교체해야 하겠소?"

남자가 분쇄기 소음에 일쯜을 씨푸리며 몰았더.

"아직은 아니에요. 그에게 한 번의 찬스가 더 남았어요."

헤어지기 전, 그녀는 알트만에게 도청 부서에서 알아낸 노아의 다음 행선지 정보를 건네주었다.

나이 든 남자는 잠시 하던 일을 멈추고 휴식을 취했다.

"그런데 만약 알트만이 하나씩 짚어나가다 답이라도 알게 되면 어떡하지?"

그녀가 어깨를 으쓱거렸다.

"그런다고 무슨 차이가 있겠어요?"

"그래, 맞아."

남자가 고개를 끄덕였다. 그리고 찡그린 얼굴로 쌓여 있는 다른 서류 더미들을 분쇄기에 밀어넣었다.

"그때는 이미 늦었어."

# 제36장

바닥이 아래로 몇 센티미터쯤 가라앉자 재파이어는 낙하하는 기분이 들었다. 그로 인해 그는 깊은 잠에서 깨어나 화들짝 놀라 일어났다.

'이런 제기랄.'

다섯 명의 사람이 그의 침대 주변에 서 있었다. 세 명의 의사와 두 명의 간호사. 그들이 모두 그를 뚫어져라 쳐다보았다. 그리고 그가 할 수 있는 일이라곤 몇 분마다 고개를 떨어뜨리며 졸음 속으로 빠져드는 일뿐이었다.

"대체 내 혈관에다 뭘 꽂은 거야, 당신?"

재파이어가 마취 의사에게 큰 소리로 호통쳤다. 그가 개인적으로 고용한 의사이긴 했지만 이름이 기억나지 않았다.

'솔롬코였나? 즐라프코? 슬라브어 이름이었던 것 같은데.'

"이런 하찮은 의료기기들로 미쳐 날뛰는 고릴라에게 요가 자세라도 취하게 하려는군."

아무 반응이 없었다.

'이런, 유머라곤 눈 씻고 찾아봐도 없는 자식들 같으니.'

그의 생명을 구한 사람들이었나. 하지만 웃음은 집에 두고 온 사람들이었다.

'상관없어.'

중요한 건 그가 아직 웃을 수 있다는 것이었다.

원래대로라면 재파이어가 죽는 건 기정사실이었다. 범인의 총알이 왼쪽 겨드랑이 부분을 뚫고 들어갔다. 만약 그대로 직진했더라면 그의 심장에 박혔을 테지만, 운 좋게도 일곱 번째 갈비뼈가 탄알의 행로를 막아섰고, 총알은 형태가 변형된 채 폐에 박혀버렸다. 재파이어는 탄환이 그의 몸에 박히게 될 거라는 걸 알았다. 세제트의 얼굴에 피를 토하면서 왼쪽 폐엽 아래쪽에서 깊숙이 찌르는 듯한 통증을 느꼈던 것이다.

'하버드에서 6년이나 배웠던 의예과 기초과정이 쓸모가 있긴 하군.'

그는 빠르게 떨리는 눈꺼풀로 호텔 안뜰에서 불빛이 번쩍이는 응급차로 실려가면서도 그런 생각을 했다. 그런 다음 고통이 그의 생각을 종이봉지처럼 갈가리 찢어버렸다.

'바늘인가!'

이제야 그것이 다시 떠올랐다. 재파이어는 위협하듯 팔을 쳐들어 의사와 간호사를 향해 휘둘렀다.

"누가 내 가슴에 마취도 없이 바늘을 꽂은 거야?"

"제가 했습니다, 회장님. 죄송합니다만……"

'스텔스였군. 당연한 거지.'

그의 주치의가 아니면 누가 하겠는가? 세제트는 재파이어가 공식석상에 나설 때면 항상 주치의를 옆에 대기시켜 두었다.

"입 다물게, 스텔스. 죄송할 일이 아니야. 오히려 그 반대지. 내가 자네한테 과도하게 많은 돈을 지불하는 것이 아니라면, 자넨 월급을 인상받을 만한 자격이 있는 일을 한 걸세. 왼쪽 폐의 동력장치는 이걸로 완전히 이별한 거지?"

"실제로 공기가 흉막강에 가득 차서는……"

"그래, 그래. 기흉이라는 거 알고 있네. 나도 바보는 아니야. 피를 얼마만큼 흘린 건가? 2리터?"

"대충 그 정도입니다."

재파이어가 꿍얼거리며 생각에 잠겼다. 그는 직감적으로 알아차렸다. 그런 이유로 스텔스가 그에게 바늘 끝이 삼각형으로 깎인 투관침을 사용했던 것이다. 유머라곤 없고 깡마른 주치의가 마취도 전혀 없이 그의 갈비뼈 사이인 총상 바로 아래쪽에 그것을 박아 넣었던 것이다. 그것은 지옥의 고통이었지만, 덕분에 폐가 부담을 덜게 되었고, 죽음이 확실했던 일촉즉발의 위기 상황에서 그를 지켜줬던 것이다.

재파이어는 다시 말을 할 기운도 없을 정도로 피곤해진 상태에서 시간을 물어보았다. 간호사 한 명이 말해주었을 때, 그가 얼굴을 찌푸렸다.

"두 시간이나 내가 수술을 받았단 말인가? 세상에. 그 긴 시간 동안 대체 무슨 일이 일어난 거야?"

"그러니까 그 시간 동안 저희는 갈비뼈 사이로 흉강 내부를 이 잡듯이 뒤지며 총알을 찾아야 했습니다. 그리고……"

"그걸 이야기하는 게 아니네. 난 저격수를 잡았는지 알고 싶네."

"잡지 못했습니다, 회장님."

재파이어가 웃음을 터뜨렸고, 그로 인해 그는 번개침을 맞은 것 같은 고통을 느껴야 했다. 주치의가 최선을 다해 치료해주었지만, 횡경막이 자극되면 통증은 화살처럼 빠르게 가슴에서 뇌를 찌르는 듯했다.

"그럴 줄 알았어."

'백 명이나 되는 보안 요원들 중 한 놈도 세 될을 한 런 끼야.'

공격당한 것이 이번이 처음은 아니었다. 그리고 오늘 정점을 찍은 것이다. 지금까지는 재파이어가 소유한 공장들만 폭발시키려고 했다. 하지만 이번엔 재파이어를 직접 암살하려고 한 것이었다.

'진짜 날 열 받게 하는 놈들이야.'

"컴퓨터나 주게."

재파이어가 방 안이 울리도록 소리쳤다.

의사들이 서로 눈빛을 교환했다. 스텔스가 이의를 제기하려 했다.

"제 생각에는 아직 안정을 더 취하셔야……"

"오히려 난 자네가 이곳 공기를 빼앗고 있다는 생각이 드는군. 자, 서두르게. 빨리 컴퓨터나 가져다줘. 전화기도."

활처럼 부드럽게 굽은 병실 벽이 가볍게 진동했다. 갑자기 침대 아래 바닥이 또다시 밑으로 가라앉았다. 재파이어는 그 자리에 있던 사람들 중 한 명이 응급벨을 누르는 모습을 보지는 못했다. 이윽고 미닫이문이 열리며 젊은 여자 한 명이 병실 안으로 들어왔다. 그녀의 모습을 보자 재파이어는 눈을 뜬 후 처음으로 기분이 좋아졌다. 그녀는 몸에 딱 맞는 스키니진에 바닥이 평평한 스니커즈를 신고 있었다. 그녀의 피부는 그녀가 재파이어에게 건네준 노트북 화면만큼이나 매끄러운 검은빛으로 빛났다.

"어서 와, 세제트. 네가 와서 좋구나."

늘 그랬던 것처럼 그는 발레리나를 떠올리게 하는 꼿꼿한 그녀의 자세에 감탄했다.

"그럼 제가 어디 가겠어요, 아빠?"

세제트는 그의 손을 사랑스럽게 토닥거리며 머리를 쓸어 올려주었다.

재파이어의 얼굴에 미소가 번졌다. 의사와 간호사들도 집중치료실을 떠났기 때문에, 그는 딸과 단둘이만 있었다.

이미 이름에서 알 수 있듯이 세제트는 보통의 보디가드도, 보통의 딸도 아니었다. 재파이어는 이 소말리아인을 케냐의 다다브에서 알게 되었다. 케냐의 북동부 지역인 다다브에는 9만 명을 수용할 수 있는 난민촌이 만들어졌다. 재파이어가 1990년대 말에 한 의료팀과 함께 난민촌을 방문했을 때, 이미 그곳에는 40만 명이 넘는 사람들이 상상조차 할 수도 없는 비참한 생활을 하며 근근이 살아가고 있었다. 여자, 아이들, 병든 사람, 굶주린 사람. 그들은 내전으로 쑥대밭이 된 소말리아를 떠나 다다브로 왔지만 그곳에서마저 처참한 삶을 살아갔다. 재파이어가 병원 시설을 시찰하려고 천막 안으로 들어섰을 때, 피 묻은 땅바닥에는 다 쓴 주사기와 더러운 붕대 등 병원 쓰레기들로 온통 뒤덮여 있었다. 몇 개 되지도 않는 침상은 어지럽게 널브러져 있었고 빈자리 없이 빼곡하게 검은 피부의 사람들이 누워 있었다. 그들 중 몇 명은 이미 죽어 있었으며 많은 수가 열로 펄펄 끓고 있었다. 한 젊은이는 고통으로 인해 몸을 움츠린 채 뒹굴고 있었다. 그리고 의사라고는 눈을 씻고 찾아봐도 보이지 않았다. 소말리아 민병대가 수차례 구호물자 차량을 공격해왔고 동행하던 의료팀들을 강제로 납치해 갔다.

재파이어는 부하 직원들에게 구호물자를 비행기에서 내리라고 지시했다. 주변은 발 디딜 틈 없이 북적거렸다. 재파이어가 온다는 소식을 들은 것이다. 수백 명의 사람들이 줄을 서 있었다. 목발을 짚은 남자와 아이를 안은 여자, 팔이 절단된 아이 그리고 피부가 곪고 짓무른 전염병 환자들이었다.

'너무 많아. 많아도 너무 많아.'

채파이어는 생각했다. 그 삼족밤은 군 뜨고 할 수도 없는 시생이었다. 세계에서 가장 높은 출산율을 가진 대륙인 아프리카에서 가난은 나날이 심해지고 있었다. 그리고 최빈곤층 사람들은 내전으로 내몰려 서로 죽였다. 굶주림에 지쳐 병사가 된 아이들에 대해 뭐라고 질책할 수 있겠는가? 그렇다면 무슨 대안이라도 있단 말인가?

재파이어는 눈물을 머금은 채 서 있었다. 그때 밖에서 총성이 울려 퍼졌고, 바로 그 직후 가녀린 소녀가 40도가 넘는 무더위를 뚫고 천막 안으로 급히 뛰어 들어왔다. 들것 하나를 끌고 왔는데, 그 위에는 소녀의 어머니가 누워 있었다. 젊은 여인은 콜레라로 인해 살가죽만 붙어 있는 상태였고 그랬기 때문에 일곱 살 먹은 작은 소녀가 수킬로미터 이상을 끌고 올 수 있었다. 소녀의 어머니는 죽어 있었다. 재파이어는 고개를 떨군 채 소녀에게 어머니의 상태를 말했다. 소녀는 눈물을 뚝뚝 흘리며 재파이어를 향해 총을 겨누었다. 나중에 알고 보니 그 총은 체코산 CZ75 소총이었고, 그녀가 지닌 별칭의 유래이기도 했다.

'CZ. 세제트.'

소녀는 죽은 엄마를 꼬박 24시간 동안 지켜봤다. 다음 날에는 무력으로라도 그 소녀를 엄마와 떨어뜨려놓아야 했다. 장례식이 있던 날, 소녀도 열이 펄펄 끓었다. 콜레라에 감염된 것이다. 소녀의 생존 가능성은 매 시간마다 낮아졌다. 재파이어는 세제트를 데리고 미국으로 날아가기로 결정했다. 단 한 명의 어린아이를 위한 입국허가서를 받기 위해 그가 가진 인맥을 총동원해야 했다. 그 일에 대해 오늘날까지도 그는 감상에 빠져 약점을 드러냈던 행동이었다고 스스로를 질책했다. 그가 소유한 병원 중 한 곳에서 소녀는 치료를 받고 완쾌되었는데 그 후 재파이어는 소녀를 입양했다. (그 일은 미국에서 약간의 센세이션을 불러일으켰다.)

그리고 작고 에너지 넘치는 그 여전사를 그의 보디가드로 만들었다. (이 일은 훨씬 더 강력한 센세이션을 불러일으켰다.)

"얼굴이 좋아 보여요, 아빠."

"그렇게 보이니? 그래, 그럴 수도 있겠지. 총을 맞아 더 멋있어진다면 다음번에는 총알받이가 되어도 좋겠구나, 수리야."

세제트는 자신이 좋아하지 않는 본명으로 불릴 때면 얼굴을 찡그렸다. 재파이어는 그녀를 놀리려 할 때만 그 이름으로 불렀기 때문이다.

"아빠, 그럴 일은 두 번 다시 없을 거예요. 잠시만요."

그녀는 매트리스 옆에 풀려 있던 벨트를 재파이어 엉덩이 위로 잡아당 겨서는 단단히 채웠다.

"대서양의 상승기류 때문에요."

세제트는 그가 반항할 걸 알고 미리 선수를 쳤다. 재파이어는 불평을 쏟아내며 노트북을 켰다.

"저 바보 같은 놈들은 돌아가는 방법도 모르는 거야? 얼마나 더 하늘 에 떠 있어야 하는 거야?"

그는 인터넷 창을 띄웠고 가장 최근 머리기사를 훑어 내려갔다. 그의 이름도 눈에 띄었다.


재파이어, 총에 맞다!

재파이어, 필요한 사람들에게만 백신을 나눠주길 원한다. 그는 안전할 수 있 을까?

피습 후 재파이어는 비행기로 국외로 빠져나갔다. 응급수술은 월드세이버의 공중 병동에서 시행된다!

그는 마지막으로 한 기사를 읽었는데, 끼끼시 세부끼지 놀라울 정도로 일치하는 보잉 747기의 설계도를 발견하고는 경악을 금치 못했다. 그가 방금 이송된 이곳은 실제로 집중치료실에 완벽한 장비를 갖춘 수술실까지 있었다. 기사는 지나치게 과장된 몇 마디 문장으로 끝을 맺었다.

재파이어의 공중 병동은 스물다섯 곳이 넘는 지역에서 수천 명의 생명을 구했다. 원래 그는 로스앤젤레스에 들른 후, 마닐라 독감에 대해 논의하러 교황과 접견할 예정이었다. 하지만 이제 그는 그의 공중 수술대에 올라 생사의 갈림길에서 사투를 벌이고 있다.

재파이어가 눈을 부릅떴다. 노트북이 아래로 떨어졌다.

"세제트, 언제 로마에 도착하는 거냐?"

"거기로는 가지 않을 거예요, 아빠. 비행 계획에 변동이 생겼어요."

"뭐라고? 나와 협의도 없이? 그럼 우리는 어디로 날아가는 거야?"

그가 격분해서 말했다.

"암스테르담으로 가고 있어요. 아빠도 원하실 거라고 확신해요."

"내가 원할 거라고? 우린 수십억의 사람들을 구하려는 거야. 치즈나 먹을 줄 아는 어리석은 놈들이 있는 네덜란드에서 대체 무슨 일을 한다는 거야?"

그가 야유조로 말했다.

세제트가 재파이어의 손을 꼭 쥐었다.

"제발 흥분을 자제하세요, 아빠. 노아가 다시 나타났어요."

# 2단계

서구 문명이 21세기 이후에도 살아남을 가망성이 얼마나 있다고 보시는지요?

글쎄요, 약 10퍼센트 정도로 보고 있습니다.
동료 한 명과 열띤 토론을 벌인 적이 있는데,
동료는 제가 너무 낙관적이라고 질책하더군요.
저는 11퍼센트가 되도록 최선을 다하고 있습니다.
하지만 우리는 잘못된 방향으로 가고 있는 것 같고
바뀔 수 있는 어떤 조짐도 보이지 않습니다.
— 스탠포드 대학 생물학자, 폴 랄프 에를리히
독일 일간지 〈쉬트도이체 차이퉁〉의 인터뷰 중에서

다양한 데이터베이스가 (······)
인간은 너무 늦게 반응한다고 말해줍니다.
— 노르웨이 경영대학원 기후전략 교수, 요르겐 랜더스
로마클럽 보고서 〈2052〉 중에서

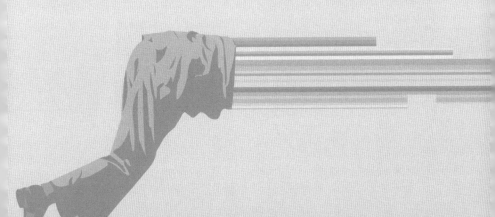

# 제1장

"대체 우리는 어딜 가는 거니?"

앨리샤는 손을 들어올려 정오의 뜨거운 햇볕으로부터 아기의 얼굴을 가렸다. 태양은 슬레이트 조각들로 뒤덮인 움막 사이 샛길에 빛을 사정없이 내리쬐었다. 노엘은 계속 작게 그르렁거렸지만, 호흡은 규칙적이었다. 무게는 거의 느낄 수 없을 정도였다. 아기가 마지막으로 고함치며 울었던 게 벌써 세 시간 전이었다. 아기에게 젖을 주는 시늉이라도 했던 때로부터 세 시간이 흘렀던 것이다. 앨리샤는 그녀의 축 처진 젖에서 노엘이 뭐라도 빨 수 있었는지 알 수는 없었다. 다만 지금 이 장시간의 행군이 아기에게 좋지 않을 거라는 것은 잘 알았다.

제이가 앞장서서 산 아래 늪지대 쪽으로 이끌었다. 이곳은 루팡 팡가코 지역 중에서도 가장 빈곤한 구역으로 큰 비만 내리면 속수무책으로 범람했다. 지하수 수면이 높아서 바닥은 1년 내내 젖어 있었고 종종 진흙 구덩이로 변했다. 그로 인해 이곳은 온갖 균의 온상이 되기도 했다. 그러다 지난 몇 달 동안 이상 가뭄 현상이 계속되었는데, 덕분에 산비탈을 내려가는 동안 모기 떼와 전투를 치루는 일은 없었다.

"아직 멀었니?"

그녀는 근심과 두려움이 섞인 목소리로 물었다.

"거의 다 왔어요, 엄마."

아들은 그의 아버지와 똑같은 말투로 대답했다. 상냥했지만 어떤 이의 제기도 허용하지 않았다. 불확실한 상황에서도 말론을 따라 출발할 것을 그녀에게 종용했던 모습과 마찬가지로 제이는 확고했다.

"차라리 여기 머무르는 게 낫지 않겠어?"

그녀가 제이에게 물었다. 헬리콥터의 소독약 세례를 받은 후 그들은 임시로 몸을 닦아낼 수 있는 움집으로 되돌아왔다. 눈을 화끈거리게 하는 그 액체의 냄새는 앨리샤가 일한 적 있는 은행가의 고급 빌라를 생각나게 했다. 그와 비슷한 냄새가 나는 약품으로 한 달에 한 번 수영장을 청소했던 게 기억났다.

"때가 될 때까지 기다리자, 제이."

하지만 제이는 엄마의 말을 전혀 듣고 싶어 하지 않았다.

"우리가 뭘 해야 할지는 내가 결정해요."

제이가 그녀에게 말했다. 그리고 누가 집안의 가장인지 분명히 했다.

앨리샤는 제이의 짙은 눈동자 깊숙한 곳에 시선을 고정시켰다. 그의 어투가 너무나 진지했기 때문에, 그 말을 웃어넘기는 것이 그녀에겐 불가능한 것처럼 느껴졌다.

'넌 이제 겨우 일곱 살이야.'

그녀는 응수하려고 했지만, 차마 그 말이 입에서 떨어지지 않았다. 아들에게 상처주고 싶지 않았기 때문이었다. 그리고 아들의 말이 틀린 것도 아니었다. 쓰레기 처리장 일로 제이는 집안의 주요 부양자가 되었는데, 집안의 우두머리로서의 권한이 자연스레 그에게 귀속되었다. 자포

자기 상태에 빠진 그의 어머니가 나아가야 할 길을 제시해주는 역할 역시 제이의 몫이었다.

루팡 팡가코가 삶의 종착역이라면, 늪지대는 지옥으로 가는 대기실이었다. 그리고 그곳이 이 끔찍한 생의 탈출구가 아닌 것만은 확실했다.

슬럼가 중 산비탈에서 위쪽으로 멀리 떨어진 지역은 때에 따라 전기가 들어오기도 했다. 몇몇 움막에는 라디오나 TV도 있었고 그곳 주민들은 집 안을 좀 더 멋지게 꾸미기 위해 사진엽서로 벽을 꾸미거나 문에 색을 칠하기도 했다. 그에 반해 이곳 늪지대에서는 음악 소리를 들을 일이 드물었고, 아이들의 웃음소리도 마찬가지였다. 문 대신 장막이 드리워진 입구 안쪽에는 늙은이와 병자 들이 숨어 살았으며, 그들은 이미 가족으로부터도 외면당해 버려진 사람들이었다. 누군가 얼굴을 보인다면, 그건 아마 굶주린 아이들이거나 이빨이 다 빠진 매춘부들일 터였다.

아직까지 대부분의 움막은 장막으로 가려져 있었다. 하지만 밤이 되면, 남자들은 아이들을 길거리로 내보내고 돈 몇 푼 벌기 위해 부인들을 쓰레기 산에서 돌아오는 노동자들에게 팔아넘길 것이었다.

'나도 이곳에서 생을 마감하는 걸까?'

앨리샤는 스스로에게 물었다. 만약 그녀의 아이들만이라도 좀 더 나은 삶을 꾸릴 수만 있다면, 그런 운명이라도 기꺼운 마음으로 받아들이겠다고 무언의 기도로 신에게 약속했다.

'하지만 어떤 이유로 신은 나에게 이런 거래까지 하도록 만드는 걸까?'

낄낄거리는 웃음소리가 생각에 잠겨 있던 앨리샤를 깨어나게 했다.

한 무리의 청소년들이 그들의 맞은편에서 오고 있었다. 갑자기 그녀는 자신이 얼마나 숨을 헐떡이고 있는지, 이런 장거리 보행을 계속해나가기에는 힘이 얼마나 바닥났는지 온몸으로 느껴야 했다.

"여기서 잠깐이라도 쉬면 안 되겠니?"

그녀가 뒤에서 아들을 불렀다. 청소년들은 더 큰 소리로 웃어댔지만 그들에게 아무 해도 끼치지 않고 가던 길을 계속 갔다.

"그럴 필요 없어요."

제이가 대답했다. 그리고 좁은 길 쪽으로 약간 비스듬히 돌출된 판잣집 앞에 멈춰 섰다.

"다 왔어요."

그는 판잣집 안으로 들어갔다.

"기다려, 제이!"

앨리샤는 이마에 흐르는 땀을 훔쳤다. 그녀가 서둘러 발걸음을 옮긴 거처는 예상 밖으로 공간이 넓었다.

땀과 배설물 냄새가 그녀의 코를 심하게 자극했지만, 한눈에도 다른 늪지대 공간의 위생 상태보다 깨끗했다. 천장은 높았고, 부엌에는 다락방 같은 공간이 있어서 나무 사다리를 타고 올라갈 수 있었다. 2층 침대와 비슷하게 생긴 그곳에는 어두운 피부색을 지닌 마른 남자가 자리에 앉아 발톱을 깎고 있었다. 그는 강판으로 민 듯한 짧은 머리를 하고 있었으며 두 눈 사이가 멀리 떨어져 있었다. 그 아래에서는 믿을 수 없을 정도로 뚱뚱한 부인이 버너 앞에 서서 냄비를 젓고 있었다.

그녀의 배는 지나치게 꽉 끼는 바지 위로 튀어나와 있었다. 윗도리 대신에 검은 브래지어 하나만 걸치고 있었는데, 끈이 살에 파묻혔다. 그녀의 발 아래쪽으로 어린아이 두 명이 팔 없는 인형 하나를 가지고 서로 토닥거리고 있었다.

"원하는 게 뭐야?"

뚱뚱한 부인은 뒤도 돌아보지 않고 물었다. 앨리샤가 움막 안으로 들어왔을 때, 남자도 역시 아래에 있는 그들을 내려다보지 않았다. 아마도 움막에는 종종 예고도 없이 방문객들이 드나들었던 것 같았다.

"아기가 하나 있네요."

제이가 방의 중간쯤에 있는 박스에 시선을 고정시켰다. 그 위에서 신생아가 잠을 자고 있었다.

'노엘보다 훨씬 더 잘 먹였구나.'

앨리샤는 벌거벗은 사내아이의 배와 허벅지가 도톰하게 살이 오른 것을 슬픔에 찬 눈으로 보며 생각했다.

"하나라고?"

남자가 위에서 내려다보며 음흉하게 웃었다. 그는 깡마른 몸뚱이에 더러운 팬티 한 장만 걸치고 있었다.

"코나가 이 슬럼의 인구 절반을 늘렸지."

"그게 다 당신 책임이잖아. 대체 누가 자기 물건을 바짓가랑이 안에다 제대로 안 넣고 다닌 건지 모르겠군, 비투인?"

뚱뚱한 부인이 씩씩거리며 그의 말을 되받아쳤다. 그런 다음 그녀가 제이를 돌아보았다.

"젖이 필요해요."

"제이."

앨리샤가 제이의 말을 중간에 끊었다. 아들이 무엇을 계획하고 있는지 그녀는 비로소 파악했다. 부끄러움으로 그녀의 낯빛이 홍조를 띠었다. 어떻게 그런 생각을 하게 된 걸까? 그래서 제이는 어디로 가는지 말하지 않았던 것이다. 노엘에게 젖을 줄 사람을 찾는 일 따위는 그녀 살아생전에 결코 동의하지 않았을 테니까.

"물어볼 필요도 없는 일이야."

앨리샤가 말했다. 코나와 비투인은 아주 재미있다는 듯 심술궂은 눈빛을 서로 주고받았다.

제이가 어떻게 그녀를 그렇게까지 굴욕감을 느끼도록 만들 수 있단 말인가? 그는 앨리샤를 쓸모없는 엄마로 소개하고 있는 셈이다. 자신의 아기조차 돌볼 능력이 없는 엄마로.

"제발, 엄마. 노엘은 젖이 필요해요. 그리고 저 아줌마가……"

제이가 코나를 가리켰다.

"……그걸 가지고 있어요."

"맞아. 내 여편네는 젖이 아주 잘 나오지."

비투인이 웃으며 손톱깎이를 그의 오른발 엄지발톱에 갖다 댔다.

"네 엄마는 그렇지 않은 것 같구나, 꼬맹아."

아이 중 한 명이 소리를 지르며 울기 시작했다. 다른 아이가 팔 없는 인형을 다시 주지 않으려고 했기 때문이다.

"그 주둥아리 좀 닥쳐요."

코나가 남편에게 말했다. 그러고는 소란스럽게 우는 아이를 발로 툭툭 건드렸지만 아이의 고함 소리는 잠잠해지지 않았다.

"우릴 도와줄 수 있나요?"

제이가 물었다.

"어떻게 하느냐에 따라 다르지."

속에서 위산이 올라오는 사람처럼 힘들게 침을 삼키며 코나가 말했다.

"어떻게요?"

"지불해야지."

그녀가 엄지와 검지를 비볐다.

앨리샤가 제이의 어깨를 치며 화가 난 목소리로 말했다.

"나가도록 해. 당장!"

'넌 좋은 생각으로 계획한 거겠지만, 이건 범죄 행위야. 그리고 난 절대 내 아기를 저런 불량배 같은 사람에게 맡기지 않을 거야.'

"얼마예요?"

제이가 전혀 개의치 않는 냉담한 목소리로 물었다.

"5."

"5페소요?"

"5달러."

"미국 달러로."

비투인은 아래를 내려다보며 덧붙여 말했다.

"정말 안 갈 거야, 제이?"

여기서 이 상스러운 사람들이 하는 말을 더 듣는다면 앨리샤는 이성을 잃게 되리라 확신했다. 5달러는 터무니없는 액수였다. 그녀는 그들이 젖을 줄 마음이 없으면서 변죽을 울리며 장난을 치고 있다고 생각했다.

'5달러라니!'

"우릴 놀리고 싶은 것뿐이야."

앨리샤가 제이에게 말했다.

"아니요. 난 그런 짓은 안 해요."

뚱뚱한 부인이 젖은 손을 바지에 닦으며 말했다.

"당신들은 젖을 원하고, 우린 여기서 나가길 원해요."

"나간다고요?"

제이가 물었다.

"그래. 출입금지령에 대해 못 들었어? 비투인이 아는 사람이 감시초소에 있어. 그가 5달러에 지나가도록 해준다고 했어."

반라의 남자가 그의 부인의 말을 확인해주며 손톱깎이로 제이를 가리 켰다.

"센타보로 지불해도 괜찮아. 비투인 은행이 오늘 좋은 환율로 계산해 주지. 1대 50으로."

"가장 높을 때가 1대 40.6이에요."

제이가 반박했다. TV를 볼 때면 그는 항상 뉴스 채널을 틀어달라고 부 탁했다. 특히 그의 관심을 끄는 것은 화면의 가장자리에 뜨는 자막이었 다. 날씨와 주가 혹은 환율 정보, 어느 것이든 상관없었다. 제이는 숫자 에 대해서는 모든 것에 매혹되었다.

"뭐야 이 녀석? 잘난 체하는 거야?"

코나가 심술궂은 목소리로 물었다.

'아니요. 산술가죠.'

앨리샤는 생각했다. 만약 가슴에 노엘을 안고 있지만 않았어도 살찐 암소의 뺨에 따귀를 올렸을지도 몰랐다.

제이의 재능은 일찌감치 그녀의 눈에 띄었다. 한번은 그녀가 은행가 가족 밑에서 일을 막 시작했을 때, 제이와 함께 장을 보러 가는 걸 허락 받았다. 축제 음식을 장만해야 했기에 여주인은 가능한 모든 일손을 동 원해야 했다. 거대한 쇼핑카트 세 개가 마치 노새가 끄는 수레의 짐짝처 럼 가득 차 있었다. 계산대 고무 컨베이어벨트가 장을 본 물건들로 거의 부서질 지경이었으며, 영수증으로는 미라 하나를 칭칭 감을 수도 있을 정도였다. 계산원이 전체 액수를 말했을 때, 당시 다섯 살이었던 제이가 고개를 힘 있게 가로저으며 39페소 8센타보가 더 많이 나왔다고 말했다. 종업원과 여주인 그리고 줄을 서서 기다리던 사람들은 모두 웃었다. 하 지만 제이는 빌라로 돌아오는 자동차에서 영수증을 들여다봤고 사람들을 깜짝 놀라게 할 사실을 발견해냈다. 계산대에 있던 여자가 잘못해서 레몬그라스를 두 번 찍었던 것이다.

"1대 50이나, 1대 40.6이나. 뭐 큰 차이가 있다고 그래?"

코나가 조롱하듯 말했다.

"정확하게 47페소 차이가 있어요."

제이가 마치 입에서 총알이 튀어나오듯 말했다.

"내버려둬, 제이. 우린 어차피 그만한 돈을 가지고 있지도 않아."

그녀가 절약해 모은 몇 푼 되지 않는 돈은 제이의 수업료로 모두 나갔다. 한 달에 한 번 백발이 무성한 퇴임 수학교사인 구스타보가 제이의 재능을 계속 키워주는 대신, 그 돈을 지불했다. 얼마 되지 않는 페소였지만, 그녀가 극도로 절약해 마련한 것이었다. 그래도 그 돈을 투자하기에 그보다 더 좋은 곳은 없다고 그녀는 확신했다. 제이가 구스타보를 만나고 돌아왔을 때보다 더 행복해하는 모습을 그녀는 본 적이 없었다.

'엄마, 숫자들은 저의 친구예요. 왜냐하면 항상 믿을 수 있기 때문이죠.'

언젠가 그녀가 왜 복잡한 분수를 암산하거나 십만 단위 숫자들을 곱하는 일을 왜 좋아하는지 물었을 때, 제이가 그렇게 대답했다.

"돈이 없다고?"

뚱뚱한 부인이 앨리샤의 말을 들었다. 아기가 깨어나 목청껏 울기 시작했다.

그녀는 허리를 구부려 벌거벗은 신생아를 들어올렸다.

"내 눈앞에서 썩 꺼져!"

그녀가 말하며 아이가 젖에 입을 댈 수 있도록 그녀 가슴에서 브래지어를 끌어올렸다.

"그래, 썩 꺼져. 가서 다른 멍청이나 찾아봐."

비투인이 그들 뒤로 웃으며 소리쳤다.

밖으로 나오니 햇살이 눈부셨다. 앨리샤는 다시 움막으로 들어가려고 하는 아들의 팔을 낚아채 붙들고는 놓지 않았다.

"기다려, 제이."

앨리샤가 말했다. 제이가 그녀를 향해 돌아섰고, 찰싹 소리가 날 정도로 아들의 뺨을 후려쳤다.

제이는 얼굴 표정 하나 찡그리지 않았다. 놀란 것처럼 보이지도 않았다. 대신 이미 체벌을 예상하고 있었다는 듯 고개를 숙였다. 다시 앨리샤의 얼굴이 부끄러움으로 붉게 물들었다. 소스라치게 놀라 그녀는 손으로 입을 가렸다.

"미안해, 제이. 제발 날 용서해다오. 넌 좋은 의도로 한 일이었는데."

앨리샤는 아들의 머리카락을 쓸어 올려주었다.

"널 때릴 생각은 아니었단다. 하지만 앞으로는 제발 두 번 다시 이런 일은 하지 않도록 해."

제이가 말없이 그녀를 살펴보았다.

"엄마가 그런 종류의 사람들과 어울리는 걸 원치 않는다는 걸 너도 잘 알잖니?"

그녀는 그들이 막 나온 움막을 가리켰다. 제이가 고개를 가로저었다.

"하지만 엄마의 자존심이 노엘의 배를 채우지는 못해요."

앨리샤는 눈물을 보이지 않기 위해 애써 참아야 했다.

"그럴 수도 있지."

그녀는 잠깐 정신을 가다듬고는 말했다.

"하지만 우리가 가진 거라곤 자존심뿐이야."

그녀는 부끄러워하며 바닥으로 시선을 내리깔았다.

"엄마, 조금만 기다리세요. 제가 어떻게든 돈을 구해 올게요."

앨리샤는 제이의 말소리를 들었다. 그리고 자신의 뺨을 어루만지는 제이의 손길을 느꼈다.

# 제2장

베를린

'점점 더 악화되고 있어. 나아지지가 않아.'

노아는 처음엔 굳이 고백하고 싶지 않았다. 아니, 생각조차 하고 싶지 않았다. 하지만 중앙역의 진입로 앞에 서 있는 지금, 그는 더 이상 부정할 수 없었다. 시간이 흐를수록 기억을 점점 더 잃어가고 있었다.

때때로 어떤 기억은 아들론 호텔에서 죽은 남자의 영상처럼 순간적으로 떠올라 뇌를 번개처럼 훑고 지나갔다. 또 종종 늙은 아버지 같은 목소리도 머릿속에서 들렸지만, 목소리의 주인을 퍼즐처럼 하나의 얼굴로 끼워 맞추는 일은 거의 불가능했다. 그가 자란 장소, 그의 부모님 얼굴, 그를 기다리고 있을지도 모를 가족에 대한 기억도 별반 다르지 않은 상태였다. 그리고 무엇보다 그를 괴롭히는 것은 기억망에서 이런 구멍들 옆으로 갑자기 새로운 구멍이 뚫리는 일이었다.

'점점 더 악화되고 있어. 나아지지가 않아.'

마치 4주 전 총알이 그의 어깨가 아니라 그의 기억을 뚫고 들어가 박혀서는 상처를 냈고, 그로 인해 엄청난 양의 피 대신 기억이 통제 불가능할 정도로 몸에서 빠져나온 것 같았다. 그는 그 증상을 은신처에서 처음

278

알아차리게 됐다. 그의 물건 몇 개를 서둘러 여행 가방에 넣고 있었는데, 한순간 자기가 왜 이런 일을 하고 있는지 알 수 없게 됐다. "암스테르담은 여기보다 훨씬 더 추울 거야" 하고 말하며 두꺼운 스웨터를 하나 더 챙겨 넣는 오스카의 말을 듣고 나서야 다시 그의 기억이 돌아왔다. 그리고 지금 또다시 그런 일이 생겼다.

노아는 동행자에게 중앙역으로 가는 지하도에서 새벽부터 뭘 하려는 건지 물어보려고 했다. 그들이 타고 갈 기차가 이제 몇 분 안에 출발할 예정이었지만 갑자기 그의 동행자 이름도 생각나지 않았다. 하나씩 기억을 잃어간다는 두려움이 파도처럼 그를 덮쳐오는 사이, 키 작고 통통한 사내는 노아의 배낭을 어깨에 멘 채 혼자 어떤 캠핑카로 들어갔다.

'홀거? 오토? 오트마르?'

몇 분 지나지 않아 그 사내가 다시 캠핑카에서 걸어 나왔을 때, 비로소 그의 이름이 기억났다. 하지만 배낭이 없었다.

"오스카, 토토를 어떻게 한 거예요?"

노아는 손에 여행 가방을 든 채 캠핑카 주위를 돌아 오스카를 따라갔다. 부츠 밑에서 눈이 으깨지는 소리가 났다. 여행 가방에서 내의를 꺼내 입었는데도, 추위는 여전히 참기 힘들 만큼 혹독했다. 오스카 역시 옷을 갈아입었는데, 오리털 점퍼와 갈색 스웨터, 청바지 그리고 양털 부츠는 모두 새것이었다.

"이봐요, 내가 묻고 있잖아요."

노아가 오스카를 뒤에서 불렀다.

"걔는 어떻게 했어요?"

"제니가 돌볼 거야."

노아는 처음 들어본 이름이었다.

오스카가 고개를 끄덕였다.

"우리가 잠을 방해해서 조금 언짢았을 거야. 원래는 빨라도 두 시간 후에나 첫 환자를 받거든. 하지만 토토를 보고는 바로 일을 시작했어. 치료하기 까다로운 기생충 감염일 것 같대."

"수의사예요?"

노아는 커튼으로 가린 창문을 통해 노란 불빛이 흘러나오는 캠핑카를 뒤돌아봤다. 비로소 그는 차의 한쪽 면에 글씨가 적혀 있는 것을 발견했다.

'개 닥터.'

"그녀는 사회사업가라고 할 수 있어. 사실 제니는 베를린 거리의 아이들을 돌봐주는 일을 해. 하지만 그 아이들은 어른들을 신뢰하지 않기 때문에, 그녀는 동물의 도움을 받아 아이들에게 다가가지."

오스카는 노아에게 그녀의 일에 대해 이런저런 설명을 해주었다. 제니는 자신의 '개 닥터' 캠핑카를 몰고 부랑자가 많이 모이는 곳으로 가 그들의 반려동물을 무료로 치료해주는 일을 했다. 그러면서 길거리 아이들의 고민과 걱정거리들에 대해 알게 되었고, 종종 그들의 상처를 돌봐주는 일도 허락받았다. 그리고 가끔은 (비록 드문 일이기는 하지만) 한 아이와 다른 아이를 서로 연결시켜 함께 살 수 있는 주거 공동체를 조직하기도 했다. 역설적이긴 하지만, 그녀는 지금 일로 인해 거리에서 살았다. 그사이 점차 해야 할 일이 많아져 가끔 주중에는 오늘처럼 달리는 동물병원에서 밤을 보내야 했기 때문이다. 하지만 그것도 올해 말에는 그만두어야 할지도 몰랐다. 베를린 시의회에서 기부금 지급을 취소해버렸기 때문이다.

"휴대전화는 어떻게 할 거야?"

오스카가 기차역 입구로 가는 길에 물었다.

"뭘 어떻게 해야 하죠?"

"선불 폰이나 뭐 그런 게 필요한 거 아니야? 그 위성전화 뼈다귀같이 우리 뒤를 캐내며 뒤쫓아오게 하는 거 말고."

"누구한테 전화하려고요?"

"그 말이 맞군."

노아와 오스카는 중앙역 입구를 지나 중세 고딕 성당을 떠오르게 하는 전면이 유리로 덮인 건물 안으로 들어갔다. 이른 시각이었지만 텅 빈 모습이 왠지 이상했다. 어깨를 잔뜩 움츠린 채 빠른 걸음으로 플랫폼을 향해 걸어가는 사람들은 거의 예외 없이 마스크를 쓰고 있었다. 마스크는 대부분 종이로 만들어진 것이었는데, 사람들은 마치 수술실로 향하는 외과 의사들 같았다. 24시간 문을 여는 약국은 심지어 손 글씨로 써놓은 광고판을 세워두고 홍보했다.


바이러스 스톱 - 당신과 가족을 보호하세요!


바로 그때 한 남자가 노아의 눈에 들어왔다. 한순간 쇼윈도 유리에 비친 그 남자의 모습을 볼 수 있었다.

노아는 홱 몸을 돌려보았지만, 이미 그는 플랫폼 계단을 올라가서는 자취를 감췄다.

"이봐, 그렇게 심각하게 볼 필요 없어."

오스카가 말했다. 그는 노아가 방금 들어온 입구를 돌아본다고 오해했던 것이다.

"자네가 패트릭스와 약속했다는 거 나도 알아. 하지만 토토에게는 제니가 훨씬 더 나은 손길이야."

노아는 오스카의 말에 집중하지 않았다. 계단 위에 걸린 화살표 모양
의 표지판만 쳐다보았다.

'9번 플랫폼이야.'

그곳으로 2분 안에 암스테르담으로 가는 기차가 들어올 예정이었다.

'이게 무슨 우연이지.'

그는 자신의 동행자에게 조용히 하라는 신호를 주며 그 남자를 뒤쫓았
다.

"대체 또 무슨 일이야?"

그들이 유리로 된 엘리베이터 앞에 도착했을 때, 오스카가 소곤거렸다.

"계단으로 가는 게 훨씬 더 빨라."

"미리 조심하는 거예요."

노아는 오스카의 말이 끝나기가 무섭게 응수했다. 실제로 엘리베이터
문이 열릴 때까지 그들은 족히 1분이라는 시간을 잃었다. 하지만 그동안
노아는 오스카에게 자신의 의혹에 대해 자세히 설명할 기회를 얻었다.

"뭐, 플랫폼에 킬러가? 이런 제기랄, 내가 어떻게 자네 설득에 넘어가
이곳까지 동행하는 멍청한 결정을 내렸는지 모르겠어."

사실 오스카에게 은신처에 몸을 숨기고 있으라고 간곡하게 요청한 것
은 노아였다. 그리고 펄쩍펄쩍 뛰며 거절했던 사람은 오스카였다.

'자네가 나보다 근육이 빵빵할지는 모르지, 키 큰 양반. 하지만 내가 누
군가? 난 자네 머리나 마찬가지야. 그걸 여행 중에 집에 두고 가서는 안
되지.'

엘리베이터 문이 열렸다. 그들은 기관실이 들어올 자리인 플랫폼의 끝
에 자리 잡았고 남자와는 스무 걸음 정도밖에 떨어져 있지 않았다. 남자

는 객차가 들어오는 선로 건너편에 세워진 유리 게시판을 훑어보고 있었다.

"그들 중 한 명이 이미 왔군요."

"그들 중 한 명이라고? 그럼 자네 뒤를 또 다른 놈들이 쫓아온다는 거야? 이런, 세상에."

오스카가 씩씩거리며 숨을 쉬었다.

"자네, 빌더베르크 놈들을 화나게 하는 것만으로 충분하지 못했나 보군."

노아는 대답은 하지 않고 오스카를 매표 자판기 뒤쪽으로 끌어당겼다. 다른 승객들은 거의 보이지 않았다. 노아는 이 시각에 항상 기차역이 이렇게 비어 있는지 아니면 감염의 공포로 사람들이 공공시설을 기피하고 있는 것인지 궁금했다.

조심스럽게 그는 엄폐물로부터 고개를 내밀고 앞을 살폈다. 게시판 앞에 서 있는 남자는 그가 아들론 호텔 스위트룸에서 도망 나올 때 봤던 남자를 연상시켰다. 하지만 그를 그 남자라고 어떻게 못박을 수 있는지 노아 자신도 설명할 수는 없었다.

'몸을 꼿꼿이 세우고 있는 자세 때문일까? 키가 크고 호리호리한 체격 때문일까? 무릎까지 오는 저 짙은 색 외투 때문일까?'

어쩌면 그 낯선 남자가 짐 가방 하나 없이 기차를 타는 것이 평범한 여행객처럼 보이지 않았기 때문일지도 몰랐다. 그러나 요즘 비즈니스맨들은 스마트폰 이외에 다른 것은 거의 필요치 않았다.

노아는 회색 머리카락이 희끗희끗한 남자가 사탕이나 껌 같은 것을 입 안에 넣는 걸 보았다. 곧이어 기차가 들어오는 소리가 들렸다. 남자는 플랫폼 안쪽으로 걸어 내려갔다.

노아는 점점 멀어지는 미지의 인물을 오래 관찰할수록 위험의 근원지를 발견했다고 믿은 자신의 생각에 의심을 품게 되었다. 하지만 바로 그때 남자는 소소하지만 치명적인 실수를 저질렀다. 그는 고개를 약간 옆으로 숙인 채 불빛이 밝혀진 음료수 자판기를 스쳐지나갔는데, 바로 그 순간 반짝이는 뭔가가 노아의 눈에 띄었다. 그의 귀 안에 불빛에 반사된 작은 금속이 들어 있었는데, 크기는 아마 침핀의 둥근 머리 부분보다 크지 않을 것 같았다.

'소형 무전기?'

노아는 실눈을 뜨고 남자의 움직이는 아래턱을 보았다. 그리고 단번에 그가 껌을 씹고 있는 게 아니란 걸 확인했다.

'그는 누군가와 이야기하고 있어.'

그때 한 가족인 듯 보이는 사람들이 정신없이 계단을 뛰어 올라와 남자의 시야를 막아 섰다.

노아는 1초도 주저하지 않았다. 두 명의 어린 아들과 함께 서 있는 부부와 마주 보듯 평행선을 그리며 플랫폼 안쪽으로 뛰어 들어가서는 그 남자의 뒤편에 섰다. 이제 노아는 객차의 짙은 색 유리창에 비친 그의 얼굴을 볼 수 있었다.

남자는 기차 출입문 버튼에 손가락을 갖다 댔다.

'남자는 왜 추위에도 불구하고 장갑을 끼지 않은 걸까?'

소리를 내며 문이 열리자, 남자는 플랫폼 난간으로부터 한 걸음 뒤로 물러났다. 다행히 그곳으로 승객들이 내리지 않았다. 플랫폼에 서 있던 가족들 역시 다른 객차를 탔다.

'목격자는 없겠군.'

남자가 승강구 계단에 발을 올려놓자마자 노아는 공격을 시작했다. 남자의 발을 뒤로 잡아당기자 으악 하는 소리와 함께 앞으로 고꾸라졌다. 노아는 혹시 모를 목격자를 의식해서 덩달아 비틀거리며 넘어지는 승객처럼 보이도록 엎어져 있는 그 남자 위로 몸을 던졌다. 그의 왼쪽 손은 주머니에 있는 총을 꽉 쥐고 있었다. 그렇지만 그 남자를 승강구에서 죽일 작정은 아니었다. 우선은 어떻게 된 일인지 심문을 할 생각이었다.

'날 쫓는 킬러는 누구인 걸까? 그 배후는? 그리고 왜?'

노아는 그 남자가 욕설을 퍼붓는 걸 들었다. 그의 숨에서 알코올 냄새가 났다.

'술? 작전 중에?'

그런 다음 그는 남자의 귀 안에 있는 전자기기를 보았고 순간 자신의 실수를 알아챘다.

'실수였어. 내가 실수를 했어.'

기억력만 제대로 작동하지 않는 게 아니었다. 위험 상황을 정확히 감지해내고 선을 악으로부터 떼어놓는 그의 능력 또한 서서히 그러나 확실히 사라지고 있었다.

'점점 더 악화되고 있어. 나아지지가 않아.'

"정말 죄송합니다."

무안해진 노아는 의도적으로 몸을 더 비틀거리며 남자에게 사과를 했다.

"이런 제기랄."

남자가 신음 소리를 냈다. 그는 기차 안쪽으로 자신의 몸을 끌고 간 다음, 앉은 자세로 정강이뼈를 문질렀다.

"당신 제정신이요?"

"제가……"

'내가 잘못 봤소. 당신이 날 죽이려고 하는 줄 알았는데……'

"제가 실수를 저질렀습니다."

노아는 그에게 손을 내밀었지만, 남자는 화를 내며 혼자 힘으로 몸을 일으켜 세웠다.

물론 그는 귀에 뭔가를 끼고 누군가와 이야기하고 있었다. 하지만 작전 사령부는 아니었다. 가족 중 한 사람이나 친구, 애인 혹은 회사 동료와 통화했을 뿐이다. 남자는 헤드셋을 이용해 누군가와 통화했고, 그 헤드셋이라는 것은 요컨대 귀에 쏙 들어가는 최첨단 미니 블루투스 수신기였다.

남자는 경멸의 눈빛을 노아에게 던지고는 머리를 흔들며 일등석 칸이 있는 방향으로 다리를 절뚝이며 걸어갔다.

남자는 자리에 도착하자, 외투의 단추를 풀고 화난 표정으로 의자에 털썩 주저앉았다. 기차가 역을 출발하는 동안, 그의 호흡은 안정을 되찾아갔다. 굳었던 얼굴 표정도 점점 풀려갔다. 기차가 역을 완전히 벗어난 순간, 아담 알트만은 연기를 그만뒀다.

그는 귀에서 헤드셋 수신기를 빼고 작전 사령부와 연락하는 원래 소형 무전기가 혹시 잘못되진 않았는지 주의 깊게 살펴보았다. 차장이 근처를 지나자, 알트만은 알코올 스프레이 향을 지우기 위해 커피를 주문했다.

천천히 깨어나고 있는 대도시의 불빛들이 차창으로 쏜살같이 지나갔다. 알트만은 얼굴에 드러나는 웃음을 참을 수 없었다. 그는 만족스럽게 재킷 안주머니에 있는 총을 토닥거렸다. 목표물이 혼란에 빠져 있는 틈을 타 가로챈 것이었다. 노아가 자신의 점퍼 주머니에 들어 있는 총이 무용지물인 복제품이라는 걸 알아차리기까지는 얼마간의 시간이 걸릴 터였다.

# 제3장



셀린은 더 이상 아무것에도 놀라지 않았다. 냉장고처럼 밀폐된 방에서 NNN사 빌딩 옥상으로 올라가 헬리콥터를 탄 것도, 그리고 이제는 제트기를 타고 바다 위를 날아가는 것도, 그사이 여러 차례 질문했지만 아무 답도 들을 수 없었다는 것도.

'저 작자들이 날 어디로 데려가는 걸까?'

'내게 원하는 게 뭘까?'

'저 작자들은 누굴까?'

아무도 그녀와 말을 섞으려 하지 않았다. 앰버뿐 아니라 아시아인처럼 보이는 조종사와 어깨가 넓은 경호원 역시 마찬가지였다. 경호원은 케이블 타이로 그녀의 손목을 묶고는 헬기의 맨 뒷좌석에 올라타라고 윽박질렀다.

셀린은 조종석 앞 유리창을 통해 끝없이 펼쳐진 바다를 물끄러미 바라보며, 앰버와 노아의 통화 중에 엿들은 내용에 대해 곰곰이 생각했다.

'암스테르담, 기차역, 화장실.'

그들은 헬리콥터로 대서양을 건널 작정인가? 그렇다 해도 그녀는 이제 전혀 놀랍지 않았다.

세 시간 전, 그들은 매사추세츠주의 동쪽 섬인 마서스비니어드에서 제트기로 갈아탔는데, 공항 활주로 위에서 바로 이루어졌다. 짙은 색 양복을 입은 경호원 세 명의 감시를 받으며 기내에 올랐고, 문으로 분리되어 있는 앞쪽 객실에 갇혀 있었다. 셸린은 놀라지 않았다. 더 이상 그 어떤 것에 대해서도 놀라지 않았다. 근심과 두려움으로 인해 놀랄 여유조차 없었다.

제트기가 이륙하기 전 그녀는 절망적인 마음에 어리석은 시도를 하고 말았다. 앰버에게 같은 여자로서 마음에 호소해보려고 했다. 셸린은 임신 상태의 위험성을 설명함으로써 서로 신뢰를 가질 수 있기를 바랐다. 하지만 조롱과 비웃음만 샀을 뿐이었다.

"어머, 이를 어떡해요? 임신 첫 3개월에는 장거리 여행을 절대 피해야 한다고 들었는데."

억수처럼 쏟아지는 비를 뚫고 제트기가 공항을 이륙했을 때, 앰버가 입꼬리를 올리며 말했다.

"만약 이 여행으로 당신이 더 이상 아이 때문에 고통받지 않게 된다면 제가 좋은 일을 한 거네요."

셸린은 처음으로 눈물을 보였다. 분노로 인해 흐르는 눈물이었다.

두 손은 이제 케이블 타이에서 자유로웠지만 셸린은 벨트에 고정되어 있었기 때문에 일어나 앰버의 뺨을 올려붙일 수도 없었다. 그녀는 너무 화가 나 바닥에 깔린 크림색 톤의 카펫 위에 침을 뱉었다.

앰버는 웃으며 자리에서 일어나 기내에 설치된 바에서 진 토닉 한 잔을 만들었다. 그녀는 두 번째 잔을 홀짝이며 무심한 듯 패션 잡지를 넘겼다.

셸린은 갑자기 쓰러질 것 같은 피곤함을 느꼈고, 그러는 사이 팔걸이에 장착된 리모컨 버튼으로 기내 벽면에 설치된 와이드스크린 TV를 켤 수 있다는 사실을 발견했다.

'ON' 버튼을 눌렀다. 광고가 떴다. 말하는 고무 오리 인형과 함께 욕실에서 춤추며 웃고 있는 가정주부가 나오자, 셸린은 TV를 끄려고 했다. 하지만 짧은 광고가 지나가는 찰나, NNN 로고가 나오는 뉴스 화면으로 바뀌었다.

'하필이면 뉴스야!'

TV는 무음 상태였기 때문에 셸린은 세심하게 가르마를 탄 아나운서가 무슨 말을 하는지 들을 수는 없었지만, 뉴스 화면 하단에 뜨는 떠버리 장사치 같은 자막 덕분에 소리가 전혀 필요하지 않았다.

JKF 공항 사건 발생

검역에 들어간 공항

터미널 공항 진입로 폐쇄

휴대전화 및 인터넷 차단

냉난방 및 환풍구 시설 완전 봉쇄

이착륙 금지

몇 개의 연속 영상이 잇달아 떴다. 셸린은 공항 설계 도면 다음에 나온 야외 영상을 보았다. 전신을 흰옷으로 감싸고 얼굴에 방독마스크를 쓴 여섯 명으로 구성된 특수부대가 2번 터미널 도착 대기실 앞에 임시로 설치된 천막으로 접근하는 중이었다.

신문사에서 촬영한 야외 영상들과 함께 터미널 내부에서 입수한 필름 자료도 띄워졌다.

승객 중 한 명이 휴대전화로 찍어 인터넷에 올린 모양이었다. 아마 JFK 공항이 모든 무선 연락이 마비되기 직전이었을 것이다.

영상은 지지직거렸다. 한 무리의 사람들이 보였고 그들은 비상 출구 앞에서 경찰들과 실랑이 중이었다. 짐작건대 밖으로 나가려는 것 같았다. 그때 경찰 한 명이 총을 꺼내 들자 사방으로 사람들이 흩어지며 급히 달아났다. 몇몇은 바닥에 넘어졌다. 셀린은 경찰들이 경고성 발포를 한 것 같다고 추측했다. 이 장면을 촬영한 사람 역시 달아나는 중이었다. 영상이 끝나기 바로 직전에 비상 출구 앞에 있는 경찰들이 멀리 화면에 잡혔다. 그곳에는 한 남자만이 유일하게 경찰 앞에 서 있었다.

'뒤돌아봐요.'

셀린이 속으로 외쳤지만 그는 뒤돌아보지 않았다. 촬영 영상은 거기서 중단되었다. 그리고 셀린은 의혹을 더는 확인할 길이 없었다.

'내가 방금 아빠를 본 거야?'

아마도 아닐 것이다. 어쩌면 그녀의 영혼이 잔혹한 거짓말로 장난을 치는 건지도 몰랐다. 에드에 대한 근심이 커졌다. 그리고 감염 증상을 도표로 보여주자 셀린은 점점 더 혼란스러워졌다.

1 단계: 전염. 공기를 통한 감염?

2 단계: 잠복기. 눈에 띄는 증상이 없음.

3 단계: 발병. 코피가 나옴. 환자는 전염 가능성을 내포하고 있음.

그 뒤로도 4단계가 더 있었으며, 마닐라 독감의 진행 과정과 증세에 대한 내용이 사망에 이르기까지 상세히 기술되어 있었다. 폐 안으로 피가 흡입되는 경우, 라는 문장에서 셀린은 읽는 것을 멈췄다.

그녀는 눈을 감고 아빠의 얼굴을 떠올렸다. 친밀한 미소와 계피 향이 나는 애프터셰이브 스킨 향 그리고 웃을 때면 항상 번쩍거리던 금으로 덮어씌운 어금니가 보였다. 그리고 거의 동시에 그녀 아빠가 팔을 벌리고 눈을 부릅떴다. 갑자기 확장된 그의 동공으로부터 피가 솟구쳐 나왔다.

그녀는 신음 소리를 내며 눈을 떴다.

"생각만 해도 끔찍해."

그녀 자신도 모르게 말이 튀어나왔다.

앰버는 재미있어하는 표정으로 읽고 있던 잡지 너머로 그녀를 보았다. 그런 다음 등 뒤에 있는 TV 쪽으로 몸을 잠깐 돌렸다.

"끔찍하다고 말했어요?"

그녀가 셀린 쪽으로 다시 몸을 돌리며 물었다.

"자, 우리가 얼마나 서로 다른지 보세요. 나는 이 사건이 최근 일어난 일 중 최고라고 말하고 싶어요."

'뭐라고?'

"수천 명의 사람이 공포로 떨고 있는 게 보이지 않는 거예요?"

셀린이 TV를 가리켰다.

"흐음."

앰버는 마치 깊은 생각에 빠진 사람처럼 보였다.

"어떻게 내가 잠자는 사람에게 당신이 꿈꾸고 있다는 걸 설명해야 할까요?"

"뭐라고요?"

"좋아요. 일단 해보도록 하죠. 그럼 숫자로 시작해볼까요?"

"무슨 수요?"

"3100만."

"3100만, 그게 어쨌다는 거죠?"

"비행이에요. 방금 내가 언급한 3100만이라는 수는 이착륙 횟수를 말하는 거예요. 매년 우리 행성이 견뎌야 하는 수죠. 3100만 번의 비행, 거기에 소요되는 케로신 연료는 10억 리터가 넘어요. 보잉 747 하나가 이륙 후 1분 안에 재생 불가능한 5톤의 천연자원을 불태워버리죠. 사라져버리고, 완전히 고갈되고, 이미 과거의 것이 되어버리는 거죠. 우리는 지난 20년간 수백만 년 동안 축적해온 것들을 가져다 썼어요. 이제 더 이상 비행이 가능하지 않겠죠. PVC, 세제, 윤활유도 생산되지 않을 거예요. 다 사라질 거예요. 그래서 JFK 공항을 폐쇄한 일이, 그게 단 하루에 불과하다고 해도, 올해 환경보호에 미국이 큰 기여를 한 거예요. 그러니까 부은 눈으로 슬픔에 잠겨 있는 대신, 오늘 1290번이 넘는 이착륙으로 대기를 오염시키지 않은 것에 대해 오히려 기뻐해야 할 거예요."

셀린이 자신의 이마를 손가락으로 톡톡 쳤다.

"당신 뭐예요? 정신 나간 환경운동가예요?"

"아니요. 난 단지 환경 문제를 발생시키는 원인들 중 하나일 뿐이에요. 설마 당신 이 제트기가 물을 이용해 날아가고 있다고 생각하는 거예요?"

"뭐가 문제인 거죠? 기름 때문인가요?"

앰버가 눈을 부릅떴다.

"당연히 아니죠. 이건 해충 구제에 관한 문제예요. 나쁜 종류의 기생충은 죽을 때까지 감염된 숙주를 빨아먹고 살죠."

"내가 맞혀볼까요. 당신 지금 사람들에 대해 이야기하는 거 맞죠?"

앰버가 박수를 보냈다.

"아주 똑똑하네요, 핸더슨 양. 기름은 결국 우리가 소진하게 될 수많은 자원 중 하나에 불과해요. 우리 아래로 11킬로미터 지점을 예로 들어보죠."

그녀가 기내 바닥을 가리켰다.

"지금 이 순간에도 최첨단 장비를 갖추고 바다 위를 떠다니는 공장들이 타이타닉 호의 잔해가 남아 있는 곳까지 샅샅이 뒤지며 대양을 헤집고 있어요. 하지만 음향탐지기나 음향측심기를 이용하면서도 수킬로미터에 달하는 어망에는 물고기를 거의 찾아볼 수 없죠. 오늘날 포유류는 넷 중 하나가 멸종위기에 놓여 있고 심지어 양서류는 40퍼센트가 그래요. 이런 식의 멸종위기는 예전 운석 충돌 이후 거의 세계 종말론적인 규모입니다. 그러니까 공룡 멸종 이후로요."

앰버는 자신이 뭔가 우스꽝스러운 농담이라도 한 것처럼 입을 히죽거리며 웃었다.

"숲, 동물, 공기, 물 그리고 기후. 이 행성의 모든 것은 죽었거나 성장을 멈추고 나날이 쇠약해져가고 있어요. 그리고 그 모든 재앙을 불러온 사람들만 초 단위로 늘어나고 있어요. 자연의 조절 작용에서 벗어났기 때문이죠."

"그 조절 작용이라는 게 뭔가요?"

셀린은 제트기가 더 높이 올라가는 것을 느꼈다.

"병이죠."

앰버가 설명했다.

"페스트를 예로 들어볼까요. 14세기 중반 검은 죽음이라고 불리던 페스트는 유럽에서 2500만 명의 사람을 없애버렸어요. 당시 인구의 3분의 1이었죠."

"잠깐 기다려봐요."

셀린의 입이 마르기 시작했다. 제트기의 부드러운 엔진 소리가 점점 더 커지는 것처럼 들렸다.

"당신 말은 마닐라 독감이 의도적으로 퍼뜨린 페스트라는 거예요?"

앰버는 어깨를 으쓱거리고는 패션 잡지를 다시 펼쳤다.

"나는 단지 우리 행성이 다시 균형을 회복할 수 있도록 눈에 보이는 성과가 시급하다고 말하는 거예요."

"사람들을 죽여서요?"

셀린은 자리에서 벌떡 일어나려고 했지만, 벨트가 또다시 그녀를 붙들었다.

"기생충 숫자를 이 행성이 소화할 만큼만 줄이는 거죠."

셀린은 잠시 동안 할 말을 잃었다.

"당신…… 당신은 지금 대량 학살을 말하고 있는 건가요?"

"그렇지 않아요."

앰버는 손에 든 잡지에서 눈도 떼지 않은 채 무미건조한 톤으로 말했다.

"난 노아 프로젝트를 말하고 있는 거예요."

# 제4장


　노아가 거울을 응시했다. 흐르는 눈물을 못 느낀 채 울고 있는 자신의 모습을 보았다. 입술을 움직였지만 감각이 없었다. 그런 자신과 나누는 이야기를 들었다. 단어 하나하나의 뜻은 알았지만, 무슨 맥락인지 이해하지는 못했다.

　'난 살인자가 아니야.'

　노아는 자신을 질타하듯 소리쳤다.

　'난 훨씬 더 나쁜 놈이야. 날 살인자 같은 단어로 정의 내릴 수는 없어.'

　'내가 한 행동을 되돌릴 수는 없어. 그러기엔 이미 너무 늦어버렸어.'

　순간 장면이 바뀌어 노아는 호텔 침대 위로 여행 가방을 던지는 자신의 모습을 멀리서 지켜보았다.

　'스위트룸. 아들론 호텔이야.'

　그리고 여행 가방이 열리는 모습도 지켜보았다.

　'그들이 곧 올 거야. 시간이 없어, 비디오를 숨길 시간이.'

　그리고 갑자기 그와 똑 닮은 남자가 웃었다. 노아는 그가 여행 가방에서 꺼내 손에 들고 있는 여권들을 알아볼 수 있었다.

'로마, 암스테르담, 몸바사. 이게 우리가 살아날 방법이야!'

어떤 목소리가 머릿속에 반향을 일으켰다. 노아는 그 목소리를 꿈에서 조차 떨쳐버리지 못했고, 그것은 노아 자신의 목소리와 겹쳐졌다.

'서둘러야 해. 더 늦기 전에……'

엄청난 굉음과 함께 창문이 깨지면서 노아는 마지막 문장을 삼켜버렸다. 노아와 판박이인 남자의 관자놀이에 난 미세한 구멍에서 붉은 액체가 흘러나왔다. 노아는 자신이 눈을 깜박이는 모습과 손을 머리로 향하는 모습 그리고 바닥으로 쓰러지는 모습을 지켜보았다.

활활 타오르는 벽난로에 자신과 닮은 남자가 쿵 하고 부딪쳤을 때, 노아는 두 번째 총성을 들었다. 어깨를 파고든 총알의 고통은 그를 잠에서 깨어나게 했다.

"커피 아니면 차?"

오스카가 물었다.

노아는 아직 꿈에서 제대로 헤어나지 못한 채 뭔가 이해할 수 없는 말들을 중얼거리며 어깨를 문질렀다. 눈을 뜨고 있는 것조차 어려웠다. 규칙적인 기차의 진동이 그를 다시 잠들게 할 것 같았다. 노아는 기억에서 사라져버리기 전에 그 꿈을 다시 붙들고 싶다는 생각을 했다.

'방금은 꿈일까 아니면 기억일까?'

그가 보았던 영상이 기억이라고 말할 수 있는 이유는 총에 맞은 남자의 피 얼룩이 실제로도 있었다는 것이다. 불과 몇 시간 전에 아들론 호텔 스위트룸의 밝은색 카펫 위에 있던 얼룩을 그가 직접 확인했었다. 반대로 꿈이라고 말할 수 있는 이유는 노아가 자신이 죽어가는 모습을 지켜보았다는 것이 불가능하기 때문이었다. 게다가 자신은 머리가 아니라 어깨에 총상이 있었다.

"정신 차리고 빨리 대답해."

오스카가 재촉하며 반대편에 앉은 노아를 향해 상체를 굽혔다. 텅 빈 객차 칸에 그들만 홀로 앉아 있었다.

"자, 내가 묻는 말에 대답해봐. 빨리. 이것저것 생각 말고. 커피 마실 거야 아니면 차 마실 거야?"

"커피요."

노아가 하품을 했다.

"무슨 일……"

"휴가를 간다면, 산 아니면 바다?"

"모르겠어요."

"생각하지 마. 그냥 대답해. 빨리."

"좋아요. 바다."

그사이 노아도 이 놀이가 어떤 의도로 진행되는지 알아챘다. 비슷한 놀이를 그전에 여기자와도 했었다. 어쨌든 노아는 오스카가 주도하는 이 심리테스트가 과연 의미가 있는지 아니면 전혀 무의미한지 따져보기보다는 그냥 응하는 편이 더 편하다고 생각했다.

"영화 아니면 연극?"

"영화요."

"생선 아니면 고기?"

"고기요."

"비틀즈 아니면 롤링 스톤즈?"

"비틀즈."

"맥주 아니면 와인?"

"둘 다 아니요."

"종이책 아니면 전자책?"

"종이책이요."

"기혼 아니면 미혼?"

노아가 결국 어깨를 으쓱거렸다.

"몰라요."

"이런 빌어먹을."

오스카는 마치 레몬 한 조각이라도 씹은 듯 얼굴을 찌푸렸다.

'점점 더 악화되고 있어. 나아지지가 않아.'

노아는 방금 전의 경험도 빠른 속도로 희미해져간다고 느꼈다. 그는 승차할 때 있었던 돌발적인 사건 이후 앉을 자리를 찾아 돌아다녔고 차장에게 두 장의 티켓값을 현금으로 지불한 다음, 커튼을 쳤던 것까지는 기억이 났다. 하지만 그게 전부였다. 그다음에 곧바로 잠이 들었던 걸까? 아니면 그 전에 뭔가 대화를 나누었던 걸까?

'모르겠어.'

마스크를 쓴 차장이 네덜란드의 슈퍼에서 매점매석이 횡행하고 있다고 말한 것이 꿈의 일부였는지 아니면 현실이었는지 노아는 확신할 수 없었다. 그는 동행자를 관찰했다. 늘 그랬듯 머리카락은 사방으로 흩어져 엉켜 있었다. 그 모습은 마치 평온하지 못한 밤을 보내고 뭔가에 놀라 침대에서 벌떡 일어난 사람처럼 보였다.

오스카가 창밖을 내다보았다. 그는 눈앞으로 풍경이 스쳐지나가도록 내버려둔 채, 스웨터 안에서 목걸이를 꺼내서는 펜던트의 뚜껑을 무의식적으로 열었다 닫았다 몇 번이고 되풀이했다.

밖은 이미 오래전에 날이 밝아 있었다. 그들이 탄 기차는 굉음을 내며 속도를 줄이지 않고 작은 마을의 기차역을 쏜살같이 지나갔다. 너무나 빠른 속도여서 표지판에 적힌 동네 이름조차 알아볼 수 없었다. 네덜란드 통신회사의 광고판만이 이미 국경선을 지나왔다는 사실을 알려주었다.

'대체 무슨 일이……'

노아가 시계를 보고는 놀랐다.

"10시 직전인 거예요? 세상에. 내가 얼마나 오래 잔 거예요?"

"네 시간은 넘게 잤지."

오스카가 그를 향해 몸을 돌렸다.

"그동안 차표 검사를 세 번이나 했어. 우린 곧 도착할 거야."

"그런데 왜 날 깨우지 않았어요?"

"왜? 또 다른 무고한 사람을 고의적으로 밀어 넘어뜨리려고?"

그가 입을 비죽거리며 씩 웃음을 지었다.

"진정하게, 키 큰 양반. 몸이 알아서 자네가 필요한 것을 취한 거야. 잠은 상처받은 영혼을 위한 최고의 약이지. 그리고 누구도 우리에게 총을 쏘려 하지는 않았어."

오스카가 자리에서 일어나 커튼을 양쪽으로 젖히고는 객차 문을 열었다.

"어딜 가려는 거예요?"

노아가 물으며 마찬가지로 자리에서 일어났다.

비교적 오래 수면을 취했음에도 그는 쉬었다는 느낌을 거의 받지 못했다.

"뭔가 마시려고. 자네도 목이 타지 않아?"

정말이었다. 그는 갈증을 느꼈다.

"식당 칸은 한 칸 더 떨어져 있어."

오스카가 말했다.

"우리 물건은 그냥 들고 가자. 거기서 바로 내리면 될 거야."

노아는 여행 가방을 집어 들고 그를 따라 복도로 나왔다.

"제게도 그녀를 보여줄 수 있어요?"

노아가 물었다.

"그녀?"

오스카가 물으면서 뒤돌아보았다.

"당신 부인이요."

노아가 펜던트를 가리켰다.

"그 안에 아내 사진이 들어 있는 거죠, 아니에요?"

오스카가 아랫입술을 앞으로 쑥 내밀었다. 처음에는 부탁을 거절할 것
처럼 보였지만 곧 그는 한숨을 쉬며 목걸이에 달린 장신구 뚜껑을 열었
다. 그 안에 들어 있는 사진은 테두리가 계란처럼 긴 타원형으로 정리되
어 있었다. 인화지는 이미 낡은 상태였으며 가장자리도 빛이 바래 있었
지만, 사진에 찍힌 얼굴에서 풍기는 매력을 해치지는 못했다.

"아름답네요."

노아가 말했고 정말 그렇게 생각했다.

큰 눈과 도드라진 이마, 짙은 색의 머리와 눈빛은 어딘지 생각에 잠긴
듯 우울해 보였다. 하지만 평소에는 웃음이 많을 거라고 짐작할 수 있었
는데 눈가에 잡힌 주름 때문이었다.

오스카는 슬픔에 잠긴 듯한 미소를 지어 보였다.

"그래 맞아. 마뉴엘라는……"

그가 이마를 찌푸렸다.

"……그래, 그녀는 서른 살 초반이었어. 내가 이 사진을 찍을 당시 우
린 막 마인츠에서 개인 병원을 함께 열었지."

'마인츠라고?'

오스카가 다시 펜던트를 닫고 몸을 돌렸다. 그리고 놀랄 만큼 빠른 걸음으로 기차가 가는 방향으로 비틀거리며 복도를 지나갔다.

"프랑크푸르트라고 말하지 않았어요?"

노아가 그를 쫓아가듯 걸었다. 기차의 움직임으로 그의 몸이 가볍게 흔들렸다. 식당 칸으로 들어선 그가 동행자를 따라잡았을 때 다시 한 번 질문을 반복했다.

"프랑크푸르트?"

오스카가 뒤돌아보았다. 펜던트는 이미 한참 전에 다시 그의 스웨터 안으로 사라져버리고 없었다.

"아니. 난 거기서 일한 적 없어."

노아는 객차 입구에 마련된 짐칸에 여행 가방을 쑤셔넣고 조리실 옆에 있는 식탁에 자리를 잡았다. 그곳 역시 다른 객차와 마찬가지로 인적 없이 황량한 느낌을 주었다.

"제발, 암스테르담에 도착하기 전에 여기서 뭐라도 먹으면 좋겠군."

오스카는 걱정스러운 말투로 투덜거렸지만 노아는 그렇게 빨리 주제를 옮겨갈 준비가 되어 있지 않았다.

"천만에요. 당신이 내게 클리어에 대해 이야기했잖아요. 그건 프랑크푸르트 공항에서 일어났던 일이고요. 마인츠가 아니라."

오스카가 메뉴판을 식탁에 내려놓았다.

"잘 듣게, 키 큰 양반. 상처줄 생각은 아니지만, 내가 만약 자네 상태라면 암기력 세계선수권대회 진출은 꿈도 못 꾸었을 거야. 자네가 그때 뭔가 헷갈렸었나 보지. 마인츠는 프랑크푸르트와 가까우니까 내가 그렇게 말했을 거야."

노아는 곰곰이 생각해보았다. 그때는 분명 지금 오스카가 말하는 것과는 다르게 이해했었다고 믿었지만 얼마나 확신할 수 있을까? 몇 시간 전만 해도 오스카 이름조차 잊어버리지 않았던가? 그런데 왜 지금 별로 중요하지도 않은 대화의 세부 내용까지 떠올려야 하는 걸까?

갑자기 그는 옆에 그림자가 다가와 있는 것을 느꼈다. 아무런 낌새도 없이 순식간에 나타났다. 손이 본능적으로 총이 있는 곳으로 향했지만, 그림자의 얼굴을 다시 알아보았을 때 그는 어느 정도 긴장을 늦추었다.

"제가 합석해도 되겠습니까?"

남자가 물었다.

노아가 주변을 보았다. 다른 식탁도 모두 비어 있었다.

"당신에게 사과의 말씀을 드리고 싶군요."

낯선 남자가 무표정한 얼굴로 합석의 이유를 설명했다.

"당신이 말입니까? 오히려 제가 드려야 할 것 같은데요. 당신을 밀쳐 넘어뜨린 건 저였습니다만."

노아가 어리둥절해하며 대답했다.

제5장



    알트만은 예전에 어떤 파티에서 연기 선생 한 명을 알게 되었다. 그는 그 자리에 있던 다른 지루한 사람들 중 유일하게 유쾌한 인물이었다. 파티 참석자들은 당시 그의 부인이 정기적으로 초대했던 사람들인데 그녀는 거실에 모인 바보들의 집합을 '사교계'라고 부르며 마음 쓰느라 여념이 없었다.

    예순둘의 이 남자는 사람들이 배우나 발레 선생이라고 하면 상상할 수 있는 판에 박힌 모습을 하고 있었다. 에나멜 가죽구두, 맞춤 양복, 화이트 톤의 스카프 그리고 호모섹슈얼. 그는 자신이 할리우드 유명 스타에게 미소 짓는 법을 가르쳐주었다고 말했다. 그들에게 미소야말로 레드카펫 위 쉴 새 없이 터지는 카메라 플래시 세례 속에 가장 중요한 액세서리였기 때문이다.

    당시 알트만은 충동적으로 그 반대의 경우도 배울 수 있는지 그에게 물었다. 그러니까 웃음이나 울음이 나오는 상황에서도 얼굴에서 아무런 동요도 읽어낼 수 없게 만드는 법을 알고 싶었다.

    지금 그가 이 순간에 증명해 보이듯 연기 선생의 가르침은 성공적이었

다. 현재 그의 맞은편에 앉아 있는 남자가 처해 있을 내적 갈등을 생각해
본다면, 그는 오히려 웃음을 터뜨리거나 최소한 빙긋이 미소라도 지어
야 했을 것이다. 하지만 그는 입가에 미동조차 보이지 않았다. 알트만은
노아의 머릿속에 울리고 있는 경보벨을 정확하게 들을 수 있었다. 그의
목표물이 내적으로 전투를 치르고 있는 것을 알아챘다.

"암스테르담에는 왜 가십니까?"

"사업차 여행 중입니다."

독일 억양을 연기한 영어로 그가 대답했다. 그의 장기 중 하나가 사투
리였는데, 별다른 큰 노력을 들이지 않고도 다른 언어권에서 교육받은
독일인처럼 말할 수 있었다.

"어떤 일에 종사하십니까?"

"커튼이나 차양, 방충망 등을 취급하고 있소."

영화에 나오는 스파이들이나 중의적인 표현을 쓴다.

'청소대행업에 종사하고 있습니다. 길거리 쓰레기를 치우는 게 제 일
입니다.'

잠깐 그는 영화 속 대사에 나올 법한 말을 머릿속으로 떠올렸다.

"그런데 짐은 어디에 두셨습니까?"

노아가 계속 질문을 했다.

"샘플은 이미 고객에게 보내두었습니다."

이런 이야기를 나누는 것이 그의 마음을 짠하게 만들지만 않았더라도
알트만은 기꺼이 그 대화를 한동안 더 이어나갔을 것이다. 하지만 그는
사디스트가 아니었다. 누군가를 죽인다는 게 즐거운 일은 아니었다. 워
싱턴에 사는 그의 이웃인 위장병 전문의가 언젠가 정원 파티 중에 대장
내시경을 강력하게 추천하며 말했다.

'의사들에게도 그 일은 그렇게 썩 유쾌한 업무가 아닙니다. 하지만 유감스럽게도 어쩔 수 없이 해야 하는 필수불가결한 것입니다.'

알트만은 자신의 직업에 대해서도 그보다 더 적절한 표현은 찾을 수 없다고 생각했다.

그들은 마침내 식당 칸에 모습을 드러낸 피곤해 보이는 웨이터에게 커피 두 잔과 콜라 한 잔을 주문했다. 알트만은 아무 말도 없이 창밖을 응시했다. 오스카는 물론 제거 대상은 아니었지만, 유감스럽게도 그 역시 무사할 수는 없을 것 같았다.

"5분 남았어요."

귓속에서 들리는 여자 목소리가 그에게 남아 있는 시간을 일깨웠다. 알트만은 마치 간지러워 종아리를 긁으려는 듯한 행동을 취했지만 사실 그곳에 채워둔 총집을 열었다.

이미 베를린에서 승차할 당시 노아를 없애버릴 기회가 있었다. 하지만 미국 대사관 안뜰에서 작전지휘관과 나눈 대화는 그를 심사숙고하게 만들었다. 알트만은 그녀가 그에게 뭔가 숨긴다는 걸 피부로 느꼈다. 그리고 만약 사실을 모두 확인하지 않은 채 노아를 해치워버린다면, 모든 것이 뒤죽박죽 엉망이 되어 엄청난 혼란으로 치닫게 될 거라고 생각했다. 게다가 그는 지금까지 그렇게 노련한 적수를 단 한 번도 만난 적이 없었다. 그런 전문가를 정확한 배후도 알지 못한 채 제거해야 한다는 것은 너무 아까운 일이었다. 그래서 그는 바꿔치기한 복제 총 안에 도청 장치를 설치했고 노아에 대해서 뭔가 더 들을 수 있기를 바랐다. 하지만 노아는 대부분의 시간을 잠으로 허비한 것이다. 이제 유예기간은 모두 지나가 버렸다.

"4분 남았어요."

이곳 식당 칸에서는 모든 게 좀 더 어려운 상황으로 치닫게 될지도 몰랐다. 그는 음료수를 가져다준 웨이터까지 다치는 일만은 피하길 바랐다.

"앗, 이런 실수를."

커피 뚜껑을 열려고 하던 중 알트만은 플라스틱 컵 안에 있는 내용물을 절반이나 쏟았다. 맞은편에 앉은 노아는 물론이고 오스카에게도 조금 튄 것처럼 보였다.

"포장을 뜯을 때면 꼭 이런 일이 일어나곤 합니다."

"이로써 서로 빚을 청산한 셈이군요."

노아가 말했다. 비록 가벼운 마음으로 웃자고 던진 말이었지만 미소도 짓지 않고 옷을 닦아낼 기미도 보이지 않았다.

'그는 직감으로 알고 있어. 그런데 직감을 따르지 않고 머릿속 이성이 하는 말을 듣는 실수를 하는 거야.'

알트만은 그 모든 걸 계산에 넣고 행동했던 것이다. 호텔과 전자제품 매장의 킬러들은 (그들이 어디에 속해 있는지는 몰라도) 노아와 정면 승부를 펼치는 실수를 범했다. 하지만 노아는 너무 노련한 싸움꾼이었다. 그는 공격자가 취하는 동작 패턴을 가장 미세한 변화까지 인지하도록 훈련되어 있는 게 분명했다. 베를린에서 알트만이 의도적으로 풍긴 냄새들을 그는 정확히 분석해냈다. 장갑을 끼지 않은 점, 짐이 없는 점, 반짝이는 단추 크기만 한 수신기를 귀에 꽂은 점 그리고 턱의 움직임까지.

전자제품 매장이나 호텔에서 일어난 사건들은 노아에게 생각할 여유를 주지 않았다. 순식간에 닥친 상황들이었다. 그러나 알트만은 지금 최소한 겉으로 보기에는 노아에게 현재 상황을 찬찬히 살펴볼 수 있는 시간적 여유를 허용했다. 아마도 노아는 총을 손에 쥔 채 자신 앞에 있는 이 이상하지만 어쩌면 무고한 여행객을 단순히 의혹만으로 쏠 수 있을까 고민하고 있을지도 몰랐다. 그렇게 노아는 귀중한 시간을 허비하고 있던 반면, 알트만은 가장 시기적절한 순간을 맞이하기 위해 시간을 활용했다. 그리고 그 적당한 때가 기차가 역으로 막 진입하는 순간이라고 판단했다. 어차피 승객은 얼마 되지도 않았지만, 그때는 승객들이 열차에서 내리는 데에만 정신이 팔려 있기 때문이었다.

'그리고 노아가 먼저 공격을 시도한다고 해도, 그의 손안에 있는 무용지물의 가짜 총은 아무 쓸모도 없을 거야.'

알트만은 노아의 점퍼에 묻은 얼룩을 보며 그의 손가락이 싸우는 데에만 능숙하다고 생각했다. 그리고 능력은 항상 직업과 관련해서만 제대로 발휘되는 것이 아닌가 하는 생각도 들었다. 마침 바지 주머니에 있던 휴대전화가 울렸다.

그는 전화를 꺼내 딸이 보낸 문자를 읽었다.


아빠, 내가 너무 늦은 건 아니죠? 생신 축하 드려요.

PS: 아빠의 조언이 필요해요.


이번에는 알트만도 미소를 억누르지 못했다.

'그래. 조금 늦었지만 괜찮아, 레아나.'

그녀가 필요한 조언이라는 것은 아마 돈일 것이 뻔했다.

'하지만 뭐 어때. 그 애가 날 생각한 거야. 비록 적절치 못한 순간이지만.'

"무슨 일 있습니까?"

노아가 뭔가 의심스러운 듯한 목소리로 물었다.

웨이터가 식탁으로 왔을 때, 알트만이 계산을 했다. 노아가 돈을 내도록 내버려두는 것은 그에게 너무 야비한 짓처럼 여겨졌다.

"승객 여러분, 우리는 곧 암스테르담 중앙역에 도착할 예정입니다. 평소보다 많은 승객으로 인해 환승 기차 도착까지 다소 대기 시간이 길어질 수도 있습니다. 자세한 상황은 직원에게 문의하시기 바랍니다."

객차 안내 방송은 알트만에게는 출발 신호였다. 그는 열려 있던 총집에서 무기를 꺼내서는 노아의 배를 향해 총을 겨눴다. 이미 안전장치를 풀었기 때문에 손가락만 구부리면 됐다.

"괜찮으십니까?"

알트만이 주춤했다.

놀랍게도 노아의 목소리에 깊은 근심이 담겨 있었다. 오스카 역시 당황한 표정으로 그를 쳐다보았다.

"뭐라고 하셨습니까?"

그가 노아에게 물었다. 알트만의 손가락은 여전히 방아쇠에 고정되어 있었다.

"당신 코……"

알트만은 눈살을 찌푸리며 검지와 중지를 윗입술에 갖다 댔다.

'대체 이게 뭐야…… 묽은 액체 같은데.'

'빨간색?'

침을 삼키자 금속 맛이 났다. 알트만은 추위를 느꼈다. 그것은 신체적인 반응이 아니라 심리적인 반응이었다.

"실례하겠습니다."

알트만이 말했다. 그러고는 총을 제자리에 다시 넣고는 마치 보트에서 물로 뛰어들기 전의 잠수부처럼 엄지와 검지로 코를 누른 채 서둘러 자리에서 일어났다. 그는 깜짝 놀라는 웨이터를 지나 서둘러 화장실로 갔다. 코에서 손을 뗐다. 거울을 보았다. 굵은 핏방울이 세면대로 뚝뚝 떨어졌다.

"무슨 일이라도 있어요?"

귓속 수신기 너머로 작전지휘관의 목소리가 들렸다. 기차 바퀴가 날카로운 마찰음을 내며 속력을 줄였다.

"아무것도 아니오."

알트만이 짧게 대답하며 손에 묻은 피를 응시했다.

'아무 일도 아닐 거야.'

그러나 스스로를 달래보려는 시도는 무력했다. 단 하나의 생각만이 모든 것을 밀어내고 머릿속을 가득 메웠다.

'마닐라 독감.'

알트만이 알고 있는 한, 견딜 수 없는 통증이 오기까지는 열 시간에서 열다섯 시간 정도 남아 있었다.

제6장

  만약 '카오스'라는 단어가 없었더라면, 암스테르담 중앙역의 상황을 묘사하기 위해 그 단어를 고안해냈어야 할 정도였다. 베를린 역과 그들이 막 떠나온 암스테르담 역의 차이는 드라마틱했다. 노아와 오스카는 무장한 경찰 병력 덕분에 기차에서 내려 누구의 방해도 받지 않고 중앙홀 뒤쪽으로 올 수 있었지만, 이내 인파 속에서 서로를 잃어버리지 않도록 애써야 하는 상황이 일어났다.

  "손을 이리 줘요."

  노아는 그의 동행자에게 소리치며 기차역 홀 전체를 받쳐주는 오래된 아치형 기둥 아래로 끌어당겼다. 역은 분명 뉴욕의 그랜드 센트럴 터미널과 마찬가지로 흥미로운 기념물이었다. 하지만 오늘은 그 누구도 예술적인 건축물에 주목하지 않았다. 모든 사람들이 단 하나의 목표만 지닌 것처럼 보였다. 가능한 빨리 도시를 벗어나는 것이었다.

  노아는 오스카에게 여행 가방을 꽉 붙잡고 있으라고 말한 후 열차 운행 상황판을 보았다. 역을 출발하는 기차는 전부 몇 시간씩 연착되었다. 몇몇 기차는 아예 운행이 취소되기도 했다.

매표소 앞에는 사람들이 마치 정원등의 불빛 주위로 몰려든 모기들처럼 떼를 지어 있었다. 과도한 문의에 지친 역 직원들은 기다리는 사람들에게 고함을 치며 똑바로 줄을 맞춰 서도록 설득하려 했지만, 별 소용이 없었다. 아무도 직원들의 말을 주의 깊게 들을 수 없었다. 한 무리의 시위대가 북과 심벌즈를 울려댔기에 사람들은 의사소통이 거의 불가능했다. 시위대는 모두 젊었는데 여행객들과는 대조적으로 마스크를 쓰지 않았다. 소음은 점점 커졌다. 네덜란드어에 그리 유창하지 않은 노아는 운율에 맞춰 외치고 있는 슬로건의 두 문장만 알아들을 수 있었다.

"바이러스는 존재하지 않는다!"

"제약 회사는 농간을 멈추시오!"

"우리도 그러길 바라지. 우리를 위해서도, 기차에 있던 그 불쌍한 사내를 위해서도."

노아의 귀에 대고 오스카가 큰 소리로 외쳤다.

방금 전 일에 대해 아직까지 한 마디도 나누지 않았지만, 그들 둘 다 갑작스럽게 아무런 예고도 없이 터져 나오는 코피가 어떤 의미를 담고 있는지 잘 알고 있었다. 하지만 전염이라는 말을 침묵 속에 간직한 채 기차를 완전히 빠져나올 때까지 입 밖에 내지는 않았다.

시위대 행렬이 방향을 바꾸었다. 행렬의 끝에서 한 젊은 여자가 신발을 질질 끌며 걸어가고 있었다. 그녀는 붉게 물들인 레게 머리를 하고 있었으며 입에는 호루라기를 문 채 노아 바로 앞을 지나가고 있었다. 그녀가 가까이 왔을 때, 노아는 그녀의 점퍼 옷깃을 잡아 당겼다.

"왜 이래요!"

여자는 호통을 치듯 소리쳤다. 하지만 시위대 행렬이 정체되고 있었기 때문에 어쩔 수 없이 그 자리에 머물러야 했다.

노아는 사과를 하고는 영어로 물었다.

"이곳에 무슨 일이 있는 겁니까?"

여자는 그를 마치 외계인 보듯 쳐다보았다.

"뉴스 못 들었어요?"

"우리는 여섯 시간 동안 기차 안에 있었습니다."

"차라리 거기에 계실 걸 잘못하셨어요. 스히폴이 문을 닫았어요."

"공항이 말입니까?"

그녀는 이마로 내려온 레게풍으로 땋은 몇 가닥의 머리카락을 만지작거렸다.

"아시아에서 온 여행자들이 마닐라 독감 증세를 보여 입국 심사 중 잡혔다고 해요. 그런데 그중 한 명이 병동에 도착하지 않았다고 합니다. 그래서 아마 그 사람이 공항을 빠져나갔을 거라고 정부가 일부러 정보를 흘렸고요."

"무슨 말인지 알겠습니다."

"모두 거짓말이에요."

여자는 주변의 시끄러운 소음을 누르기 위해 계속 큰 소리로 말했다. 그녀의 목소리는 이미 소리를 너무 질러 반쯤은 쉬어 있었다.

"9·11 사태 이후처럼 그들은 우리를 마음대로 조정하기 위해 공포심을 이용하는 거예요. 자, 당신 눈으로 직접 확인해보세요."

여자는 마스크로 무장한 아이 엄마가 쌍둥이 유모차를 앞세운 채 폐쇄된 구역을 향해 길을 헤치며 나가는 모습을 손가락으로 가리켰다. 노아는 그녀가 무엇을 말하려는 건지 이해했다. 여기 있는 어느 누구도 상황을 지켜보려 하지 않았다. 사람들은 전염병이 두려웠던 것이다. 공항이 폐쇄되자 도시 밖으로 나가기 위해 구름처럼 떼를 지어 기차역으로 몰려온 것이었다. 고속도로와 항구는 또 어떨지 노아는 눈앞이 까마득했다.

'위험 분기점을 넘어선 대중들이 일단 한번 움직이기 시작하면, 그 연쇄 작용을 더는 멈출 수 없어.'

늙은 아버지 같은 목소리가 다시 그의 머릿속에서 자신의 존재를 알리듯 말했다.

노아는 시위대의 여자가 멀어져가는 뒷모습을 보았다. 그사이 여자는 다른 시위자들과 다시 섞여 이동 중이었는데, 머리 위로 안내 표지판이 보였다. 시위 행렬이 움직이고 있는 방향은 노아가 아까 통화를 했던 그 여자와 만나기로 한 약속 장소 쪽이었다. 그곳은 대합실 앞에 있는 화장실이었다.

그는 대혼란이 자신에게 득이 되는 건지 혹은 실이 되는 건지 결단을 내리지 못한 채 망설이고 있었다. 노아가 호랑이 굴에 제 발로 들어온 것은 협박녀로부터 그의 과거와 정체를 듣고자 하는 계획이었다. 그리고 지금 이 혼란 상황은 몰래 작전 장소로 접근할 수 있는 좋은 기회였다. 하지만 다른 한편으로는 비상 탈출 전략을 준비하기 위한 답사를 제대로 할 수 없었다.

"계획은 있어?"

오스카가 물었다. 노아가 어떤 생각으로 골머리를 앓던 중인지 느껴졌던 게 틀림없었다.

"앞쪽으로 도망가도록 해요."

노아는 이어서 말하려고 했다. 하지만 대합실 천장에 달린 확성기를 타고 어떤 소리가 흘러나와 그의 말을 끊었다. 대부분의 사람들은 하던 일을 한순간도 멈추지 않았고, 간혹 귀를 기울인 사람들이 있더라도 영어로 된 안내 방송이 그들과 아무런 상관이 없다는 것을 알아차리고는 순식간에 흥미를 잃어버렸다.

"베를린에서 오신 노아 어머니께서는 휴대전화를 켜주시길 부탁드립니다. 다시 한 번 말씀드리겠습니다……"

오스카와 노아가 서로 얼굴을 빤히 쳐다보았다. 마치 적에게 자신의 무기를 건네려는 것처럼, 노아는 천천히 점퍼 주머니에서 위성전화를 꺼냈다.

그것을 켜자마자 전화가 울리기 시작했다.

"이제야 받는군요."

셀린 핸더슨의 목숨을 이용해 노아에게 스스로 멈추라고 위협했던 그 목소리였다.

"어디에 있습니까?"

노아가 물었다.

"바로 당신 뒤에 있어요."

그 목소리는 더 이상 전화기에서 들리는 것이 아니었다.

제7장

　대혼란 속에서 그 누구도 마주 서 있는 이 기묘한 두 쌍 사이에 흐르는 긴장감을 주목하지는 않았다. 그들은 발 디딜 틈도 없는 디스코텍 바 앞에 서 있는 사람들처럼 밀착해 있었다.

　모두 네 명이었다. 오스카와 노아, 그 여자 그리고 무장한 한 남자가 소총을 꺼내 들고 있었다. 스물다섯 살 정도 되어 보이는 키 큰 남자로, 그를 보자 노아는 엘비스 프레슬리를 연상했다. 짙은 색 머리와 갈색 눈동자, 넓은 구레나룻 그리고 매끄러운 피부. 한 발짝이라도 움직였다가는 척추에 총알을 날려버리겠다는 태세로 서 있는 킬러에게는 그다지 어울리지 않는 낯짝이었다.

　'하지만 연쇄살인범인 테드 번디도 TV 쇼 프로그램 사회자처럼 생기지 않았던가?'

　물밀 듯이 그들 옆을 지나가는 사람들은 모두 정신이 없었다. 그들은 아무 생각 없이 앞만 바라보거나 위에 있는 안내판을 쳐다보고 있었다. 설령 누군가가 노아와 그 여자를 보았다 해도 서로 좋아서 엉켜 붙어 있는 한 쌍의 연인 정도로 착각했을 것이다. 눈에 띌 정도로 매력적인 여자가 키 큰 근육질의 애인의 손을 놓지 않는 모습으로. 여자가 노아를 무장해세시끼기 진까지는.

"여행 가방은 내려놔요."

여자가 명령했다. 총과 휴대전화, 현금과 여권을 모두 빼앗아 여자의 동행인에게 선네준 후였다. 오스카 역시도 몸수색을 당하고 있었다.

"어디로 가는 겁니까?"

노아가 물으며 그의 적을 자세히 뜯어보았다. 엉덩이까지 내려온 다운 점퍼의 은색 폴리에스테르 표면은 사탕 포장지처럼 반짝거렸는데 그녀가 걸친 옷 중 유일하게 겨울옷다웠다. 반면 굽 높은 구두는 계절과 맞지 않을뿐더러 납치범의 복장과도 어울리지 않았다. 몸에 꽉 끼는 펜슬 스커트는 오랜 여행 후인 것처럼 구겨져 있었다. 그리고 여자의 피곤한 기색은 완벽한 화장으로 가려져 있었다.

"가보면 알 거예요."

노아는 엘비스가 오스카에게 총을 겨누고는 출구를 향해 똑바로 전진하도록 신호를 주는 모습을 지켜보다가 이를 저지하고 나섰다.

"셀린은 어디 있습니까?"

노아가 물었다.

여자가 소리 내어 웃었다. 껌 냄새가 실린 호흡이 노아의 얼굴에 닿았다. 그들은 마치 서로 키스라도 할 것처럼 그렇게 가까이 서 있었다.

"당신 지금 한 번도 본 적 없는 사람을 걱정하는 거예요?"

"아닙니다."

그가 셀린에 대해 물은 것은 측은한 감정 때문만은 아니었다. 그녀는 일종의 심리적인 리트머스 테스트였다. 익명의 적이 과연 그들의 협정을 지켰을까? 아니면 셀린은 이미 더 이상 살아 있지 않는 것일까? 이 질문에 대한 대답은 노아가 어떤 종류의 적과 대면하고 있는지 보여줄 것이다. 꼭 필요로 하는 정보를 손에 넣기 위해 이들은 어떤 거래도 마다하지 않을 준비가 되어 있는 것일까? 그렇다면 흥정의 여지가 있었다. 그게 아니라 적은 단순히 폭력적인 방식으로 일을 처리하려는 걸까? 만약 그렇다면 적절한 시기에 노아는 적을 없애기 위해 결단을 내릴 것이다.

물론 그의 육감과 달리 셀린이 이 여자와 한통속일 수 있다는 가능성도 배제하지는 않았다. 하지만 식당 칸에서 모습을 드러냈던 남자가 의심스러웠던 것과는 달리 셀린에게는 어떤 위험도 감지되지 않는 게 확실했다. 그녀는 눈앞에 있는 요란하게 차려입은 이 여성과 그 끄나풀과는 정반대의 느낌이었다.

"핸더슨 양은 우리와 함께 있어요."

노아가 셀린의 소식을 알기 전까지는 그 자리에서 단 1센티미터도 움직이려 하지 않는다는 게 분명해졌을 때, 마침내 여자가 답을 했다.

그사이 시위대는 입을 모아 구호를 외쳐댔고, 점점 더 많은 사람들이 언쟁에 휘말렸다.

"그녀는 안전한 장소에서 우리를 기다리고 있어요."

"전 그녀와 이야기하고 싶습니다."

"그럴 거라고 생각했어요."

여자가 점퍼 안에 있는 무선전화기를 꺼냈다. 여자는 매니큐어가 칠해진 긴 엄지손톱으로 화면을 건드린 후 노아에게 건넸다.

"셀린에게 인사라도 해요, 노아 씨."

화질이 썩 좋지는 않았지만, 그럼에도 노아는 그녀를 한눈에 알아볼 수 있었다. 그녀의 사진을 오스카가 은신처에서 보여준 적이 있었다.

"아무 일 없습니까?"

그가 셀린에게 물었다. 그녀는 전혀 화장을 하지 않았는데 기진맥진한 상태처럼 보였다. 이마는 번들거렸고 겨우 실눈을 뜨고 있었다. 짙은 금발 머리는 노아가 사진에서 보았던 것보다 더 짧아져 있었으며 홍조를 띤 뺨에 들러붙어 있었다.

"전 괜찮아요. 아직 살아 있어요."

노아는 소음으로 인해 그녀의 말소리는 이해할 수 없었지만 그녀의 입술 모양은 읽을 수 있었다.

'이제 분명해졌어.'

그는 알고자 했던 것을 알게 되었고, 그래서 여자가 전화 연결을 단숨에 끊어버렸을 때도 이러쿵저러쿵 대꾸하지 않았다.

'셀린은 아직 살아 있어. 그 말은 그들이 내 목숨 말고 그 이상의 것을 원하고 있다는 거야.'

노아는 비록 기억은 못 하지만 자신이 어떤 비밀스러운 정보를 가지고 있다는 사실에 더 이상 의심할 바 없다는 것을 깨달았다. 그것은 사람을 죽이는 일도 불사할 만한 정보일 터였다. 그들은 그것을 손에 넣기 위해 바다를 건너오는 수고를 했고 수많은 킬러들을 움직였다.

'하지만 대체 뭘까?'

"실례하겠어요."

여자가 앞으로 나아갔다. 그리고 남자가 여자 뒤를 경호했다.

중앙 출구까지 30미터를 가는데 그들은 거의 5분이라는 시간을 소요했다. 납치범들은 이런 상황에서 아무리 발버둥 쳐봐도 도주하는 게 불가능한 일이라는 것을 알고 있었다. 밀려오는 사람들이 자연스레 방어벽을 형성했기 때문이다.

마침내 그들이 건물 밖으로 빠져나왔을 때, 노아는 완전히 땀에 젖어 있었으며 어깨의 총상이 도져 욱신거렸다.

오스카 역시 이제야 겨우 숨을 쉴 수 있었다. 이곳의 공기는 베를린보
다 더 따뜻했고 미세한 안개비가 안개를 더욱 자욱하게 만들고 있었다.
진입로는 교통 대란이었다. 자동차들이 뒤죽박죽 엉켜 움직이지 못하는
상태였으며 기차도 선로 위에 그대로 멈춰 있었다. 경찰차 사이렌 소리
가 들렸고 우중충한 겨울 하늘에 파란 불빛이 깜박거렸다. 하지만 한눈
에 보기에도 투입된 경찰 차량 역시 뚫고 지나갈 틈은 없었다.

'이젠 어디로 가는 거지?'

노아는 몸을 돌려 다시 한 번 역 정문을 돌아보았다. 양쪽으로 시계탑
이 있는 붉은 벽돌 건축물이 있었다.

"여기예요."

그들은 여자를 따라갔다. 자동차 사이를 이리저리 비집고 지나가며 거
리를 건넜다. 그곳에는 가로수 뒤로 짙은 청색의 컨테이너들이 쌓여 있
었다. 표지판에는 지하철 선로 복구 작업으로 인한 불편에 대해 사과하
는 문구가 쓰여 있었다. 여자가 철창으로 된 울타리를 옆으로 밀고 들어
가자 공사장에는 적막감이 감돌았다. 걸을 때마다 진흙 구덩이에 발이
빠졌다. 멀리 밴이 보였다. 여자는 그쪽을 향해 나아갔다. 밴은 검은색
플라스틱 파이프가 쌓여 있는 곳 바로 옆에 주차되어 있었는데 운전석
은 비어 있는 것처럼 보였다. 그들은 밴 가까이 다가갔다.

"운전하도록 해."

여자가 말하며 옆에 있던 남자에게 열쇠를 던져주었다.

"오, 안 돼."

오스카가 신음 소리를 내며 말했다. 다른 남자가 자동차 안에서 문을
열면서 나왔다.

"뭐예요?"

여자가 물었다.

"우린 이걸 타면 안 돼."

오스카의 시선이 노아를 향했다. 노아가 어깨를 으쓱거렸다.

"오스카, 뭐가 문제예요?"

오스카의 뺨이 울그락불그락했다. 그가 '공사 단계 VI'라고 적힌 공사 안내 표지판을 가리켰다. 밴은 그 구역 내에 주차되어 있었다.

"우리 기차는 F6 플랫폼으로 들어왔어."

"그래서요?"

"F야. 여섯 번째 위치한 알파벳 글자야. 그러니까 F6은 6과 6이라는 말이지. 그리고 여기는 공사 단계 VI야. 세 번째 6이지. 이것을 모두 합하면, 666이야. 악마의 숫자지. 이해하겠어? 우린 이걸 타서는 안 돼. 분명 나쁜 결과를 초래할 거야."

'아하, 그래요?'

노아는 금속 계단을 올라가 밴의 화물칸 안으로 들어갔다. 새로 칠한 페인트 냄새가 풍겨왔다. 두 개의 긴 알루미늄 의자가 평행을 그리며 서로 마주 보고 놓여 있었고, 차량 천장에는 사슬이 매달려 있었다. 밴 안에서 나온 남자가 기관총을 그에게 들이대며 사슬의 끄트머리에 연결된 수갑에 스스로 손을 채울 것을 요구했다.

엘비스와 달리 이 남자는 마스크를 쓰고 있었다. 작고 누런 눈이 마스크 틈 사이로 번뜩이며 노아를 노려보았다.

"나한테 손대지 말아요."

오스카가 밖에서 씩씩거리고 있었다. 노아는 오스카가 있는 쪽으로 몸을 틀었다. 그리고 오스카가 화물칸 안으로 밀어넣으려 하는 무장한 남자의 손을 뿌리치는 모습을 바라보았다.

"난 절대 안 탈 거야."

"제발 좀 소란 피우지 마세요."

노아가 소리치며 그에게 손을 내밀었지만, 오스카는 고개를 설레설레 흔들었다.

"여기까지야. 더 이상은 안 돼, 노아. 난 함께하지 않겠어."

"저 광대를 쏴버려."

여자가 딱 잘라 말했다. 엘비스가 총을 들어올렸다.

"기다려요, 안 돼. 내가 해결할게요."

노아가 다시 차에서 내리려고 했지만, 마스크를 쓴 남자가 그를 막아섰다.

"여기 그대로 있어. 안 그러면 너도 총알이 박힐 줄 알아."

남자가 상처 입은 어깨를 짓누르자 노아는 고통으로 신음을 내야 했지만 그럼에도 밴의 출입문 쪽으로 몸을 좀 더 움직였다.

"이런 젠장, 오스카. 허튼소리 좀 작작해요."

"허튼소리가 아니야, 노아. 한번 생각해봐. 알파벳의 'W'가 어떤 숫자를 생각나게 해? 로마숫자인 'VI'이야, 그렇지 않아?"

엘비스가 총구를 오스카의 관자놀이에 들이댔지만, 오스카는 더 빠른 속도로 이야기를 늘어놓았다.

"왜 인터넷 주소가 www로 시작되는 것 같아, 응?"

"오스카, 제발요……"

"죽여버려."

여자의 목소리 톤이 갑자기 높아졌다. 노아는 그제야 자신의 행동반경 안으로 들어온 오스카에게 따귀를 한 대 올릴 작정으로 손바닥을 편 채 팔을 높이 들어올렸다.

"그러니까 666인 거야. 그게 어디 우연이겠……"

세 발의 총성이 들리자 오스카는 침묵했다. 두 발은 머리에, 나머지 한 발은 배에. 뭔가 따뜻한 것이 노아의 얼굴에 튀었고, 여자도 다운점퍼가 피로 더럽혀졌다.

"대체 무슨 일이……?"

납치범 여자는 입을 벌리고 그 자리에 우두커니 선 채 노아를 뚫어져라 올려다보았다. 모든 것이 순식간에 지나갔기 때문에, 여자는 왜 아군 둘이 한꺼번에 죽어 있는지 스스로 설명할 길이 없었다. 그사이 노아는 화물칸 바닥에서 기관총을 집어 들어 그녀 머리를 조준했다.

# 제8장

'적이 누군지 안다면 수천 번 싸워도 결과를 두려워할 필요가 없어.'

얼굴 없는 늙은 남자의 목소리가 메아리처럼 울려 퍼지며 또다시 그의 머릿속에서 들려왔다. 그리고 노아가 이미 아는 내용을 다시 설명해주었다.

'그들은 널 죽이고 싶어 하지 않아. 그러니까 위험할 일은 없을 거야. 오스카의 따귀를 때리는 것처럼 오인하도록 행동해. 그런 후 뒤에 있는 사슬을 잡아 마스크 쓴 남자의 목에 감아. 그러면 그는 반사적으로 손이 목으로 갈 테고, 네가 총을 탈취할 수 있는 기회가 되겠지. 그 뒤는 어린애 장난이지.'

'탕. 탕.'

'두 발은 엘비스의 머리에.'

'탕.'

'한 발은 마스크를 쓴 남자에게.'

마스크 쓴 남자는 사슬의 올가미에 맥없이 매달려 있는 반면, 엘비스는 기이한 자세로 죽어 있었다. 그는 마치 오스카 앞에 무릎을 꿇고는 그의 진흙투성이 신발에 키스라도 할 것처럼 보였다.

"꼭 이럴 필요까지 있어요?"

여자의 목소리가 돌변했다. 지금 그녀는 어떤 상황에서도 냉정함을 잃지 않는 아마존 여전사를 연기하고 있을 뿐이었다. 깜짝 놀라 커진 그녀의 동공이 일러주듯이, 예상치 못한 상황의 반전이 공포심을 불러일으켰다. 이제는 여자가 밴에 올라탔고 노아의 지시에 따라 손목에 사슬을 채워야 했다. 그는 여자가 제대로 결박되었는지 확인한 후 운전석으로 몸을 틀었다.

불투명 플라스틱 필름이 붙어 있는 유리창이 운전석과 뒤칸 사이에 있었다. 노아는 기관총으로 유리창을 깨부순 다음, 테두리 전체를 말끔히 뜯어냈다. 그리고 오스카를 향해 외쳤다. 그는 아직도 차 바깥에서 꼼짝 않은 채 안개 속에 서 있었다.

"운전할 줄 알아요?"

오스카가 고개를 들었다. 그의 시선은 마치 노아가 투명인간이라도 되는 것처럼 그를 관통해 먼 곳을 향해 있었다. 오스카는 그들이 아들론 호텔에서 도망 나온 후 택시를 타고 이동했을 때처럼 무표정했다.

노아가 고개를 살짝 움직여 운전대가 있는 방향을 가리켰다. 오스카는 엘비스 쪽으로 허리를 숙여서는 그의 손에서 자동차 열쇠를 빼냈다. 그는 마치 최면에 걸린 듯 슬로모션으로 행동했지만, 노아는 서두르라고 재촉하지 않았다. 총성을 들었다면 누군가가 이미 이곳으로 오는 중일 테지만, 주말 동안 공사장은 텅 비어 있는 게 틀림없었다. 안 그랬다면 납치범들이 이곳을 주차 공간으로 택하지도 않았을 것이다. 그리고 사람들은 역 앞의 대혼란 속에서 다른 문제들로 골머리를 썩고 있을 게 분명했다.

오스카가 신발을 질질 끌며 밴으로 오는 동안, 노아는 다시 내려 엘비스의 시체를 화물칸으로 끌어당겨 실었다. 그는 엘비스의 점퍼 안쪽을 살펴서는 여자가 그들에게서 빼앗아간 것을 모조리 다시 꺼냈다. 돈, 여권, 휴대전화 그리고 총 두 자루. 납치범 여자는 오스카에게 기름때 묻은 작은 가죽 지갑 하나만 압수했었다. 노아는 그것도 챙겼다. 그런 다음 마스크 쓴 남자도 사슬에서 풀어 손바닥을 살펴보았다.

'Room 17.'

엘비스의 손바닥에 있던 것과 동일한 문신이었다. 광기 어린 단체임이 틀림없어 보였다.

"666! 나쁜 결과를 초래할 거라고 내가 말했잖아."

노아는 오스카가 운전석 문을 열면서 하는 말을 들었다. 마치 절망적인 자기 독백처럼 들렸다.

노아는 마스크맨을 엘비스의 시체를 던져둔 긴 의자 아래로 함께 밀어넣었다. 그리고 사슬에 묶인 여자의 맞은편에 자리를 잡았다.

"출발해요."

노아는 운전대를 잡은 채 여전히 무의미한 말들을 중얼거리고 있는 오스카에게 소리쳤다. 거대한 곱슬머리 두상 때문에 그는 테디베어 인형처럼 보였는데, 짧은 팔 때문에 계기판에 손이 닿지 않을 것 같았다.

"어디로 가?"

오스카가 물으며 시동을 걸었다. 그의 목소리는 기계음처럼 어색하게 들렸다.

'쇼크 상태의 사람들에게 전형적으로 나타나는 현상이군.'

차가 덜덜거리며 떨렸다. 디젤에 페인트 희석제를 섞은 냄새가 났다.

"곧 말해줄게요. 우선 공사장을 빠져나갈 출구를 찾아보도록 해요. 역으로부터 멀리 떨어진 곳 어딘가에 한 군데 있을 거예요."

'안 그랬다면 그들이 공사장을 자신들의 도주 차량을 위한 주차장으로 선택하지 않았을 거야.'

엔진 소리와 함께 밴이 움직이기 시작했다. 평평하지 못한 진흙길 탓에 밴은 마차처럼 흔들렸다. 원래 계획대로라면 노아와 오스카가 매달려 있어야 할 쇠사슬들이 벽면을 마구 때렸다.

"목적지를 말하시오."

노아가 여자에게 요구했다. 여자는 어느 정도 안정을 되찾은 것 같았지만, 부자연스러운 자세 때문에 여전히 불안정해 보였다. 사슬의 길이가 너무 짧았기 때문에 결박당한 손은 그녀의 머리 옆에 매달려 있었다.

"어떻게 하려고요, 람보 씨? 내가 말하지 않으면 쏘기라도 할 건가요?"

뒤칸의 긴 의자는 거의 붙어 있다시피 가까이 마주 보고 있었기 때문에 노아는 약간만 앞으로 몸을 숙여도 여자를 샅샅이 수색할 수 있었다. 휴대전화 외에 여자는 아무것도 지니고 있지 않았다. 무기도 없었고 신상을 추론해볼 만한 물건도 없었다.

노아는 잠깐 의자 위에 올려두었던 기관총을 들고는 총구를 여자의 무릎에 갖다 댔다.

"당신은 누굽니까?"

"셀린은 나를 앰버라고 불러요. 내가 그녀의 예전 학교 친구를 생각나게 한다고 해서요. 당신도 날 그 이름으로 불러도 괜찮아요. 다른 이름들만큼이나 그 이름도 마음에 들어요."

차량의 속도가 점점 느려졌다. 밴은 공사장 웅덩이 옆 비포장도로를 지나고 있었다.

"좋습니다. 만약 당신이 다음 질문도 이런 식으로 대답한다면, 난 당신 무릎에 총알을 박아 넣을 겁니다."

"알고 싶은 게 대체 뭐예요?"

"당신은 누굴 위해 일합니까? 빌더베르크입니까? Room 17입니까?"

"그게 당신이 기억하는 거예요?"

그녀가 눈빛을 반짝거렸다.

"오스카가 나에게 말해준 겁니다."

"그렇다면 내가 해줄 수 있는 말은 없네요."

노아가 총을 쏘았다. 하지만 무릎이 아니었다. 우선은 하이힐을 관통해 앰버의 새끼발가락을 부숴버린 것만으로도 충분했다.

앰버는 눈알이 밖으로 튀어나올 것 같은 고통을 느꼈다. 마치 신맛을 느낄 때처럼, 통증이 그녀의 전신으로 퍼져 나갔다. 그녀가 비명을 질렀다. 오스카 역시 똑같이 소리를 지르며 브레이크를 밟았고, 그로 인해 앰버는 사슬에 묶인 몸이 흔들리지 않기 위해 반사적으로 두 발에 힘을 주어야 했다. 그녀는 고통으로 울부짖었다.

"대체 무슨 짓을 한 거야?"

오스카가 충격을 받은 얼굴로 고함쳤다. 그의 시선에는 충격 그 이상의 뭔가가 담겨 있었다. 그것은 혐오였다.

"시간이 없어요. 계속 운전해요!"

노아는 큰 소리로 되받아쳤다. 그는 울부짖고 있는 앰버의 목소리에 묻히지 않기 위해서 더 크게 고함을 질러야 했다. 그가 그녀의 발을 살짝 스치자, 비명은 더욱 커졌다.

"자네 어떻게 그런 짓을……"

'여자를 쏜 거요? 바로 3분 전에 당신을 죽이라고 명령한 여자를요?'

노아는 오스카의 질책 따위는 신경 쓰지 않았다. 그는 오직 심문 중인 대상만 집중했다.

"자, 그럼 다시 처음부터 시작해보도록 합시다."

고통스러워하는 앰버의 비명이 악몽을 꿀 때처럼 숨 막히는 흐느낌으로 변했을 때, 노아가 말했다.

"누굴 위해 일합니까?"

"그…… 그게……"

그녀의 입안에 침이 가득 고여 말을 할 때마다 발음이 샜다.

"말할 수 없어요."

고통이 그녀의 아름다웠던 얼굴을 못생기고 혐오스러운 낯짝으로 구겨버렸다. 이마에는 땀이 송골송골 맺혔다. 발에서 나는 피가 철판 바닥 위로 천천히 방울져 떨어졌다.

"자넨 제정신이 아니야. 완전히 미쳤어."

"얼른 운전이나 계속해요."

그가 오스카에게 호통을 치듯 고함쳤다.

총성이 오스카를 감싸고 있던 최면이라는 장막을 걷어낸 것처럼 보였다. 그는 더 이상 주변 정황에 무관심하지 않았으며, 그의 목소리도 감정이 없는 상태처럼 들리지 않았다. 완전히 그 반대였다. 오스카는 엄청나게 분노한 상태였고, 운전도 점점 더 거칠어졌다. 자동차는 빠른 속력으로 달리고 있었기 때문에 한층 더 많이 흔들렸다.

노아는 인내심이 바닥난 듯 앰버를 향해 몸을 돌렸다. 그러고는 집게손가락을 하늘로 치켜세우고는 더 이상 제자리에 달려 있지 않은 그녀의 새끼발가락 근처로 위협하듯 다가갔다.

"하지 말아요!"

앰버가 소리 지르며 다리를 안쪽으로 끌어당기려 했다.

"그럼 말하도록 해요. 내가 누구이고 내게 원하는 게 무엇인지."

"그게……"

그녀는 침을 삼킨 후, 호흡이 힘든 상태이긴 했지만 그래도 좀 더 알아들을 수 있도록 다시 말했다.

"그렇게는 안 돼요."

"왜 안 된다는 겁니까?"

"왜냐하면 당신은 장기 저장 된 기억을 잃어버렸기 때문이에요."

"그게 무슨 말입니까?"

그녀는 다시 침을 삼켰고 손등으로 땀을 닦아냈다. 그녀의 발은 계속해서 공중에 뜬 채 있었다.

"실제 사실에 대한 당신의 지식은 결점이 없어요, 그렇죠? 또한 일을 처리하는 프로세스도 마찬가지고요. 행동 양식을 저장해두는 영역이죠."

'예를 들어, 사람을 어떻게 죽이는지? 어떻게 고문하는지? 어떻게 고통을 주는지?'

"다만 당신 사생활과 관련된 기억만……"

그녀가 기침을 했고 설명을 중단해야 했다.

"……더 이상 떠올릴 수 없을 뿐이에요. 우리가 생각한 바에 따르면……"

"당신이 말하는 우리가 누굽니까?"

그녀는 눈을 감고 호흡을 조절해보려고 했다. 다시 고통이 밀물처럼 몰려왔다.

"그게 바로 제가 의도하는 바예요. 난 당신에게 우리가 누구인지 혹은 당신이 누구인지 말해줘서는 안 돼요. 당신 혼자 힘으로 거기까지 도달해야 하기 때문이에요."

노아는 그녀의 새끼발가락 마디를 건드렸다. 살살. 그러나 그것만으로도 엄청난 통증을 일으켰다.

"안 돼……"

앰버는 마치 개처럼 혀를 내밀고 숨을 헐떡였다. 고통에서 벗어나기 위해 사슬을 거칠게 잡아당겼다.

노아는 전방에 있는 표지판에서 초록색 화살표를 발견하고는 오스카에게 그 방향을 따라가도록 지시했다.

"자, 다시 시작해봅시다."

앰버의 호흡이 어느 정도 안정을 되찾자 노아는 다시 말을 걸었다.

"이제 당신은 내가 알고자 하는 걸 모두 말해야 합니다."

"안 돼요."

그녀가 신음하며 말했다.

"아직도 안 된다는 겁니까?"

노아가 기관총의 총구를 그녀에게 들이댔다.

"제발 내 말 좀 들어봐요. 내가 주는 모든 정보들이 당신 고유의 지적 작업을 차단해버릴 거예요. 당신은 오로지 혼자 힘으로 기억해내야 해요."

앰버는 문장을 하나하나 끊으며 내뱉었다.

"무엇을 기억해내야 한다는 겁니까?"

"우리가 매우 절박하게 필요로 하는 정보를요."

"비디오와 관련된 겁니까?"

"오스카에게 들은 건가요?"

"그것에 대한 꿈을 꾼 적이 있소."

"다행이에요. 그렇다면 뇌가 작동하기 시작한 것 같아요."

그녀는 노아에게 굳이 무엇을 이야기하는 건지 설명해줄 필요가 없었다. 스위트룸, 여행 가방, 여권 그리고 기차 예약. 그들은 노아에게 과거와 관련된 작은 조각들을 던져주며 그가 과거의 기억들을 불러내기를 바랐던 것이다.

"그래서 당신 계획은 뭐였습니까?"

'만약 엘비스가 아직 숨 쉬고 있고, 마스크맨이 여전히 눈을 번뜩이고 있다면? 내가 지금 당신 처지가 된다면?'

"우린 당신이 다시 모습을 드러내는 경우를 대비해 완벽하게 계획을 세웠어요."

그녀는 어눌한 말투로 말했다.

"첫 번째 단계는 당신이 살해당하기 전에 최대한 눈에 띄지 않게 도시를 빠져나오도록 설득하는 거였죠."

이동 중인 차의 진동으로 인해 노아가 자리에서 들썩였다. 앰버 역시도 무게 중심을 잃고 실수로 발을 디뎠다. 그녀가 너무나 큰 소리로 비명을 질러서 운전 중인 오스카가 뒤를 돌아보았다.

"좋습니다. 1단계는 성공을 거둔 것 같습니다. 난 지금 암스테르담에 있으니까요. 그럼 2단계 계획은 어떻게 됩니까?"

노아가 심문을 계속했다.

"우린 당신을 데리고 어떤 집으로 가야 했어요."

그녀가 신음하며 말했다.

"숲속에 있는."

"그곳에서 내게 뭔가를 기억해내게 하려고 말입니까?"

"그건 나도 몰라요."

앰버가 침을 삼켰고 다시 이마에 손을 올렸다. 그녀의 땀 냄새가 퍼져나갔다. 노아는 그녀의 이마 가장자리 쪽에서 뾰루지를 발견했다. 그것은 총상을 입은 새끼발가락을 제외한다면, 그녀 신체에 있는 유일한 결함이었다.

"난 많은 일에 관여하고 있지만 전 과정을 위탁받아 수행하고 있지는 않아요. 거기서 무슨 일이 일어날지는 나도 몰라요. 정확한 목적지는 우리가 도착한 다음에 전달되도록 되어 있었어요."

'목적지라고.'

노아는 생각에 잠긴 채 뒷덜미를 긁으며 기관총을 유심히 바라보았다.

'다섯 명의 사상자. 납치된 여기자. 그리고 그녀는 짧은 시간 안에 준비된 비행기를 타고 미국에서 대서양을 넘어 여기까지 끌려왔어.'

"당신들이 한 짓을 보면 내가 가진 게 무척 중요한 정보임은 틀림없을 것 같군요."

앰버가 눈을 꽉 감았지만 이번엔 고통으로 인한 것이 아니었다.

"당신은 상상조차 할 수 없을 거예요."

그녀가 말했다.

"바로 그게 내 문제입니다."

노아가 고개를 끄덕였다.

'난 상상할 수 있는 게 전혀 없어.'

"그 집이 어딥니까?"

앰버가 말없이 그의 눈을 바라보았다.

그는 피가 흐르는 발가락 마디를 다시 한 번 찌를 것처럼 행동했지만, 전혀 불필요한 일이었다.

"그러지 않아도 돼요. 이미 충분해요."

그녀가 소리쳤다.

"라디오 옆에 보면 버튼이 하나 있어요. 왼쪽이요. 거기에 NAV라고 써져 있을 거예요."

"내비게이션 시스템?"

"예."

앰버는 오스카도 그녀의 말을 들을 수 있을 정도로 큰 소리로 말했다.

"내비게이션을 켜보도록 해요. 목적지는 그 안에 이미 저장되어 있어
요."

# 제9장




'목이 아파.'

착각인 걸까 혹은 현실인 걸까? 알트만은 확신이 서지 않았다. 지난 몇 해 동안 그는 자주 아침마다 감기 기운을 느꼈지만 그건 노화가 진행되면서 생긴 증상에 불과했다. 마치 나이가 들면서 점점 심해지는 입냄새 같은 것이었다.

'침대에 누워 있고 싶군.'

알트만은 화장실 거울에 혀를 내밀어 보였다. 혓바늘이 돋아났긴 했지만 늘상 있는 일 아닌가.

"지금 어디예요?"

귓속에서 여자의 목소리가 물었다.

'아마도 세상 끝에. 곧 내가 어디에 있는지 더 정확하게 알게 되겠지.'

그는 재킷을 살폈다. 재킷 안쪽에 지퍼를 열면 주머니가 있었다.

"역으로부터 약 500미터 떨어진 어느 중국 음식점의 화장실에 있소."

기차에서 내리자 알트만은 여러 무리의 사람들을 볼 수 있었다. 곧바로 그는 선로를 넘어 남쪽으로 빠르게 걸음을 옮겼다. 구멍 뚫린 철조망으로 들어가자 대형 주차장이 나왔다. 약 100미터 정도 신차들만 주차되어 있었다. 그곳을 지나자 건물들이 즐비하게 늘어서 있었는데 대부분의 상점과 음식점은 닫혀 있었다. 수출입 회사의 창문은 널빤지로 폐쇄되어 있었고 공동 주택 건물에는 광고 포스터들이 덕지덕지했다. 거리주변에 그려진 그래피티만이 이 황량한 지대에서 보이는 유일한 색이었다. 그곳을 붉게 물든 손수건으로 입과 코를 막고 지나가는 남자가 있다고 해도 전혀 이질적이지 않았다.

"혼자 있소."

알트만은 덧붙여 말하며 주머니에서 검은색 펜을 꺼냈다. 그는 중국 음식점의 유일한 손님이었다. 홀 테이블에 앉아 있던 늙은 중국인 부부는 그가 10유로를 식탁에 올려놓고 맥주를 주문한 뒤 화장실로 직행했을 때 별로 당황해하지 않았다. 만약 그들이 놀랐다면, 누군가 길을 잃고 그들의 가게로 들어왔다는 것이 전부였을 것이다.

"열이 있어요?"

귓속 목소리가 물었다.

"재보려는 중이오."

손가락에 땀이 났다. 얼핏 볼펜처럼 보이는 것의 뾰족한 끝부분을 그의 이마에 갖다 댔다. 그는 제임스 본드 놀이를 좋아하지 않았다. 멀티 기능 도구라고 불리는 HPX5도 이제야 세 번째로 사용해보는 것이었다. 그것은 체온계뿐 아니라 방사능 측정기와 HD 카메라 등을 겸했다.

알트만은 삐 소리가 날 때까지 기다렸다.

"30도."

그는 작전지휘관에게 결과를 통보해주었다.

"체온이 높네요."

여자가 말했다.

"심각한 건 아닐 거예요."

'그럴 테지. 하지만……'

그는 머리를 뒤로 젖혀 최대한 콧구멍의 안쪽 면이 잘 보이도록 각도를 잡았다. 코 안의 섬모에 빨갛게 딱지가 앉아 있어서 더 이상 피가 흘러나오지는 않았다.

"다음 접선지는 어디요?"

알트만은 침을 삼켰다. 목 안에 상처가 생긴 것 같은 까끌한 느낌이 나아지지 않았다.

"약은 복용했어요?"

국무를 수행하는 1급 국가기관에 소속되어 있는(비록 비공식적이긴 했지만) 그는 제트플루를 공급받았다.

"당연히 그랬소."

'그리고 그뿐만 아니라……'

그는 자가 치유보다는 항상 약을 믿었다.

"하루에 세 번씩 2주 동안 먹었소."

"마흔두 알을 복용했다고요?"

여자가 물었다. 그녀의 목소리가 당혹스러운 듯이 들렸다.

"그렇소."

"하지만 당신에게 나눠준 약은 스물여덟 알밖에 안 될 텐데요?"

그 말이 맞았다. 그러나 약 사용설명서에는 하루에 세 알까지 식사시간에 맞춰 복용해도 된다고 쓰여 있었다. 그가 받은 약으로는 아침과 점심만 복용할 수 있었다. 그래서 그는 제트플루 오리지널 제품을 자비를 들여 그의 워싱턴 이웃으로부터 추가로 조달받았다. 그에게 장 내시경을 하도록 끈덕지게 권유하던 바로 그 의사였다.

알트만은 여자에게 그가 어떻게 추가로 약을 얻게 되었는지 설명했다.

"그 말은, 당신이 일반 시민들을 위해 만든 약에 손을 댔다는 거예요?"

'일반 시민이라고?'

그가 침을 삼켰다. 목이 더 아파왔다.

"차이가 있소?"

알트만은 몇 년 전 돼지 독감이 발병했을 때 떠돌았던 스캔들을 떠올렸다. 높은 직위에 있는 정치인과 군인 가족들이 다른 시민들보다 더 나은 품질의 예방약을 받았다는 이야기가 흘러나왔다.

"개인보험 환자와 의료보험 환자 사이에 뭔가 약 성분의 차이가 있었던 거였소?"

그는 익살스러운 농담을 시도했다.

"내 질문에 대답하도록 해요, 아담. 우리가 준 것 이외에 다른 약을 복용했어요?"

"그렇소, 하지만 난 이해할 수가 없……"

여자의 목소리가 냉정해졌다. 마치 얼음처럼 차가운 바람이 전화선을 타고 불어오는 것 같았다.

"그렇다면 내가 당신을 위해 해줄 수 있는 게 더 이상 없는 것 같네요."

"그게 대체 무슨 말이오?"

"이젠 당신 혼자 힘으로 해결해야 할 거예요. 잘 살아요, 아담."

그의 귀에서 딸깍 하는 소리가 들렸다. 잠깐 동안 잡음이 뚜뚜 들리다가 마침내 더 이상 아무것도 들을 수 없게 되었다.

"이봐요, 내 말 듣고 있소?"

아무 반응이 없었다. 연결이 끊겼다.

알트만은 어찌 해야 할지 갈피를 잡지 못한 채 몸을 의탁하고 있던 세
면대를 넋 놓고 바라보았다. 코피가 다시 흐르기 시작했다.

# 제10장

만약 상황이 달랐다면 셸린은 그 집을 좋아했을 것이다. 빽빽한 떡갈나무 숲 깊숙한 곳에 방갈로가 있었다. 제트기가 이착륙하기에는 상당히 좁아 보이는 활주로로 들어섰는데, 그 집은 거기서 채 20분도 떨어져 있지 않았다. 그들은 그녀의 눈을 가리는 따위의 노력은 하지 않았다. 셸린을 검은색 리무진 뒷좌석에 태운 채 다만 손목은 케이블 타이로 묶어두었다. 그리고 지금 셸린은 단층으로 된 방갈로 거실에 있었다. 여전히 손목이 묶인 채 불이 타오르는 벽난로 앞 소파에 앉아 있었다. 부엌 뒤에는 다른 방이 있는 것처럼 보였는데, 앰버는 셸린이 그곳으로 못 들어가도록 감시인에게 단단히 말해두었다. 셸린은 지붕 위의 널빤지가 바람에 덜커덩거리는 소리를 들었다. 벽난로 불꽃이 천천히 움직이는 걸 알아차리고는 다시 눈이 오기 시작했다고 짐작했지만 확실치는 않았다. 창문에는 암막 커튼이 쳐져 있어 그녀가 막 도착했을 때 진입로에 있던 웅장한 전나무를 다시 볼 수 없었다.

'크리스마스트리로 완벽해.'

셸린은 그런 생각을 하다가 서글퍼져서 지난 크리스마스를 떠올렸다.

그녀의 아버지는 집 지붕에 장식 조명을 없는 데 처음으로 그녀가 돕는 걸 허락했다. 그때 그는 요통 때문이라고 핑계를 댔는데, 왜냐하면 류머티즘으로 이제 사다리를 오를 수 없다고 말하는 것보다는 셀린을 덜 걱정시킬 수 있기 때문이었다.

셀린은 아버지가 오랜 시간 공항의 철제 의자에 앉아 있다가 손발이 차가워지고 감각이 무더지면 누가 그를 돌볼 수 있을지, 그리고 심장약을 챙겨가거나 했는지 걱정이 되었다. 동생 마중을 나가기 위해 공항에 간 것이기에 분명 아버지는 그곳에 오래 머물게 되리라고는 예상치 못했을 것이다.

"뭔가 마시겠습니까?"

그녀를 감시하는 남자가 재차 물었다. 그는 어려 보였는데 셀린은 그가 스무 살도 넘지 않았을 거라고 추측했다. 총은 그가 들기에는 지나치게 무거워 보였다.

'사내아이.'

그 말은 신출내기에게 가장 적절한 단어인 듯했다. 그는 몸에 꽉 끼는 셔츠와 스키니 진을 입고 있었으며 조금은 고독해 보였다. 그리고 올가미 모양의 문신이 팔찌처럼 그의 손목을 빙 둘러 그려져 있었다. 왠지 그것은 과장되어 보였는데 그를 더욱더 치기 어린 남자아이처럼 보이게 만들었다. 그가 바른 헤어 젤도 마찬가지였다. 머리카락은 관자놀이 위까지 면도가 되어 있었고 나머지는 하늘을 향해 뾰족하게 세워져 있었다. 여하튼 그의 얼굴엔 뾰루지 하나 없었고 솜털 수염도 나지 않은 것 같았다. 그리고 그에게서는 체육 시간 후에 사춘기 십대 남자아이한테 나는 땀 냄새가 풍겼다.

"몇 살이야?"

셀린은 묶인 양손을 머리 위로 높이 뻗은 채 고개를 숙였다. 그녀는 피곤하지 않았다. 그녀가 원하는 것은 오로지 사내아이가 자신의 가슴에 정신을 팔고 쳐다보는 것이었으며, 이런 자세를 해야만 블라우스 위로 가슴이 더 잘 드러났다. 그녀는 사내아이를 유혹해 이곳을 빠져나갈 심산이었다.

"이 일 오래했어?"

"당신과 상관없는 이야기입니다."

그녀는 그가 초짜들이나 받는 질문을 들어서 화내고 있다는 걸 느꼈다.

"경험이 많아?"

셀린은 여러 의미가 담긴 애매한 질문을 던진 후 스트레칭 동작을 하며 다리를 벌렸다. 짧은 치마를 입은 것은 아니었지만 그를 유혹하려는 의도를 분명히 드러냈다.

"입 닥쳐요."

사내아이가 명령조로 말했다.

셀린은 자신이 사내아이의 신경을 예민하게 만든 것에 만족하며 그의 행동을 눈여겨보았다. 그는 눈꺼풀을 실룩거렸다.

'예민해지고 냉정함을 잃으면 부주의해지는 법이지.'

그녀는 그가 지닌 총을 바라보며 접근하려고 했다. 그다음 계획은 미정이었다.

"섹스를 해본 지 너무 오래됐어."

그녀는 충동적으로 말을 내뱉고는 눈을 감았다.

'너무 빨라. 눈에 뻔히 보이는 짓을 한 거야.'

그들 사이에는 침묵이 흘렀고 벽난로에서 장작 타는 소리만 들릴 뿐이었다. 그리고 갑자기 자신한테 땀 냄새가 심하게 난다는 것을 느꼈을 때, 셀린은 일을 그르쳤다는 걸 확신했다.

그녀가 다시 눈을 떴다. 사내아이가 한층 더 가까이 와 있었다. 셀린은 그를 보며 미소를 지었다. 그는 말하는 동안 마치 오한이 든 것처럼 아랫입술을 바르르 떨었다.

"임신 중 아니었나요?"

그가 미심쩍은 듯 물었다. 사실 이곳에 도착한 후부터 그녀는 더 이상 자신의 꼬마점을 느끼지 못했다. 그리고 그것은 그녀 역시 깊이 생각하고 싶지 않은 어떤 것이기도 했다.

"호르몬이라고 들어본 적 없어? 그게 내 몸 안에서 막 폭발하고 있어. 그건 여자를 완전히 미쳐버리게 할 수도 있지."

셀린의 미소는 야릇한 웃음으로 변했다.

"좀 전에 당신 보스가 하는 이야기 못 들었어?"

"나는 이 세상이 멸망하기 전에 우리가 시간 맞춰서 돌아올 수 있기를 희망할 따름이에요"라는 말을 남기고 앰버는 킬러 두 명과 함께 방갈로를 떠났다. 그리고 셀린을 이 사내아이와 함께 남겨두었다.

'시간이 얼마나 흐른 걸까? 네 시간 정도? 좀 더 천천히 오면 좋을 텐데.'

그녀는 사내아이를 향해 눈을 찡긋했다.

"남은 인생을 즐겨야 하지 않아?"

셀린이 씩 웃었다. 한 번도 자신이 이렇게까지 싸구려처럼 느껴진 적은 없었다. 그리고 이렇게까지 두려웠던 적도 없었다. 눈앞에 닥친 두려움이었다. 그리고 사내아이는 정말로 그녀의 속임수에 넘어간 것처럼 보였다.

'제대로 먹혀들었어, 세상에나. 그가 셔츠를 벗고 있어.'

"진심입니까, 숙녀분?"

'오, 그래. 진지하지.'

"당연하지, 꼬마야. 우리 즐기자, 아무도 몰래."

사내아이가 목에 걸고 있던 지갑을 셔츠 속에서 꺼냈다.

"좋아요. 잠깐 기다려봐요."

그가 말했다.

"내가 다 가지고 있어요."

'콘돔?'

하지만 그가 보관하고 있던 것은 콘돔이 아니었다. 그것은 작은 봉지였고 그 안에 하얀 가루가 들어 있었다.

'신이시여, 안 돼.'

사내아이는 숨을 들이마시듯 그 내용물을 강하게 코로 흡입했다.

"아아아."

그는 눈을 크게 부릅뜨고는 전신을 부르르 떨었다. 발을 땅에 쿵쿵 찧으며 정신이 나간 사람처럼 소리를 질러댔다.

"그래, 오, 이런. 좋아. 정말 끝내줘."

그는 단어를 내뱉을 때마다 더 큰 소리를 지르며 발을 굴러댔다. 그러는 동시에 손에 든 총을 가지고 자신의 허벅지를 반복해서 때렸으며 고함을 치며 웃어댔다. 그리고 멈췄다.

'하느님 맙소사.'

다시 셸린 쪽을 보았을 때 사내아이는 다른 사람이 되어 있었다. 코의 점막을 통해 혈관으로 흡수된 그것은 그를 180도로 바꾸어놓았다.

'마치 달빛이 늑대 인간을 변신시킨 것 같아.'

그는 히죽거리는 웃음을 지으며 그녀 앞으로 허리를 숙였다. 그의 왼쪽 콧구멍에서 콧물이 흘러나와 매달려 있었다. 셀린은 뒤로 물러나며 벽난로 청소 도구들이 있는 쪽을 보았다. 그러나 그것들은 너무 멀리 떨어져 있었다. 케이블 타이를 풀기 위해 그녀의 손목 관절을 마구 흔들어보았다. 피가 실겹을 타고 흘러내리는 것이 느껴졌다. 그녀는 공포심을 느꼈다.

"대체 얼마나 단단해지길 원하는 거야?"

'오, 신이시여. 목줄에 묶여 있던 미친 개를 내가 풀어준 거야.'

그녀가 잘못 생각했던 것이다. 신경 과민과 불안 때문일 거라고 해석했던 떨림과 땀이 사실은 금단 증상이었던 것이다.

"자, 그럼 너한테 내 거시기를 제공해주지."

그가 계속 히죽거리며 콧물을 훌쩍거렸다. 더 이상 사내아이처럼 보이지 않는 그는 바지 지퍼를 내렸다.

제11장

　　노아와 오스카 그리고 앰버라고 불리는 여자는 거의 세 시간 동안이
나 달리고 있었다. 큰 공사장에서 나갈 수 있는 진입로를 찾는 데만 15분
이라는 시간이 소요됐다. 여하튼 TV를 보며 지루한 시간을 보내고 있던
수위는 공사장 컨테이너에서 나와 밴이 지나가게 해주었다. 그들은 아
무 방해도 받지 않고 좁고 막다른 골목을 빠져나오며 정체 구간을 우회
할 수 있었다. 거기서부터 내비게이션이 다시 위성 신호를 잡을 수 있었
고 길을 알려주었다. 오스테르베크라는 작은 마을로 가는 길이었다. 숲
속 안쪽으로 도로가 나 있었는데, 암스테르담에서 남동쪽으로 약 95킬
로미터 떨어진 동네였다.
　　"역시!"
　　오스카는 그들의 목적지를 화면에서 확인하고는 자신의 선견지명에
놀라워했다.
　　'오스테르베크(Osterbeek).'
　　데어 바흐 데스 오스텐스(Der Bach des Ostens)였다.
　　'빌더베르크일까? Room 17일까?'

아마도 비디오와 관련된 것 같은데 죽음까지도 불사할 정도로 가치가 있는 것일 터였다.

'그들의 회의 내용이 담겨 있는 걸까?'

그것은 어떤 바이러스 학자에 의해 녹화된 것일 수도 있었다.

'하지만 기억나는 것이라고는 비디오가 아니라 아들론 호텔에서 죽어 있던 남자뿐이야.'

차를 타고 이동하는 동안 노아는 생각을 정리해보려고 했다. 고속도로 위에서 운전은 별 탈 없이 이루어졌다. 뒤칸에는 창이 없어서 주변 지역을 잘 볼 수가 없었다. 앞만 봐서는 밴 앞에 펼쳐진 풍경이 그리 변하지 않는 것처럼 보였다. 도처에 눈 덮인 나무와 드넓게 펼쳐진 들판뿐이었다.

'그리고 자동차들. 빼곡히 들어서 있군.'

암스테르담 외곽 지역도 역시 평소답지 않게 거리가 차들로 꽉 차 있었다. 차량은 빠른 속도를 내지 못하고 거의 기어가듯이 했다. 그래도 오스카는 놀랍도록 여유만만하고 능숙하게 운전을 해나갔다.

'몰락하는 도시를 빠져나가는 쥐 떼들 같군.'

그렇게 생각하며 노아는 앰버를 관찰했다. 그녀는 지쳐서 앉은 채 잠이 들었다. 그녀의 가슴은 거의 무릎에 닿아 있었고, 침이 입가로 흘러나와 점퍼의 털 위로 방울져 떨어졌다.

노아는 이미 수갑을 풀어주고 그녀 앞에 구급상자를 놓아두었다. 어쨌거나 일단 출혈은 멈췄지만 치료가 시급해 보였다. 그녀가 다시 깨어나게 되면 그 즉시 한 트럭의 진통제가 필요할 것은 불 보듯 뻔한 일이었다. 그녀의 눈꺼풀은 벌써부터 급격하게 요동치고 있었으며, 호흡은 점점 더 불규칙하게 변해갔다. 왼손가락은 경련이 일어났는데, 막 라디오에서 흘러나오는 노래에 맞춰 리듬을 타는 것처럼 보였다. 그 노래는 현재의 상황과 전혀 어울리지 않는 즐거운 음률을 가진 네덜란드 밴드의 음악이었는데, 노아의 신경을 거슬리게 했다. 하지만 노래를 틀지 않고 이야기만 하는 라디오 방송을 찾기란 어려웠다. 대부분의 방송은 2분마다 속보를 위해 프로그램을 중단시켰다. 비록 노아는 세 마디 중 하나꼴로만 이해했지만 기자가 계속해서 반복하는 말은 알아들을 수 있었다.

'마닐라 독감. 검역. 제트플루.'

방금 들었던 뉴스는 아마도 약품 부족에 관한 것이었을 테다. 치료약을 구하기 위해 몰려든 시민들로 약국과 병원은 인산인해였다. 미국 대통령은 대국민 연설을 준비하고 있었고, 대부분의 지역은 이미 폭력과 혼돈의 도가니였다. 그는 눈을 감았다.

'70년대 말 빌더베르크 참석자들 가운데 극단적인 집단이 파생되어 갈라져 나왔는데, 그들의 관점에서 볼 때 인구과잉 문제를 해결하기 위한 빌더베르크의 접근 방식이 충분히 급진적이지 못했던 거야.'

노아는 대체 무슨 이유로 기억력이 다시 잘 작동하는지 의문스러웠다. 비록 그것이 오스카가 바로 몇 시간 전에 그의 머리에 심어주었던 한 문장에만 국한된 것이기는 했지만.

'누가 자신을 이 단체의 일원이었다고 상상이나 했을까?'

'그래서 그들이 나를 곧바로 죽이려 하지 않은 걸까? 내가 그들 중 하나이기 때문에?'

기억상실증이 사실은 총상의 후유증이 아니라 실험 중에 그가 사용했던 위험한 약품의 부작용이었던 걸까? 만약 진짜로 빌더베르크에서 파생된 극단적인 조직이 있다면, 그가 Room 17에 생화학 무기를 제공했던 걸까?

'그래서 난 그렇게 잘 싸울 수 있었던 걸까? 내가 과학자일 뿐 아니라

대량 학살자이기 때문에?'

그는 오스카가 브레이크를 밟는 것을 느끼며 꿈에서의 목소리를 다시 들었다.

'난 살인자가 아니야. 난 훨씬 더 나쁜 놈이야. 날 살인자 같은 단어로 정의 내릴 수는 없어.'

노아는 눈을 감으며 그의 머릿속 목소리가 그만 침묵해주기를 바랐지만, 정반대의 일이 일어났다. 찢겨나가 흩어졌던 기억의 조각들이 마치 순서대로 배열되고 있는 기차 칸들처럼 서로서로 충돌했다.

'내가 그걸 지니고 있어도 괜찮은 거야?' / '내가 한 행동을 되돌릴 수는 없어. 그러기엔 이미 너무 늦어버렸어.' / '……비디오를 숨길 시간이 없어……' / '로마, 암스테르담, 몸바사. 이게 우리가 살아날 방법이야!'

"이제 5분 남았어."

오스카가 소리치며 하품을 했다. 노아가 눈을 떴다. 그는 입이 마르는 것을 느끼고는 기차 식당 칸에서 가져온 설탕 한 조각을 찾기 위해 가방 안을 뒤적이다가 오스카의 지갑에 손이 닿았다. 오스카에게 건네주려는데 지갑이 열렸다. 그리고 카드를 꽂아두는 곳이 텅 비어 있어서 시선이 갔다.

'아무것도 없어.'

신분증도, 서류도, 카드도 없었다.

'예상했던 대로군.'

현금을 넣어두는 곳에는 봉투 하나만 꽂혀 있었다. 노아는 호기심이 발동해 봉투를 꺼냈고 심하게 닳은 사진들을 자세히 살펴보았다.

'이 얼굴은……'

노아는 그 즉시 여자를 알아보았다. 오스카가 목에 걸고 다니는 펜던트 안에 있는 여자의 얼굴이었다. 매일 밤 그가 잠들기 전 키스하던 그녀의 초상화였다. 노아는 사진 뒷면에 날짜가 적혀 있는지 보았다. 그리고 그 자세 그대로 멍하니 굳어버렸다. 그의 시선이 오스카의 뒤통수로 옮겨갔다.

'이게 대체 뭘 의미하는 거지?'

노아는 사진을 다시 한 번 살폈다.

'이건 사진이 아니야.'

최소한 오스카의 부인 사진은 아니었다. 마뉴엘라가 의사가 아니라 사진 모델로 일했다는 경우가 아니라면. 그는 사진의 모서리를 눈여겨보았고 그의 의혹이 확인되었다. 고광택의 사진은 카탈로그에서 조심스럽게 오려낸 것이었다. 다른 두 개의 사진도 재빠르게 검사해보았다. 결과는 같았다. 노아는 그것들을 지갑에 다시 집어넣고는 총으로 손을 뻗었다.

'당신 누구야?'

오스카가 차를 세우는 동안, 그가 말없이 자문했다.

"다 왔어."

그들은 국도에서 바로 빠져나온 진입로 한 곳에 정차해 있었다. 자동차 바퀴가 눈 위에 깊은 홈을 남겼다. 50미터쯤 떨어진 곳부터 시작되는 좁은 길엔 커다란 소나무가 서 있었는데 밴이 지나가기에는 폭이 충분하지 못했다. 그 끝은 더 이상 지도에 표시되어 있지 않았으며, 내비게이션은 이미 목적지에 도착했음을 알리고 있었다. 노아는 소나무 길에서 방갈로까지 멀지 않을 거라 짐작했다. 앰버의 말에 따르면, 그곳에서 그의 기억이 그를 기다리고 있어야 했다.

"그래서 이제 어떻게 할 거야?"

오스카가 시동을 걸어둔 채 물었다.

'이제 당신을 심문해야겠어요.'

노아가 생각했다.

그는 의혹을 품을 만한 증거를 가지고 있었다. 하지만 오스카의 진짜 정체에 대한 질문은 당분간 미뤄두고, 우선은 그 순간 정신을 차린 앰버에게 신경을 쓰기로 결정했다.

# 제12장

갑자기 사라져버렸다. 쿵쿵거리며 돼지가 우는 듯한 소리도, 헥헥거리던 숨소리와 음탕하게 낄낄거리던 소리도. 그가 셀린의 슬립을 무릎까지 억지로 잡아당겼던 바로 그 순간, 모든 것이 멈췄다. 견디기 힘든 땀 냄새만이 아직 그 자리에 머물러 있었다. 그녀 위로 적재된 짐처럼. 셀린은 소파 앞 카펫 위에 (감시자가 그녀의 머리채를 잡고 소파에서 끌어내렸었다) 결박된 손을 가슴 앞으로 교차한 채 남자의 가슴 아래 눌려 있었다.

'무슨 일이 일어난 거지? 그가 뭘 하려고 이러는 거지?'

약을 코로 들이마신 후부터, 그녀를 감시하던 사내는 마치 악마가 씐 것처럼 변했다. 그녀에게 덤벼들어 블라우스를 찢었다. 그리고 페니스를 바지 지퍼 밖으로 꺼내고서 손에 침을 뱉었다. 그는 화가 난 상태였는데, 페니스가 자신이 원하는 대로 빳빳해지지 않았기 때문이다. 그러나 곧 다시 큰 소리를 내며 웃었고 바지 주머니에서 푸른색 알약 하나를 손가락으로 더듬어 찾아냈다.

'비아그라?'

셀린은 그 약에 대해서는 거의 아는 바가 없었을 뿐만 아니라 그것까지 생각하기에는 그녀 아이에 대한 걱정만으로도 충분했다. 임신을 한 이후에 그 아랫배는 많은 것을 의미했다. 그곳은 꼬마점에게는 왕국과 같은 곳이었다. 그리고 질은 그곳으로 가는 통로였다. 누군가 이물질을 강제적으로 거기에 밀어넣는다고 상상하는 것만으로도 혐오감과 역겨움이 일었다. 하지만 어리석은 짓을 당한 후에 그녀가 할 수 있는 일이 대체 무엇일까?

그는 총을 의자 위에 올려두었었다. 고작 두 걸음 떨어진 곳이었지만, 셸린에게는 도저히 도달할 수 없는 너무나 먼 우주였다. 사내아이처럼 비쩍 마르고 거의 자웅동체(雌雄同體)나 다름없어 보이는 그의 몸은 60킬로그램도 넘지 않았지만 젖은 쌀자루처럼 갑자기 축 늘어져서 두 배는 더 무거운 것처럼 느껴졌다.

'이건 함정이야. 그는 죽은 체하고 있는 거야.'

공포가 그녀를 마비시켜버렸다. 그녀는 움직일 생각조차 하지 못했다. 어떤 말도 입 밖에 나오지 않았다. 조금 전 그녀는 실현성 없는 계획들만 생각하고 있거나 귀신 들린 남자의 악의 넘치는 모습에만 온 신경을 쏟고 있었다. 그녀에게 운이라는 것이 따르리라고는 전혀 생각지도 못했다.

'운이란 건 게으른 사람들에게만 필요한 거니까. 그건 아빠의 좌우명이기도 했지.'

셸린이 왼쪽으로 고개를 돌리자 머리카락 말고는 아무것도 보이지 않았다.

'젤로 떡칠한 더러운 머리.'

사내의 머리는 그녀의 오른쪽 어깨 위에 수그러져 있었으며 입은 마치 뱀파이어처럼 그녀 목에 바로 닿아 있었다. 그리고 거기에서 뭔가 따뜻한 것이 느껴졌다. 축축한 것이.

'침인가?'

역겨움이 치올라왔고 이미 익숙해져버린 아침나절의 메스꺼움보다 그녀의 기분을 더 나쁘게 했다. 사내의 땀 냄새 때문에 역겨움이 두 배로 심해졌다. 셀린은 소심하게 첫 번째 시도를 감행했다. 주먹 쥔 손으로 사내의 갈비뼈를 들어올리듯 했다. 그의 변태적인 생기가 다시 깨어날지도 모른다는 것을 염두한 행동이었지만, 아무 일도 일어나지 않았다.

'대체 어떻게 된 거야. 이 상황은……'

그녀는 섹스 도중 심장마비를 겪을 수도 있다는 얘기를 듣기는 했지만 그러기에 이 사내아이는 너무 젊었다. 하지만 그는 약에 취해 있는 상태였고, 그것도 다른 약도 아닌 코카인과 비아그라였다.

셀린은 운을 믿고서 함부로 덤비길 원치는 않았지만, 어쨌거나 이 상황은 다행스러웠다. 하지만 몸을 내리누르는 모래주머니 같은 그의 체중 때문에 생매장당하는 느낌이 들었다.

'그가 의식을 잃은 걸까?'

그녀 안에서 희망이 번져나갔다. 그리고 마침내 이 역겨운 짐짝한테서 벗어나야겠다는 의지도 커져갔다. 그녀는 남자의 상체를 위로 들어올렸고 그 틈을 이용해 몸을 돌렸다. 사내의 반쯤 열린 입술이 그녀 이마에 닿았다. 침이 얼굴 위로 뚝뚝 떨어졌지만, 그녀는 이를 악물고 젖 먹던 힘까지 다해 그의 몸통이 옆으로 기울어져 떨어질 때까지 밀어 올렸다. 남자의 머리가 바닥에 떨어지자, 책장에서 책이 떨어지는 것처럼 둔탁한 소리가 울렸다. 셀린은 숨을 헐떡이며 가쁘게 몰아쉬었다. 그제야 비로소 그녀는 자신이 힘을 주는 동안 긴장으로 인해 숨을 쉬지 않았다는 것을 알아차렸다. 산소 부족으로 인해 귀에서 웡웡거리는 소리가 계속 들려왔다.

그녀는 힘들게 몸을 일으킨 다음 남자를 돌아보았다. 눈을 멍하니 뜬 채 깜박이지도 않는 모습이 그녀를 뒷걸음치도록 만들었다. 좀 전까지만 해도 사내가 정말 죽었는지 확인해보려고 했지만 이제 그녀는 무작정 밖으로 뛰쳐나가고 싶을 뿐이었다. 그녀는 쇠진된 기력 때문에 카펫 위에 그대로 주저앉아 있을 수밖에 없었다.

'네발로 기는 자세로.'

셀린은 총이 놓여 있는 곳까지 기어갔다. 거의 다다랐을 때 그녀는 손을 뻗었지만 이내 놓쳤다. 그녀는 다시 총을 쥐었다. 그러자 걷잡을 수 없는 해방감이 밀려왔다. 총은 무거웠고 차가웠다. 두려움이 스며들었다. 그때 그녀 뒤에서 숨소리가 들렸다. 뒤를 돌아보았고 순간 비명을 질렀다.

사내는 죽은 것이 아니었다. 잠들어 있었던 것이다. 그는 정신이 몽롱했지만 분명 깨어나 있었다.

그가 자리에서 몸을 벌떡 일으켰다. 셀린은 눈을 질끈 감고 입술을 깨물었다. 분노로 얼굴이 일그러진 사내가 점점 다가오는 걸 느꼈다. 현관문이 갑자기 열렸다. 셀린은 총을 쏘았다.

# 제13장

　그녀는 한 번도 총을 쏘아본 적이 없었다. 아직 총 쏠 때의 반동을 체험해본 적이 없었다. 사람을 죽여본 적도 없었다. 그는 셀린의 눈에서 이번이 처음이라는 것을 알아차릴 수 있었다. 방아쇠를 당긴 순간 그녀는 그 일이 벌어지지 않기를 바랐을 것이다. 노아는 피부로 느낄 수 있었다. 절망의 냄새는 공포와 동일한 베이스 노트를 가졌다. 쓰디쓴 향이 비강을 타고 들어가 달라붙었다. 그녀는 총을 쏜 후 방 안에 남아 코를 찌르는 악취에 휩싸여 있었다. 시선은 어디를 봐야 할지 몰라 두리번거리고 있었다. 그녀가 차라리 시간을 멈추고 싶어 한다는 걸 그는 알 수 있었다. 낡은 비디오 필름처럼 전 생애를 되돌려 감을 수 있다면 더 나은 영상이 재생되길 바라고 있었다. 총구의 방향을 옆으로 꺾지 않게 되길. 계획대로 성폭행범의 머리를 쏴서 날려버리길. 노아는 앰버를 앞세운 채 현관으로 들어왔다. 그리고 앰버는 소리 없이 죽었다. 입을 꾹 다문 채. 신음 소리 하나 없이. 외마디 비명도 없이. 그리고 사내도 그녀와 같은 신세가 되었다. 셀린이 손에서 떨어뜨린 총을 그 사내가 주우려 할 찰나, 노아가 잽싸게 가로채 그의 머리에 총알을 박아 넣었다.

# 제14장

"이제 못 참겠어."

오스카는 머리가 폭발해버릴 듯했다. 얼굴이 검붉게 변했고, 뺨은 팽팽하게 부풀어올랐다. 그리고 양손을 관자놀이에 누르고는 노아를 째려보았다. 그는 열린 문 안쪽에 서 있었다. 습기를 머금은 차가운 공기가 방갈로 안으로 밀려들어왔다.

"더 이상은 아니야."

"오스카는 밖에서 기다리는 편이 낫겠어요."

노아가 그의 말에 대꾸했다. 노아는 앰버뿐 아니라 감시인이었던 그 사내도 정말 죽었는지 재차 확인했다.

"오, 그런가? 내가 여기에 있는 게 자네가 사람을 죽이는 데 방해가 된다니 정말 유감이군."

오스카는 지금 신경이 극도로 예민해져 있었다. 노아 역시 이미 지난 몇 시간 동안의 경험들이 이렇게 많은 인명 피해를 낳게 될지는 몰랐다. 그리고 이제 올 것이 온 것이었다. 그의 동행자의 영혼은 파탄나기 직전이었다.

"이런 젠장, 이게 지금 벌써……"

오스카는 마치 초등학교 1학년생처럼 손가락을 꼽으며 숫자를 셌다.

"첫 번째, 두 번째…… 세상에, 일곱 번째야! 일곱 번째 시체라고! 제기랄, 이젠 일이 어떻게 흘러가는지 파악도 안 돼."

그는 감정을 더 이상 통제할 수 없는 사람처럼 그렇게 소리를 내어 웃었다.

"조용히 해요!"

노아가 그에게 호통쳤다. 차라리 뺨이라도 한 대 때리고 싶었지만, 지금은 더 중요한 일이 있었다. 셀린이 우선이었다. 그녀는 바닥에 웅크리고 앉아 포박된 손으로 얼굴을 감추고 있었다. 노아는 무기를 지니고 있지 않다는 신호로 팔을 위로 올린 채 울고 있는 여기자에게 천천히 다가갔다.

"노아입니다."

여전히 열려 있는 문으로 인해 거실 온도가 심하게 떨어져 있었다. 말할 때마다 입김이 보였다.

"난 당신에게 아무 짓도 하지 않을 겁니다."

"정말 아무 짓도? 아무 짓도라고? 자네가 방에 들어오자 사람들은 마치 똥파리처럼 죽어나갔어."

오스카는 뚜렷한 대상도 없이 사방으로 팔을 휘둘러댔다.

오스카가 분노를 터뜨리며 문이 부서져라 닫자 거실 진열장의 유리컵들이 흔들리며 부딪히는 소리가 났고, 벽난로의 불도 더 높이 타올랐다. 노아는 잠시 온기를 느낄 수 있었다. 그는 셀린 옆에 무릎을 꿇고 앉았다. 노아의 부드러운 손길이 닿자, 그녀는 놀라 흠칫거리며 몸을 움츠렸다.

"정신이 들어요?"

이제야 그녀는 그를 직접 마주 대하고 있다는 사실을 뇌에서 인식한 것처럼 보였다. 그녀는 황급히 슬립을 다시 위로 끌어올리려고 했지만, 케이블 타이로 묶인 손 때문에 마음대로 되지 않았다.

"칼이 필요해요."

노아가 오스카를 향해 말했다. 오스카는 입을 삐쭉 내밀고는 뿌루퉁한 얼굴로 부엌을 향해 걸어갔다.

"다 지나갔어요."

그가 셀린에게 조용히 말을 건넸다.

"그들은 더 이상 당신에게 해를 끼치지 못해요."

서랍이 열리고 수저들이 부딪치는 소리가 났다. 일상의 익숙한 소리가 셀린을 조금은 진정시키는 듯 보였다. 그녀는 떨리는 입술로 노아를 향해 간신히 말을 내뱉었다.

"무슨 일이 일어난 거죠?"

"나도 모릅니다. 왜 강제로 우리가 이곳에 와야 했는지 아는 바가 없습니다."

노아는 눈앞으로 내려온 그녀의 젖은 머리카락 하나를 올려주었다.

"가위 아직 못 찾은 거예요?"

노아가 소리치며 뒤를 돌아보았다. 거실 쪽으로 개방되어 있는 부엌은 텅 비어 있었다.

'오스카?'

"이봐요, 무슨 일이에요?"

노아가 일어섰고, 그 즉시 여기자는 또다시 몸을 떨기 시작했다. 그녀의 눈에서 눈물이 계속 솟아났다.

"두려워 말아요."

노아가 속삭였다.

"오스카, 이런 제기랄, 대체 어디 있는 거예요?"

아무 소리도 들리지 않았다. 벽난로의 장작 타는 소리만 들릴 뿐이었다. 그는 죽은 앰버를 보았다. 죽은 사내를 보았다. 셀린을 보았다. 그리고 그때 오스카의 목소리를 들었다. 흥분된 목소리였다. 고음이었지만 약했다.

"빨리. 여기로 와봐. 지금 당장."

오스카의 목소리는 마치 무거운 공기를 통과해 들리는 것처럼 둔탁했다.

"어디 있어요?"

노아가 소리쳤다. 그는 부엌으로 가며 홈바 테이블 위에 있던 기관총을 들었다.

"여기야. 뒤에, 키 큰 양반. 빨리 와. 자네 눈으로 직접 확인해야 할 게 있어."

오스카가 멀리서 대답했다.

# 제15장

"또 온 거야?"

그녀가 제이에게 물었다. 일곱 살 소년이 움막에 또 들어왔다. 코나는 혼자 있었다. 그녀의 남편은 이제 침대에 앉아 발톱을 깎고 있지 않았다. 아이들도 부인 앞에서 싸우고 있지 않았다. 아기만 잠들어 있었다. 제이는 비투인이 외출해버리고 없는 것에 기뻐했다. 지금 있는 뚱보 부인과는 어떻게든 해보겠지만, 바싹 마른 카멜레온 눈을 지닌 그 사내는 왠지 위험해 보였다.

"내가 눈앞에서 사라지라고 말하지 않았어?"

코나는 발로 평평하게 다져놓은 진흙 바닥에 앉아 있었기 때문에 제이를 올려다보아야 했다. 그녀는 손에 손전등을 들고 있었는데, 그것을 시험 삼아 켰다 껐다 반복하고 있었다. 아마 이제 막 새 배터리를 집어넣은 모양이었다. 손전등은 이곳 늪지대에서는 보물 같은 것이었다. 제이는 그녀가 어떻게 그런 종류의 사치품을 손에 넣게 되었는지 상상할 수 있었다. 소년은 필시 그녀와 거래하고자 하는 유일한 사람이 아닌 게 확실했다.

"저 돈 있어요."

제이가 말했다. 코나는 미심쩍은 눈으로 소년을 쳐다보았다.

"5달러나?"

그녀가 물으며 자신의 이빨을 핥았다. 제이가 고개를 끄덕였다. 사실 정확하게는 180페소가 있었다. 제이는 아버지가 죽고 난 후부터 더 이상 구스타보에게 가지 않았다. 그 대신 엄마가 수업료로 준 돈을 모으기 시작했다. 제이는 비밀로 했다. 엄마를 슬프게 만들고 싶지 않았기 때문이다.

"한 달 동안 젖을 주는 대가로 5달러예요."

제이가 제안했다. 코나가 손전등을 옆에 내려놓고 벌떡 일어났다. 단내를 풍기는 땀 냄새가 진하게 올라왔다. 제이는 순간 숨을 죽이고 그녀의 거대한 젖가슴을 뚫어져라 응시했다. 그녀는 너무나 살이 쪄서 가슴과 배가 경계선도 없이 거의 합쳐진 듯 보였다.

"돈을 줘."

그녀가 탐욕스러운 눈빛으로 손을 앞으로 내밀었다. 제이는 고개를 가로저으며 한쪽 발에 힘을 주었다. 그는 지폐를 지금 신고 있는 운동화 속에 숨겨두었다. 제이는 밖에서 이쪽으로 다가오는 목소리들과 개 짖는 소리를 들었다. 그래서 입구 쪽으로 몸을 돌렸지만 장막이 옆으로 젖혀지지는 않았다. 아무도 안으로 들어오지 않았다. 목소리들이 다시 멀어져갔다.

"거기에 같이 가면 돈을 줄게요."

"어디?"

코나가 물었다.

"저기 위에요. 우리 엄마가 계신 곳이요."

제이는 앨리샤가 잠깐 동안 졸고 있을 때, 살며시 움막을 빠져나왔다. 늪지대 안쪽까지 들어갔다가 돌아오는 오랜 행군과 노엘에 대한 걱정 그리고 횡행하고 있는 불길한 소문이 그의 어머니를 기진맥진하게 만들었다. 만약 그녀가 힘이 남아 있다 하더라도 제이를 따라나서지 않을 거라는 건 불 보듯 뻔한 일이었다. 그래서 제이는 엄마에게 미리 말하지 않고 불시에 코나를 집으로 끌고 가는 수밖에 없다고 결론을 내린 것이다. 그는 여성을 잘 몰랐고 어떻게 수유하는지도 몰랐다. 뚱보 부인이 집으로 가면 바로 수유를 시작할 수 있을 거라고 생각했다.

"가요."

제이가 말했다.

"그건 안 돼."

"뭐, 그렇다면……"

제이가 밖으로 나가려는 제스처를 취하며 장막으로 손을 뻗었다.

"기다려."

제이는 그녀의 목소리를 듣고 뒤를 돌아보았다. 순간 관자놀이에 찌르는 듯한 고통을 느꼈다. 눈앞이 캄캄해지며 제이는 의식을 잃었다.

# 제16장

네덜란드, 오스테르베크

　부엌으로 가자 방갈로의 다른 방으로 통하는 문이 보였다. 노아는 냉장고 옆에 있는 작은 문을 지나 계단 아래로 세 칸 내려갔다. 천장이 낮아서 부딪치지 않기 위해 머리를 숙인 채 지나가야 했다. 셀린은 혼자 남아 있기를 거부하며 그의 뒤에 바짝 달라붙어 따라왔다. 노아는 처음에는 반대했지만 어디에 있는 게 그녀에게 더 안전할지 확신할 수 없었다. 어쩌면 그녀를 홀로 두는 게 데려가는 것보다 더 나쁜 선택이 될지도 몰랐다. 셀린은 이제 흥분 상태였고 불도저 같은 감정이 일어난 것처럼 보였다. 더 이상 침잠해 있는 사람처럼 행동하지 않았고 오히려 전투태세를 갖춘 듯한 인상을 주었다. 그녀는 노아가 케이블 타이를 끊기 위해 사용했던 부엌칼을 손에서 한시도 놓지 않았다.

　"오스카?"

　노아가 그의 동행자 이름을 다시 불렀다. 첫발을 내딛자, 동작 감지 센서가 자동으로 천장 불을 켰다. 양쪽 벽이 그림으로 장식된 복도를 지나갔다. 수수한 에칭 작품들과 채도가 높은 유화 풍경화 작품들이 비뚤게 걸려 있었다. 노아는 그 그림들에 대해 전혀 아는 바가 없었고 물론 어느 시대나 사조에 속하는지도 몰랐다.

'100만 달러 천재 작가에 대한 것만으로도 머리가 터질 것 같아.'

"여기야."

오스카의 목소리가 이제 더 가까이 있는 듯했지만 여전히 둔탁한 소리로 들렸다. 가죽으로 장식된 문이 통로 맞은편 끝을 가리고 있었다. 문은 약간 열려 있었는데 노아가 활짝 열었을 때, 눈부실 정도로 밝은 빛이 복도로 쏟아졌다.

'죽음을 지켜보는 창이야.'

순간 그의 머릿속에 처음으로 떠오른 생각이었다. 그는 동그랗게 생긴 할로겐 전등으로 밝혀진 공간 안에 서 있었는데, 예전에는 그곳이 두 개의 방으로 나뉘어져 있었던 게 분명했다. 두 방의 경계가 되었던 곳에 이제는 유리벽이 공간을 분리해놓았다. 이곳은 큰 규모의 집중치료실처럼 보였다.

"저기 저 사람 누군지 알아?"

오스카가 유리벽 뒤에 있는 환자에게 시선을 고정했다.

'죽음을 지켜보는 창이야.'

"저도 몰라요."

노아가 말했다.

한 늙은 남자가 바퀴가 달린 침상 위에서 가쁘게 호흡하며 가수면 상태에 빠져 있었다. 규칙적으로 돌아가는 환기구의 잡음을 제외하고는 밀폐된 환자실에서는 어떤 소리도 새어 나오지 않았다. 플렉시 유리로 된 원통형의 작은 방을 보고 노아는 시험관을 떠올렸다. 누군가 외부 세계와의 접촉으로부터 환자를 차단하기 위해 노력을 기울였던 흔적이 역력했다. 남자의 머리카락은 전부 빠지고 없었다. 피가 섞인 침은 얼룩으로 이미 더럽혀진 베개 위로 방울져 흘러내렸다. 그의 감은 눈은 부자연스러울 정도로 깊이 패어 있었다.

"마닐라 독감이에요."

셸린이 콜록거리며 말했다. 노아는 그녀가 자리를 뜨지 않은 것에 놀라워했다. 병자는 오로지 더러워진 잠옷만 입고 있었다. 담요 한 장도 덮고 있지 않았다. 의사나 간병인도 없었다.

'앰버가 이 집을 뭐라고 불렀었지? 내 기억의 본거지라고 불렀던가?'

노아는 주변을 둘러보았다.

'오히려 죽음의 본거지라고 부르는 편이 낫겠군.'

주위 환경도 혼란스러운 모습이었다. 마치 얼마 전에 사람들이 도망치듯 빠져나간 것처럼 보였는데, 두 벌의 흰 전신 보호복이 바닥에 놓여져 있었고 그 옆에는 뜯어진 약상자가 있었다. 어쩌면 누군가 황급히 병실을 도망쳐 나오면서 부주의하게 남기고 간 흔적일지도 몰랐다. 그게 아니라면 어떤 과학자가 더 이상 실험을 강행할 수 없어서 이곳을 빠져나간 것일지도.

"우리가 어떻게 해야 하죠?"

셸린이 궁금해했다.

"무슨 일이 있어도 저 안에는 들어가서는 안 돼."

오스카가 대답했다.

늙은 남자는 두말할 것도 없이 죽음의 문턱에 있었다. 뼈만 앙상하게 남아 링거주사를 꽂고 있는 그의 팔은 여러 개의 호스를 통해 탑처럼 쌓여진 기계들과 연결되어 있었다. 맥박, 체온, 혈압 등의 바이탈 사인이 화면에 나타났다.

"저 사람, 깨어 있는 것 같아요."

노아와 오스카 사이에 서 있던 셸린이 소리쳤다.

"아니. 숨만 쉬고 있는 것 같아."

오스카가 그녀의 말에 반론을 제기했다. 그러나 바로 그 말을 수정해야 했다.

"잠깐, 저깃 봐."

늙은 남자가 눈을 떴다.

"세상에나."

셸린이 뻘겋게 충혈된 남자의 눈을 보고 놀라워했다. 오스카가 유리벽을 톡톡 쳤다.

"이봐, 여기야, 여기. 우리가 하는 말 들을 수 있는 거요?"

남자가 고개를 들어 놀란 눈을 멍하게 뜨고는 그들 쪽을 쳐다보았다. 노아는 호러 마스크가 자신을 응시하는 듯한 기분이 들었다. 금방이라도 핏빛 눈이 분리되어 바닥으로 굴러 떨어질 것 같았다. 그러나 늙은 남자는 눈만 깜빡거릴 뿐이었다. 그리고 마침내 그가 입술을 움직였다.

"뭐라고 말하고 있어요."

셸린이 불필요한 주석을 덧달았다. 차단벽의 방음 효과로 인해 노아는 그의 말을 한 마디도 이해할 수 없었다. 노아는 입구 옆에 검은색 스위치 같은 것을 발견했다. 그가 그것을 시계방향으로 돌리자 머리 위에 있던 스피커에서 목소리가 나왔다.

"……다시 돌아온 거요? 왜?"

늙은 남자의 목소리는 크지 않았지만 스피커의 품질이 좋아서 말을 이해하는 데에는 문제가 없었다.

"아닙니다. 저흰 다시 돌아온 사람들이 아닙니다."

노아는 설명을 시도했다.

"우린 당신을 방금 처음 발견했습니다."

"우리라고?"

늙은 남자가 몸을 일으켜 세웠다. 그의 잠옷은 가슴 앞쪽이 모두 열려 있었다. 출혈 후 말라가는 찐득찐득한 느낌의 피가 그의 상체를 뒤덮고 있었으며, 천장의 할로겐 불빛에 반사되어 반짝거렸다.

"당신들은 누구요?"

남자가 물었다.

"멈춰요."

노아가 남자를 향해 소리쳤다. 그는 자리에서 일어나 링거호스를 팔에서 떼어낸 남자의 모습을 지켜봤다. 남자는 비틀거리며 여러 번 앞으로 고꾸라지고 제 발에 채여 넘어질 뻔도 했다. 그가 유리벽 앞에 왔을 때, 노아는 아직도 그의 눈에서 생명의 징후를 발견할 수 있었는데, 그것은 다름 아닌 분노였다.

"너?"

늙은 남자가 믿을 수 없다는 듯이 물었다. 이빨이 모두 다 빠진 그의 입은 벌어진 채 멈춰 있었다. 노아는 한 걸음 뒤로 물러섰다. 두려움이나 부끄러움 때문이 아니라 남자의 얼굴에서 뭔가 단서가 될 만한 것을 찾기 위해서였다. 하지만 언젠가 우연이라도 이 늙은 남자와 맞닥뜨렸던 적이 있었는지 떠오르지 않았다.

"난…… 네가 죽었다고 생각했는데!"

늙은 남자가 말했다. 그는 유리로 된 차단벽에 손을 대고 밀었다. 터져 나온 혈관들로 그의 손바닥에 혈종이 생성되어 있었다.

"어떻게 아직 살아 있는 거지?"

그가 오스카를, 그다음으로 셀린을 그리고 마지막으로 다시 노아를 보았다.

"네가 죽은 줄 알고 내 죽음도 달게 받아들였는데……"

늙은 남자가 침을 삼켰다.

"……이 더러운 배신자."

노아가 고개를 가로저었다.

"우리가 서로 아는 사인가요?"

노아가 물었다.

늙은 남자의 이마는 분노로 일그러져 있었다.

"우리가 서로 아는 사이냐고?"

환자가 유리에 대고 있던 손으로 주먹을 쥐었다.

"지금 뭐하는 짓이야? 내가 죽기 전에, 마지막 농이라도 던지겠다는 거야?"

그의 오른쪽 눈에 눈물이 흘렀다.

"네가 모든 걸 누설해버렸어. 우리가 그동안 싸워왔던 모든 것을."

그가 콧물을 들이마셨다.

"이 비겁한 놈."

늙은 남자는 유리벽에다 대고 코를 풀었다. 황록색 가래가 유리를 타고 아래로 미끄러졌다. 유리로 완전히 차단되어 있는데도 노아는 가래의 썩은 냄새가 풍기는 것처럼 느껴졌다. 그리고 늙은 남자가 욕설과 함께 내뿜는 부패한 숨 냄새도.

"네 편지를 읽었어. 넌 그걸 멈출 수 있다고 말했지? 몇 년에 걸친 우리의 작업을? 원대한 목표를?"

"무슨 편지를 말하는 겁니까?"

노아가 물었다. 늙은 남자는 신발을 질질 끌고는 병상 옆에 있는 보조

탁자 쪽으로 걸어갔다. 그가 지나간 자리에는 검붉은 액체 방울들이 밝은색의 바닥재 위에 흔적을 남겼다. 허벅지에 있는 벌어진 상처로부터 피가 나는 것인지, 아니면 스스로 조절할 수 없게 되어 대소변을 흘리는 것인지 노아도 확신할 수 없었다.

"여기 이걸 봐봐."

늙은 남자가 서랍을 열고 종이 한 장을 꺼내 들고는 숨을 가쁘게 몰아쉬며 말했다. 짧은 시간 동안 그는 확실히 더 악화되어 있었다. 무게중심을 잡는 데 문제가 있는 것처럼 보였는데, 침대로 돌아가 가장자리에 쓰러지듯 다시 누웠다. 종이를 든 그의 손은 덜덜 떨리고 있었다.

"내가 이걸 가지고 있어, 배신자인 네 편지를."

"편지는 뭘까요?"

셀린이 물었다. 얼굴 표정으로 보아 그녀 역시 오스카와 마찬가지로 늙은 남자의 모습에 충격을 받은 것 같았다. 죽어가는 남자가 이제 양손에 종이를 들고 있었다.

"이놈의 종이짝 위에 정말 똥이라도 싸고 싶었어."

그는 거의 들리지도 않을 정도로 점점 기어들어가는 목소리로 말했다. 환풍기 소음으로 인해 그의 이야기를 더는 이해할 수 없었다.

"하지만 그럴 여력조차 없었지. 그 비열하기 짝이 없는 의사 놈은 이걸 태울 만한 불조차 남겨두고 가지 않았어. 그러니까 남은 방법은 이거 하나밖에 없어."

늙은 남자는 입을 벌리고는 고개를 들었다.

"네 눈으로 똑똑히 봐. 졸렬한 네 편지를 내가 어떻게 처리하는지, 이 쓰레기 같은 놈아."

그는 위쪽 모서리부터 종이를 세로로 길게 쭉 잡아 찢었다. 그런 다음 입을 열고는 종이 조각을 먹어치우기 시작했다. 노아의 실체를 추론해 볼 수 있을지도 모르는 종이를.

# 제17장


"저 안으로 들어가야겠어요."

노아는 플렉시 유리 안으로 들어가는 문 쪽으로 걸음을 옮겼다.

"저걸 입어야 해."

오스카가 바닥에 있는 보호복을 가리켰다. 그런 다음 무릎을 꿇고는 빈 제트플루 상자를 주워 들었다.

"저 안에 있는 사내는 끝이 멀지 않았어. 아직 뇌출혈 단계까지는 아니지만 높은 전염성을 가지고 있을 거야."

"하지만 이러고 있을 시간이 없어요."

노아는 병실 입구를 자세히 들여다보았다. 병실로 들어가는 문에는 전자 번호키가 달려 있었다.

"저 편지 한 장 때문에 당신 인생을 송두리째 날려버리려는 건 아니죠?"

"틀렸소."

노아가 셀린을 돌아보았다.

"난 이미 내 인생을 잃어버렸소. 그걸 되찾으려고 하는 겁니다."

그가 침대에 있는 늙은 남자를 보았다. 편지를 또다시 길게 찢고 있었다.

"여기서 도망가요. 방갈로 앞에 세워둔 밴을 타고 가장 가까운 병원으로 가 진찰을 받아요."

노아가 말했다. 그는 유리벽 문이 잘 밀폐되어 있어서 그들이 이미 감염된 것은 아니기만을 바랐다.

"우리는 자네와 함께 여기 남을 거야."

오스카가 말했다. 그의 목소리는 완고하게 들렸다.

"아니에요. 너무 위험해요."

"난 자네가 저 안에 들어가 감염되는 걸 절대 두고 보지만은 않을 거야, 키 큰 양반."

"안 돼요."

노아가 기관총을 들어 셀린과 오스카를 번갈아가며 조준했다.

"정신이 나갔어, 키 큰 양반?"

"내가 무슨 일을 하는 사람인지 당신 둘도 잘 봤을 겁니다."

셀린이 고개를 끄덕이며 뒷걸음질 쳤다.

"제발 부탁이야."

오스카가 간청했지만 소용이 없었다. 노아는 그들 둘을 부엌으로 향하는 통로로 몰아넣었고 안쪽에서 빗장을 걸었다. 그는 오스카와 셀린의 발걸음 소리가 들리지 않을 때까지 기다렸다가 병실로 들어가는 유리벽을 향해 총을 쐈다.

# 제18장

   셀린은 이제 갑작스러운 통증 외에는 다른 것은 느낄 겨를이 없었다. 좀 전까지만 해도 그녀는 두려움으로 가득 차 있었고 또 흥분 상태에 빠져들었다. 그녀는 앰버를 총으로 쏘았던 것이다. 앞으로 벌어질 온갖 상상을 하며 그녀는 한 사람의 생명을 빼앗았다는 죄책감에 정신이 와르르 무너져버렸었다. 비록 그 희생자가 양심의 가책도 느끼지 못하는 무자비한 킬러였고, 셀린이 선수를 치지 않았다면 그녀 자신이 희생당했을지도 몰랐지만. 그리고 그 늙은 남자한테 노아가 뛰어들어가는 모습을 보고는 또 머리가 복잡해졌었다. 하지만 그런 생각들은 느닷없이 몰려온 통증으로 인해 멈춰버렸다. 계단을 올라 막 부엌으로 돌아가려던 때였다.

   "노아를 저렇게 혼자 내버려둘⋯⋯"

   셀린이 이렇게 말하자마자 아무 사전 경고도 없이 발생한 경련이 그녀한테서 모든 공기를 앗아가버린 듯했다. 그녀가 신음 소리를 내며 양손으로 아랫배를 눌렀고, 바로 그 순간 여러 발의 총성이 들렸다.

   "무슨 일이오?"

오스카가 물었다. 그리고 뒤돌아보며 심란한 눈빛을 던졌다. 셀린은 책장을 붙잡고 매달려 있었으며 대답조차 할 수 없었다. 사춘기 이후로 줄곧 심한 생리통을 겪어왔기 때문에, 안에서 어떤 손이 내장을 내리누르는 듯한 이 느낌은 익히 잘 알고 있었다.

'하지만 지금은 생리를 할 때가 아닌데……'

두려운 생각이 그녀의 통증을 더욱 악화시켰다.

'신이시여……'

욕실이 셀린의 눈에 띄었다. 거기까지는 단 두 걸음밖에 안 되었지만, 고통스러운 통증이 마치 파도처럼 전신을 타고 뻗어나가는 듯했다.

"이런 맙소사, 제발……"

그녀는 걱정스러운 표정을 짓는 오스카를 뒤로하고 욕실 안으로 비틀거리며 들어가 불을 켰다. 그리고 안에서 문을 잠갔다.

천장에 있는 네 개의 조명 중 하나만 불이 켜졌다. 희미한 불빛이 모래색 타일을 비추었다. 반신욕 욕조, 변기와 비데, 분리된 샤워장과 세면대가 눈에 띄었다. 욕실은 세련되게 꾸며져 있었지만 청결한 상태는 아니었다. 두터운 먼지층이 화장품 가득한 유리 선반을 덮고 있었고 수건들이 바닥에 내팽개쳐져 있었다. 셀린은 서둘러 변기 커버를 열었다. 변기 안에는 갈색 물이 고여 있었고 썩은 냄새가 코를 찔렀다. 오스카는 노크를 하며 괜찮은지 물었다.

셀린은 허리띠를 풀고 무릎 위까지 바지를 내렸다. 그리고 변기 위에 앉았다. 얼음처럼 차가웠다. 경련으로 그녀는 몸을 앞으로 숙일 수밖에 없었다. 팔로 머리를 감쌌다. 그리고 울었다.

소변이 안에서 방광을 누르고 있었지만, 감히 밖으로 빼낼 엄두가 나지 않았다.

'무언가 내 몸 밖으로 나오길 원하는데…… 혹시 그게 그거라면……'

셀린은 두려웠다. 말콤 박사는 그녀에게 태아에게는 별 영향 없는 통증을 느낄 때도 있을 거라고 말해준 적이 있었다. 예를 들어 자궁의 인대가 늘어나면 당겨지는 듯한 통증이 오는데 그건 일반적인 증상이라고 했다.

'하지만 제기랄, 그게 이렇게까지 아픈 거야?'

지금까지 이런 경험은 한 번도 없었다. 셀린은 더 이상 참을 수가 없었다. 그녀는 볼일을 해결하고도 한동안 앉은 채 자리를 지켰다. 방광이 이완되면서 경련도 점차 약해져갔다.

'진통이었나?'

그녀는 좀 더 깊이 숨을 들이마신 후에야 몸을 일으켜 세울 수 있게 되었다. 하지만 좋은 신호인지 아니면 나쁜 신호인지는 몰랐다. 세면대 위에 미용 티슈 상자가 놓여 있었다. 화장지를 쥔 후 눈을 감았다. 그곳을 닦았다.

'안 돼. 제발.'

고통은 잦아들었다. 그 대신 영혼에서 번민이 자라났다.

'이게 피?'

셀린은 눈을 뜨고 화장지를 천장 조명의 불빛 아래로 갖다 댔다. 어두운 색의 얼룩이 보였다.

"안 돼."

그녀가 큰 소리로 말했다.

'경련. 출혈. 임신 3개월.'

별일 아니려나. 하지만 그럴 가능성이 얼마나 될까. 이 모든 사건 사고를 겪었는데. 임신 후 첫 12주 안에 30퍼센트가 넘는 여자들이 태아를 잃었다. 그녀가 임신 서적을 보고 기억해두었던 사실이었다. 그리고 하필이면 그녀의 증상과 정확히 일치했다.

'난 통증을 느꼈어. 피를 흘렸어. 이미 오래전부터 꼬마점을 더 이상 느낄 수가 없었어.'

셀린은 바닥에 쓰러졌다. 욕실 카펫을 손으로 움켜잡았다. 그리고 울었다. 한참의 시간이 걸렸다. 눈물이 다 마를 때까지. 타일의 한기가 그녀의 몸을 타고 올라오는 것을 알아차릴 때까지. 문득 그녀는 만약 자신이 폐렴이라도 걸리게 된다면, 그 또한 마찬가지 결과를 가져올 거라는 생각이 들었다. 그 후 분노가 끓어올랐다. 그녀를 자기 멋대로 휘둘렀던 케빈 루드에 대해. 그녀를 납치해 희망이라고는 없는 이곳에 처박아둔 앰버에 대해. 감염의 위험을 무릅쓰고 미치광이 노인을 향해 간 노아에 대해. 그리고 이 분노는 그녀를 자기연민으로 몰아갔다. 그러다가 한 단어가 그녀의 머릿속으로 들어왔다. 그 단어를 반복할수록 그녀는 힘이 나는 듯했다.

'안 돼.'

소리 없이, 그리고 속삭이듯. 마침내 크고 또렷하게.

"안 돼."

'이건 내가 생각했던 계획이 아니야.'

"안 돼."

'난 여기서 죽지 않을 거야. 네덜란드의 더러운 화장실에서. 내 고향, 내 친구들, 내 부모님으로부터 멀리 떨어진 이곳에서.'

"안 돼."

셀린은 벌떡 일어나 바지를 다시 올리고 거울을 들여다보았다.

'난 포기하지 않을 거야.'

그녀는 배를 만져보았다. 단단했고 경련은 느껴지지 않았다.

'난 절대 널 포기하지 않을 거야.'

그녀는 거울의 먼지를 훔쳐내고 이를 꽉 깨물며 고집스러운 표정을 지었다.

"안 돼."

'여기가 끝일 수는 없어. 결코 그렇게 되어서는 안 돼.'

셀린은 여기를 나가는 즉시 병원으로 달려갈 것이라고 스스로 다짐하며 욕실 문을 열었다. 갑작스럽게 맞닥뜨린 복도의 어둠에 놀라며 의아해했다. 그녀가 화장실로 들어가기 전에는, 부엌의 천장 조명이 밝게 빛나고 있었다. 그 빛이 복도까지 깊숙이 비추고 있었다. 그러나 지금 셀린은 손으로 더듬거리며 앞으로 나아가야 했다.

"오스카?"

그녀가 소리쳐 불렀다. 그가 혹시 그녀를 혼자 내버려두고 간 걸까?

"어디 숨어 있는 거예요?"

'만약 그렇다면, 난 그가 필요하지 않아. 아무런 도움 없이도 난 혼자 해낼 거야.'

셀린은 벽에 있는 스위치를 찾았다. 그녀가 그것을 막 발견했을 때, 낯선 목소리가 들렸다.

"그러지 마시오. 불이 꺼진 채 그대로 두도록 부탁하오."

'안 돼.'

셀린은 화장실에서처럼 자신을 다잡기 위해 속으로 말했다. 하지만 좋은 일이 일어날 거라는 확고한 기대가 아니라 완전히 발가벗겨진 듯한 두려움만이 함께했다.

"누구시죠?"

"그는 무기를 가졌어."

오스카가 소파 앞에서 그녀에게 말했다.

오스카의 목소리도 역시 떨리긴 했지만 그녀만큼은 아니었다. 셸린은 한 발짝도 앞으로 나갈 수 없는 상황이었다. 두려움이 다시 몰려왔고 그녀는 마비된 것 같았다. 그 공간에 뿌리를 내린 것처럼. 한편으로 그녀는 눈이 빠르게 어둠에 적응해갔고 머릿속이 맑아진 걸 느꼈다. 꺼져가는 벽난로에서 나오는 빛이 거실을 어슴푸레 밝히고 있었다. 회색 실루엣 하나가 어둠 속에서 드러났다. 키가 큰 남자가 부엌 홈바 테이블 옆에 서 있었고 뭔가 금속성의 번쩍거리는 것을 손에 들고 있었다.

"이런, 당신들을 찾느라 내가 배가 고팠나 보군."

그가 말하며 기침을 했다.

그런 다음 셸린은 자신이 욕실에서 겪었던 고통과 참 잘 어울릴 만한 소리를 들었다. 그것은 마치 무뎌진 칼날을 금속에 가는 소리처럼 들렸다.

# 제19장

'죽음에 대한 공포는 이상야릇한 것이지.'

노아가 산산조각 난 유리벽을 지나 격리구역이었던 공간 안으로 들어 갔을 때, 머릿속에서 늙은 아버지가 말하는 목소리를 들었다. 그것이 침 대에 있는 늙은 남자의 목소리인지 아닌지는 몰랐다. 그는 팔을 머리 앞 으로 교차시켜 방어적인 자세를 취했다.

'거의 반쯤 얼은 노숙자 머리에 총을 갖다 대봐. 그럼 그는 희망이 없는 상황에도 불구하고, 살아 있게 해달라고 하느님 아버지께 기도를 올릴 거야.'

노아가 스피커를 통해 들었던 늙은 남자의 목소리는 그의 머릿속 목소 리와는 다른 것 같았지만, 바이러스가 몸에 퍼지기 전의 목소리가 어땠 을지 어떻게 알 수 있을까?

인생이 거의 막을 내렸음에도 이 늙은 남자 또한 죽기를 원하지 않았 다. 앞으로 하루나 이틀 정도 남았을 것이었다. 그러나 이 순간만큼은 그 병자가 느끼는 분노의 대상은 바이러스가 아니라 노아였다.

그가 부르짖으며 더 빨리 종이를 씹기 시작했다. 노아는 침대로 걸어가 구겨진 편지를 남자의 손에서 낚아챘다. 그런 다음 그의 위턱을 엄지와 검지로 눌렀다. 그가 씹고 있던 두 번째 종잇조각을 다시 뱉어내게 하려고 그리 강하게 누를 필요도 없었다. 첫 번째 편지는 이미 삼켜버린 뒤였다.

"이 보잘 것 없는 비리비리한 놈아."

늙은 남자는 더 이상 억지로 삼킬 필요가 없어지자 울기 시작했다.

"어차피 네 힘으로 더 이상 그걸 멈출 수는 없어, 내 말 알아들어?"

노아는 그의 팔꿈치로 보조 탁자 위 물건들을 쓸어버리고 다림질하듯 종이를 편평하게 폈다. 그리고 종잇조각을 찢어진 모서리에 다시 갖다 붙였다. 편지는 그가 기대했던 것보다 더 괜찮은 상태였다. 앞부분의 몇 줄이 침으로 지워졌지만, 나머지 주요 부분은 판독할 수 있었다.

"내가 하는 말 들은 거야? 넌 실패했어. 넌 그걸 막을 수가 없었어."

노아는 늙은 남자의 욕지거리에는 귀를 막고 오로지 눈앞에 있는 편지에만 집중하기 위해 노력했다.


사랑하는 아버지

저는 아버지가 계신 곳으로 날아가고 있습니다. 아버지의 마음을 바꾸기 위해서입니다. 아마 아버지가 이 편지를 읽을 때는 노아 프로젝트를 끝내기 위해 아버지에게가 아니라 이미 다른 곳으로 이동하고 있을 것입니다.


그가 늙은 남자의 눈을 올려다보았다.

'아버지?'

자신의 부모와 마주 보고 서 있음에도 알아보지 못한다는 게 말이 되는가? 그는 계속해서 편지를 읽어 내려갔다.

처음에는 저도 아버지와 같은 확신을 가지고 있었습니다. 그리고 아직도 여전히 제가 아버지의 생각에 동의하는 걸 부정할 수는 없습니다. 하지만 알고 계시듯이 제 인생에 몇 가지 변화가 일어났습니다. 저는 제 어린 시절의 사슬을 끊고 고립된 삶에서 나와 사랑에 빠졌습니다. 아이들을 이 세상에 낳고 싶다는 바람이 제 안에서 자라났고, 그것은 어떤 논리로도 누를 수가 없습니다.

우리가 하는 행동은 잘못되었습니다. 노아 프로젝트 말고 다른 길을 찾아야만 합니다. 아버지가 알고 계신 것처럼, 저는 우리의 마지막 회합을 비디오로 녹화해놨습니다. 저는 이 테이프를 누군가에게 전달할 예정입니다. 그 사람은 비디오의 내용이 단순한 음모론으로 치부해버리지 않도록 알릴 수 있는 영향력 있는 사람입니다.

3단계는 여기서 멈춰져야 합니다. 제가 이렇게 행동하게 된 점에 대해서는 유감스럽게 생각합니다.

사랑하는 당신의 아들

데이비드

노아는 편지를 두 번 읽은 후 호주머니에 챙겨 넣었다.

그는 정신이 혼몽해져서, 병상에서 죽어가는 늙은 남자를 돌아보았다. 노아는 다시 눈을 감았다.

"내가 무슨 짓을 한 겁니까?"

노아가 늙은 남자에게 물었다.

'나, 데이비드 모튼이.'

그는 아무런 대답도 듣지 못했다.

"내가 이 모든 것에 대해 책임이 있는 겁니까?"

'이 병에 대해? 모두를 죽음으로 몬 전염병에 대해? 지금 내 눈앞에서

죽어가는 당신의 병에 대해?'

아무런 반응이 없었다. 늙은 남자의 호흡이 다시 약해졌다. 그는 더 이상 의식이 있는 상태처럼 보이지 않았지만, 그것은 노아가 잘못 본 것이었다.

"제발, 가지 마."

노아가 막 병실을 떠나려고 할 때, 늙은 남자가 말하는 것을 들었다. 그것은 말이라기보다는 힘겨운 호흡으로 색색거리는 소리에 가까웠고 거의 이해가 불가능했다. 노아가 돌아섰다.

"왜요?"

늙은 남자가 고개를 들어올린 채 기침을 했다. 이빨이 전혀 보이지 않는 입에서 피가 튀어나왔다. 그가 손가락으로 오른쪽을 가리켰다. 노아의 왼쪽 점퍼 주머니를. 거기에는 두 자루의 총이 삐져나와 있었다.

"최소한 내 마지막 부탁이라도 들어줘, 이 더러운 놈아."

# 제20장

"아빠, 지금 당장 TV 켜보세요."

세제트가 다급하게 말했다. 하지만 불필요하게 소리를 지른 격이 되었다. 그녀가 747기 상판 지붕 아래에 위치한 재파이어의 개인 객실 안으로 뛰어 들어갔을 때, 이미 TV 화면에는 NNN이 방송되고 있었다.

"조용히 하고 앉도록 해라."

재파이어가 딸에게 말했다. 그녀는 비행기가 여러 차례 돌풍에 휩싸였는데도 침대 옆에 그냥 서 있기를 원했다. 보잉기는 암스테르담 상공을 원을 그리듯 돌고 있었다. 땅 위의 돌발적인 상황들로 인해 파일럿은 착륙 허가를 받지 못한 채 지시를 기다리고 있었다. 그녀의 제안은 우선 베를린으로 날아가자는 것이었다. 그곳은 유럽의 다른 지역들처럼 그렇게까지 통제를 받고 있지 않았다. 재파이어는 50센티미터 높이의 베개를 등에 받치고 매트리스 중간에 누워 있었으며 무릎에는 노트북을 올리고 손에는 TV 리모컨을 들고 있었다. 왼쪽 갈빗대의 절반은 마비된 것처럼 느껴졌고, 눈에서는 눈물이 나왔다. 통증을 완화시키려 투여한 모르핀은 그를 안개 속을 거니는 듯한 몽롱한 정신 상태로 만들었다. 그러나 무작정 안정만 취하고 있을 수는 없었다. 재앙의 시작이 바로 코앞에 있는 이 시점에 말도 안 되는 소리였다. 병실에서 침실로 옮겨온 후 줄곧 그가 한 일은 시시각각 나빠지는 전 세계의 상황을 지켜보며 정보를 수집하는 것이었다. 이제 자정인 밤 시간에 미국 대통령까지 근심으로 찌푸린 얼굴을 하고 키메라 앞으로 걸어 나왔다. 필립 베이워터는 사무실 책상 앞에 앉아 있지 않았다. 어쩌면 에어포스원을 가동했을 수도, 아니면 이미 안전한 벙커에 들어가 있는지도 몰랐다.

"그가 감행하려는 걸까요?"

미국 대통령이 진부한 서두를 꺼내는 와중에 세제트가 중얼거렸다.

"아마 그럴 거라고 생각해."

재파이어가 그렇게 말한 후 TV 소리를 더 키웠다. 그리고 지구상에서 가장 강력한 권력을 가진 남자가 남부 억양으로 대국민 연설을 시작했다. 많은 코미디언이 흉내 냈던 그 억양이었다.

"오늘 저는 여러분들께 매우 민감한 소식을 전해야 합니다. 지난 몇 주간 발표된 뉴스들이 우리를 근심에 빠뜨렸습니다. 공항이 폐쇄되고 병원에는 환자들이 넘쳐납니다. 약국은 제한된 할당량의 약만 교부받을 수 있습니다. 일부 지역에서는 비상사태가 선포되어 격리 조치 되었습니다. 주방위군은 힘겨운 시간 속에서도 법과 질서가 유지될 수 있도록 헌신을 다해 일하고 있습니다."

'힘겨운 시간이라고?'

재파이어는 이런 공허한 문구에 대해 경멸감을 느꼈다.

'그 잘난 당신의 환경 정책 덕분에 기아, 악천후, 홍수의 재앙으로부터 삶을 잃어버린 3억의 인구에게 당신이 말하는 그 힘겨운 시간인가 뭔가를 설명하도록 해봐. 아니면 앞으로 3년 동안 그동안 하던 대로 계속해

봐. 그럼 곧 우리는 이 세상에 5억의 인구를 기후 난민으로 맞이하게 될 거야.'

"우리는 이미 숱한 위기를 극복해왔습니다. 숱한 공격을 막아왔습니다."

"맞아. 기름값에 대해서만은 그랬지."

재파이어가 비웃었다. 세제트는 그의 말에 수긍하는 듯 고개를 끄덕였다. TV 화면의 푸르스름한 반사 빛으로 인해 그녀의 검은 피부는 마치 기름 속에 들어간 것처럼 반질반질 빛이 났다.

"하지만 현재 우리의 적인 마닐라 독감은 이전의 적수들에 비해 더욱 악랄한 것처럼 보입니다. 제가 확실히 '보입니다'라고 말씀드렸습니다."

"그가 무슨 의도일까요?"

세제트는 대통령이 남긴 의미심장한 침묵이 흐르는 TV 화면을 바라보며 물었다. 대통령은 손가락을 높이 쳐들고는 완고할 정도로 엄숙한 표정을 지었다.

"왜냐하면 강한 전염성으로 수십만 명의 목숨을 앗아갔다고 알려졌기 때문입니다. 하지만 바이러스는 실제로 존재하지 않습니다."

"뭐라고?"

충격을 받은 세제트가 소리를 질렀다. 재파이어는 얼굴 표정 하나 바뀌지 않았다.

'저놈이 저럴 거라고 누가 생각이나 했겠어. 저 겁쟁이 녀석을 믿지 말았어야 했는데.'

재파이어가 그런 생각을 하고 있었을 때, 베이워터가 덧붙였다.

"마닐라 독감은 없습니다. 언론과 제약 회사들이 꾸며낸 이야기에 불과합니다."

재파이어는 TV 소리를 줄이고 침대 옆에 있는 기내 전화를 들었다. 조종사에게 항로 변경을 요청하기 위해서였다. 이제 노아를 만나는 건 후순위로 밀려났지만 어쩔 수 없는 일이었다. 재파이어가 아직 뭔가를 구하길 원한다면, 먼저 해야 할 일은 이제 교황을 접견하는 것이었다.

# 제21장

이탈리아, 로마

베르타니 박사는 보통 계단을 이용했다. 좁은 공간은 참을 수가 없었다. 더욱이 움직일 때라면, 두말할 필요도 없었다. 그래서 그는 뉴욕이나 홍콩 같은 도시를 꺼려했다. 그곳에서는 엘리베이터 없이 거의 옴짝달싹도 할 수 없었는데, 마치 로스앤젤레스에서 차가 없는 것과 똑같았다. 하지만 지하 3층 감방으로 가는 길은 오로지 승강기만으로 가능했다. 그들은 이곳을 집중관리 지하실이라고 불렀으며 건축설계 도면에는 기록되어 있지 않았다. 그리고 이곳을 지어 올린 건축가와 공사를 진행했던 인부들도 이미 오래전에 죽고 없었다. 벌써 2000년도 전에. 로마에 있는 네오 클리니카는 트라스테베레 지역에 위치한 사설 정신병원인데, 국가에 귀속된 대저택 하층에 세워져 있었다. 문화재관리국에 단 한 번도 신고된 적이 없었으며, 그 때문에 이곳은 달갑지 않는 환자를 가둬두기에 이상적인 장소였다. 킬리안 브람스의 경우처럼. 베르타니 박사는 엘리베이터에서 내리며 발아래 땅바닥이 있다는 사실에 기뻐하며 불을 켰다. 녹색으로 칠한 시멘트 바닥을 걷자 운동화가 끌리며 찍찍거리는 날카로운 소리를 냈다. 지하는 젠차노디로마에 있는 그의 지하 와인 저장고만큼이나 추웠다. 그는 그곳에 작은 방갈로를 가지고 있었는데, 날씨가 좋은 날에는 테라스에서 티레니아해를 지나가는 배를 볼 수도 있었다. 그는 그곳의 서양참호랑가시나무 그늘 아래에 앉아 브루넬로 와인 한잔과 갓 구워낸 신선한 젠차노식 빵을 손에 들고 있기를 지금 얼마나 갈망하고 있는지 모른다. 그럴 수만 있다면 몰락해가는 세상도 더 수월하게 견딜 수 있을 것 같았다.

'하지만 난 이곳에서 하루 종일 일해야 하지.'

그는 감방 앞에 도착해 문에 걸린 빗장을 걷어냈다. 그리고 그때부터 입으로만 숨을 쉬었다. 어떻게 하면 지하의 혼탁한 공기를 최대한 잘 참아낼 수 있는지 시간이 지남에 따라 체득했다. 환풍기는 여전히 작동하는 중이었지만, 이곳은 오래전부터 방치되어 있었다. 그러므로 여유 공간이 부족한 이 감방 안은 좋은 환경이 아니었다. 이곳에서 환자는 먹고 자며 배설까지 해결해야 했다.

"안녕하십니까, 킬리안 씨."

베르타니 박사가 문턱을 넘어 눈이 부실 정도로 밝게 불이 켜진 감방 안으로 들어갔다. 킬리안 브람스는 심지어 잠을 잘 때도 이 차가우리만큼 눈부신 천장 조명을 끄는 일이 없었다. 그의 환자는 언제나처럼 얌전한 자세로 있었다. 신문기자인 그에게 스케치북과 연필 몇 자루를 건네준 후부터, 그는 단 한 번도 화를 부리는 행동을 한 적이 없었다. 킬리안은 색이 바랜 잠옷 한 벌에 검은색 스포츠 양말을 신고 있었으며 늘 그랬듯 바닥에 앉아 있었다. 책상다리 자세로 스케치북을 무릎에 올려놓은 채. 처음에 그들은 킬리안이 줄곧 직선과 동그라미만 그리고 있다고 생각했다. 나중에야 비로소 그 메모가 무엇을 의미하는지 깨닫게 되었다.

'1과 0이야.'

그는 컴퓨터 프로그램을 쓰고 있는 것이었다.

'이것을 이용하면 비디오를 어떤 포털 사이트에도 올릴 수 있어요. 만약 그렇게만 된다면, 세상을 구할 수 있을 겁니다.'

킬리안이 그들의 물음에 대해 설명한 적이 있었다.

"잠시 방해해도 되겠습니까?"

베르타니는 방문할 때마다 형식적인 질문을 그에게 던졌다. 킬리안이 위를 쳐다보았다. 예전에는 포동포동했던 그의 얼굴이 지난 몇 주 사이에 홀쭉하고 칙칙해져 있었다.

"절 내보내줄 겁니까?"

킬리안이 물었다. 그 말은 그의 첫 마디이자 매번 반복하는 유일한 한 마디이기도 했다.

베르타니가 고개를 끄덕였다. 평소였다면 그는 유감스럽다는 듯이 어깨를 으쓱거렸을 것이다. 그러나 오늘은 그의 표정이 사뭇 달랐다. 모든 게 갑자기 달라졌다.

"무슨 일이 있나요?"

킬리안이 의심스러운 눈초리로 물었다. 그의 손가락이 신경질적으로 스케치북을 두드렸다. 베르타니가 말을 시작하려고 헛기침을 했다.

"상담 치료 중에 당신은 대통령에 대해 이야기한 적이 있었습니다."

"그랬죠."

"그때 그가 뭘 할 거라고 당신이 말했었죠?"

"부정할 거라고 했죠."

킬리안이 의아하다는 표정을 지었다.

"그는 전염병을 부정할 겁니다."

"왜입니까?"

"두려움 때문입니다. 그는 어떻게 그것을 막아야 할지 모르는 겁니다."

"뭐를 막는다는 겁니까?"

킬리안은 책상다리를 풀고 일어섰다.

"Room 17이요."

그가 비틀거리다 페인트 칠도 되어 있지 않은 벽에 기대어 쓰러졌다.

"이미 상황이 그렇게까지 되어버린 겁니까?"

킬리안이 갑자기 흥분한 것처럼 보였다.

"그가 정말 그렇게 한 겁니까?"

베르타니가 고개를 끄덕였다.

"당신의 예상과 정확히 일치했습니다."

베르타니는 청바지의 벨트에서 전화기를 빼냈다.

"전화 한 통만 부탁드립니다."

"그게 무슨?"

정신과 의사는 킬리안의 어깨에 손을 올리고 침대가 있는 곳으로 이끈 다음 부드러운 손길로 거기에 앉도록 유도했다.

"당신도 세 번째 단계를 막을 수 있기 바라지 않습니까?"

베르타니가 물었다.

킬리안의 눈꺼풀이 실룩거렸다.

"그럼요. 물론입니다. 제가 누구랑 통화해야 하는 겁니까?"

베르타니 박사가 전화기를 건넸다.

"당신은 이미 그를 알고 있습니다, 킬리안 씨. 당신은 그가 죽는 것을 보았습니다."

# 제22장

노아는 넋을 놓고 있었다. 홈바 테이블 위에는 빈 통조림 캔이 놓여 있었다. 파괴된 격리실을 나와 부엌으로 향하는 동안 노아는 그 늙은 남자가 정말 기관총을 이용해 생을 마감할 것인지, 생각에 잠겨 있었다.

부엌에 도착하자 노아는 이상한 기운을 느꼈다. 오스카와 셀린이 이미 떠났을 것이라고, 그래서 방갈로가 비어 있을 거라고 예상했다. 하지만 오산이었다. 누군가 이곳에 있었다. 그리고 배가 고팠던 것이 분명했다. 통조림 캔 뚜껑이 뜯어진 채 위로 열려져 있었다. 모서리 가장자리 부분은 빨갛게 되어 있었다. 붉은 소스가 방울진 혈액처럼 튀어 식탁 위에 묻어 있었다.

"오스카?"

노아가 조심스레 거실을 살펴보았다.

"셀린?"

벽난로에서만 약한 불빛이 깜빡거릴 뿐, 좀 전까지만 해도 켜져 있던 전등은 모두 꺼져 있었다. 두 사람은 소파에 앉아 있었다. 나란히 딱 붙어서.

"왜 아직 여기에 있는 겁니까?"

아무 반응이 없었다. 그들은 대답하지 않았다. 대답은 어둠 속 남자가 대신 맡았다.

"내가 두 사람에게 여기에 좀 더 머물러달라고 부탁했소."

어슴푸레한 불빛 속에서 짙은 색 양복을 입은 낯선 남자가 보였다. 양복은 소파 가죽 색깔과 비슷했기 때문에 소파에 앉아 있는 그는 흡사 소파와 하나인 것처럼 보였다. 그 와중에 선명하게 눈에 띄는 것은 크롬으로 된 총열이었는데 소파 오른쪽의 팔걸이에 놓여 있었다. 노아는 총을 겨눴고 부엌 벽에 있는 모든 스위치를 눌렀다. 따뜻한 불빛이 개수대부터 벽난로까지 부엌에서 거실 전체에 이르기까지 흘러넘치는 듯했다.

"당신?"

노아가 어리둥절한 얼굴로 물었다. 불이 켜지자 남자는 얼굴을 찡그리며 손차양을 만들었다. 그의 무릎에 있는 접시가 잠시 흔들리더니 균형을 잡았다.

"부탁이 있소."

그가 말했다.

"몸이 좋지 않소. 머리도 아프고 아까부터 빛에 조금 예민한 것 같소. 그래서 당신 친구분들께 불을 꺼달라고 부탁했던 거요. 당신도 그렇게 해주겠소?"

노아가 꿈쩍도 하지 않자, 그는 한숨을 내쉬며 눈을 껌벅였다. 그리고 빵 한 조각을 소스에 적셨다. 오스카와 셀린은 두려움에 찬 눈빛으로 노아 쪽으로 시선을 돌렸다.

'우린 이제 어떻게 해야 하죠?'

그들이 말없이 물었다.

노아는 한 발 더 가까이 걸어갔고 양손으로 총을 꽉 잡았다.

"원하는 게 뭡니까?"

남자는 입에 음식물을 가득 넣은 채 대답했다.

"우선 좀 먹읍시다. 난 엄청나게 굶주려 있소."

그가 테이블 위에 따놓은 라비올리 캔을 가리켰다.

"테이블을 엉망진창으로 만들어 유감스럽게 됐소만, 포장을 여는 일
에 대해서는 내가 항상 이 모양이오. 당신도 조금 들지 않겠소, 노아 씨?
기차에서 우리 둘 다 밥이 될 만한 걸 먹지 못했지 않소."

그는 입과 코를 티슈로 톡톡 두드리듯 닦아냈고, 기침이 나오려는 것
을 억지로 참았다.

"그러고 보니 아직 정식으로 나를 소개하지도 않았군요."

그가 미소를 지으며 주변 인물들에게 말했다.

"난 아담 알트만이요."

# 제23장




"어떻게 우리를 발견했습니까?"

노아가 물었고 알트만은 꼼짝 않고 앉아 있었다.

"당신이 지금 내게 겨누고 있는 그 총은 그냥 내려놓는 편이 나을 거요. 그 총에서 작동하는 건 위치 추적기와 도청 장치뿐이오."

알트만이 마른기침을 했다. 빵을 든 손으로 바닥에 있는 시체들을 가리켰다.

"그 모조품으로는 이렇게 하지는 못했을 거요."

노아는 믿을 수 없다는 듯 손에 있는 총을 응시했다. 알트만의 말이 진실이라면 그야말로 완벽한 복제품인 셈이었다.

"기차에 올라탈 때, 당신이 몰래 집어넣었군요."

마침내 그가 상황 판단이 끝났다는 것을 밝히고는 천장을 향해 방아쇠를 당겼다. 총성 대신 부드러운 클릭 소리만 들렸다.

"기차에서 몸싸움을 유도한 건 유감스럽게 생각하고 있소. 그때만 해도 아직 내 몸 상태에 대해 모르고 있었소. 만약 내가 바이러스에 감염된 거라면, 당신에게 전염시켰을지도 모르겠소."

알트만이 그렇게 말하고는 뭔가를 저지하듯 손을 들어올렸다. 왜냐하면 노아가 모조품을 내려놓고 주머니에서 다른 무기를 꺼내 들었기 때문이다.

"그런 걱정 마시오. 난 당신에게 아무 짓도 하지 않을 거요. 자, 여기 있소."

알트만이 총을 노아의 발아래로 던졌다.

"이제 난 무기가 없소."

"원하는 게 뭡니까?"

노아가 총의 가늠자에서 눈을 떼지 않고 물었다.

"처음에는 당신을 죽이려고 했소."

청부 살인업자가 대답했다.

"하지만 지금은 그 반대요."

"당신은 누굽니까?"

알트만이 빈 접시를 팔걸이 위에 올려놓고는 몸을 앞으로 약간 숙였다.

"난 미합중국 정부를 위해 일하고 있소. 혹은 그들을 위해 일했었다고 말하는 편이 나을지도 모르겠소. 내 직업은 갈등을 해소하는 것이었소. 민주주의라는 길목에 방해되는 요인이라면, 무엇이든 제거하는 일이오."

"그래서 우리 뒤를 밟은 거요?"

또 한 번 노아의 완벽한 영어 실력에 놀라워하던 오스카가 대화 중간에 끼어들었다.

알트만이 오스카에게 잠깐 시선을 보냈다.

"우리라는 것은 없소."

그가 노아를 가리켰다.

"단지 이 남자만이 있을 뿐이오."

"그런데 무슨 이유로 그가 죽어야 하나요?"

셀린이 앙칼진 목소리로 물었다.

"왜 온 세상이 노아를 추적하는 거죠?"

"그건 오랫동안 나에게도 이유가 분명치 않았소."

알트만이 말했다. 그의 시선이 셀린으로부터 오스카를 시나 노아에게 갔다.

"난 단 한 번도 목표물이 될 사람의 이력이나 배경 따위의 구체적인 정보를 받아본 적이 없소. 당신들도 웨이터가 식사 준비를 해주기 전에, 그날 식탁 위에 오를 토끼의 애칭에 대해 물어보길 원치 않을 것이오."

그가 코를 훌쩍거렸다.

"미안하게 됐소. 생각해보니, 그다지 세련되지 못한 비유였소. 내가 마치 노아 당신을 먹겠다는 소리처럼 들리는군요."

그가 킥킥대며 웃었다.

"그건 그렇다 치고, 내가 말하고자 하는 바는 결국 내가 몰라도 될 일을 너무 많이 보고 들었다는 것이오."

알트만이 관자놀이를 집게손가락으로 톡톡 쳤다.

"도청 장치로 당신과 연결된 후부터 난 너무 많은 걸 알게 됐소. 이곳에서 어떤 거대한 음모가 진행 중이라는 것을, 전 세계를 뒤흔들 생화학 공격 계획이 있다는 것을, 그리고 바로 당신이 그걸 꾸몄을지도 모른다는 것을 말이오."

그가 노아에게 소염진통제가 있는지 물어보았다. 하지만 노아는 알트만의 요구를 무시해버렸다.

"나에게 원하는 것이 뭡니까?"

노아가 질문을 반복하며 총을 만지작거렸다.

알트만이 깊은 숨을 내쉬었다. 순식간에 녹초가 된 것처럼 보였다.

"당신은 내게 수수께끼 같은 인물이오. 당신이 과학자이고 바이러스를 개발했으며 그 바이러스로 세계 인구를 현격하게 줄이려 한다는 것에 난 상당한 확신을 가지고 있소. 하지만 학자라고 하기엔 놀라울 만한 킬러의 자질들을 가지고 있는 것도 사실이오."

"그건 제 질문에 대한 대답이 아닙니다. 마지막으로 묻겠습니다. 왜 당신은 여기에 있는 겁니까? 날 죽이려는 의도가 아니면 뭐 때문입니까?"

"그걸 짐작하는 게 그토록 어렵단 말이오?"

알트만이 물었다 그리고 자리에서 일어나기 위해 힘겹게 몸을 일으켰다. 양복은 구겨졌고, 셔츠는 바지 밖으로 삐져나왔다. 마치 처음 두 발로 서는 아이처럼 그는 약간씩 떨었다.

"나를 구하시오!"

그의 목소리는 명확했으며 진심이 담겨 있었지만 그렇다고 애걸하는 것은 아니었다.

"뭐라는 거요?"

하마터면 노아는 깜짝 놀라 총을 떨어뜨릴 뻔했다

알트만은 힘겹게 침을 삼켰다. 통증으로 인해 눈에서 눈물이 솟는 것처럼 보였다.

"난 이미 제트플루를 복용했지만, 아무 효과도 없소. 뭐 때문이오?"

"제가 그걸 어떻게 압니까?"

"날 바보 취급 마시오. 노아, 데이비드 혹은 당신 이름이 뭐든 상관없소. 정말 당신이 전염병을 발견했다면, 치료제도 분명 가지고 있을 것이오. 난 그걸 얻고 싶소, 지금 당장."

"그 밖에 다른 것은?"

알트만이 한숨을 내쉬었다.

"다른 건 원하는 게 없소. 내가 괜히 오토바이를 훔쳐서 엉덩이가 다 얼어붙도록 한 시간이나 달려 여기까지 온 게 아니오. 경주에서 밀려난 경주마처럼 나는 의뢰인으로부터 버려졌소. 이제 더 이상은 당신을 해칠 일 따위는 없을 거요. 하지만 밀이오……"

그가 시계를 보았다.

"나 말고 다른 사람이 이미 오래전에 이곳을 향해 출발하지 않았을 거라는 장담은 못 하겠소."

알트만의 말이 방갈로 전체로 울려 퍼지자마자, 그의 예언을 증명하기라도 하는 듯 한 발의 총성이 정적을 깨뜨렸다.

그리고 바로 이어서 노아의 바지 주머니에 들어 있던 전화기가 울렸다.

# 제24장

노엘은 잠들어 있었다. 숨소리가 지나치게 고르고 낮아 앨리샤는 아기가 아직 살아 있는지 확인하기 위해 2분꼴에 한 번 자전거 바구니를 들여다보아야 했다. 바구니는 제이가 쓰레기 더미 속에서 찾아낸 것으로 요람으로 개조해 임시로 사용하는 것이었다. 노엘은 그 안에 신문지와 스티로폼을 넣어 만든 깔개 위에 누워 있었는데 몇 시간이 지나도록 울지도 않고 조그만 두 팔을 움직이지도 않았다.

'무척 평화로워 보여.'

앨리샤는 그렇게 생각했지만, 빛이 그녀를 미혹시켰다는 것을 알았다.

'그래, 촛불 아래에서는 모든 것이 평화로워 보이지.'

이미 어두워진 지는 오래였고, 다시 전기는 들어오지 않았다. 또 하루가 절망적인 최후를 향해가고 있었다.

'눈앞의 이 아이처럼.'

"……정말이야, 앨리샤? 이봐, 내 말 듣고 있는 거야?"

"응? 뭐라고 그랬어?"

그녀는 아기에게 시선을 거두고 말론을 쳐다보았다. 그가 10분쯤 전 계획이 있다고 말하며 움막에 들어섰던 이후부터, 사실 그녀는 그의 말을 거의 귀담아듣고 있지 않았다.

"미안해, 뭐라고 말했어?"

말론은 제이의 침대로 사용되는 자루 위에 다리를 쩍 벌리고 앉아서는 맥 빠진 듯이 눈알을 굴렸다.

"내가 전에 에드윈의 부하로 일했던 적이 있었잖아. 거기서 들었는데, 우리는 완전히 포위되었대. 배달부 한 명이 서쪽 철조망 울타리를 넘어 쓰레기 처리장을 통해 탈출하려고 했는데, 미로라고 알지?"

"그 꼬맹이?"

미로는 아무리 많아 봐야 다섯 살을 넘지 않았고 아직 젖니도 빠지지 않은 어린아이였다.

"맞아, 그 녀석. 그 애가 순찰 대원한테 발각되었어. 그래서 투항하려고 했는데도 머리에 총을 맞았대."

앨리샤가 머리를 가로저었다.

'그들이 애한테 돈을 요구했었나?'

늪지대에 있던 그 역겨운 부부의 주장대로 정말 그곳을 지나려면 통행료를 지불해야 하는 게 사실이라면, 그 아이는 5달러 때문에 죽임을 당한 것인가 하는 생각이 그녀를 사로잡았다.

"난 그 이야기를 믿을 수가 없어, 말론."

"하지만 엄마, 그 말을 믿어야만 해요."

앨리샤는 뒤쪽에서 들려오는 말을 듣고 재빠르게 몸을 돌렸다.

"제이!"

그녀는 막 움막으로 들어온 맏아들을 보고 외쳤다.

"너 대체 이 시간까지 어디 있다 온 거야?"

그녀는 너무 놀라서 하던 말도 다 마치지 못한 채 또 다른 질문을 했다.

"무슨 일이 있었던 거야?"

"아무 일도 아니에요, 엄마."

"아무 일도 아니라고?"

그녀는 받침대에서 양초를 집어 올려 아들의 얼굴을 비췄다.

"세상에, 너 피를 흘리고 있어."

정말로 제이의 얼굴 한쪽은 관자놀이에서 턱까지 피로 범벅이 되어 있었으며 티셔츠는 찢겨져 있었다.

"습격당했어요."

제이는 이를 갈며 맨발로 서 있었다.

"습격이라고? 누구에게?"

"그건 그다지 중요하지 않아요."

제이는 그렇게만 설명했다. 앨리샤는 그를 더 이상 압박하지 않고 간청하는 눈길을 보냈다.

"너, 출구를 찾으려고 했지."

말론이 제이가 한 일을 알아차렸다는 듯 말했다. 그것은 질문이라기보다는 단언조의 말투였다. 제이가 고개를 살짝 끄덕였다. 앨리샤는 그의 아들이 이 대화를 그만 끝내고 싶어 하는 것인지 확신이 서지는 않았다. 보통은 코끝을 보면 그가 거짓말을 하는지 아닌지 알 수 있었지만, 촛불 아래이기도 하고 얼굴에 피가 많이 묻은 탓에 식별이 어려웠다.

"중요한 건, 네가 다시 여기 있다는 거야."

그녀는 그렇게 말하며 플라스틱 병에 있던 물을 천 조각에 적셔 제이에게 건네주었다. 그가 얼굴과 몸을 닦을 수 있도록 하기 위해서였다. 헬리콥터 한 대가 저공비행하며 가까이 다가왔다. 프로펠러 소리가 다시 멀어질 때까지 그 누구도 입을 열지 않았다.

"노엘은 어때요?"

제이가 바구니 속 아기를 바라보며 물었다.

앨리샤는 한숨을 쉬며 무슨 말을 해야 할지 몰라 고심했다.

"당장 노엘을 데리고 나가야 해."

결국 말론이 그녀 대신 대답했고, 제이도 그의 말에 동의했다.

"대체 어디로요?"

말론이 자리를 털고 일어났다.

"작년에 맞았던 예방접종 기억나?"

제이가 고개를 끄덕였다. 그리고 앨리샤 또한 말론이 뭘 말하려는지 알고 있었다. 한 구호단체가 인근에 천막을 치고 무료 진료소를 개설하고는 가난한 사람과 도움이 필요한 사람들에게 소아마비와 파상풍 그리고 디프테리아 예방접종을 시행했던 적이 있었다.

"월드세이버 의사들이 이곳에 다시 왔어. 이번에는 독감을 막는 데 도움이 되는 뭔가를 가져왔다고 했어."

"하지만 만약 치료약이 있다면, 대체 왜 우릴 여기 가둬두는 거야?"

앨리샤는 기가 막히다는 듯 말론에게 물었다. 그리고는 노엘의 코끝에 맺힌 구슬땀을 다시 바라보았다.

"치료약이 충분하지 않아서야."

말론이 대답했다.

"제약 회사의 공장 건물이 여러 번 습격당했잖아. 아마 그 회장 이름은 들어봤을 거야."

'재파이어라고 했지.'

앨리샤는 이름을 떠올렸다.

"그 후로 약은 더 이상 생산되지 않고 있어. 그래서 부자들은 만약 케손시티 전체가 약을 찾아 나서게 된다면 자신들에게 할당되는 약이 남아 있지 않게 될까 봐 두려워하는 거야."

말론이 눈을 비볐다. 갑자기 그는 굉장히 피곤해 보였다. 앨리샤가 그에게 언제 마지막으로 네 시간 이상 잠을 잤는지 물었다.

"괜찮아."

말론이 말한 후 제이를 바라보았다.

"의사들이 있는 곳으로 가려면 어떻게 해야죠?"

제이가 물었다.

"갱도를 통해 가야만 해."

말론이 말했다.

"갱도라고? 안 돼! 말론, 너 미친 거 아니야?"

앨리샤가 반발했다.

"진심은 아니지? 꿈에라도 거기 아래는 내려가지 않을 거야."

"천만에."

말론은 제이와 앨리샤를 번갈아 쳐다보았다.

"내 말이 차라리 자살하라고 명령하는 것처럼 들리는 거 잘 알아. 하지만 난 그 아래를 잘 알고 있어. 우린 성공할 수 있어."

그가 팔을 휘두르자 촛불이 깜박거렸다.

"손전등 하나만 구해오면 돼."

# 제25장

"여보세요?"

그 말은 힘들게 쥐어짜낸 유일한 한 마디였다. 전화를 건 사람은 잔뜩 긴장한 듯했다. 그 남자의 목소리는 마치 생전 처음으로 집에 혼자 있는데 갑자기 지하실에서 들려오는 괴상한 소리에 놀란 어린아이 같았다.

"누구십니까?"

노아는 밴 운전석에 앉아 국도로 향하는 좁은 숲길을 빨리 달렸다. 앰버 앞잡이들의 시체는 화물칸에서 꺼내 소나무 아래 내려놓았었다.

"조심해요!"

그가 브레이크를 밟은 상태로 미끄러지며 국도로 쏜살같이 빠져나가자, 셀린이 소리쳤다. 그녀는 노아 옆 조수석에 앉아 있었고, 오스카는 뒤에 있는 화물칸 좌석에 앉아 알트만이 꼼짝 못 하도록 지키고 있었다.

"누구십니까?"

노아는 재차 물었다. 화면에는 3906으로 시작되는 번호가 떴다. 두 번째 온 전화였다. 처음 왔을 때는 노아가 전화를 받을 수 없는 상황이었다. 총성을 규명하는 게 우선이었다. 그 소리의 주인공은 격리 구역에 있

던 늙은 남자였다. 노아는 그의 자살을 직접 눈으로 확인하고는 바닥에
버려져 있던 두 벌의 보호복을 충동적으로 비닐봉지에 넣어 가지고 왔
다. 그리고 그들은 방갈로를 떠나왔다.

"저는 킬리안 브람스입니다."

전화한 사람이 노아의 질문에 답했다. 남자는 혼란스러운 듯 말했다.

"왜 당신이 그의 전화기를 갖고 있는 거죠?"

"누구 전화기를 말하는 겁니까?"

그들 앞에는 텅 빈 도로가 펼쳐져 있었지만, 언덕 뒤로는 번쩍거리는
불빛이 하늘을 비추고 있었다.

'그들이 도로를 차단하고 있어.'

"그리고 왜 목소리를 흉내 내고 있는 거죠? 그 사람처럼 들리도록 하
려는 건가요?"

"그 사람이라뇨, 누구를 말하는 겁니까?"

노아가 물었다. 남자가 헛기침하며 말했다.

"데이비드 모튼이요. 당신이 그를 살해했습니까?"

"아닙니다."

노아는 내비게이션 화면을 보았다. 셀린이 그녀가 납치되어 왔던 제트
기가 있는 비행장을 기억해냈고, 내비게이션은 그곳까지 가는 최단거리
를 계산했다. 그러나 유감스럽게도 그 길은 경찰이나 군대에 의해 완전
히 차단된 도로를 경유해야 하는 것처럼 보였다. 후진 기어를 넣었다. 그
의 기억이 맞다면, 200미터 후방에 숲길로 들어가는 갈림길이 있었다.

"그가 죽었다는 것을 어떻게 알고 계시죠?"

노아는 오른쪽 백미러를 보고 후진하면서 어깨와 턱 사이에 휴대전화
를 끼운 채 질문했다.

"호텔에서 그가 죽은 모습을 내 눈으로 직접 보았습니다."

"당신이 아들론 호텔에 계셨다는 말씀인가요?"

"잠시만요……"

노아가 갈림길 앞에 멈춰 섰다. 숲 쪽으로 핸들을 꺾었다. 내비게이션은 숲을 인식하긴 했지만 바른 위치에서 벗어났다고 경고했다. 노아는 전화 너머에서 윙윙대는 소리를 들었다. 그런 후 알아듣지 못하는 언어로 남자가 다른 사람에게 말하는 소리가 들렸다. 남자는 잠시 바스락거리는 소리를 내더니 다시 수화기로 돌아와 말했다.

"무슨 일입니까? 우선 제가 하는 말을 잘 듣도록 하세요."

노아는 1분 정도 킬리안 브람스가 하는 말을 경청했다. 남자의 배후에 있던 사람이 지시한 것 같았다. 노아는 일단 이야기를 다 듣고 난 후 한마디도 더 보태지 않고 통화를 다음으로 미뤘다.

"누구였어요?"

셀린이 물었다. 그녀는 한 손으로는 안전벨트를, 다른 손으로는 문 위의 고정 손잡이를 붙잡고 있었다. 그들은 콘크리트처럼 단단히 얼어붙은 숲길을 달리고 있었다. 산악용 자동차나 달릴 만한 길이었다.

"곧 알게 될 겁니다."

노아는 이렇게 대답하며 알트만과 눈을 마주치기 위해 룸미러를 보았다.

"혹시 노트북이나 인터넷이 가능한 스마트폰 갖고 있습니까?"

노아가 알트만에게 물었다. 알트만은 고개를 끄덕이며 바지 주머니 속에서 휴대전화를 꺼냈다.

"화상통화 프로그램이 설치되어 있나요?"

"여기 있소."

알트만은 오스카를 통해 이미 화상통화 앱이 실행되어 있는 두께가 얇은 휴대전화를 앞으로 전달했다.

"고맙습니다."

노아는 셀린에게 휴대전화를 잘 붙들고 있을 것을 부탁했다. 그가 운전대에서 손을 떼지 않고도 휴대전화 화면을 잘 보기 위해서였다. 그는 자신의 휴대전화 통화 목록을 열고 좀 전에 걸려왔던 열네 자리 전화번호를 셀린에게 불러주었다. 그녀는 그 번호를 알트만의 휴대전화에 입력했고 연결을 위해 녹색 버튼을 눌렀다.

"이탈리아 국가번호야."

오스카가 말을 꺼냈다. 알트만도 그 말에 동의했다. 노아는 여권에 있던 입국 도장이 생각났다.

'로마, 암스테르담 그리고…… 제기랄. 내가 방문했던 세 번째 도시가 대체 어디였더라?'

노아는 더 좁은 숲길이 펼쳐져 있는 왼쪽 방향으로 핸들을 틀었다. 길은 차선 하나 정도의 폭이었지만, 그것마저도 거의 통행이 불가능할 만큼 좁았다. 나뭇가지들이 밴의 페인트 도색을 긁어냈다. 그는 어쩔 수 없이 속도를 확 떨어뜨릴 수밖에 없었다.

'점점 더 악화되고 있어. 나아지지가 않아.'

갑자기 경적이 울리는 바람에 그는 흠칫 놀랐다. 상대방이 통화를 수락하고 나서도 화면의 영상을 볼 수 있기까지 5초가 더 걸렸다. 노아는 많아 봐야 서른 살 정도로 보이는 갈색 머리의 남자를 화면에서 볼 수 있었다. 길고 가는 목에 둥그스름한 머리가 마치 막대기에 달린 풍선을 연상시켰다. 차가운 빛의 할로겐 전등이 남자의 얼굴을 정면으로 비추고 있었기 때문에, 그는 눈이 부신 듯 눈을 꼭 감고 있었다. 남자는 병들어

창백한 모습이었다. 목과 이마에는 붉은 반점들이 불거져 있었는데, 아마도 피부염에 걸린 듯했다. 귀는 추위에 떨다가 막 돌아온 것처럼 새빨갰는데 그는 파자마를 입고 있어서 막 잠에서 깨어난 듯한 인상을 주었다. 치아는 반듯했고 송곳니 하나가 밖으로 삐져나와 있었다. 노아에게는 두 가지 사실이 명백해 보였다. 남자의 건강 상태가 극도로 좋지 않다는 점과 킬리안 브람스라는 남자를 예전에 한 번도 본 적이 없다는 점.

"제 모습이 보입니까?"

킬리안이 휴대전화 스피커를 통해 물었다. 디젤엔진 특유의 소음과 진동에 묻혀 그의 목소리는 조수석에 있는 셀린만 겨우 들릴 정도였다.

"예, 보여요. 당신도 제가 보이나요?"

"아니요, 심하게 지지직거리는 영상만 보일 뿐입니다."

"카메라를 돌려보세요."

셀린이 충고했다.

그녀가 휴대전화의 셀카 모드를 활성화시키는 버튼을 누르자, 지금껏 자동차 계기판을 찍고 있었던 카메라가 이제는 노아의 얼굴을 포착했다. 킬리안의 반응이 드라마틱했다.

"이런 맙소사!"

그가 소리쳤다. 두 눈은 커다래졌는데 깜짝 놀란 나머지 금방이라도 눈알이 튀어나올 것처럼 보였다. 입이 떡 벌어진 채 카메라 렌즈 앞 허공에다 대고 집게손가락을 이리저리 찌르는 듯이 하며 양쪽 콧구멍을 벌렁거렸다.

"불가능한 일이야."

그가 쉰 목소리로 말했다.

"절대로 불가능해."

"무슨 일입니까?"

노아가 물었다.

"당신 정말로 그 사람이 맞군요."

"누구 말입니까?"

"데이비드 모튼이요."

"우리가 아는 사이였습니까?"

"물론입니다. 우린 미팅 날짜까지 잡아둔 상태였습니다."

"그게 언제입니까?"

"한 달 전, 베를린에서요. 아들론 호텔에서. 하지만…… 이건 불가능해."

"왜 불가능하다는 겁니까?"

길이 고르지 않아 자동차가 심하게 흔들렸다.

"내가 방에 도착했을 때, 당신은 이미 죽어 있었거든요."

# 제26장

숲속 오솔길이 다시 넓어졌다. 그들은 오두막과 등산로 이정표를 지나쳐 왔다. 그들이 빠져나왔던 국도를 저만치 앞에서 다시 볼 수 있었다. 제대로 우회했기를 바라며 노아는 다시 속력을 높였다.

"우리가 만나야 했던 이유는 무엇이었습니까?"

노아는 지금 막 자신의 죽음을 말했던 남자에게 물었다. 벽난로 앞에서 피를 흘리던 영상이 다시 떠올랐지만, 그가 스위트룸에 처음 발을 디뎠을 때처럼 분명치가 않았다.

'기억이 점점 더 악화되고 있어. 나아지지가 않아.'

"세 번째 단계 때문입니다."

킬리안이 그의 턱을 긁적거리며 말했다.

"당신이 세 번째 단계에 대해 이야기하고 싶어 했습니다."

"그게 뭡니까?"

킬리안은 어이없다는 듯이 눈을 껌벅거렸다.

"왜 내게 이런 질문을 하는지 이해할 수가 없습니다. 바로 당신이 그 모든 걸 내게 설명해준 장본인이지 않습니까?"

"무엇에 대한 겁니까?"

"대체 뭔 소리를 하는 거요? 혹시 테스트 같은 겁니까?"

"아니요. 당신을 테스트하려는 게 아닙니다, 킬리안 씨. 전 기억을 잃어버렸고, 우리에게 주어진 시간은 정처 없이 흘러가고 있습니다. 제발, 당신이 알고 계신 걸 모두 말씀해주십시오."

통화 상대가 입을 벌린 채 어안이 벙벙한 표정으로 카메라 너머 다른 곳으로 시선을 돌렸다가 다시 말을 이어갔다.

"좋아요. 그럼 어디서부터 이야기를 시작할까요?"

"처음부터요. 우리가 어떻게 서로 알게 되었습니까?"

노아가 숲길을 우측으로 두고 빠져나온 이후로, 밴은 다시 아스팔트 포장도로 위를 달리고 있었다. 반대 차선으로 차들이 도로 차단 지점까지 정체되어 있는 모습이 노아의 룸미러 속에 보였다. 정체의 원인은 알 수 없었다. 어쩌면 교통사고로 인해 도로가 봉쇄된 건지도 몰랐다.

"저는 기자입니다."

킬리안이 설명을 시작했다. 말수가 많아지자, 그의 영국 옥스퍼드식 억양이 점점 더 잘 들렸다.

"저는 AF, 즉 '익명의 세력(Anonymous Force)'이라는 단체를 위해 일하고 있습니다. 우리는 정보의 자유를 위해 싸우고 있죠. 부자와 권력자들의 데이터베이스를 해킹하고, 언론매체들이 우리에게 알려주지 않고 숨기는 정보들을 세계에 제공하고 있습니다."

"그래서 내가 당신에게 비밀을 털어놓은 거군요?"

내비게이션이 사설 비행장까지의 경로를 다시 계산해 보여주었다. 15분이 걸릴 예정이었다.

"예, 맞아요. 정말 뒤로 나자빠질 만큼 어마어마한 비밀이었죠."

킬리안이 부자연스러운 쓴웃음을 지어 보였다.

"당신은 내게 비디오를 보여주려고 했습니다."

"빌더베르크 그룹에 관한 비디오인가요?"

노아는 원래 자신이 의도했던 것보다 더 목소리를 높여 물었다. 룸미러를 통해 오스카가 흥미를 보이며 머리를 앞으로 내미는 모습을 볼 수 있었다.

"그들의 분파 조직에 관한 것이었습니다."

"Room 17?"

셀린이 깜짝 놀란 눈으로 노아를 쳐다보았다.

"앰버는 17이라는 숫자가 새겨진 펜던트를 걸고 있었어요."

그녀가 낮은 목소리로 말했다.

"당신 아무것도 기억하지 못한다고 말하지 않았소?"

킬리안이 의심스러운 말투로 캐물었다.

그의 앞으로 차량 통행이 점점 더 많아졌기 때문에 노아는 더 이상 자주 화면을 들여다볼 수 없었다.

"몇 가지 내용은 이미 들어서 알고 있습니다. 비디오에 뭐가 있었습니까?"

"노아 프로젝트요. 그것이 어떻게 결정되었는지, 그 전체 계획이 들어 있었습니다."

'노아라고?'

노아는 그의 기억처럼 사라지지 않았을까 두려워하며 그 문신을 보기 위해 한 손을 운전대에서 들어올렸다.

킬리안이 호흡을 깊게 들이마셨다.

"1972년 로마클럽이라고 불리는 학자, 사업가, 정치가 그리고 문화예술가들로 구성된 모임이 지구의 붕괴를 예견했습니다. 왜냐하면 급속히 늘어나는 인구가 자연을 남용해 더 이상 공존을 불가능하게 했기 때문입니다. 로마클럽은 인류가 자연과 공존하도록 시민들의 인식 전환을 유도했으며 민주적이고 평화적으로 함께 일하는 합일체를 형성했습니다. 그 반면 Room 17이라는 급진적인 비밀조직도 결성되었습니다. 이들은 인구를 지구가 감당해낼 수 있을 만한 수준으로 줄이고자 했습니다."

"몇 명으로 말입니까?"

노아가 물었다.

"전체 인구의 절반으로요."

킬리안은 약간 쉰 목소리로 구체적인 숫자를 말해주었다.

셸린은 너무 놀라 자기도 모르게 전화기를 아래로 떨어뜨렸다. 그녀는 떨고 있었지만, 다시 휴대전화를 들었다.

"35억을 죽이겠다는 말입니까?"

노아가 물었다.

"대체 어떻게 그런 말도 안 되는 대량 학살을 상상할 수 있다는 거죠? 거기에 마닐라 독감 바이러스를 사용하겠다는 겁니까?"

"대답은 '예'이기도 하고 '아니요'이기도 합니다."

킬리안이 말했다.

"마닐라 독감 바이러스는 세 단계 중 하나에 지나지 않습니다."

노아가 점점 더 기이한 이야기로 빠져드는 사이, 반대 차선의 차량들이 차를 돌리려 이쪽 차선으로 들어오곤 했다. 그는 습관적으로 브레이크를 밟으며 운전을 계속했다.

"처음 두 단계에서는 무슨 일이 일어납니까?"

"이미 2단계까지는 실행되었습니다, 데이비드. 과거의 일이 되어버린 거죠. 노아 프로젝트의 1단계와 2단계는 이미 점화된 상태입니다. 우린 모두 감염되어 있고요."

"우리라는 게 누구를 말하는 거죠?"

"거의 전 인류요."

화면 속 킬리안이 마치 주임 선생처럼 그의 검지를 수직으로 들어올렸다.

"믿기지 않겠지요. 하지만 당신이 빌더베르크 모임에 대해 알고 있다면, 지구상에서 가장 영향력이 크고 부유한 사람들이 거기에 속해 있다는 것도 잘 알고 있을 겁니다. 개별 국가의 정부는 대중들을 위한 한낱 놀이에 불과합니다. 우리에게 큰 영향을 미치는 결정은 선출되지 않은 권력에 의해서 행해집니다. 국제연합, 유럽의회, 안전보장이사회 같은 것들은 모두 잊어버리십시오. 오직 유일무이하고 강력한 하나의 정부가 있을 뿐이죠."

그 또한 노아에게 낯설지 않은 이야기였다. 킬리안은 잠시 휴식을 취한 다음 이야기를 이어나갔다.

"이 모든 것은 당신이 내게 해주었던 이야기입니다. 정말 기억이 나지 않습니까?"

밴은 거의 보행하는 듯한 속도로 지하도 한 곳을 통과하고 있었다. 노아는 고개를 가로저었다.

"그럼 당신은 Room 17이라는 조직이 빌더베르크 그룹으로부터 분리되었고 지금은 더 이상 통제 불가능한 군대와 같다는 것도 이미 알고 있습니까?"

"그것에 대해서는 들었습니다만."

지하도를 지나자마자 노아는 방향 지시등을 켜지도 않고 들판 쪽으로 핸들을 꺾었다. 내비게이션이 곧바로 새로운 경로를 계산하기 시작했다.

"그들은 급진주의자들 가운데에서도 가장 급진적이죠."

킬리안이 계속 설명을 이어갔다. 이제 그의 목소리에서는 이야기를 처음 시작했을 때의 불안감은 거의 찾아볼 수 없었다.

"그들의 목표는 로마클럽의 목표와는 무관합니다. 또한 빌더베르크 그룹의 목표와도 이제 관계가 없죠. Room 17은 영속할 수 있는 세계 질서를 만들어내려고 합니다. 만약 서방 산업 국가들이 지금까지와 같은 삶을 지속한다면, 약 2052년에는 총체적인 파탄을 피하기 힘들 것입니다. 석유는 고갈되고, 지구의 기온은 4도 이상 상승하고, 환경오염 탓에 대도시에서의 삶은 거의 불가능하게 될 겁니다."

킬리안의 일장연설은 너무나 노련했는데, 이미 이 이야기를 최소한 그의 머릿속에 있는 상상의 청중들 앞에서는 자주 했던 것처럼 보였다. 다만 말끝의 가벼운 떨림과 조금 과장된 억양만이 지금 그가 얼마나 긴장하고 있는지 그리고 그동안 그가 말해야만 했던 진실이 그 자신에게 얼마나 절박한 문제였는지를 여실히 보여주었다.

"이미 우리는 지금도 매년 자연이 감당할 수 있는 양보다 두 배나 더 많은 온실가스를 배출하고 있습니다. 자연재해로 인한 피해가 자연을 채굴해서 얻는 이익보다 훨씬 크죠. 또한 미국인 한 명이 하루에 8000리터의 물을 소비하는 동안, 10억 명의 사람들은 식수 부족으로 고통을 받고 있습니다. 그리고 이 수치는 데이비드, 당신이 계산한 것이죠. 물론 이런 자료는 인터넷에서 쉽게 찾아 검토해볼 수 있습니다. 그럼에도 나는 우리가 대화를 나눈 뒤에서야 비로소 1킬로그램의 돼지고기를 생산하기 위해 1만 리터의 물이 소비된다는 사실을 알았습니다. 만약 전 세계 사람들 모두가 미국인이나 유럽인 들처럼 낭비하며 살아가게 된다면, 우리는 지구의 논밭을 경작하기 위해 필요한 물을 더 이상 충당하기 어렵게 될 겁니다. 90억 인구를 먹여 살려야 할지 모르는 2050년에는 어떤 일이 일어나겠습니까?"

노아는 북쪽 방향으로 차를 몰았다. 내비게이션에 따르면 4킬로미터 떨이진 비행장을 향해 그들은 곧장 달리고 있었다.

"인구를 줄이는 것 외에 재앙을 피하기 위한 다른 가능성이 어디엔가 분명 있을 겁니다."

킬리안이 소리 내어 웃었다.

"물론 그렇죠. 가축 사육이나 패스트푸드나 자동차, 항공기, 단체 관광이 없다면요. 즉, 통제 불가능한 경제성장을 포기한다면 살아갈 수 있는 거죠. 지금 이 시간에도 아마존 열대우림을 벌목하는 중입니다. 왜냐고요? 그곳을 경작해 가축을 키우기 위해서죠. 만약 우리 모두가 인디언처럼 산다면, 이 지구상에 늘어날 90억 명을 위한 방법이 있을지도 모릅니다. 단 한 개의 원자력 발전소도 세울 필요 없이 말입니다."

"하지만 아무도 그걸 원하지 않는군요."

노아가 작은 목소리로 중얼거렸다. 셸린은 고개를 가로저었다.

"서방 세계에서는 아무도 그걸 바라지 않죠. 오히려 그 반대라고 말할 수 있습니다. 몇 년 전 독일에서는 경제성장이 둔화될 우려가 있다는 예측이 나오자, 총리가 국민들에게 자동차를 폐차시키길 권유했습니다. 돈을 주면서요. 그 정책은 자동차 구매 욕구를 자극했고 천연자원은 소모되었습니다. 독일이 그런 정책을 시행하는 동안 빈곤한 국가의 어린이들은 기아로 죽어가고 있습니다. 구호물자를 운반하기 위한 기름과 운송 차량이 부족하기 때문이죠."

노아는 저 멀리 봉처럼 생긴 풍향계를 발견했다. 비행장이라는 표시였다.

"당신이 마치 Room 17을 대변이라도 하겠다는 소리처럼 들리는군요."

"그런 범죄자들을 환경보호론자로 여긴다는 것은 모순입니다. Room 17은 인구를 자연이 감당할 수 있는 규모로 감소시키려고 합니다. 그들은 자신들을 범죄자가 아니라 현실주의자라고 생각합니다. 왜냐하면 어차피 인간이란 존재는 본성적으로 이기적인 생활방식을 고수하려 하기 때문에, 만약 우리가 이 지구상에서 완전히 멸종해버리기를 원치 않는다면 인간의 수를 줄이는 방법밖에는 없다는 거죠."

"그리고 그 상황을 바꿀 계획이라는 것이 3단계로 되어 있고 노아 프로젝트라고 명명되는 거군요."

"정답입니다."

"첫 단계에서는 무슨 일이 일어났습니까?"

갑자기 안개비가 내리기 시작했다. 노아는 와이퍼를 작동시켰다. 킬리안이 머리를 낮추자, 그의 뒤로 회색빛의 매끈한 콘크리트 벽이 시선에 들어왔다. 그는 손바닥을 펴고 얼굴 전체에 흐르는 땀을 닦아냈다.

"Room 17의 창립 멤버 중에는 정유 공장과 항공사 소유주가 다수를 차지하고 있죠. 우리가 켐트레일에 대해 이야기했던 걸 기억 못 하시겠죠."

다시 노아의 시선이 룸미러에 비친 오스카를 향했다. 오스카는 알트만에게 휴지를 건네주고 있었다.

"머리를 뒤로 젖히지 마시오. 그냥 흐르게 내버려두는 편이 낫소."

노아는 오스카의 말을 흘려들으며 다시 킬리안에게 집중했다.

"Room 17은 여러 해에 걸쳐 비행기 연료인 케로신을 교묘하게 조작된 헤르페스 바이러스로 오염시켰죠."

"헤르페스라고요?"

노아는 오스카가 프린트해 왔던 데이비드 모튼의 이력서를 다시 볼 기회가 한 번이라도 있기를 바랐다. 나노 연구와 액체 상태로 변형 가능한 마이크로칩에 대한 내용이 기억났다.

'하지만 헤르페스라고?'

"그것은 갑자기 활성화되기 전까지는 십여 년 동안 아무런 증상 없이 몸 안에 잠복해 있을 수 있는 병원균입니다. 그다음에 올 치명적인 요소를 위한 은폐물이기도 하죠."

"어떤 요소를 말하는 겁니까?"

"페스트요."

"잠깐만요. 그러면 우리 모두가……."

내비게이션에 도착 지점을 알리는 깃발이 나타났다. 비행장은 그들이 달려온 도로의 오른쪽에 세워진 둑처럼 생긴 장벽 뒤에 숨겨져 있었다.

"이봐요, 당신이 로마로 나를 방문했을 때 했던 말을 내가 반대로 당신에게 설명하려니 점점 짜증이 나는군요."

킬리안이 꿍얼거리며 탄식하듯 말했다.

"나도 당신이 우리 모두가 헤르페스, 페스트 병원균에 감염됐다고 말했을 때 전혀 믿으려 하지 않았습니다. 유전적으로 변형된 병균이 그동안 우리 유전자 속에 몰래 숨어들어와 돌아다니고 있었다는 거죠. 우리 모두가 시한폭탄을 몸속에 지니고 있다는 겁니다. 그걸 증명하려 당신은 내게 수많은 알레르기를 예로 제시했습니다. 그것들은 특히 서방국가들에서 80년대 이후로 점점 더 심각하게 나타나고 있죠. 당신이 말하길, 그것들은 환경오염의 부작용이 아니라, 1단계 실행에 따른 신호라고 했습니다."

"그걸 내가 점화시켰다고 했습니까?"

"아니요. 그걸 실행한 사람은 당신 아버지였습니다."

노아는 늙은 남자를 떠올렸고, 총성이 머릿속에 다시 한 번 들리는 듯했다.

"당신은 3단계를 책임지고 있습니다. 당신이 그 작용 물질을 개발했고, 그것을 이용해 숲속의 잠자는 공주처럼 우리 몸속에 잠복해 있던 헤르페스 바이러스를 깨어나게 해 페스트 병원균을 방출시키는 일을 하는 거죠."

노아는 뒤에 있는 알트만에게 시선을 보냈다. 그의 코에서 계속해서 피가 방울져 떨어졌다. 셀린에게도 시선을 보냈다. 그녀는 한 손으로 배를 누른 채 조수석 유리창 너머를 응시하고 있었다.

사실일 리가 없었다. 사실이어서는 안 되었다.

"하지만 제가 도중에 그만두려고 한 겁니까?"

노아가 물었다.

"예, 그래요."

킬리안의 대답도 그가 스스로에게 느끼는 모멸감을 상쇄시키는 데 도움을 주지는 못했다.

"예방접종이 확산된 직후였습니다."

'예방접종이라고?'

"그럼 치료제가 있다는 겁니까?

노아는 셀린이 다시 그가 있는 쪽으로 몸을 돌리는 것을 느꼈다.

"예, 하지만 선별된 사람들을 위한 것이죠. 인구가 정리된 이후 중요한 역할을 담당할 빌더베르크 모임 관계자와 군인, 의사, 기업가, 정치가 그리고 지식인들이 그 대상입니다."

"그것이 2단계입니까?"

노아가 물었다.

"정확하게 맞혔습니다. 선별된 그들은 Room 17에 의해 살 가치가 있는 존재들로 분류되었습니다. 성과가 확실한 사람들로부터 어중이떠중이들을 분리시키기 위해 전 세계적으로 이런저런 병들을 거짓으로 고안해내고 언론매체를 통해 사람들이 극도로 예민해질 때까지 과장해 묘사했습니다. 세간에서 말해지는 사스, 광우병, 조류독감 혹은 돼지독감 같은 것을 치료하기 위해 나눠주었던 예방약들은 사실 노아 병원균을 무효화시키는 역할을 했던 것입니다. 그리고 그것은 소수의 행운아들에게만 돌아갈 정도의 양만 제공되었습니다."

"그 소수의 행운아가 몇 명 정도 됩니까?"

"선별 과정을 거쳐 꼭 필요한 사람으로 간주된 이들을 말하는 겁니까? 아마 100만, 아니면 200만 정도 될 겁니다. 미국 대통령과 마찬가지로, 그들 대부분은 자신도 모르게 예방접종을 받았습니다. 돼지독감을 예방하기 위한 거라고 믿고 있지만, 사실은 좀 더 후에야 발병하게 될 마닐라 독감에서 생명을 구한 것입니다. 마닐라 독감의 치사율은 50퍼센트가 넘습니다."

'35억을. 세계 인구의 절반을.'

"제가 3단계를 어떤 방법으로 막으려 했습니까?"

노아가 물었다. 그리고 대답을 듣기도 전에, 한 가지 생각이 떠올랐다.

"난 당신의 도움으로, 그러니까 '익명의 세력'과 더불어 세상을 계몽하고, 모든 사람들이 마음대로 치료제를 사용할 수 있도록 하려고 했군요. 그렇지 않습니까?"

"제트플루."

노아는 셀린이 혼자서 중얼거리는 말소리를 들었고, 뉴스에서 보았던 거대 제약 회사 소유주의 암살 사건에 대한 보도를 기억해냈다. 그 사람은 치료약을 공짜로 시장에 뿌리길 원했다.

"저는 그 남자와도 접촉했던 걸까요? 그를 만나 치료제를 넘겼던 걸까요? 그래서 그가 죽을 뻔했고, 그의 공장이 폭탄 테러를 당한 걸까요?"

"그건 좀 더 복잡한 이야기입니다."

킬리안이 애매한 답을 주었다. 그의 목소리가 다시 불안하게 들렸다.

"얼마나 더 복잡한 이야기입니까?"

"케냐에서 재파이어와 만났을 때, 당신은 시간이 별로 많지 않았어요."

'재파이어. 케냐.'

그 단어들은 노아가 머릿속에서 찾으려 했던 것이었다.

"당신은 그에게 비디오를 보여주지 못했습니다. 당신이 죽기 전, 그러니까 당신이 사라지기 전에 말입니다. 그리고 그는 현재 제트플루가 단지 소수의 사람들에게만, 그것도 특정 조건 아래에서만 약효를 발휘한다는 사실도 모르고 있습니다."

노아는 고개를 끄덕이며 알트만을 쳐다보았다. 그가 많은 것을 설명해주었다.

"그 조건이라는 것이 뭡니까?"

킬리안은 슬픈 듯 고개를 가로저었다.

"이미 말한 것처럼, 그건 상당히 복잡한 문제입니다. 가장 좋은 방법은, 내가 당신에게 직접 비디오를 보여주는 것입니다."

"당신이 그걸 가지고 있습니까?"

노아가 전기에 감전된 듯한 느낌을 받으며 물었다.

"지금 제 수중에는 없습니다. 그건……"

킬리안이 아랫입술을 깨물고 시선을 떨구었다.

"비디오는 안전한 장소에 두었습니다. 아들론 호텔에서 당신이 죽은 걸 발견했을 때, 제가 갖고 왔습니다."

그가 침을 삼킨 다음, 트라스테베레에 위치한 네오 클리니카 병원의 주소를 노아에게 불러주었다.

"당신이 로마에 오게 되면, 제가 직접 건네줄 수 있습니다."

제27장

　그리고 2분 후, 그들이 탄 흰색 밴 차량은 비행장 앞마당으로 커브를 틀며 진입했다. 비행장 지대는 지형적으로 얼핏 봐서는 그냥 지나치기 딱 좋은 곳이었다. 활주로 외에 격납고와 여객터미널을 겸한 평지붕 건물 하나만 덩그러니 세워져 있었을 뿐, 울타리나 차단물 그리고 관제탑도 없었다. 활주로 길이는 매우 짧아 보였고 얼음도 안 치워져 있었다. 이런 곳에 제트기가 착륙했다는 것 자체가 기적이었다.
　"진심이야?"
　오스카가 뒤에서 물었다. 노아가 모두를 위해 통화 내용을 간략하게 요약한 뒤였다.
　"자네 정말 콘크리트 감방에서 파자마를 걸치고 전화한 미친 환자 말만 믿고 기어이 로마로 날아가겠다는 거야?"
　"그럼 더 좋은 생각 있어요?"
　킬리안 브람스의 말이 사실이라면, 그 기자는 노아의 정체성에 대해, 그리고 전염을 멈출 수 있는 방법에 대해 뭐라도 말해줄 수 있는 유일한 사람이었다.

"그래, 내게 더 좋은 생각이 있어. 왜 우린 가장 가까운 거리에 있는 병원으로 이 차를 몰고 가지 않는 거지? 그러니까 이 남자가 페스트인가 마닐라로 여기 있는 우리 모두를 감염시켰다는 거야?"

오스카가 알트만을 가리켰다.

"병은 존재하지 않소."

알트만은 황당한 말을 하며 나섰다.

"뭐라는 거요?"

"대통령이 그렇게 말했소. 그의 말이 옳다면, 난 감염된 게 아니오. 당신들이 있던 방갈로에 도착하기 직전에, 내 휴대전화 인터넷 뉴스에서 확인한 것이오."

"하아!"

오스카가 바닥에 떨어진 여러 장의 피 묻은 휴지를 가리켰다.

"설마 당신 그 이야기를 믿고 있는 건 아니죠? 우린 시간이 없어. 가능한 한 빨리 그 제트플루인가 뭔가 하는 약을 구해야만 해."

"제가 같은 말을 얼마나 반복해야 합니까?"

알트만이 콧소리를 내며 말했다.

"제가 바로 그 쓸모없는 약을 먹은 사람입니다. 그런데 제 모습이 약의 복용 전후를 비교해놓은 비디오에 나오는 그런 사람처럼 보입니까?"

"그렇다면 그 킬리안이라는 사람의 말이 맞는 거네요. 그리고 당신은 유감스럽게도 제트플루가 약효를 보이지 않는 사람들 중 하나에 속하는 거고요."

셀린이 대화에 끼어들었다.

'그렇긴 해도 아마 알약을 먹어두는 편이 안전할 거야. 어쩌면 우리가 기대하는 것 이상으로 행운이 따를 수도 있지 않을까?'

하지만 그런 생각을 입 밖으로 낼 수 있는 분위기는 아니었다. 노아는 인내심을 잃어갔다. 그는 운전석 문을 열고 차에서 내려 추위를 뚫고 뒤로 가서는 양쪽 문을 열어젖혔다.

"전 누구에게도 함께 가자고 강요할 생각은 없습니다. 여러분들 각자가 병원으로 찾아가는 것은 자유입니다. 하지만 제가 정말로 데이비드 모튼 박사가 맞다면, 우리 모두가 살아남을 수 있는 방법이 제 머릿속이나, 이탈리아에 있다는 그 비디오에 들어 있을 겁니다. 그리고 현재 제 상태로 보아서는 전자 쪽보다는 후자 쪽에 더 쉽게 가닿을 수 있을 것 같습니다."

노아의 말에 모두 침묵했다.

"그럼, 하나 묻겠는데요, 우리가 거기로 어떻게 간다는 건가요?"

셸린이 마침내 무미건조한 목소리로 말했다. 그녀는 앞좌석에 그대로 앉아 있었고 자동차 전면 유리 너머로 보이는 황량하기 이를 데 없는 활주로를 가리켰다.

"가버리고 없어요."

"누가요?"

오스카가 물었다.

"절 납치해왔던 제트기요. 제트기도, 조종사도 눈을 씻고 찾아봐도 보이지 않는 것 같은데요."

"뭘 가지고 자네의 그 멋진 계획을 실행에 옮길 수 있을까, 노아."

오스카가 약간 비아냥거리며 몸을 일으켰다.

"아니지, 모튼 박사님이라고 불러야 하나?"

그가 화물칸 바닥을 발로 툭툭거렸다.

"이 차로 로마까지 최소 이틀은 걸릴 거야."

"하지만 저걸로는 다섯 시간이 채 걸리지 않을 거요."

알트만이 소형 프로펠러 비행기를 가리켰다. 그것은 버림받은 것처럼 활주로 귀퉁이 잔디밭 위에 세워져 있었다.

"저 고물 비행기를 날릴 수 있겠습니까?"

노아가 물었다.

"지금 날 놀리는 겁니까? 저건 세스나 182기요."

알트만이 고개를 가로저으며 노아 쪽으로 비틀거리며 걸어갔다.

"차라리 다음번엔 내게 신발 끈을 어떻게 묶는지 물어보시오."

# 제28장

이탈리아, 로마

"네, 좋습니다. 이해합니다. 잘 알겠습니다."

베르타니 박사가 전화를 끝냈다. 박사는 킬리안 브람스가 노아와 화상
통화를 마친 즉시 최근에 일어난 이 새로운 사건의 전개 과정을 병원 소
유주에게 보고했고, 그는 매우 만족스러워했다.

"정말 잘했습니다."

베르타니는 그의 보스에게 받았던 칭찬을 똑같이 환자에게 해주었다.

킬리안이 그를 절망적인 눈으로 쳐다보았다. 그의 오른쪽 눈에서 눈물
한 방울이 흘러나왔다.

"그랬습니까?"

"네, 완벽했습니다."

"하지만……"

"정말입니다. 잘했습니다."

베르타니가 킬리안의 어깨를 토닥거렸다.

"스스로를 질책하지 마십시오."

"하지만 왜?"

킬리안이 숨이 막힐 듯한 음성으로 물었다. 이제 통제가 불가능할 정도로 눈물이 솟구쳐 올라 양쪽 뺨을 타고 흘러내렸다.

베르타니는 그를 위로하며 팔로 감쌌다.

"왜 내가 그에게 그런 거짓말을 해야 하는 겁니까?"

그는 머리를 의사의 어깨에 기대고 울었다. 그의 몸이 심한 흐느낌으로 인해 경련이 일어나는 것처럼 펄떡거렸다.

"쉬잇."

베르타니는 킬리안을 진정시키려고 했다.

"당신은 정말 훌륭하게 잘 해냈습니다."

"하지만 저는 비디오가 어디에 있는지 아는 바가 없습니다."

정신과 의사는 충분히 이해한다는 듯 그의 어깨를 두드리며 진정시키기 위해 말을 덧붙였다.

"종종 어떤 일을 정상 궤도에 다시 되돌려놓기 위해서는 거짓말이 필요한 경우도 있습니다."

"정말 그렇게 생각합니까?"

"네, 그렇고 말고요."

킬리안이 코를 훌쩍거렸다.

"이제 저는 가도 되는 겁니까?"

"예."

"이젠 정말이지, 가족들 품으로 돌아가고 싶습니다. 당신도 제 마음 이해하죠?"

"그렇게 될 겁니다."

'당신이 원하는 것보다 더 빨리.'

베르타니는 마음속으로 셋까지 세었다. 그런 다음 양팔로 킬리안의 목을 감싸고 순식간에 목뼈가 부러질 정도로 세게 조였다.

　그때 킬리안 브람스의 파자마가 점점 어두운 색으로 변해갔다. 베르타니의 유일한 걱정은 젖은 옷이 그에게 닿지 않는 것뿐이었다.

　그는 긴 여행을 앞두고 있었으며, 그 전에 옷을 갈아입을 시간이 없었기 때문이다.

# 3단계

이미 현재에도 저항이 점차 더 세지고 있습니다.
2020년대에는 유럽과 미국에서 최고조에 이를 것인데
결국 혁명이라고 지칭할 수 있는 형태로
분출될 것이라고 저는 예측하고 있습니다.
왜냐하면 낡은 시스템은 스스로 소멸하는 일이 없기 때문입니다.
그것을 쫓아내기 위해 사람들은
어떤 방법으로든 뭔가를 시도하게 될 것입니다.
(……)
그런 변화는 물론
평화로운 의회의 토론을 통해서도 가능할지 모르지만,
아마 그럴 일은 없을 것 같습니다.

— 생물학자, 칼 바그너
로마클럽 보고서 〈2052〉 중에서


우리는 이미 70억의 인구를 먹여 살릴 수 없습니다.

— 록펠러 대학 수리생물학자, 조엘 E. 코헨
워싱턴에서 개최한 미국 과학진흥협회(AAAS) 연례회의에서

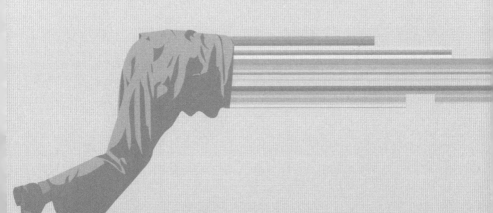

# 제1장

"대체 너 어디에……?"

마리아가 목을 틔우기 위해 헛기침을 했다. 하마터면 그녀의 입에서 욕이 튀어나올 뻔했다. 그녀가 얼마나 애를 태우고 있었는지 보여주는 분명한 신호였다. 셀린은 엄마로부터 욕을 먹어야 할 이유가 손가락을 꼽을 수 있을 만큼 충분하다고 생각했다.

"너 대체 지금 어디서 전화하는 거니? 내가 수천 번도 더 전화했어!"

그녀의 목소리가 신경과민으로 떨리고 있었다. 마리아는 첫 번째 전화 벨이 울리자마자 바로 전화를 받았다. 마리아가 전화기 옆에서 한시도 떨어지지 않고 절망적인 시간을 보냈을 것은 불을 보듯 뻔한 일이었다.

"전, 괜찮아요, 엄마."

셀린이 거짓말을 했다. 그러나 어떻게 다르게 말해야 했을까? 엄마의 현재 상태로 보아 그녀가 겪은 일들은 분명 지금 전달해야 할 소식은 아니었다.

"이곳은 전염병으로 비상사태예요."

그녀는 설명하는 동안, 밴의 전면 유리를 통해 아담 알트만이 100미터

433

정도 떨어진 거리에 세워진 세스나에 오르는 모습을 지켜보았다. 오스카는 이미 그 안에 타고 있었으며, 노아만 여전히 밖에 남아 활주로 가장자리에 고정시켜둔 밧줄을 자르기 위해 부산스럽게 움직이는 중이었다.

"일찍 전화 드리지 못해 죄송해요. 그렇지만 외부와의 접촉 자체가 차단되어 있었어요."

"JFK 공항처럼 말이니?"

"맞아요. 아빠는 어때요?"

셀린은 시동 키를 돌렸다. 엔진과 함께 환풍기가 작동하기 시작했다. 미지근한 바람이 그녀 얼굴로 불어왔다. 시동 소리를 들은 노아가 건너편에서 손을 높이 들어 흔들며 이별을 고했다. 그녀가 로마로 함께 날아가지 않겠다고 말했을 때, 혹여나 함께 가자고 강요하지는 않을까 내심 두려웠다. 분명 오스카는 그녀가 겁낼 만한 위인은 아니었다. 숲속의 요정 같은 괴이한 인상을 풍기는 그 남자는 영화 〈반지의 제왕〉에서 방금 튀어나온 사람처럼 생겼다. 분명 신경이 날카롭고 흥분된 상태에 있는 사람처럼 보였지만 그렇다고 해서 누군가에게 해를 끼칠 만한 인상은 아니었다. 하지만 알트만은 전혀 다른 세상에서 온 인물 같았다. 불쌍하기 이를 데 없는 처지에 놓여 있음에도 여전히 그가 사람 하나 죽이는 건 일도 아닐 거라는 생각이 들었다. 그리고 놀라운 일이지만 그녀는 그들 중 노아를 가장 신뢰하고 있었다. 생각해보면 그녀는 노아로 인해 이 진흙탕 속에 빠지게 되었다. 하지만 그를 가만히 지켜보고 있노라면, 자신의 정체성을 찾아 헤매는 탐색 과정으로 인해 함께 고통받게 된 다른 이들에 대해서도 괴로워하는 한 인간형을 발견할 수 있었다. 그래서 그녀는 마지막에 그들 무리를 떠나겠다는 자신의 희망사항을 노아가 순순히 인정해주고, 심지어는 그녀에게 앰버의 휴대전화까지 건네주었을 때에도 별로 놀라지 않았다. 그 휴대전화는 그가 숲속의 방갈로를 떠날 때 가져온 것으로, 그녀는 지금 그것으로 엄마와 통화하는 중이었다.

"아빠한테서 뭔가 연락 온 게 있었어요?"

그녀가 물었다.

"아니."

마리아가 침을 삼킨 다음, 그녀를 질책하듯이 말했다.

"그나저나 네가 나한테 다시 연락하겠다고 약속했잖아! 그런데 전화 한 통도 없이 휴대전화는 계속 꺼져 있고. 네 아빠처럼 말이야! 내게 전화하는 사람은 아무도 없고, 소식을 전해주는 사람도 아무도 없었어. 내가 아는 것이라고는 오로지 TV에서 나오는 이야기뿐이야. 뉴스에서는 대통령이 곧 공항 폐쇄를 풀 거라고 말했지만, 보건 당국에서는 예방접종이 완전히 끝날 때까지 그렇게 할 수는 없다고 반기를 들었어. 여기나 저기나 모두 딴소리만 하고 있어. 난 도통 아무것도 이해할 수가 없어."

"나도 마찬가지예요!"

그녀는 전화 너머로 똑같이 불평을 토로하는 여자 목소리를 들었다. 데보라였다. 그녀는 마리아의 이웃사촌 중에서 가장 친한 친구라고 할 수 있었다. 데보라 놀즈는 과부로 마리아의 집 건너편에 살았다.

'우리 동네 경보벨이지.'

데보라에 대해 셀린의 아버지는 그런 농담을 던지곤 했다. 그녀는 남편이 암으로 죽은 후부터 하루의 대부분을 털이 풍성한 빨간색 쿠션을 깔고 창가에 쪼그리고 앉아 거리를 멍하니 쳐다보며 보냈다. 마리아에게는 유감스러운 일이었지만, 데보라는 주중에 여러 번 아무런 예고도 없이 불쑥 마리아를 찾아와서는 그동안 지켜보았던 것들을 빠짐없이 보고했다. 대부분은 보통 지루하기 짝이 없는 것들이었다.

'내가 슈테른 씨네 아들이 잘못된 길로 빠져 방탕한 생활을 하고 있다고 말한 적 있잖아요. 어제는 심지어 그 애가 새벽 2시가 다 돼서야 집으로 왔어요. 그건 그렇고, 검은색 BMW 자동차 봤어요? 천천히 우리 동네를 돌아다니는 그 차 말이에요. 사람들이 집을 비우는 시간에만 출현해요. 아하, 그리고 캐시 비글로우가 새로운 애인이 생겼대요. 그녀 남편이 땅에 묻힌 지 1년도 안 됐는데……'

마리아는 지금껏 그녀가 하는 말들을 진심으로 받아들인 적이 없었다. 데보라의 말에 별다른 관심이 없었다. 하지만 오늘만은 그녀의 방문이 더없이 반가웠다. 최소한 셀린은 엄마가 이런 상황에서 혼자 있지 않는 것만으로도 한시름 놓았다.

"그런데 지금 네가 전화하는 번호는 어디니?"

어머니가 질문을 하는 동안, 그녀는 기어를 전진 상태로 바꿨다.

"NNN 외부 출장소 중 한 곳이에요."

그녀는 궁여지책으로 거짓말을 하나 더 보태어 대답했다.

"그럼 언제 집에 오는 거야?"

"곧 갈게요."

"그게 언젠데?"

셀린은 자동차 계기판에 있는 시계를 보았다. 5시가 조금 지난 시간이었다. 그녀는 속으로 한숨을 쉬었다.

'다시 미국으로 돌아갈 수 있는 비행 편을 마련하게 되면 그 즉시요. 하지만 우선 의사를 찾아 꼬마점의 심장이 아직도 잘 뛰고 있는지 검사도 받아야 하고, 마닐라 독감에 대한 예방 처치도 받아야 할 것 같아요. 그게 가능하다면 말이죠.'

"얼마나 걸릴지는 저도 모르겠어요."

셀린이 이번에는 진실을 말했다.

"서두르도록 해."

"알았어요. 당연히 그래야죠."

그녀는 밴을 출구 방향으로 돌렸다.

"너 혹시 상황이 안 좋은 거니?"

그녀의 어머니가 뜬금없는 질문을 했다.

"엄마, 왜 그런 걸 물어보세요?"

셀린이 침을 삼켰다.

"난 네 엄마야."

마리아는 단지 그렇게만 대답했지만, 목소리가 전혀 자연스럽지 못했다.

"네 걱정을 하는 게 당연한 일이잖아."

그녀가 어색하게 웃었고, 그런 일은 셀린에게는 화를 내거나 욕하는 것보다 더 드문 경우였다.

"무슨 일이에요, 엄마?"

셀린은 전화에 집중하기 위해 브레이크를 밟았다. 룸미러로 세스나의 프로펠러가 돌아가는 것이 보였다. 비행기에 열쇠가 꽂혀 있지 않을 거라고 예상하지 못했던 것은 아니었지만, 그들은 놀라울 정도로 신속하게 열쇠 대신 뭔가를 이용해 비행기 시동을 걸었다.

"엄마 말하는 모양새가 왠지 우스꽝스러워요."

셀린이 계속해서 말을 이어나갔다. 갑자기 누군가가 기침을 했다. 그녀 바로 옆이 아니라 6000킬로미터 이상 떨어진 곳에서 나는 소리였다.

"엄마, 혼자가 아니죠. 그렇죠?"

'그래서 엄마 낌새가 좀 이상했던 거야.'

"아니야, 노즐 부인이 여기 같이……"

"데보라 아주머니를 말하는 게 아니에요. 거기 또 누가 있어요?"

'누군가가 있어. 엄마 옆에서 통화를 끊지 말고 나와 계속 대화하라고 지시하는 사람이.'

당장 전화를 끊고 싶었지만, 그녀는 어머니에 대한 걱정으로 그렇게 하지는 못했다.

"무슨 일이니, 셀린? 왜 갑자기 그런 말을…… 잠깐만 기다려."

셀린은 그녀 엄마가 수화기를 건네주는 소리를 들었다.

"괜찮은 건가?"

낯익은 남자 목소리가 전화를 받았다. 너무 놀란 나머지, 그녀는 클러치에서 발을 뗐다. 순간 자동차 시동이 꺼져버렸다. 대체 그가 부모님 댁에 무슨 이유로 온 걸까?

"자네 목소리를 들으니 한결 마음이 놓이는군."

편집국장이 말했다. 셀린의 아랫배가 경련이 일어나듯 죄어왔다. 지난 몇 시간 동안 그녀가 느꼈던 공포가, 하필이면 지금 이 순간 가장 중요한 신체 부위에 증상으로 나타난 것이다.

"당신 만약 우리 엄마 몸에 털끝 하나라도 건드리면……"

"걱정 말게. 난 단지 당신 어머니가 혼자 계신다는 소리를 듣고 잘 계시는지 확인하러 잠깐 들른 것뿐이네."

그는 어머니에게 그녀가 있는 곳의 위치를 추적할 때까지 전화 연결을 끊지 않도록 강제로 시킨 것이었다.

"솔직히 말하자면, 지난 몇 시간 동안 일어났던 일들에 대해 내가 좀 더 곰곰이 생각해보았네."

그가 진심 어린 음성으로 그녀에게 소곤거렸다.

"원하는 게 뭐예요?"

셀린이 딱딱한 말투로 물었다. 그리고 다시 시동을 켜기 위해 열쇠로 손을 뻗었다. 잠깐 침묵의 시간이 흘렀다. 마침내 그가 대답했을 때는 목소리가 약간 변한 것처럼 느껴졌다. 그는 마치 여러 명의 무리로부터 살짝 방향을 틀어 다른 사람이 듣지 못하도록 더 조용한 목소리로 말했다. 그리고 진정으로 셀린을 걱정하는 듯한 인상을 주었다.

"내 말 잘 듣게나, 셀린. 난 자네가 집으로 전화할 걸 알고 있었네. 단지 그 때문에 내가 여기 있는 것이네."

"원하는 게 뭐예요?"

그녀가 똑같은 질문을 반복했다.

"지금 무엇보다 중요한 것은 자네가 날 믿는 거네."

케빈이 부탁했다.

"당신을 믿으라고요?"

"나도 그게 자네한테 무리한 요구란 걸 잘 알고 있네. 하지만 내 말을 귀 기울여 잘 들어야 하네. 안 그러면 자네가 위험해."

셀린은 그가 대체 그녀를 얼마나 멍청하다고 여기는지 의문스러웠다. 정말 그녀가 그의 입에서 나오는 말을 한 마디라도 믿을 거라 생각하는 걸까? 그는 강제로 그녀를 끌고 가도록 지시한 사람이었다. 그녀는 룸미러를 들여다보았다. 그사이 노아 역시도 세스나에 올라타 부조종석 자리에 자리를 잡고 앉아 있었다.

"내게 그따위 조잡한 장난질을 하는 건 당신 마음이에요. 하지만 나를 통해 노아에게 접근하려는 의도라면, 잘못 생각한 거예요."

"노아는 더 이상 중요하지 않아."

"그게 무슨 말이에요?"

"그가 가진 정보는 이제 쓸모가 없네. 비록 그가 기억해낸다고 해도 이젠 너무 늦어버렸어."

"전염병을 멈추기에는 너무 늦었다고요?"

셀린이 물었다. 케빈이 슬픔이 묻어나는 듯한 웃음을 터뜨렸다.

"자네는 여전히 내 수하 중 최고의 기자로군."

셀린은 뒤에서 세스나의 요란한 엔진 소리를 들었다. 비행기의 기체가 천천히 움직이기 시작했다.

"내게 원하는 게 뭐예요, 케빈?"

"돕는 거야. 난 자네를 도와주려고 하는 거네."

"날 바보라고 생각하는 거예요?"

"제발 부탁이네. 지금 당장 비행장을 빠져나가도록 하게."

'그러면 그렇지.'

그는 그녀의 어머니와 통화하는 동안 그녀의 위치를 찾아낸 것이었다.

"왜요?"

"안 그러면 자네는 죽어. 그들이 몇 초 내로 거기에 도착할 걸세."

"그들이라뇨?"

"알트만을 대체할 킬러들이지. 제발, 내가 자네한테 한 짓은 모두 잊어버리고 만회할 기회를 주게. 자네들 뒤를 쫓는 자들은 더 이상 나나 우리 조직과는 상관없는 사람들이야. 차후에 자네에게 모든 걸 설명해주겠네. 그렇지만 그들이 오기 전에, 그 자리를 떠나지 않는다면 모든 게 끝이야."

그녀는 몇백 미터 떨어져 있는 출구 쪽을 보았다. 불안한 마음으로 자동차 문이 모두 잠겨 있는지 확인했다.

"왜 내가 당신을 믿어야 하는지 이유를 한 가지만 대봐요."

그녀가 결단을 내리지 못하고 망설이며 말했다.

만약 그가 던진 미끼를 덥석 물어 그 즉시 비행장을 떠나게 된다면, 그녀는 어떻게 될까? 사실 그녀는 사격 연습장의 과녁처럼 자신을 전혀 보호할 수 없는 확 트인 지대에 있었다.

"왜 내가 당신을 신뢰해야 하는 거죠?"

말없이 몇 초가 흐른 후, 케빈이 한 단어를 말했다.

"꽃."

"뭐라고요?"

"꽃을 생각해보게."

"무슨 말이에요?"

그가 헛기침을 했다.

"나도 지금이 적절치 못한 시점이라는 거 잘 알고 있네만, 편집국으로 배달된 꽃들이 정말 누구에게서 온 건지 몰랐나?"

"잠깐만요……?"

'그 꽃들이 스티븐에게서 온 게 아니었어…… 그렇다면?'

셀린은 케빈과 단둘이 있을 때면 자주 느꼈던 그 불편한 감정이 떠올랐다. 그가 그녀의 손을 잡았던 방식도. 항상 뭔가 미세한 차이가 느껴지는 지나치게 길었던 악수였다.

"당신이었어요?"

케빈이 어색하게 웃었다.

"자네 전 남자친구가 편집국에 와서 장미를 화병에 꽂아두고 갔다고 생각하고 있었나?"

'믿을 수 없어. 그가 거짓말을 하고 있는 거야.'

룸미러로 세스나가 점점 그녀로부터 멀어지는 것을 보았다.

"셸린, 난 자네한테 뭔가 해가 될 만한 짓을 하려던 게 아니네. 그럴 의도는 결코 없었어. 어쨌거나 이 일에 자네를 끌어들이게 되어 정말 유감이라고 생각하고 있네. 이 스토리를 자네한테 맡기는 게 아니었는데. 난단지 이 일을 통해 우리가 좀 더 친해지지 않을까 생각했네."

"친해진다고요? 난 그 일로 죽을 뻔했어요, 이 더러운 자식!"

바로 그때 그녀의 오장육부를 한층 더 뒤틀리게 만드는 일이 눈앞에 벌어졌다. 어두운 색의 자동차가 비행장 진입로 쪽에 모습을 드러냈다.

"이런 제기랄."

그녀의 입에서 욕이 불쑥 튀어나왔다.

"그들이 이미 거기에 도착한 건가?"

케빈이 고함을 쳤다. 그의 목소리는 단순한 걱정을 넘어 패닉 상태에 빠진 것처럼 들렸다.

셸린은 두려움으로 숨이 멎는 듯했다.

'뭘 해야 하는 거지?'

케빈이 진실을 말한 거라면, 그녀는 지금 초를 다투고 있는 것이었다. 하지만 만약 그게 아니라면, 단지 그녀를 어떤 어리석은 짓을 하도록 몰아가기 위한 책략에 불과하다면?

'나를 구조해줄 사람들로부터 도망가도록 만드는 거라면?'

"도망가게!"

케빈이 소리쳤다.

셸린은 마지막으로 룸미러를 들여다보았다. 세스나가 역풍을 받으며 북서쪽 방향으로 이륙할 준비를 하기 위해 막 활주로 위를 달리고 있었다. 그녀는 다시 앞쪽을 보았다. 어두운 색의 자동차가 멈춰 서서 전조등으로 경고 신호를 보냈다.

셀린은 다시 한 번 신중하게 고민했다. 가능한 모든 선택지를 떠올려 보았다. 그리고 마침내 결정을 내렸다.

# 제2장

"너희들 정말 저길 통과할 셈이야?"

제이와 말론이 고개를 끄덕였다. 그들은 슬럼의 남쪽 변두리에 있는 콘크리트 외벽 안쪽에 서 있었다. 이곳은 아직까지 그렇게 인구밀도가 높지 않은 몇몇 지역 중 한 곳이었다. 코를 찌르는 듯한 악취가 그들 발 근처에 있는 어두운 구멍에서 스멀스멀 기어올라왔다. 앨리샤는 질식할 듯이 숨이 막혔다.

"정말 못 하겠어."

'이곳에 들어가면, 노엘이 살아남지 못할 거야.'

그녀가 아기를 품에 꼭 안았다.

'아무도 살아남지 못할 거야.'

노엘의 몸에서는 열이 났다. 기온이 43도까지 올랐고 90퍼센트가 넘는 습도로 인해 숨 쉬는 것만으로도 땀이 흘렀다.

"난 그 안으로 들어갈 수 없어."

'굴'은 쓰레기 처리장과 쌍벽을 이루는 곳이었다. 200미터가 넘는 길이에, 구멍이 숭숭 뚫려 있는 판자들로 덮여 있는 도랑으로 만 명이 넘는 사람들의 배설물이 그곳으로 모여들었다. 그곳의 위치는 멀리서도 식별이 가능했는데, 그 위로 윙윙대는 파리가 어두운 구름처럼 날아다녔다. 급한 볼일이라도 해결하기 위해 나무 지지대 위에 앉게 되면, 파리 떼는 결코 자진해서 사람에게서 떨어지는 법이 없었다. 예전에는 좀 더 견딜 만 한 악취였지만, 그때만 해도 예외 없이 몬순 시기가 있었기에 비가 큰 쓰레기들을 씻어내주었다. 그러나 지난 몇 년 동안 기후가 변했다. 비는 점점 드물게 왔다. 온다 해도 갑작스럽게 쏟아져서 강은 범람했고 도시는 진창이 되어 악취가 코를 찔렀다. 가뭄과 홍수는 점점 더 많은 농부들을 슬럼으로 몰려들게 하는 주요 원인이 되었다. 한때 쌀농사를 지었던 농민들은 굶주림에 고통받으며 굴에 있는 수천 개에 달하는 판잣집에서 살게 되었다.

"저 아래로 내려가서 건너편 출구로 50미터만 가면 돼."

말론이 말했다. 그는 악취 때문에 티셔츠를 얼굴까지 끌어올리고 있었다. 제이도 마찬가지였다. 몇 년 전, 국제 구호 프로젝트의 일환으로 움막 중 몇 가구에 하수도를 뚫어 이곳 굴로 연결시키는 작업이 이루어졌었는데 지금껏 제대로 완공조차 못 한 채 콘크리트 구멍만 그대로 남아 있었다. 지금 그들이 서 있는 지점이었다. 루팡 팡가코의 굴은 화장실인 동시에 쓰레기 투입구였으며 심지어 밤사이 시체가 버려지는 일도 있었다. 그래서 새로 설치된 하수도 시설은 한 달도 안 되어 다시 사용 불능 상태가 되었다. 그들이 지금 서 있는 하수 구멍 역시 꽉 막히고 말았다. 말론이 제이와 함께 훔쳐온 손전등으로 굴 내부를 비췄다. 앨리샤는 나뭇가지와 덤불, TV 안테나 하나가 진창 속에 도드라져 있는 것을 발견했다.

"아래로 내려가는 건 죽으러 가겠다는 얘기나 마찬가지야."

그녀가 이의를 제기했다. 바로 지난주에도 한 애기 엄마가 발을 헛디
뎌 진창 속으로 미끄러지면서 아이와 함께 굴로 통하는 갱도 안으로 추
락했었는데, 당시 신생아는 갈색의 더러운 물을 삼켰다고 했다. 그들은
당장 병원으로 달려갔지만 진료를 받을 수 있는 돈을 구하지 못했다. 아
이는 3일 동안 죽음과 사투를 벌였다.

'우리 아기, 노엘. 넌 얼마나 버틸 수 있겠니?'

"우리가 여기 계속 있어도 죽는 건 마찬가지야."

말론이 콜록거리며 말했다. 그는 티셔츠를 벗었다. 앨리샤는 제이가
그의 사촌을 따라 자신도 똑같이 찢어진 셔츠를 벗어 그녀에게 건네주
는 모습을 우두커니 보고 있었다.

"이걸로 어떻게 하라는 거니?"

그녀가 제이에게 물었다.

"노엘의 머리를 감싸세요."

제이는 말론에게 갱도 안쪽으로 불빛을 비춰달라고 부탁했다. 길게 뻗
은 불빛이 젖어 있는 사각의 구멍 안쪽을 향했다.

"이렇게 한다고 무슨 소용이 있겠어?"

앨리샤가 물었다. 그녀의 눈에서 눈물이 샘솟았다. 그녀는 배고픔과
갈증에 허덕이고 있었으며 이미 지칠 대로 지쳐 있었다. 심지어 아픈 아
기를 안고 있을 힘조차 남아 있지 않았다.

"설령 우리가 성공한다고 한들…… 밖에 있는 의사들이 우리를 돕는
다고 누가 장담할 수 있겠어?"

'땡전 한 푼 없는 우리를.'

"엄마, 출발해요. 선택의 여지가 없어요."

제이가 양손으로 사각 구멍 안쪽에 있는 지지대를 잡고는 몸을 허공에

띄운 채 흔들거리고 있었다. 말론 역시 그녀를 재촉했다.

"노엘이 죽어가는 모습을 넋 놓고 쳐다보고만 있을 거야? 어쨌든 월드 세이버 천막이 있는 곳까지 가기만 하면, 누군가 분명 노엘을 돌봐줄 거야. 지난번 예방접종 때도 그들은 우리에게 1페소도 요구하지 않았어."

앨리샤는 눈을 껌벅거리며 눈물을 훔치고는 일곱 살 난 아들의 머리가 갱도 안으로 사라지는 모습을 보았다. 말론이 마지막으로 그녀를 향해 한 번 더 고개를 끄덕이고는 그 역시도 구멍 안으로 사라졌다.

앨리샤는 두 눈을 감고 침묵의 기도를 올렸다. 그리고 제이의 티셔츠로 노엘의 입과 코 주변을 둘둘 말아 감쌌다. 그녀는 더 이상 울음소리조차 내지 않는 아기를 바라보았다.

'정말 미안하구나.'

그녀는 울음을 터뜨렸다. 왜 이렇게까지 가혹한 처벌을 받아야 하는지, 그녀의 죄가 무엇인지 떠오르지 않았기 때문이다. 그녀는 숨을 멈췄다. 그런 다음 그녀도 썩는 냄새가 진동하는 어둠 속으로 내려갔다.

# 제3장

로마 상공에서

운 좋게도 바람은 300도 방향에서 불어왔다. 후방에서 불어오는 순풍이 없었다면 짐을 가득 실은 세스나가 다섯 시간도 채 못 되어 이탈리아까지 날아올 수도 없었을 것이다. 좌석이 네 개였고 비행기 기체는 오스테르베크의 활주로 가장자리에 밧줄로만 고정되어 있었다. 연료 탱크는 가득 채워져 있었는데, 비행기가 오랜 대기 시간 동안 결로가 생기는 것을 막기 위해서였다. 비행기 역시 아무 이상 없는 상태였으며, GPS 시스템도 장착되어 있었기 때문에 그들은 파일럿 가방에 들어 있는 지도를 꺼내 볼 필요조차 없었다. 알트만이 핸들 기둥 아래로 손을 넣고 전기선을 찢어 열쇠 없이도 시동을 걸 수 있었다. 그들은 북서 방향으로 이륙했다. 비행 내내 응답기는 꺼두었고, 기체는 1000피트보다 낮은 높이를 유지했다. 그렇게 함으로써 관제탑이 세스나를 초경량 비행기나 행글라이더로 착각하게 만들었다. 때때로 민간 비행장을 발견하면 알트만은 세스나를 저공비행으로 몰았다.

"만약 관제탑에서 탐지한다면 우리가 착륙한다고 생각하게 될 거요. 그렇게 하는 게 우리가 암스테르담과 로마 사이를 직선으로 날아가는 것보다 덜 위험할 거요."

알트만이 자신의 전략을 설명해주었다. 그리고 그 전략은 제대로 먹혀들었다. 다섯 시간 후 그들은 티레니아해의 해변 위를 저공비행하고 있었는데 테베레강의 강어귀로부터 30킬로미터 떨어진 곳이었다. 그리고 비행 중 별다른 돌발 사고도 없었다. 가장 큰 문제였다면 출발 당시 알트만이 이륙을 위한 도약 과정을 중도에 멈춰야 했던 것이었는데, 셀린이 마음을 고쳐먹었기 때문이었다. 전혀 예상치도 못하게 그녀가 밴을 끌고 그들 뒤를 쫓아와서는, 손을 마구 흔들며 비행기 앞으로 뛰어들었다. 그녀는 기내에 올라탄 후 어두운 색의 자동차를 가리켰다. 진입로에 멈춰 선 자동차에서 사람들이 나왔다. 하지만 노아 일행을 저지하려는 어떤 움직임도 보이지 않았다.

"우리 쪽 사람들이오. 그들은 내가 감염되었다는 사실을 알고 있소."

비행기가 이미 충분한 고도에 도달했을 때, 알트만이 말했다.

"그들은 자신들도 감염될지 모른다는 두려움을 가지고 있을 거요."

그가 고개를 가로저었다. 셀린은 그 말을 듣고 더 불안해하는 것처럼 보였다. 마치 그녀 자신이 커다란 실수를 저질렀다는 것을 확신하게 된 사람처럼. 비행하는 대부분의 시간 동안 그녀는 침묵을 지켰다. 단지 그녀가 어떻게 그리고 왜 이 사건에 휘말리게 되었는지 묻는 아담과 오스카의 질문에만 단답식으로 대답할 뿐이었다. 하지만 노아가 조심스럽게 그녀의 임신 사실에 대해 묻는 실수를 저지른 다음부터는, 아예 입을 닫아버렸다. 지금 셀린은 오스카와 마찬가지로 잠을 자고 있었다. 단조로운 비행 소음이 자장가처럼 그들을 잠재웠고, 둘의 머리는 앞좌석 등받이에 기대어 있었다. 반면, 노아는 알트만이 조종하는 중에 탈진이라도 할까 봐 걱정이 되어 비행 내내 한숨도 자지 못했다. 처음에 그 정보 요원은 놀랄 정도로 힘이 샘솟는 것처럼 보였지만 스위스 국경 위를 날아 넘어오는 때가 되어서는, 다시 급류처럼 코피가 쏟아져 나왔다. 그 후로 그는 휴지 조각을 찢어 돌돌 말아 양쪽 콧구멍에 길게 꽂아두었다. 기내의 난방이 가장 높은 단계로 맞춰져 있었고, 따뜻한 바람이 바로 그의 얼굴을 향하고 있음에도 알트만은 오한으로 힘들어했다.

"곧 도착이오."

노아는 그가 말하는 것을 들었다. 네 명 모두 소음 감쇠 기능이 있는 항공용 헤드셋을 이용해 의사소통을 했다. 누군가 말을 전하려고 할 때마다 귓속에서 뭔가가 부러지는 듯한 거슬리는 소리가 들렸으며, 마치 진공청소기가 빨아들이는 것처럼 소용돌이치며 들려오는 주변 소음으로부터 목소리를 걸러 듣기 위해서는 귀를 기울여야만 했다.

"4분 내로 착륙."

밤 9시 30분이 막 지난 때였고, 그들은 구름 한 점 없는 밤하늘을 날고 있었다. 위로는 별들이 불을 밝히고 있었으며, 아래로는 로마의 불빛들이 반짝이는 카펫처럼 펼쳐져 있었다.

"눈에 띄는 거라도 있나, 노아?"

알트만이 물었다. 알프스 산맥을 넘기 직전에 그는 20분가량을 극심한 경련에 시달려야 했기에 그동안 노아가 그의 일을 대행했었다. 그들은 서로 편한 사이가 되었다. 노아는 옆 창문으로 밖을 내다보며 고개를 끄덕였다.

"차가 한 대도 보이지 않네요."

전조등도, 후미등도, 도시를 빠져나가거나 들어오는 차량들로 인한 교통 정체도 볼 수 없었다. 다만 고속도로 진입로 중 한 곳에 작은 점처럼 보이는 불빛 하나가 천천히 움직이고 있었다. 노아는 알트만의 스마트폰을 들었다. 아주 낮은 높이에서 날고 있는 덕분에 인터넷 연결이 가능했다. 그가 예상했던 대로 '이탈리아, 로마, 통행금지' 같은 내용의 최신 기사들을 볼 수 있었다.

"오늘 저녁 6시를 기점으로 시민들은 응급 상황에만 도로를 이용할 수 있다고 하네요."

노아가 알트만에게 설명했다.

"콘서트나 경기는 다 취소되었고 대중교통도 이용이 금지되었어요. 많은 사람들이 한 곳에 모이는 걸 막으려는 거겠죠. 큰 도로는 응급차 수송을 위해 비워두어야 한다고 합니다."

"전염병은 없다고 하더니 말이야."

오스카가 막 잠에서 깨어나 비아냥거리듯 말했다. 그의 옆에 있던 셀린 역시도 감았던 눈을 뜨며 하품을 했다.

"우리 어디에 있는 거예요?"

그녀가 창문 밖으로 시선을 보내며 물었다.

"망했소."

알트만이 대답하며 두 눈을 질끈 감았다. 지금껏 기내 컴퓨터로만 볼 수 있었던 활주로가 눈으로 확인 가능한 거리에 길게 뻗어 있었다.

"왜요? 무슨 일이에요?"

셀린이 두려움에 떨며 물었다. 그녀는 무엇이 알트만을 두렵게 하는지 이해할 수 없었다. 하지만 노아는 눈치를 챘다.

"너무 밝아."

노아가 말하며 인터넷으로 정보를 검색했다. 그들은 시내 중심가에서 멀지 않은 곳에 위치한 작은 규모의 비행장을 찾아야 했다. 겨울이고, 더욱이 늦은 시간이니 분명 관리되지 않은 비행장이 있어야만 했다. 그러나 예상과는 달리 저 아래쪽은 활주로뿐 아니라, 건물이 다 밝게 빛나고 있었다.

"이럴 줄 알았어."

노아가 말하며 인터넷에서 발견한 기사를 읽어주었다.

"로마 우르베 공항은 민간 항공에게는 더 이상 문을 열지 않는다고 하네요. 이탈리아 재난관리국이 활주로를 압류해버렸답니다."

"왜 관제탑에 보고하지 않는 거야?"

오스카가 뒤에서 물었다.

알트만이 창백한 웃음을 지어 보였다.

"내가 무전기를 꺼버렸소."

"왜 무전기를……"

"우린 허가받지 않은 상태에서 이탈리아 상공으로 들어와 착륙하는 것이오. 그것만으로도 이미 충분히 어려운데, 거기다가 격분한 이탈리아인이 내게 고래고래 고함을 지르는 것까지 두고 보는 일은 원치 않소."

"어디 다른 곳에 내릴 수는 없는 건가요?"

셸린이 알고 싶어 했다.

"밖이 이렇게 어두운데? 위치를 알려주는 불빛도 없이? 고속도로 같은 곳에? 그런 것은 잊어버리도록 하시오. 그리고 지금 연료도 부족하오."

"하지만 우리가 여기 착륙한다면……"

노아가 여러 대의 군용 차량을 가리켰다. 평지붕 건물 앞쪽 가장자리에 주차한 채 경광등을 켜고 있었다.

"그들이 우리를 체포하는 데 몇 분도 걸리지 않을 거요."

"그럼 이젠?"

비행기가 바람에 흔들렸다.

"나도 어떻게 할지 방법을 모르겠네."

노아는 다시 옆 창문을 보았는데, 활주로에서 300미터 정도 떨어진 거리에 있는 또 다른 빨간 경광등이 그의 눈에 들어왔다.

"저기가 테베레강인가요?"

노아가 물으며 집게손가락으로 깜박거리는 경고등을 가리켰다.

"아마 그럴 거야. 그런데 왜 그러나?"

노아가 뒤쪽으로 몸을 숙였다.

"거기 있는 비닐봉지가 필요할 것 같아요, 셀린."

그녀는 비닐봉지를 앞으로 건네주었다.

"무슨 계획인가?"

알트만이 물었다.

"요전에 제가 방갈로에 있는 그 늙은 남자를 다시 한 번 보고 온 거 기억하죠? 그가 총으로 자살한 다음에요."

"알고 있네, 그런데?"

"거기서 뭔가를 가지고 왔는데 그게 지금 우리를 도와줄 수 있을지도 몰라요."

노아는 그에게 봉지 안에 들어 있는 내용물을 보여준 다음, 알트만이 공항 상공을 다시 한 번 원을 그리며 도는 동안 세 명 모두에게 계획을 상세히 알려주었다.

# 제4장


비행기는 불시착했다. 밝게 빛나는 오른편으로 여객터미널 건물을 지나쳐 비행기는 북쪽으로 뻗어 있는 활주로를 따라 빠른 속도로 미끄러져 내려갔다. 3분의 2 지점에서 멈춰 섰는데 알트만은 조작 레버를 왼쪽으로 잡아당겨 세스나를 활주로에서 벗어나 아무것도 없는 벌판 위로 돌진시켰다. 그곳은 완전히 어둠 속에 파묻혀 있었다. 원뿔 형태로 뻗어나가는 비행기의 전조등 불빛 아래 그곳은 마치 달의 풍경 같은 인상을 주었다. 시야가 가려져 있고 편평하지 않은 노면에도 불구하고 알트만은 마치 다시 이륙하려는 것처럼 빠른 속도로 세스나를 몰았다. 엔진은 요란한 소리를 냈다. 기체 긁히는 소리가 컸다. 노아는 플라스틱 타는 냄새가 난다고 생각했지만 착각일 수도 있었다. 사실 그는 코가 막혀 전혀 냄새를 맡을 수 없었으며 감기에 걸린 것처럼 보였다. 침을 삼킬 때마다 목이 따가웠다. 그는 녹초가 된 듯했다. 혹시나 하는 마음이 들었으나 몸 상태에 대해서는 더 깊이 생각하고 싶지 않았다. 지금 이 상황은 집중력을 요구했다. 노아는 공항에 배치된 군 병력이 이미 그들을 뒤따라오는지 알 수는 없었지만, 분명 그럴 가능성이 크다고 생각했다. 알트만은 세스나를 갑자기 멈춰 세웠고 엔진을 비롯해 모든 조명 스위치를 꺼버렸다. 노아가 옆문을 열고 놀라울 정도로 따뜻한 밤공기를 맞으며 비행기 날개 위로 올라섰다. 그리고 의자를 앞으로 젖힌 후 셸린에게 손을 내밀었다. 알트만과 오스카도 비행기에서 나왔다.

"가요, 가. 서둘러요."

모두 땅에 내려서자, 그 즉시 노아가 말했다. 바로 그 순간 여러 대의 차량이 앞다투어 사이렌 소리를 내기 시작했다. 그는 뒤를 돌아 군용 차량들의 불빛을 둘러보았다.

"그들이 올 거야."

오스카가 덧붙였다. 수송 트럭과 지프들은 시동을 건 채 본관 건물 앞에 서 있었지만, 일단 움직이기 시작하면 여기까지 몇 초 안에 닿을 수 있을 것이었다. 노아가 셸린을 향해 고개를 끄덕였다. 그녀도 노아와 마찬가지로 보호복으로 갈아입었다. 마치 원자력 발전소 통제실에서 막 도망쳐 나온 감시관처럼 보였는데 그녀가 마스크를 쓰자 더욱 그렇게 보였다. 방독마스크가 있었다면 그들의 목적에 더욱 부합했을 테지만 숲속 방갈로에 있던 격리실 바닥에는 이것밖에는 없었다. 노아는 알트만을 향해 몸을 돌렸다. 그런 다음 오스카 쪽도 보았다.

"먼저 뛰어가도록 해요."

"난 못 해……"

"쓸데없는 소리는 집어치워요."

알트만이 오스카를 떠밀면서 함께 내달리기 시작했다.

군용 차량들이 행렬을 이루어 활주로 위에 자동차 벽을 만들고 있었다. 노아는 다섯까지 센 다음 셸린과 함께 앞서 달려나간 둘을 따라 테베레강 상공에서 봐뒀던 빨간 불빛이 비치는 곳으로 곧바로 내달리기 시작했다. 노아의 계획이 실패로 돌아가지 않기 위해서는 우선 그것이 보트의 위치를 알리는 불빛이어야 했다. 어쩌면 강을 통해 공항으로 진입하려는 배를 통제하기 위한 경찰이나 군대 혹은 국경수비대의 보트일 수도 있었다.

노아는 셀린과 마찬가지로 마스크를 쓴 채 달리면서 총으로 경고성 발포를 했다. 엔진 소리가 뒤에서 점점 더 가까이 들려왔다. 그러고는 몇 초 지나지 않아 비상경보가 울렸고, 탐조등 하나가 그들이 뛰고 있는 방향을 환하게 비췄다. 그 불빛은 어울리지 않는 한 쌍을 포착하고 있었는데, 마른 몸매의 알트만은 앞에서 달아나고 있었으며, 오스카는 달리는 중간에도 한쪽 손으로 옆구리를 누른 채 몇 미터 뒤에 떨어져 비틀거리며 쓰러질 듯 뛰고 있었다.

'우리가 약속했던 대로. 보트 위로.'

노아는 별이 밝은 밤하늘을 향해 다시 총을 쏘았다. 셀린은 그의 옆에서 숨을 헐떡거리긴 했지만, 잘 달렸다.

"일이 잘못 풀리고 있어요."

셀린이 속도를 조금도 줄이지 않은 채 말했다. 노아는 일이 돌아가는 형세를 눈으로 직접 확인했고 그녀의 말에 은연중 동의할 수밖에 없었다. 알트만과 오스카는 현재 밝게 조명이 비친 강가의 판자 다리로부터 불과 몇 미터도 떨어지지 않은 곳에 멈춰 서 있었다. 중간 크기의 경찰 보트가 다리 옆에 세워져 있었다. 흰색 선체 지붕에는 탐조등이 설치되어 있었으며, 갑판은 어두운 색의 단단한 자재로 덮여 있었다. 두 명의 남자가 그 둘을 멈춰 세웠다. 어두운 제복에 검은 모자를 쓴 그들은 서로 비슷해 보였다. 둘 다 각이 진 얼굴이었으며, 노아가 그들을 관찰할 수 있을 만큼 충분히 가까이 다가왔을 때에는 아주 젊다는 것도 확인할 수 있었다. 다만 무기는 서로 달랐다. 두 명의 이탈리아 경찰 중 한 명은 기관총을 들고 있었으며, 다른 한 명은 무전기 하나만 가지고 있는 듯 보였다. 노아는 자신의 머리에 총을 겨눈 채 고함치는 경찰관이 하는 말도, 무전기로 시끄럽게 떠들어대는 소리도 전혀 알아들을 수 없었다.

'난 이탈리아어를 이해하지 못하는군.'

그런 생각이 불현듯 들었다.

"건드리지 마시오."

그래서 노아는 경찰들에게 영어로 경고했다. 그리고 전 대륙을 걸쳐 이해가 가능한, 충분히 위협적인 효과를 거둘 수 있는 단어 하나를 덧붙였다.

"마닐라."

얼굴이 피범벅이 된 알트만를 뒤쫓아 달려온 흰색 보호복을 입은 노아와 셀린이 모습을 드러내자, 젊은 이탈리아 경찰들은 정확하게 노아가 연출하고자 했던 결론에 도달했다.

'그들은 당신들을 도망쳐 나온 환자라고 여기게 될 겁니다. 그리고 우리를 특수부대의 선발대로 보게 될 겁니다.'

노아가 다른 세 명에게 이렇게 설명해주었었다. 그는 경찰들이 감염되길 원치 않는다며 알트만과 오스카가 그들을 향해 오는 것을 보고는 한발 옆으로 물러나주길 바랐다. 하지만 계산한 대로 되지 않았다. 젊은 경찰들은 불안해했지만 그냥 지나가도록 내버려두지 않겠다고 결심한 것처럼 보였다.

"우린 미국 보건 당국에서 나왔습니다."

노아가 기관총을 들고 있는 사람에게 말했다. 그는 오스카와 알트만을 번갈아가며 조준하고 있었다.

"당장 옆으로 비키도록 하시오."

노아가 오스카와 알트만을 손으로 가리켰다.

"우린 병든 자들을 돌보고 있소."

기관총을 가진 남자는 이해할 수 없다는 듯 어깨를 으쓱거린 반면, 그의 동료는 영어를 구사할 줄 아는 것처럼 보였다. 매우 강한 악센트였지만, 오류가 없는 문법으로 오스카와 알트만을 향해 짧은 시선을 보내며 대답했다.

"우리는 당신들을 모두 체포하라는 명령을 받았소."

"모두라니? 그게 무슨 말입니까? 우리도 포함되어 있다는 말입니까?"

노아가 자신을 가리켰다. 이탈리아 경찰이 고개를 끄덕였다. 노아는 알트만이 팔꿈치 아래로 코를 훔치는 것을 보았다. 오스카는 겁을 먹은 채 긴장한 얼굴로 양팔을 높이 치켜들고 있었다.

"내 말 좀 들어보시오!"

노아가 다시 영어를 시도했다. 무장하지 않은 이탈리아 경찰이 막 무전기로 들어온 통신 내용을 확인하려 했다. 그리고 그때 두 발의 총알이 명중했다. 분명 공격이 뒤에서 온 게 아닌데도 노아는 반사적으로 뒤를 돌아보려고 했다. 큰 소리를 내며 너무나 가까운 위치에서 총알이 발사되었다. 첫 번째 총알은 무장한 이탈리아 경찰의 심장에, 두 번째 것은 무전기를 들고 있던 젊은 경찰의 뒤통수에 적중한 것처럼 보였다. 그들은 잠시 비틀거렸고 입에서 피를 흘리며 앞으로 고꾸라졌다. 노아는 몸을 옆으로 살짝 틀어야 했는데, 그러지 않았더라면 죽은 사람이 그의 위로 쓰러질 뻔했다. 오스카와 셀린은 동시에 비명을 질렀다. 둘은 알트만을 멍하니 쳐다보았다. 그는 작은 총 하나를 손에 들고 있었다.

"당신 무슨 일을 한 거예요?"

셀린이 울부짖으며 소리쳤다.

"옳은 일을 했을 뿐이오."

알트만은 그렇게 짧게 대답했고 노아를 쳐다보았다. 그들의 시선은 눈 깜짝할 동안만 마주쳤지만, 노아가 킬러의 생각을 읽기 위해 더 긴 시간은 필요하지 않았다.

'자네는 뭘 믿고 있었나?'

그가 알트만의 눈빛을 읽었다.

'내가 우리 모두를 비행기에 태워 로마로 데려왔기에, 상냥한 사람이라도 된다고 믿고 있었나? 나는 사람을 죽이네. 그게 내 직업이야. 그리고 자네들이 아직 살아 있는 이유는 자네들의 죽음이 내게 아무런 이익이 되지 못하기 때문이네. 그것뿐이야.'

알트만은 혹시나 보트 위에 더 잔류하고 있을지 모를 경찰들을 대비해 사격 자세를 유지하며 판자 다리를 뛰어 내려갔다. 노아는 마지막으로 다시 한 번 비행장과 군용 차량을 뒤돌아보았다. 자동차는 이제 보트 선착장에서 100미터도 되지 않는 거리까지 와 있었으며, 경광등 불빛이 이미 그들 주위를 모조리 에워싼 채 깜박이고 있었다. 그는 보트가 출발하는 소리를 들었다. (이탈리아 경찰들은 그들 둘만 있었던 게 분명했다.) 그리고 충격에 휩싸인 채 멍하니 서 있던 오스카와 셀린을 깨어나게 했다. 세 사람은 모두 함께 판자 다리를 건너 출항하려는 보트를 향해 달렸다. 그들은 가까스로 갑판에 뛰어오를 수 있었다. 알트만이 보트를 출발시키자, 그 반작용으로 모두 뒤로 넘어졌다. 노아는 총상을 입은 어깨가 바닥에 부딪혔다. 그가 다시 몸을 일으켜 강가를 돌아보았을 때, 경찰과 군인 들은 수송 트럭에서 뛰어내려 동료의 시체 위로 몸을 숙이고 있었다. 이미 너무 멀리 떨어져 있었기 때문에, 노아는 경찰들의 얼굴을 전혀 구분할 수 없었다.

'세상에, 우리가 무슨 짓을 저지른 거지?'

마음속에서 비명 소리가 들려왔다. 그리고 그들은 로마 시내가 있는 남쪽 방향으로 테베레강을 따라 질주하고 있었다.

# 제5장

"걔네들은 어린애나 마찬가지였어. 당신이 살해한 거야."

오스카가 부르르 떨며 고래고래 고함을 질렀다.

알트만은 별 반응이 없었다. 그는 조타기만 손으로 붙들고 있었다. 모터보트는 거울처럼 매끈한 테베레강 위를 최고 속도로 돌진하고 있었다. 알트만은 선체에 달린 탐조등을 꺼버렸다. 그는 아무 말 없이 강물을 내려다보거나 별이 빛나는 밤하늘을 올려다보았다. 노아는 왜 그가 이탈리아 경찰 둘을 주저하지 않고 쏘았는지 알고 있었다. 그래서 먼저 물어보지 않았다. 하지만 셸린은 놀라움과 혐오감으로 인해 이성을 잃고 흥분한 상태로 분명한 답을 요구했다.

"죄 없는 사람을 살해하다니, 당신 그러고도 사람이에요?"

알트만은 연거푸 기침을 해댔고 한 손으로만 겨우 조타기를 붙잡고 있을 수 있었다. 다른 손으로는 입을 막고 있어야 했기 때문이다. 발작이 지나갔을 때, 노아는 그가 셸린의 질문에 반응을 보여서 적잖게 놀랐다.

"제대로 알지도 못하면서 이러쿵저러쿵하는 것은 그쯤에서 그만두시오."

"그래요. 나는 뭘 잘 몰라요. 그런데 이건 잘 알고 있어요. 당신은 살인을 했고 미친 사람이라고요. 그리고 가능한 한 빨리 이 보트에서 내리고 싶다는 것도요."

그녀가 반박했다.

"그녀 말이 맞아."

오스카가 동의하며 노아 쪽을 돌아보았다.

"제발 이 배를 세워요."

알트만이 헛웃음을 터뜨렸고 직선로에서 속도를 줄였다. 그런 다음 뒤를 돌아보았다.

"당신들은 지금 우리가 여행이라도 온 거라고 생각하오?"

한참 동안 퉁퉁거리는 엔진 소리와 철썩거리는 물소리 외에는 아무것도 들리지 않았다.

"내게는 다른 선택권이 없었소. 그들은 우리를 결코 그냥 가도록 내버려두지 않았을 것이오."

그는 두 명의 젊은 경찰이 죽은 것에 대해 아무런 감정도 담지 않은 채 마치 아침 밥상에 올릴 햄을 위해 도축되는 가축을 죽인 것처럼 말했다.

'불쾌한 일이었지만, 피해 갈 수 없는 일이었어.'

"가도록 내버려두지 않아요? 그게 당신에게는 누군가를 무자비하게 죽여야 할 충분한 이유가 되는 거군요?"

셀린이 비아냥거리며 그에게서 확 돌아서려고 했지만, 그때 알트만이 그녀의 팔을 낚아챘다.

"이제부터 내가 하는 말 잘 들으시오. 지금 우리 상황이 히스테리 부리는 임신부와 정신 나간 노숙자에게 현장 전술에 대해 보충 수업을 하고 있을 때는 아니지만, 일단 당신 둘은 잠깐이라도 숨을 멈추고 우리가 왜 여기에 있는지 떠올려보시오. 자, 나를 한번 보시오."

그가 자신을 가리켰다. 우선은 얼굴을, 그다음은 몸 전체를, 머리끝에서 발끝까지 액자를 그리듯 손을 움직였다.

'너무 늦었어.'

그 생각이 노아의 머릿속을 스치고 지나갔다.

계기판의 희미한 조명 때문에 알트만은 살아 있는 유령처럼 보였다. 그의 얼굴은 축 늘어져 있었으며, 피부는 큰 덮개처럼 뼈대 위에 걸쳐져 있었다. 무표정한 눈에는 눈물이 글썽거렸고, 몸은 불타오르고 있었다. 노아는 그를 만져볼 필요도 없이 뜨거운 열기를 느낄 수 있었다. 알트만은 몸속에서부터 좀먹고 있었다. 알트만은 감염된 마닐라 독감이 불붙는 시기에 나타나는 전형적인 증상을 겪고 있었다.

"내 혈관에 피 대신 가스가 가득 찬 느낌이오. 기침을 할 때면, 오장육부 중 하나가 입으로 튀어나오지 않을까 두려울 지경이오. 손에 모르핀 주사라도 놓고 싶소. 심지어 눈 안에라도. 그리고 이것 하나만은 확실히 말할 수 있소."

그는 먼저 셀린을, 그다음은 오스카를 바라보았다.

"만약 우리가 그 킬리안 브람스라는 사람과 비디오를 찾아내지 못한다면, 앞으로 며칠 내에 당신들도 모두 나와 똑같은 길을 가게 될 거요. 비록 여기 있는 우리의 영웅이 전염병 문제에 대한 해답을 찾아낼 가능성이 낮아 보이긴 하지만 그래도 그건 우리가 붙잡아야 할 기회요. 그리고 선착장에 있던 경찰들은 그 기회를 망치려 했던 것이고. 나는 그들을 죽여야만 했소."

"그런 허튼소리는 집어치워요."

셀린이 흥분한 나머지 씩씩거리며 말했다. 알트만은 한숨을 내쉬었다.

그리고 노아 쪽을 돌아보며 말했다.

"자네가 저들에게 설명하게, 데이비드."

그가 그 이름으로 노아에게 말을 걸어온 것은 처음이었다. 셀린은 눈을 동그랗게 뜨고 노아 쪽을 돌아보았다. 그녀의 눈빛에는 두려움과 놀라움이 동시에 서려 있었다.

"뭐라고 설명 좀 해봐요, 노아. 당신 혹시 그의 의견에 동의하는 건 아니죠?"

노아는 말이 없었다. 그것으로 대답은 충분했다.

"믿을 수가 없어요. 아니에요. 당신도 알트만의 편에 서 있다고 말하지 말아요."

노아 자신도 알트만처럼 행동해야만 했었다는 걸 잘 알고 있었다. 그의 우유부단함이 모두를 위험에 빠뜨렸던 것이다. 경찰들이 알트만의 몸을 제대로 수색하지 않았던 건 행운이라고 할 수 있었다. 노아는 더 이상 자신을 속이려 들지 않았다. 그는 알트만과 같은 부류의 사람이었다. 알트만을 베를린 중앙역에서 처음 보았을 때도, 그를 단박에 알아보았다. 그들 둘은 전문 킬러였다. 죽이는 것을 즐기는 사이코패스는 아니었지만, 촌각을 다투는 짧은 시간 동안 결정을 내려야 하는 사람들이었다.

"당신도 혹시 기억을 잃은 거요, 핸더스 양?"

알트만이 물었다.

"당신 친구는 바로 얼마 전에 한 남자를 호텔방에서 죽였소. 전자제품 매장에서는 두 사람을 해치워버렸고, 당신을 성폭행하려고 했던 그 썩을 놈을 제외한다고 해도 암스테르담 공사장에서 또 다른 두 명을 총으로 쏴 죽였소."

"하지만 그건 비교할 게 못 돼."

오스카가 이의를 제기했다.

"비교할 게 못 된다고? 그들은 길을 막고 원치 않는 곳으로 그를 데려가기 위해 붙잡아두었소. 바로 직전에 이탈리아 경찰들처럼. 대체 무슨 차이가 있다는 것이오?"

"그들은 경찰이었어."

"그리고 난 미국 정부를 위해 일했소."

"다리를 쏠 수도 있었잖아."

오스카가 말했다. 알트만이 이맛살을 찌푸렸다.

"만약 내가 제대로 맞히지 못했다면…… 그들은 뭘 가지고 있었죠?"

"하지만 다른 사람은 무기가 없었어요."

조금 전과 비교해 확실히 힘이 덜 들어가기는 했지만, 셀린이 다시 반박했다.

"당신이 그를 제대로 수색이나 해봤소? 내게 한 것처럼? 그리고 만약 그가 떨어진 동료의 기관총이라도 잡게 된다면, 그를 무슨 수로 막을 거요? 실험 정신을 발휘하기에는 시간이 없었소."

알트만이 다시 하늘을 보았다. 이번에는 별들이 촘촘히 박혀 있는 청명한 밤하늘을 보면서 덧붙였다.

"우리는 또 다른 위기에 봉착해 있는 게 분명한 것 같소."

"대체 그 위에 뭐가 있다는 거야?"

다시 속도를 내기 시작한 엔진 소음에 묻히지 않기 위해 오스카가 큰 소리로 고함을 쳤다.

"아무것도 없소."

알트만이 대답했다.

"그리고 그것이 바로 걱정의 원인이오."

"대체 무슨 생각으로 저런 말을 하는 거예요?"

셀린과 오스카가 입을 모아 물었다. 노아가 설명을 마쳤을 때, 그들의 얼굴에는 오로지 두려움만이 남아 있었다. 그들을 쫓아오는 헬기 정도는 있어야 했지만, 그 비슷한 것을 볼 수도, 들을 수도 없었다. 비행기도, 테베레강을 끼고 나 있는 국도 위에 군인이나 경찰을 실은 수송 트럭도 보이지 않았다. 후미에 바짝 달라붙어 따라오는 경찰 쾌속정도.

'아무것도 없어.'

만약 이탈리아인들이 그들의 영토를 불법으로 침입하고 경찰을 죽인 사람들에 대해 더 이상 신경 쓰지 않는 것이라면, 그것은 다만 하나의 설명으로만 가능했다. 지난 몇 시간 동안 위기 상황이 점차 확대되어서 방금 전 일은 소규모 위험으로밖에 인식되지 않는 것이다.

# 제6장




20분 후, 그들은 테베레섬 근처에 있는 팔라티노 다리에서 경찰 보트를 버렸다. 다리 밑 소금기 섞인 강물은 공중변소에서 나는 듯한 악취가 진동했고 쓰레기들은 수면 위를 둥둥 떠다니며 강둑으로 밀려왔다.

"보트는 잊어버려요."

노아가 셸린에게 말했다. 그녀는 배를 콘크리트 기둥 한 곳에 묶기 위해 밧줄을 잡으려고 손을 뻗고 있었다.

"돌아오는 길에 대해서는, 만약 가능하다면 그때 신경 쓰도록 합시다."

그녀는 어깨를 으쓱거렸고 밧줄을 그대로 놓아버렸다. 셸린이 처한 지금 상황과 마치 유성우처럼 그녀에게 쏟아졌던 여러 끔찍한 사건들을 고려해본다면, 그녀는 놀라울 정도로 자신을 잘 지탱하고 있었다. 여하튼 오스카에 비하면 훨씬 더 나은 상태였다. 알트만과 언쟁이 있은 후, 오스카는 무릎을 끌어당겨 팔로 감싼 채 철판으로 된 보트 바닥에 앉아 이해할 수 없는 혼잣말을 중얼거렸다. 반면 셸린은 오히려 생각에 깊이 잠긴 것 같은 인상을 주었다. 노아는 그녀 옆으로 가서 앉았다. 셸린은 노아에게 스마트폰을 빌려달라고 부탁했다. 아버지 걱정으로 연락을 시도해볼 참이었다. 하지만 이탈리아에서는 연결이 되지 않았다.

"자, 이젠 어디로 가는 거죠?"

셸린이 물었다. 그녀도 노아와 마찬가지로 배가 정박하기 전에 보호복을 벗어버렸지만, 마스크만은 그대로 착용하고 있었다. 노아는 그런 그녀의 마음을 이해는 했지만 그게 효과가 있을지는 의구심이 들었다.

'바이러스가 공격하지 못하는 운 좋은 50퍼센트에 우리가 속할 수도 있지만, 그게 아니라면 이미 오래전에 알트만한테서 전염되었을 거야.'

그는 다시 한 번 네오 클리니카로 가는 지름길을 보여주는 휴대전화 화면을 확인하고는 부대원들에게 서두를 것을 재촉했다.

"자, 출발합시다. 그 병원은 여기서 몇 분밖에 떨어져 있지 않습니다."

그들 넷은 다리로 연결되어 있는 넓은 돌계단을 따라 올라갔다.

"이런 맙소사. 여기서 대체 무슨 일이 일어난 거야?"

오스카가 걱정 가득한 시선으로 눈앞에 펼쳐진 공간을 바라봤다. 그들은 이제 계단 맨 위 칸에 서 있었다. 바로 이곳에서 테베레강 다리가 서쪽의 룽고테베레 리파 도로와 교차했다. 거리 위 사람들은 구시가지 안으로 몰려가고 있었다. 사람들이 거대한 강을 이루어 원래 차도였던 거리를 점령한 채, 트라스테베레의 동쪽 방향에서 이쪽으로 이동해 오고 있었다. 노아가 이미 하늘에서 관찰했던 것을 지상에서 확인한 셈이었다. 자동차를 모는 사람은 하나도 없었다. 언제나 인파 사이를 비집고 돌아다니던 오토바이조차 눈을 비비고 찾아봐도 보이지 않았다. 상황에 전혀 걸맞지 않게, 노아는 때마침 입장이 허락된 스타디움의 옥외 연주회가 떠올랐다. 남녀노소뿐 아니라 심지어 어린아이와 아기를 안은 엄마들까지 가장 좋은 좌석을 차지하려고 분주한 사람들처럼 서둘러 도로와 교차로를 지나 저쪽 어딘가로 향하고 있었다.

"이거라도 써요."

노아가 알트만에게 자신의 마스크를 건네주었다.

"당신 얼굴을 아무도 안 보는 편이 나을 겁니다."

발작에 가까운 알트만의 코피 증상은 10분마다 나타났는데, 급기야 정부 요원은 얼굴을 닦아내던 일마저 포기하고 말았다. 지금까지는 그들을 주목하는 사람이 다행히 없었지만 옆에 지나가는 중 누가 알트만의 얼굴을 주의 깊게 본다면 무슨 일이 일어나게 될지 예측할 수 없었다. 노아는 여기 이탈리아 사람들이 뭐라고 시끄럽게 떠드는지는 이해할 수 없었지만 그가 처음 떠올렸던 옥외 연주는 머릿속에서 수정해야 했다. 왜냐하면 긴장과 분노가 너무나 팽팽했기 때문이다. 집회는 평화와는 거리가 멀어 보였다. 사람들은 로마의 가장 오래된 유흥 지역을 그냥 산책하는 것이 아니었다. 폭도들의 집회 같았다.

'그래서 경찰은 코빼기도 보이지 않는 거군.'

노아는 알트만에게 이 상황을 어떻게 생각하는지 물었다.

"통행금지에 반대하는 봉기네."

그가 대답했다.

"우린 이런 상황을 로스앤젤레스에서 이미 경험했네. 처음에는 몇 안 되는 폭도들에 의해 시작됐지만, 시시각각 점점 더 많은 시민들이 거리로 쏟아져 나와 합세했지. 그들 대부분은 왜 자신들이 폭동을 일으켰는지조차 모르고 있었네. 아마도 관리당국이 도시 주변을 포위했을 거야. 그리고 이젠 그 누구도 더 이상 공권력에 눌려 망 안에만 갇혀 있으려고 하지 않는 거네."

알트만이 앞에 있는 한 그룹의 젊은 남자들을 가리켰다. 모두 얼굴에 뭔가를 두르고 있었다. 그들은 검은색 머플러로 복면을 하고, 두 주먹을 불끈 쥐고 있었다. 노아는 본능적으로 바지 주머니에 있는 총에 손을 댔다.

"이 사람들 전부 어딜 가려는 걸까요?"

셸린이 걱정스러운 듯 물었다.

"유감스럽게도 우리가 가려는 방향이군요. 서로 떨어지지 않도록 주의해요."

노아가 말하며 층계에서 거리로 발을 내디뎠다. 곧이어 그들은 인파 속에 휩쓸려갔다.

# 제7장

노아는 위험이 일어나기도 전에 무언가를 감지했다. 듣거나 볼 수 없었지만 뭐라 단정 지을 수 없는 위협을 직감했다. 그리고 구시가지 골목 안으로 한 걸음씩 더 들어갈 때마다 불길한 기운이 커져갔다. 주변에 있는 군중들 역시 신경을 곤두세운 채 전기에 감전된 것처럼 긴장한 듯이 보였다. 마치 도살대로 끌려가는 동물들 같았는데, 닥쳐올 일이 무언지 알지는 못하지만 그게 좋지 않을 거라는 예감만을 안고 있는 것 같았다.

"저 앞에 무슨 일이 일어난 것 같아요?"

셀린이 노아의 뒤에서 물으며 지금 서 있는 곳에서 동쪽으로 50미터 정도 떨어진 광장을 가리켰다. 그 광장에는 사람들이 가득했다. 몇몇 청년들은 주차되어 있는 자동차 위로 올라가 상황을 살펴보는 듯했다.

그때 노아는 광장을 둘러싼 다층 주택의 레스토랑 창문에 그림자가 비치는 것을 보았다.

'붉은색. 가물거리고 눈부셔.'

불길은 건너편 건물에서 피어올랐다. 레스토랑은 노랗고 붉은빛을 띠었다. 함성 소리 같은 게 광장에서 울려 퍼졌으며 바로 앞에서는 사람들이 뭐라고 중얼거렸다.

"내 옆에 바짝 붙어 있도록 해요."

군중들 속에서 노아는 서로 더 밀착해 있을 수 있도록 팔을 움직였다.

"우린 여기서 벗어나야 합니다……"

바로 그 순간 노아가 두려워했던 일이 일어났다. 주변이 잠잠해졌다. 그리고 잠시 후 폭발적인 카오스 사태가 일어났다.

빼곡히 몰려 있는 사람들 사이로 엄청난 힘이 밀려왔고 인파는 둘로 나뉘어졌다. 마치 지진에 의해 땅이 갈라지는 것처럼 하나의 균열이 생겨났다. 셀 수 없이 많은 사람들이 갑자기 허둥대기 시작했고 광장을 서둘러 벗어나려 했다.

"넘어지지 않도록 해요."

노아가 소리쳤다. 왜냐하면 그는 앞으로 몇 초 안에 어떤 일이 일어날지 정확히 예상했기 때문이다. 빠져나올 수 있는 공간이 사라지면 사람들은 우왕좌왕할 것이고 넘어지게 될 것이고 서로가 서로를 타넘으려 할 것이다. 혼란의 규모에 따라 심지어 밟혀 죽는 사람도 생길 수 있었다.

"도와줘, 노아!"

그는 오스카가 내지르는 소리를 들었지만, 볼 수는 없었다. 오스카는 저 멀리 떠밀려가고 없었다. 알트만도 마찬가지였다. 시커먼 구멍 하나가 끌어당기는 것처럼 광장 쪽으로 빨려 들어가버렸다. 다행히 노아는 셀린의 손을 움켜잡고 있었다. 하지만 그녀는 서로 밀리고 밀쳐내는 주변 상황 속에서 태아를 보호하기 위해 배를 손으로 꽉 감싸고 있었다.

"그렇게 해서는 균형을 못 잡아요."

노아가 점점 더 시끄러워지는 군중들보다 더 큰 소리를 내기 위해 고함쳤다. 노아는 여기자가 누군가의 팔꿈치에 얼굴을 맞고 90도 각도로 뒤로 넘어지며 그의 시야에서 사라지는 모습을 두 손 놓고 지켜볼 수밖에 없었다. 노아는 셀린에게 다가가기 위해 사람들을 이리 밀치고 저리 밀치며 전투를 치렀지만 그녀는 점점 멀어졌다. 그뿐만 아니라 그 또한 군중의 물결에 휩싸인 채 밀려나면서 의지와는 반대로 점점 더 광장 쪽으로 끌려가게 되었다.

"셀린!"

그는 울부짖듯 소리쳐보았지만, 주변의 아비규환에 비하면 그의 목소리는 한낱 중얼거리는 소리에 불과했다. 남녀노소를 막론하고 살려달라고 비명을 질렀고, 나무 타는 냄새가 코를 가득 메웠다. 노아는 총을 꺼내려고 했지만 곧 그 생각을 접었다. 경고성 사격은 상황을 더욱 나쁜 방향으로 몰아갈지도 몰랐기 때문이었다. 그래서 그는 권투선수처럼 손을 머리 높이까지 올린 다음, 그를 방해하고 할퀴고 내리누르고 짓밟는 모든 것에 본능적으로 반응하기만 했다. 얼마 안 있어 두 다리로 버티고 서 있는 것조차 힘들어졌을 때 그는 넘어졌다. 찌르는 듯한 통증이 척추를 타고 올라왔고 갈빗대는 호흡이 불가능할 정도로 강하게 짓눌러졌다. 그 후 머릿속은 점점 더 어두워져갔다. 허둥거리는 사람들의 다리와 발이 그의 시야로 들어왔다. 누군가는 그의 머리와 옆구리를 걷어찼다. 노아는 피 맛을 느꼈다. 참을 수 없는 고통 속에서도 그는 몸을 일으켜 세우려 했다.

"이런 얼간이 같은 놈이."

한 젊은 여자가 그의 위를 타넘고 지나가며 이탈리아어로 욕하는 소리를 들었다. 그녀는 굽이 있는 묵직한 부츠를 신고 있었는데, 그것으로 그의 손가락을 밟았다. 주변에 사람들 수가 줄어들고 나서야 비로소 노아는 기둥 같은 것에 기대어 몸을 일으켜 세울 수 있었다. 기둥은 광장 안으로 차가 진입하는 것을 막기 위해 설치되어 있던 것으로 지금 노아에게는 부표 같은 역할을 해주었다.

그는 자신이 왔던 길을 돌아보았다. 셀린이 여전히 그곳에 남아 생사가 걸린 사투를 벌이고 있을지도 몰랐다. 골목길은 사람들로 완전 빼곡한 반면 광장은 놀랄 만큼 한산했다. 광장으로부터 갈라진 다른 골목으로 미처 피신하지 못한 사람들은 자동차 위나 물이 나오지 않는 분수대 안에, 혹은 집주인의 배려로 열린 주택의 안마당에 머물러 있었다. 그리고 또 다른 무리도 남아 있었는데 그들은 안전한 곳으로 피신하려는 생각이 아예 없는 사람들이었다. 바로 이 혼란을 야기했던 방화자와 약탈자 들이었다. 그때 노아는 폭발음을 들었다. 유리창은 산산조각 났다. 번쩍거리는 불빛 하나가 밤을 밝혔고 검은색 연기가 불타는 집 다락층 위로 피어올랐다. 노아는 혼란 속에서 이 광장으로 내팽개쳐진 후 비로소 처음으로 불이 난 집 전체를 확인할 수 있었다. 다층 주택은 3층부터 다락층까지 불타고 있었다. 오로지 2층만 창문으로 내던져진 화염병들에 손상을 입지 않은 상태로 남아 있었다.

노아가 1층 상가 윗부분에 걸려 있는 약국 간판의 돋을새김 글자를 읽었다. 약국의 창문과 진열장은 사람들에 의해 짓밟히고 깨져 있었다. 몇몇은 부서진 파편과 유리 조각들을 밟고 다시 밖으로 나오고 있었으며, 손에는 약과 다른 물품들을 들고 있었다. 여자 둘은 끙끙거리며 선반 하나를 밖으로 옮기고 있었다.

'제트플루.'

그가 생각했다. 이것 말고는 폭력 사태가 일어난 이유를 찾을 수 없었다. 아마 통행금지 조치가 내려졌을 것이다. 사람들이 사재기하거나 폭도로 돌변하는 걸 막으려는 의도였을 것이다. 하지만 약을 제한적으로 보급하면서 내전과 다를 바 없는 상황이 벌어진 것이다.

'이 무슨 정신 나간 행동들인가?'

노아는 주변을 둘러보았다. 그의 동행인들은 흔적도 없이 사라져버렸다. 약국 안은 빠르게 비워져갔다. 사람들은 아까보다 줄어 있었다. 더 이상 들고 나올 물건이 없기 때문이기도 했지만, 그보다 1층 역시 위험한 상황이 되었기 때문이었다. 뒤쪽 공간들 중 한 곳에서 폭발음이 들렸고, 유리창이 산산조각 났으며, 타오르는 불길이 1층 테라스의 철제 난간 위로 넘실거렸다. 그리고 그 모습은 호기심으로 들여다보던 사람들마저도 뒤로 물러서도록 만들었다. 정신이 제대로 된 사람이라면 그 누구도 이제 불타는 집 안으로 들어가려 하지 않았다. 풍선처럼 부푼 배를 가진 한 사람만 제외하고. 그 남자는 막 약국 계단을 쿵쾅거리며 올라가고 있었는데, 작은 체구와 긴 수염 때문에 스머프를 연상시켰다.

"오스카?"

정말로 그는 오스카였다. 노아가 그의 이름을 부르자, 건물 문턱에 서 있던 오스카가 돌아보았다. 둘은 시선을 마주쳤다. 오스카는 노아에게 따라오라는 손짓을 보냈다. 그런 다음 티셔츠를 올려 입을 가리고는 전등이 꺼진 약국 안으로 사라졌다.

노아는 넋이 나간 채 바로 몇 초 전까지 오스카와 함께 있다가 헤어진 무리를 관찰했다. 그들은 약국으로 들어가는 테라스 계단에서 몇 미터 떨어지지 않은 곳에 서 있었다. 열네 살에서 열여섯 살 사이로 보이는 남자아이 두 명과 가냘픈 부인 한 명이 있었는데, 나이로 보아 그녀는 그 아이들의 어머니인 것처럼 보였다. 부인의 머리카락은 검고 곱슬거렸는데 맨발에 잠옷을 걸치고 있었다. 한눈에도 이 건물 위층에 살고 있는 듯했다. 부인은 건물 안으로 들어가려고 했고 두 아들은 말렸다. 그리고 부인은 계속해서 소리쳤다.

"줄리아, 내 아가……"

노아는 눈앞에 어떤 드라마가 펼쳐지고 있는지 그제야 알아차렸다.

"이런 바보 멍청이."

그가 욕을 하며 오스카를 따라 들어가려고 했지만, 이미 약국에서는 도저히 뚫고 지나갈 수 없을 정도로 짙은 연기구름이 몰려나왔다. 잠깐 동안 숨을 멈추고 안으로 들어간다고 하더라도 이런 자욱한 연기 속에서는 오스카를 찾을 수 없을 게 뻔했다. 노아는 기침을 하며 다른 입구를 찾았다. 상황은 급속도로 나빠졌다. 오스카가 나올 수 있는 통로는 남아 있지 않은 것처럼 보였다.

'다른 방법이 없군.'

노아는 점퍼를 벗고 마음의 준비를 했다. 노아는 이 행동이 미친 짓이라는 걸 잘 알고 있었다. 하지만 그에게는 선택의 여지가 없었다. 동료를 위험 속에 내버려둘 수는 없었다. 그는 셔츠로 입과 코를 막고 뛰어 들어가려고 했다. 바로 그때 오스카가 측면 출입구를 통해 걸어 나왔다. 그는 기침을 해댔다. 그의 등 뒤에서 타오르는 불길이 내는 소음 때문에 이해하기는 힘들었지만 뭔가 큰 소리로 떠들어댔다. 바지는 불에 그슬려 연기가 났다. 수염도 다 타서 엉망이 되었다. 죽을힘을 다해 어린 소녀를 업고 밖으로 나왔다. 열 살이 넘지 않을 것 같은 검은 머리의 소녀였다. 소녀는 떨면서 울고 있었다. 살아 있는 것이다.

"줄리아!"

노아의 등 뒤에서 부인이 소리쳤다. 그녀는 마침내 자신을 움켜잡고 있던 아들들의 팔을 뿌리치고 나올 수 있었다.

"엄마."

작은 여자애가 대답했다. 그리고 오스카는 소녀를 조심스럽게 바닥에 미끄러지듯 내려놓았다. 엄마와 딸은 서로를 향해 달려가 부둥켜안고는 웃고 울었다. 두 사람에게는 지금 이 순간 오로지 그들 둘만 존재했으며, 이 세상의 그 누구도 눈에 들어오지 않았다. 오스카는 기진맥진한 상태가 되어 계단에 털썩 주저앉았다. 그는 만족스러운 웃음을 지으며 바지에 남아 있던 불씨를 털어내고 얼굴에 묻은 그을음도 닦아냈다. 하지만 갑자기 삐걱거리는 소리를 들었다. 마치 거인 같은 나무 궤짝이 열리는 소리 같았다. 오스카는 위를 올려다보았다. 순간 발코니의 철제 난간이 분리되었고 아래로 떨어지면서 오스카를 덮쳤다.

# 제8장

'가장 큰 기쁨의 순간에, 우리는 뒤따라오는 죽음과 대면하게 되는 법이지.'

가상의 늙은 남자 목소리가 소곤거렸고, 노아는 그 말을 떨쳐버릴 수가 없었다. 그는 바로 몇 초 전에 구조된 딸아이 앞에서 그녀의 어머니가 그랬던 것처럼 오스카 앞에 맥없이 주저앉아 있었다.

'왜인 줄 알아? 웃음이라는 것은 악마가 우리를 유혹할 때 부르는 소리이기 때문이야.'

"눈 좀 떠봐요. 어서요. 눈 떠요."

노아는 오스카의 주먹을 꼭 움켜쥐고는 입으로 가져갔다. 마치 그를 따뜻하게 덥혀주려 하는 것처럼 그 안에 숨을 불어넣었다. 오스카는 부서진 장난감처럼 아스팔트 위에 누워 있었다. 놀이에 싫증이 난 아이가 팔다리를 억지로 잡아당긴 인형 같았다. 어떤 행위예술가도 척추가 무너져 내린 그 자세를 흉내 낼 수는 없을 것이다. 오스카는 엉덩이 부분이 180도로 완전히 돌아간 상태였다. 무거운 난간이 그의 상체 왼쪽 절반을 모조리 박살내놓았다. 화살 모양으로 된 여러 개의 장식용 울타리 기둥

들이 그의 가슴과 배를 뚫고 들어갔으며 그의 폐까지 관통해버린 것 같았다. 그런 다음 난간은 1층에 있는 콘크리트 테라스와 부딪쳐 그 반동으로 다시 튕겨 나가 계단 아래로 떨어지면서 하마터면 노아도 덮칠 뻔했다.

"내 말 듣고 있는 거 알아요."

오스카의 숨은 아직 붙어 있었고, 맥박은 희미하게나마 불규칙적으로 뛰었다. 그의 왼발은 격렬하게 떨리고 있었는데, 몸에서 유독 이 부분에만 발작이 집중된 것처럼 보였다.

"도와줘요!"

노아가 울부짖으며 주변을 둘러보았다.

"도움이 필요해요."

구경꾼 몇 명이 있었고, 그들 중 두 명은 휴대전화를 귀에 대고 있었다. 의사를 부르고 있는 것이기를 바랄 뿐이었다. 노아가 한 손으로 자신의 전화기를 더듬거리고 있을 때, 오스카의 눈꺼풀이 바르르 떨리기 시작했다.

"이봐요, 난쟁이 아저씨. 일어나봐요. 내 말 들려요? 나 좀 봐요!"

'이 세계에서 그를 기다리는 건 이제 고통뿐이야.'

노아의 머릿속에서 늙은 남자의 목소리가 울렸다. 그리고 오스카가 말하자 그것은 뚝 끊겼다.

"노아."

그가 가쁜 숨을 몰아쉬며 말했다.

"그래요, 나예요. 듣고 있어요."

오스카의 손가락이 움직이는 것이 느껴졌다. 먼저 그의 주먹이 펴졌다. 그리고 눈을 떴다.

"내가 당신 옆에 있어요."

노아가 계속해서 똑같은 말을 되풀이하며 그의 머리카락을 뒤로 쓸어넘겨주었다.

"난……"

오스카가 뭔가 말하려고 했다. 입가로 피가 흘러나와 수염을 적셨다.

"해야만 할……"

노아가 고개를 흔들었다.

"지금은 말하지 말아요. 힘을 최대한 아끼도록 해요."

"안 돼…… 지금!"

오스카의 숨소리는 좁고 어두운 배수관 안으로 흘러들어가는 것처럼 들렸다.

"마뉴엘라는 없어……"

그가 색색거리며 말했다.

"난……"

그는 문장을 마치기 위해 호흡을 가다듬어야 했다.

"……한 번도 부인을 가져본 적이 없어."

"알고 있어요."

노아는 앞으로 몸을 숙여 그에게 더 가까이 다가갔다. 그가 자신을 속인 것이 아무렇지도 않다는 걸 노아는 확실히 알려주어야 했다. 그것이 노아가 할 수 있는 전부였다.

노아는 카탈로그에서 오려낸 사진을 오스카의 지갑 속에서 발견했을 때 이미 눈치챘었다. 마뉴엘라는 노숙자의 삶에서 많은 것들이 그렇듯이 단지 그의 상상에 지나지 않았다.

"하지만 난……"

그들의 머리 위로 쿵 하는 소리가 나며 아래까지 불꽃이 흩날렸다. 아마도 다락층이 무너진 듯했다. 그리고 노아는 가능한 한 빨리 이 위험 지대를 벗어나야 한다는 걸 알았다. 건물의 또 다른 일부가 무너지면서 결국 건물 전체가 박살날 것이다. 하지만 노아는 오스카를 혼자 내버려두고 싶지 않았다. 그럴 수가 없었다.

"난 다른 이들처럼 되기를 원치 않았어."

그가 하는 말을 듣고 있었다. 집에서 뿜어져 나오는 열기가 견디기 힘들 정도로 뜨거워지고 있는 반면, 오스카의 손은 점점 더 차갑게 식어갔다. 그가 기침을 했다. 눈은 생기를 잃어갔다.

"그냥 부랑자로만 살기를…… 이해할 수 있겠어?"

"예."

검붉은 피가 오스카의 입에서 뿜어져 나왔다. 그는 코를 훌쩍거렸고, 그르렁대는 소리를 내며 숨을 쉬었다. 다시 기침을 했다. 그런 다음 스웨터 안에 있는 펜던트를 찾아 더듬거렸다.

"사진…… 마뉴엘라…… 그녀는 단지 사진 모델일 뿐이야. 그녀 사진들은 카탈로그에서 오려낸 거야. 난…… 그리고 한 번도 의사였던 적이 없어. 해외 봉사단에서 일했을 뿐이야. 여행은 많이 했지만 궁핍한 생활이 날 지치게 했어……"

그의 얼굴이 고통으로 일그러졌다.

"미안하네, 키 큰 양반. 자네를 속였어."

"당신은 내 생명을 구해줬어요."

노아가 그의 말에 반박하며 다시 고개를 들었다. 구경꾼들은 흩어졌다. 이 건물에 살았고 이제 모든 걸 잃어버린 사람들만 무너진 집을 넋 놓고 응시하고 있었다.

"구급차는 어디 있는 거죠?"

노아가 그들을 향해 소리쳤다.

"그런 건 잊어버리게."

그의 옆에서 어떤 목소리가 말했다. 노아가 고개를 돌렸다. 아담 알트만이 기척도 없이 옆에 와 있었다. 노아는 피범벅이 된 그의 얼굴을 뚫어져라 보았다. 똑바로 서 있다는 것 말고는 오스카보다 더 생명력이 있어 보이지는 않았다.

"로마 전체가 혼돈 속에 가라앉아 있네. 비상전화 연결은 과부하 상태야. 아무 도움도 구할 수가 없네."

노아는 오스카에게 다시 몸을 돌렸다. 생기 있던 그의 눈은 모든 광택을 잃어버렸다. 입술은 움직이고 있었지만, 더 이상 아무 소리도 내지 못했다. 노아는 다시 오스카의 손을 꼭 잡았다.

"고마워요!"

그는 때늦은 이 마지막 말이 오스카에게 도달할 수 있기를 희망했다. 노아는 입을 다문 채 목에 걸린 뭔가를 삼켰다. 다른 많은 것들과 마찬가지로 노아는 언제 마지막으로 울었는지 기억조차 할 수 없었다. 눈을 깜빡거렸다. 그리고 다시 한 번 오스카에게 감사 인사를 했다. 날짜의 자릿수 합에 따라 삶을 선택했던 사람에게. 비밀 조직이 살포하는 클리어를 피하기 위해 삶의 근거지를 지하로 옮긴 사람에게. 고독 속에서 언젠가부터 실을 잣듯 과거 이야기를 지어냈던 사람에게. 그는 시시때때로 사람을 어리둥절하게 하는 사내였지만, 선한 양심을 가진 영혼이었다. 노아를 구해주었고 건강을 회복하도록 간호해주었다. 길 위의 동반자를 위해 숙소와 그가 절약해 모아두었던 모든 것을 함께 나누었으며 유럽을 관통하는 오디세이 여행에 기꺼이 동행해주었다. 그리고 두 번 다시는 베를린에 있는 그의 비밀스러운 지하 은신처로, 책으로 가득 찬 그의 책장 앞으로 돌아갈 수 없게 되었다.

"데이비드, 우린 떠나야 하네."

노아는 알트만이 재촉하는 소리를 들었다. 그리고 바로 그 순간 오스카가 죽음을 맞았다. 노아를 제외하고는 그 누구도 오스카의 죽음에 신경 쓰지 않는 듯했다.

# 제9장

필리핀, 마닐라

앨리샤가 하수도에서 기어 올라왔을 때, 처음 눈에 보이는 것은 마카티의 빌딩들이었다. 그것은 저 멀리 도저히 닿을 수 없는 세계처럼 푸른 하늘 위에 치솟아 있었다. 거울로 뒤덮인 빌딩 전면들은 그녀가 청소 일을 했을 당시 저택의 안주인이 가지고 있던 다이아몬드처럼 번쩍거렸다. 매일 아침 안주인은 호화스러운 장신구들로 치장하고 네일숍이나 마사지숍 혹은 쇼핑센터로 차를 몰고 나갔다. 반면 안주인의 남편은 금융센터 사무실에 오랫동안 앉아 있었는데, 어쩌면 앨리샤가 지금 보고 있는 빌딩들 중 한 곳일 수도 있었다. 그리고 그는 오늘도 숨이 멎을 정도로 아찔한 도시 전망을 내다볼 게 분명했다. 다른 날에는 항상 끼어 있었던 스모그는 평소보다 눈에 띄게 걷혀 있었다. 하늘은 거의 파란색에 가까웠다. 구름도 거의 없었다. 태양은 1150만 명의 마닐라 시민 머리 위로 뜨거운 열기를 내뿜었다. 그리고 그들 중 절반은 방금 앨리샤가 기어 나왔던 슬럼에서 살았다.

"우리가 해냈어!"

말론이 얼굴 전체에 미소를 띠며 앨리샤가 하수도 배관을 빠져나오도록 도와주었다. 그들은 두 번의 도움닫기 시간이 필요했다. 처음 아래로 기어 내려갔을 때, 도구의 도움 없이는 한 발짝도 앞으로 나아가지 못한다는 걸 확실히 알게 되었다. 제이가 곡괭이 한 자루를 어디선가 구해올 때까지 족히 한 시간은 걸렸다. 말론은 앞에 서서 그것을 이용해 나아갔지만 처음에는 거의 진척이 없었다. 굴 안에서 말론은 거의 대부분의 시간을 오물과 쓰레기를 치우는 일에 열중해야 했다. 처음에는 제이가 일을 도왔지만, 모서리가 날카로운 금속에 손이 베여 피가 난 후부터는 전부 말론의 몫이 되었다. 앨리샤와 제이는 갱도를 관통해 나 있는 길을 손전등으로 비추는 역할을 담당했다.

다행히 앞으로 나아가는 데는 좀 수월해졌지만 쥐들이 그들에게 큰 관심을 보였다. 살찐 녀석들이었는데, 본성인 인간에 대한 경계심을 완전히 내려놓은 녀석들이었다. 말론과 제이 그리고 앨리샤는 손발을 휘두르며 그것들이 가까이 오는 것을 막으려 했다. 앨리샤는 그런 행위가 완전히 성공적이었는지에 대해서는 의구심을 가졌다. 그녀의 오른발에 느껴지는 통증은 샌들을 뚫고 들어온 유리조각 때문이거나, 혹은 쥐에게 물린 것이었다.

"둘 다 빨리 상처를 씻어내야 해."

말론이 말했다. 앨리샤가 녹초가 되어 고개를 끄덕였다.

'하지만 어떤 물로?'

바깥은 숨이 막힐 만큼 덥긴 했지만 공기는 신선했다. 앨리샤는 도로까지 뻗어 있는 풀밭의 냄새를 맡았다. 악취로 가득 찬 굴을 지나온 그녀에게는 땅의 냄새가 은행가 부인이 항상 뿌리고 다녔던 향수보다 더 향기롭고 신성한 것이었다. 그리고 귀에 들리는 울음소리는 그녀가 들었던 그 어떤 음악보다 아름다웠다. 노엘의 입에서 나왔기 때문이다. 살아 있는 그녀의 작고 귀여운 아기에게서.

"괜찮니, 아가?"

그녀가 물으며 아기를 포대기에서 내려놓았다. 아기는 눈을 감은 채 주먹을 쥐고 있었다. 배는 부풀어 있었다. 갱도 안으로 내려가 하수도를 지나 이곳으로 빠져나올 때까지 아기는 아무 소리도 내지 않았다. 지금은 전력을 다해 울고 있었고, 이 생명의 징후로 인해 앨리샤는 전 세계라도 품에 안을 수 있을 것 같았다.

"배고프지, 우리 아기."

앨리샤는 노엘에게 젖을 주려고 티셔츠 옷자락을 내리기 위해 뒤돌아섰다. 속옷 상의가 완전히 젖어 있었으며, 바지도 마찬가지였다. 갱도 안에서는 폐수가 거의 엉덩이 위까지 차오르기도 했었다. 그녀는 차라리 바지를 벗으려고 했지만, 말론이 말렸다.

"먼저 의사한테 가는 게 어때?"

"안 돼. 우리 아기가 그때까지 기다릴 수 없어."

앨리샤는 단박에 거절했고 노엘에게 그녀의 젖꼭지를 물리기 위해 이런저런 동작을 시도했다. 아기가 그녀의 가슴을 끌어당기는 것을 느꼈을 때 앨리샤는 깊은 행복감을 느꼈다. 노엘은 평온해 보였다. 앨리샤가 입을 다문 채 흥얼거리기 시작했다. 그녀의 아버지가 불러주곤 했던 동요였다. 그때만 하더라도 그들은 시골에 살았었다. 연이어 찾아왔던 세 번의 악천후가 모든 것을 앗아가기 전이었다. 노엘이 다시 소리 내어 울기 시작했다.

말론은 손바닥을 펴서 태양으로부터 눈을 가리고 있었다. 밝은 빛 속에서 그의 피부는 곰팡이가 앉은 잿빛 빵처럼 보였다. 그의 이빨 역시도 이미 노인의 치아 색깔을 띠었다.

"천막에 분유가 있을 거야."

그가 희망적인 미래를 약속하며 서둘러야 한다는 것을 그녀에게 재차 상기시켰다. 앨리샤는 다시 한 번 다른 쪽 가슴을 갖다 대보았지만, 노엘이 원치 않았다. 그녀는 울고 있는 아이에게 입맞춤을 하고 팽팽하게 부풀은 배를 쓰다듬어주었다. 그런 다음 노엘을 다시 포대기에 감싸 안고는 말론과 제이를 뒤따랐다. 일차선 도로에는 인적이라곤 거의 찾아볼 수가 없었다. 말론이 예상했던 것처럼 기관총으로 무장하고 순찰을 도는 군용 지프 같은 것도 찾아볼 수 없었다. 평소라면 이 시각쯤 도로에서 일거리를 기다리고 있을 일용 노동자들도 눈에 띄지 않았다. 이 구간은 일명 케손시티 수공업자 거리라고 불렸다. 그들은 몇 푼 되지 않는 돈과 한 끼 점심식사를 위해 풀장을 짓거나 높은 담벼락 위의 철조망을 새로 교체하는 작업을 했다. 부자들은 그들의 사유지를 안전하게 지키고 싶어 했다.

"우리밖에 없잖아. 우린 완전히 길을 잃은 거야."

어두운 예감이 앨리샤를 엄습해왔다. 검은색 리무진 한 대가 지나갔다. 언짢은 눈빛으로 쳐다보는 남자는 운전수 모자를 쓴 채 차를 몰고 있었다. 뒷좌석에는 어린 소녀가 앉아 있었는데, 머리에는 리본을 묶고 있었으며 스크린을 통해 만화영화를 보고 있었다.

"거리가 봉쇄된 것처럼 보이지는 않는데요."

"기다려봐."

제이가 묻자 말론이 대답했다.

갑자기 주변 풍경이 바뀐 것은 그들이 북쪽 방향으로 걸어가다가 모퉁이에 위치한 문 닫은 주유소를 기점으로 방향을 튼 이후였다.

"이런, 제기랄."

제이가 욕을 했다.

100미터 정도 떨어진 곳에 루팡 팡가코로 향하는 중앙 진입로가 특수 차량과 탱크로 폐쇄되어 있었다. 군인들은 개를 끌고 다니고 있었다.

"빨리 와! 여기야!"

말론이 따라오라고 명령하며 그들에게 주유소 뒤쪽으로 나 있는 길을 가리켰다. 오솔길은 컨테이너 묘지까지 이어져 있었다. 그곳은 쓰레기 처리장 중 한 곳이었다. 쓸모를 다한 선박이나 기차 컨테이너가 수미터 높이로 쌓여 있었고 퇴적물을 이루며 흔들리고 있었다. 보통 때라면 아이들의 손에 의해 해체되어야 할 것들이었다.

"우릴 어디로 데려가려는 거야?"

앨리샤가 물었다.

"의사들이 있는 곳으로. 날 믿어. 어느 길로 가야 할지 알고 있어."

말론이 대답했다.

# 제10장

이탈리아, 로마

인적이 느껴지지 않는 네오 클리니카의 입구로 들어가는 문은 양쪽으로 활짝 열려 있었다. 그 모습은 이가 모조리 빠지고 없는 어두운 입안을 떠올리게 했으며, 멀리서부터 벌써 그들을 향해 비아냥거리는 것처럼 보였다.

알트만의 휴대전화에 있는 내비게이션 기능을 이용해 도착한 병원은 안팎이 모두 기분 나빠 보이는 곳이었다. 단순하게 지어 올린 평지붕 건물 내부에는 불이 켜진 곳이 없었다. 정방형 방에도, 인적이라곤 찾아볼 수 없는 접견실에도. 이곳은 습기를 머금은 카펫과 오래된 가죽 냄새로만 채워져 있었다.

노아는 건물로 들어선 이후부터 혀에 줄곧 두터운 먼지 맛이 느껴진다고 생각했다. 그의 근육이 불타올랐다. 더 이상 팔을 움직일 수 없었다. 오스카를 사고 현장에서부터 이곳까지 한 번도 내려놓지 않고 들고 왔기 때문이었다. 알트만이 그의 동행자를 그 자리에 두고 가자고 설득해 보았지만 별 소용이 없었다. 노아는 결코 오스카를 쓸모없어진 모래주머니를 버리듯 두고 올 마음이 없었다. 그는 걸음을 뗄 때마다 더 늘어나는 것 같은 무게를 견뎌냈다.

그리고 30분이 지난 지금, 벤치 위에 미동도 않는 몸뚱이를 올려놓고는 완전 녹초가 된 채 숨을 거칠게 몰아쉬었다. 머리 위로 '딱' 소리가 났다. 이내 형광등이 깜빡거리더니 켜졌다. 알트만이 전원 스위치를 발견한 것이다.

"전기야! 이게 들어올 거라고 누가 생각이나 했겠어?"

그가 저 멀리 앞에서 소리쳤다. 그곳에 엘리베이터가 있었다. 지난 몇시간 동안 그랬듯 몇 마디 하면 바로 발작성 기침이 따라왔다. 파멸을 향한 이 여행의 슬픈 결말은 아직도 그 끝이 보이지 않았다. 노아가 자신의어깨를 움켜잡았다. 힘을 써서 그런지 상처가 다시 아파왔다. 피부가 찢어진 것만 아니기를 바랄 뿐이었다.

"여기로 와보게."

알트만이 숨을 헐떡이며 세 대의 엘리베이터 중 가운데에서 떼어낸 쪽지 한 장을 흔들어 보였다. 노아는 호기심이 발동해 묵직한 화강암 타일이 깔린 바닥으로 걸음을 옮겼다. 알트만이 코를 훌쩍거렸다.

"이 물건이 뭔지 알겠나?"

"잘 모르겠습니다."

노아는 그렇게 대답했지만, 진실이 아니었다. 그는 그 그림을 알고 있었기 때문이다. 노랗게 빛바랜 칼라 복사지 위에 인쇄된 그림 하나가 눈에 들어왔다. 그것을 노아는 어제 일간 신문에서 발견했고, 그 후로 여정이 이렇게 정신없이 지속되어온 것이다. 당시만 해도 '동쪽의 실개천(Der Bach des Ostens)'이라는, 100만 달러 가치가 있다는 그 그림이 스스로 그린 것이라고 믿었지만, 이제는 무엇 때문에 그런 생각이 들었는지는 더이상 기억해낼 수 없었다.

"어쨌든 이 그림이 이정표인 건 확실하네."

알트만이 숨을 헐떡이며 말했다. 그가 그림의 오른쪽 구석에 그려진 검은색 화살표를 가리켰다. 화살표는 아래를 지시했고 그 옆에는 '2'라고 써져 있었다.

"지하로 내려가야겠군."

피와 분비물이 그의 코를 완전히 틀어막았다. 그사이 정부 요원의 목소리는 마치 젖은 수건으로 성대가 덮어씌워진 것처럼 들렸다. 보트에서 내린 지 아직 두 시간도 안 지났는데 알트만은 그사이 몇 년은 더 늙은 것처럼 보였다. 노아는 고속 촬영으로 죽어가는 과정을 찍히고 있는 남자를 지켜보는 느낌이었다. 그가 고개를 가로저었다.

"우린 벌써 셀린과 오스카를 잃었어요. 당신도 이제 막바지에 이르렀고요. 나 혼자서는 해낼 수 없을 겁니다."

알트만은 노아의 말을 무시했고 엘리베이터의 버튼을 눌렀다. 승강기에서 회전 기계장치가 움직이기 시작했다.

"정말 이곳에서 킬리안 브람스를 만날 수 있을 거라고 믿는 겁니까?"

노아가 물었다.

'혹은 그 비디오가 있다고 믿는 겁니까? 정말로 치료약을 발견할 거라는 희망을 품고 있는 겁니까?'

알트만은 고개를 가로저었지만 체념의 신호로는 보이지 않았다.

"아니, 당연히 못 만나겠지. 이건 함정일 뿐이네."

"그럼?"

"난 누가 그들을 우리에게 보냈는지 알고 싶네. 자네는 안 그런가?"

엘리베이터는 가장 위층에서 두 층 아래로 힘겹게 내려오고 있었다.

노아 역시도 이제는 정말 알고 싶었다. 자신이 진짜 전염병과 관련 있는 것인지. 그 세 단계의 개발에 참여해 세계 인구의 절반을 사라지게 하려고 했는지. 자신이 이 재앙을 돌릴 수 있었던 유일한 인물이었는지.

'하지만 현재 이곳 상황으로 봐서는……'

노아는 계속해서 생각했다.

'내가 진실과 대면하게 될 것이 아니라 날 죽이려는 킬러와 대면하게 될 거라고 말해주는 것 같아.'

"그런데 계획은 있는 겁니까?"

노아가 알트만에게 물었다. 그의 입은 대답을 위해 이미 열려 있었지만, 때마침 찾아온 경련이 몸을 휘감았기에 상체를 굽혀야 했다. 알트만은 이를 꽉 깨물고 욕을 퍼부었으며 극심한 통증 때문에 주먹 쥔 두 손으로 배를 누르고 있어야 했다. 경련이 어느 정도 가시고 나자, 그는 숨을 헐떡이며 말했다.

"이 사람아, 난 더 이상 잃을 게 없네. 어떻게든 가봐야지."

바로 그 순간 엘리베이터 문이 열렸다. 반사적으로 노아가 총을 꺼내 들었다. 엘리베이터 안은 거울에 비친 그와 알트만의 모습 외에는 아무것도 볼 수 없었다.

"기다리게."

알트만이 말하며 노아를 저지했다. 그는 약간의 어려움을 느끼며 바지 주머니에서 뭔가를 찾아 꺼내 보였다. 볼펜처럼 생긴 것이었다.

"이게 뭔가요?"

노아가 물었다.

"HPX5."

알트만이 힘겹게 미소를 지어 보였다.

"어쩌면 이 물건이 멍청한 장난감만은 아닐지도 모르겠군."

그는 노아에게 문이 닫히지 않도록 해달라고 부탁한 다음 엘리베이터 안으로 걸어 들어가 길쭉한 기계를 한 쪽 구석 바닥에 수직이 되도록 세웠다.

"그게 뭐 하는 물건입니까?"

대답 대신, 알트만은 지하 2층 버튼을 누른 후 다시 엘리베이터에서 내렸다. 그는 노아에게 곧 대답해주겠다는 신호를 보냈고 휴대전화를 건넸다. 알트만이 휴대전화 속 애플리케이션을 하나 열어둔 상태였다.

"안전을 기하는 거네."

알트만이 무슨 일을 하려는지 모른 채 어안이 벙벙했던 노아는 휴대전화 화면에서 엘리베이터 실내 영상을 볼 수 있었다.

"카메라군요."

그제야 상황을 알아차린 듯 그가 덧붙였다.

"집에 있는 내 TV보다 화질이 낫지."

알트만이 말했다. 그때 엘리베이터가 두 층 아래에서 멈춰 섰다. 문이 열렸다. 그리고 카메라가 복도를 비췄다. 카메라 화면에서는 사람이 보이지 않았다.

"저 물건을 움직일 수도 있나요?"

노아가 물었다.

"그렇고 말고. 적이 나타나면 공중에 연기처럼 사라지기도 하네."

그가 조소 섞인 웃음을 웃었는데 그로 인해 또 한 번의 발작성 기침이 찾아왔다. 그는 계속 이야기를 이어나가려고 했지만 단어는 쥐어짜듯 띄엄띄엄 나왔다.

"그리고 줌으로 확대할 수 있네."

그는 두 손가락을 이용해 화면을 확대했다.

"이게 뭐죠?"

노아가 물으며 엘리베이터 맞은편 문 위에 작은 점 하나를 가리켰다. 사실 하나 마나 한 질문이었다. 확대된 세부 영상을 또렷하게 볼 수 있을 정도로 해상도가 좋았다. 같은 그림이었다.

'데어 바흐 데스 오스텐스(Der Bach des Ostens), 오스테르베크(Osterbeek)'

그리고 화살표가 있었다. 이번에는 오른쪽을 가리켰다. 그 아래 적힌 내용은 의심할 여지없이 노아에게 보내는 전달 사항이었다.

"Room 17."

노아가 낮은 목소리로 읽었다.

알트만이 그를 향해 몸을 돌렸다 그리고 계속 흘리던 땀을 닦아내고는 물었다.

"17번 방에 뭐가 있을지 짚이는 거라도 있나?"

노아는 어깨를 으쓱거릴 뿐이었다.

"알아낼 방법은 하나밖에 없군."

그는 독백을 하듯 말했다. 그러고는 엘리베이터가 다시 올라올 수 있도록 버튼을 눌렀다.

# 제11장

.

두 층 아래쪽은 1층보다도 지하실 냄새가 오히려 덜 났고 훨씬 따뜻했다. 표면이 매끈한 플라스틱 표지판에는 신경방사선학 및 영상부검 병동이라고 명시되어 있었다. 이 구역은 바로 직전까지도 사용된 공간처럼 보였다. 납작하게 생긴 라디에이터는 중간 단계로 맞춰져 아직 돌아가고 있었으며, 화장실 옆에 붙어 있는 청소 당번표는 불과 며칠 전까지도 손으로 기입되어 있었다. 그리고 그들이 엘리베이터에서 내려 줄곧 걸어왔던 복도 역시도 막 청소한 듯한 세제 냄새가 났다.

"HPX인가 하는 물건을 무기로도 사용할 수 있나요?"

노아가 자신의 총에 탄알이 절반만 채워져 있다는 걸 확인한 후, 물어보았다. 알트만은 장난감이라고 불렀던 그것을 회수했었다. 카메라가 되어 적시적소에 길을 보여주었던 다기능 기구는 이제 그의 가슴 주머니에 꽂혀 있는데 그냥 평범한 볼펜처럼 보였다.

"HPX5라고 부르네. 그리고 무기로는 안 돼. 위험 요소들을 분석하는 데만 사용되네."

"잘됐군요."

그들이 총을 겨누며 지나온 문들은 대부분 열린 상태로 있었는데, 검사실과 사무실, 창고 그리고 간호사실이었다. 사람이라고는 코빼기도 보이지 않았지만, 방금 전까지만 해도 그곳에서 사람들이 일하고 있었던 것처럼 보였다. 대부분 컴퓨터는 켜져 있었고 책상 위는 사무용 물품들로 어지럽혀져 있었다. 그중 한 곳은 심지어 커피가 채워진 잔도 놓여 있었다. 잔에서 김이 올라왔다고 해도 노아는 놀라지 않았을 것이다.

"이봐, 여기 좀 보게."

알트만이 노아를 불렀다. 알트만은 몇 걸음 더 앞에서 걸었으며, 복도 끝에서 미닫이문을 옆으로 민 후 노아를 기다리고 있었다. 안개 같은 증기가 문 안쪽 공간에서 뿜어져 나왔다.

"거기 무슨 일입니까?"

노아가 물었다.

"냉동 창고로 보이는군. 세상에."

단내가 나는 썩은 냄새가 소독제 및 방부제 향과 뒤섞여 그들을 덮쳤다. 네 개의 바퀴 달린 간이침대 위에는 한 구의 시체도 보이지 않았지만, 그럼에도 죽음의 악취가 일순간에 그들의 몸에 배어들었다. 병원의 다른 곳들처럼 창고도 비어 있었다.

"이 소리 들리나?"

알트만이 물었다. 노아는 고개를 비스듬히 돌려 그들이 들어왔던 문쪽을 보았다.

"아니요."

"아니야. 뭔가 들렸어."

알트만이 총으로 문을 가리켰다. 그는 옆걸음질을 치며 문틀로 다가가서는 복도를 엿보았다. 냄새로 인해 입으로만 숨 쉬고 있었던 노아는 호흡을 멈췄다. 그리고 알트만을 따라 복도로 나가려던 찰나, 구석에 있는 탁자가 눈에 들어왔다. 그것은 검은색 천으로 덮여 있었기 때문에, 어둡게 페인트칠 된 벽 앞에 놓여 거의 눈에 띄지 않았다.

"알트만?"

노아가 불렀지만, 그는 이미 같은 공간 안에 없었다. 노아는 그를 따라가야 할지 잠깐 고민했지만 호기심을 억누를 순 없었다. 간이침대를 옆으로 민 다음, 덮개가 씌워진 물체에 가까이 다가갔다. 그사이 그는 그 물체가 탁자가 아닌 것 같다는 확신을 했는데, 윙윙거리는 진동이 느껴졌기 때문이었다.

"이게 뭐지? 발전기인가?"

가로로 2미터 세로로 1미터인 네모난 덩어리는 그의 배꼽 높이까지 왔다. 노아는 안전을 위해 한 걸음 뒤로 물러서서 목표물을 향해 총을 조준했다. 그리고 등을 구부려 덮개를 잡아당겼다. 냉동고처럼 보였다. 해변의 간이 술집이나 아이스크림 가게에서 흔히 볼 수 있는 것이었다. 투명한 유리를 통해 내부가 훤히 들여다보였다. 하지만 피자나 아이스크림이 아니라 남자의 시체 한 구가 공간을 채우고 있었다. 서른다섯에서 마흔쯤 되어 보이는 남자는 갈색 머리에 각이 진 얼굴형이었다.

'이럴 수가!'

노아는 자신이 착시 현상에 빠져 있다고 믿었다. 너무나 당혹스러워서 그의 등 뒤에 무슨 일이 일어나고 있는지도 전혀 지각할 수 없었다. 노아는 알트만이 의식을 잃고 짐짝처럼 복도에 쓰러지는 소리를 듣지 못했다. 뒤에서부터 천천히 다가오는 그림자도 알아채지 못했다. 그는 죽은 남자를 바라보며, 이 광경을 어떻게 받아들여야 할지 고민하고 있었다.

'불가능해!'

그가 고개를 흔들었다. 노아는 냉동고의 투명한 유리가 자신의 모습을 비춰주는 반사막이길 간절히 바랐다. 그것만이 그가 유일하게 납득할 수 있는 논리적 설명이었다. 하지만 밀랍 인형처럼 보이는, 꽁꽁 언 시체는 미동조차 않고 그 자리에 있었다. 머리를 흔드는 것도 아니었다. 눈을 뜨고 있지도 않았다.

'거울에 비친 게 아니야.'

그가 그런 생각을 하는 동안, 그의 목덜미에 총구가 닿았다.

'이건 나야.'

추후의 의심도 없었다. 그는 핏기 없는 죽은 얼굴에서 자신과 꼭 닮은 사람을 보았다. 바로 그 순간, 어떤 여자 목소리가 그에게 무기를 버릴 것을 명령하는 그 시점부터, 노아의 머릿속에서는 과거가 떠오르기 시작했다.

# 제12장



"내가 이거 가져도 돼?"

"왜?"

"그냥 마음에 들어서."

연장자인 남자애가 어깨를 으쓱거리며 그에게 액자에 끼워진 그림을 건넸다. 그는 그것을 막 자신의 트렁크 속에 넣으려던 참이었다.

"네가 내 그림을 별로 안 좋아한다고 생각했는데."

"내가 그런 말을 했어?"

둘 중 나이가 어린 쪽 남자애가 물었다.

"응. 항상 그렇게 말했어."

두 아이가 소리 내어 웃었다. 그러나 걱정 없이 지내던 지난 몇 년간의 웃음소리와는 사뭇 달랐다. 그들이 함께 기숙학교 방을 나누어 쓰던 지난날처럼 들리지는 않았다.

그림을 살피던 나이 어린 쪽 남자애가 물었다.

"이 그림에 제목이 있어?"

아이는 자신이 가장 좋아하는 자리인 창턱 위에 걸터앉았다. 밝은 햇살이 반쯤 열린 블라인드를 통과하며 여러 빛줄기로 갈라지면서 눈앞에 떠다니는 먼지를 보여주었다. 연장자인 남자애가 고심했다.

"동쪽의 실개천(Der Bach des Ostens)이 어떨까?"

"왜 그런 이름을?"

"나는 곧 네덜란드로 떠나잖아. 그 동네를 그런 이름으로 부르더라고."

"흐음."

한동안 그들은 아무 말도 하지 않았다. 나이 어린 쪽 남자애는 입을 꼭 다문 채 데이비드가 짐 싸는 모습을 지켜보았다. 앉아서 양팔로 다리를 감싸 안으면 평온함을 유지하는 데 도움을 주었다. 흐느껴 울지는 않았다. 데이비드 앞에서 운다면, 정말 마지막이 될 수도 있을 거라는 생각이 들었기 때문이다.

"오늘이 끝인 거야?"

그는 여전히 그림을 손에 든 채 물었다. 그림이라고는 하지만, 실제로 색이나 얼룩 외에는 형체를 알아볼 수 없었다. 그럼에도 그림은 마음에 들었다.

"이런, 바보. 난 죽는 게 아니야. 다른 학교로 가는 것뿐이야."

"나한테는 죽는 거나 마찬가지야."

데이비드가 고개를 끄덕였다.

"그래, 나도 알아."

열네 살 소년은 양자물리학 서적을 트렁크 안에 넣었다.

"날 보러 올 거야?"

존이 데이비드에게 물었다.

"아니, 그렇게 빨리 올 수는 없을 거야."

존이 고개를 끄덕였다. 데이비드가 존에게 거짓말을 하지 않는 것은 좋았다. 마음이 아팠지만, 그래도 그게 더 좋았다. 그는 연장자인 남자애가 다가오는 것을 느꼈다.

"난 지금 처음으로 네덜란드에 가는 거야. 그곳엔 힘든 과업이 기다리고 있을 거고. 여름방학이나 되어야 돌아올 수 있을지 몰라. 그러니까 1년에 딱 한 번. 그리고 그때까지……"

"……그때가 되면, 이미 너무 늦었을지도 몰라."

존이 대답했다. 그리고 그의 유일한 친구를 바라보았다. 데이비드는 이제 오스테르베크에 있는 학교로 전학 가게 될 것이다. 반면, 존은 여기 기숙학교에 혼자 남아 정신이 흐리멍덩해지기만 기다려야 했다.

이곳엔 최고의 돌봄 서비스가 있었기 때문이다. 특수 학생들을 위한 서비스였다.

'환자들을 위한.'

존이 창턱 위로 다시 기어 올라갔다. 그들은 서로를 마지막으로 껴안았다. 데이비드는 뒤도 돌아보지 않고 방을 떠났다. 데이비드는 열 걸음마다 무거운 여행용 가방을 한 손에서 다른 손으로 옮기며 기숙학교 건물을 걸어나갔다. 존은 그 모습을 보며 창가에 그대로 앉아 있었다. 그리고 검은 리무진에 올라타는 데이비드의 모습을 쳐다보았다. 손목시계 알람이 울렸다. 문에 붙여진 계획표를 보라는 신호였고 거기에는 학교장이 존을 위해 중요한 모든 일정을 날마다 기재해두었다.

"도르만 박사. 11시."

30분 내로 정신과 의사가 상담실에서 존을 기다리게 될 것이다. 검사 후 상담이 실시될 예정이었다.

만약 알람이 울리지 않았다면, 존은 자칫 또 진찰 시간을 잊어버렸을지도 몰랐다.

존은 한숨을 쉬며 눈물을 닦아냈다. 6주마다 한 번, 혹은 그보다 더 빨리 기억은 리셋되었다. 존은 창문 블라인드를 걷었다. 리무진의 후미등이 보였다. 교문을 뒤로한 채 리무진이 도로로 진입했다. 존은 다시 그림을 바라보았다.

소년은 얼마 지나지 않아 자신이 이 이별의 날도 더는 기억하지 못할 거라는 걸 알았다. 지금까지 그에게 쌍둥이 형이 있었다는 사실조차 전혀 기억하지 못하는 것처럼.

# 제13장

"데이비드."

노아가 속삭였다. 그는 추위뿐 아니라 등 뒤로 다가온 위험도 전혀 느끼지 못했다. 그의 목덜미를 겨누는 총이 경추를 눌러왔음에도 형의 시체에서 시선을 뗄 수가 없었다.

'데이비드.'

그래서 기억 속 그는 자신이 죽어가는 모습을 지켜봤던 것이다. 다른 사람들은 그가 죽었다고 여겼다. 숲속 방갈로에 있던 병든 늙은 남자도, 킬리안 브람스도. 그들은 그와 그의 쌍둥이 형을 헷갈렸던 것이다. 그를 데이비드 모튼 박사로 혼동했던 것이다. 미국 국적을 지닌 서른아홉 살의 생물리학자이자 분자생물학자로.

'내가 아들론 호텔의 스위트룸에서 열어봤던 여행 가방은 그의 것이었어. 그의 휴대전화였고 그의 돈이었고 그의 여권들이었어.'

그리고 그 그림은 데이비드가 그렸고, 노아가 간직하고 있던 것이었다.

'그런데도 난 형을 잊어버렸어. 내 병 때문에.'

노아는 전신이 떨리는 느낌이었다. 냉동 창고의 얼음 속 같은 온도 때문만은 아니었다. 왜 그가 자신의 화려한 학술적 경력에 대해 전혀 기억하지 못하는지 밝혀졌기 때문이다. 터프츠 대학에서 물리학을 공부한 것도, 프린스턴 대학에서 액체 상태로 변형이 가능한 마이크로칩에 대한 연구로 박사 학위를 받은 것도 아니었다. 그는 전염병에 관해서 인정받은 전문가도 아니었으며 수많은 수상 경력을 지닌, 특히 페스트와 헤르페스 병원체 연구에 특출했던 사람도 아니었던 것이다.

'내가 아니라 데이비드였어.'

"옷을 벗어요."

여자가 그의 뒤에서 영어로 말했다. 그리고 그 말 하나로 그녀가 전문가라는 사실을 알아차릴 수 있었다. 하지만 그 자신만큼이나 이런 일에 경험이 많은 여자는 아니었다. 그것을 노아는 냉정함을 잃지 않으려고 노력하는 그녀의 깊고 나지막한 목소리에서 느꼈다. 그녀의 목소리는 마치 휴지 한 장으로 입을 가리고 말하는 것처럼 뭔가 둔탁했으며 약간의 불안함이 묻어났다. 하지만 그녀는 그의 몸을 수색하면서 시간을 허비하는 일은 하지 않았다. 그렇게 한다 해도 결국 못 보고 지나치는 무기가 있을지도 몰랐기 때문이었다. 똑똑한 한 수였다.

'그리고 좋은 정보야!'

그의 죽음이 목적이었다면, 당장 그 자리에서 그를 처리해버릴 수도 있었을 것이다. 그래서 노아는 그녀의 명령을 바로 수행했다. 사실 그는 아무런 의지가 없는 상태이기도 했다. 과거를 알게 됨으로써, 현재 자신의 운명은 부차적인 것이 되어버렸다. 그가 과학자가 아니라는 사실은, 또한 그 자신이 전염병을 책임질 수 없다는 것을 의미했다.

'혹은 책임이 없지 않을지도?'

죽은 쌍둥이 형과 직접 대면함으로써 밀려오기 시작한 기억의 급물살은 많은 것을 일깨워주었지만, 실상 가장 중요한 정보만은 알려주지 않았다.

"나는 누구란 말인가?"

"당신이 누구인지 곧 발견하게 될 거예요."

여자가 그렇게 대답했다. 아마 노아는 생각을 입 밖으로 낸 것이다. 그 사이 그는 최면에 걸린 듯 사각 팬티 한 장만 제외하고 옷가지를 모두 벗었다. 이제 손가락들이 아파왔다. 한기로 인해 거의 움직일 수 없는 상태였다. 여자 쪽으로 돌아섰을 때 그는 맨발이 바닥 타일에 얼어붙어버린 느낌이 들었다.

"어디로 가는 겁니까?"

그가 이를 덜덜 떨며 물었다. 키가 크고 날씬한 낯선 여자는 위아래가 붙은 회백색의 전신 보호복을 입고 있었다. 빛이 반사되는 천의 재질 때문에 그것은 마치 우주복 같은 느낌을 주었다. 작업복 오른쪽 가슴 부근에는 노란 삼각형 마크가 있었는데, 그 삼각형 안에는 완전히 닫히지 않은 형태의 동그라미 세 개가 서로 연결되어 있었다. 생물학적 위험 경고 마크였다. 그녀는 9밀리미터 반자동 소총으로 노아의 이마를 겨냥하고 있었다.

"저기로!"

그녀는 턱으로 나가는 문을 가리켰다. 주위가 서늘했다. 발걸음을 내딛을 때마다 한기가 벌거벗은 그의 몸 깊숙이 점점 더 파고들었다. 그의 오장육부를 갉아먹었다. 뼈까지 얼어붙게 만들었다.

"더 빨리 걸어요!"

그녀가 호통쳤다. 걸을 때마다 보호복에서 바스락거리는 소리가 났다. 노아는 이미 대기 중인 엘리베이터 안으로 들어갔다. 층을 누르는 버튼

아래에 열쇠가 꽂혀 있었다. 그녀의 명령에 따라 노아는 가장 위층과 가장 아래층 버튼을 동시에 누른 다음 열쇠를 뽑았다. 문이 닫혔다. 그리고 엘리베이터는 불가능한 일을 했다. 층 버튼에는 더 이상 지하층이 없는데도 그들은 계속 아래로 내려가고 있다는 걸 몸소 느낄 수 있었다.

'비밀 층인가?'

엘리베이터 문이 열리자 눈앞은 교도소의 건물 내부 같은 인상을 풍겼다. 환풍기가 돌아가는 소리가 들렸지만 곰팡이 냄새가 났다. 신경방사선학 및 영상부검 병동은 엘리베이터를 기점으로 좌우 양쪽으로 복도가 뻗어 있었다. 반면 방금 엘리베이터는 복도 끝에 위치해 있었다. 여자는 노아의 등에 총을 겨눈 채 작은 감방 문들을 지났다. 문에는 빗장이 질러져 있고 이름이 휘갈겨져 있었다.

'킬리안 브람스.'

노아는 그 즉시 충동적으로 걸어가 감방 문구멍을 통해 들여다보았다.

"이봐요."

여자가 큰 소리로 고함쳤다. 그녀의 목소리로 보아 서른은 넘지 않았을 거라고 추정했다.

"죽고 싶어요?"

그는 금속이 덜그럭거리는 소리를 들었다. 총이 장전되는 소리였다.

"당신이 그를 죽였습니까?"

예상했던 대로 한 남자의 시체가 환자용 간이침대 위에 놓여 있었다.

'킬리안이라고 했던 남자의 시체야.'

그리고 예상했던 대로 그는 아무 대답도 듣지 못했다. 다음 질문에도 마찬가지였다.

"알트만은 어디 있습니까?"

노아는 다시 앞을 향해 걸어갔고, 몇 걸음 가지 않아 속이 두툼하게 채워진 흰색 가죽이 씌워진 문 앞에 멈춰 섰다. 흔히 개인 병원에서나 찾아볼 수 있는 문이었다. 그리고 팻말은 그 방이 병원장의 사무실임을 명시했다.

"알트만도 이미 처리한 겁니까?"

대답을 하는 대신 여자는 살짝 열린 문으로 노아를 밀어넣었다. 그는 고꾸라질 듯 안으로 들어갔다. 그 공간은 상상 이상으로 컸으며 황량한 복도와는 달리 집처럼 안락하게 꾸며진 느낌이었다. 방 한구석에는 길게 뻗은 나무 책상이 있었고 다른 곳에는 두 개의 안락의자와 긴 소파가 있었다. 바닥에는 두툼한 카펫이 깔려 있었다. 목골 구조인 방은 반짝거리는 붉은 벽돌의 느낌을 지닌 모조 벽지로 꾸며져 있어서 진료실이 아니라 캐나다의 산장 같은 느낌을 풍겼다. 소파 탁자 아래에는 동물의 털 장식도 깔려 있었다. 창문과 벽난로가 빠져 있는 대신 구식 라디에이터 하나가 방 안의 따뜻한 온기를 유지해주었다. 그리고 그 옆에는 알트만이 누워 있었다. 그가 죽었는지 아니면 의식만 잃은 것인지 노아는 파악할 수 없었다. 알트만의 피가 카펫을 짙게 물들여놓았다. 그 모습을 보고 노아는 아들론 호텔의 스위트룸을 떠올렸다.

'형이 총을 맞고 죽어가는 모습을 보았던 거야.'

노아는 무의식적으로 어깨를 만지며 저격수의 두 번째 총알이 그의 피부를 어떻게 관통해 지나갔는지 다시 한 번 느꼈다.

'그런 다음 도망갔던 거야. 디스코텍을 지나 거리로. 오스카가 날 발견했던 지하철로.'

알트만의 머리 옆으로 얼룩이 점점 더 커져갔지만, 피웅덩이 바로 옆에 서 있는 한 남자에게는 별다른 인상을 주지는 못하는 것처럼 보였다.

"안녕."

그 남자가 노아에게 인사를 건네며 부드러운 미소를 지어 보였다. 남자는 감색 줄무늬 정장을 입었고, 흰색 와이셔츠에 금색의 커프스단추를 하고 있었다.

"오랜만이구나. 우린 오랫동안 서로 보지 못했지. 그 기간이 너무 길었다는 게 유감스러울 따름이야."

노아는 뒤에서 문 닫히는 소리를 듣고는 뒤돌아보았다. 여자는 이미 방을 나가고 없었다.

"누구십니까?"

노아가 물었다. 몸을 목발에 기대어 지탱하고 있는 늙은 남자는 노아에게 왠지 친숙하게 다가왔지만, 굽어져 있는 등짝이나 앞으로 향해 있는 귀의 형태 혹은 비뚤어진 치아 때문은 아니었다. 그것은 남자의 목소리 때문이었다.

"우리가 마지막으로 본 게 거의 두 달 전이지."

그는 정확하게 늙은 아버지와 같은 음성으로 말했다. 지난 몇 시간 동안 노아의 머릿속을 자주 맴돌았던 그 목소리였다.

"우리가 서로 아는 사이인가요?"

마치 오랫동안 사랑하는 이와 이별해야 하는 사람처럼 늙은 남자는 그에게 슬픈 미소를 지어 보였다. 그러고는 노아를 향해 다리를 절며 걸어와 말했다.

"나는 조나단 재파이어야. 네 아버지란다."

# 제14장

필리핀, 마닐라

말론은 케손시티 창고 앞 주차장까지 아무런 방해 없이 일행을 이끄는 데 성공했다. 그곳에는 월드세이버의 의사들이 거대한 천막 진료실을 차려놓았다. 마치 비행기 격납고처럼 높고 넓은 천막이 그들 앞으로 보였는데, 그곳은 컨테이너 묘지 둘레에 쳐놓은 철망 울타리를 빠져나가면 바로였다. 그들은 지금 낮은 언덕배기 위에 서서 천막 시설을 내려다보고 있었다.

"최소한 100명을 위한 침대와 약이 준비되어 있을 거야."

말론은 확신을 가지고 말했다. 그리고 그의 말이 진실이기는 했다. 하지만 몰려온 군중들에 비하면 터무니없이 적은 수였다. 앨리샤의 희망은 산산조각이 나버렸다.

"저기로 들어갈 수 있는 개구멍이 분명 어딘가 있을 거야."

말론이 그들 앞에 펼쳐진 비극을 이성적으로 바라보려 했다.

"그렇지 않고는 저렇게 많은 사람들이 들어가 있다는 게 말이 안 돼."

"제가 계산해봤는데, 532명이에요."

제이가 말했다. 언젠가 구스타보가 앨리샤를 직접 대면했을 때 '직관

509

상 기억'이라는 단어로 그 능력을 설명해주었는데, 짐작건대 제이가 지금 그 능력을 발휘한 것 같았다. 그녀의 아들은 눈으로 사진을 찍듯 어떤 장면을 생생하게 머릿속에 담을 수 있었다. 그리고 뇌는 사진 속 구성 요소들을 곧바로 해체하고 분석했다. 때때로 앨리샤는 아들의 천부적인 재능을 자랑스러워했지만, 지금 아들이 내린 분석 결과는 그녀를 거정스럽게 했다.

주차장 공터는 도로를 따라 어른 키 높이만 한 창살로 보호되어 있었으며 출입구 바로 앞에는 그 창살이 하나 더 세워져 있었다. 그래서 기다리는 사람들은 마치 우리 안에 갇혀 있는 것 같은 인상을 주었다.

앨리샤는 눈시울이 뜨거워지는 것을 느끼고 몸을 돌렸다. 그리고 빛을 받아 번쩍이는 빌딩들의 전면을 올려다보았다. 아들 앞에서는 눈물을 보이지 않기 위해 다른 생각을 해보려고 노력했다. 그녀는 월드세이버로부터 아무런 도움을 받을 수 없으리라고 낙담한 상태였다.

사람 수가 너무 많았다. 그들은 위험을 감수하고 슬럼을 빠져나온 사람들이거나 메트로 마닐라 주변에 분포되어 있는 또 다른 수천 개의 빈민촌에서 온 사람들이었다.

"왜 이곳에는 군인들이 없는 거죠?"

제이가 물었다.

"그들이 슬럼의 출입구를 모조리 막아버렸기 때문이야."

말론이 대답하며 진입로까지 나 있는 도로를 보여주었다. 텅 비어 있었다. 천막이 있는 곳으로 들어가기 위해 서로 밀치고 당기는 사람들이 더는 보이지 않았다.

"상황이 좀 더 분명해진 거야. 그들에게 이미 슬럼 지역을 탈출한 자들은 아무 상관이 없어진 거야. 저걸 좀 봐."

공터 왼쪽 구석에 세워진 바깥쪽 철망 울타리가 이리저리 위협적으로 흔들렸다. 여러 명의 남자가 기어 올라가 넘으려고 했기 때문이다. 물론 사람들 대부분은 아직까지 조용했으며 천막 입구 앞에서 순서대로 줄 서 있었다. 천막 안으로 안 들여보내준다고 간호사를 괴롭히는 사람도 없었다. 하지만 작은 싸움이 소동으로 벌어질 테고, 결국 크나큰 혼란이 발생하게 되리라는 건 시간문제에 불과했다. 사람들의 무리가 담장을 넘어와 천막을 허물어버릴 것이다.

"이제 돌아가자."

앨리샤가 그렇게 말했지만 말론이 그녀의 팔을 붙들고 놓지 않았다.

"돌아간다고? 어디로? 그 똥통을 지나 다시 돌아간다는 거야?"

"그럼 다른 계획이라도 있는 거야?"

그녀가 물었다.

"어쩌면."

그가 천막 뒤에 있는 개방형 창고 안에 세워진 화물차를 가리켰다. 차의 전면 유리는 가로로 길게 금이 가 있었으며, 앞바퀴는 펑크가 난 상태였다.

"뭘 어떻게 하자는 거야?"

앨리샤가 물었다.

"저기에 하인츠가 살아."

'하인츠?'

지난밤 제이가 언급했던 이름이었다.

"그는 쓰레기 처리장에서 생활하는 아이들을 돌봐줘."

"그래서?"

"저기가 그가 머무르는 집이야. 하인츠는 화물차에서 살아. 월드세이버에 약을 운반하고 있지."

"무작정 그 사람한테 가자고?"

"하인츠가 우리에게 필요한 걸 줄 거야. 전염병 치료약도, 아기를 위한 먹을 것도."

반사적으로 그녀는 노엘을 품에 좀 더 꼭 껴안았다.

"근데 왜 그 남자가 하필 우리 같은 사람을 도와주겠어?"

"하인츠는 선량한 사람이니까요."

제이가 말하며 확신에 찬 미소를 지어 보였다.

"헛소리 마."

말론이 그의 발 앞에 있던 종이컵을 발로 찼다. 먼지가 소용돌이처럼 일어났다.

"하인츠는 선량한 게 아니야. 장사꾼일 뿐이야."

"장사꾼? 우리는 돈이 없어."

앨리샤가 낙담한 목소리로 말했다.

"우리가 제안할 수 있는 게 없어."

"꼭 그렇지만은 않아."

말론이 진심으로 말했다. 그리고 그와 동시에 천천히 그의 시선이 앨리샤의 몸을 훑었다.

# 제15장

한동안 그들은 아무 말 없이 마주 보고 서 있기만 했다. 서로를 유심히 관찰했다. 노아는 믿을 수 없다는 듯 의심의 눈초리로 재파이어를 쏘아보았다. 늙은 남자는 두 눈을 부릅뜬 채 희망에 찬 표정을 지으며 노아가 자신을 알아보는지 확인하려 했다. 이 침묵의 대결 구도를 더 이상 견디지 못하고 먼저 깬 사람은 재파이어였다. 그는 돌아선 후 옷장이 있는 곳으로 비틀거리며 걸어갔다. 거기서 목욕 가운을 꺼내 노아에게 내밀었다.

"좀 앉도록 해라."

그가 말하며 소파를 가리켰다. 노아는 가운을 받지도 않았을 뿐 아니라, 자리에 앉지도 않았다.

"추워. 어린애마냥 어리석게 굴지 말거라. 비록 누군가 네 적으로 판명되었다 해도, 네게 이득이 된다면 물리쳐서는 안 되는 거야."

재파이어가 그의 인생철학 중 하나를 설명했으며, 그것은 노아가 지난 몇 시간 동안 빈번히 들어왔던 것이었다. 다만 그전까지는 그의 머릿속에서만 들었지만.

"물론, 난 네 적이 아니다만."

재파이어가 가운을 그냥 바닥에 미끄러지듯 떨어뜨렸다.

'적이 아닐 뿐 아니라, 심지어 내 아버지라고?'

만약 그 말이 맞다면 숲속 방갈로에서 죽어가던 자는 누구였던 걸까? 노아는 늙은 남자가 이를 꽉 깨물고 안락의자에 자기 몸을 앉히는 모습을 지켜보았다. 그러기 위해 그는 목발 하나를 옆에 두어야 했다. 재파이어가 겪고 있는 통증은 그의 나이에 진행되는 노화 현상 때문이 아니라, 최근 들어 입은 심각한 중상의 후유증인 것이 분명해 보였다.

'연설 중에 습격을 당하지 않았나?'

노아는 늙은 남자가 한 손으로 자신의 가슴을 압박하듯 누르는 모습을 지켜보았다.

"당신은 내 아버지가 되고 싶은 거군요. 그럼 증명해보세요."

"흐음."

재파이어가 깊은 한숨을 내쉬었다.

"매번 같은 요구 사항이로군. 우리가 만날 때마다 항상."

'항상?'

노인이 재킷 안주머니를 뒤적거리더니 사진 하나를 꺼내 노아에게 건넸다. 그것은 단체 사진이었다. 스무 명 정도의 소년과 소녀 들이 찍혀 있었는데, 어린 시절 한 학급의 사진 같았다. 제일 뒷줄에는 똑같이 생긴 두 얼굴이 보였다. 그는 적잖이 당황스러웠는데 물론 자기 자신을 발견해서도 그랬지만 그 아이들 중 누구 하나 웃음을 짓지 않았기 때문이었다. 그리고 몇몇만 카메라를 응시하고 있었다. 대부분의 아이들은 언짢고 지루해하는 듯한 무뚝뚝한 표정을 짓고 있었으며 슬퍼 보이기까지 했다. 심지어는 공격성을 감추고 있다는 인상까지 풍겼다.

"너희 둘은 열두 살이었어."

재파이어가 말했다.

"너희들이 하이델베르크 근교에 있는 하인첸베르크 기숙학교에 들어간 첫 해였지."

노아는 고개를 가로저었다. 재파이어의 왼쪽 눈꺼풀이 실룩거렸다. 사진은 너무나 명백하게 수년 전 노아 자신의 어린 시절을 보여주고 있었다. 마치 그는 오래전 언젠가 손에 들었던 책을 한참이 지난 후에 다시 읽게 되는 것 같은 기분이 마음속에서 싹텄다. 그는 머릿속에서 기숙학교 방의 마루를 닦는 왁스인 리놀륨 향을 맡았다. 벽에 걸린 여러 장의 그림 중 신문에서 원작자를 찾던 그 얼룩진 듯한 그림도 떠올랐다. 그러나 그 기억들은 그전에 시체를 보았던 것에 비해 그렇게 강렬하게 떠오르지는 않았다.

'하지만 이건 사진일 뿐이야!'

"너는 보통 이쯤에서 이 사진이 증거가 될 수는 없다고 반박했지."

늙은 남자가 말했다. 그리고 노아가 학급 사진에 정신이 팔려 있는 동안 재킷에서 다른 사진을 꺼내 팔랑거렸다.

"그럼 난 항상 네게 하인첸베르크 기숙학교는 천재적인 재능을 지니거나 정신적으로 심각한 이상을 가진 행동장애 학생들을 위한 학교라고 설명해주었지. 일반 교육기관이 보살피기 어려운 아이들을 위한 학교라고. 재정적인 지원은 순전히 내 사비와 후원자들을 통해서였고."

노아는 두 번째 사진을 받아들었다. 좀 전의 사진과 비슷한 대열로 서 있는 학생들이 보였다. 다만 한 무리의 어른들이 기쁨이라고는 없는 표정으로 아이들을 에워싸고 있었다. 노아는 손을 내려뜨리고는 믿을 수 없다는 듯이 고개를 가로저었다.

"그래, 내 아들. 사진 속에 있는 사람이 나야, 조나단 재파이어."

노아는 눈을 껌벅거렸다. 좀 더 집중해서 생각할 수 있도록 눈을 감아
버리고 싶었다.

'재파이어 암살 기도 같은 TV 뉴스는 잘 기억하면서, 왜 내 과거는 기
억하지 못하는 걸까? 그리고 자칭 내 아버지라고 주장하는 저자는 왜 날
이곳으로 유인한 걸까? 세상이 스스로 곪아터지도록 만든 이 미친 짓거
리에 내 가족사가 어떤 식으로 관련되어 있는 걸까?'

"당신, 내게 거짓말을 하고 있군요."

노아가 말했다. 재파이어의 눈에 일순간 슬픔과 함께 피곤한 기색이
스쳐지나갔다. 이미 수차례 했던 말을 다시 해야 하는 것처럼 보였다.

"이것들이 네 기억을 환기하지 않아서 그러냐?"

노아는 고개를 끄덕였다.

'맞아요. 아들론 호텔 방에서 났던 냄새가 그랬듯이. 혹은 내 쌍둥이 형
의 시체가……'

"네 기억의 구멍은……"

재파이어는 적절한 표현을 찾고 있는 것처럼 보였다.

"그건 매우 복잡해. 머리의 장애는 총상과는 전혀 무관한 일이야."

그는 노아의 어깨 상처를 가리켰다.

"심리적인 압박이나 쇼크 같은 것과도 관계없어. 넌 어린 시절부터 그
병을 앓고 있었어."

'내 어린 시절?'

그제야 비로소 그는 자신이 아버지와 마주 보고 있다는 사실을 자각했
다. 누구에게도 대답을 듣지 못했던 수천 개의 질문을 뒤로한 채 그는 가
장 사적인 질문을 하나 던졌다.

"우리 어머니는 어떻게 된 거예요?"

재파이어가 힘겹게 침을 삼켰다. 그의 입술이 소리 없이 음절들을 내뱉으며 실룩거렸다. 그러고는 다시 마음의 안정을 되찾았고 흔들림 없는 목소리로 말했다.

"그녀는 분만실에서 나오지도 못하고 죽었어."

재파이어는 나무처럼 굳어 미동도 없는 노아를 올려다본 후, 무릎 사이에 있는 자신의 주름진 손을 물끄러미 쳐다보았다.

"그녀는 내가 가졌던 전부였어. 그녀의 출산은…… 너무나 참혹했지. 너무 많은 피가…… 시간이 너무 오래 걸렸어. 그리고 탯줄이……"

재파이어는 그의 눈을 손으로 꾹꾹 누르며 닦아냈다.

"응급수술을 하게 되었고, 그러는 와중에 심장박동이 정지되었어. 의사도 그녀를 소생시킬 수는 없었어."

"유감스러운 일이군요, 재파이어 씨."

금방이라도 사그라질 듯 약한 소리였지만, 친숙한 목소리가 갑자기 말을 걸어왔다. 노아는 깜짝 놀라 몸을 움츠렸다.

'알트만.'

그가 아직까지 죽지 않았던 게 이제 명백해졌다. 알트만은 신음 소리를 내며 라디에이터 높이까지라도 몸을 일으켜 세워보려고 시도했다. 그리고 마침내 갈빗대처럼 생긴 라디에이터 판에 등을 기대고 앉을 수 있게 되었다. 노아는 몇 초 동안 깜짝 놀라 멍하게 쳐다보기만 했던 시선을 거두고 정부 요원 쪽으로 걸어갔다. 알트만에게 손을 건넸다. 그리고 그가 오한 들린 사람처럼 온몸을 떨며 경련을 일으키는 것을 보고는, 바닥에 떨어져 있던 목욕 가운을 주워 그의 몸 위에 조심스럽게 덮어주었다.

"고맙네만, 이렇게 해봐야 낭비일 뿐이네."

알트만이 기침을 했다. 그는 벌써 한참 전에 제정신이 돌아왔고 대화를 엿들은 게 분명했다.

"당신에 관한 서류가 내 손에 들어왔던 적이 있소. 거기 적힌 내용으로는, 당신 아이도 출생 당시 죽은 것으로 되어 있었소."

알트만이 마른기침을 했다.

"공식적으로는 그렇게 되어 있소만. 내 인생에 사랑하는 여인을 울어대는 두 명의 아이와 맞바꾸게 된 거지."

재파이어가 알트만의 말에 무심하게 대답한 후 노아를 쳐다보았다.

"너희 둘이 내 아내의 죽음에 책임이 있다고, 그 당시만 해도 난 그렇게 생각했지."

그는 흘깃 시계를 보고 이야기를 계속 이어나갔다.

"나는 너희들을 보려 하지도 않았어. 너희들의 아버지가 되길 원치 않았지. 나는 당시 이미 공인이었고 전도유망한 제약 회사를 이끌었어. 그리고 연구 자금을 유치하기 바로 직전에 있었고. 너희들을 공개적으로 입양 보낸다는 건 기독교적 성향을 지닌 내 투자자들의 눈에는 그냥 아이들을 내쫓아버리는 것과 다를 바 없었지. 그러면 내 명성에 씻을 수 없는 오점을 남겼을 거야."

"그래서 우리를 그냥 죽었다고 공식적으로 발표한 건가요?"

노아가 물었다. 원래대로라면 분노가 부글부글 끓어올라야 했지만, 노아는 아무 감정도 들지 않았다. 이 모든 상황이 너무나 비현실적이어서, 대화가 그 자신과는 전혀 무관하다는 느낌이 들었기 때문이다. 재파이어가 어깨를 으쓱거렸다.

"그렇게 일을 정리하는 편이 내게는 훨씬 더 쉬운 일이었지. 그리고 나는 몰래 너희를 독일에 있는 양부모에게 보내버렸고."

늙은 남자는 목발을 사용해 다시 안락의자에서 몸을 일으키기 위해 있는 힘껏 힘을 주었는데 지옥에서나 맛볼 수 있는 듯한 지독한 고통을 느꼈다. 두 번의 무용한 시도 끝에, 결국 그는 휴식을 취할 수밖에 없었고 계속해서 말을 이어갔다.

"나도 알아, 내가 잘못했다는 걸. 하지만 난 내 실수를 만회했어. 너와 네 형에게 최고의 생활을 보장했어. 잘 교육된 유모를 붙여주고, 사립 유치원에 별 다섯 개짜리 기숙학교에서 교육을 받도록 해주었지."

"그런데 왜 노아는 그 모든 정황을 전혀 모르고 있는 겁니까?"

알트만은 말하는 도중에도 그르렁거리며 기침을 해댔고 결국 카펫 위로 다량의 피를 한꺼번에 쏟아냈다. 노아는 보호복을 입고 있던 여자가 생각났다. 그리고 처음으로 왜 재파이어는 스스로를 위해 그런 예방책이 전혀 필요치 않은 사람처럼 행동하는 것인지 의문을 품었다.

"네 병의 원인은 알아내지 못했어."

재파이어가 노아를 돌아보며 말했다.

"처음에는 모든 게 제대로 굴러갔지. 너희들은 평범하게 성장했어. 하지만 네가 일곱 살이 되던 해에 문제가 생겼지. 갑자기 특정 경험들을 기억할 수 없게 된 거야. 너는 선생한테 똑같은 질문을 계속 해댔지. 이미 대답해줬는데도. 그러고는 어느 날 너는 네 이름조차 잊어버리게 된 거야."

재파이어는 신경이 예민해졌다.

"넌 희귀한 기억상실증을 앓고 있어. 그 병은 그때까지 거의 연구된 바가 없었지. 너의 뇌 안에 일어나는 화학적 반응이 기억을 밀어내고 있는 거야. 장기 저장 된 네 기억을. 네가 경험한 모든 것들, 어디에서 왔는지, 어떻게 사는지 하는 모든 정보가 시간이 지나면 사라지는 거야. 날이 갈수록 그 증상은 심해졌고 뼈에 사무칠 정도로 각인된 극소수의 경험을 제외하고는 다 잃어버렸지."

"당신 말은 한 마디도 믿을 수 없군요."

노아가 반박했다.

"여느 때랑 똑같군."

늙은 남자는 한숨을 쉬며 바지 주머니에서 휴대전화를 꺼냈다. 그런 다음 노아에게 화면을 보여주었다.

"이게 뭡니까?"

"동영상."

재파이어가 비디오 파일을 열었고, 몇 초 지나지 않아 동영상이 재생되었다.

"넌 희귀한 건망증 증후군을 앓고 있어."

노아는 영상에서 재파이어가 똑같은 말을 다시 하는 것을 들었다. 하지만 여기서는 그의 목소리가 약간 더 공허한 느낌이었다.

"우리는 이 대화를 이미 수백 번은 해왔어. 하지만 넌 또 다 잊어버렸고, 존."

"존?"

노아가 물으며 그 자신을 보았다. 재파이어가 녹화한 카메라가 노아의 얼굴을 줌으로 더 크게 잡았다.

"네 원래 이름이야. 존 모튼. 38세. 시카고의 내 대학병원 캠퍼스 근처에 있는 아파트에 거주 중이야. 혼자 있기를 좋아하는 외톨이지."

재파이어가 휴대전화 폴더를 다시 닫았다.

"그리고 기억상실증은 네 장기 기억만 지워버리는 게 아니야. 최근의 경험들도 3주나 최대 4주 이상이 지나면 더는 기억하기 어렵게 돼."

재파이어는 또다시 자리에서 몸을 일으켜 자세를 고쳐보려고 시도했고, 이번에는 몸을 움직이는 데 성공했다.

"그래서 난 널 찾기 위해 모든 수단과 방법을 동원했던 거야. 그래서 이곳 냉동 창고에 있는 죽은 네 형을 다시 한 번 보도록 만든 거야."

"뭘 위해 그렇게 한 거죠?"

"네 기억을 되살리기 위해서."

재파이어가 노아를 주시했다. 그의 시선에서 실망스러움이 느껴졌다.

"마지막까지도 난 희망의 끈을 놓지 않았어. 아직도 끝나지 않았다고 생각했어. 지난 몇 주간의 경험들이 네게는 뼈에 사무칠 정도로 결정적이었을 거라고 믿었지. 비록 우리가 꽤 오랜 시간 접촉하지 못했지만, 그래도 만약 네가 데이비드와 만나게 된다면 혹은 나를 보게 된다면, 곧바로 그것을 기억할 수 있을 거라 여겼어."

"그것이라뇨? 무엇에 대한 기억을요?"

노아는 거의 고함치듯 큰 소리로 물었다.

"대체 내가 뭘 기억해내야 한다는 거죠?"

"데이비드가 죽기 직전에 네게 건넸던 바로 그 비디오를 이야기하고 있는 거다."

# 제16장

　노아는 바닥에 있는 알트만을 보았다. 그리고 잠깐 동안 유리가 산산조각 나는 소리를 들었다고 생각했다. 그는 아들론 호텔의 스위트룸으로 다시 돌아간 것처럼 느껴졌다. 한 남자가 머리에 총상을 입은 채 벽난로 앞에 쓰러져 있는 이미지가 어른거렸다.

　"그렇다면 그 이야기가 진실이라는 말입니까? 마닐라 독감이? 전염병이? 그 음모론이 정말로 존재하는 겁니까?"

　재파이어는 입을 일그러뜨리며 유감스러운 듯 찌푸린 얼굴을 했다.

　"그러니까 당신도 그들 중 한 사람이라는 거군요."

　노아가 냉정을 잃은 채 신음 소리를 내며 말했다.

　"그 빌더베르크 참석자들인가 하는 인물들 중 하나라는 거죠?"

　"빌더베르크 참석자? 그만해, 존. 그 바보 녀석들은 소리만 시끄러운 빈 깡통 같은 수다쟁이에 불과해. 내 왼쪽 불알도 그 겁쟁이들을 전부 모아 놓은 것보다 더 행동력이 있을 거야. 그들에 대해 거론될 만한 가치가 있는 유일한 것은, 끊임없이 제기되는 아무 쓸모도 없는 음모론이 전부야."

　노아 뒤쪽으로 방문이 열렸다.

"알고 있어, 세제트."

총으로 노아를 견제하며 여기로 몰아넣었던 보호복을 입은 여자였다. 그녀는 손목 부근을 손가락으로 톡톡 쳤다.

"10분만 더 줘."

여자는 한숨을 내쉬며 밖으로 나갔다. 노아, 재파이어 그리고 알트만, 이렇게 셋만 다시 남았다.

"난 처음에는 빌더베르크 모임을 후원했지."

그의 아버지라고 주장하는 남자가 다시 설명을 늘어놓았다.

"하지만 얼마 지나지 않아 나는 지나치게 조심스러운 그 인간들이 결코 자신들이 던진 의미심장한 말들을 행동으로 옮기려 하지 않는다는 걸 알아차렸어. 이미 70년대부터 우리 로마클럽에서 불가피한 진실을 공개적으로 보고했는데도 말이야. 요컨대, 우리가 인구과잉 문제를 제어하지 못한다면, 곧 전 인류가 근절될 위기에 놓일 거라고 만천하에 알렸음에도 불구하고, 그들은 꼼짝도 하지 않았어."

재파이어는 몸을 약간 옆으로 기울였다. 바지 주머니에 손을 넣기 위해서였다. 그는 손수건을 꺼내 이마에 송골송골 맺힌 땀방울을 닦아냈다. 노아가 벌써 한참 전부터 추위를 느끼지 않는 것으로 보아, 옷을 완전히 차려입은 사람들에게는 이 공간이 불쾌함을 느낄 정도로 데워져 있는 게 틀림없었다.

"이 행성이 파멸로 치닫고 있다는 것을 우리 모두는 분명히 알아. 모두들 그렇게 이야기하지만 아무도 먼저 행동하려고 하지 않아. 극소수의 인물로 구성된 단체 한 곳만 제외하고."

"Room 17?"

알트만이 물었다. 그의 목소리는 이제 그르렁대는 숨소리로만 들렸다.

"우린 스스로를 그렇게 부르지. 처음엔 스무 명밖에 되지 않았어. 하지만 창립기념일이 되었을 때는 이미 10억 명이라는 상당한 수의 회원을 가지게 되었지. 오늘날 우리는 60퍼센트가 넘는 서구 언론매체를 점령하고 있고, 세계 10대 제약 회사들 중 네 개를 이끌고 있어. 또한 여러 나라의 수반들과 사적인 접촉을 유지하고 있지. 우린 그 자원들을 이용해 이 행성을 균형 잡힌 상태로 되돌리려고 하는 거야."

"비행기 배출가스와 헤르페스, 페스트 병원균을 전 세계에 퍼뜨려서요?"

"그래."

"지금 본인이 집단 학살자라고 고백하는 겁니까? 당신 때문에 수백만 명의 사람들이 이렇게 고통스러워하며 죽어가고 있어요. 지금 이 사람처럼."

노아가 알트만을 가리켰다. 그는 더운 공기에도 불구하고 여전히 심하게 몸을 떨었다.

재파이어의 얼굴이 어두워졌다. 목발 손잡이를 움켜잡은 손가락 마디가 하얗게 변했다.

"네가 지금 죽어가는 게 뭔지 설명하고 있는 거냐?"

그는 노아가 자신의 손목시계의 숫자를 볼 수 있도록 팔을 올렸다.

"우린 벌써 10분 넘게 대화를 나누고 있어, 존. 그사이 전 세계 120명의 아이들이 굶어 죽지. 120명의 죄 없는 영혼들이 죽음이라는 구원군이 오기까지 고통을 감내해야 하는 거야. 그들의 고통에 비하면, 알트만 씨의 통증은 경미한 근육통에 지나지 않아. 그리고 그가 그렇게 된 이유는 우리가 지나치게 과잉생산한 음식물을 굶주린 아이에게 주기보다는, 쓰레기로 처리하거나 바이오 연료 생산을 위해 불태워버리기 때문이지."

"그래서 지금 집단 학살이 정당하다는 겁니까?"

"이런 이야기로 우리는 여러 차례 토론을 벌였지만, 단 한 번도 넌 설득당한 적이 없어, 존. 데이비드와는 반대로 말이야."

"데이비드?"

"그는 노아 프로젝트의 연구부서장이었지."

"허튼소리 말아요."

"내가 그와 함께 일하기까지는 한참의 시간이 걸렸어. 데이비드가 스물두 살이 되던 해까지, 난 그의 학업을 재정적으로 지원해주는 이방인에 지나지 않았어. 사진 속 아저씨이자, 양심의 가책을 느껴 학교에 기부하는, 자기만족에 빠진 돈 많은 재력가에 불과했지. 그리고 그를 고용한 후에야 비로소 내가 아버지라는 걸 털어놓았어. 데이비드는 입사 면접 때까지도 자신이 누구에 의해 고용되는 건지도 전혀 몰랐고. 그에게 나는 그냥 세계에서 가장 돈이 많은 사람들 중 한 명일 뿐이었지, 그가 하려던 연구에 자본을 대주는."

"집단 학살자죠."

노아가 덧붙였다.

"넌 이해 못 해, 존. 넌 과학자가 아니야. 너와 달리, 데이비드는 숫자와 데이터를 부정할 수 없었지. 매 3.6초마다 사람이 기아로 죽어가고 있어. 800만 명이 매년 죽어가는 거야. 그리고 그렇게 죽어가는데도 우리 인구는 점점 더 늘어가고 있어. 행성은 이미 인구 과밀로 폭발 직전이야. 현재도 70억이 넘는 인구가 있어. 그리고 매 초마다 세 명의 인간이 더 생기지. 그들을 위한 충분한 물도, 에너지도, 식량도 준비되어 있지 않아. 우리 모두는 분에 넘치는 생활을 하고 있어. 우리의 경제 체제는 성장을 기반으로 하고 있고 우리가 가진 자원을 폐기처분하도록 구조화되어 있어. 민주주의는 조정과 타협을 장려하지만, 그것만으로 지구온난화를 막고 재산을 균등하게 분배할 수는 없어. 우리의 삶을 개선시킨 획기적인 결정들은 항상 극단적인 초인들에 의해 내려졌어. 의회가 아니라, 혁명만이 인류를 앞으로 나아가게 하지. 그런 방식이 데이비드의 마음에 들지는 않았지만, 나처럼 그리고 다른 많은 진심 어린 과학자들처럼, 그도 우리가 두 손 두 발 다 들고 마냥 기다릴 수만 없다는 데 설득당했지. 그래서 그가 Room 17을 결성한 거야."

재파이어가 노아의 눈을 똑바로 쳐다보았다.

"존, 너처럼."

"내가요?"

"넌 집행부에서 일했지. 우리의 연락망을 보호하는 일을 했어."

"절대 그럴 리가 없어요."

노아는 분노에 차 주먹을 쥐었다.

"네 병이 널 완벽한 군인으로 만들어주었어."

재파이어가 설명했다.

"넌 어떤 비밀도 누설할 수 없지. 네게 임무를 지시한 사람을 밀고할 수도 없고, 아무것도 자백할 수 없어. 그리고 고문 중에도 네가 어떤 임무를 지시받았는지 절대 기억하지 못하고. 네가 베를린에서 나를 수행했던 일처럼."

# 제17장

"어떤 임무였소?"

호기심 어린 목소리로 질문을 한 사람은 알트만이었다. 노아는 그 대답을 듣는 것을 누구보다 두려워했다. 재파이어는 헛기침을 했지만, 그런데도 그의 목소리는 여전히 잠겨 있는 듯했다.

"몇 달 전이었지. 네 형이 양심의 가책을 느꼈어. 같은 연구실에서 일하던 아가씨와 사랑에 빠진 거야. 갑자기 그 자신의 운명이 수십억 명의 목숨보다 더 중요해진 거지."

노아가 고개를 끄덕였다. 모든 게 들어맞았다.

"데이비드가 당신들을 폭로하려고 했군요. 당신들이 집단 학살을 모의한 회의 영상을 담은 비디오를 가지고요?"

"맞아. 거기서 우린 세 단계에 대한 내용을 결정했지. 연구부서장이었던 그는 모든 보안등급에 접근이 가능했어. 난 데이비드가 우리를 비밀리에 찍고 있다는 걸 전혀 몰랐어. 그는 날 협박하며 비디오를 공개하려고 했어."

'그래서 허무맹랑한 음모론으로만 부각되지 않기 위해 AF라고 불리는

익명의 세력의 도움을 받으려고 한 거군.'

노아는 생각했다.

"영상에는 전염병이 어떻게 발병되며, 치료제가 어떤 식으로 작용하는지 낱낱이 공개되어 있어. 그리고 누가 노아 프로젝트에 참여했는지도. 데이비드는 그것을 전 세계에 퍼뜨리려고 했지. 그래서 직접 이곳 로마에서 킬리안 브람스를 만나려고 한 거고."

"그런데 데이비드가 녹화 영상을 건네지 않은 겁니까?"

"그건 그들이 베를린에서 두 번째로 만날 때 이루어지기로 되어 있었어."

'그런 일은 두 번 다시 오지 않았어. 왜냐하면 데이비드가 그 전에 죽어버렸으니까.'

노아는 주먹을 다시 풀었다. 그것을 좀 더 세게 쥐기 위해.

"우리를 이곳으로 유인하기 위해서 당신들은 킬리안이라는 사람에게 내게 거짓말하도록 강요했군요."

방금 한 말은 질문이라기보다 검증에 가까웠다.

"그래, 맞아."

"뭐 때문입니까?"

재파이어가 피곤한 아이처럼 눈을 비볐다.

"넌 유럽에서 데이비드를 찾는 임무를 부여받았지."

"내가 알고 있었나요……"

'……그가 살해될 거라는 걸?'

"아니야."

그가 입 밖으로 내지 않았던 질문에 재파이어가 대답했다.

"네 일은 단지 데이비드를 찾아내 비디오를 빼앗아 오는 것뿐이었어.

존, 우리가 노아 프로젝트에 대해 자주 이야기를 나눈 건 맞아. 하지만 그렇다고 해서 내가 너에게 모든 정보를 빠짐없이 알려준 건 아니야. 왜냐하면 널 결코 설득할 수 없으리라는 걸 난 알고 있었어."

"그런데 어째서 내가 당신들이 말하는 군인 중 하나가 되었던 거죠?"

"그건 타고난 너의 본성 때문이야, 존. 모든 사람들은 자기만의 탁월한 재능을 가지고 있어. 그리고 그 본성이 그 사람을 이 세상에 단 하나밖에 없는 특별한 존재로 만들어주지. 네 경우는, 죽이는 일이야. 네 운명에 대한 분노가 널 미치게 만들었어. 고독 속에 살아야 하는 삶이 네 재능을 완벽하게 발휘하도록 스스로를 몰아갔지."

"당신은 내가 죄 없는 사람들을 죽이며 다녔다고 이야기하는 겁니까? 내가 동의하지 않는 목표를 가진 조직의 지시에 따라서요?"

재파이어가 노아를 진정시키려는 듯이 손을 들어올렸다.

"아니야. 넌 그런 일은 하지 않았어. 나와 함께 Room 17을 위해 일했던 건 맞지만, 네가 노아 프로젝트를 옹호했던 적은 한 번도 없었어. 하지만 너는 반감이 컸던 만큼, 사랑도 깊었지."

"누구에 대한 사랑이요?"

"나에 대한."

"하아."

노아는 믿을 수 없다는 듯 웃음을 토해냈다.

"거짓말이 아니야."

재파이어가 계속해서 말했다.

"우리는 아주 가까운 사이란다, 존. 떼려야 뗄 수 없는 관계지."

그가 한숨을 내쉬었다. 아들이 그를 믿을 거라는 기대는 하지도 않는 것처럼 보였지만, 그럼에도 그는 꿋꿋이 설명을 이어갔다.

"정부가 내 입을 틀어막기 위해 고용한 킬러들 역시 너의 적이었어. 세 제트가 내 옆에 머무르며 습격과 납치로부터 나를 보호해주었고 넌 내 목숨을 노리는 사람을 찾아다니며 제거하는 일을 했지."

노아는 어떤 말을 해야 할지 몰라 멍하니 입을 벌린 채 있었다. 그의 아비지가 진실이라고 우기는 말 대부분은 그를 골치 아프게 했다. 그에게는 정신을 가다듬을 시간이 잠시 필요했다.

"하지만 데이비드는 제거 대상이 아니었습니까?"

"네 형은 아니었어."

"그럼 베를린에서 그를 만난 후 무슨 일이 벌어진 겁니까?"

재파이어가 깊은 한숨을 내쉬었다. 그 일을 떠올리자 우울해진 것처럼 보였다.

"이미 말한 것처럼 넌 그때까지 아무것도 몰랐어, 존. 세 번째 단계가 이미 점화된 상태라는 것도. 하지만 데이비드가 그 모든 걸 네게 설명해주었어."

노아의 이마에 주름이 잡혔다.

"어떻게 당신이 그걸 알고 있죠?"

"Room 17은 도처에 정보원을 갖고 있어. 그중 한 사람을 너도 어제야 비로소 다시 만났지. 그의 이름은 반덴베르크, 아들론 호텔의 보안을 담당해. 너는 데이비드가 어디에 머물고 있는지 내게 일러줬고 반덴베르크는 그 스위트룸에 도청 장치를 설치해두었어. 그래서 우린 데이비드가 네게 비디오를 맡겼다는 결론에 도달했지."

"그러니까 당신이 그를 총으로 쏴 죽이도록 시키기 전에, 그가 그 일을 했다는 겁니까?"

"존, 넌 날 뭐라고 생각하는 거야?"

재파이어가 격분하며 화를 냈다.

"난 내 아들을 죽이지 않았어."

그가 알트만을 쳐다보았다.

"저자에게 책임이 있지."

주름진 재파이어의 얼굴에서 끓어오르는 증오를 그대로 읽을 수 있었다.

"데이비드를 살해한 대가로 직접 목 졸라 죽이려고 했는데…… 그냥 죽어가는 모습을 천천히 지켜보는 편도 괜찮군."

재파이어가 말했다.

"난 당신 아들의 죽음과 무관하오."

"그렇다면 당신 동료들 중 한 명이겠군."

재파이어가 흥분해서는 씩씩거렸다.

"존, 넌 그 일에 대해 날 믿어야 해. 난 단지 비디오만 지키려 했던 것뿐이야. 하지만 정부는 너희들을 죽이려고 했어. 데이비드는 미처 우리 보호 아래 들어오기도 전에, 대사관 지붕 위에 배치된 저격수에 의해 사살되었어. 몇 분 후에는 우리 침투 대원들이 현장에 도착했고."

노아는 갑자기 손의 통증을 느꼈다. 그는 놀란 눈으로, 칼로 그은 듯 서툰 글씨체로 휘갈겨놓은 손의 문신 자국을 유심히 들여다보았다.

'노아……'

그사이 재파이어의 설명에 따르면, 데이비드의 죽음을 초래했던 총성이 있은 후 얼마 지나지 않아, 그의 부하들이 스위트룸으로 몰려갔지만, 이미 그때는 노아가 도망친 후였다. 그들은 반덴베르크의 도움을 받아 시체를 수습했고 노아를 찾기 위해 탐색했지만 헛수고로 끝나고 말았다는 것이다.

"난 널 찾기 위해 무던히도 애썼단다, 존. 네가 비디오를 갖고 있다는 이유만으로 그랬던 게 아니었어. 넌 그 누구도 아닌 내 아들이었으니까. 반대로 이 더러운 놈은 다른 이유로 널 찾고 있었던 거고."

재파이어가 손가락으로 알트만을 가리켰다.

"내 손으로 저자를 치참하게 죽이고 싶었지."

"하지만 왜?"

알트만이 생각에 잠긴 채 물었다. 그는 노아를 가리키며 팔뚝으로 입 주변을 닦아냈다. 검붉은 피가 목욕 가운 천의 실오라기들을 적셨다.

"왜 내게 수십억의 생명을 구할 수 있는 남자를 살해하라는 지시를 내렸던 걸까?"

노아는 자신의 손바닥을 한참 동안이나 응시하던 것을 멈췄다. 상상조차 할 수 없는 생각이 그의 머리를 스치고 지나갔다.

"정부가 그 일에 관여한 거죠, 그렇죠?"

노아가 그의 아버지에게 물었다. 알트만이 고개를 가로저었다.

"대통령이 절반에 이르는 인류의 죽음을 원한다니, 그게 말이나 되는 소린가?"

알트만이 말했다.

"아니. 당연히 그렇지는 않아."

재파이어가 알트만의 말에 동의했다. 그리고 또다시 시계를 들여다보았다.

"그 모든 건 훨씬 더 복잡하지."

# 제18장

　재파이어는 잠시 침묵을 지켰고, 노아는 방에 들어온 이후 처음으로 끊임없이 돌아가는 환풍기 소리를 알아차렸다. 그는 흰색 칠이 되어 있는 천장을 바라보며 지상으로부터 3층이나 아래인 이곳에서 만약 환풍기라도 꺼진다면, 창문 없는 이 지하 공간에서 질식하게 되는 건 아닐지 문득 섬뜩해졌다.

　"Room 17에서 나온 말들은 오랫동안 베이워터 대통령에게 진지하게 받아들여지지 않았어. 그건 그의 전임자들에게도 마찬가지였지."

　자칭 그의 아버지라고 하는 남자가 말했다.

　"노아 프로젝트에 관한 음모는 너무나 큰 규모였기 때문에 상상할 수도 없었지. 모든 첩보기관들이 그것을 조사해 밝혀냈지만, 그 내용을 대통령에게 있는 그대로 전달하지는 않았어. 왜냐하면 그들은 자신들이 밝혀낸 결과임에도 믿지 못했거든."

　"하지만 그가 결국 그것을 알아낸 거군요?"

　노아가 물었다.

　"맞아, 두 번째 단계에서. 돼지독감 전염병이었지. 사실 우리가 그렇게까지 위험하지 않은 병을 퍼뜨린 것에 대해 언급하자면, 그것이 처음은 아니었어. 이번에는 선택된 인사들에게 가짜 백신을 나누어주기 위한 거였어. 군대의 지휘관, 경제전문가, 과학자 그리고 미국 대통령들에게."

재파이어는 알트만 쪽을 보았다. 그는 라디에이터에 기대기 위해 몸을 좀 더 끌어올리려고 했지만, 헛된 노력이 되고 말았다. 결국 완전히 녹초가 되어 눈을 감고 있었다.

"베이워터와 그의 각료들은 비밀리에 백신을 맞았어. 그들은 일반 시민들과는 다른 성분의 약을 받았지."

"쓸모없는 사람들과는 다른 약을 말이죠?"

노아는 킬리안과 통화했던 내용을 떠올렸다.

"우리 행성의 생명을 좀먹는 기생충 같은 자들이지."

재파이어가 반박하듯 말했다.

"유감스럽게도 구멍이 있었어. 백신 성분에 대한 다른 정보가 흘러나갔지. 그 당시 대통령은 몰래 조사위원회를 꾸렸고."

"왜 베이워터는 시민들에게 진실을 숨김없이 말하지 않은 겁니까?"

알트만이 알고 싶어 했다. 재파이어가 헛웃음을 쳤다.

"그가 전 세계 사람들을 대상으로 대체 뭐라고 말해야 하겠나? 안녕하세요, 여러분. 당신들은 모두 수년 전부터 병원균을 몸 안에 지니고 있습니다. 언제든지 활성화될 수 있는 시한폭탄입니다. 그것은 몸에서 빠져나오지 않고 여러분 자식들의 유전자 속으로도 몰래 기어들어가 자리 잡고 있습니다? 아니, 그는 억지로라도 민중들이 진실을 받아들이지 않길 바라는 거야. 그는 통제할 수 없는 집단 패닉을 두려워하고 있어."

"난 미합중국의 대통령이 수십억의 사람들을 희생시킨다는 것을 믿을 수가 없어요."

노아가 고개를 저었다.

"그도 그것을 원치는 않았어. 베이워터가 날 멈추기 위해 아무것도 하지 않은 것은 아니지. 내 공장에 폭탄을 터뜨리고, 날 암살하도록 지시했어. 내 약들을 구입하지 못하도록 불매운동을 호소하기도 했지. 사실 어제만 해도 난 가까스로 목숨을 건진 것이고."

"하지만 그렇게 해서 그가 얻을 게 뭐가 있소? 대체 무슨 이유로 당신 공장들을 파괴하려고 한 거요? 이미 35억이 넘는 사람들이 감염되어 있다면?"

알트만이 여전히 눈을 감은 채 물었다.

"제트플루 때문이죠."

일순간 노아는 모든 맥락을 파악하게 되었고 아무 감정도 없는 사람처럼 말했다.

"바로 맞혔어."

재파이어가 그 엄청난 의혹을 확인해주었다.

"대통령은 진실을 말한 거야. 마닐라 독감은 없어. 그것은 단지 Room 17의 통제하에 있는 언론매체들이 꾸며낸 이야기에 불과해. 예를 들어 NNN처럼."

노아가 다음 말을 했을 때, 알트만의 눈은 커질 대로 커졌다.

"제트플루는 치료제가 아닌 거죠."

재파이어가 고개를 끄덕였다.

"그 반대야. 제트플루는 전염병의 발병을 촉진시키지. 노아 프로젝트를 종결시키기 위해 최대한 많은 사람들이 그 약을 복용할 수 있도록 한 거야."

'제트플루가 세 번째 단계야!'

노아는 뉴욕 JFK 공항이 생각났다. 수천 명의 여행객들은 존재한 적도 없는 병을 예방해야 한다는 이유로 제트플루를 처방받게 되는 것이었다. 그리고 그들이 비행기를 타도록 자유롭게 풀어주고 그렇게 함으로써 병을 세계 각국의 구석구석까지 퍼뜨리려는 게 그 의도였다. 막대한 양의 약을 마음대로 사용할 수 있는 Room 17과 같은 조직에게는 세계에서 가장 큰 공항들 중 하나를 봉쇄하는 일 따위는 짐작건대 그리 어려운 일도 아니었을 것이다.

"그럴 수는 없소. 세계의 어떤 보건 당국도 그런 종류의 약을 허가하지 않았을 거요."

알트만이 쉰 목소리로 반박했다.

"천만에. 보건 당국도 Room 17의 통제하에 있었어. 물론 약 안에 들어 있는 작용 물질은 전혀 위험성이 없는 거지. 물처럼 무해한 거요. 그것은 마실 수도 있고 그걸로 목욕하고 머리를 감을 수도 있지. 다만 뜨거운 기름에 부을 수는 없소. 그러면 바로 폭발이 일어날 테니까. 마치 제트플루와 비슷한 상태가 되는 거지. 그 자체를 먹어서는 독성이 없지만 1단계에 감염된 혈액 안에서는 치명적인 작용을 하는 거요."

재파이어는 잠깐 노아를 본 다음, 다시 알트만 쪽으로 몸을 돌렸다.

"진짜 제트플루는 이미 백신 접종을 받은 사람에게도 세 번째 단계를 일으키도록 되어 있소. 당신은 그 약을 절대 개인적으로 구해 먹지 말았어야 했소, 알트만. 중대한 보안 업무를 담당하는 미합중국의 공무원으로서 당신은 두 번째 단계에서 백신을 맞았을 거고, 그 이후에는 가짜 약을 제공받았을 거요. 하지만 제트플루를 복용함으로써 당신에게 약의 효과가 나타나기 시작한 거요."

재파이어는 다시 한 번 시계를 본 후 목발에 힘을 싣고 일어나려 했다.

"난 마음이 급해, 존. 그러니까 거대 이익을 위해 집단 학살을 감행하는 정신 나간 놈이라고는 말하지 말아주게. 모든 사람을 동등한 위험 속으로 빠뜨리는 이 민주적인 전염병을 설명하면서 현재를 낭비하기에는 우리에게 남은 시간이 너무 적어."

"하지만 어떤 사람은 부자라서 백신을 맞았을 수도 있소."

알트만이 냉소적인 웃음을 지으며 말했다.

"가난하고 부유하고는 이 문제와 전혀 상관이 없소. 전 세계적으로 200만 명의 능력자들이 선택되었고, 그들은 노아 프로젝트가 끝난 후 다시 이 세계의 질서를 복원하는 일을 담당하게 될 거요. 그중 존, 너도 포함되어 있어."

재파이어가 고개를 끄덕였다.

"그래, 맞아. 제대로 들은 거야. 너 역시 백신 접종을 받았어."

노아가 자신의 목젖을 잡았다. 그의 말이 맞다면, 그는 전염병에서 살아남을 것이다. 그는 알트만을 쳐다보았다. 좋은 소식이 지금껏 그를 이렇게까지 비참하게 만든 적은 없었다.

"난 슬럼의 최빈곤층에게조차 전염병의 희생자가 되지 않도록 보호 조치를 내려두었어."

재파이어가 자신을 정당화했다.

"내 영향력을 행사해 관청들이 쓰레기 처리장을 봉쇄하도록 했고, 그렇게 함으로써 그곳의 거주민들이 제트플루를 공급받지 않도록 해두었지. 그리고 부자들에게는 약이 부족할지도 모른다는 두려움이 들도록 부채질했어. 오직 개발도상국에만 무료로 약을 제공한다는 소문을 전 세계에 퍼뜨려놓았거든."

재파이어는 목발을 바닥에 놓은 채 비틀거리며 노아 쪽으로 걸어갔다.

바로 코앞에서 멈춰 섰다. 처음 대면했을 때처럼 그들은 아무 말 없이 서로를 유심히 훑어보았다.

"난 네가 데이비드를 기억하고 있다는 걸 알아. 그리고 네가 데이비드한테 받았던 그 그림도."

노아가 부의식적으로 고개를 끄덕였다.

"그리고 넌 날 기억하고 있어, 그렇지 않니?"

"아니요."

"네 머릿속에 들려오는 목소리로. 그건 아직도 들리지, 아니야?"

"어떻게 그걸……"

노아는 뒤늦게 입술을 깨물었지만, 이미 속마음을 내보인 뒤였다.

"난 네 자신이 너에 대해 아는 것보다 훨씬 더 너를 잘 알아, 존. 나는 네 아버지이기만 한 게 아니야. 난 네게 있어 닻과 같은 존재야. 네 과거를 유일하게 지탱해주는 사람이지."

'아니야. 당신은 아니야.'

노아는 점점 더 부인하기 힘든 진실과 맞서 싸우려고 했다. 그는 군인이었다. 그리고 자신의 형을 찾으라는 임무를 부여받았던 것이다.

'쨍그랑.'

다시 창문 유리가 깨지는 소리가 떠오르며 어깨 통증이 동반했다.

'너무 늦었어. 더 이상은 비디오를 숨길 수가 없어.'

그는 다시 죄여오며 찌르는 듯한 아픔을 느꼈으며, 그의 뇌 속은 몇 초 간격으로 전후 연관성이라고는 전혀 없는 영상들이 뒤섞여 흘러넘쳤다. 벽난로, 호텔방, 여권들. 그것들이 침대 위에 흩어져 있었다. 그의 거울 상은 거울에 비친 자신의 모습이 아니었다. 그것은…… 데이비드였고, 그가 노아를 향해 웃고 있었다.

'로마, 암스테르담, 몸바사. 이게 우리가 살아날 방법이야!'

"네가 행방불명되어서 내가 얼마나 힘들었는지 너는 모를 거다."

재파이어 목소리가 다시 그의 의식 속을 뚫고 들어와서 어렴풋이 떠오르던 기억의 가닥을 끊어버렸다. 늙은 남자는 노아가 회상 장면을 떠올리고 있다는 사실에 대해 아무 눈치도 못 챈 것처럼 보였다. 재파이어는 자기 이야기만 계속 이어갔다.

"솔직히 말해서, 지금도 난 네가 어떻게 아무런 의학적 도움도 없이 살아남을 수 있었는지 모르겠구나. 네가 분명 죽었을 거라 생각했어. 그리고 다른 한편으로는 언젠가 인터넷에서 비디오를 볼 수 있을지도 모른다는 계산도 했지."

"그래서 날 찾는 일을 그만두지 않았던 거군요?"

"그래. 그리고 네 병으로 인해 언젠가는 네가 부여받았던 임무조차 더이상 기억하지 못하게 될 거라고. 늘 그랬던 것처럼, 언젠가는 너 자신조차 잊게 될 거라는 걸 염두에 두었지."

번쩍 떠오르는 어떤 이미지가 어두운 저편에서 조각난 한순간을 밝혀주었다. 노아는 다시 한 번 데이비드가 침대 위에 있는 여행 가방 쪽으로 다가가는 모습을 떠올렸다.

'서둘러, 그들이 오기 전에……'

노아는 순간 눈을 감았다. 재파이어가 계속해 말을 이어나갔다.

"내가 익히 말한 것처럼, 네게 결정적인 영향을 끼친 몇 안 되는 경험들만 네 기억 속에 영구적으로 닻을 내리고 자리를 잡아, 존. 데이비드가 널 떠나 다른 기숙학교로 가버린 날처럼. 그는 천부적인 재능을 더 적극적으로 후원해줄 수 있는 곳으로 떠나야 했고, 반면 너는 기억상실증이라는 네 특별한 사정을 배려해줄 수 있는 학교에 머물러 있어야 했지."

"그래서 당신들은 그 그림 한 장으로 날 유인해낸 거죠?"

노아가 물었다. 그는 자신에게 찾아온 감정의 변화를 들키지 않으려고 애썼다. 만약 착각이 아니라면, 그는 방금 머릿속에서 진실을 향한 열쇠를 찾았던 것이다. 그리고 결코 그 사실을 그의 아버지에게 들키고 싶지 않았다.

"난 그걸 네가 보자마자, 전화할 거라는 걸 알았어. 그건 이미 여러 차례 제대로 작동했지. 그게 우리의 트리거야."

재파이어가 말했다.

"트리거?"

"그래. 다시 말하지만, 난 네게 닻과 같은 존재야. 네가 유일하게 접촉하는 사람이지. 3주에 한 번 만나서 나는 네 과거에 대해 이야기해주지, 이렇게 지금처럼. 보통은 내가 우리의 만남을 녹화해뒀어. 때로 기억 상실 부분이 너무 크면 네게 그 그림을 보여줬어. 넌 항상 그것에 대해 매우 적극적인 반응을 보였어. 그래서 난 네가 신문이나 TV에서 그 그림을 본다면, 틀림없이 연락해올 거라고 예상했어. 내가 모르고 있었던 건 네가 어디에 거처하고 있는가, 그것뿐이었지. 그래도 우린 베를린 어딘가에 네가 여전히 숨어 있을 거라고 확신했어. 하지만 시간이 오래 지나도 찾을 수가 없어서 어쩌면 네가 도시를 빠져나갔을지도 모른다고 걱정하기 시작했지."

"그래서 그런 광고를. 전 세계에."

노아가 억양의 변화 없이 말했다. 문득 그는 오스카에 대한 기억이 떠올랐다. 하지만 막상 그 기억을 더 또렷이 들여다보려고 하자, 노아는 마치 거꾸로 돌린 망원경을 통해 바라보는 듯했다. 오스카, 토토, 신문기사, 공중전화. 그 모든 것들은 아주 멀리 작은 파편처럼 떨어져 있었다.

그리고 오스카에 대한 이루 말할 수 없는 슬픔의 감정이 불쑥 고개를 내밀어서 억누르기가 쉽지 않았다.

"그 그림 광고에 대한 아이디어는 NNN의 편집국장인 케빈 루드의 것이었어. 그리고 그 작전은 성공을 거두었지. 우리를 다시 한곳에 모이도록 해주었고."

"그런데 만약 내가 연락을 하지 않았다면요?"

"그렇다손 치더라도 노아 프로젝트를 진행하는 데 어떤 변수가 되지는 못했을 거야. 네가 믿든 믿지 않든 난 비디오 때문에 널 찾았던 것만은 아니야. 시간이 흐를수록, 그 중요성은 점점 더 낮아졌지. 어쩌면 대통령 쪽은 아직도 널 죽이는 데 관심이 있을지도 모르겠군. 전염병 확산을 막기 위한 대책을 세우는 중에 이뤄졌던 야합과 실패를 얼렁뚱땅 떠넘기기 위해서겠지. 하기야 벌써 정부 요원들을 모두 빼내고, 그 대신 문서분쇄기를 가동 중이라고 하더군. 그리고 내게도 이제는 비디오가 중요하진 않아. 비록 네가 그것을 갖고 있다고 해도, 더 이상 내게 대항하는 방편으로 이용할 수는 없을 거야."

"왜냐하면 당신이 날 죽일 테니까요?"

노아가 재파이어를 지나쳐 알트만을 쳐다보았다. 그는 이미 오래전부터 더 이상 말을 하지 않았다. 요원은 다시 잠들어 있는 게 분명했다. 그는 머리를 라디에이터에 기댄 채 눈을 감고 꾸벅꾸벅 졸고 있었다. 붉고 가는 침 가닥이 턱을 타고 흘러내렸다.

"내가 네 죽음을 원했더라면, 여기서 우리가 이렇게 서로 마주 보고 이야기하지도 않았을 거야."

노아는 고개를 끄덕였다.

"그럼 왜 이 모든 수고를 한 거죠? 왜 날 처음에는 아들론 호텔로, 그다음에는 암스테르담으로 그리고 지금 이곳으로 유인한 거죠?"

"너와 작별인사를 나누기 위해서다, 존."

"허튼소리 말아요."

"암스테르담에서 착륙 허가만 받았어도, 난 이미 방갈로에 있었을 거다."

"그럼 거기에 있던 그 늙은 남자는 누구죠?"

재파이어는 마치 그에 대해서는 언급할 가치조차 없다는 듯 손짓했다.

"데이비드의 스승이야. 아무 의미 없는 남자다. 너와 그 사람은 서로를 몰라. 다만 네 형과 관계가 있었어. 그곳에서 넌 그를 만날 것이 아니라, 날 만났어야 했어. 하지만 우리의 만남은 성사되지 못했고, 난 어쩔 수 없이 킬리안 브람스와 함께 즉석에서 일을 꾸며야 했지. 너무 늦기 전에 로마에서 우리가 만날 수 있도록."

재파이어가 또다시 시계를 확인했다.

"내게 시간이 많지 않다, 아들아. 그리고 내가 서두르는 건 곧 자정에 있을 교황과의 접견에 늦을까 봐 그러는 게 아니야. 오늘 오후 로마에 착륙했을 때, 난 이미 제트플루를 먹었다."

"그게 무슨 말이죠?"

재파이어가 노아를 물끄러미 보았다.

"이제 난 감염된 상태야. 몇 시간 내로 첫 징후가 나타날 거야. 그래서 더는 보호복을 입고 있지 않은 거야."

노아는 그의 얼굴에서, 특히나 그의 눈에서 정신착란의 흔적을 찾아보려 했지만 발견할 수가 없었다. 의심할 여지가 없었다. 아마도 그의 아버지일지 모르는 늙은 남자는 자신의 신념을 굳게 믿었으며 그것을 위해 죽을 각오를 했던 것이다.

"넌 내가 남들에게는 물을 마시라고 설교하면서 뒤에서는 샴페인이나 들이켜고 있다고 여긴 거냐? 세제트 역시 세 번째 단계가 돌이킬 수 없는 시기에 이르러 더 이상 할 일이 없어지면 보호복을 벗을 거야. 그다음은 자연이 우리의 생존 여부를 결정하도록 내버려두는 거야."

재파이어가 한숨을 내쉬었다.

"오늘 이것이 우리의 마지막 대화가 되겠구나, 존. 그래서 난 네 모든 질문에 대답한 거야. 비록 넌 이 모든 것을 곧 잊게 되겠지만. 날 감상적이고 역겨운 놈이라고 불러도 좋아. 난 이미 네 의붓동생이 어린 소녀였을 때, 그 아이를 피할 길 없는 죽음으로부터 구해냈을 때도 그런 적이 있었지. 그리고 지금 난 또 마지막으로 기꺼이 너와 이런저런 이야기를 나누길 원했어. 아버지 대 아들로."

재파이어가 손을 내밀었지만, 노아는 뒤로 물러섰다.

"두려워 말아라. 제발, 더 이상은 그러지 마."

그의 눈이 반짝거렸다. 노아는 혐오스럽게도 재파이어가 품에 자신을 안고 싶어 한다는 걸 그의 눈에서 읽을 수 있었다.

"난 네게 솔직해지고 싶어, 존. 네가 만약 비디오가 어디에 있는지 알고 있었더라면, 난 널 죽였을 거야. 너로 인해 노아 프로젝트가 마지막 순간 멈추는 일은 결코 용납하지 않았을 테니까. 그 어떤 개별 생명도 지구의 생존보다 더 중요하지는 않아."

"어쩌면 내가 그걸 가지고 있을지도 모르잖아요?"

"만약 그랬다면 내가 알았을 거야. 내가 봤을 거야. 넌 내가 무슨 이야기를 하는 건지 알 거다. 너 역시 악으로부터 선을 구별해낼 수 있지. 네가 그냥 그 앞에 서 있기만 해도, 진실한 것으로부터 거짓을 분리해낼 수 있어. 너의 그 능력은 내게서 물려받은 거야."

노아는 옆으로 시선을 돌렸다. 마치 그렇게라도 하면 재파이어의 말에 담긴 진실을 외면할 수 있을 것처럼.

"당신은 헛되이 죽는 겁니다."

노아는 거의 반항하듯 말했다.

"대통령이 사람들에게 이미 정보를 전달했어요. 이제 마닐라 독감은 공식적으로 존재하지 않습니다."

"넌 그들이 대통령의 말에 귀 기울일 거라고 믿어?"

노아가 고개를 끄덕였다.

"반란을 일으키는 사람도 있겠죠. 하지만 대다수의 사람들은 외출금지 조치를 지킬 겁니다. 그들은 집에 머무를 것이고 제트플루를 포기하게 될 겁니다."

"똑똑하구나, 존. 아마 네 말이 맞을 거야. 하지만 내가 교황에게 죽어가는 사람들의 사진을 보여주기라도 한다면, 그가 어떤 반응을 보일까? 브라질, 아프리카, 필리핀에서 보내온 사진들을 보게 된다면? 군대에 의해 포위된 슬럼가 주민들의 사진도 있어. 통행로가 봉쇄되었기 때문이지. 그리고 공중에서 아무짝에도 쓸모없는 소독제를 뿌리고 있어. 내가 그 백신을 무료로 제공하도록 교황에게 부탁한다면 어떤 반응을 보일까? 교황은 힘없는 자들 편에 서달라고 말할 거야. 그의 말 한마디가 대통령의 연설보다 더 큰 무게감을 지닌다고 생각하지 않아? 무엇보다 내가 그를 방문한 후에는 그 역시 똑같이 병에 감염되어 있겠지."

재파이어의 전신이 갑자기 휘청거렸다.

"이제 난 가야 해, 존. 영원히."

그는 빠른 걸음으로 비틀거리며 노아 옆을 지나갔고, 목발 한쪽으로 문을 두드렸다. 곧바로 세제트가 문을 열고는 노아를 향해 총을 겨누었다. 알트만에 대해서는 전혀 주의를 기울이지 않았다. 정부 요원은 자루 짝처럼 옆으로 쓰러져 의식을 잃은 채로 카펫에 누워 있었다.

"짧았지만 함께 시간을 보낼 수 있어서 좋았다, 존."

재파이어는 슬픈 미소를 지으며 붙박이장을 가리켰다.

"저 안에 앞으로 몇 주를 지낼 수 있는 물과 음식이 들어 있을 거야. 6주 후에 다시 나올 수 있도록 지시해두었다."

'내가 더 이상 기억하지 못하게 되면, 그때서야.'

"그럴 순 없어요!"

그의 아버지는 아들 때문에 로마로 온 것이 아니었다. 비디오 때문도 아니었다. 노아 프로젝트를 최종적으로 마무리 짓기 위해 이곳에 온 것이었다. 그리고 지금 문이 닫혔고 밖에서 빗장이 걸렸다. 이 재난을 막기 위해 노아가 할 수 있는 일은 이제 더 이상 없었다.

# 제19장

필리핀, 마닐라

'바닷물을 바닥이 보일 때까지 다 퍼내는 일보다 진실한 친구를 한 명 사귀는 게 더 어려운 일이다.'

앨리샤가 그녀의 할머니로부터 들었던 격언이었다. 그리고 그녀가 살아오면서 이 오래된 필리핀 속담을 떠올리는 건 이번이 처음은 아니었다. 대략 마흔쯤 되어 보이는 맨발의 남자가 트럭 화물칸에서 그들을 내려다보았다. 그는 유럽인치고는 키가 작은 편이었다. 짧은 카키색 바지와 핑크색 폴로셔츠를 입고 있었으며, 열어젖힌 셔츠 단추 사이로 붉은 빛 가슴털이 한 뭉치나 삐져나와 있었다. 하얀 피부를 보니 아직 마닐라의 태양에 덜 영향받은 듯했다. 이마와 목의 피부는 주근깨투성였고 그의 손등과 마찬가지로 벗겨져 있었다.

하인츠가 말론을 바라보며 하품을 했다. 그는 잠을 자고 있었던 것처럼 보였는데, 운전석 창문 유리를 사납게 두드리는 소리에 그다지 달가워하지 않는 표정을 지었다.

"열여덟 시간 만에 처음으로 갖는 휴식이야."

세련되지 못한 독일 억양으로 인해 앨리샤는 그의 영어를 힘겹게 이해

546

할 수 있었지만, 신경질 난 그의 눈빛만 봐도 상황은 분명했다. 하인츠는 불청객들을 탐탁지 않아 했다.

"대체 여기서 뭐 하는 거야?"

하인츠가 물었다.

"도움이 필요해요."

말론은 앨리샤가 안고 있는 아기를 가리켰다. 그녀는 발에 망치로 두드리는 것처럼 둔중한 통증을 느꼈다. 위는 배고픔으로 쪼그라드는 소리를 내며 뒤틀렸다. 물을 못 마신 탓에 머리는 깨질 듯 아파왔다. 그러나 무엇보다 그녀를 괴롭힌 건 자신의 아기가 이런 불쌍한 상황에 처해 있다는 것이었다.

"내 아기를 도와주세요."

그녀가 애원하며 쇠약해진 노엘의 얼굴 위로 빙글빙글 도는 파리 몇 마리를 손으로 쫓아냈다. 하인츠는 다시 한 번 그들 뒤로 누가 따라오지는 않았는지 확인한 다음, 한숨을 쉬며 고개를 끄덕였다. 말론이 우선 안으로 기어 올라가 앨리샤에게 손을 건넸다. 제이 역시 뒤따라 들어오려고 했을 때, 하인츠는 제지하듯 고개를 가로서었다.

"밖에 보초가 필요해."

그는 명령하듯 그녀의 아들에게 말했다. 그러면서 갱도의 배설물 악취 때문에 코를 틀어막아야 했다. 앨리샤 역시 하인츠의 말에 따랐다. 그녀는 그 남자가 자신에게 뭘 요구할지 알고 있었고 그런 모습을 제이에게 보이고 싶지는 않았다. 만약 노엘의 생명을 구하기 위해 불가피한 일을 해야 한다면 그녀로서는 말론 역시도 밖에 있는 편이 차라리 좋았다.

"자, 이 안으로 들어오도록 해요."

하인츠가 앞서서 차에 올랐다. 화물칸은 냉방장치가 가동되는 중이었고, 디젤엔진 덕분에 약간의 빛도 들어왔다. 화물차는 약과 음식 그리고 다른 구호물자들을 저장해두는 창고로 이용되는 게 분명했다. 운전석 바로 뒤에는 잠자는 곳도 마련되어 있었다. 설탕 자루들 틈에 얇은 매트리스 하나가 놓여 있었다. 침대 시트와 베개는 똘똘 말아져 있었다.

"내가 이 시간에 여기 있다니, 어지간히 운이 좋았네. 휴식시간은 고작 10분 내외거든. 오늘은 정말이지 난리도 아니야."

하인츠가 설명하며 친절한 미소를 띠었다. 그가 손을 내밀었다. 앨리샤는 뭔가 물어보는 것 같은 눈빛으로 말론을 쳐다보았다.

"그에게 아기를 줘."

말론이 말했다. 앨리샤가 주저하며 남자에게 포대기 안에 있는 아기를 건넸다. 하인츠는 무릎 꿇고 앉아 노엘을 바라보았다. 갓난아이는 배가 핸드볼 공만큼이나 부풀어 있었고 가는 갈비뼈는 가슴 쪽 피부를 뚫을 듯 뾰족이 나와 있었다. 엉덩이는 똥딱지가 말라붙어 있었는데, 깨끗한 물로 아기를 목욕시켜줄 수 없었기 때문이었다.

"내가 도와줄 수는 있어."

하인츠가 말했다.

"그렇지만……"

앨리샤는 뭔가 요구하는 듯한 그의 눈빛을 보았다. 그리고 그녀의 목이 죄어오는 것을 느꼈다.

"너는 자리를 좀 피해줘."

그녀가 말론에게 청했다. 하인츠는 깜짝 놀란 눈으로 그녀를 쳐다보았다.

"아니, 아니, 잠깐만."

하인츠가 양손을 들어 제지하는 신호를 보냈다.

"날 대체 어떻게 생각하는 거야?"

그가 말론을 쳐다보았다.

"일이 어떻게 돌아가는지 말하지 않은 거야?"

하인츠가 앨리샤의 손을 붙잡으려고 했다. 귀가 멀어버린 사람처럼 그녀는 그가 하는 대로 내버려두었다.

'무슨 일이 돌아간다는 거지?'

"난 당신 아기를 도와줄 수 있어. 당신이 보는 것처럼 우린 여기에 다 가지고 있어. 이 아기는⋯⋯ 이름이 뭐지?"

"노엘."

그녀가 억지로 짜내듯 대답했다.

"좋아. 노엘은 지금 당장 링거를 맞을 거야. 아기는 탈수증과 영양실조에 시달리고 있어. 비타민과 엽산이 필요해. 눈 색깔도 변해 있어. 아마 황달이겠지. 노엘은 위급한 상태지만, 아직 늦은 건 아니야. 물론 당신이 저 밖에 무리들과 함께 천막 앞에서 줄 서 있지만 않는다면 말이야. 저 안의 침대는 꽉 차 있지. 천막 밖에서 기다리는 사람들은 오늘 다시 집으로 돌려보내질 거야."

'그들은 아무도 집이 없어요.'

앨리샤가 생각했다. 하인츠가 미소를 지었다. 그는 아기의 작은 주먹을 조심스럽게 쓰다듬었다. 앨리샤는 이 사랑으로 가득 찬 행동에서 어떤 악의도 찾아볼 수 없어서 짧은 순간이나마 희망을 품었다.

"그렇지만요?"

앨리샤는 자신이 치러야 할 대가에 대해 물었다. 그것이 섹스와 상관이 없다면, 그가 다른 어떤 곤란한 일을 요구할 수도 있었기 때문이다. 하지만 그런 끔찍한 대답은 그녀도 예상하지 못했다.

"그렇지만 아기는 두 번 다시 보지 못할 거야!"

그 말은 앨리샤의 심장을 두 쪽 냈다.

"뭐라고요?"

그녀는 미심쩍은 표정으로 말론을 보았다. 그녀가 잘못 들었기를 바랐다. 하인츠는 여전히 미소를 짓고 있었다.

"걱정하지 마. 아기는 독일에 있는 좋은 부모에게 갈 거야."

"노엘을 떠나 보내야 한다고요?"

'넌 알고 있었어?'

그녀는 침묵의 눈빛으로 말론을 째려보며 물었다. 젊은이는 자신의 죄를 알고 있었다는 듯 어깨를 움츠렸다.

"이 더러운 녀석."

그녀가 앞으로 튀어나갔다.

"너 대체 얼마나 많이 이런 짓거리를 한 거야?"

그녀가 그의 따귀를 철썩 소리가 나도록 때렸다.

"얼마나 많은 여자들을 이곳으로 유인해온 거야?"

"이봐, 조용히 해."

하인츠는 그렇게 말했지만, 앨리샤가 아기를 도로 안아가는 것을 가로막지는 않았다.

"잘 생각해봐, 당신이 노엘에게 주고 싶은 삶이 어떤 것인지. 당신은 남편도 없고 일도 없어. 돈도 없어. 당신의 저 어린 아들은 먹을 것을 찾아 쓰레기 산을 매일 뒤져야 해."

그의 하늘색 눈동자가 그녀를 빤히 쳐다보았는데 상황에 걸맞지 않게 너무나 무구해 보였다.

"노엘이 비록 오늘은 어떻게든 원기를 회복해 살아남는다 해도 아기에게는 기회가 없어. 곧 죽게 될 거야. 오늘이 아니라도, 내일 아니면 다음 주 혹은 내년에. 굶주림이나 병이나 마약으로. 당신네들 움막을 갈기갈기 찢어버릴 태풍이나 그냥 재미삼아 총을 쏴버릴 경찰에 의해. 자, 당신은 뭘 선택할 거야."

그가 팔을 내밀었다.

"내게 아이를 줘. 그리고 난 당신도 돌봐줄 거야. 당신에게 공장의 재봉사 자리를 주선해줄 수 있어. 그곳에서 당신은 회사 부지에 세워진 제대로 된 집에 살 수 있어. 그리고 매일 1달러씩 벌 수 있어."

"절대 안 돼요."

그녀가 말하며 바닥에 침을 뱉었다. 분노와 실망으로 전신을 떨었다. 격앙된 감정이 갓난아이에게까지 전달되었다. 노엘이 울며 보채기 시작했다.

"내 아이와 직업을 맞바꾸지는 않을 거예요."

"내가 사는 곳에는 좋은 가족들이 많아. 입양된 아이라고 해도 편견 없이 잘 자라날 수 있어."

하인츠가 말했다. 말론도 끼어들었다.

"노엘은 제대로 된 멋진 집에서 자라게 될 거야. 흐르는 물이 있는 곳에서. 학교도 가게 될 거야!"

"내 몸에 손대지 마!"

말론이 그녀의 어깨에 손을 올리려고 하자, 그녀가 소리쳤다. 앨리샤는 노엘을 자신의 품에 더 꼭 껴안았다. 그녀는 그들 둘에게서 눈을 떼지 않고 뒤로 물러나며 쌓아둔 상자 더미를 지나 출구 쪽으로 향했다. 그리고 문을 세차게 확 열어젖혔다.

"마음대로 해."

그녀 등 뒤로 하인츠가 부르는 소리가 들렸다.

"하지만 그러면 노엘을 영원히 잃게 될 거야."

그녀는 문턱에 선 채 멈췄다. 눈에서 눈물이 왈칵 솟아났다.

'사랑하는 내 아기를 절대로 넘겨주지 않을 거야.'

그녀는 단지 그렇게 생각했다.

'난 아기에게 더 나은 삶을 제공해줄 수 있어.'

앨리샤는 눈물을 흘리며 노엘의 조그만 머리에 입을 대고 감쌌다. 반짝이는 검은 눈이 그녀를 올려다보았다.

"아가, 넌 내 곁에 있을 거야."

그녀가 노엘에게 속삭였다. 앨리샤는 화물칸에서 내려오려고 했지만 다리가 말을 듣지 않았다.

# 제20장

노아는 자신이 갇힌 방을 샅샅이 살펴보았다. 음식물 외에도 선반과 옷장에는 품목별로 정리된 운동복 몇 벌과 운동화 몇 켤레가 발견되었다. 병원장 사무실에는 샤워장이 딸린 욕실이 있었는데 그 안에는 상자들로 채워져 있었다. 거기에는 위생물품과 약품이 들어 있었다. 수건, 화장지, 인스턴트식품, 심지어는 배터리가 들어 있는 손전등까지 있었지만 날카로운 형태의 물건은 하나도 없었다. 포크나 나이프 혹은 면도날이나 라이터는 물론이고 전자레인지도 없었다. 조금만 손보면 무기로 사용할 수 있는 것들은 단 하나도 없었던 것이다. 그 대신 노아는 진통 효과를 주는 밴드 한 상자를 발견했다. 그는 알트만을 소파로 들어올리고는 셔츠를 열어 가슴 통증을 가라앉히기 위해 밴드 하나를 붙여주었다.

"차라리 그걸 내 코에다 붙여줘."

때맞춰 의식이 돌아온 정부 요원이 농담을 했다.

알트만은 거의 시체 같았다. 목욕 가운의 목 칼라 부분은 피와 침으로 굳어져 있었다. 그리고 그한테서는 소변 냄새가 났다. 노아는 알트만의 호주머니를 살폈다. 예상대로 세제트가 총은 가져갔지만 볼펜처럼 생긴 그 장난감은 그대로 있었다. 노아는 HPX5를 꺼내 자신의 스웨트셔츠 가슴주머니 안에 꽂았다.

"완전히 엉망진창이군."

알트만이 신음하며 말했다.

"자네가 우리 둘 중에 더 긴 성냥개비를 뽑았군. 행운을 비네."

노아는 아무 말도 하지 않았다. 하지만 그의 외면적인 평화가 내면의 감정 상태와 일치하는 것은 아니었다. 사실 그가 마주한 현실은 혼자 맞서기에는 너무나 끔찍했기에 무력해지기 충분했다. 하지만 그는 지금 호랑이처럼 왕성한 활동력을 느꼈다.

"여기서 나가야 해요."

노아가 말했다.

"뭐 때문에? 자넨 백신을 맞았어. 이곳에 있으면 자네는 안전해. 그리고 세계가 멸망할 때까지 조용히 기다리고 있기만 하면 돼."

알트만이 고통으로 이를 깨물었다.

"자네는 내 시체나 어떻게 처리할지 고민해보게. 이런 폐쇄된 공간에서 부패되는 냄새가 향기로울 순 없잖아."

"그렇게 안 될 겁니다."

노아가 알트만 옆의 소파 가장자리에 앉았다.

"그럼 자네 힘으로 어떻게 해보려고?"

"그를 멈추게 할 수 있어요. 비디오가 있는 장소를 알아요."

알트만이 팔꿈치로 몸을 간신히 일으키고는 입을 벌렸다. 그의 잇몸이 완전히 시커멓게 변해 있었다. 상하고 썩은 숨 냄새가 풍겨왔다.

"어디?"

바로 그때 첫 번째 총알이 발사되었다. 네 번의 총성이 들렸지만 그중 마지막 하나만 목표물에 적중했다. 첫 번째 것은 출입문 나무판 안에 들어 있는 쿠션에 박혔다. 두 번째와 세 번째 것은 잠금장치만 손상시켰다. 그리고 마침내 네 번째 총알이 빗장을 쓸모없게 만들었다. 본능적으로 노아는 바닥에 엎드렸다. 알트만도 소파에서 굴러 내려왔다. 문이 세차게 열리고 사격수가 문지방을 넘어왔을 때, 노아는 욕실로 피신할 수 있을지 고민하고 있었다.

"셀린!"

노아는 바로 그녀를 알아보았지만, 그녀가 총을 내리고 나서야 몸을 일으켜 세웠다. 놀랍고 어안이 벙벙한 표정으로 그녀에게 달려갔다.

그는 셀린이 살아 있을 거라고 생각하지는 못했다. 그녀가 죽었다고 생각했어도, 그동안 너무 많은 일이 일어났기 때문에 그 죽음에 애도할 여유조차 없었다. 거리에서 죽었을 거라고 생각했던 셀린, 그리고 병원 대기실 의자 위에 두고 온 오스카에 대해서도. 셀린은 얼굴에 깊게 긁힌 자국이 몇 개 있었고 아랫입술은 부어올라 있었다. 아마도 무리 속에서 밟혔거나 맞았을 것이다. 그래도 그녀는 무사한 것처럼 보였다.

"어떻게 우릴 발견한 거요?"

알트만이 물었다. 그는 소파로 다시 기어 올라갈 기력조차 없어 보였다. 쉰 목소리는 힘이 없었다. 하고자 하는 말을 완전한 문장으로 끝내기조차 힘들어했지만, 그의 질문에 의심이 묻어나는 것을 흘려들을 수는 없었다.

'어떻게 이 비밀 지하층으로 오게 되었소? 당신이 들고 있는 총은 어디서 난 거요?'

"난……"

셀린은 여러 번 말을 해보려고 시도했지만, 문장을 끝내지 못했다. 그녀의 산만하고 불안한 시선이 방 안을 여기저기 훑었다. 그녀가 보는 그 어떤 것도 눈 속에 새겨지지 않는 것 같았다. 마치 마약에 취한 것 같은 인상을 주었다.

'쇼크야.'

노아가 그녀의 반응을 분석했다. 갑자기 셀린이 손에서 무기를 떨어뜨리고는 와락 울음을 터뜨렸다.

# 제21장

약 20분 후

두 가지 소원. 그것은 성 베드로 광장으로 떠나오기 전에 알트만이 노아와 셀린에게 부탁했던 전부였다. 그들은 걸었다. 재파이어를 막기 위해서. 셀린이 어느 정도 안정을 되찾아가던 짧은 시간 동안 그들은 어떤 계획을 생각해냈다. 물론 오차 없이 정확하게 움직인다 해도 그 계획은 성공하기 어려운 것처럼 보였다.

알트만은 이제 막 첫 번째 소원을 이루려 했다. 병원 복도에 있는 유선 전화를 통해서. 전화기는 회색이었고 만졌을 때 촉감이 싸구려처럼 느껴졌지만 병원장 사무실에 있던 것과는 달리 통화가 가능했다. 알트만은 간이침대에 누워 있었다. 그들은 전화기가 있는 곳까지 알트만을 밀어주었다. 그리고 알트만은 지금 귀를 곤두세우고 신호음을 듣고 있었다. 사실 그는 전화 연결이 가능할 거라고 생각하지도 않았다. 9·11 테러 당시, 사고 직후에 미국과 연결되는 전화선은 모조리 과부하 상태였었다. 특히 휴대전화는 더욱 그랬었다. 현재 일어나고 있는 재난이 그때보다 작은 규모라고 할 수도 없었다. 하지만 신호음은 계속 울렸다.

노아와 알트만은 여전히 셀린이 어떻게 여기로 올 수 있었는지 궁금해했다. 트라스테베레 지역에 네오 클리니카는 하나밖에 없었다. 셀린은 그 이름을 기억하고 있었기에 사람들한테 길을 물어보기만 하면 되었을 것이다. 하지만 어떻게 공식적으로 존재하지 않는 지하 3층에 도달할 수 있었던 걸까? 게다가 총까지 들고? 처음에 셀린은 울기만 했었다. 속 시원한 설명을 해줄 수 없는 상황이었다.

'5. 6.'

알트만이 신호음을 세었다.

"난 죽는 줄 알았어, 이 더러운 놈아."

셀린이 노아의 면상에 대고 소리를 질렀다.

"누군가 내 옷깃을 끌어당겨 현관 안으로 들이지 않았더라면 나와 내 아기는 길거리에서 밟혀 죽었을 거예요."

'10. 11.'

그녀가 팔로 배를 감쌌다. 그런 후 그녀가 병원에 도착해서 어떤 일이 벌어졌는지 설명해주었다.

"처음엔 안으로 들어갈 엄두도 나지 않았어요. 건물 전체가 완전히 암흑에 휩싸여 있었거든요. 그리고 입구 바로 앞에 검은색 리무진 두 대가 서 있었어요. 시동이 걸린 상태로 차 안에는 운전수가 대기하고 있었죠."

"자동차 두 대가요?"

노아가 되물었다.

"난 맞은편 길에 세워져 있던 자동차 뒤에 몸을 숨기고는 우선 상황을 지켜봤죠. 그건 아마 지난 며칠 동안 내가 내렸던 결정 중에 가장 잘한 일이었을 거예요. 왜냐하면 갑자기 머리를 한 대 얻어맞았다는 생각이 들었거든요. 병원에서 나오는 저 사람이 정말 재파이어가 맞는가, 하고."

노아는 셀린에게 더 이상 깊이 캐묻지 않았다. 그 대신 그들이 건물을 무사히 빠져나갈 수 있는지 알아보기 위해 필요한 것만 물었다.

"그리고 여자 한 명이 나오는 것도 봤어요."

셀린이 말했다.

'15. 16. 제기랄, 왜 전화벨만 울리고 음성사서함으로 안 넘어가는 거야.'

"어떻게 생겼소?"

"젊고 군더더기 없는 몸매에 매력적인 사람이었어요. 그녀는 뒤에 있는 리무진에 오르기 전에 입고 있던 흰색 보호복을 전부 벗어버렸어요."

'세제트군.'

말하자면, 재파이어의 조수가 차를 타고 출발하기 직전에 병원 옆 쓰레기통에 비닐봉지를 버렸다는 것이다.

셀린이 그 비닐봉지를 꺼냈을 때 그 안에서 노아의 옷을 발견했다. 게다가 빼앗겼던 무기와 휴대전화 그리고 엘리베이터 열쇠도 찾아낸 것이었다. 그 후 병원 안으로 들어왔을 때 그녀는 오스카를 발견했고 충격을 받았다.

"지하는 2층까지밖에 없었어요. 하지만 열쇠꾸러미에는 '승강기-3'이라고 쓰인 꼬리표가 달려 있었죠. 다른 층에 가기 위해서는 열쇠가 필요하지 않았는데 말이죠. 여기저기를 눌렀는데 어떻게 엘리베이터가 지하 3층까지 내려간 건지는 아직도 잘 모르겠어요. 이제 심문은 끝난 건가요?"

알트만은 피곤한 손짓으로 그만하라는 신호만 보냈다. 사실 따지고 보면, 셀린의 말은 그에게는 별로 중요하지 않은 일이었다. 지금 이 순간 유일하게 의미가 있는 것은 전화 통화뿐이었다.

'18. 19. 20……'

딸깍 소리가 났다. 회선에서 부스럭거리는 잡음이 들렸다.

"누구시죠?"

신경질적인 십대의 목소리가 물었다.

"레…… 레아……"

알트만은 목소리가 잘 나오지 않았다.

"여보세요? 대체 누구……?"

"레-아-나."

알트만은 결국 한마디 한마디 집중해서 소리를 냈고, 그의 딸이 정황을 파악하기까지 짧은 시간이 걸렸다.

"아빠? 아빠예요?"

"그래."

"왜 이런 이상한 번호로 전화하시는 거예요?"

"지금 로마에 있단다."

"멋지네요. 선물 사 오실 거죠?"

알트만이 눈을 감았다.

"아직은 잘 모르겠구나."

눈물이 한 방울 흘러내렸다.

"괜찮으세요? 아빠 목소리가 정말 안 좋은데요."

그는 고통스러워하며 입을 찌푸렸다.

"감기에 좀 걸린 것뿐이야."

"하지만 마닐라 독감은 아니죠, 그렇죠?"

농담처럼 물어본 것이었지만 침묵이 길어지자 딸은 불안해했다.

"아빠?"

"아니. 꼬마 아가씨, 난 아무렇지도 않아. 하지만 내게 한 가지만 약속해다오."

팔이 심하게 떨리기 시작하자, 알트만이 순간 수화기를 놓쳤다. 그는 서둘러 전선을 다시 끌어당겨 올렸고, 그때부터는 두 손으로 수화기를 잡은 채 귀에 대고 누르고 있었다.

"여보세요, 아빠, 아직 거기 있어요?"

"그래, 미안하구나. 중간에 끊겼지."

"정말 아무 일 없는 거예요?"

"물론이야. 걱정 말거라. 난 지금 공중전화 박스 안에 있단다."

그는 천장을 응시하며 말했다. 천장 표면에는 둥근 물 자국이 남아 있었다.

"성 베드로 대성당이 보이는구나."

"멋진데요."

레아나의 목소리는 그렇게 흥미로운 듯 들리지 않았다.

"그런데, 제가 보낸 문자 보셨어요?"

그녀가 물었다.

"그래, 돈이 필요한 거니?"

그녀가 소리 내어 웃었다.

"이번에는 아니요, 아니에요."

그런 다음 그녀는 잠시 침묵을 지켰다.

"성적이 안 좋아서 그런 거니?"

"아니요."

그녀가 신경이 예민해진 듯 말을 길게 끌었다.

"그렇다면 남자애 때문이구나."

"그걸 어떻게 아셨어요?"

알트만이 힘겹게 미소를 지었다. 열다섯 살 딸아이의 문제를 짐작하기 위해 점쟁이가 될 필요는 없었다. 사실 세 번을 시도한 다음에야 맞혔다는 것은 그의 무심함을 증명하는 일이었다.

"엄마한테 말하는 게 무서워요."

알트만은 딸이 말하는 것을 듣고 있었다. 레아나의 목소리에 부끄러워하면서도 동시에 고집스러운 반항기가 담겨 있었다.

"네가 남자애랑 사귄다는 것을 말이냐?"

"제가 그와 잤다는 것을요."

'신이시여.'

알트만은 눈을 감았다. 찰나의 순간이었지만, 그의 병은 머릿속에서 뒷전으로 밀려났다.

"넌…… 내 말은…… 넌 이제야……"

다시 경련이 찾아왔고, 갑작스럽게 다시 불타오르는 통증으로 인해 그는 들것 위에서 몸을 이리저리 비틀었다.

"아빠?"

레아나가 물었다. 그는 통증이 어느 정도 가라앉을 때까지 기다렸다.

"어쩔 수 없는 일이구나."

거의 기진맥진한 알트만이 마침내 말을 꺼냈다.

"내게 그 이야기를 해줘서 고맙구나."

"아빠는 멀리 계시니까요."

그녀가 농담처럼 말했다.

"그런데 네 엄마한테는 비밀로 할 거냐?"

"네, 그래야 할 것 같아요. 아빠도 엄마가 이 문제에 대해서는 자제심을 잃고 어떻게 돌변할지 알고 계시잖아요."

'병 든 채 멀리 떨어져 있지만 않았다면 나 역시 엄마처럼 그랬을 거야, 레아나.'

그녀에게 무슨 말을 해줄 수 있을지 그는 고민했다. 하필이면 딸에게 정직함에 대해 조언해줘야 하다니. 그에게 그런 자격이 있겠는가. 그는 예전에 아내와 데이트하던 때를 떠올렸다. 그녀가 식사 중에 그에게 직업을 물었고, 짧은 순간 그는 거짓말을 해야 할지, 아니면 자신이 사랑에 빠졌다고 믿는 이 사람에게 그 모든 것을 털어놔야 할지 고민했던 적이 있었다.

"엄마에게 고백하는 편이 낫지 않겠니, 레아나. 언젠가 모든 게 들통날 거고, 급한 마음에 했던 거짓말로 시간을 번다고 해도 그게 문제를 해결해주지는 못할 거야."

알트만은 코에서 약간의 피가 나오는 것을 느꼈지만, 흐르는 것을 멈추기 위해 조취를 취하지는 않았다.

"엄마한테는 네가 이미 그전에 아빠한테 물어봤었다고 말해도 좋아."

그가 말했다.

"정말이에요?"

"그래. 하지만 너도 날 위해 한 가지 부탁만 들어다오."

"뭔데요?"

레아나가 물었다.

"제트플루에 관한 거야."

"오, 아빠가 그걸 구한 거예요? 하지만 대통령은 그 백신이 필요 없다고 말했잖아요. 근데 엄마는 약국에서 그걸 다 팔아버렸기 때문에 대통령이 그렇게 주장하는 거라고 생각하고 있어요. 엄마는 어디서든 백신을 구해보려고 온갖 수단과 방법을 다 동원하고 있고요."

"안 돼……"

이제 알트만은 결승점을 바로 코앞에 둔 1000미터 달리기 선수처럼 숨쉬기 어려워했다.

"어떤 일이 있어도 제트플루를 복용해서는 안 돼."

"왜요?"

"절대 한 알이라도 먹어서는 안 된다. 날 믿도록 해라. 그건 위험해. 네 엄마한테는 그냥 아빠가 일하는 도중에 전화가 왔었다고 전하도록 해."

"어떻게 아빠가 그 약에 대해서 잘 알아요?"

"제발 엄마한테 그냥 그렇게 전하도록 해라."

레아나의 엄마는 알트만의 이력에 대해서는 거의 아는 바가 없었다. 하지만 그녀도 당연히 그가 회계 관리 프로그램의 회사 대표로서 세계를 여행하고 있다고는 생각하지 않았다. 그가 일반인들은 접하기 힘든 고급 정보들을 제공받고 있다는 것도 분명 알고 있었다. 그녀는 그의 말을 이해할 것이다.

"제발 아빠한테 약속해. 엄마한테 이 이야기를 꼭 전해야 한다."

"예, 알아들었어요. 그렇게 할게요."

알트만은 피가 다시 안으로 흘러들어가지 않도록 몸을 옆으로 비틀었다. 그러고는 기침을 했다.

"아빠?"

그는 딸에게 응답하려고 했지만 불가능했다. 알트만은 마치 그의 온몸이 안에서부터 부글부글 끓어오르는 산성물에 녹아내리는 듯한 느낌이 들었다.

"아빠, 무슨 일이에요?"

그녀가 불안해했다. 그리고 점점 더 신경이 예민해졌다.

"내가……"

그가 피를 토했다.

"내가……"

그리고 바로 그때 그는 딸의 목소리가 떨리기 시작하는 것을 들었다.

"아빠, 거기 무슨 일 있는 거죠?"

딸이 말했다. 그는 방울방울 맺힌 딸의 눈물이 눈앞에서 직접 보이는 듯한 느낌이 들었다. 딸의 눈 아래로 눈물이 흘러내리며, 뺨을 지나 고집스럽게 보이는 돌출된 윗입술까지 타고 내려오는 모습이 눈에 선했다.

"아무 일 없어."

그는 갑자기 구토 증세를 보였다. 목에서 핏덩어리가 튀어나왔다.

"미안하구나."

"아빠 돌아오실 거죠, 맞죠? 정말 괜찮은 거예요?"

그녀는 울면서 물었다. 알트만은 몸을 구부렸다.

"내가 널 많이 사랑한단다, 레아나."

그가 레아나에게 할 수 있었던 마지막 말이었다. 그는 더 이상 견디지 못했다. 질문이 계속되었다. 눈물이 흘렀다. 그의 딸이 울었다. 그는 레아나에게 어떤 의혹도 남기지 않은 채 단지 이별을 고하려고 했다. 그의 사생활에서 뭔가 중요한 일이 있을 때마다 늘 그렇듯, 지금도 그는 자신의 과제를 제대로 성공적으로 처리하지 못했다. 알트만은 통화를 끊은 다음 수화기를 내려놓았다. 그리고 엉덩이 옆을 더듬었다. 이제 두 번째 소원이 이뤄질 시간이었다. 노아가 그를 위해 놓고 간 물건이었다.

'온통 뒤죽박죽이야.'

그는 그런 생각을 하고 있었다. 총을 입으로 가져갔다. 그리고 그는 자신을 고통으로부터 해방시켰다.

# 제22장

베르니니가 교황 알렉산더 7세의 명으로 성 베드로 광장을 설계했을 때 그는 사람들을 깜짝 놀라게 하고 싶었다. 그 건물을 처음 볼 순례자들을 압도시키고 싶었던 것이었다. 보르고 지역의 좁고 꼬불꼬불한 골목길을 걸어 나오면 세계에서 가장 큰 교회 건물을 맞닥뜨리며 경외감에 휩싸이는 사람들을. 그러면 바티칸 오벨리스크를 중심으로 해서 타원형으로 광장을 감싸고 있는 주랑은 마치 팔을 벌리고 맞아주는 듯했다. 하지만 콘칠리아치오네 거리를 대대적으로 공사하며 베르니니가 불어넣었던 건축학적 아우라를 파괴한 사람은 무솔리니였다. 테베레강에서 성 베드로 성당의 입구에 이르기까지 일직선으로 마치 말뚝을 박아넣은 듯 도시의 심장부를 관통하는 거대한 초호화 대로를 건설하기 위해서였다.

보통 이 시간에 번화가에는 교통량이 많지는 않았다. 하지만 지금은 사람들이 무리를 지어 성 베드로 광장을 향해 밀물처럼 몰려가는 중이었다. 도로를 보도처럼 이용하며 교통 정체로 서 있는 차량들 사이를 뚫고 마구잡이로 걸어다니고 있었다. 하지만 이곳의 분위기는 좀 전에 트라스테베레에서 이동하던 사람들에게 느껴지던 것과는 차이가 있었다. 노아는 긍정적인 에너지로 충만하며 기대가 가득한 긴장감을 여기서 느낄 수 있었다. 흥분된 상태였지만, 적대적이고 공격적인 얼굴은 보이지 않았다. 많은 이들이 격앙된 채 대화를 나누고 있었고, 심지어 몇몇은 소리 내어 웃기까지 했다. 가족 전체가 길에 나와 있기도 했다. 노아와 셀린은 그 모습을 눈앞에서 보고 있었다.

"너무 빨리 가지 말아요."

셀린은 숨을 헐떡였다. 바깥 기온은 놀라울 정도로 온화했다. 그녀는 스웨터를 벗어 허리춤에 묶었는데도 여전히 구슬땀을 흘렸다. 얼굴이 빨갛게 상기되었다. 공기를 들이마시기 위해 규칙적으로 멈춰 서야 했다. 그녀는 임신 중임을 몸으로 다시금 체감할 수 있었다. 성 베드로 광장은 100미터도 채 떨어져 있지 않았다. 노아는 성지 주일의 행렬처럼 인파로 가득 찬 모습을 볼 수 있었다. 셀린이 휴식을 취하는 동안 노아는 휠체어를 타고 있던 한 여자에게 야간 나들이의 이유를 물었다.

"우린 모두 가톨릭 신자예요."

그녀가 서툰 영어로 대답했다. 여기 있는 대부분의 사람들처럼 그녀도 마스크를 쓰고 있었기 때문에 얼굴 중 짙은 색의 큰 눈만 보였다.

"두려운 일이 생기면, 우린 교황에게서 위로를 찾죠. 그가 오늘 저녁에도 미사를 할 예정이라고 해요."

여자는 그에게 신의 축복을 기원하고는 가던 길을 계속 갔다.

"다시 출발할까요?"

노아가 셀린에게 손을 건넸다. 새벽 1시 직전이었다. 그들은 이미 45분을 걸어왔다. 재파이어는 이미 오래전에 바티칸에 도착해 있을 것이었다.

'우린 너무 늦었어.'

만약 혼자 왔더라면 노아는 여기까지 더 빨리 왔을 것이다. 하지만 셀린이 필요했다. 그녀 없이는 계획을 수행할 수 없었다.

"최선을 다할게요."

그녀가 말했었다. 그리고 그들이 성녀 안나 성당 문 앞에 도착할 때까지, 그녀는 자신의 약속을 지켰다. 노아는 알트만이 알려준 길을 고수했다. 바티칸 직원을 위한 정문에는 스위스 근위병들이 24시간 보초를 섰다. 바티칸 성벽의 동쪽 편에 위치해 있었다. 두 개의 독수리 조각상이 왕관처럼 꼭대기에 얹혀 있는 둥근 기둥이 출입구의 좌우를 호위했다. 성 베드로 광장과 비교해본다면 이곳은 사람들이 훨씬 적었다. 그들은 출입문에서 5미터 정도 떨어진 길목에 서 있었다.

"준비됐어요?"

노아가 물었다.

"흐음."

"휴대전화 가지고 있죠?"

"예."

노아는 누군가가 그들을 지켜보고 있는지 주변을 둘러보았다. 그러나 아무도 그들에게 주목하고 있지 않았다. 그는 셀린의 손을 눌러 신호를 보냈다. 그러자 작전이 시작됐다. 서로 약속했듯 그는 뒤에서 한쪽 팔로 셀린의 목을 감싸 잡았다. 다른 쪽 손가락으로는 총 모양을 만들어 셀린의 목덜미를 눌렀다.

"안 돼요, 안 돼. 도와주세요!"

그녀는 있는 힘껏 큰 소리로 고함쳤다. 울지는 않았다. 그렇게까지 능숙한 연기는 아니었지만 사람들의 착각을 불러일으키기에는 충분했다. 그들 앞에 있던 사람들은 여러 갈래로 뿔뿔이 흩어지며 셀린과 그녀의 가짜 인질범이 성녀 안나 성당의 출입구로 가는 길을 터주었다. 그리고 5초도 지나지 않아 스위스 근위병이 현장에 도착했다.

건장한 남자 두 명이 푸른색 유니폼을 입은 채 총으로 노아를 겨누었다.

"무기를 버리시오!"

노아의 오른쪽에 자리 잡고 있던 근위병이 소리쳤다.

"당장 버리시오!"

그가 이탈리아어와 영어로 번갈아가며 명령을 반복했다.

"재파이어!"

노아가 큰 소리로 고함쳤다.

"그를 데려오도록 하시오. 그러면 아무도 다치지 않을 것이오."

사람들이 포도송이처럼 길가로 몰려들었다. 노아는 고함 소리와 카메라 플래시 소리를 들었다. 그의 왼쪽에 있는 근위병은 무전기를 통해 증원 요청을 했다.

"준비됐어요?"

노아가 속삭였다. 셀린은 고개를 끄덕이며 신호를 보냈다.

"으아아아아……"

동물적인 울음소리를 내지르며 노아는 셀린을 떨쳐냈다. 그녀는 넘어질 듯 떨어져 나갔고 발에 채여 비틀거리며 건널목 신호등 앞에 무릎을 꿇고 쓰러졌다.

"손들어!"

근위병들이 소리쳤지만, 노아는 아무 반응도 보이지 않았다.

그는 마치 등 뒤에 무기를 숨기고 있는 것처럼 행동했고 근위병을 향해 달려들었다. 총알이 노아를 쓰러뜨렸다.

'또 맞다니, 안 돼.'

그는 나가떨어지면서 생각했다. 그러고는 통증을 느꼈다. 4주 전 이미 한 번 관통당했던 자리보다 약간 더 위쪽이었다. 그것까지 계산에 넣지는 못했다. 노아는 뭔가 '뚝' 하고 부러지는 소리를 들었다. 불덩이 같은 화염이 그의 머릿속을 뒤덮으며 지나갔고, 울퉁불퉁한 돌길 위로 쓰러지며 머리가 바닥에 부딪쳤다. 불빛들이 그의 눈앞에서 극심하게 흔들렸고, 뜨겁게 달궈진 못 하나가 그의 망막을 뚫고 들어오는 듯했다. 그리고 고통은 그가 눈을 떴을 때 훨씬 더 심해졌다. 그는 근위병들이 하는 말을 한 마디도 이해할 수 없었다. 그들은 숙련된 손동작으로 그를 낚아채서는 엎드리게 한 후 몸을 더듬어 수색했다. 아마도 그들은 노아한테 무기가 없다는 사실에 놀랐을 것이다. 그리고 그에게 이름을 물었다. 노아는 무거운 발걸음 소리와 여자가 우는 소리를 들었다. 경찰차에서 울리는 사이렌 소리도 들었다. 그는 의식을 잃어가고 있다고 느꼈지만, 정신을 꼭 붙잡으려고 노력했다.

"교황이 위험에 처해 있어요."

그가 숨을 헐떡이며 말했다.

"뭐라고요?"

근위병은 총으로 노아의 목덜미를 누른 채 몸을 숙이고 있었다.

"조나단 재파이어."

"그가 누굽니까?"

"내 아버지요."

노아는 그들에게 비디오에 대해서 설명하려 했다. 그리고 전염병이 재파이어의 음모라는 사실도. 하지만 출혈이 심해 말할 힘조차 몸에서 점점 빠져나갔다.

"허락해서는 안 돼요. 그가……"

노아가 입 밖으로 뱉을 수 있는 말은 그것이 전부였다. 그는 의식을 잃었다.

# 제23장

노아는 구급차 안에서 다시 정신이 들었다. 그의 몸은 회색 고무 벨트로 고정되어 있었으며, 손은 금속 수갑에 채워진 채 간이침대 지지대에 묶여 있었다. 그의 어깨에는 붕대가 감겨 있었지만, 미친 사람에게 진통제 따위를 허비하는 일은 하지 않은 것 같았다. 그는 거의 최면 상태에 있는 것처럼 끝도 없는 피로감을 느꼈다. 하지만 쿡쿡 찌르는 어깨 통증이 그를 계속 깨어 있게 만들었다. 속이 울렁거렸고 구역질이 나올까 봐 걱정이 되었다. 그리고 주변에서 목소리들이 흘러나오고 있었다. 노아는 고개를 들고 그의 발끝 부근에서 누가 대화를 나누고 있는지 확인해보려 했다.

"그럴 순 없습니다."

이탈리아어 억양의 젊은 남자가 말했다.

"1분만 시간을 주시오."

노아는 그 낭랑한 목소리의 주인을 즉시 알아차렸고 한순간 백일몽을 경험하고 있는 것은 아닌지 의심했다. 곧 차가운 손이 그의 종아리를 토닥거리고 있는 것을 느꼈다.

"이 사람은 그냥 미친 것뿐이오."

"그리고 위험하죠."

"부탁하오."

"하지만 전 당신을 이 사람과 단둘이 둘 수 없습니다. 그건 규정에 어긋납니다."

"당신은 자식이 있소?"

"압니다. 이 사람이 당신 아들이라는 걸……"

재파이어가 기침을 했다.

그의 목소리가 불과 몇 시간 전과 비교해서도 더 잠겨 있는 것처럼 들렸다. 이미 첫 번째 징후가 나타난 걸까?

"제발 부탁하오. 이 사람이 수갑을 풀고 달아날 수 있겠소? 게다가 당신들이 바로 밖에서 대기하고 있지 않소?"

노아는 경찰인지 스위스 근위병인지 알 수 없는 한 남자가 결정을 내리지 못하고 한숨을 내쉬는 것을 들었다.

"오래 걸리지 않을 거요. 난 교황과 접견 후 바로 다시 미국으로 돌아가는 비행기를 타야 하오. 지금 이 시간이 내 아들과 오랜 이별을 고하기 위한 마지막 기회가 될 거요."

"1분입니다."

"감사하오."

'찰깍' 하는 소리가 났다. 자동차 소음과 사람들이 시끌벅적 떠드는 소리가 구급차 안으로 쏟아져 들어왔고 문이 다시 닫혔을 때 뚝 끊어졌다. 노아는 누군가 그한테 몸을 숙이는 것을 느꼈다. 노아는 눈을 뜬 채 깜박거렸다. 희미하게 보이던 형체가 재파이어의 얼굴로 서서히 또렷해져갔다.

"어떻게 할 작정이었지?"

그의 아버지는 곧바로 본론에 들어갔다. 틀림없이 그는 셀린을 보았을 것이다. 앰버는 재파이어의 명령에 따라 셀린을 유럽으로 끌고 왔을 것이므로 추정컨대 그는 셀린의 얼굴을 알아보았을 것이다. 그러니까 재파이어는 노아가 그녀의 도움을 받아 탈출했을 거라고 추측했을 터였다.

"난 당신을 만나러 온 거예요."

"왜?"

재파이어가 물었다.

"내가 그 비디오를 가지고 있어요."

재파이어는 믿을 수 없다는 듯이 웃음을 터뜨렸다.

"넌 거짓말을 하고 있어."

"데이비드 여행 가방 안에 들어 있던 여권들 기억나요?"

"거짓 신상 정보들을 말하는 거냐? 그걸로 데이비드는 자신의 흔적이 지워버리길 바랐지."

"그게 해답입니다."

재파이어는 신경이 날카로워진 듯 치열이 고르지 않는 앞니를 혀로 핥았다.

"불가능해. 다 검사했어. 여권에는 어떤 마이크로칩도 들어 있지 않았어."

노아가 희미하게 미소를 지었지만 이내 통증을 느꼈다.

"여권 말고요. 그건 단지 힌트일 뿐이에요."

'로마, 암스테르담, 몸바사.'

"무엇에 대한?"

"데이비드는 처음에 케냐에 있었어요. 당신을 만나기 위해서였죠. 그곳에서 그는 여권을 사용했어요."

재파이어가 그의 말에 동의했다.

"데이비드는 다다브에 있는 나를 방문했어. 난 그에게 난민촌의 비참함을 눈앞에서 분명하게 보여주려고 했지. 하지만 그는 나에게 편지 한 장을 건네며 노아 프로젝트를 끝낼 것을 요구했어."

"데이비드는 그 편지의 복사본을 오스테르베크 근처 숲속 집에 있던 늙은 남자에게도 주었죠. 그의 스승에게요. 늙은 남자는 데이비드와 함께 제트플루를 개발했어요. 내 말 맞죠?"

재파이어는 화난 표정으로 시계를 보았다.

"근데 그게 비디오랑 무슨 상관이 있다는 거지?"

노아는 최대한 고개를 들어올리려고 노력했다.

"당신이 쉽게 찾을 수 없도록 데이비드는 가짜 이름으로 암스테르담을 향했어요. 그리고 킬리안 브람스를 만나기 위해 로마로 가면서는 또 다른 여권을 사용했죠. 그래서 세 곳의 입국심사도장이 찍혀 있었어요. 로마, 암스테르담, 몸바사……"

"그래서 그게 대체 뭘 뜻하는 거냐?"

"이탈리아, 네덜란드, 케냐."

"나도 그 나라들 이름은 알아. 그것들의……"

재파이어가 덧붙여 말했다. 그리고 바로 그 순간 그의 머릿속에 딸그락거리는 소리가 나기 시작했다.

"맞아요!"

노아의 얼굴에 미소가 번졌다. 그는 오른쪽 손바닥을 바깥쪽으로 향해 돌렸다. 수갑이 잘그랑거렸다.

'이탈리아, 네덜란드, 케냐.'

"데이비드는 프린스턴에서 액체 상태로 변형 가능한 마이크로칩이라는 주제로 박사논문을 썼었죠."

재파이어는 노아의 손바닥 위에 거칠게 긁어놓은 문신 자국을 뚫어져라 쳐다보았다. 그의 시선에서 불신의 그늘은 사라진 지 이미 오래였다. 그 대신 공포가 서린 놀라움만이 남아 있었다.

'이탈리아(Italien), 네덜란드(Niederlande), 케냐(Kenia).'

"전적으로 우연이었어요."

노아가 계속 설명했다.

"아이디어였죠. 데이비드가 총에 맞아 죽기 직전, 그는 다음으로 어떤 여권을 사용해야 할지 고민하고 있었어요. 그가 앞서 있었던 나라들을 떠올리고 있었죠."

'I. N. K.'

"잉크!"

'이게 우리가 살아날 방법이야!'

"넌 거짓말을 하고 있어."

재파이어가 말했다. 그는 마치 벼락이라도 맞은 것처럼 혼이 나가 있었다.

"데이비드가 내게 직접 문신을 새겨주었어요."

'여행 가방에서 꺼낸 만년필로.'

하지만 노아는 단지 그렇게 추측했을 뿐이었다. 방금 재파이어에게 말한 것처럼 기억이 그렇게 빈틈없이 연결된 것은 전혀 아니었다. 많은 부분들은 짜맞춘 것이었다. 데이비드가 필름을 안전하게 숨기려고 액체 상태의 마이크로칩의 형태로 보관해두었다는 정황 역시도 그의 추측에 불과했다.

"그런 다음 데이비드는 만년필을 씻어냈을 거예요. 하지만 어쩌면 당신들은 그것의 잔류 물질을 검사해볼 생각을 전혀 하지 않았겠죠. 아마 십중팔구는 형체가 있는 물질만 찾아보았을 겁니다. 그래서 해답은 제 손 위에 고스란히 남아 있었던 거죠."

노아는 손목을 다시 돌리려고 했지만, 재파이어가 마치 조임틀처럼 꽉 틀어쥐고는 놓아주지 않았다.

"비디오는 내 피부 안에 들어 있는 겁니다. 난 경찰에게 모든 걸 다 이야기할 겁니다."

"그들은 널 믿지 않을 거야."

"처음에는 그렇겠죠. 하지만 잉크를 분석해보겠죠."

"어리석은 놈."

"그러면 전 세계가 진실을 경험하게 될 거고요."

"안 돼."

"아니요."

"절대 그래선 안 돼."

재파이어의 목소리가 슬프게 들렸다.

"너와 헤어지기 전에 내가 했던 말 기억하느냐?"

재파이어는 노아 머리 밑에서 베개를 빼냈다.

'난 네게 솔직해지고 싶어, 존. 네가 만약 비디오가 어디에 있는지 알고 있었더라면, 난 널 죽였을 거야.'

노아가 그의 아버지에게서 마지막으로 본 것은 눈에 고인 눈물이었다. 이윽고 베개가 노아의 시야를 가렸다. 그것이 그의 입과 코를 눌렀다. 짧은 순간이었지만 노아는 두 번이나 의식을 잃었다. 수갑을 흔들어대며 발버둥 쳤다. 고개를 이리저리 돌렸지만 그의 노력은 헛되었다. 그는 수

갑이 채워진 채 움직일 수 없는 상태로 늙은 남자에게 홀로 내맡겨진 것이었다.

노아가 거의 울부짖고 있을 때에야 비로소 재파이어는 경찰의 손에 끌려 나갔다. 노아는 다시 팔을 움직일 수 있게 되었다. 누군가 그에게 산소마스크를 씌워주면서 풀어준 것 같았다.

"셀린."

노아가 숨을 헐떡이며 가슴주머니를 더듬었다. 열린 문틈을 통해 거리에 서 있는 셀린을 발견했다. 그녀는 한 무리의 스위스 근위병들 옆에 서 있었다. 그들 중 한 명이 손에 휴대전화를 들고는 고개를 끄덕이고 있었다.

'다행이야!'

노아는 큰 소리로 웃고 싶었다.

'계획대로야.'

알트만의 '장난감'인 HPX5가 제대로 기능해주었던 것이다. 노아는 구급차 안에서 녹화된 영상을 셀린의 휴대전화로 보냈었다. 그리고 셀린은 경찰에게 그 영상을 보여주고 있는 것이다.

'계획이 제대로 먹혀들었어.'

노아는 자신의 손안에 있다고 말한 액체 상태의 마이크로칩에 대한 그의 이론이 정말 사실인지는 스스로도 확신이 없었다. 그러나 그것은 더 이상 중요하지 않았다. 이제 증거물로 효력을 발휘할 또 다른 비디오가 생겼고, 그 안에는 재파이어의 음모가 명백히 기록되어 있었다. 노아는 눈을 감고 잠들기 전 마지막으로 알트만에게 침묵의 감사 인사를 마쳤다.

# 제24장

뜨겁게 내리쬐는 태양 아래에서 앨리샤는 죽은 아기를 응시했다. 갓난아이는 철조망 바로 앞에 놓인 나무 상자 안에 있었다. 쓰레기처럼 버려진 채.

"얼른 오세요."

제이가 말했다. 그는 어른 목소리처럼 말했다. 이미 너무 많은 것을 인생에서 봐버렸다. 앨리샤는 고개를 들었다. 그들은 다시 언덕 꼭대기에 서 있었고 시야에 천막이 다 들어왔다. 그녀는 아기를 이곳에 버려야 했을 엄마가 아직도 저 무리들 사이에 있을지 의문스러웠다. 아마 아닐 것이다. 아마도 그 엄마는 슬픔과 고통으로 갈가리 찢겨 슬럼으로 돌아가는 진창길 위에서 정신을 잃고 쓰러져 있을 게 뻔했다. 앨리샤는 태양의 뜨거운 열기를 느꼈다. 그리고 그녀의 검은 머리카락이 다 불타버리기를 기도했다. 신이 있다면, 아기를 두고 온 것에 대한 천벌로 이제 하나 남은 아들 앞에서 자신이 불타버리기를 바랐다.

"하인츠는 좋은 사람이에요. 그가 잘 돌봐줄 거예요."

제이가 말했다.

"맞아."

말론이 거들며 말했다.

"제발 그렇게 슬프게 쳐다보지 마세요, 엄마."

제이는 눈물을 흘리지 않기 위해 애쓰며 말했다. 그의 아랫입술이 가늘게 떨렸다.

"하인츠가 이걸 줬어!"

말론이 오른손을 펼쳤다.

"제트플루."

앨리샤는 그가 건네준 약상자를 바라봤다.

"전염병을 치료하는 약이야. 우리 모두 한 알씩 먹는 거야."

앨리샤는 고개를 가로저었다. 그녀의 아기는 더 이상 이곳에 없었다. 그녀는 죽길 원했다. 더 이상 살고 싶지 않았다.

"자 먹어!"

말론이 재촉하며 그녀의 손에 알약 하나를 꼭 쥐어주었다. 그가 그녀에게 건네준 물병 역시도 카키색 바지를 입은 하인츠의 저장품에서 나온 게 확실했다.

"제이를 위해서라도 먹어."

앨리샤는 눈을 감았다. 일곱 살 난 아들의 손이 그녀의 손을 잡는 게 느껴졌다. 바람이 강으로부터 메마른 경작지를 넘어 불어와 작은 흙먼지를 일으켰다. 그리고 아기의 시체에 이르러서야 잠잠해졌다. 앨리샤는 그녀가 자라났던 마을을 생각했다. 악천후가 일어나기 전 그녀가 살았던 인생을, 그녀의 남편을. 남편은 처음에는 희망을, 그리고 가치를, 그 후 생명을 이곳 대도시에서 잃어버렸다. 그녀는 그를 따라 여기에 왔었다. 그리고 이제 그녀 역시도 죽은 것 같았다. 숨은 쉬고 있었지만 앨리샤는 메마른 언덕 위의 땅에 드리워진 그림자보다 생기가 없었다.

"제이를 생각해. 제이는 너를 필요로 해."

그녀는 말론이 하는 말을 들었다. 자신의 운명은 이제 별로 의미가 없었지만 일곱 살 난 아들은 그렇지 않았다. 그들은 비틀거리며 걸어갔다. 이제 새로운 지옥으로 향하고 있는 것이었다. 그곳은 공장이라 불리었고, 그녀의 과거이자 현재 그리고 미래일 것이었다. 왜냐하면 그녀가 거기서 무슨 일을 한다고 해도 노엘을 다시 데려올 방법이 전혀 없었기 때문이다. 그곳으로 가는 도중 앨리샤는 그 빌어먹을 알약 두 알을 한 번에 삼켰다.

# 제25장

4일 후

　지브롤터 해협을 뒤로하고 그들은 대서양의 망망대해 위에서 악천후에 내몰려 있었다. 2200톤급에 달하는 헬리콥터 모함인데도 불구하고, 수미터에 달하는 파도에 의해 산과 계곡을 오르내리는 것처럼 험난하게 운항 중이었다. 몇몇 선원들의 울렁증은 가혹하리만치 심했다. 게다가 폭풍은 이제야 막 도움닫기를 시작했을 뿐이다. 태풍경보가 있었다. 그리고 그 말은 영국 남부 해안의 항구 도시인 사우샘프턴으로 가는 경로 내내 고생스러운 풍파를 견뎌야 한다는 걸 의미했다. 하지만 이 모든 상황은 노아에게 아무 영향을 주지 못했다. 그는 이 거대한 철근 구조물 안에서 안전하다는 느낌을 받았다. 객실 옆에는 의무실이 위치해 있었는데, 그는 수술 직후 이곳으로 옮겨졌다. 엔진의 굉음이 그를 진정시켰고 배의 흔들림은 그를 잠들게 해주었다. 그리고 선체에 가하는 초자연적인 힘들에 즐거워했다. 파도로 배는 진동했다. 이 헬리콥터 모함은 이미 여러 전쟁을 수행하며 승리하는 데 결정적인 역할을 했을지는 몰라도 대자연과의 전투에서는 아무 힘을 발휘할 수 없었다. 노아는 로마 북쪽의 치비타베키아에서 승선한 후, 곧바로 미국 해군 외과팀에 의해 수술을 받았다. 총알은 어깨에 박혔지만 별 어려움 없이 제거할 수 있었다. 둔중한 통증에도 그는 벌써 건강해진 것처럼 느껴졌다. 그리고 비교적 맑은 정신을 유지한 채 노아는 누군가와 전화 통화를 하고 있었다.

"전 이름이 없어요. 얼굴도 없어요."

지나치게 냉정한 목소리의 여자가 말했다.

"우리가 서로 개인적으로 알게 될 일은 없을 거예요. 아담 알트만과도 그런 관계를 유지했었죠. 그리고 당신과도 역시 그렇게 되길 원해요."

노아는 투박하게 생긴 위성전화기의 볼륨을 조절할 방법이 있는지 살펴보았다. 그것은 오늘 밤 그의 객실 앞 보초로 지정된 당직 사관이 그에게 가져다준 것이었다. 수술 후 그는 양쪽 귀에 약간의 이명(耳鳴)을 겪고 있었다.

"당신은 날 군인으로 징집하려고 하는군요?"

그가 미지의 인물인 익명의 여자에게 물었다. 그녀는 이런 망망대해에 미국 해군의 수감자로 체포되어 있는 인물에게 전화를 연결할 수 있을 만한 권력을 지니고 있는 것이다.

"그래요. 당신은 세계에서 가장 위험한 킬러를 몇 명이나 없애버렸어요. 그것도 혼자서요. 그걸 보고 알트만뿐 아니라 저 역시 감탄했습니다. 그리고 알트만의 빈자리에는 당신이 적임자인 것 같고요."

"바로 결정할 필요는 없어요."

"아니요!"

그가 그녀의 말을 중도에 끊었다.

"일단 내 말 잘 들어봐요, 존."

노아는 자리에서 일어났다. 목적에 따라 좁게 설계된 선실에서는 몸을 움직일 수 있는 공간이 거의 없었다. 침대의 아랫부분은 작은 책상의 모서리와 거의 맞닿아 있었다.

"난 무고한 사람들을 희생시키는 집단과는 일하지 않을 겁니다."

"당신은 Room 17을 위해 일했어요."

"난 전혀 기억하지 못합니다."

"바로 그 점 때문에 내가 이러는 거예요. 당신의……"

여자는 잠시 주저했다.

"당신의 정신적 장애는 내가 제안하는 이 직업을 위해서는 숙명적인 것이에요."

"그런 말은 이미 들어본 적이 있죠."

'내 아버지로부터. 그리고 얼마 지나지 않아 그는 나를 죽이려고 했지.'

노아는 화장실로 들어가는 문을 열었다. 그곳은 여객기의 화장실보다 더 작았다. 세면대는 회색빛 플라스틱으로 되어 있었다. 표면이 매끈한 산업용 철강 소재로 된 변기에는 뚜껑이 달려 있지 않았다. 선반이나 샤워장은 물론 거울도 없었다. 그것들은 공동 세면장 내에 있었는데 수술 상처 때문에 아직은 이용이 불가능했다.

"Room 17은 잘못된 곳이었어요, 존. 여기서는 정의로운 일을 할 수 있어요."

"대량 학살을 묵인하는 겁쟁이들로 이루어진 팀에서 말입니까?"

노아는 수도꼭지를 틀어 종이컵으로 물을 받았다. 목 안이 간지러웠다. 그가 전신마취에서 깨어난 직후 있었던 첫 번째 심문 이래로 이렇게 많은 말을 해본 적이 없었다.

"이곳은 겁쟁이들이 노는 곳이 아니에요, 존. 대통령은 다른 선택권이 없었어요."

노아는 물을 꿀꺽 삼켰다. 그는 자신의 원래 이름을 증오했다. 사람들이 그에게 둘러대는 거짓말들이 전부 다 싫었다.

"선택권이 없었다고요? 베이워터는 노아 프로젝트를 알고 있었어요. 그는 멈출 수 있었어요."

"그러면 그가 어떻게 했어야 했나요?"

"일단은 모든 시민들에게 경고해야 했었죠."

"무엇에 대해서요?"

"무슨 바보 같은 질문입니까?"

노아는 종이컵을 구겨 바닥에 던져버렸다.

"우리가 알고 있던 실재 사실은 반박의 여지가 다분했어요. 성경에나 나올 법한 규모의 생물학적인 공격에 대한 소문은 항상 있어왔지만, 그럴 수 있는 병원균을 발견하지는 못했어요."

"병원균이 없다고요?"

노아가 욕설을 퍼부었다.

"빌어먹을, 당신네 의학자들은 바이러스를 발견할 능력조차 없단 말입니까? 재파이어의 말로는 이미 수십억의 사람들이 감염되었다는데요. 그것도 이미 수년 전부터 말입니다."

"맞는 말이에요. 그리고 당연히 우린 병원균을 찾아냈고 분석했어요. 하지만 우린 그것의 잠재력에 대한 열쇠를 풀지 못했어요."

"무슨 뜻입니까?"

노아는 다시 방으로 돌아갔다. 세면대에서 침대까지는 1.5미터 거리에 불과했다. 그리고 그 틈이 그가 가진 유일한 산책로였다.

"선천적으로 수백만 명의 사람들 몸속에는 비활동성 헤르페스 바이러스가 있어요."

여자가 설명했다. 통화 내내 그녀는 어떤 종류의 감정도 드러내지 않왔다. 노아가 자신이 컴퓨터와 대화를 나누고 있는 것은 아닌지 착각할 정도였다.

"잠복기에서 깨어났다고 해도 다 죽는 것은 아니에요. Room 17이 퍼뜨린 유전적으로 변형된 바이러스의 경우에도 우리는 생명을 위협할 만한 위험성을 밝혀낼 수가 없었습니다."

"알트만의 부검 보고서를 읽어보라고 권하고 싶군요. 그냥 그의 시체 사진이라도 한번 보든지요. 그 불쌍한 남자는 내 눈앞에서 피를 토하며 죽어갔습니다."

"예외였어요."

"뭐 어쨌다고요?"

귓속에서 들리던 나지막한 쇳소리가 점점 더 심해지는 것 같았다.

"알트만은 예외적인 사례였어요. 연구에 따르면, 병이 발발한 이후 드문 경우에만 치명적인 경과를 가져와요. 감염된 사람들 중 약 5퍼센트만이 치료를 받아야 하고, 이들 중 25퍼센트가 병원에 입원하지만, 치사율은 3퍼센트밖에 안 돼요. 게다가 거의 남성에만 해당되죠."

노아는 잠시 눈을 감았다. 오스테르베크에 있던 데이비드의 늙은 스승이 떠올랐다. 그리고 분명 이 소식으로 한숨을 돌리게 될 셀린이 생각났다.

"현재 일어난 결과를 토대로 한 예측이에요. 전 세계적으로 200만 명의 환자가 보고되었고, 그들 중 지금까지 단지 6000명에 이르는 사람들만이 사망했어요."

'단지.'

"물론 전염병은 이제야 막 퍼져 나가고 있는 단계죠. 계산대로라면 최대 800만 명의 사망자가 나올 거라고 예상하고 있어요."

'최대.'

"유감스러운 희생인 것은 확실해요. 하지만 재파이어가 바랐던 만큼 전염병의 파급력이 그렇게 크진 않아요. 그런데 만약 전 인류를 대상으로 한 생물학적 공격의 첫 번째 단계가 이미 수년 전에 이루어졌다고 밝히기라도 한다면, 엄청난 패닉이 일어날 거예요."

배가 흔들려서 노아는 다시 침대에 앉았다. 그는 자주 땀을 흘렸다. 이곳 아래에는 환풍기가 제대로 작동하지 않았고 창문도 없었다.

'800만 명의 희생자. 그 대부분이 남성이라고.'

다시 노아는 셀린이 떠올랐다.

"이미 임신 중인 여자는 어떻습니까?"

그가 물었다. 전화 속 목소리가 질문을 회피했다. 아마도 왜 그가 그런 질문을 했는지, 그 배경을 알고 있었기 때문일 것이다.

"우리는 노아 병원균의 잠재력을 인지하지 못했어요. 그리고 또한 세 번째 단계가 어떤 식으로 정확히 작동될지도 몰랐어요. 그 자체만 두고 봤을 때는 바이러스와 제트플루는 거의 아무런 해가 없어요. 단지 그 둘이 결합하게 되면 치명적인 효력이 발생하게 되죠."

"마치 물과 뜨거운 기름처럼."

노아가 중얼거리며 침상에 쓰러지듯 다시 몸을 뉘었다. 그는 어깨 상처를 손으로 누르며 들은 정보를 취합해보고자 했다.

"현재 200만 명의 사람들이 병에 걸렸다는 겁니까?"

"상승하는 추세예요. 마닐라 독감은 침을 통해 감염되죠. 하지만 당신의 협력으로 희생자 수는 매우 빠른 속도로 줄어들 것으로 내다보고 있어요."

노아는 손목을 돌렸다. 비록 색깔이 없는 불룩한 상처 자국으로만 남았지만, 문신 자국은 여전히 알아볼 수 있었다.

"그렇다면 비디오를 세상에 알리는 겁니까?"

지금까지 액체 상태로 변형 가능한 마이크로칩에 대한 그의 이론이 옳은 것이었는지 아닌지 알려주는 사람이 아무도 없었다.

"아니요."

여자가 대답했다.

노아는 허탈한 표정을 지었다.

"그러니까 당신들은 앞으로도 계속 비밀을 유지할 생각입니까?"

"비디오는 존재하지 않아요."

그녀가 그의 말을 수정했다.

"하지만 당신 손 문신에 힌트를 얻어 우리는 치료약을 개발할 수 있었어요."

노아가 이맛살을 찌푸렸다.

"그럼 베이워터와 다른 주요 인사들이 백신을 맞았던 그 이후부터는 당신들도 이미 치료약을 보유하고 있었던 게 아니었습니까?"

"물론 가지고 있어요."

여자는 혀를 찼고, 그녀의 목소리는 통화가 시작된 이래 처음으로 약간 신경이 거슬리는 것 같았다.

"병원균을 비활성 상태로 놓아둘 수 있는 효소를 발견한 것은 맞아요. 하지만 제트플루를 복용한 후에 발병하는 병에 대해서는 대항할 수 없고요. 우린 치료제를 당신 손에 새겨져 있던 문신의 성분에서 추출해낼 수 있었어요. 충분한 양이 생산되는 대로 우리는 포장된 제트플루의 내용물과 맞바꿀 거예요."

"잠깐만요."

노아는 너무나 급작스레 몸을 일으켜 통증으로 신음해야 했다.

"그럼 당신들은 앞으로도 계속 시민들에게 아무것도 설명하지 않겠다는 말입니까?"

"그래요."

'이런, 안 돼. 결코 너희들이 원하는 대로 되지는 않을 거야. 이번에야말로 그렇게는 안 돼!'

"다른 녹음된 내용은 어떻게 되는 겁니까? 재파이어가 날 죽이려고 했던 것은요?"

'셀린이 그것을 보았어. 근위대 사람과 경찰관 들도.'

너무 많은 증인들이 존재했다.

"정말 기발한 한 수였어요."

여자가 찬사를 보냈다.

"당신들은 결코 바티칸 안으로 들어가지 못했을 거예요. 만약 그랬다 하더라도 X-ray 탐지기를 통해 카메라 펜이 보안팀의 눈에 띄었겠죠. 그래서 너무 늦기 전에 재파이어를 밖으로 유인해내야 했죠. 교황이 카메라 앞에서 백신 투여를 권장하도록 그가 설득하기 전에 말이죠."

'그런 계획이었지.'

"그리고 당신은 재파이어와 둘만 있을 수 있는 상황을 만들었죠."

'알트만의 계획이었어.'

"위험한 일이었지만 제대로 성공했죠."

그녀가 인정한다는 듯 말했다.

'맞아. 부상당한 어깨에 또다시 총을 맞을 거라는 것은 예상치 못했고.'

"비디오는 지금 인터넷을 통해 전 세계로 퍼져 나가고 있어요. 다행히 그것은 소리가 녹음되어 있지 않기 때문에, 보는 사람들은 정확한 의미를 파악할 수는 없을 테고요. 그리고 우리 목적을 위해 사용할 수도 있게 되었어요."

"어떤 목적으로요?"

"재파이어의 명성에 금이 가도록 하는 거죠."

노아는 침대가 흔들리는 것을 느꼈다. 그러나 그것이 일렁이는 파도 때문이었는지는 확실하지 않았다.

"여태까지 그를 공식적으로 체포할 수 있는 근거나 계기는 없었죠. Room 17과 그의 연결고리가 빈틈없이 증명된 적도 없었어요. 그는 언론매체를 이용했고요. 그래서 그에 대한 사실들이 단순히 음모론으로 전락했습니다. 그는 대외적으로는 영웅이니까요. 어마어마한 재산을 빈곤에 저항하기 위해 쏟아부었고, 또 실제로 어떤 면에서 그렇긴 했죠."

노아는 고개를 가로저었다.

"당신들은 그를 미리 죽여야만 했습니다."

노아는 그렇게 말하면서도 그 말이 자신에게 가하는 상처에 대해 스스로 화가 났다. 그가 그 남자를 아버지로 받아들이는 걸 격렬하게 거부할수록, 그렇게 되지 못하리라는 두려움이 점점 더 커져갔다.

"그를 죽인다고요? 바이러스가 무엇을 활성화할지 다 파악하기도 전에요? 제트플루가 어떤 영향을 끼칠지 모르는 상태에서요? 그리고 우리가 치료약을 얻기도 전에요? 안 될 말이죠. 재파이어를 향한 암살 기도는 최후의 선택이었어요. 그리고 결국 대통령이 결정을 내렸고요."

'너무 늦었지!'

노아는 한숨을 쉬었다.

"대통령은 처음에는 위험을 인정하지 않으려고 했고 이후에는 과소평가했죠. 그리고 마지막에는 다 덮어버리려고 했습니다. 그가 나를 죽이려고 한 이유는 내가 노아 프로젝트에 관해서 기억할지도 모른다고 생각했기 때문이고요. 내가 그걸 다 까발릴 수도 있었기 때문이죠."

"흐음."

여자는 몇 장의 종이들을 뒤적거린 후, 다시 말했다.

"대통령이 당신의 면책을 승인해주었다고 한다면, 생각이 달라질 수도 있을까요?"

"면책이라고요?"

"뭐에 대해서 말입니까?"

"당신은 여섯 명이나 되는 사람들을 살해했고……"

"정당방위였습니다."

"……비행기를 훔쳤죠."

"빌린 거죠!"

"……임신부를 인질로 붙잡고 있었어요."

"셸린의 동의하에 이루어진 일입니다."

그녀는 전화상으로도 다 들릴 정도로 숨을 들이마셨다.

"했든 안 했든 상관없어요. 당신의 모든 범행은 오늘 오후를 기점으로 사면됐어요. 재판은 없을 거예요. 당신의 도움으로 우리가 전염병을 막는 데 성공할 수 있었다는 점을 공로로 인정받은 거예요."

"내가 당신의 일자리 제안을 받아들인다는 조건하에 말입니까?"

노아가 비관적인 추측을 내뱉었다.

"아니에요. 당신의 면책은 완전히 별개의 문제예요. 다만 비밀엄수 의무에는 꼭 사인해야 하는데, 그리 큰 걸림돌이 되지는 않겠죠."

그녀는 거의 익살스럽다 싶을 정도로 화통하게 말했다.

"당신은 배에서 내리면 자유인이에요."

노아는 눈을 감았다. 놀랍게도 그런 상상이 그에게 두려움을 안겨다 주었다. 그는 이 선실을 떠나고 싶지 않았다. 만약 지금 상황이 그의 마음먹기에 달려 있다면, 이 운항이 영원히 지속되기를 바랐다. 그가 갈 수 있는 곳은 아무 데도 없었다.

'가고 싶은 곳도.'

떠오르는 사람이 아무도 없었다. 친구도, 동료도.

'가족도 없어.'

노아가 유일하게 그리워하는 존재는 오스카였다. 그의 시체는 비행기에 실려 독일로 이송되었으며, 베를린의 어느 묘지에서 장례식을 치르게 될 거라고 했다. 노아는 오스카의 소식을 물어봤고 장교는 그렇게 약속했었다.

"제 아버지는 어떻게 됐습니까?"

"그 정보는 당신에게 제공해줄 수 없게 되어 있어요."

"그는 자신이 제트플루를 복용했다고 말했습니다. 그의 상태는 어떻습니까?"

"잠시만요."

전화에서 '뚝' 소리가 났고 다른 사람과 대화하는 여자의 나지막한 음성이 들렸다. 그리고 곧바로 그녀는 다시 통화로 돌아왔다.

"듣고 있어요?"

"예."

"내 제안에 대해 당신이 다시 한 번 심사숙고해보겠다고 약속한다면, 그에게 데려다줄 수도 있어요."

"좋습니다. 언제 가능합니까?"

노아가 말했다.

"5분 뒤에 별다른 일 있나요?"

그녀의 대답이 총알처럼 즉각 날아왔다.

# 제26장

 

당연히 노아는 과거에 데자뷰 현상을 경험한 적 있었는지도 전혀 기억할 수 없었다. 하지만 만약 있었더라고 해도 아버지의 침상 앞에 있는 지금 상황처럼 내적으로 감정을 갈기갈기 찢어놓지는 않았을 것이다. 네덜란드 숲속의 방갈로에 있었을 때와 지금은 분위기가 많이 닮아 있었다. 물론 눈앞에 보이는 늙은 남자는 오스테르베크에서 죽어가던 남자처럼 그렇게까지 아파 보이지는 않았다. 이곳은 집중치료를 위한 최신의료기기들이 늘어서 있었고 바깥과 차단되어 있지도 않았다.

군의관 두 명이 노아를 위층에 있는 병동으로 안내했는데 둘 다 보호복을 입고 있었다. 노아는 그의 아버지와 단둘이 있게 해달라고 부탁했다. 군의관은 밖으로 나갔고 노아는 침대로 다가갔다. 그는 고함이라도 치고 싶은 심정이었다. 분노와 슬픔 그리고 경악으로. 무엇보다 무기력함에 대해. 며칠 전만 해도 그는 오스카와 함께 재활용 병을 주우러 베를린의 추운 거리를 돌아다녔다. 과거도 없이, 기억도 없이, 더 아래로 추락할 수는 없다는 확신만 지닌 채. 그리고 그의 아버지가 나타난 것이다.

'난 괴물의 아들이야.'

그런 생각을 하던 찰나, 그는 여기에 온 목적이 무엇이었는지 깨달았다. 그는 자신 안에 그 괴물이 얼마나 자리 잡고 있는지 알아내야 했던 것이다. 노아는 헛기침을 했다. 재파이어가 잠에서 깨어나면서 언뜻 노아의 존재를 알아차린 것처럼 보였다. 재파이어의 눈꺼풀이 파르르 떨렸다. 눈을 뜨는 것만으로도 엄청난 체력을 요구하는 것처럼 보였다. 그동안 노아는 말없이 그의 아버지를 지켜보기만 했다. 의사들은 재파이어의 건강 상태가 얼마나 악화될지, 워싱턴으로 옮겨질 때까지 생존해 있을지도 예측할 수 없는 상황이라고 말했다. 병이 깊은 건 아니었으나 그의 나이와 암살 기도 후 심각한 총상 탓에 살아날 가능성은 반반이라고 했다.

"유감스러워."

노아는 소스라치게 놀라며 몸을 움찔거렸다. 그의 아버지가 바로 눈앞에서 죽는다면 어떨지 생각해본 적은 없었다. 그는 공허함을 느꼈고 재파이어의 예기치 않은 말이 그를 공허함 속에서 일순간 헤어나게 했다.

"뭐가 유감스럽다는 겁니까?"

노아가 아버지에게 물었다.

"절 죽이려 했던 것이? 아니면 지구인 절반을 죽이려고 했던 것이?"

"우리가 실패한 것이."

그의 목소리는 여느 때보다 반음 정도 더 높게 들렸는데, 아마도 감염이 그의 성대를 오그라들게 만들어버린 것 같았다.

"우리가요?"

"특히 존, 너."

노아는 뒤돌아서려고 했다. 여기에 온 것이 실수였다.

"너는 나보다 나은 게 없어."

그의 아버지가 그를 자극했다. 재파이어는 면도도 못 한 얼굴이었다. 잠든 동안 흘린 침 자국이 턱 위로 까칠까칠하게 올라온 수염에 묻어 있었다.

"전 전염병을 퍼뜨린 적이 없습니다."

나지막한 목소리로 시작했다. 그러다 한 마디씩 할 때마다 소리가 점점 더 커지더니 끝에는 거의 울부짖듯이 고함을 질렀다.

"전 수백만 명을 독살하지 않았습니다. 그러니까 당신 같은 사람과 저를 비교하지 마세요!"

재파이어가 고개를 끄덕인 후 다시 눈을 감았다. 그의 가슴이 규칙적으로 오르내렸다.

"그래, 넌 그 모든 걸 하지 않았어, 존. 하지만 그리 멀지 않은 시간 내에 더 많은 죽음에 대해 책임져야 할 거야."

"그건 또 대체 무슨 말입니까?"

재파이어가 눈을 뜨고는 노아와 시선을 마주쳐보려고 애썼다.

"다 들었어. 로베르트-코흐 연구소가 지휘권을 위임받았고 네가 넘겨준 정보들을 기반으로 약을 개발할 거라고 하더군. 그 덕에 세 번째 단계는 2주일도 걸리지 않아 역사 속으로 사라지게 될 거야. 그리고 그때까지 채 800만 명도 죽지 않을 거고. 훌륭해, 존. 잘했어."

노아는 진절머리가 난다는 표정으로 얼굴을 찌푸렸다.

"머리가 어떻게 된 거 아닙니까?"

"오, 아니야. 내 머릿속은 그 어느 때의 너보다도 훨씬 더 선명해."

재파이어가 관자놀이를 만졌다. 두통이 있는 것이 분명했다. 딱지가 들러붙은 코털은 재파이어 역시 코피에 시달리고 있다는 것을 보여주었다.

"네가 구한 그 모든 영혼들에게 이제 무슨 일이 일어날 거라고 믿는 거냐?"

'구한'이라는 말이 그에게는 마치 욕처럼 들렸다.

"난 구금 중이야. 내 왕국은 파괴되어버렸지. 내 딸, 세제트는 도주 중이고. 난 병들어 죽어가고 있어. 이제 뭔가 할 수 있는 힘을 완전히 잃어버렸어. 그런데 이렇게 되어서 얻은 게 뭐지? 아무것도 없어. 사람들은 여전히 죽어가고 있어. 오히려 더 괴로움에 몸부림치면서 말이지. 죽음과의 사투는 훨씬 더 오래 걸릴 거야. 그들은 목말라 죽고, 굶어 죽고, 전쟁에서 서로를 학살하거나 병에 걸려 죽겠지. 원유는 40년 안으로 바닥날 거야. 그러는 와중에도 인도와 중국 등 다른 개발도상국들은 원자재를 다 소모하면서 90억 명이 넘는 머릿수를 채우기 위해 박차를 가할 테고. 10억의 인구는 지금도 식수를 못 구하고 있지. 거의 초단위로 아기들은 영양실조로 죽어나가고, 4분마다 한 명이 비타민 A를 구할 수가 없어서 실명하고 있어. 그들 중 연간 1300만 명이 아이들……"

"그래서 차라리 지금 당장 죽여버리는 게 낫다는 거예요?"

노아가 쉰 목소리로 늘어놓는 그의 장황한 연설을 중간에 끊어버렸다.

"언제부터 그렇게 제정신을 잃게 된 거죠? 우리가 말하고 있는 건 사람이에요, 사람!"

재파이어가 아래턱을 앞으로 쑥 내밀었다.

"좋아, 존. 내 말 잘 들어. 그럼 네가 제안할 수 있는 해결책은 대체 뭔데? 그냥 잠자코 기다리며 돈 많은 사람들이 정신 차리길 기다리는 거야? 그런 일은 절대 일어나지 않아."

대화를 하면서 재파이어는 눈에 띌 정도로 생기가 돋았다. 그의 뺨이 흥분으로 붉게 물들었다. 관자놀이의 혈관들이 울룩불룩 올라왔다.

"난 너와 달리, 내 눈으로 직접 비참한 상황들을 봐왔어. 슬럼에도 있었지. 인구의 3분의 1은 제대로 끼니를 잇지 못해. 사람들은 기력도 없이 쓰레기 더미 사이를 지나다니고 젊은 나이에도 이빨이 빠지지. 임신부들은 엽산과 비타민을 제대로 공급받지 못해서 장애아를 낳고. 우리가 지금 이야기하고 있는 수억 명의 상황은 사회 시스템 변화를 통해서도 결코 나아질 가능성이 없어."

그는 기침을 한 후 이야기를 계속 이어나갔다.

"우리는 실재하는 사실들을 알고 있어. 어떤 천치라도 구글로 검색할 수 있지만, 우린 못 본 척 지나쳐버리지. 비참함에 대항하는 어떤 일도 하지 않아. 대체 왜?"

'클리어.'

노아의 머릿속에 그것이 번뜩 스쳐지나갔고, 오스카와 그의 음모론이 생각났을 때 슬픔이 그를 에워쌌다.

"우리가 원치 않기 때문이야."

재파이어가 소리쳤다.

"왜냐하면 우리는 이득을 보니까. 난 몇 번이고 사람들을 각성해보려고 했어. 시애틀에 있는 공식 만찬 자리에서 정신 장애를 가진 아이들의 비디오를 보여주었지. 아이들은 우크라이나에 있는 집에서 굶어 죽을 때까지 묶여 있었어. 그날 내 손님들은 별 다른 말 없이 2만 달러어치의 와인만 마셔댔지. 그리고 마지막 공식 석상에서는 한 아이의 영상을 보여주었는데 그 애는 몰타섬 앞 바다에서 작은 배를 타고 표류하고 있었어. 얼마 지나지 않아 프론텍스의 수색선이 바짝 다가와 붙었지. 소년은 익사했고. 피난민을 막기 위한 유럽연합의 지시에 따른 것이었지. 난 이 진실들로 손님들에게 충격을 주려고 했었어. 고래고래 고함을 치면서 모욕적인 발언을 했지. 때로는 후원금을 받기도 했고. 하지만 뭘 바꾸었을까? 전혀 아무것도!"

노아가 고개를 저었다.

"틀림없이 다른 길이 있을 겁니다. 누구도 가치 있는 삶과 가치 없는 삶을 판가름할 권리는 가지고 있지 않아요."

"하지만 바로 그걸 너도 하고 있잖아."

재파이어가 숨을 몰아쉬며 말했다.

"그것도 매일같이."

"제가요?"

그의 아버지는 손을 높이 들어 손가락 끝으로 노아의 상체를 가리켰다. 그의 점퍼 지퍼가 열려 있었다.

"네가 입고 있는 티셔츠. 그건 방글라데시에서 한 여인이 만든 옷이야. 셔츠 한 장당 1센트도 안 되는 돈을 받아. 물론 정당한 대가가 아니지만 아무도 바꾸길 원하지 않지."

"그게 당신이 외치는 표어예요? 중세 시대로 돌아가자는 것이?"

"우린 이미 오래전부터 거기로 가는 길 위에 있어."

재파이어는 침대 옆 접이식 보조탁자 위에 놓인 물병을 손으로 잡았다. 그는 뚜껑을 돌려 열어보려고 애쓰는 가운데서도 자신의 강의를 계속 이어나갔다.

"우리는 모두 자동차를 타고 고기를 먹고 휴가를 가기 위해 비행기를 타지. 날마다 샤워를 하고 TV를 보고 냉장고에서 음식을 꺼내 먹고 냉난방을 하고. 하지만 지구는 그렇게 설계되지 않았어. 지구가 지닌 원자재로는 그 모든 걸 충당할 수 없어. 70억 인구라니, 말도 안 되지. 하지만 우리는 생활방식을 바꾸려고 하지 않아. 오히려 더욱더 소비하기 위해 애를 쓰지."

재파이어는 눈을 질끈 감았다. 갑자스럽게 극심한 두통이 몰려온 것처럼 보였다.

"우리는 1칼로리의 음식을 생산하기 위해 1리터의 물을 허비해. 지구가 감당할 수 있는 양의 두 배에 달하는 온실가스를 공기 중에 내뿜고 있고. 신문을 펼쳐봐. TV를 켜봐. 가뭄과 홍수, 태풍. 나쁜 소식 없이 하루도 지나가는 법이 없지만 기후 회의에서 내놓은 결정은 아무짝에도 쓸모없는 것들뿐이야. 그리고 테러는 온갖 곳에서 일어나고 있지. 빈곤으로 잃을 게 없는 아이들이 용병으로 전쟁에 참가하고 있고."

"그래서 가난한 사람들을 죽이려는 겁니까? 부자들만 지구에서 살아남고?"

재파이어는 화를 내며 고개를 저었다.

"우리는 지구가 감당할 수 있는 규모로 인구를 감소시키려고 했던 것뿐이야. 문제는 누가 죽어야 하는가가 아니야. 얼마나 죽어야 우리 지구가 생존할 수 있는가가 중요한 거지. Room 17은 가난한 자와 부자를 구별하지 않았어. 그건 네가 하는 거야. 네가 노아 프로젝트를 중지시키고 빈곤의 질주가 계속되게 내버려둠으로써."

배가 심하게 쿵쾅거리기 시작했다. 노아는 침대 옆에서 미끄러져버렸다. 그러면서 의도치 않게 아버지의 팔을 건드렸다. 재파이어는 그 기회를 놓치지 않고 아들의 손을 덥석 잡았다.

"사람이라는 존재가 오직 무력을 통해서만 달라진다는 걸 이해 못 해? 우린 이기주의자들이야, 존. 늘 자신의 이익만을 생각하지."

재파이어는 노아의 손을 다시 풀어주었다. 자주 그랬던 것처럼, 노아는 오스카를 떠올리지 않을 수 없었다. 그가 오스카를 여전히 미치광이 취급하며 비웃었을 그 시점에, 오스카는 이 같은 진실을 모두 다 이야기해주었던 것이다.

"지금 이 순간에도 수천 명의 여자아이들이 햇빛도 들어오지 않는 노예 공장에서 우리의 스마트폰을 조립하고 있어. 그게 우리가 살고 있는 세상이야. 우린 그들의 더 나은 근로 조건을 위해 시위하는 대신, 새로운 모델을 구입하기 위해 밤새도록 가게 앞에 줄을 서지. 휴대전화에 들어 있는 콜탄을 얻기 위해 콩고에서는 수천 명의 사람들이 피로 얼룩진 전쟁 속에서 학살당하지만 그 누구도 그 사실에 주의를 기울이지 않지."

노아는 재파이어의 연설에 마음이 동요되었다. 천부적인 재능을 지닌 선동가들이 모두 그렇듯, 그의 아버지 또한 진실들을 그럴듯한 거짓말과 결부시키는 일을 성공적으로 수행했다. 중병에 걸려 침대에 몸이 묶인 상태였지만, 늙은 남자는 여전히 강력한 카리스마를 내뿜고 있었다. 노아는 그가 데이비드를 어떻게 설득시킬 수 있었는지 충분히 상상할 수 있었다.

"그런 비극들에 대해서는 끝도 없이 계속 열거할 수 있어."

재파이어가 말했다.

"노아 프로젝트는 그 모든 것을 끝냈을지도 몰라. 하지만 넌 빈곤이 지속되도록 만든 거야. 그리고 넌 아무것도 한 게 없어. 네가 그렇게까지 구하려고 했던 세계는 그럼에도 불구하고 스스로 자멸의 길을 가고 있어."

재파이어가 코에 손을 갖다 댔다. 핏방울이 손가락 끝에 떨어졌다. 하지만 그는 별로 개의치 않았다.

"인간은 기생충과 같은 존재야. 자신의 숙주와 함께 죽을 때까지 모든 것을 빨아 먹어버리지. 멸망을 자초하는 일이야. 노아 프로젝트를 통해 살아남은 자들은 새로운 출발을 위한 최소한의 기회를 얻을 수 있었어."

"아니요, 당신은 잘못 생각하고 있는 겁니다."

그의 아버지는 깊은 한숨을 내쉬었다.

"좋아. 그렇다면 내게 설명해봐. 오직 성장과 이익과 돈을 향해 나아가는 세계가 어떤 방법으로 바뀔 수 있을까?"

"나도 모릅니다."

노아가 밖으로 나가기 위해 뒤돌아섰다.

'학살이 선택지가 될 수 없다는 것만은 알고 있어요. 결코 있어서는 안 될 일이죠.'

그가 이미 문가에 섰을 때, 한 가지 기억이 그를 엄습해왔다. 그것은 불현듯 떠오른 것이었을 뿐, 어디에서 왔는지 그도 알 수가 없었다.

"폭풍과 해변의 소녀에 대한 이야기를 알고 있습니까?"

그는 그의 아버지에게 물었다.

재파이어는 놀란 듯 눈을 크게 뜨고 쳐다보았다.

"폭풍에 의해 수백만 마리의 물고기들이 육지로 밀려왔죠."

노아가 이야기를 시작했다.

"그리고 한 작은 소녀가 그것을 차례대로 하나씩 바다로 던졌습니다. 아직 살아 있는 물고기를. 던질 수 있는 한 많이요."

재파이어가 피가 맺힌 코를 훌쩍거리며 잘 알고 있다는 듯이 미소를 지어 보였다.

"그녀가 그러고 있는 동안……"

노아가 이야기를 계속 이어나갔다.

"한 노신사가 그 옆을 지나가며 소녀에게 물었습니다. '수백만 마리의 물고기들 중에 네가 구할 수 있는 거라곤 고작 몇십 마리에 불과하단다. 그렇게 해봤자 무슨 차이가 있겠니?' 그러자 소녀가 말했죠……"

재파이어는 이제 슬픈 표정으로 변해갔다.

"그래도 그 한 마리의 물고기한테는……"

그가 노아의 이야기를 끝맺었다.

"그 한 마리의 물고기한테는 차이가 있다는 거지."

재파이어가 몸을 일으켜 세웠다. 그의 눈이 반짝거렸다.

"내가 네게 이야기해주었던 일화야."

'그럴지도 모르죠.'

노아도 하필이면 마침 왜 그 일화가 떠올랐는지 알 수 없었다. 갑자기 생각난 것이었는데, 그 이야기는 지금 옳고 그름을 판가름할 수 있는 직감 같은 걸 주었다. 노아와 재파이어는 오랫동안 서로의 눈을 쳐다보았다. 그런 다음 노아는 그의 아버지를 영원히 떠나기 전에 말했다.

"우리는 파멸을 향해 돌진하고 있는 건지도 몰라요. 이미 오래전에 모든 걸 잃어버렸을지도요. 그래도 난 잘 모르겠어요. 어쩌면 내가 죽음을 막았던 그 수많은 사람들 중 한 사람이 우리가 어떻게 변할 수 있을지 알고 있는지도 모르죠. 그 한 사람 한 사람이 차이를 만드는 거예요."

# 제27장

한 달 후
미국, 뉴저지

편지의 무게는 마치 1톤처럼 느껴졌다. 그녀가 손에 들고 있는데도 매초마다 무게는 100킬로그램씩 계속해서 더 무거워지는 것 같았다. 셀린은 편지를 부엌 식탁 위에 내려놓았지만 무게감은 조금도 사라지지 않았다.

보스턴에 있는 실험실이 발송자로 찍혀 있었다. 근처 병원은 예약으로 꽉 찬 상태였다. 그 사건이 일어난 후 모든 사람들이 마닐라 독감 백신을 맞으려고 했다. 셀린은 편지 봉투에는 손도 대지 않고 눈으로만 보고 있었다. 그녀의 어머니가 장에서 돌아올 때까지 기다려야 할지 결단을 내리지 못했다. 왜냐하면 결과를 혼자 감당하고 싶지는 않았기 때문이다. 물론 그렇다 한들 편지의 내용이 달라지는 건 아니었다.

집으로 돌아온 후부터 셀린은 매일같이 불안한 기대를 품고 편지함으로 갔다. 매번 그 편지가 없다는 걸 확인한 후 안도의 한숨을 쉬었다.

'아마 당신과 같은 날에 저도 결과 통보를 받게 될 겁니다. 도착하는 대로 제게 바로 전화 주십시오. 우리가 어떻게 행동해야 할지 얘기해보도록 합시다.'

말콤 박사가 그렇게 말했었다.

봉투는 아무 해도 입히지 않을 것처럼 보였다. 흰 종이 위에 검은색 글자가 인쇄되어 있었으며 도톰한 걸 보니 여러 장의 종이가 들어 있음을 짐작할 수 있었다. 케빈의 유서도 그와 같았다. 그녀는 미국으로 돌아온 후에야 편지함에서 그의 이별 편지를 발견했다. 편집장은 다시 한 번 온갖 수사로 그녀에게 사랑을 고백했고 그 일에 개입시킨 것과 관련해 사과의 말을 전했다. 그는 편지를 작성한 직후 자신이 사는 뉴욕의 한 아파트에서 목매달아 죽었다. 당시 셀린은 슬픈 감정을 느꼈지만 눈물이 나오지는 않았다. 케빈은 그녀에게 너무 나쁜 짓을 했던 것이다. 그는 그녀에게 큰 의미가 없었다. 하지만 오늘 셀린은 감정을 억누르지 못하리라는 걸 알았다. 눈물을 쏟아낼 것이다. 기쁨이든 슬픔이든 간에. 셀린은 볼록하게 튀어나온 배를 쓰다듬으며 꼬마점을 생각했다.

'바로 전화 주십시오……'

마지막 초음파 검사에서 그녀는 어떤 것들을 알아보았다. 작은 팔과 다리 그리고 엉덩이. 작은 곰 모양의 젤리처럼 생긴 그것은 그녀의 자궁에서 공중 돌기를 선보였다.

'……우리가 어떻게 행동해야 할지 얘기해보도록 합시다.'

셀린은 눈을 감았고 곧장 해치워버리기로 결심을 굳혔다. 깊이 숨을 들이마시고 편지봉투를 쥐었고 이음새 부분을 뜯었다. 잠시 후 그녀가 수화기를 들었다.

# 제28장

전화벨이 울렸다. 매주 그랬던 것처럼. 한 달 전부터. 정확히 같은 시간에. 현지 시각으로 저녁 7시. 세 번 울린 후 노아가 전화를 받았다. 항상 그랬던 것처럼.

"누구십니까?"

비록 알고 있었지만, 그가 물었다.

"셀린이에요."

전화를 건 사람이 누구인지 대답할 필요도 없었지만, 그래도 그녀가 말했다. 그 전화는 그들 사이에 하나의 의식이 되었다. 그리고 노아에게는 의지할 곳이 되어주었다. 배에서 내린 후 그는 기억이 점점 희미해져 갔다. 망각의 바다에서 닻이 된 셈이었다.

"당신 아버지는 어떻습니까?"

노아가 물었다. 그는 수많은 메모들 중 하나에 있는 질문을 따라 읽었다. 그가 배에 있었을 때, 셀린과 그녀 가족들에 대해 알고 있는 내용을 다양한 메모로 남겨두었다. 그래도 그때는 기억이 생생했다.

그녀 아버지는 마닐라 독감이 번지기 시작하던 그때 검역조치로 인해

JFK 공항에 발이 묶여 있었다. 그에 대한 몇 글자 키워드 뒤에 밑줄이 한 개 그어져 있었는데, 그것은 그가 한 번밖에 그녀 아버지의 안부를 물어보지 않았다는 뜻이었다.

"좋지 않아요. 출혈이 너무 심해서요. 아직 위험한 고비를 넘기지 못해서 결국 다시 병원에 입원하셨어요."

셀린이 말했다. 노아는 헛기침을 했고 뭐라 대꾸해야 할지 몰랐다. 핸더슨 씨가 제트플루를 복용했다는 것은 그도 분명히 알고 있었다. 그의 메모에 그렇게 쓰여 있었기 때문이다. 하지만 그 후 아버지의 상태에 대해서는 이미 셀린이 설명해줬는지 아니면 노아 자신이 단순히 그 설명을 적어두는 걸 잊어버린 건지 기억할 수 없었다.

'내가 뭘 잊어버린 건지도 기억할 수가 없군.'

그는 셀린의 아버지에 대한 단락 뒤로 두 번째 밑줄을 그었다. 그리고 '병원에 입원함'이라고 써 넣었다.

"잘 지내요?"

이렇게 물으며 노아는 셀린의 얼굴을 떠올려보려고 노력했다. 헛수고였다. 그가 그녀와 그렇게 많은 경험을 했음에도, 오스카만큼은 인상적이지 않았던 것이 틀림없었다. 노아는 오스카의 얼굴을 꿈에서도 종종 보았다. 그에게 셀린은 얼굴 없는 여인이 된 것이다. 마치 헬리콥터 모함에서 통화했던 그 목소리의 여자처럼. 그는 그 목소리의 제안을 거절했었다.

"테스트 결과를 받았어요. 전염병 때문에 약간 더 시일이 걸렸어요."

"잘됐네요. 그래서 그게……"

그는 셀린의 임신에 대해 써둔 메모지를 찾았다. 아직 결과가 나오지 않았다고 적혀 있었다.

"그래서 아기는 어떻대요?"

"몰라요."

노아가 이맛살을 찌푸렸다.

"아직 편지를 열어보지 않은 겁니까?"

"열어봤어요. 하지만 읽지 않고 버렸어요."

"도대체 왜?"

"결과가 어떻더라도 나는 내 아이를 지킬 거예요. 다운증후군이어도 상관없어요."

"그렇게 결정했다니 저도 좋습니다, 정말로요."

노아는 자신이 방금 말한 대로 정말로 그렇게 느끼는지 내면에 귀 기울여보았다.

'그래. 난 정말 그렇게 믿어.'

"잘한 결정입니다."

그는 좀 더 단호한 목소리로 되풀이했다.

"어찌 되었든 그게 날 더럽게 무섭게 하는 건 분명해요."

셀린은 웃은 후 대화 주제를 바꿨다.

"그래서 당신은요? 당신은 어때요?"

노아는 마치 그녀의 질문에 대한 답을 찾을 수 있는 것처럼 쪽지만 뚫어져라 쳐다보았다. 그는 한참을 고민한 후에 마침내 말했다.

"집에 돌아온 기분이 점차 듭니다."

셀린은 또다시 웃었지만, 여전히 신경은 조금 예민한 상태였다.

"언젠가 당신을 보러 그곳에 가도 될까요?"

"예, 그게 그러니까……"

노아가 헛기침을 했다.

"난 잘 모르겠습니다. 그렇게 하는 것이 오히려 좋지 않을 수도 있을 겁니다."

"하지만 당신은 어디에……?"

"미안합니다만, 이제 끊어야겠습니다."

노아는 그녀가 자신의 사적인 공간으로 들어오기도 전에 말을 중간에 끊어버렸다.

"알았어요. 그걸로 충분하다면 좋아요."

그녀의 목소리가 왠지 우울하게 들렸다.

"다음 주까지 잘 지내요."

그녀는 다음번은 이제 없을지도 모른다는 예감이 스쳤다.

"그래요. 다음에 또 통화합시다."

그는 수화기를 내려놓았다. 쪽지를 응시했다. 천천히 슬로모션처럼, 손가락을 둥글게 말아서는, 그렇지 않아도 이미 꾸깃꾸깃한 종이를 점점 더 작은 둥근 뭉치로 만들어 오랜 시간 구기고 있었다. 그런 다음 그는 구겨진 그 종이를 휴지통 안에 던져 넣었다. 휴지통은 매점 건너편에 있는 동전 전화기 바로 옆에 있었는데, 그는 지난 한 달 동안 그 매점 바로 옆에다 잠자리를 만들어 밤을 보냈다.

"이리 와."

그가 말하며 목줄을 잡으려고 손을 뻗었다. 통화 중에는 부츠로 줄을 밟고 있었기 때문이다.

"이제 갈 거야."

토토는 눈에 띌 정도로 확연히 커졌고 이미 오래전부터 더는 불안한 자세로 걸어다니지 않았다. 노아는 제니를 중앙역에서 다시 발견하게 되었는데, 그녀는 자신의 '개 닥터' 차량에서 토토를 잘 돌봐주고 있었다. 토토는 이제 건강해졌고 활기가 넘쳤다. 패트리치아는 약물 과다복용으로 죽었다. 혹은 저체온증 때문일지도. 길거리에서 일어나는 일은 그렇게 분명치 않았다.

"그래, 알았어. 얼른 풀어줄게."

노아가 토토를 향해 몸을 숙였다. 개는 한동안 끈에 묶여 있어서 기분이 좋지 않은 모양인지 컹컹거리던 찰나였다. 토토가 노아의 주변에서 멀어지는 일은 잘 없었다. 다만 그가 통화하기 위해 오랫동안 서 있거나 하면 토토는 혼자 탐험을 시도하곤 했다. 토토는 이제 노아 뒤를 얌전하게 따라서 엘리베이터가 있는 곳까지 왔다. 노아는 잠시 토토를 팔로 안아 들었다. 불에 탄 고무와 먼지, 디젤 냄새가 났다. 지하철이 점점 다가오는 소리를 들었고 다시 멀어지는 소리가 날 때까지 기다렸다. 그런 후 노아는 플랫폼을 따라 뛰었고 그 와중에 오스카를 생각했다. 노아는 오스카가 만약 하늘에서 내려다보고 있다면 지금 그가 은신처로 가는 걸 반대하지 않기를 바랐다. 쌍둥이 형이 주었던 추상화와 늙은 아버지의 음성으로 부지불식간에 튀어나오는 머릿속 말들과 더불어 오스카 역시 그의 기억 속에 영원히 닻을 내리길 희망하며, 노아는 플랫폼이 끝나는 곳에서 선로로 내려와 토토와 함께 어둠을 따라 달려갔다.

이 글은 소설이다. 모든 등장인물과 사건들은 꾸며낸 것이다. 하지만 소위 빌더베르크라 불리는 회의는 실제로 보안과 비밀을 유지한 채 매년 개최되고 있다. 이 회의에서 오고가는 내용과 결정 사안은 일반 대중들한테는 접근이 불가하다. 그러므로 이 책에 나오는 빌더베르크의 참석자들과 그들의 의도에 대한 내용은 순전히 허구이다. Room 17도 상상으로 만들어낸 조직이다.

반면 이 글에 묘사된 마닐라 슬럼의 상황은 사실이다. 가공의 인물인 조나단 재파이어가 현 세계 상황에 발언했던 내용 모두 실재 사실과 부합한 것이다.(인쇄를 위해 원고를 넘긴 시점은 2013년 5월 1일이다.)

그럼에도 소설 속에 나오는 그 모든 의견이나 견해는 오로지 행위 주체인 작중 인물의 것임을 여기 밝혀둔다.

## 작가 후기

Room 17이 잘못 생각하고 있다는 걸 소설에서 명백히 밝히고 싶었다. 수많은 사람들이 굶주림과 목마름과 병으로 죽어가고, 전쟁 피난민이 되고, 노예나 강제 성매매로 내몰리고 있다. 하지만 그 원인이 인구과잉만은 아닐 것이다. 가장 문제가 되는 건 인구성장이 정체되거나 심지어 감소되는 경향을 보이는 산업 국가들의 생활 방식이다. 즉, 최대한의 성장을 지향하며 최대한의 자원 파괴도 서슴지 않는, 그 기틀 위에 세워진 국가의 경제 시스템 말이다.

현재 우리의 문명이 몇 년 안에 모두 소모시킬 원유를 만들어내기 위해 자연은 100만 년이라는 시간이 필요했다. 다가올 세대가 우리를 판단력이 없는 어리석은 세대로 여길 거라는 건 의심할 여지조차 없다. 우리는 2억 5000만 년 동안 생성된 자원을 250년 만에 모두 태워버렸다. 그리고 그것으로 독일에서만도 한 해에 53억 장의 일회용 비닐봉지를 만들어낸다. 이미 수년 전부터 인구가 감소하는 나라에서 말이다.

그러므로 Room 17은 원인을 잘못 생각하고 있다. 그렇지만 유감스럽게도 인구의 폭발적인 증가가 우리 사회의 붕괴를 더욱 가속화할 거라는 전망은 틀리지 않을 것이다. 왜냐하면 독일이나 미국에서 우리가 하고 있는 것처럼 모든 사람들이 그렇게 소비하고 낭비하면서 살도록 지구는 설계되어 있지 않기 때문이다. 오로지 기술과 진보의 신봉자들만이 미래에도 100억 명에 이르는 사람들이 아무런 걱정 없이 자동차와 비행기를 타며 장거리 여행을 하고, 고기를 먹고, 물을 마실 수 있을 거라고 내다볼 것이다. 그러고는 비닐봉지를 내다버릴 것이다.

상황은 암울하다. 하지만 출구가 없는 걸까? 우리가 행동 양식의 변화만으로 이 위기를 타개할 거라는 믿음은 지나친 자만에 불과할 것이다. 지구는 46억 년 전부터 존재해왔다. 인간은 불과 200만 년 전부터 자리 잡고 살아왔다. 지구에서 인간 종의 역사는 눈 한 번 깜짝할 사이다. 우리는 그 짧은 시간에 어쩌면 보다 앞서 이 행성을 지배해왔던 다른 종들을 모두 합친 것보다 훨씬 더 큰 재앙을 초래했는지도 모른다.

하지만 우리가 지구의 불을 영원히 꺼버릴 정도로 영향을 미치지는 못할 것이다. 혹시 짧은 기간 동안 이 행성을 심각한 수준으로까지 황폐화시킬지도 모르겠지만, 늦어도 몇백만 년 후 지구는 다시 회복되어 있을 것이다. 그렇다고 해서 우리가 앞으로 계속 이렇게 살아야 하는 걸까? 이 모든 게 어차피 아무런 의미도 없는 걸까? 물론 그런 식의 자조는 가상의 조직인 Room 17의 대량 학살 계획과 마찬가지로 인간을 냉소하고 경멸하는 것일 테다. 그 누구도 경제적 잣대를 들이대어 다른 사람의 생명을 희생시켜서는 안 된다.

나는 이 소설에서 격분한 나의 목소리를 높이려 한다거나 사람들의 태만을 공범이라며 질책하려 하지는 않았다. 전 세계에 퍼져 있는 수천 명의 구호단체 자원봉사자들은 물론 경탄하고 존경하지만, 대부분의 우리가 그렇듯 아무런 일도 시도하지 않는 것에 대해서도 충분히 잘 이해할 수 있기 때문이다.

우리는 완전히 모순된 시스템 안에 살고 있다. 어떤 때는 에너지 절약을 위해 불을 조금 켜놓으라고 한다. 한편으로는 경기 활성화를 위해 멀쩡한 자동차를 폐차장으로 끌고 간다. 노동 착취를 통해 생산되는 티셔츠를 더 이상 구매하지 말라고 종용하지만, 소비가 일어나지 않는다면 그 노동자의 생활환경은 또 악화될 것이다. 정치가들은 저축을 하여 노후를 대비하라고 한다. 하지만 동시에 기준 금리를 내린다. 그래서 대출하기 용이하게 해서 사람들이 더 많이 소비하도록 부추기는 것이다.

나 역시 이 시스템의 일부다. 내 행동이 끼치는 부정적인 영향을 의식하고는 있지만 시스템 안에서 행위한다. 햄버거 하나를 생산하기 위해서 2400리터의 물이 소모된다는 사실을 알고 있다. 양심에 가책이 들긴 하지만 그럼에도 나는 그것을 먹게 된다. 물론 나는 얼마 전부터는 엄선된 농장에서 직접 식품을 구입하며 될 수 있는 한 공정거래 상점을 이용한다. 생태 발자국을 줄이기 위해 노력도 한다. 하지만 이러한 내 노력들은 내 책의 성공으로 누릴 수 있는 특권 덕분에 가능한 것이다. 그런 이유로 나는 이 소설을, 결코 집게손가락을 높이 쳐들며, 주장하듯이 쓰지 않았다. 내가 던진 돌멩이는 나 스스로가 첫 번째로 맞게 될 것이다.

오히려 이 책의 주제는 개인적인 무능력함에서 비롯한 것이다. 나는 실재하는 사실들을 알고 있고 그것을 문제라고 생각하고 있다. 물론 나는 공산주의자와는 거리가 멀지만 그럼에도 지금 이 시스템이 더 이상 잘 작동할 수는 없을 거라는 확신이 있다.

당연히 노아는 통속 소설이지 전문서나 실용서가 아니다. 다만 나는 글을 쓰는 동안 행간마다 질문을 던졌다. 그것은 내 잠재의식 속에서 절박한 문제였다. 나는 이 소설을 통해 스스로도 답을 구하지 못한 질문들을 던진 것이다. 하지만 좋은 질문은 그것만으로도 아주 많은 작용을 한다. (그것을 편집 담당자인 레기네 바이스브로트가 내 원고에 대한 주석을 달아줄 때마다 항상 증명하고 있다.) 당신도 그 질문들을 곱씹으면 좋을 것이다. 당신이 이 책을 덮는 순간 혹은 전자책을 끄는 순간 그 모든 걸 다시 잊어버린다고 해도, 질문을 던지는 일은 통속 소설 한 권이 할 수 있는 최대한의 역할일지도 모른다.

"그래서 이제 어떻게 하라는 거지?" 아마도 당신은 이렇게 물을지도 모른다. 질문만 던져놓고 답은 주지 않는데, 어떻게 더 나아가야 하는 걸까, 하고. 핑계처럼 들릴지 모르겠지만, 나 역시도 잘 모른다. 나는 과학자도, 기술자도, 천리안을 지닌 점쟁이도 아니다. 나는 우리 시대의 가장 시급한 문제들에 대한 해결책을 모른다. 그리고 그 시대라는 것은 점점 더 빨리 우리로부터 도망가버리는 것 같다. 나는 단지 우리가 그것을 고민해서 발견해내야 하며 가능한 빠른 시일 내에 무언가를 이루어내야 한다는 사실만 알고 있을 뿐이다. 그리고 사람들이 눈을 뜨고 있을 때 비로소 그 해결책이 발견될 수 있다는 걸 알고 있다. 어쩌면 'www.footprint-deutschland.de'라는 인터넷 사이트가 그 눈을 뜨는 작업을 도와줄 수 있을지도 모른다.

이 사이트에서 당신은 지구의 모든 인구가 당신의 생활방식을 그대로 따라한다면 현재 얼마나 지구가 소모되는지 계산할 수 있다. 만약 당신의 행동양식을 우리 행성의 모든 사람들의 일반적인 척도로 적용하게 된다면 어떤 문제가 생길지 하나하나 꼼꼼히 체크하도록 하자. 그리고 그 우리가 70억 명이라는 사실도 염두해두자.

만약 당신도 나처럼, 현재의 생활방식이 2.4개의 지구를 필요로 한다는 사실을 확인할 수밖에 없다면 관심은 자연스럽게 로마클럽 웹사이트

(www.clubofrome.org)를 방문하도록 흘러갈 것이다. 그것은 십 수 년 전부터 훨씬 더 포괄적으로 내가 단지 수박 겉핥기식으로 훑고 지나간 주제들에 대해 연구하고 있으며, 그들의 출판물은 단지 음울한 미래 예측만 내놓는 것이 아니라 해결 방안들을 제시하고 있다. 그리고 우리는 이를 통해 우리 자신의 운명을 책임지며 더 나은 방향으로 향할 수 있을 것이다.

로맹 롤랑의 경구처럼, "지성의 비관주의가 의지의 낙관주의를 불가능하게 하지는 못한다".

## 감사의 글

항상 그랬던 것처럼, 모든 독자분들께 감사드립니다. 여러분 없이 저는 아무것도 아닐 것입니다. 그리고 이 소설이 제 일반적인 형식에서 벗어난 것에 대해 독자 여러분들의 이해를 부탁드립니다. 보통 다른 책에서는 유머러하기까지 한 결말이 이 소설에서는 적절하지 않은 것처럼 보였습니다.

특히 감사 인사를 드리고 싶은 분들은 다음과 같습니다.

슈테판 뤼베, 마르코 슈나이더스 그리고 당연히 클라우스 크루게. 그는 제게 뤼베 출판사와 그의 전문팀과 함께 일할 수 있도록 문을 열어주었습니다. 그들이 이 책을 뭔가 특별한 것으로 만들어주었습니다. 레기네 바이스브로트, 특히 이번 공동 작업 이후에 그녀에 대해 더 잘 알게 되었습니다. 그녀와 작업을 함께 이어나가길 바랍니다. 마누엘라 라쉬케, 그녀가 없었다면 전 교도소나 다리 아래 정착해야 했을 것입니다. 당신의 믿음, 노고 그리고 우정에 감사드립니다. 당신 없이 결코 이 모든 것은 불가능했을 것입니다. 사비네 피체크와 클레멘스 피체크에게는 의학적인 조언에 대해, 프라이무트 피체크에게도 아버지로서의 소중한 지원에 대해서 감사드립니다. 유럽의 항공과 교통에 대해 저에게 설명해준 프랑크 헬베르크에게 감사드립니다. 세계 최고의 문학 에이전트인 로만 호케와 그의 AVA-International팀에게 감사드립니다. 크리스티안 마이어에게 홍보 활동뿐만 아니라 수년간 계속된 지원에 대해 감사드립니다. 영감을 주는 그 경험담들을 제 소설 속에 늘 사용하도록 허락해주는 칼-하인츠 라쉬케에게 감사드립니다. 제 훌륭한 언론 홍보 담당자인 사브리나 라보에게 감사드립니다.

그리고 당연히 산드라 당신에게도, 다른 사람들이 때때로 견뎌야만 하는 것을 매일같이 참고 이겨내는 것에 대해 감사하게 생각합니다. 당신과 결혼한 나의 행운이 믿기지 않을 정도입니다. 마지막으로 모든 친구와 지인 그리고 친척분 들께 감사드립니다. 또한 도서 판매업에 종사하시는 분들과 도서관에서 일하시는 분들 그리고 이 책이 서점에 운반되어 책장에 비치될 수 있게, 또한 다른 방식으로든 독자분들이 읽을 수 있도록 기여해주시는 수천 명의 사람들께 감사드립니다. 늘 그렇듯 여러분들의 의견은 언제든지 아래 메일 주소로 보내주실 수 있습니다.

fitzek@sebastianfitzek.de
혹은 제 페이스북을 방문해주십시오.
www.facebook.de/sebastianfitzek.de
그럼 다음에 뵙도록 하겠습니다.

여러분들의
제바스티안 피체크
2013년 4월, 베를린

옮긴이 **한효정**

경북대학교 독어독문학과를 졸업하고 독일 뷔르츠부르크 대학에서 미술사학과 미술교육학을 수학했다. 제바스티안 피체크의 또 다른 전작 스릴러 『차단』을 번역한 바 있으며, 현재 전문번역가로 활동 중이다.

**노아**

ⓒ 제바스티안 피체크, 2019

초판 1쇄 인쇄일 2019년 2월 18일
초판 1쇄 발행일 2019년 2월 28일

지은이       제바스티안 피체크
옮긴이       한효정
펴낸이       정은영
편집          안태운 김정은
디자인       서은영 김혜원
마케팅       이재욱 백민열 이혜원 최지은
제작          박규태

펴낸곳       ㈜자음과모음
출판등록    2001년 11월 28일 제2001-000259호
주소          04047 서울시 마포구 양화로6길 49
전화          편집부 (02)324-2347, 경영지원부 (02)325-6047
팩스          편집부 (02)324-2348, 경영지원부 (02)2648-1311
이메일       munhak@jamobook.com

ISBN 978-89-544-3974-9 (03850)

단숨은 ㈜자음과모음의 해외문학 분야 브랜드입니다.

이 도서의 국립중앙도서관 출판시도서목록(CIP)은 서지정보유통지원시스템 홈페이지
(http://seoji.nl.go.kr)와 국가자료공동목록시스템(http://www.nl.go.kr/kolisnet)에서
이용하실 수 있습니다.(CIP제어번호: CIP2019004129)